THE CLOCK SUDDENLY PICKED UP-BORN IN 70S

时钟突然拨快
——生于70年代

THE CLOCK SUDDENLY PICKED UP-BORN IN 70S

主编　苏七七　王　犁

中国美术学院出版社

时钟突然拨快——生于70年代

目　录

THE CLOCK SUDDENLY PICKED UP-BORN IN 70S

序／在这个动荡的盛世里

苏七七

一天，我到一个新建的商场去，想着看个电影，吃个饭，顺便买点儿东西，这是最寻常的事。站在自动扶梯上，脚下是不停传动的金属带，头顶是商场中庭棋盘般拼装的轻盈的天花板，有一个柔和优美的弧度，开了几扇透明的天窗。光线明亮，温度适宜，所有的商品都摆放得整洁优美，触手可及。这是一个真实的世界，然而我忽然恍惚，有一种不真实感：这个世界在从我出生的短短几十年间发生了如此之大的变化吗？为什么我有一种身处科幻电影中的感觉？

生于20世纪70年代的人，真的是“跨时代”的一代人。在我们的童年里，再天马行空的想象，也没法想象出这样的未来，没法想象出互联网，没法想象出有一天每个人手里都有一部手机。如果有一个外星人观测到地球人的话，也许会把手机当作地球人身体的一个外延，把地球人视作碳基化合物与电子产品的合体。是啊，如今我们把自己的生活那么大程度地寄寓在一个虚拟的比特空间里，然而我们的童年，还处在一个前现代的农业社会里。

这是“70后”的一个巨大幸运吧？我们赶上了农业社会的最后的余晖。这有什么意义呢？这意味着四季和物候，草长

和花开，都还无声无息地哺育着我们的心灵；自然还没有被工业大规模入侵，“污染”还不是个常用词。我们小时候听说瓶装水这个物体时感到不可思议：为什么有人要买水喝呢？从山上流下的泉水不就是矿泉水吗？那是个物质与金钱都很匮乏的时代，但早上的时候，田野里有薄雾升起，南方的小溪流边开着刺莓与蓬藟，天空总蓝得没心没肺。——在今天，农村还是在的，但那个农业时代的驯顺而清新的自然消失了，如果还保留着的，那就成为了“旅游资源”，成为了度假的农庄与周末采摘游戏的场所。

用一种牧歌式的情调来缅怀那消逝的农业社会，总难免显得空洞和虚伪。社会需要“进步”，需要用丰富来取代匮乏，用占有来获得成就。并且，进步来得猝不及防，比想象中的还要迅速。生于20世纪70年代的孩子，刚刚开始或刚刚过完童年，就迎来了“改革开放”，商店很快就取代了供销社，零食不再只有自制的地瓜干。伴随着飞速的现代化进程，我们同时迎来了一个消费时代，钱比过去多了，钱也越来越重要了。这是我们的80年代，我们去最先买电视的人家看电视，最爱看的是《西游记》与《射雕英雄传》，然后每家都有了电视。

家里总是在陆陆续续地添东西，各种各样的电器，每样东西都是新奇的。电冰箱、洗衣机，每一样都不像今天这么顺理成章，是一个现代家庭的必备。我们经历着工业社会给日常生活带来的细节改变，同时转换着生活方式。商店正慢慢地变成超市，新华书店里的书也可以开架供人取阅试读。——对于我们这代人的孩子来说，世界是一个既定的世界，而对我们来说，世界是一个不停变化着的世界。它在一个发展着、增添着的过

程中，每一天的变化虽然都不那么大，在听说、见到与拥有间，世界却已经完全改变了模样。

在成年之前，我们经历的是一个工业化、城市化的进程；在刚刚成年后，我们则进入了互联网时代、信息时代。我们这一代的写作者，还有过一个用纸笔写作的短暂时期，然后电脑出现了，大家纷纷学会了打字、上网，从BBS开始，经历着互联网时代的每一次升级，同时也是自身的一次系统升级。这次升级对“70后”来说至关重要。在代系之间，我们与我们的上一代，有着从思想到生活方式的巨大差别，但我们与我们的下一代，这个差别要小得多。互联网带来了一个实体世界一比一的巨大镜像，博尔赫斯所说的，和这个世界等比的地图，真的出现在电缆、网线与无线WiFi里。个体的意识，沉浮在总体的信息海洋中，一个给出足够的丰富性与差异性供人选择的世界似乎出现了，但一个涣散的、破碎的，表面有无数泡沫并吞噬着时间与心智的世界也出现了。在最结实的农业时代的土壤里生长出来的“70后”，枝干与花叶却展开在了一个信息时代的空气中。

这是一个像《神曲》中的维吉尔一样，走到了人生中年的“70后”的人生。我们何等偶然而有幸地经历了一个人类文明的浓缩的速进，其中的戏剧性，犹如刘慈欣在科幻小说中的呈现。这是一个“小时代”吗，还是比战争年代要浩荡的“大时代”？对我们大多数人来说，我们只是度过了天下承平的“改革开放三十年”。我们比过去过得更舒适，而未必更满意；我们比之前拥有更多的物质，而未必拥有更多的快乐。——人性的问题，比科技更为复杂。

在这本书里，大部分的作者都从“小地方”到了“大地方”，一边经历着历史进程的、社会形态的变化，一边经历着空间的位移，从边缘慢慢汇聚到或大或小的中心。现在，我们回到“生于70年代”这个界定：这看上去是一个边界清晰的定义，但生于“69年”与生于“70年”，有什么本质的不同？在我们幅员辽阔的国土上，生于南方与北方，生于乡村与城市，生于一个怎样的家庭……有巨大的差异性。“生于70年代”必然是含混不清的、歧义丛生的。然而我们回望历史，“70后”这个词最早地被集体创造出来，并且“80后”“90后”紧随其后，“60后”得到命名上的追加时，这里面必然有一种集体无意识的需求。在这个加速度的时代里，我们也许需要一种划分来做大体的概括，它谈不上科学性、严谨性，因为它本身不是一个学理性的概念，不是演绎法的产物，但它提供了一个凭依，一种体认，一个时间意义上的共同的“故乡”的建构。

于是从历史的浪潮中折返目光，看我们的日常生活，这浪潮中的一个个小水滴。日常生活是这样一种卑微而又坚韧的存在：感受与感情，经验与观念，都附着在日常生活里；它是平淡无奇、日复一日的均量的叠加，又波澜起伏，风起云涌，每个人都有自己的史诗。

贫乏是我们共同的底色。童年的我们站在一个风暴刚刚席卷而过的废墟上，物质贫乏，精神也一样贫乏。“70后”的小女孩们往往集过糖纸，她们把吃过的糖纸、捡来的糖纸都小心留下，洗干净，夹在书里压平，慢慢成为一笔甜美的积蓄，这是贫乏带来的独特的美感。起步于贫乏，对于“70后”来说，并不意味着一个不幸，而有可能是一件奇特的礼物。

贫乏使生活有一种必然的简朴与对可能性的期待，它甚至怂恿漫无边际的想象。如果贫乏是往下滑落的贫乏，从贫乏到绝望，那是一条可怕的曲线。但“70 后”所经历的贫乏是一个起点，物质与思想，都是一个从贫乏到丰盛的过程。有贫乏作底子的丰盛，是一种从无到有的自我塑形，增加了一个对照与反省的维度。“70 后”不太说自己“理想主义”，但“70 后”有一种在精神与物质之间的平衡能力。这种平衡能力很大程度上来自于起点处的贫乏，来自于一个因贫乏而寻找的过程。

思想解放、市场经济、工人下岗、房价上涨……在“70 后”的生存体验里，的确没有太多的余裕去感受从农业社会到信息社会的“文明进程”，因为切身相关的社会现实已经变化如此迅捷，让人目不暇接。但整体而言，一个真正意义上的“现代社会”在成型。“70 后”们的中小学生作文里总有一个句子叫“十一届三中全会的春风吹过”，当时并不知道，这个会议意味着“不再以阶级斗争为纲”，意味着“实践是检验真理的唯一标准”，意味着在填各种表格时，“家庭出身”这一栏渐渐消失了。“70 后”是从阶级论中真正解脱出来的第一代人，前所未有的自由在来临，而前所未遇的陷阱也在来临。

在马歇尔·伯曼的《一切坚固的东西都烟消云散了——现代性体验》里，他将“现代性”定义为“一种关于时间和空间、自我和他人、生活的各种可能和危险的经验。”“所谓现代性，就是发现我们自己身处一种环境之中，这种环境允许我们去历险，去获得权力、快乐和成长，去改变我们自己和世界，但与此同时它又威胁要摧毁我们拥有的一切，摧毁我们所知的一切，摧毁我们表现出来的一切。”

“70后”身处的时代，是一个高速的发展期，面对的生活压力也许比后面的“80后”“90后”小些。与共同的贫乏相伴随的，是相对的平等，贫富分化尚未严峻，社会阶层尚未固化，教育资源并没有向城市大规模倾斜，寒门通过学习尚有可能改变命运。——20世纪80年代的思想启蒙，90年代的市场经济，这二十年是“70后”的学习与成长阶段。“70后”培养出了一种对精神与物质同样心平气和的尊敬态度，在这个态度的基础上，我们塑造自身，塑造与他人的关系。但坚实的基础消失了，我们能获得的，只是动态平衡，我们在拥有中恐惧失去，我们在满足中增加了欲求。这个世界将变成什么样子？它会变得更好吗？关于未来的问题令人茫然，已无法给出坚定的答案。但是回望过往，我们以我们的方式，感受并介入着这个世界，成为这个世界的一部分。我们无法脱身而出，因为时间和空间，与肉身和精神粘连在一起。这就是我们的生活与经历，我们的艰劳与放纵，我们的苦痛与欢欣。

谁能说出这一切呢？每一个人都身处不同的语境之中，每个人都有自己的口音与腔调。而这本书的作者，是诗人、画家、作家、评论家、导演，他们是最“执迷不悟”的观察者与记录者，他们追问人与这个世界的关系，用“创作”这个孤注一掷的方式——研磨情感、锤炼思想，热情与冷酷都在一念之间。关于过往的这些陈述，是可能性的消失与个人历史的定格，青年时代结束了。这本书里，留下的是那些或明亮或幽暗的童年，是读过的书，去过的地方，爱过的人。是的，在把时代的浮沫撇去之后，重要的还是我们真的在哪里收获了真正的对世界的领悟与理解，真正的会心一笑与惺惺相惜——虽然，一切都还

只是在动态平衡之中，新的不解与不安还等在路上。而犹可依傍的，是“美”，可感受到的美与可创造出的美。不论我们处在文明的哪段行程里，思想与美，永远是微渺的人类，确立出的一个“自我”的方式。

有一天，这是非常现实、日常的一天，王犁约了江健文老师和我在晓风书屋见面。四壁都是书，绿茶冒着淡淡的热气，空气里还有点心好闻的甜美，这些都是特别亲近的东西。王犁说：“我们一起编一本关于70年代生人的书吧！收录‘70后’的艺术家与知识分子回顾性的文章，每一个人，每一篇文章，都是完全不同的，个性鲜明的，然后又组成一个整体，给我们经历的时代以‘注解’。”王犁充满信心的语气把我们都说服了。我们组成了一个三人编辑小组，隔段时间就在咖啡馆讨论一下组稿与编辑的进程，也常常就聊到了画，聊到了某本书，聊聊最近的生活。在信心与实现、烦琐的任务与远大的目标间，我们保持着一个缓慢却前进的工作节奏，终于有一天，稿子都收齐了，可以排出目录……

这件事情，已经到了它应当发生的时候，我们只是把它做出来了而已。

苏七七　1977年生，电影学博士，影评人，杭州平行放映策展人，有作品集《声色现场》《第一感》《雨中百合般的爱情》，现供职于浙江师范大学

梁　鸿

文学博士，中国人民大学文学院教授，致力于中国现当代文学研究，出版有非虚构文学著作《出梁庄记》和《中国在梁庄》，学术著作《黄花苕与皂角树》《新启蒙话语建构》《外省笔记》《“灵光”的消逝》《作为方法的“乡愁”》等，学术随笔集《历史与我的瞬间》，短篇集《神圣家族》，2012年入选教育部“新世纪优秀人才支持计划”

曾获“第十一届华语文学传媒大奖·年度散文家”“2010年度《人民文学》奖”“第七届文津图书奖”“2013年度中国好书”“首届非虚构大奖·文学奖”“《南方文坛》优秀论文奖”“《当代作家评论》奖”等多个奖项

梁　鸿：历史与“我”的几个瞬间

此刻我坐在美国杜克大学图书馆。从高大明亮的窗户向外看去，是庄严静穆的杜克大教堂。蓝天之下，那不规则的褐色石头如同呼吸，使整个建筑充满生命，而修直高耸的尖塔在极细处与天空相接，仿佛把视线和灵魂引向那无限的辽阔处。你感觉到你的意识在内部慢慢浮升起来，生命的庄严和辽阔，“在”的清晰和逼视，你必须要思考你自己。

从来没有如此意识到天空、大地、白云、地球与人的一体关系。“天似穹庐，笼盖四野”，目之所及，天如盖，包裹着你，白云恒久地在，人既是孤零零的，因为你于如此辽阔之中，但又有所归属，因为你看到你所在的空间位置。

一个人如何与历史发生关系？就像这教堂、天空与人的关系，哪怕仅仅是一种形态，教堂的尖顶、如盖的天空、逍遥的白云，也会在不自觉中塑造着你——你的气质、性格和命运。

那最初的形态是什么？对我而言，毫无疑问，是灰尘、贫穷和村庄整体的封闭。寂静、暗淡、沉默，好像处于涣散状态，但又似乎在酝酿着新的躁动的力量。父亲和村支书之间的斗争是童年最清晰的记忆，它是我对恐惧的最初体验。村支书那双犀利、威严的大眼控制了我好多年，每次走过他家门口，甚至只是看到那个朱红大门、那座院墙都会让我莫名颤抖。我不知道父亲的勇气从何而来，但我却看到这恐惧压倒了母亲，还有我们这些孩子的内心精神。

多年之后，我才明白，在我的童年时代，20 世纪 70 年代末至 80 年代初期，村庄其实正处于大浩劫之后的死寂阶段。“文革”已落下帷

①

②

③

④

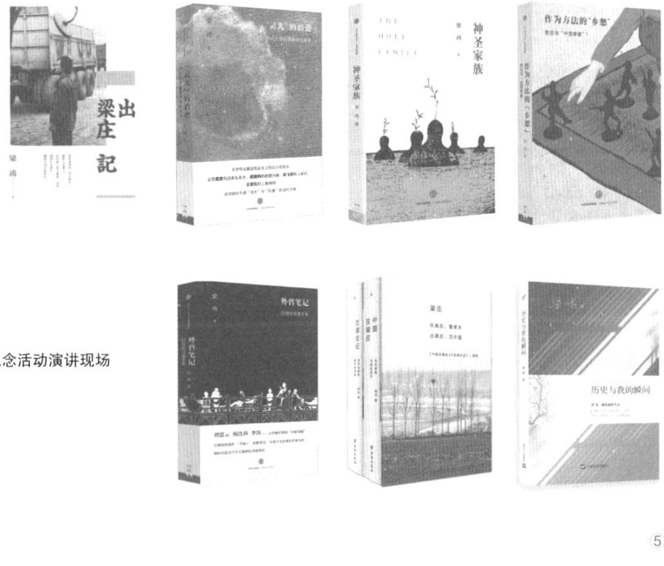

①2017年在北京王小波纪念活动演讲现场
②少年梁鸿
③2017年在广州方所
④签名售书
⑤梁鸿的部分著作

⑤

幕，农村生产力严重下降，斗争思维还没有过去，联产责任制刚刚实施，父亲所讲的乡绅、前政府官员、基督教徒、小业主在不断的运动中逐渐消失。但是，村支书家里的热闹及在村庄的权威，普通百姓的卑微和狡黠仍然延续千百年来的模式和思维，村支书与父亲的斗争既是“文革”的“力比多”的剩余物，也是获得生存权利的基本形式。这战争总是以不同的面目延续着。历史的阶段性重复和折腾，其实就像人一样，所谓“好了伤疤忘了痛”，不断愈合，再重新制造新的创伤。无论如何，我并不知道“反右”“大跃进”“三年困难时期”“文革”，我所记忆的童年只是一些碎片式场景，争斗、播种、收割、春天、夏天、上学、成长，它们嵌入在平静日常的生活中，带来并不深刻的伤心、害怕和欢乐。

1987年，香港的电视连续剧《射雕英雄传》在内地电视台上播放。那一整个夏天，每到傍晚，梁庄的大人和少年就一群群地到吴镇去，寻找有电视机的家庭，站在人家门外等着电视开始，也不管人家是否愿意。所有人都看得如醉如痴，每当片头那两个骷髅出现并交错放出两道彩色光柱时，大家会发出一片惊叹声，而俏皮的黄蓉头一歪，逗她的靖哥哥时，又都发出会心的哄笑。

我也是那群人中的一个，那两道光柱，在我心中闪烁了好多年。对于当年那个十四岁的内地少年来说，香港，就是《射雕英雄传》，它是工业文化和传统文化完美结合的化身；就是充满某种温柔和哀伤情感的流行歌曲，它们突然让你体会到一个人原来可以有如此丰富的情感，那应该是现代个体意识的初次萌芽吧；就是充满动感的迪斯科，它让你震惊，一个人原来可以这样放肆、自由地舒展自己的身体。在当年的内地，这些来自香港的事物，都有很深的“解放”意味，虽然今天看来，这里面蕴含着更复杂的，也更难以判断的文化意识形态。

似乎有一个通道慢慢打开，世界还有新的方式，身体还有更多感应，生命还有更多情感，它是无穷尽的。我记得14岁的我，在看完郭靖黄

蓉之后，和一个小伙伴，坐在暗夜的河坡上，在虫鸣中，羞涩地谈我们似是而非的暗恋对象。《射雕英雄传》、费翔和“恋爱”到底有什么关系，这还需探讨，但由那色彩和身姿而起，却是毋庸置疑的。

我和一个女生上自习课的时候在走廊聊天，被学生会干部发现，在被严词批评的时候，我嘟囔了一句：“又不是在搞同性恋。”那几个学生干部大惊失色，迅速离开。晚上，我的班主任把我叫出了教室。那时刻大家正在上晚自习。班主任是一位50多岁的老教师，方形脸，黝黑呆板，严肃正义。我刚一站到走廊，班主任就狠狠地推了我一把，愤怒地嚷道：“你知道那是啥吗？你还要不要脸？”我一个大踉跄，整个身体撞到了栏杆上，又向前扑倒，在倒地的一瞬间，我看到教室里那几十双惊诧的眼睛。我羞愧至极，不仅是因为我在全班同学面前被羞辱，而是他语气中那强烈的愤怒和羞耻感，他眼睛里仇恨的、禁欲的、教条的目光更让我震惊和害怕。

围绕着这一事件，我被连续批判了六天，我的头越垂越低，错误越来越多，也越来越清楚地认识到“同性恋”是一个来自于资产阶级社会的、不道德的、罪大恶极的词语。至今我都不明白，在那时，不只是我，学生会、学校领导、我的班主任可能比我更不知道“同性恋”到底是什么，但是，那正义感、羞耻感及想象力从何而来？在这背后，有一个洪水猛兽般的“西方”——色情的、无耻的、变态的世界。“西方”就这样以一种奇异的纠缠状态出现在20世纪80年代后期的中国日常生活中，关于爆炸头、喇叭裤、接吻等的争议和政治升华在今天看来甚至有点滑稽；但是，它突然丰富起来的身体和情感，以不合时宜的复杂、柔软、多元冲击着坚硬的中国心灵。外面的世界正在轰轰烈烈地行进，16岁的我，却因为这懵懂的“出轨”而被不断规训。

可以这么说，当“60后”知识分子在如醉如痴地学习、吸收西方思想并借以批判中国政治与社会现实时，还只是少年的“70后”则如醉如

痴地阅读来自于港台地区的琼瑶、三毛、金庸，并沉湎于一种自我营造的感伤和对传奇的向往之中；或因模仿港台剧中的英雄人物而成为小镇的不良少年，或如我这样，被像拔刺一样把叛逆的因子一点点拔掉。对于“历史”“社会”这两大名词，“70后”是通过学习而得来的，是书本上的知识和家人的闲谈，哪怕并不遥远的“大跃进”“文革”，也只存在于支离破碎的话语之中，与现实的生活与情感都无关。没有跟得上战场（虽然这战场只有在叙事时才有意义），没有经历宏大场景，没有荣耀、炫耀和言说的资本，没有被安排继承历史遗产，也没有来得及领悟新的历史规则并投入之中，却总是被历史的琐屑、生活的边角料所击中，这些碎屑是如此琐细、不重要，以至于根本不值得被提起，但仍然实实在在地影响着一代人的人生。

规则和惩罚一直伴随着我的整个成长过程。我常常有一种无所适从的感觉。不知道该如何处理自己的表情（就好像不知道如何面对这个世界），不知道该如何表达自己的观点（我对那些有鲜明政治观点和历史观点的人总是敬佩不已），我讨厌自己的道德感和某种保守的倾向——这一保守并非一种有意识的文化选择，而是长期被规训后的结果。有时，我觉得这种保守是一种有益的坚守，但一想到它来自于当初那狠狠的“推搡”，又觉得有些诡异。规则与惩罚沉重地黏滞在心灵深处，不敢张扬，不敢冲破任何一种哪怕最简单的成规。在历史的河流里，我无从捉摸自己，无法真正投入任何一件事情。没有迷失过，因为没有选择过；没有忏悔过，因为没有行动过；没有狂欢过，因为没有自由过。我只是一个看似冷静、实则不知道如何处理自己的旁观者。

也许并不只是我。关于“70后”，在当代的文化空间中（或文学空间），似乎是沉默的、面目模糊的一群，你几乎找不出可以作为代表来分析的人物，没有形成过现象，没有创造过新鲜大胆的文本，没有独特先锋的思想，当然，也没有特别夸张、出格的行动，几乎都是一副心事重重、

怀疑迷茫、未老先衰的神情。

即使“怀疑”，也并非都是有效的表情。没有经历过“迷失”“行动”或“激情”，或者，更确切地说，没有清晰的历史意识，怀疑或者只是一种置身事外的虚妄。“50后”深沉地谈论“饥饿”，“60后”热烈地讨论“文革”和追忆“黄金80年代”，“80后”悲愤而又暧昧地抨击“商业”和“消费”。这一切，“70后”似乎都没有确切的实感，面对这样的话题和隐在话题后激动的面孔，你会有强烈的被抛出之感。这是先天不足。碎片之感、隔离之感清晰地印在我们的言行举止中，以至于无从知道自己如何与历史发生真正的关系。

无关主义，也无关立场，而是不知道从何开始。

怎么办？如果找不到历史的契入点，你将无法找到存在的理由和价值感；如果无法感受到问题和矛盾之源，你就如进入无物之阵，陷入四面空虚的困境。难道因为我们生活在历史的琐屑之中，就不配拥有进入历史并寻找自我的机会和权利？

在进入大学教书并成为一名研究者之后，这种被架空的感觉日益强烈。并非研究本身没有意义，而是你，研究者主体，无法从研究中寻找到与历史共在的感觉。这并不是在否定学院生活和纯粹思考的价值，而是害怕过早的平静、过早的隔离和过早的夸夸其谈。我听到很多这样的夸夸其谈，看似非常有道理，但一旦与正在行进中的生活相联系，你立刻就发现其中的可笑和苍白之处。更为致命的一点是，成为学者，也即确立一种阶层和一种生活方式，它意味着你再次被隔离开来。当学者仅仅是某种知识生产和一种职业的时候，它所蕴含的内在破坏力和启发价值就逐渐消退。我害怕自己再次未老先衰。

重返梁庄，最初或者只是无意识的冲动，但当站在梁庄大地上时，我似乎找到了通往历史的连接点。种种毫无关联的事物突然构成一个具有整体意义的网络呈现在我面前。那早已遗忘的个人记忆——我走过的

坑塘，经过的门口，看到的树木，那随父亲常年征战的铁球，百岁老人“老党委”家那个神秘而又整洁的庭院，童年与小伙伴决裂的瞬间，1986年左右全镇、全村种麦冬的悲喜剧，所有的细节都被贯通在一起，携带着栩栩如生的气息，如同暗喻般排阵而来。

在那一刻，个人经验获得历史意义和历史空间。从梁庄出发，从个人经验出发，历史找到了可依托的地方，或者，反过来说，个人经验找到了在整个时间空间中阐释的可能。两者相互照耀，彼此都获得光亮。

我看到村庄的坍塌。那座空荡荡的小学，它曾经是全村的文化中心和政治中心，我们在这里上学，父亲在这里被批斗，也在这里领取一年的口粮；那个像孤魂一样移动的老人曾经是全镇乃至全县的基督教长老，我曾被他的自信和光亮所震慑，如今他信徒满座的家早已倒塌，而他显赫的家族，早在1949年就已经开始分崩离析。是的，村庄一直处于坍塌之中，只不过，不同的历史阶段，面目不同而已。

我发现，当把目光有意识地投向与“我”相关的事物时，你会很容易察觉到它内在的生长性和历史性。1986年，几个来自南方的贩子在吴镇走过，吆喝着收麦冬，1斤麦冬2块多钱。那一年，种麦冬的人家都“发财”了。光亮突然照耀在梁庄的上空，天开了，云散了，暗淡的乡村变得欢快、辉煌，所有人都忙碌起来。麦冬，金光闪闪的、圆滚滚的“南方”，第一次进入梁庄的生活空间。父亲把小麦地、玉米地全毁了，也种了五六亩麦冬，收获的时候，雇了二十多个人。一时间，家里家外，欢声笑语，父亲每天计算着能挣多少钱，还多少债，剩多少钱，怎么花。我清晰地记得那一年，是因为，父亲脸上盛开的花朵，那流溢出来的快乐实在诡异；还有，那一年，全家人，包括来帮工的人，都长了疥疮。我的手缝里、胳膊上、屁股上、腿上，全身上下，都长满了疥疮，奇痒无比。那半年时间，我只能站着上课，至今，腿上仍有铜钱大的、深深的疤痕。但奇怪的是，这些痛苦都被忽略了，大家都被“挣钱”“南方”

鼓舞着，对眼前的困窘视而不见。每晚睡觉前，我们的功课是互挤脓包，看哪一个成熟了，按下去，看黄色的脓液飙出去，彼此取笑着。

那欢快从何而来？发财、南方、城市、经济、生意、贸易、广州，这些词语具有强大的魔力，封闭已久的乡村为之神魂颠倒。当然，父亲的发财梦失败了。吴镇的许多人家因为麦冬而破产，抵押房产、跑路、逃避债务，有熟识的人家一再筹措路费到广州去要债，但是，每次都凄惨而归。冬天再次来临。在“改革”的第一次博弈中，乡村以惨败而告终。城市与乡村、南方与北方，彼此之间的二元性、对立性和残酷性也立马呈现出来。

2011 年，追寻梁庄的足迹，我走遍中国的大小区域，西安、南阳、青岛、内蒙古、北京、广州、厦门、东莞等等，我想了解我故乡的亲人们的生活，我想看到那短暂的“欢快”再次出现在他们的脸上。当然，在经历了多年的学术思考之后，我也希望，能够在“实在”的生活中找到与之相对应的东西。肮脏拥挤的城中村，尘土飞扬的高速公路边，如地狱幻影的电镀厂，一双双眼睛投向我，一个个场景震撼着我；他们高度对抗性的生活、对自我命运的认知，以及种种无意识选择背后所折射出的深远的历史空间都让我意外。我意识到，1986 年的命运仍在延续，而学术和政治话语中的阶级、差异、资本、金钱、发展、乡村、城市，知识分子口中的虚无、忧郁、叛逆等司空见惯的词语是怎样的大而无当和华而不实。那油污背后的一双眼睛，那电镀厂里移动的幽灵足以动摇一切理论和那些斩钉截铁的、宏大的结论。

如果你笔下的术语、心中的情绪和现实生活、历史之间没有构成真正的对话，就不会产生真正有效的思考。是的，即使是“虚无”——我们经常会拿它作为一种批判和思想的起源，也是某种姿态的标榜——如果我们对“虚无”的对象一无所知，如果没有实在的所指，它就只是肤浅的伪饰而已。

对于中国人生而言，悲欢离合从来都不是自然的生活进程，而是随着政治、制度的变动而被迫改变。一种生活和传统如潮水般迅速消退。虽然这种消退或许并不值得怀旧，但它的速度及留下的疮痍却实实在在地让人惊心。我看到了激进主义的破坏性、保守主义的虚妄之处，也真切感受中国自被迫进入“世界史”以来，与“世界”“西方”及“现代”之间的复杂联系。从梁庄的命运中，我看到，“现代性”的道路还很遥远，而如果不对密布于时代空间的诸如“乡村”“城市”“现代”等词语及彼此的相互关系做观念史的梳理的话，那么，梁庄，无数个梁庄，中国的心灵，还将继续无所归依。

这是一场战争。我们随时都处于“大时代”，战争并非都是流血的革命，这几亿人如大军般迁徙、流散及由此带来的社会矛盾一点也不亚于一场战争，并且，是一场持续的、必败的战争。所谓的“小时代”，个人化的、小资产阶级的、物质的“小时代”，只是一个假象。裂隙无处不在，我们被锁定在特定的场域中，被围困在真空之中，探讨着言不及意的话题，对同属于一个生活场景的另一面视而不见。那些鲜亮的术语、概念就像那疥疮，密布于身体，吸噬你的精气神。或者，其实从来如此。

历史意识的生成与其所处的历史阶段无关，重要的是“我”与历史的连接方式。历史存在于其与“我”的关系之中。历史就是你自己。以“我”——既是个人的“我”，也可以是大的集体的“我”——为原点，以经验世界为基点，向过去和未来辐射，并不都导向主观和偏差，相反，它能使我们的思考有更切实的基础。对处于尴尬位置的“70后”而言，摆脱无历史的空虚之感和历史阶段论，也就摆脱了那种无谓的自恋式的感叹。无论何时何处的生活，都如阳光下的灰尘一样丝缕可辨，历史纷繁而又清晰异常。

大历史和大事件为后人的反思提供最基础的内容，但也很容易传奇化、浪漫化和概念化，就像今天许多人重新谈起“民国”“解放战争”“文

革”“知青”，似乎都是“激情燃烧的岁月”，在溢美与否定之间走钢丝，却对认知真正的历史毫无帮助。能粉碎大历史框架的恰恰是个人的记忆，是历史空白处的琐屑和不引人注意却又久远的伤痛，它影响甚至制约着历史的运行。1986年的“麦冬”在我身上留下永远的痕迹，而父亲和吴镇的许多人也因此一蹶不振好久。在广州做生意的那家人，原是吴镇最早的万元户，在“麦冬”神话传来之前，正准备兴土木，盖“豪宅”。之后，丈夫出去避债多年不归，老婆在家做种种零活挣钱还债并养活三个儿女。多年之后，在走过一个地方时，年老的女人仍然忍不住说，这就是当年我们看好的房子处，两层，十四间，砖瓦都买好了。她的手横着、大力地划过去，划出了一道虚空。麦冬，这个椭圆的、乳白的小果实，附着在“南方”“改革”身上，结结实实地改变了他们一生的轨迹。

对我而言，“西方”的概念来自于“郭靖、黄蓉”，而“同性恋”事件要大于某些历史事件；因为它们对我更直接，所产生的思想震动更大。阐释历史的通道并不只来自于大的政治事件，也可能仅来自于一个词语。

与此同时，回到梁庄对我而言是一种激活，重新找到思考的起点和支点，并激活自己的生活——学术生活和实在生活。它是一种学术实践，我从来不认为它只是创作实践。这四年多的田野调查、阅读和写作给我的锻炼和启发不只是最终的那两本书，而是我似乎越来越接近问题的源头，我注意到由生活实践所折射出的观念冲突，由观念冲突所引发的生活实践的种种反应。我意识到“乡土中国”这一概念的生成性——自晚清以来它一直处于被塑造的过程中——及这一生成背后的社会意识的变迁、时代精神的分裂和利益驱动的巨大作用，它们互相生成，并且正塑造着新的中国形象。我想我会重返书斋进行学术研究，并且，我会把这一学术研究看作我的生活实践的一部分——它不再只是无关任何风月的

书斋生活，而是历史的一部分。“生活实践”，即与正在行进中的历史相结合的能力，从正在行进中的生活场域寻找理论的起点和依据，最终达到一种及物的思考和结论。从这个意义上讲，我反对过早的专业化，反对过早的平静，我崇尚某种行动、冲突，甚至自相矛盾（包括思想上的），哪怕它可能偏激，可能错误，也比四平八稳要更有启发性。当然，从另一方面来看，偏激和愤世嫉俗是一个可以向上的词语，但如果没有扎实的考察和思考支撑，也会流于某种狡诈的圆滑和为虚名寻租的屏障。

文章还没有写完，我又回到国内。11 月初下午四五点钟的北京，雾霾满天，天空灰暗，高楼飘浮在空中，如同末世纪的魅影。灰尘阻塞着呼吸，我不由得在内心发出许多人都发出过的感叹。

而此刻（又一个“此刻”，这是又一个历史瞬间，和我坐在杜克大学的图书馆看大教堂，在出租车上看北京的天空时一样），阳光穿过乌云，照在满是灰尘的窗玻璃上，又斜映在书桌上，从外面隐约传来压抑的车流声，极具穿透力的工地敲打声，高亢而杂乱的对话声。我背对着室内，阳光之下那一屋的灰尘让人心烦意乱；虽每天打扫，灰尘仍然扑天盖地，落在每一件物品上，一切都黯淡且眉目不清。但是，当凝视并倾听这一切时，仍有莫名的踏实的愉悦感从神经末梢传导入心脏中央。是的，这是你自己的日夜，与爱国、民族和那些宏大的词语都无关，而与你自己相关。或许，重要的不是你爱不爱国，而是你无法选择，最终才生成某种类似于“爱”的历史感。

这是一种颇具先验性的愉悦感，或者，悲怆感？你无法选择最初的历史瞬间。美国的蓝天、白云像梦一样，没有真实感。这种感觉真的非常奇怪，仅仅十来天而已，那几个月的生活已经在你意识中遁去，就好像从来没有经历过。它对你的观点、逻辑思考，甚至对美的感觉都产生过影响，它也成为你经验的一部分，但却没有形成历史感。我似乎明白了“离散”这一词背后的含义。历史是活生生的“在”，热闹与喧腾，

灰尘与阳光，黑暗与光明，都与你相关。如果没有这一相关性，你又是谁呢？梁庄、家人，从出生起就看到的天空、大地，你所读的每一本书，所感受到的每一种情感和思考都是你的“在”。如果一个人在此地没有“在”的感觉，那么，这风景、历史就与你无关，你也无法从这里的时间和空间得到真正的拯救。

T. S. 艾略特在《四个四重奏之四》这样写道：

玫瑰飘香和紫杉扶疏的时令
经历的时间一样短长。一个没有历史的民族
不能从时间得到拯救，因为历史
是无始无终的瞬间的一种模式，所以，当一个冬天的下午
天色晦暗的时候，
在一座僻静的教堂里
历史就是现在和英格兰。

我想，艾略特想说的是历史、时间和“我”的关系。一个没有历史的民族，不能从时间中得到拯救；一个没有历史的人，也无法从有限的人生中得到救赎，哪怕你坐在庄严的杜克大教堂里，聆听高亢而清澈的歌声。

时间并非只是线性的存在，它具有并置性和空间性。历史并非只是过去，人并非只生活在现在，而是活在传统的河流之中。你的一滴眼泪、一个动作或一次阅读，所蕴含的都有你的过去与未来。所以，现在即过去，未来即历史。

这样，无论生于哪一年代，身处哪一时空，都是一样的，因为历史赋予了我们一个个瞬间。能够对这瞬间所包含的形式及与世界产生的关联进行思考，我们就汇入了过去、现在和未来的洪流。

韩松落

专栏作家，影评人，著有“为了报仇看电影”系列和《窃美记》，《我们的她们》《怒河春醒》《老灵魂》等图书，华语电影传媒大奖、华语优质电影大奖评委。《GQ》中文版2012年“年度专栏作家”

韩松落：兰州离别书

成为兰州人

1996 年 9 月的某天，我坐着 31 路电车，去酒泉路派出所，领取新办理的身份证。

那时，整个中国毫无节制的拆与建还没有开始，酒泉路上的槐树还没有被砍掉，浓荫洒满街道，将整个车厢也映照得碧绿通透。我在秋天那种有点凉意的槐树香气里坐了 3 站路，在酒泉路车站下车，一路打听，找到了隐藏在小巷里的派出所。在派出所，我顺利地领到了落户兰州后的第一张身份证，没有遇到刁难，也没有遭遇延误，身份证上的照片也没有想象中那么难看。这一切，都让我感觉像踩空了一阶楼梯，伊蕾的诗“检查身体时我竟没有遭到羞辱”突然浮现在心里。

原本准备把一整个下午耗在那里，因为太顺利，这个下午一下子空了出来。我于是决定走回去。我小心地把身份证装进衬衣口袋里，从小巷子里穿出来，再次走上那条槐树大道。我甩着手，仰着头，傻乎乎地走在兰州的大街上，丝毫没觉得有什么不妥当。

我有了兰州市户口，兰州市居民身份证，正式成为兰州市民。

那一年，我 21 岁。

但我从没想到，兰州对于我，意味着一次又一次的离别。

①

②

④

⑤

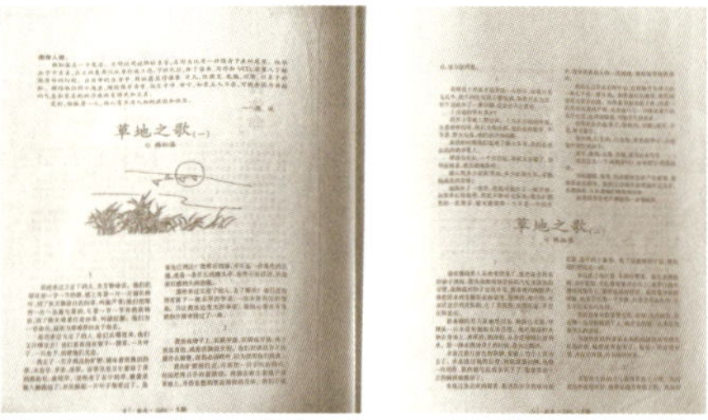

⑥

⑦

① 韩松落的图像
② 兰州，黄河上的大桥
③ 1976 年，在新疆于田劳改农场
④ 1976 年，母亲抱着，在新疆策勒革委会门前
⑤ 父亲，在 1970 年
⑥ 最初发表的作品
⑦ 2012 年，兰州花爵鼓乐队的刘潼在西厢记酒吧演出

终须一别

落户兰州之后，我被单位派回我家所在的小城，在那里的公路道班担任养路工，我的职业生涯就此开始。

如果是运沙子或者石头，每天的定量是12车拖拉机；如果是清理边沟，每天的任务是120米；如果是油漆树干，每天得刷完3公里路两边的所有树干。休息的时候，我和工友们坐在路边，观看痴呆傻人。国道省道上，总是有那么多的痴呆傻人。有个终年不穿衣服的女人，还有个耷拉着舌头、挺着大肚子在街上疾走的男人，还有个女人，总是在头发上扎满各种彩色的绳子和纸条。工友们笑嘻嘻地叫他们过来，给他们一块糖，向他们问些奇怪的问题，听他们胡言乱语。

那时开始，我决心让我写下的文字被人看到。不再像以前多少年来一样，只是写好，收起。

1996年，我的养路工生涯中，唯一能看到的一份报纸，离我最近的一份报纸，是《兰州晚报》。它是兰州唯一的一家小报，更重要的是，它有副刊版面。

我写了信，给那时还在《兰州晚报》副刊部工作的颜峻。那时，我对他了解不多，只知道他是诗人，是著名的乐评人，和我差不多年纪。但我能够看出来的，是他的版面与众不同，轮到他编的那期副刊，总是充满了激越的、灵动的、新鲜的文字。我这样想，他能够欣赏那些文字，也许就能够欣赏我。我写了信给他，告诉他，我喜欢写作，我也喜欢他写下的那些文字。那些文字，让我觉得不孤独，事实上，也是如此。我寄去了我写的文章。那篇文章，叫《阿克塞尔·彼得森的木雕》，在1997年3月5日的《兰州晚报》上，第7版，右上角。

颜峻给我回了信，大大的字，写在《兰州晚报》社的绿色格子的稿纸上，他说："我们都是被命运驱赶……"他说，这是《一千零一夜》里面的话。他写给我的信，是我从字纸篓中找到的。是的，我的同事们，

始终怀着一种对戴罪立功人员进行监管的态度和我相处，他们始终认为，我没能留在兰州，一定是得罪了什么人。他们毫不犹豫地拆看我的信件，看完之后，就丢进字纸篓中，并且在事后，故意闪闪躲躲地提及信件中的字句，看看我有什么反应。

从那之后，我开始使用我父亲的地址，作为通信地址。

我的文章定期出现在《兰州晚报》的第7版上。《萧红》《东山魁夷》《塞林格的〈九故事〉》《忘不了的书》《史蒂文斯》《火柴照亮的天堂》《焰火》《遥想〈武林旧事〉》《拾遗记》《怀斯三代》，我是如此珍爱这些文章，在许久之后也不能忘记，只是因为，它们，它们让我忘记了自己，我仿佛已经能够和我所写的人比肩而立，仿佛已经可以平和地谈及他们。我忘了自己，忘了12车沙子，120米边沟，我知道我不在那里。而这一切，全都经过颜峻之手，他让我忘了自己，忘了12车沙子，120米边沟。

他总是给我回信，从不间断，他给我说起那些我熟悉但又不可能认识的人，说起别人对我文章的印象。每封信，剪开封口，看完，我都把它立在书架上，直到下一封信代替它的位置。

他的信，总是写在《兰州晚报》社16开的绿格子稿纸上。那种纸，微微有些发黄，可以看见纸质的纤维；那种绿，是介于墨绿和草绿之间。他用蓝黑色的墨水。还有，他的字，圆硕，没有边角，每个字都像是随意画出，却清晰可辨，写着写着，那些字就离开了格子，像是快要向着信纸的边缘倾倒而出。

也是那时候，我决心回到兰州。我孤立无援，无人可以求助，也没有钱物供我四处活动，唯一可做的，是在接电话的时候，用普通话说“你好，这是某某公路段，你找哪位？”，我希望我和周围的人显得不一样，能够引起注意，能够有人接收到我微弱的求助信号。在坚持了8个月之后，在我已经快要失望的时候，终于有人在挂了电话之后，向别人打听，那里怎么会有人说普通话，而且是用这样的方式接电话？接电话的人是

谁？她实在太好奇了，以至于在第二天，专门要了车来我工作的地方，看看我是什么样。在问了我的学历和专业之后，她离开了，第二天，我接到了她打来的电话：“你愿意来我们部门工作吗？”

我回到了兰州。

单位派给我一间宿舍，在单位后面的筒子楼上，房间大约20平方米，临马路，很吵，每有卡车经过，整个屋子似乎都会跳起来，楼道里则是垃圾遍地，唯一的一盏灯也经常会坏掉，更可怕的是，男女共用一间肮脏的厕所。住在那里的，都是单身男女，或者没能分到房子的小夫妻，他们经常爆发争吵，吵架的声音，常常在深夜传遍整个走廊。

但那是我有生以来第一次拥有一间自己的屋子。我从库房里找了一块被单位招待所淘汰的床垫，把床铺得非常柔软；又用蓝色的纸糊了墙，在上面点缀了一些红色的剪纸图案。窗帘、灯罩、桌子、书柜，也都是废物利用。光是用砂纸把那个书柜打磨干净，就用去我整整两天的时间。但当所有的书都被整整齐齐地摆上书柜之后，当台灯被点亮，屋子看上去还是很温暖的。

我喘了一口气，把枕巾抚平，坐在床上。好了，一切就绪，我终于有了机会，可以以一个兰州人，而不是局外人的身份打量兰州，细细观看这个城市的一切。

我开始了在这座城市扎根的努力，我给颜峻写了信，告诉他，我已经到了兰州。于是，1997年10月的一天，我们见了面。我们见面的地方，是一个叫“双百”的酒吧。

那时，“双百”是兰州很少的可以称作酒吧的地方。碰面之后，我们走下楼梯，到了地下，进入一个大厅，灯光非常明亮，有一张长长的桌子。我见到了另外两个朋友，老眯和杨杨，他们是乐队的乐手，也是颜峻的好朋友。

我想了很久，想怎样开口，我就问老眯：“你为什么叫老眯呢？”

一把吉他不知道什么时候出现在老眯手里，他们开始唱歌，开始是

Love Me Tender，然后，《一块红布》，就这样，一路唱了下去。他们时不时地改变口音，用兰州方言说话。说过什么，我已忘记。晚一点的时候，强烈的音乐出现，颜峻、老眯，还有杨，他们去跳舞，很显然，颜峻并不会跳舞，他就平平地伸出双手，学习僵尸跳。大家都笑了。

我们在一起看电影、听音乐，隔三岔五地去参加颜峻组织的演出。记忆里，似乎总有那么一些晚上，我走在入夜以后的街道上，按照颜峻给我的地址，寻找一个有他做演出的酒吧。是的，是这里了，门口聚集着穿着奇怪衣服的孩子，三五成群，长发青年进进出出，在白天所见不到的美丽少年，在那个时候全部出现。大厅挤满了人，门口的帘子全部被卸掉，就连门扇也不知去了哪里。你如果穿着布的衣服就等于是给别人免费擦皮夹克，即便是缠过的最小的脚也难以两只都落在地上。

然后，各种声音停止，好的，有人上场了。他弹起吉他，仅仅几个音符就让这些目的各异的人安静下来，然后，别的乐器加入进来，他开始歌唱，或者嘶吼，说话。他用他的音乐呈现我们幽暗的、忧患重重的一生。我们的灵魂被重重击中。

也是那时，经过颜峻介绍，我开始和书商合作，写一些关于音乐的书。这些书，使我渐渐脱离了生活的窘境。我搬出了单位那间嘈杂肮脏的宿舍，租了一间顶楼的小房子住了进去，每天夜里，在靠窗的位置，用一台二手电脑写作。那座楼的旁边，就是兰州卷烟厂。夜里9点，是烟叶出炉的时间，一种金黄的、燥烈的，带着蜜丝味的香气从卷烟厂升起来，我一边敲着键盘，一边享受着那种味道，并疑惑着，烟叶和烟卷的味道，为什么会有这么大的差异，但我不想继续深究下去，我只管享用这一切。

我的生活，充满了各种讯息，电影、音乐、书、朋友、风景。兰州还是兰州，和那个14岁少年在老家小城遥望的兰州，并无不同。但它在我的眼中忽然变得不一样了，路灯更加迷离，更加绚丽；空气里充满支离破碎的、恍惚的情绪，即使是偶然听来的，片段的音乐也有了令人

沉醉的力量。每一个日日重复的事件，每一个小小的动作，没有意义的话语，忽然都充满了灵魂。忽然之间，我被书写的愿望充满，只要有一个开头，一个词语，就足以让我写下去，没有停顿，没有休止，文字通向四面八方，被浩荡的风挟裹。至今，我也固执地认为，我所写下的最好的文字，都出自我在兰州的最初那几年；那些文字，不是我写的，不是出自我的内心，我只是被选中了，被借用了，被通过了。那几年，我是个最好的天线，我只需要接收。

那几年，在我的记忆里，似乎没有四季之分，永远处在一种永恒的春天里。我总是记着，有一个春天，我去机场接人，路很远——兰州的机场和市区之间的距离，在全国排在前两位，但我丝毫没有不耐。因为窗外的风景有种奇怪的明丽：黄土地上，一个果园接着另一个果园，杏花正在开花，水红色的、粉白色的花，一簇簇地点缀在黄色的大地上，在车窗外一闪而过，阳光非常透彻，完全当得起“晴朗”两个字，而且是静静的，像是在那里照了一万年，还将继续照下去。

我一想起那几年，就想起四野里的那些杏花和阳光。

带给我们这些讯息、这些风景的颜峻，却越来越焦虑。他告诉我们，在这个地方，做成一场演出，有多么艰难，做成任何一件事，也都会带来非议，那种无休止的损耗、怀疑，令他心力交瘁。我们无法体会，只是似懂非懂地点点头，特别是我，已经被人生的盛景给砸晕了，根本无暇深究其他。

终于，第一次离别来了。

1999年夏天，颜峻突然打电话给我，对我说“过几天一起吃个饭”。那时的我，正和单位同事一起，为迎接国庆而排练节目。我们被圈在招待所里，全封闭式排练，外出都需要请假。我抱歉地告诉他，可能最近没有时间出来，电话那边的他，停了一会，然后告诉我：“过几天我要去北京了。”

我在他临走的前一天深夜，穿着排练舞蹈的衣服，从招待所跑出来，

去报社和他见了面。

第二天，他离开兰州，去了北京。

那只是个开始，此后十年，还有很多很多次离别，在等待着我。

被河流穿越的城市

兰州是个什么样的城市？

兰州有河。黄河穿城而过，慨然地将城市分作两半。整个中国，被黄河这样大刀阔斧临幸的城市，只有兰州，只此一座。兰州也有山。河的两岸，分别是南山北山。这两山夹一河的地势，使得兰州成了一个狭长的城市，从最东边到最西边的那个区，距离足足有四十公里；从最南边到最北边，却不超过十站路。这也是兰州的房价能够在2009年赶上北京近郊房价的原因。

被山压制着的城市，地理性格上，总有那么一点近乎幽闭的自足，即便这是五省交会之地，是丝绸之路的咽喉，是整个西部的中心，但那种与外界隔离的威胁，却始终存在。河流的开放和盆地式的保守，在兰州奇怪地交融在一起。

有一件事情，可以说明这个城市的封闭性格。

某年秋天，城里一间著名的寺院，准备在七月十四那天在黄河上放河灯，消息刊登在报纸上并不十分起眼的位置，但那天晚上，从6点开始，整个城市都陷入了疯狂：所有的人都走出门去，涌向河边，去看河灯，公交车上载满了人，马路上挤满了人，整个城区的交通全部瘫痪。

实际上，所谓河灯，不过是100多个装了灯泡的红气球，把这些气球放到河面上，并且目送着它们渐渐在河面上熄灭。整个过程，用了不到半个小时，活动在8点就匆忙结束了，但活动结束之后，人们却用了四五个小时才回到家里。路上人山人海，几乎寸步难行，稍微开阔一点的地方，也无车可乘，人们只有步行，回到家，已是凌晨一两点钟。

第二天，报纸上的照片说明了一切：河滩和马路上全是丢失的鞋子。所有的报纸，都辟出好几个整版，用来刊登和父母走失的孩童的照片。

这个能为几盏河灯沦陷的城市，如何抵抗北京、上海、广州、深圳的入侵？如何抵御那些巨型都市的崛起？如何能够吸住生于此的青年，使他们也能安心认它是吾乡？北京，上海，就像一个永恒的第三者，像第九区上空的飞碟，让他们时刻准备着离去。兰州，和所有人那些温情脉脉的故乡一样，都逃不脱沦陷的恐慌。

别完又别

十五年里，兰州给我的记忆，就是一次次告别。而告别，其实也是一次次流失。兰州，就是在这样一次次流失中，在我心里成了一片残破的大陆。

他们为什么会离开？我的朋友H的经历，比较有代表性。他在2002年离开了兰州，去了沿海城市，在媒体工作，很快做到总监的位置，常常要在国内飞来飞去，为媒体讲课和培训，他也在新的城市购置了大房子，妻儿也都随他在新的城市落了户。但，就在此时，他从前的上司另立门户，在兰州创办了一张报纸。在这张新报纸运营了一年之后，他邀请H回来担任副总，而更令人动心的允诺，是给H放权，由他操刀为报纸从头至尾改版包装，并推出周刊，用全新的理念，办出一张兰州没有过的报纸。用我们的玩笑话来说，H是那种“理想主义余孽”，他立刻被这诚挚的邀请打动，返回兰州，开始酝酿新的报纸。

南方的版式大师来了，著名的媒体人前来授课，周刊开始招聘员工，报社搬了新的办公地点，一切都显得生机勃勃，两个月后，周刊也出街了，这张报纸似乎会以一种敞亮的、澎湃的方式继续下去。但接下来的事情，是任何一个早早冷了眼、灰了心的兰州人都可以预见到的：复杂的人事关系，混乱的管理，对员工的盘剥——在新年前的那个月，夜夜

都要上夜班到凌晨一两点、每天都要跑新闻的记者，得到了他们的薪水，在扣掉种种罚款之后，少的，得到了100元，多的，收入是800元。

报纸的版面，在三个月之后，又恢复到从前那种样貌，在半年之后，周刊被改成了一张市民文摘。H于是再度离开。

其他的人，也都是因为相近的原因告别，即便没有这些卑琐的原因。当北京、上海、广州以那样毋庸置疑的方式，提示着生活的另外一些可能时，离开也是无可避免的。

颜峻之后，离开兰州的，是我们的朋友王轶庶。他在21世纪的第一年去了北京，而后是广州。没有多久，我们就见到了他在威尼斯电影节上拍下的照片，还有，在新闻界非常重要的那次评选里被提名。现在，他是深得罗伯特·弗兰克赞赏的摄影家。

然后是柴春芽，他去了广州。在一个月里，连续22次登上《南方都市报》头版，创造了中国报业的奇迹。他像凯鲁亚克那样活着，随身带着酒壶，去藏族聚居区支教，辞职写小说。然后是余加新和张海龙，他们去了杭州。还有诗人何满意，他先去了广州，然后又挥师北上。然后是我的朋友K，他是军队演员，相貌出众，和我们意气相投，一起经营了许多记忆，但，在兰州的电视台拍了几部灰蒙蒙的广告之后，在电视剧里扮演了若干只有一两句台词的配角之后，他加入北漂大军，去北京寻找机会。

还有丁丁，他去杭州深造，然后去了上海，现在已是进驻香阁纳画廊的著名的当代艺术家。还有狗子，他去了北京，在著名的摄影杂志供职。还有W，她和她英俊的男友，一起去了北京；再知道她的消息，是5年后，通过她的博客，以及开心网。

还有我非常敬重的一位老兄，他在2001年，报道了兰州的证券黑市——是的，那甚至不是一个证券市场，就是一个伪装成证券市场的地方。钱，只要进到那里，就再也别想出来。那是一个里程碑式的报道，他从此被恐吓，被追杀，最后，他离开了兰州。

所有这些人，在离开之前，都毫无征兆，只是，他们会在离开前，打一个电话给我，“明天我们一起吃个饭吧”，以至于，直到现在，只要有朋友略微郑重一点地说“我们吃个饭吧”，我就会咬着牙问：“是要去北京了吗？”哦，不是。但也是迟早的事。

大都市收服了我这么多出众的朋友，该怎么待他们呢？他们齐聚北京上海，该怎么风流快活呢？我常畅想着，他们白衣飘飘地，下午看画展，晚上听音乐会看话剧，然后在文人雅士荟萃的酒馆流连到天亮。其实不是。

才华出众的M，去了北京，我们热切地问及他的下落，拜访过他的朋友告诉我们：“在门户网站混到主任了，也不过一间略大点的隔挡，整个大厅三百人，嘈杂得像候车室。” H过年返家，我问：“你和D一定经常见面吧？”他们两人当年可是铁血好兄弟啊，而且，他们在北京的家，只隔着两个小区。但，我得到的回答却是：“我们已经三年没见面了。”堵车、出门的时间成本和金钱成本，都是见面的障碍，何况，因为要早起，晚上八九点就得睡。我们待在老家，一年倒还能见他们两三回。

但，所有的人，都没有回头。

一切飘零、在地铁上的煎熬，为的都是某种可能，这种可能，如果抓住了，就会给生活带来飒飒电光，但也许，这种可能始终都没有降临，这种可能性只是一种幻觉。但，兰州，甚至不存在这种关于可能性的任何可能。

我去过北京，走在街上，不能不觉得，街道格外整洁，建筑格外气派，街两边的银杏树姿态特别美，掉在地上的叶子，连个虫孔都没有，而街道上的男男女女，身姿、相貌、谈吐，都比别处高出一二十分。但有了上述经验，我知道了，银杏树一定是十里挑一，从全国各地选来的，人也是百里拔一，从各处征来的，他们其实都是别人的兄弟姐妹，别人的朋友，是北京把他们抢来了。似乎也不是抢，是他们自愿的，但只要

北京昂然挺立在那里，大放其光华，不抢，也成了抢。

最后一次离别

我从没想过我会离开兰州。

童年少年时代，我们整个家族的生活都十分颠沛，从兰州到新疆，再从新疆到兰州，一次次连根拔起，一次次重新开始，全都是伤筋动骨、大伤元气的。我的父亲母亲，我的舅舅和姨娘，他们嘴里，从来都听不到“我的中学同学”“我的朋友”这种词语。

与他们相比，我的优势就是，我有中学同学、大学同学、同事朋友，我得努力扎根，尽可能多地把自己的根须伸展出去，尽可能多地制造俗世的牵连，避免发生他们身上那种无人可以求援的难堪。我得从身到心，成为一个兰州人。

我交朋友，深入兰州的每个角落，即使是那些最黑暗的角落；而写作是我的铺保，是我的背书，一旦知道我从事写作，一旦知道我就是出现在报纸上和电视上的那个人，交朋友似乎就变得容易了。我还得想办法买个房子，而那一砖一瓦，仍旧得从写作中找出来。

2004年春天，朋友介绍了一个专栏给我。那是一个知名报纸上的随笔专栏，每周交稿五篇，很多人轮流写，一个作者写三个月，我却写了两年。紧随其后的，是别的专栏，最多的时候，我同时写三十五个专栏。2005年，我买下了我有生以来的第一处房子。然后是第二处。看起来，我已经形神兼备地，成为一个兰州人了。

变故在那一年就开始了。每天下午，一种放射性疼痛总会按时到来，我做各种活动，我用椅子把手顶住背部来缓解痛疼，但都于事无补。2006年3月，我终于决定不再做沙子地里的鸵鸟，去医院检查，为那种疼痛找到原因。我知道，把那种疼痛全推给劳累，是自欺欺人。

初步的检查结束后，医生要我第二天去做CT。我当然知道这意味

着什么，在医院的长廊里，我紧追着那位主任，向她提问，她告诉我“只是怀疑，所以要排除这种怀疑”。回家之后，我静静坐了两个小时，但是，交稿的时间又要到了，我开始写稿，并且多写了一篇，为第二天检查身体准备出了时间。

第二天，CT的结果告诉我，情况没有那么严重，但肯定得马上住院。我住了三个月院。出院后，还得继续使用一种昂贵的药物，这种药物，会引起严重的抑郁症。

我决定跳过这一年，不再讲述剩下时间里发生的事。在文字里，我有权这么做。

2007年，药停了，抑郁症还萦绕不去。就在此时，我读到了保罗•奥斯特的书。他书中的人物，在被命运吓破了胆之后，还必须面无人色地活下去。于是，他们索性在下一次重创到来前，自己动手，变被动为主动，自己给自己的生活以重创，或者失踪，或者流浪，或者在原来的位置毁坏自己的生活。他们以主动进入绝望的方式来回避下一次绝望，以使自己尽力悲惨的方式来躲避悲惨，以让自己成为被命运毁灭的代言人的形式来汇入命运之中，或者，以像活死人一般活在幻影之中的方式，去抵消人生本来就是幻影这个更大的事实。

我从另一个介入点，知道了他们何以离开。生命是有限的，我得和他们一样，去追寻别的可能性，使生命充盈。

那一年秋天，我离开了兰州。我选择了去北京附近的小镇，带着疾病，像幻影那样生活下去。

再见，兰州

再回到兰州，是2009年了。

我吃了我思慕已久的牛肉面，见到了所有我想念的朋友，我终于再次确认，这个城市里，已经没有我想要的东西了，我的离开，不是盲目的。

我又一次坐上了去北京的火车，在上车前，我一边拎着东西疾走，一边默默温习这座北方城市的景象：

安宁区的林荫道，落日又大又红；

幽暗的绿色公园里，黑色的树干和碧绿的草地前面，有一把黑色的长椅，刚下过雨，椅子上面沾着被雨水打湿的、黄绿色的叶子；

一个孩子在广场的方砖地上学习走路；

早晨的广场西口，主席台前，骑自行车上班的人流；

人们蹲在牛肉面馆前，端着碗，吃面，其实还有空座位的，但他们更喜欢蹲着；

西关清真寺前，男人们戴着白色的礼帽，穿着深色的长袍，在温和地交谈；

玉佛寺的僧侣和施善的人们在黄河岸边放河灯，河灯在黑色的河流上越走越远，他们站起身，习惯性地拍拍膝盖；

中午的菜市场，没有人买菜，河南人的孩子睡在布伞下的板车里；

绿色公园里，一把黑色的长椅，长椅的一端，有人坐着，他紧靠着椅背；

他的脚，他放在扶手上的手，他的下巴。

——温习过这一切，并把它安放在心里，我于是可以忍受火车的启动了。

火车启动了，我竟然感觉不到一点痛苦。我可能已经习惯了，并且已经接受了自己的习惯。我热情地和周围的人打招呼，询问他们的去向，接过他们递来的水果。我确实感觉不到什么不妥。

而这种痛苦的消失，竟然让我如此不适应。

蒋　志

1971年生于湖南沅江，1995年毕业于中国美术学院，现工作生活于北京。作为同时期才能最全面的艺术家之一，蒋志曾在多个重要美术馆和画廊举办过个展，其中包括OCAT深圳馆、广州时代美术馆、白立方画廊香港空间、北京魔金石空间等等，个人作品集有：《木木》（1999）、《照耀我》（2008）、《神经质及其呓语》（2008）、《白色之上》（2008）、《颤抖》（2010）、《如果这是一个人》（2012）、《情书》（2015）、《滥情书》（2016，与陈晓云合作）、《我们，注定，一切》（2017）

蒋　志：沅江文艺青年的回忆录

一

就写写在沅江的回忆。实际上我在那儿待的时间不长，好像它是我生活中突然插进去的小小一段，突然梦想成真的一段，一种过渡。每一次从这儿到那儿，都会给我这种感觉。比如说我 2 岁多的时候，家里突然想把我存放到农村一个亲戚家，经过我一个星期持续不停的哭闹，那家亲戚只好把我送回镇上。那是我生命中第一个危机时刻，我已经下定决心，如果他们不把我送回去，我就永远哭下去，而且把蚊子在我身上咬的每个包都抠烂，所以当时我是把自己搞得血肉模糊回去的。清晨，一个美好的清晨，一艘木船把我送回那个叫“南大”的镇上，我望着船边的河水流过去，一个未知的、新鲜的未来在前方的晨雾中，我正在一步步靠近，看到那些迷雾中的秘密一段又一段。一下船，竟然在河边看到了我妈妈，她正和她的女朋友们嘻嘻哈哈地在逛街，她肯定对我的回归没有任何心理准备。也许她那时想，糟了，这个磨人的小家伙又回来了，我又没有时间这么轻松地逛街了。后来她告诉我，她那天有预感我能回来……我又回到了妈妈那儿，这是我一个星期以哭和抠烂全身的艰苦努力换来的重生。

我回到妈妈的怀里，但这对我的妹妹来说，是不公平的。明显的，白天要上四五节课，晚上要批改四五十本作业和备课，时不时还要去参加支农的妈妈不可能同时带两个孩子。我妹妹在不到 2 岁的时候，被送到了另外一个农村的家里。

而我的弟弟，一断奶也被送去了那个农村另外一个亲戚家里，直到

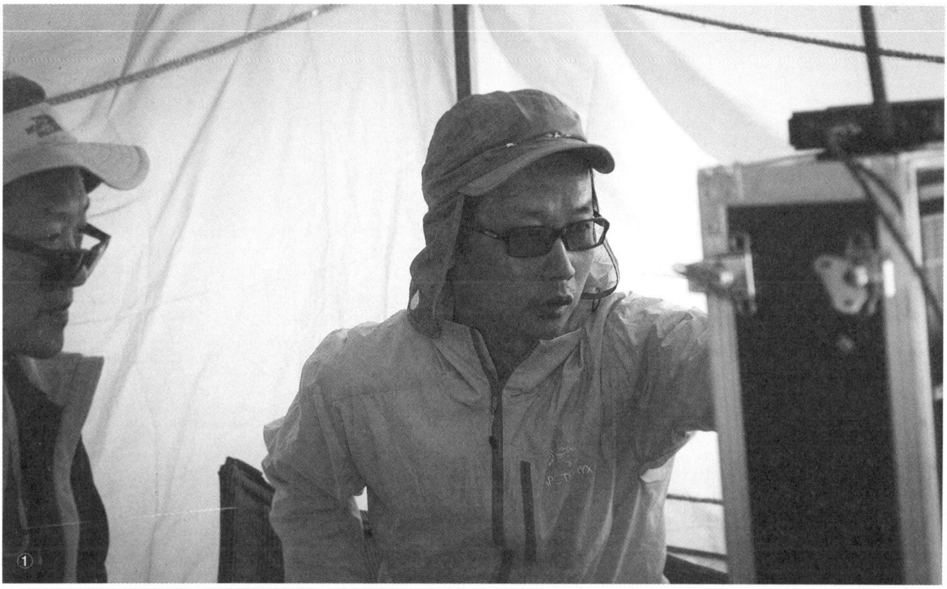

①

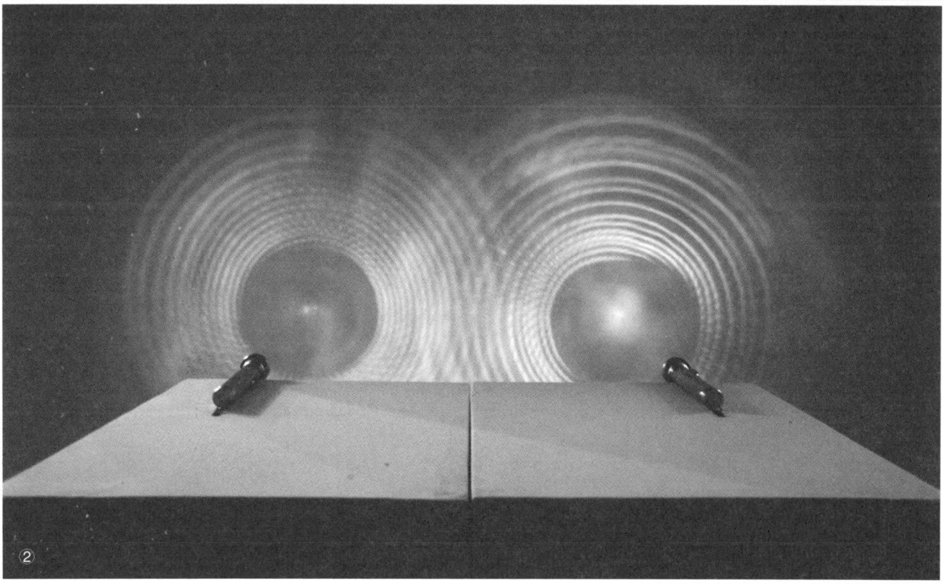

②

①　蒋志在2016年

②　《微物之神》装置作品
（两支手电筒并排在一起，光投在墙上，随着电池的消耗慢慢暗去）2011年

③　蒋志　情书系列　摄影作品

③

5岁才回来。那时我们已经搬到了另外一个地方——草尾镇学校。

弟弟回来的时候，我做了一个巨人来欢迎他，在教室里用几把很长的、那种竹子做的扫帚，立在几张课桌拼起来的台子上，然后翻出我家所有的衣服裹在外面。我想给他一个惊喜，但是，我们发现他没有学会说话。

为了那个巨人，我差点挨了一顿打。因为塑造它的材料是我家所有的衣服，你知道，包括一切，冬天的、夏天的，大衣、内衣……而且我还让全校的老师和他们的孩子都参观了。现在我明白了，挨打是完全应该的，是我的妹妹和弟弟在农村像小狗一样被放养，自己搓泥巴当玩具，被蚊子咬的成千上万个包换来的我那点小聪明。

这些经历我打算以后再详细地说。现在我只想说说在沅江的艺术青年时期的故事。

二

1987年7月我们从草尾镇搬家到沅江县城。那时画画的人并不多，在草尾的时候，就五六个人，彼此都认识。一到天黑，就会背着一个画架从镇上各个角落幽灵一样游荡出来，到某个小旅馆集合。然后窜进一个一个房间，问那些住客："给你画张像好吗？"如果第一个旅馆没有住客，我们就去找另外一家，有时找遍所有旅馆都没有住客，我们只好在街上边走边唱歌，打发时间。我们没有酒喝，也不敢喝酒，只要父母发现我的嘴里有酒味，一定会把我打得半死。有时10点多我们就回家睡觉了，但是这种情况很少，一般，我们都会带一张黑乎乎的头像素描回家。

到了沅江也是这种情况，一到天黑，只要你背着个画夹，在街上就能碰到"他们"——长发，那种独特的"艺术家眼神"（在那时，那种小镇或小县城，这种眼神是很容易被辨认出来的），然后就迅速结成一个心照不宣的秘密联盟了。这种眼神的非物质成分大致由"我是傻逼"和"我不是傻逼"的激烈的内心反应生成，所以带有傲慢、孤独、不屑、敏感、冲动、幻想的气味，这是老师和家长不愿闻到的气味。而且我们那时也确实有种气味，因为部分人不喜欢洗澡。我就有过一个冬天没有

洗澡的纪录。在长沙学画的那年，当冬天快结束的时候，我走进一个澡堂，脱光了站在那儿，但身上看起来仍然像穿了一件圆领的深灰色的紧身内衣。当我从澡堂出来之后的几天，很多人都非常愿意和我打招呼，他们说：发生什么事了？你整个人都变了。

是的，我那个时候真的差点“整个”变了。四个月不洗澡，反映了那个时期一个悲惨的事实——我没有光着身体和女孩在一起的时间。我几乎爱上了我整天对着画素描的那尊沉思的少女石膏头像——如果不仅仅是头像的话，我想我肯定会爱上她，并享受性生活的。

三

我第一次知道，一个就在身边的人，还可以叫“主席”。

有一天，一个长得“蛮头蛮脑”的人突然来到我家。刚好我一个人在家，他一进门就说：“我叫熊望洲，你还记得吗？前几天一起画过素描。”

我刚刚到沅江，还没有一个当地的朋友，他的到来让我非常高兴。但他很快让我大吃一惊。

“我今天过来就是通知你一声，我正式任命你为‘文化部部长’。”然后他把一个自制的绿色的塑料圆徽章交给我——一行用红色油画颜料写上去的小字半圆形排列“流浪艺术家共和国”，正中一行略大的字“文化部部长”。

当我对这个任命感到吃惊的时候，他镇定自若地再次宣布：“‘主席’就由我来当了！”

哇！那一瞬间，我又看到另外一层迷雾中的秘密。我的面前绽出了一个可信的未来，它越不可能就越有吸引力，越被它吸引就越觉得它可信。在一个没有可能的县城里面生活着一群向往别处的年轻人，我们的欲望就如同无头苍蝇一样，在狭小的意识参照坐标中，任何梦想都确信是可见的未来。

这是一个怎样的县城呢？大部分的成年人都在打牌或搓麻将。电影院烟雾缭绕，时时会踩到滑溜溜的痰迹。大部分的录像厅把音响装在

外面，让方圆半公里的地方都能听到香港武打片或美国枪战片的声音，有时还有夸张的呻吟；如果你进去，一不小心就会摸到前排椅背上一团精液（我觉得应该在录像厅写上一行标语“朝座位下面打飞机是有素质的”）。歌舞厅外面永远都有小流氓等着找事打架。有几个美女全县城的人都知道而且都在打主意。到现在还没有淘宝的快递。橘子树林中到了半夜有“鬼魂游荡”。3 毛钱一碗面或米粉。一个小旅馆一般只有几个人入住，而且都是从乡下来城里办事或做小生意的，轮廓分明，皮肤黝黑粗糙。所以那时的湖南考生一般爱用木炭条画头像，在粗糙的素描纸上砍几笔刮几下，效果就那样了，生活就如同木炭条画出来的那般。

我那时是怎样呢？是一个刚从半个小时就可以从这头走到那头的小镇来到要花一个小时从这头走到那头的县城的没有见过世面的青春期小青年。不会玩桌球和游戏机（而且现在还是不会），至于毛片，直到 1990 年我才在一个哥们家看到。我们所有的人都没有钱买烟和酒，偶尔偷家里一包烟或一瓶白酒出去和朋友们享受。每时每刻都想着女孩子。上学的时候周末去船码头画速写，放假去乡下亲戚家画竹子和牛。上大学之前没有看过球赛。听的最潮的歌是《黄土高坡》和《一无所有》。连骑自行车都是因为不想上一个我不喜欢的学校，故意在高考前为了打发时间学的。刚会踩几圈踏板就上街了，一出门就撞倒了一个黑社会大哥模样的人，由于我满脸通红，他就说了一句“大白天就喝成这样啊”，一挥手就让他的小弟们放过了我。只看过两本有关艺术家的书，《德拉克罗瓦日记》和《贝多芬传》，几乎没有看过什么国外的画册。那时没有听说过“当代艺术”，只知道“现代派”。如果你那时问，谁是我最喜欢的现代派艺术家，我一定会告诉你：凡·高。其实我那时更喜欢米开朗琪罗、丢勒和达·芬奇，疯狂地临摹他们的素描。

四

熊望洲就酷爱凡·高，他那时在文化馆边上搞了一个画室取名叫“凡·高画室”，到 2008 年他的 QQ 网名还是“文森特·凡·高”，前不久他改名了——“马兰亚的凡·高”。是不是他一直觉得自己跳动着

“凡·高”怀才不遇的脉搏呢？我没有问过他，也没有觉得有从他那儿知道答案的必要。他还自称过“侯爵”，这个故事我会在下面讲到，我只相信我对他的所见所闻。2005年我去他那儿，看到一批他画的油画肖像，无论是谁，都是向上翻着白眼，那些面容十分神经质，接近癫狂，不知是憎恨还是灵魂出窍，也许都有。怎么会有这样的眼神？我都能猜到他会这样回答：当我把一团给眼球的黑颜料涂到那块已经是眼白的白颜料上时，就这样了！

我被任命“文化部长”之后，并没有什么好处。这件事情很快就烟消云散了。只是听说他们以“流浪艺术家共和国”的名义组织过几次女人体写生，但都没有我的份儿。我当时有点受到不公平待遇的感觉，但更多的是好奇，因为他们后来和我讲述的写生过程有我最感兴趣的魔幻色彩：比如一个因为被画了裸体就一定要其中一个“艺术家”娶她的女孩；比如一个穿了一条看似她父亲的蓝色大号平角内裤的女孩；比如一个戴着比她乳房大三倍的乳罩的女孩，乳房看起来像是住进了一间超标准的套房；比如一个突然流下月经的女孩……最后一个故事的结尾，是“主席”用毛笔蘸着女孩的月经涂在了他的画上，这应该说得上是综合材料绘画了，虽然他说“要追求真实”。这么好玩的故事，都没有我参加。

五

“流浪艺术家共和国”的成员应该就几个人，“宣传部长”叫陈新贵，天生少长一条肋骨，正好少的是心脏部位的那根，当我隔着一层皮摸到那颗活着的工作着的肉泵时，感觉非常奇怪。他有个好笑的逃票经历。我们去外地考美术专业的时候，一般都会在火车上逃票。对付查票有很多办法，比如躲到厕所里，或者跑到其他车厢，让同伴检完票之后把票偷偷给送去，我成功逃票的那招是紧跟在查票员身后（最危险的地方就是最安全的嘛），装成被堵住过不去或者是对查票过程特别有观赏兴趣的样子。陈新贵的那招是把自己装进一个蛇皮袋子里，拉上拉链，让同伴把这件“行李”塞进座位底下。有次，一个长得很喜感的乘务员来查票，查完我们之后（我贴身跟在他身后，正装着饶有兴趣地欣赏他

的工作），用脚踢了踢那个袋子，开玩笑地说："有人吗？"我们都显得特别配合他的幽默感，用嘻嘻哈哈的笑来奉承他，他得到满意的效果，向我们挥挥手，正转身要离开的时候，突然一个颤抖的声音从那个袋子里发出来："有人……"

六

"教育部长"叫张又喜，眉毛很浓，是一个表情忧郁的人。因为和他在一起的时间很短，没有留下太多的印象，只有一个细节让我时不时记起。有次他从武汉考完专业回来，我们问他考得怎样，他叹了一口气说："考了几天，就是胡子长了几根。"并且他还现身示法，给我们看他多长出来的胡子。这咚地击开了我一个新的感受区域，从此我也经常禁不住观察自己毛发的动向。

七

"财政部长"由武强担任，他并不是艺术生，爱好玄学，经常跑到各种山上找道长仙家去学法术。那时他就神神秘秘地说自己可以招鬼，但是从来没有在我们面前表演过。我们亲眼看见并可以相信的是"缩骨术"，我们把他五花大绑在一根电线杆下（我亲自打了很多死结），他不到 3 秒就脱身了。他那时候家比较富裕，我们出去吃"漫酒"都是他主动买单。"漫酒"就是晚上出来营业的街边小吃摊，我们经常是几瓶啤酒，一碟小螺蛳，有时会加几串烧烤。我想这可能是很多谈恋爱的年轻人主要的夜宵方式，所以有这么一个浪漫的名字。武强那时看上高中一个校花，是我弟弟那一届的。他后来经常请校花出来吃"漫酒"，上娱乐厅喝饮料，每次校花都会带上她班能叫上的所有女生一起来，少的时候有五六个，多的时候有十几个，武强也不在意，照样乐呵呵的。从人家高中一年级一直追到毕业，追了三年也没有追上。武强后来去了北京，我那时已经在北京工作了，他需要打工赚钱，我就让他帮我送杂志。每月他都要骑着自行车跑很多地方，将杂志送到各个书报亭和书店，我好像每月给他发三百元工资。他还打其

他工，比如帮公司收集市场调查。他在北大附近租了一个小房子，混进北大去旁听经济学，在食堂看上一个大学一年级女生，就因为人家朝他回头看了一眼，就觉得她就是自己注定的那一个。他每周给那个女孩写两封情书，而且是用文言文写。有一回下雪天，他到女孩宿舍楼下叫女孩名字，要请她出来，女孩不肯出来，他就一直站了几个小时。后来他和我说，雪积在他的头上和两肩上很厚，他发现这很有形式感，就从地上又捧了很多雪堆上去，最后女孩下楼劝他回去的时候，发现他头上顶了半尺厚的雪。这样追了 4 年，女孩大学毕业了，有了男朋友，遇到什么情感问题，武强还帮她出主意，当然是那种以出主意的方式明合暗拆地来追她。女孩后来继续读研究生了，武强则去南方打工，凭着在北大旁听到的金融知识和自己以前自学的儒道智慧帮一个公司谈成一笔大生意，分得一笔不菲的提成。然后他又去另外一家上市公司打工当总经理，涉嫌操纵股票被通缉，逃到华山，不久还是被抓获，下山途中用“缩骨术”逃走，逃到湖北一个旅馆，最后还是被抓获，在看守所关了一段时间后被人捞了出来。出来后没多久，武强成了一个掌管一百亿风投资金的中国区的经理，风光地出入北大清华，有一次我还在网上看到他去清华大学企业创新与发展论坛上讲演，一洗当年旁听蹭课躲躲藏藏之辱。后来那个女孩又去了国外读“博士后”，再后来，2007 年我收到他和这个女孩的婚宴请柬。不久，武强告诉我，他老婆已经怀上了孩子……一个童话般美好的爱情故事。

2009 年我还和他约在“岳麓山庄”一起吃饭叙旧，他说他现在的投资计划也会涉及影视，问我想不想拍电影。我说那你给我投一个几百万的小制作吧，他说他只会考虑上亿预算的电影，这样才能保证让投资没风险，我说我无法驾驭这么大的预算，这事以后就不了了之。

八

还有一个成员，忘记名字了，有天他和一帮人在台球厅看印有裸女的打火机，裸女身上的胸罩和内裤用热敏颜料印刷的，那些“遮盖物”一遇热就透明了。他们轮流用烟头去烫那些部位，到他的手上时，打火机爆炸了，把他一只眼睛炸伤。后来他那只眼睛就视力不好了，黯然退

出了“艺术事业”和“流浪艺术家共和国”。

这是我知道的一件悲剧性的对裸体的爱。

九

也许当初学美术其中一个诱惑是画裸体吧。后来熊望洲从湖南轻专毕业之后，回到沅江在文化馆工作，又发生一起“裸体事件”。一个新婚的漂亮女人住在他隔壁，有年冬天，这个新婚女人靠着走廊护墙，回头看见“主席”正在她身后画她，她问：“你画什么呢？”“主席”说给她画速写，让她站着别动。过了十几分钟，新婚女人说要欣赏一下艺术家的大作，过来一看，发现自己被画成一丝不挂，屁股和乳房还夸张的丰满。她红着脸怒气冲冲地跑回自己的房间。“主席”以为事情就这样戏剧性地结束了，没想到新婚女人告诉了她下班回家的丈夫，暴怒的丈夫抄起一把菜刀到隔壁找“主席”算账，幸好“主席”外出未归，等他回来时，发现自己的门板上满是刀砍的印子，上面还写着“流氓”两字。他也暴怒了，也抄起一把菜刀去隔壁算账，隔壁也没人在家，他就把一盆水从门下的缝灌进去。新婚夫妇半夜回家，因为水结冰了，两人一进门就摔倒在自己的家门口。后来呢……我也不知道了。

那时候的“主席”很有欧洲文艺范儿，他在临街的窗户外面搭了一块长条木板，还接了一根电线出去，在木板上面吊了一个灯泡，灯泡周围是一圈飞旋的蚊子形成的光晕。晚上他不去打台球的时候就坐到那块木板上看书。我们都笑他，看个书不好好在房间里看，干吗把自己搞到外面去，好像一块腊肉一样晾在窗外让全县城的人看。而且，窗底下又不是塞纳河，而是一条叫卖小吃的街，对面是一个枪炮声和呻吟声此起彼伏的录像厅。

他的欧洲文艺范儿另外一个体现，是在他那本来就不太高的房间里用木板搭了一个二层，他自己称之为“阁楼”，因为那时我们知道欧洲有很多艺术家和文学家都住过阁楼，像思考要在窗台上产生，“主席”也确信“阁楼”是艺术灵感的洞房。他尽力邀请一些女孩子来他的房间看他的艺术创作，“一楼”展示的是G级的风景油画和人物肖像，谈谈

印象派、文艺复兴、毕加索、凡·高和塞尚，然后他会像推荐一个名胜一样，引导观众上“阁楼”，那里有他画的一张R级的裸体自画像，和一套随意的床褥。

女孩子一般会不知所措，羞红了脸，又不敢贸然跳下阁楼，这个时候，“主席”向我们总结说：“虚伪的防线开始溃退。”

这个“阁楼”被烧毁于1997年冬天的一个夜晚。春节放假我们几个朋友到他的房间吃着瓜子花生彻夜长聊，到了半夜，火盆的木炭烧完了，我们觉得越来越冷，“主席”先把一张藤椅拆了烤火，然后是两把木椅，最后他把阁楼的木板一条一条拆了烧了，直到天亮，我们捧着冷水洗洗熏黑的脸之后，看到阁楼只剩下四分之一了。

十

我不太苛求自己的文字对这篇散漫的回忆录太负责任，这样做，是想让写作的状态更像回忆一样……只需要一个随意的停顿，那么……然后一些往事……可能更好理解的是这个比喻，随手折断一根树枝，汁液会缓缓从断口处流出来，根茎慢慢开始在黑暗中吸吮。

每当我看到某个人在野外写生，我都会想起一个词，因为这个词是我在绘画上遭遇的一次比较重要的词汇事件。有一次我们去风景写生，这是我第一次和他们一起去野外写生，也许是最后一次。之前我在草尾的时候，也去画过几次，但是我发现自己对着眼前的“一切”束手无策，我很羡慕那些对着“眼前的一切”能画出风景的人，他们有那种能概括出风景的能力，而我完全没有。面对风景，我缺乏让“一切”成为“某样”的能力和勇气，是啊，我感到胆怯。当旁边的人涂抹出天空、树木和通向远方的小路的时候，我持着笔，望着一片云，发呆，它在移动。或者，我看着小路上一坨猪屎，苍蝇在我和猪屎之间来回亲吻……所有的问题，在于我无法“决定”该怎么画。直到后来我有了相机，就把这个决定权完全交给相机了。奇怪的是，如果面对的是一个单独的人，或者一个人的脸，我并没有这个问题。我可以用各种方式画头像，米开朗琪罗式的、拉斐尔式的、鲁本斯式的、门采尔式的、费钦式的……

当我们画了一会儿，开始给对方提意见，这个批评和自我批评的活动，随时可以进行。我总是属于虚心请教的那一方，关于风景色彩写生，我真的毫无经验，而且我的绘画工具也捉襟见肘。我当时应该很羡慕他们都有“油画箱”，让我把他们和莫奈、凡·高联想在一起。而我，请你们也想象一下我在那儿画画的场景，捡来的几块石块或砖块垒起来，把画板靠在上面……后面还有一个人在说：“你看他这棵树画出了空气感。”

于是我转头去看所说的那棵有“空气感”的树，并开始去理解刚学到的这个新词汇。我只是隐隐约约感到了“空气感”，更感觉到了这个词汇的“专业感”，也就是说，只有不同一般的、专业的、上档次的、较高艺术修养的人才会说出这个词汇，并且有资格用这个词汇交流。我只能假装领会“空气感”，就像我以后假装领会了“当代感”一样，并装下去。

十一

今天我又开始写熊望洲的故事，因为我的个展的策划人想让我继续把这篇零碎的回忆录写下去，他们之所以提出这个想法，可能是因为我要在我的个展里面策划一个熊望洲的个展，而他们也许希望能从这篇回忆录找到某些线索或破绽，当然我也一直想找个机会写……我得承认，我之所以要展出熊望洲那些翻着白眼的人的肖像油画，是因为那些肖像一直在我脑子里面时时出现，所以，我想如果把他们都放在一个展厅里面会怎样呢？他们像约好似的把视线越过观众的头顶，兀自出神。我们看着他们，而他们的眼神却告诉我们，他们不在这儿。

我再告诉你们一点熊望洲的故事，其实我已经写过，本来我想把那些曾经写过的故事找出来拷贝在这里，但是没有找到，我花了一天时间用了各种我想到的可能用过的词或短句在电脑上搜索，一无所获，但是我一定写过，我还记得那些文字在屏幕上的画面。难道是我记忆混乱了？由此我担心的是，虽然我觉得脑海里面有和我青年时期的朋友们一起玩耍和画画的一幕幕，但如果我以后用关键词在记忆库中搜索，却被告知“找到0个文件”……

我曾经写过的“侯爵”的故事应该是这样的：

那时我们这批“流浪艺术家共和国”的第一届“领导人”经常一起碰面，一般就是隔三岔五地去你家或来我家。一天武强来到我家，笑眯眯地说：“你知道我昨天在湖心路看见谁了？”我说：“那肯定是‘主席’。”他说：“不是，熊望洲已经不是‘主席’了。”为了简便起见，我就简单地复述武强对我讲述的他昨天见到的熊望洲怎么啦，括号里面是我的附注。

我昨天下午4点多，吃了一碗米粉，去文化馆找熊望洲打桌球（文化馆是熊望洲上班的单位），他的头儿说这几天望洲同志都在一楼台球室打桌球，但是奇怪，今天他没有来上班。我就上街去找他（因为沅江就两三条街，找人很方便的），果然我在湖心路找到了他，但是我看到他的时候，惊得下巴都掉了，因为我看见他戴了一顶礼帽，披了一件黑风衣，拄着一根从雨伞上拆下来的把手，在马路中间慢慢地很有风度地走，我喊他“主席”，他在沉思中回过头严肃地对我说，“我现在已经不是‘主席’了，”停顿，“先生，以后请叫我‘侯爵’。”原来是他偷了他爸爸的礼帽，而且还把他爸爸的风衣在后面剪了一刀，变成了燕尾服。

第三天，武强又来我家，对我说：“你知道吗？昨天情人节，熊望洲干了什么？”

前天我和熊望洲打完桌球分手后，他并没有回家，等到半夜，去纸厂的花园偷了一大把玫瑰，又顺手撬了一辆很小的女士自行车，然后骑着车在街上嚎了一晚上情歌，说是为他的西妮娅唱的（堂·吉诃德的心上人）。第二天一早，熊望洲骑着他的小马（熊望洲认为那辆自行车不是一辆自行车，而是一匹马，这样才能和他的“侯爵”身份相配），带上一枝玫瑰花（说是他晚上遇到了一群强盗，经过一场恶斗，用生命保住了最后一枝玫瑰），神经一样地到他的“西妮娅”（他当时暗恋的女孩叫什么雅妮）家要去献上爱情的玫瑰。当他敲响了三下门之后，他听到了令他心跳加快的脚步声，于是他马上跪下一条腿，虔诚地把头垂下。一只手，把那枝玫瑰举起，另一只手，按在自己胸前……（接下来的事

情太搞笑了，所以我觉得是武强自己编的，不真实，我就不复述了。）

这是“侯爵”的故事。后面我再讲讲熊望洲在1996年湖南沅江水灾中的小故事，那次水灾整个县城泡在水里两个多月，其中四天，洪水每天涨1米。这个故事是熊望洲自己对我讲的：

我醒来就发现整个沅江都在水里了，我住在二楼，一楼已经全被淹没了。我只好乘着我家洗脚的大木脚盆，找了两根木条划水，穿过了两条街去我的单位（文化馆）上班，到文化馆门前，看见本来在二楼高的“沅江市文化馆”牌子直接是在水面上了，整个文化馆都变成“龙宫”了，我把木条往天上一扔，仰天大笑了三声“哈！哈！哈！”，我心想从此我将获得新生，我可以去北京实现我的艺术之梦了。

因为这个即将开幕的展览，美术馆会邀请熊望洲来广州出席开幕，所以这个故事你们可以向他求证。下面一个故事是我妈妈给我讲的：

有一天我收到一封给你弟的信件，因为他那几天不在家，我就拆开来看看，原来是熊望洲寄来的，写在一张只有两个指头宽但是很长的纸条上。我看了几句，发现我自己的手在发抖，越往下看我越觉得自己的心脏快受不了，我不得不分好几次才看完那封信。他在信里说，他要去北京做艺术（他要去圆明园艺术村），但是又没有钱，他就把文化馆的房子出租了,他拿这些钱去和人打台球赌博,想多赢点钱,但是全输光了。怎么办呢？他就去卖血，卖了两千毫升血。我的手就是从看到这儿开始发抖的。然后第二天，他就去了长沙火车站，他说他因为献了血，头晕，本来要去北京，却上错了车，清醒过来的时候已经到了深圳。在那儿被保安抓住，文凭和身份证也被扔进河里，一只耳朵被扯掉了，脚也被打断了，还被关进东莞的一个地方做苦力，修高速公路。说他正在策划一个暴动，如果不成功的话，他就会被埋进混凝土，他写信给你弟弟是让他知道，如果暴动失败了，他的尸骨会在立交桥的某块路面里面……

这封信是这么恐怖，所以我就一直没有给你弟弟看。

后来我妈妈把信交给了我，现在还保存着，原文如下：

蒋毅：

事情是这样的，早在两个月前我就和卫佬筹备到北京圆明园艺术村去。所以我将文化馆的房子租了出去。痛苦的是我把盘缠输得精光，啊，谁叫我想赢点钱好在北京多待一阵子呢。卫佬只好一个人去了北京。随后我咬牙卖了两千毫升血，孤身一人踏上了征途。到了长沙脑袋昏昏沉沉，本来是要北上抗日，可上错了火车，当我从昏睡中醒来后，发现我到了南方的深圳。我真正成了名副其实的流浪汉。我漫无目的、东倒西歪、孤苦伶仃地在街上走来走去，可又被查暂住证的保安抓住，在拒捕中，我的一个脚趾被扭断，耳朵也被拉裂，现在左耳听觉有了问题。皮外伤就省略不说了。文凭被当场扔到了河里，身份证也不知掉到哪里了。我已不知道我是谁，再一次与历史断裂了。一个没有身份，没有证明，什么也没有的人，我感到很轻松。随后我被送到了东莞某处，每天背两吨石头，修高速公路。现在我胃口很好，皮肤也晒得很黑，我成了一个地道的劳苦大众，我很喜欢这种生活，不过我还是在策划“暴动”，好伺机集体逃亡。这只不过是想体验一下冒险的滋味而已。如果不成功的话，我可能会被和在混凝土里成为某立交桥的一部分。一千年后，也许能找到我的骸骨。

祝贺你考入了北京，如果我还活着，相信我们还会在北京见面的。因为那里才是我最后的归宿。

向一切问好！

再见

熊望洲

1996年6月15日

蒋志

2010—2012年写于北京

毛　尖

华东师范大学教授，作家，上海作协理事，上海电影评论学会副会长，上海华东师范大学外语系学士、中文系硕士，香港科技大学人文学部博士，研究涉及20世纪中国文学和电影，世界电影和英美文学，著有《非常罪，非常美：毛尖电影笔记》《当世界向右的时候》《慢慢微笑》《没有你不行，有你也不行》《乱来》《这些年》《例外》《有一只老虎在浴室》《一直不松手》《永远和三秒半》《我们不懂电影》等，译有《上海摩登：一种新都市文化在中国1930—1945》等

毛　尖：没有人看见草生长

我常常想不清楚，从 20 世纪 80 年代末到 90 年代中的那些年，于我究竟是宝藏还是伤口。1988 年夏天来到上海，除了中间三年跑去香港读博士，我一直待在华东师大。丽娃河两边每一寸土地，我都走过。

本科我读的是外语系，男女生比例大约是 5 比 1，而当时的中文系，男女比例还不像现在这样失调，我们到文史楼上课，看人家教室“阴阳得当”，就有些嫉妒。后来我立志考中文系研究生，同屋嘲笑我是养生去的。不过，玩笑归玩笑，我在中文系读研究生那几年，确实是我求学生涯中最难忘的时光。

事实上，在 20 世纪 80 年代，对中文系没热情几乎不可能。校园广告栏上都是和文学有关的讲座，大小社团也都文艺腔。在活动中心跳舞，被人问以后打算去大公司做吗，你会反思是不是自己气质特庸俗。那些年，是风流之徒的最好年华，他们用诗歌为自己担保，使得对里尔克动情的女生后来都有一段和校园诗人的莫名恋情。

校园诗人非常多，而且有一半不是在册学生。那些年，宿舍管理不像现在这么严格，一个寝室八张床，长期睡九个也很正常。至今我还觉得奇怪，那种乱而不淫的关系，是怎么建立的，又是如何消失的？大二的时候，我住过一年的大寝室，十四个人一个屋。吃过晚饭，不谈恋爱的出门夜自习，谈恋爱的上门夜自习。晚上我们回寝室，但见蚊帐飘荡，嘈嘈切切，想起我们的写作老师、现代派诗人宋琳的名言“越喝越渴”，我们对饮鸩止渴之徒也就有了同情。有一次，同屋的一个老乡跑来说，他们学校最近抓了一个宿舍，户籍八人，搜出十三，而且有男有女！

①1990年，第一次爬上长城
②1992年，大学毕业
③十年教龄的老教师
④王子乔开始自己认字看书的时候，我马上轻松很多
⑤这张照片我用了最久，因为看上去像二十，像三十，也像四十
⑥那时候王子乔喜欢说：“看着，我画个字给你看。”
⑦我身后是华东师范大学的文科大楼，我在这里变成资深文艺青年，又告别文艺青年，后来又教了很多文艺青年

④

⑤

⑥

⑦

我们对她的消息反应不强烈，她自叹自唱："堕落啊堕落！"我至今记得她一边持扼腕痛惜状，一边大口地吸爆炒螺蛳。不过，在那个时代，"堕落"似乎有它的正面意义，女孩还没有掌握身体的方法论，男孩也不懂得肉身会有价，所以，从身体开始的爱恋，常常又以身体结束，流泪的流泪，流血的流血。6点钟的寝室，晨跑的同学突然也会带回一个消息，五楼日语系的一个女生自杀了，是上吊！

所有人的反应都是，她失恋。在那个年代，除了爱情能突破身体的极限，其他，还有什么呢。

能有什么呢？考试算个屁啊，"先锋派"格非和宋琳一起给我们上写作课，他们上的那些小说理论，我一点印象都没有，不过，他们对分数的态度一下子让我们意识到大学是什么了。记不得格非还是宋琳说的，"喜欢分数的同学，可以告诉我一声"。可总会有憨厚的同学站起来问，写作文，到底怎么评分的？"评分啊，那也容易，我们把试卷往前面一扔，跑在最前面的试卷100分，以此类推。"

二十年过去，有时候我也怀疑，到底格非或宋琳是不是讲过类似的话？或者，这话，到底是他们中的哪一个讲的？但是，有什么要紧，永不熄灯的自修教室里，在那里奋笔疾书的绝不是为了成绩，一定是为了写出最壮观的诗歌献给那心上人。

自修教室里永远流窜着诗人，这些诗人有些是大学毕业没有按分配回到老家的，有些是长期混迹校园的文艺二流子，部分在白天还有正当职业，部分则寄生华师大七八年了。我的一个非常要好的女同学，就供养过当时非常著名的一个诗人，直到他后来找到别的供养人。不过，所谓供养，在当年，也是很干净的事情，就是把一个月的饭票分成两半，一人一半。

诗人找到别人供养了，我的好朋友请我吃饭，那是我第一次吃肯德基，在外滩。我们走进店里，多少有点闯入别人地盘的怯场，搞得有很长一段时间，肯德基在我心中地位过于崇高。一半是黯然神伤，一半是

如释重负，她说：“从今天开始我不用跟我妈撒谎了，这一年来，不停变相跟我妈要钱，让她一天到晚在骂华东师大收费多。”然后我们一起骂了诗人，最后从外滩走回学校，一路上，她朗诵诗人写给她的句子，完了，就狠一句：“妈的，写得这么狗屁！”“狗屁”，当然是一种赞美。

可惜我记性不好，当年觉得兰波似的诗句，现在竟一句都想不起，我唯一有印象的是，该著名诗人给我朋友的每一封信，都是用“孩子”或“亲爱的孩子”开头。其实，我得承认，在那个夏日午后，当她打开红色的文件夹，把诗人写给她的信和诗向我们展示的时候，我的内心是有一些神往的，而我的同屋更是情不自禁说出：“唉，如果我不是那么喜欢河东食堂的大排，我也找个诗人为我写诗。”

这是诗人的好时代吗？也许是吧。宋琳老师不是至今认为，所谓天堂，就是在华东师大当老师吗？就说宋琳老师吧，夏雨诗会的时候，他在学校大礼堂朗诵他自己的诗，他一边朗诵一边把自己的诗稿往台下撒，搞得当时万众瞩目的校花因为抢一页诗稿差点走光。诗人宋琳，据说二十年后重回华东师大，从学校前门走到后门，只花了十分钟，这让他很悲哀。因为以前这段路程，他要跋涉一上午，路上得遇到多少姑娘，多少诗人，目标得多少次被延宕，被改变！从宿舍门口出来，门卫老头就会叮嘱他，门口两个小囡，来过三趟了！

远在北方的诗人宋琳会想念这些潮湿的南方春天和春天里的姑娘吧，真是惆怅。今天，当我站在教室里，跟学生说起宋琳，他们再没有热烈的眼神，就仿佛，我说的是一个前朝人物。其实，不仅宋琳，华东师大星光熠熠年代里的好些名角，都逐渐进入历史。二十年前的图书馆舞厅，宋琳穿着高筒雨鞋和我们班最美的杭州姑娘跳四步；蒙太奇的一个转身，漂亮姑娘不认识宋琳了。

可与此同时，我又觉得，80年代的落潮，诗人们的退场，是不能只用怀旧的方式料理后事的。这其中，当事人多少都要负些责任，毕竟，像宋琳这样有品德的诗人不多。譬如我那个供养过诗人的好朋友，时隔

经年，会很冷静地跟我说：“虽然我并不后悔当年为了他连华亭路的一件T恤都舍不得买，却帮他买最好的稿纸，但其实，他一直是自私的。而这种自私，主要是他把自己看得太光芒万丈了，好像我每一分钟都该思念他，每一分钱都该花在他身上，而他自己有了稿费，从来都是挥霍掉，买进口烟，去咖啡馆。更糟糕的是，他从来不掩饰自己对不同女孩的兴趣，好像这是诗人的天职；但是对于我交往的同年龄男生，他总是笑人家太实际、没梦想。”

也许是这样的，诗人本人不及物，但会加剧周围人的及物。为了和诗人在一起，我的朋友做过家教，萌生过去公司打工的念头；为了和诗人在一起，她不好好读书，做出叛逆的姿态从课堂出走，没搞懂莎士比亚，只好去学商务英语；为了和诗人在一起，她把他的梦当作自己的梦，最后却是交出了自己的梦。三十功名尘与土，八千里路云和月。回头看看，诗人身边也算是尸横遍野，这样，80年代一旦结束，诗人发现自己也成了李尔王。

每个时代都会留下李尔王，但80年代制造的李尔王是比较多的。当然，话说回来，今天却是连李尔王也没有了。

20世纪90年代初，我进入中文系读研究生。回想起来，在文史楼给我们做讲座的学者、作家、诗人都是气势磅礴类的。马原像毛主席一样地走进教室，满满当当的文史楼301教室迅速让出一条道；等马原走过，这条道马上又被人群封死，演讲结束，格非陪着马原，后面浩荡地跟一支文艺队伍去后门消夜。遇到马原兴致高，还会问一些奇崛的问题，比如“第一次手淫是什么时候？”现在的大作家李洱好像就是在这个问题上得到了马原的激赏，因为依据弗洛伊德的理论，手淫就是写作。当然，李洱的写作不是因为马原的首肯，但当时的确有一种风气，它使草根出身的我们，觉得这个世界有一道平民也可能拿到的密码，只要应声叫出“芝麻开门”，就能接过精英守卫的文学任务。而“芝麻开门”这样的口令，在华师大的江湖传统里，一向是功夫在诗外，所以，大家对

正规课堂普遍不重视，热衷于偏门武功，追求的是惊世骇俗。李劼的离经叛道就满足了当时的这种需要。

有一段时间，李劼宣扬全息文化，从《红楼梦》讲到二战，而他自己也忽而贾宝玉，忽而希特勒。然后有一天，他跑到我们寝室，跟我们说 Good afternoon，用英文宣布，以后他要用英文上 Holographic Culture 了。我们虽然很惊讶，但都故作镇静。在那个时候，好像大家集体练就了一种功夫，类似“荣辱不惊”，譬如有人说《金瓶梅》是一部侦探小说，就会有人谈《变形记》的同性恋结构。那个年代，我们彼此的倾听能力其实很差，但在一个创造力相对旺盛的时辰，在一个及时行乐还带着无限激情的时代，谁又有耐心“用一百年的时间来赞美你的眉”。袁可嘉翻译的叶芝诗歌《当你老了》会在那个时候流行，不是因为对永恒的追求，而是没人追求永恒，因为“在背后我总听见，时间带翼的马车急急追赶”。这样，学期结束的时候，我的导师王晓明问我们收期末论文，我和李念都厚颜无耻地说：“没写。”同门五人，好像只有罗岗写了。也许是，未来学术的潜力，这第一篇论文，用马原的意思，就已经是表征了。

那是我第一次挨批评，可我心里很嘀咕，作业很要紧吗？为此，还跑到九舍625室去跟徐麟抱怨。625宿舍是当时华东师大最重要的文化地标，这跟徐麟的个性有关。他声音洪亮、体形硕大，我们有时在他那儿传播一些小道消息，他却用很大的声音追问，张闳和吴雁怎么了？经他一追问，张闳和吴雁结婚了。好像是，他身上，有一种特别灿烂的质地，而且，这种灿烂的东西也传递给了周围朋友。我还记得有一次去博士楼找一好友，因为门房认识我，所以进门就随口告诉我，伊刚上去，和高个子一道的。爬到六楼，我敲门，门不开；不甘心，用力敲，门吱嘎一声开了。天地良心，我想这样的场景也只会发生在时间的那个拐角，我特别喜欢的这对“狗男女”就在被窝里接见了我。天寒地冻，他们甚至建议我也把脚搁在被窝里。如此聊一宿。临走，高个子骂一句：“妈

的，敲这么响，我以为是胖大和尚。”胖大和尚是徐麟的混名，可惜，不久之后他去了湖南，现居苏州。而这对曾经死去活来过的恋人，最终分了手。每次，想念他们的时候，我会拿出旧照片看，我们仨在学校大操场上有一张合影，高个子正用他宽宽的肩膀、大大的手掌帮我们挡风。那是人类的童年时期吗？我们几乎可以问上帝要光，要风，要雨。

不过，在我眼中的童年时期，在我的老师王晓明眼中，却已近黄昏。625寝室的墙壁如果会说话，可以站出来嚷嚷：“人文精神大讨论里也有我的版权！”一屋子的人，王晓明、徐麟、张闳、张柠、崔宜明，开头大家还坐着说话，最后连王老师都站了起来。没有录音设备，只能现场记录。一边“虚妄”没结束，一边“荒诞”又登场，尤其张闳、张柠又双胞胎似的连声音都一模一样。“到底是谁说的世界痛苦？”我回头问他们，可他们忙着和老崔理论，只有王老师草草回我：“这个不重要。”

“这个不重要”其实很重要，尤其是，时光流逝，越来越经常看到有人跳出来说，这个概念当年是我的发明，那个问题是我的发现。我就会想，到了翻检箱底的地步，一定是囊中羞涩了。思想喷涌的青春期，连倾听别人都没有时间，连自己的版权都懒得认领，谁有空去帮他人做注释？

和今天比起来，那个年代的校园生活，包括写作和批评，都太幸福了。没有核心期刊，没有小鸡兵团，小说可以写得像论文，论文也可以写得像小说，宋琳和格非凭本科的学历留校任教，诗人凭一个眼神把校花带往德令哈。李劼虽然认为自己遭受了不公正待遇，但是他堂堂正正地在女生宿舍住了一个学期令多少男性羡慕，简直是童话啊。李劼用一块小黑板把二楼西头的女生厕所改成“男厕”，然后楼下的胖阿姨气急败坏地上来取掉小黑板，然后，李劼又挂上去……

可是，岁月神偷，二十年后，我看到原来英俊无比的宋琳也头发稀薄，他在徐家汇匆匆走入地下铁，我一阵悲怆，没有叫他。而我，每次想起徐麟出发去湖南时候的叮嘱“跟着你们先生好好读书”，我内心就

涌起羞惭。虽然在那个时代“一千首诗”并不比“一千篇论文”逊色，甚至，“一千个肉圆”也可算大学豪情，但是，当我也跟着师友们踏上讲台，尤其是面对“80 年代”“90 年代”这样的命题，我内心也非常翻滚。如果我把这整整七年花在图书馆里会怎样？如果我从一开始就好好上每一堂课会怎样？

有很长一段时间，每天晚上我们从河东散步到河西，远远就能看到一个人影在独自打球。他的动作非常花哨，好像边上有很多人在拦他，一个花步，一个移动，接着一个假动作，然后一个背投，球没中。

在回想我自己的青春岁月时，我常常会想到这个没有投中的球，所以，有时候我会后悔，要是王老师问我们收作业的时候，我能向篮筐里投一个球，那多好。可那时候年轻，觉得有的是时间，有的是时间去做很多假动作，有的是时间去寻愁觅恨，去把《红楼梦》的每一个章节经历。终于风吹过，球没中。

不过，允许我最后对自己有所安慰，这个没中的球，也是有意义，甚至是很有意义的，尤其今天来看。这就像，没有人看见草生长。

任晓雯

小说家，出版有长篇《她们》《岛上》，短篇集《阳台上》《飞毯》，“1—4 届新概念作文大赛”连获一、二等奖，《她们》获 2009 年华语传媒文学大奖提名奖，小说发表于《人民文学》《花城》《钟山》《上海文学》《大家》《天涯》等，随笔、评论等见于《南方周末》《南方都市报》《新世纪周刊》《新京报》《书城》《南都周刊》《南方人物周刊》《21 世纪经济报道》、纽约时报中文网等，部分作品被翻译成英语、意大利语、瑞典语

任晓雯：写作是怎样开始的

我也说不上，写作是怎样开始的。

十八岁前，生活中没有任何征兆。我是个面目乏味的好学生，认真听讲，按时作业，指甲剪得很干净，衬衫袖管从不捋到肘部以上，每个小测验都要努力考满分，还积极出黑板报和参加文艺演出。总之，每样可以拿来比一比的东西，我都立定心意要比上一比。我是理科班的，英文最强项，物理和化学也在校外得过奖。可我心里清楚，我不是理科天才，在音乐绘画方面也没才华。我不知道自己擅长什么，就把手边的事情认真做好。我的作文也还好，泛泛的好，一个班级排名前三的好。课外读些席慕蓉，考试背点古诗词和名人名言，仅此而已。那时，我压根没想过当作家，甚至不太愿意在写作上浪费时间。我的时间主要用来背英语和攻读数理化，那些才是高考中拉分的课程。

那时的我，就是如此现实。填写高考志愿也是现实的。我性格敏感，恐惧社交，自认不大适合做记者，却仍报考了复旦新闻。完全出于一个小市民的考量：这个专业在当时比较好找工作，说出去也体面。既然我也不知道自己想做什么，那就去读一个似乎什么都可以做的专业吧。

那种仿佛事事明确的样子，其实不过为了掩饰迷茫。为何对于最厌恶的功课，我都力争优秀呢？回想起来，主要是因为自卑、不安全感、对他人的讨好，以及面对生活不确定性时的恐惧。在后来的生活中，这些隐蔽的心理深远而长久地困扰我。可惜在填写高考志愿时，我还太年轻，对自我缺乏警醒，故而自以为能够筹谋一切。

进入大学不久，我突然成为了一名文艺青年。这种内心转变是怎么

① 2003 年，上海凤阳路，当我年轻时
② 小时候的照片
③ 2014 年北京，居家的日子
④ 2015 年在北京

完成的，我不能随随便便解释。毛姆在《月亮和六便士》中描写了一位面目乏味的股票经纪人，某一天与生活决裂，悄悄跑去塔希提画画了。股票经纪人画家的内心究竟发生了什么变化，毛姆也没有随随便便解释。他借用旁观者的叙述视角，回避了这个问题。或许毛姆认为读者可以自行理解，可以凭借他们各自的情感与阅历，为主人公的行为赋予逻辑。是的，我认为读者完全可以理解。每个人的灵魂都是丰富而有意味的。只不过多数时间，它们陷于沉睡之中。这也是为什么，后来相当长的时间里，我喜欢书写小人物，书写他们灵魂被遮蔽的状态，书写他们偶尔的苏醒和长久的沉睡。

回到那段校园岁月。复旦的中央海报栏，彼时已被 GRE 广告和管理学讲座预告占据大半，但 80 年代的余温还是烫到了我。总有背吉他的长发青年呼啸而过，草坪上有诗歌，相辉堂里有话剧。也是那时候，我才知道有个卡夫卡。在没有互联网的年代，一个被课外阅读书单和《中学作文范例一百篇》左右了阅读趣味的年轻人，眼睛哗地被打开了。我看到了完全不同的世界。

那是一段松散时光。逃课、看书、发呆。我越来越对自己亲手选择的专业丧失兴趣。我的很多同学是天生的记者，世界的快速变化令我惶恐，却让他们兴奋而昂扬。一天新闻课，老师让全班即时跑到五角场采写新闻。我踩着自行车，慢吞吞走到半路，就飞快折回校园。我为想象中那跑来跑去找新闻的未来而绝望。正因发现了自己的兴趣所在，我第一次对没有兴趣的任务感到无法忍受。

那个下午，下课铃响了我都没回教室。我坐在草坪上，松懒着身体，看一些光闪闪的面孔来了又去，脑中不禁晃动起一些词藻，什么午后啦，草坪啦，阳光啦之类。我拿出纸笔，写下来，修改几遍，感觉那似乎是一首诗了。

自此我就开始写诗。写得毫无章法。一会儿受了中学时读的席慕蓉的影响，一会儿又刻意模仿 Wallace Stevens 和 E.E.Cummings。在高冷

的校园文学团体里，抒情是一件受耻笑的事，先锋才是政治正确。所以我也赶紧先锋起来。

在慌不择路的初习阶段，我积攒下了一些诗歌。自我欣赏的同时，居然起了让更多人看到的念头。我挑选了几首，誊写在文稿纸上，抄了《萌芽》杂志社的地址，寄出去。

在我快把这事忘掉的时候，录用信来了。随后便是在《萌芽》上接连发表和接连的新概念得奖。一切似乎来得太容易，完全没有很多作家描述的出道艰难。我作为大学生，参加的是新概念成人组，这个组别不受媒体关注，所以生活中依然鱼不动水不跳。最大的收获是《萌芽》老师对我的鼓励，在他们的语气中，我俨然是有文学才华的。

于是我也不禁自认是有才华的。擅长一件事情，原来这么不费力便能做出点样子。我起了更大的野心，想要写写小说。在我最后几首诗歌中，叙事成分已经非常明显了。我有讲更多话，描述更多事的欲望。当时我很喜欢《大家》杂志，每期必买。有位女作家吸引了我。名字现已记不太清，但她的叙述方式让我印象深刻。当时我还不知道“原叙述”之类的术语，只觉得那种在虚构与现实之间跳跃，在叙述与絮叨之间切换的方式很有意思。自由，容量大，也便于模仿。

于是我花了一天时间，写出了人生中第一篇小说。它由情节片断、哲学说理和各种碎碎念融汇而成，是萨特、昆德拉、博尔赫斯在我头脑中混炒而成的一锅半生不熟的杂烩。那时我刚学会电脑，便打印出来，寄给了《大家》杂志社。我记得寄出后唯一的想法，是庆幸出现了电脑这种好东西。否则杂志社懒得退稿的话，那么长的文字，得手抄多少份啊。

完全没想到，《大家》来信了，不是退稿，是一封薄薄的录用书。编辑李巍老师随后打来一个鼓励电话。我高兴得快要飞起来，在教室里随手抓住一个男同学说：“我的小说被《大家》录用啦！”同学说了句“恭喜”。我从他茫然的眼神看出，他并不知道《大家》是什么。然后

两厢无话，他礼貌地走开了。那时同学们都在忙实习、找工作、考托福或者其他与前途相关的事务。而我好像一直在梦游。后来一位哲学系朋友告诉我，当时她向我的同学打听我，得到的回馈是：任晓雯啊，这人怪怪的。

我的确怪怪的。我居然决定报考新闻系的研究生。我不擅长这个专业，但发现这里比较好混日子。我逃课逃的任课老师长啥样都不知道，仁慈的老师们居然让我毕业了。于是我又继续学起新闻来。这个选择和以前填写高考志愿的心态差不多。我还没下决心成为作家，也不知道自己想成为什么，那就暂且选个可进可退的专业吧。

事实上我曾考虑过中文系，几位中文系硕士竭力阻止我，说："中文系博士找起工作来，还不如一个新闻系本科吃香。"其实我也可以回答他们：我不在乎找工作，我想为写作奉献生命啊。那样听起来似乎显得崇高些。但我想了想，觉得未免虚张声势。于是点点头，听从他们的建议，放弃了报考中文系的念头。

在成为研究生的三年里，除了读点西方马克思主义和后现代理论应付导师，余下的时间就是写小说。《大家》之后，又在《人民文学》发表了一篇。我一点不知道，那是最后的运气，未来我将要迎来生活各个方面的漫长的不顺利。

我渐渐发现，写小说远比想象的难。学徒状态的写作，就跟段誉的六脉神剑似的，灵感时有时无，力道无法控制。而对于一名新手而言，能不能够发表，更是无章可循。

最初受到的鼓励一直支撑着我。中短篇还没写熟的我，开始动念写长篇了。第一次尝试失败，第二次勉强成功。在 2002 年，我用几个月时间完成了第一部长篇小说《岛上》。最早的灵感缘于米歇尔·福柯。我构思了一群疯子的故事。在庞大的野心里，我认为应该有权力与反抗的母题，有对中国现代历史的反思，有关于当代乱象的折射。一个"新左派"学术文艺女青年头脑里芜杂堆砌的概念，推动了这部作品的形成。

此后便是不停的投稿和退稿。被杂志社退稿，被出版社退稿。我赌着一口气，反复修改这部作品。这个过程中，我感觉到了一些门道。原来写小说是个系统工程，就跟建筑学一样。顶级的建筑是艺术，但在成为艺术之前，必须一砖一瓦地学功夫。未经训练的人是不可能成为建筑师的。小说家亦如是。最初的无知狂妄被消磨掉了。我把头低下来，开始练习基本功。很多年后，有媒体选了我的一句话作为访谈题目。我说："世上最不缺的就是才子才女。"一位朋友看见了，半开玩笑道："你太傲娇了。"他可能不知道，这句看似做作的话，是我多年煎熬而得的体会。

我至今记得《岛上》无数次被拒中的一次。当时我和一家民营出版公司签了约，三校好像都过了。编辑把校样寄给我，我修改了好几遍，小到一个"的"字的添删，都要反复斟酌。在某些颈椎刺痛的时刻，我会放下笔，转转脖子，摩挲那叠打印稿，下决心要让它完美。我还把已经设计好的封面图片打印出来，剪贴在别的书面上，插在架子里，不时抽出来翻翻，仿佛真在翻阅自己的第一本著作似的。就在这个时候，当初与我签约的朋友从出版公司辞职，编辑也跟着走了。未来由谁接手，有点不明朗。我安慰自己：大不了书出来以后，没人再管宣传的事。不宣传就不宣传呗，总也能自己拿着送送人。这么想着，出版公司就把我叫去了。一位戴眼镜、扎低马尾、长得有点像政教主任的中年女士负责接待。我屁股尚未坐稳，她就劈头问道："你觉得你自己有什么卖点？"我略觉尴尬，结结巴巴自夸了几句。她打断我，开始批评我和我的小说。听起来她应该没读过小说，所以话头渐而集中到贬低我这个人。我愣愣看着她，感觉每句话都在耳朵里轰响。她避开我的目光，偶尔乜斜一眼，看看我的反应。迟钝如我，逐渐听明白了：出版公司想毁约，但不想承担法律风险，于是逼我自己放弃。我红着脸，忍受着，心想：再熬一熬，也许她会心软闭嘴，让书照旧出版。中年女人数落了一大通，见我还不反应，便有些急了，措辞愈发不堪起来。我终于抵挡不住，松口说："那

就算了，我不在你们这里出书了吧。”

我已不记得走出那家出版公司时，是怎样的心情。此后生活里无数更大的挫折，早已把那次挫折的创痛感磨平。我只记得在那天，我意识到一个事实：文学可能给不了我什么，甚至会夺走我已有的。那又如何呢，我就是喜欢。在已被肆意挥霍掉的小半辈子里，我真正喜欢过什么呢？除了写作，就没有了。中学时代那个显得兴趣广泛的我，不过是在表演一个多才多艺的好学生，试图以此博取不相干者的好感罢了。我不喜欢绘画跳舞、弹吉他刻图章，就像我不喜欢数理化。很多人一生都没找到自己的喜爱和擅长，他们是怀着某种无法言明的亏空感度日的。相比他们，我已是幸运，至少知道了“我”这么个器皿，是生来盛放什么东西的。

在2008年，经过了整整六年，《岛上》终于出版。没什么宣传，没什么关注，就像世界上一切不重要的事情那样，悄无声息过去了。我捧着这本真正的书，早已失去当初把裹了打印封面的模拟书从架上抽出来时的喜悦。

事实上，自那以后，所有的发表出版和各种荣誉，再不能真正满足我。它们更像是一些事后补偿之物。我不敢往上看，因为那里有巨大的胃口在等着吞噬我。曾经的欲望和失望有多大，那个胃口就有多大。我只能往下看，往我写下的每一个字里看。在感觉自己的写作有所长进时，我才能得到满足。

此后的光景，仍是不停地写作、投稿、退稿。我花了五年时间，写了三十九万字的长篇《她们》。我不知道把写作篇幅拖得那么长，是不是为了延缓后续事务的到来。可能有那么一点心理因素吧。果然如我预感的，《她们》的命运和《岛上》一样挫折多舛。虽然最终它还是出版了，并在鲜有关注的情况下，意外获得了华语传媒大奖的提名，但那漫长磨人的过程，简直要让我患上“长篇小说写作收尾综合征”。有时我不免想象：完成一部作品后，马上把它删除掉，是否能让我轻松很多。

有相熟的人说："这真奇怪，市面上垃圾文字满天飞，很多初学者随随便便就出书，你怎么老是这样不顺利。"我也讲不清楚。或许上帝通过他的方式管教我，让我学习忍耐和等待吧。在这个地球上，绝对的公平和幸运是没有的。唯一能做的，就是在人生的马拉松跑场上不停往前。

于是，我似乎又变回了当初那个一丝不苟的中学生，写作成了一项日常功课。不同的是，再没人给我评分数，也没人在意我落后还是进步。剩下的只有我自己。自己要求自己，自己否定自己，自己给自己确定方向。这是绝对的自由，也是绝对的寂寞。

很快，另一个六年过去了。漓江社的王珏姑娘从网上找到我，表示想重版《岛上》。她把腰封文案写得花团锦簇，让我有点不好意思。相隔两三个月，《岛上》瑞典文版也出版了。此事纯属偶然：远在瑞典的翻译家陈安娜女士无意在图书馆读到这本书，觉得喜欢，便在不认识我的情况下，开始着手翻译。在同一年，十月文艺的韩敬群老师发现了我的文字，先后签下我的三本书，其中两本在签约时都还没写完。再后来，各路约稿就纷纷来了。对于这些认可我的师友，我一直心怀感激。我也必须告诫自己，要学会感谢打击过我的人。因为人是多么骄傲，没有打击怎能想起低头审视自己呢。

当然，这些都是我的内心戏，说少了含糊，说多了矫情。更关键的是，写小说的人应该是幕后工作者，"我"并不重要，除非"我"被拆分成无数"你"和"你"的经历。这导致我平时不太爱讲心路历程之类的废话。但这是一篇不好意思推掉的命题作文。所以，如果我说得太多了，就请你见谅吧。

2016年9月20日

徐则臣

1978年生于江苏东海，毕业于北京大学，现居北京，著有《耶路撒冷》《王城如海》《午夜之门》《跑步穿过中关村》《到世界去》等图书，曾获鲁迅文学奖、老舍文学奖、冯牧文学奖、庄重文文学奖、华语文学传媒大奖，被《南方人物周刊》评为“2015年度中国青年领袖”，长篇小说《耶路撒冷》被评为《亚洲周刊》2014年度十大小说第一名，作品被译成英、法、德、意等十余种语言

徐则臣：新世纪 .com

一

千禧年让我头疼，在这千年一遇的时间里我有一堆事要做：大学毕业，工作，立志看很多地方，读书和写作，开始新生活。最后一条最重要，我常常想象我是冷兵器时代的将士，将提刀纵马一个人闯进陌生的生活里。一直宏大地挂在嘴上的抽象的“生活”，即将由名词转变为形容词和动词，父母、故乡和学校都靠不住了，没有理由继续赖在一些人的怀里，我得替自己独当一面。这一年我二十二岁。胡风说，时间开始了，全世界为此提前一两年开始激动不已。我没感觉，我不相信 2000 年的第一天和 1999 年的最后一天有什么不一样，我也不想在秒针经过零点时听见那震撼世界的咔嚓一声——我的手表从来不准，守得再专心到头来还是个错误。我有一堆事要做，并为此焦虑，所以全世界越隆重我就越烦。他们如此真诚地拥抱新世纪让我觉得很傻，时间总要流逝，太阳落下去就是为了升起来，跟你们扯得上吗？有朋友还真就提前跑到某名山大川，哆哆嗦嗦过了一个寒冷的仪式之夜，在凌晨看见千禧年的第一个太阳顶破了地平线。看照片时，我指着他紫不溜秋的脸说，擦掉你的清水鼻涕。他露出圣徒般的微笑，为了新世纪，流再多也值。

“新世纪”是我最艰难的常识之一。究竟该从哪年开始，十年了我也没得到确切答案。一说 2000 年，一说 2001 年，两派会一直争下去，现在到网上搜，依然各说各的。看来千禧年对很多人，的确莫名其妙的无比重要。千禧当天我在学校后门口买了一份《扬子晚报》，特刊，

1

2

3

④

⑤

⑥

⑦

① 和姐姐合影
② 高一入学照
③ 徐则臣近照
④ 在维罗纳
⑤ 在花街
⑥ 在鲁迅塑像前
⑦ 徐则臣的著作

一百多版，拿到手就卖废纸也赚钱，据说这一天的广告收入高达多少多少万。厚成那样，让我不得不另眼相看，打算当成千禧年的唯一纪念物传之后世。半年后毕业，行李实在太多，和那些精挑细选的书相比，我还是决定把它给扔了。

如果姑且服从“千禧派”的结论，那我新世纪的第一个细节就是报纸，我的新世纪从一份《扬子晚报》开始。那时候有电脑的学生极少，新闻主要从报纸中来，女生宿舍我不太清楚，反正男生楼里几乎每个宿舍都买报纸，以《扬子晚报》和《服务导报》为多。第二天满楼道都是旧报纸。我们一致认为宿舍楼里最有钱的是传达室的大爷，他楼上楼下地跑，每天都可以捡到半人高的废报纸。在宿舍楼里，千禧年的记忆一片灰暗，我能看见自己走在找不到阳光的潮湿走道里，两边挂满了长久不能阴干的衣服，散发着绝望的怪味，脚底下的报纸油墨漫漶。梅雨到来之前，南京也会有漫长的阴天。我住一楼，除了去图书馆和自修室写小说，绝大部分时间都窝在床上看书，每天看见潮湿和废纸沿楼梯往上蔓延。

本来我想看很多地方，明孝陵、燕子矶、江心洲，再去南京周围几个城市转转，我想时间足够，因为我不需要花时间去找工作。我从一所大学来到现在这所大学插班读书，照规定毕业后要回到原学校教书，定好了的。我打算在同学们忙着找工作的时候去游山玩水。事实是，哪里也没去成，总有琐碎的事情耽误了行程。我总会无端地为很多事情焦虑，也许仅仅因为不久生活就要开始新纪元。这些年都如此，内心里顽固地生发茂盛的出走欲望，但成行者甚少。在南京，南京的很多该去的地方没去；现在北京，北京很多该去的地方也没去。我梦想漫游世界，当个背包族或者驴友，一不小心就给朋友寄一张远方的明信片，但最想去的几个省份一直没去，最想看的几个国家也一直没看。理由和借口总是有很多，我受着出走和停滞的双重煎熬，一遍遍地写有关“在路上”的小说，大约也是为纾解内心里的煎熬所致。

在毕业前，我在自己身上发现了缪塞《一个世纪儿的忏悔》中的“世纪儿”和屠格涅夫笔下的罗亭，他们的忧郁和犹豫，他们的懈怠和志大才疏，他们的彷徨和恐惧，他们的疏于践行，这些全都是我所痛恨的毛病。在世纪之初，我也是个有病的人，生活局限在校园，眼睛盯着纸和字；即便出门，也多是去逛书店和鼓楼邮政大厅，那里卖很多最新的文学杂志。那时候我想，如果我也要去东奔西跑地找工作，也许人会活泛些，年轻人应该有年轻人的样子。我喜欢安静，但不喜欢暮气沉沉。

二

所幸的是，我还是安静地读了一些书。这在教书时帮了我不少忙。回到原来的大学，我教写作和美学。对陈旧的写作理论我一点兴趣都没有，想必学生们更没感觉。我照我的设想做了一个写作课的提纲，以小说为主，从语言、故事、结构等小说的基本面入手，结合作家作品进行分析，间以单个作家整体作品的考察梳理，比如马尔克斯，我会把读过的他的所有作品都列出来，放在一起比较研究。我不要他们接受那些老生常谈的理论，而是让他们从具体而微处看见一部小说是如何生成的。

教授写作给了我巨大的乐趣，梳理、总结，得到新的体悟。我发现自己竟然读了不少书，这是灰暗和暮气沉沉的大学时代为数不多的鲜亮遗产。教授大三、大四学生的美学时，有些学生比我年龄还大，课间他们会拍着我肩膀叫“徐老师”，出了教室门就变成“小徐老师”或者“徐则臣”；在食堂里遇到了，我会自觉地请他们吃饭。有一个学期我讲西方美学史，半年时间只讲了三个人：苏格拉底、柏拉图和亚里士多德。对三位大师我还算比较了解，但其中的弯弯绕绕讲起来颇费力气，我感到了勉为其难。这课不能再教下去了，捉襟见肘事小，误人子弟事大，还是继续念书，工作一年后我决定考研。

我的愿望，其实是希望能在一个小城市生活，读书、写作、工作，

过懒散的日子，时光的速度到自行车为止；如果能回到骑驴过长安的年代，我也不觉得有什么不妥。但我又受不了长久地待在一个地方不挪窝，出走的欲望继续折磨我。那么好吧，最痛快的出走莫过于连根拔起，我去别样的地方生活。我总以为我在教书的学校里不高兴，消息闭塞，没有人聊文学——文学在那里，是名副其实的一个人的事业。没有人告诉我，我的小说写到哪儿了，写得怎么样。我常觉得自己是在世界之外写作。

新世纪的那些伟大的消息总是和我们没关系，的确也没关系。我不看电视不读报纸，只看着自己和周围的人和小城一块成长。我们过着缓慢的生活，从经济发展到学术研究，到我的写作，到我兼任的中文系团总支书记的工作，以及从最初每月四百五十元钱渐渐涨起来的我的工资。对，我还兼任系团总支书记。前团总支书记出去进修了，系领导让我兼着，每周至少要开两次会，先听学校和系里的领导布置工作，再把工作向学生布置下去。我不擅长开会，在会场总觉得生命漫长得令人生厌，所以给学生会布置工作时，一二三短平快，说完散伙。在兼团总支书记的那段时间里，我发现自己缺少一心二用的能力，所有跟文学、教书无关的事，都让我手足无措。一个人的兴奋点只会越来越少，而世界越来越大，我必须攻其一点不及其余，有些必须放弃，有些必须抛弃，走为上计。所以我考了北大的研究生。

现在回头想两年的教书生活，早不是当年的激愤，回忆里充满运河边温暖的落日阳光。现在我经常回到那座城市，去战斗过的地方见过去的同事和朋友，喝酒聊天，借辆自行车一个人沿运河瞎逛。我还是喜欢自行车的速度。那时候不知道，这座城市已经部分地培养了我的文学趣味，决定了我小说里的重要故事和场景，已经给我提供了一个独特的观察世界的角度——在水路之间，在现代的边缘。我一度坚信它在世界之外，其实在世界之中，乃至世界的正中。那两年是充满“事情”的时光，塞得满满当当，因为在我的回忆和重游中，细节越来越丰盛，让我觉得，

我实实在在地“生活”过。毕业时对新生活的焦虑已经不在，硬着头皮进入了你会发现不过如此，剩下来的就是顺其自然。当然，焦虑又会来自另外一些问题。

2001年，如果把这一年作为21世纪的开端，那么我可以说，我进入了“新世纪.com”时代，这一年我终于有了一台电脑。“386”，十四英寸显示屏，主机里的零件来自很多台更破旧的电脑，内存小得装不下一个像样的游戏。花了一千多元钱，三个月的工资，卖主是学校设备处的一个电脑维修人员。他把我带到报废品仓库里，指着一堆垃圾问我喜欢哪一个显示器、哪一个主机箱，几天以后他把我“钦定”过的东西拼在一起，说，看，跟原配的一样。几年以后，我在北大听到一个真实的段子：有学生想买二手自行车，在三角地贴出求购信息，很快有人找上门，带他去教室和宿舍前后的车棚里看，问他喜欢哪一款；第二天，他指认的那一款就到了他面前，不仅是那一款，完全就是那一辆。我把这个段子用进了中篇小说《跑步穿过中关村》里。设备处的同志为了表示他的慷慨，多送了我一个鼠标。后来有朋友鼠标坏了，我把多余的那个送给他，被大大嘲笑了一通，如此低级的鼠标也好意思送人。当时我对电脑知之甚少，除了开机、关机、打字和基本的文档处理，啥也不懂。不过我总算有了电脑，成了一个靠敲键盘来写作的人。

感谢“386”，它让我更清醒地把自己定位为一个写作者，直到现在。此刻我在迅捷高效的笔记本上写作，若这电脑通灵，在我叙述它的前辈近亲时，是否也会为这期间浩荡的近十年的光阴发出感叹？“386”之前，我在大白纸上写，信笺纸我用反面，坚决不用线条和方格纸，那让我觉得不自由。但投稿还是要工整地誊抄上稿纸，我是一个老实的文学青年，辛辛苦苦誊好一叠稿纸寄到编辑部，自由来稿，接下来等待石沉大海的命运。我总以为人家不用的原因只有一个——看不上，于是继续埋头看书和磨炼。我不知道还有自由来稿可能根本就不看这回事，以为就像写作者要写一样，编辑有什么理由不看稿子呢。

好在从 1997 年开始正儿八经写小说和投稿后，我已经习惯了无声无息的消失，也习惯了检点和讨伐自己，凡事先问自己为什么，总不会错。这是美德，多年后尝到了甜头：因为自我怀疑，我戒除了浮躁，扎出了看得过去的文学马步。对艺术而言，基本功不仅仅是起点，很可能也预见了终点。

三

北京风沙很大，传说中的沙尘暴我头一次去就赶上了，大街上到处可见头蒙纱巾匆忙赶路的人，我怀疑自己置身于阿拉伯的人群中。考北大之前我没来过北京，坐大巴进北京时天已经黑了，一路华灯，漫长的环线高速，我在想北京到底在哪儿啊。从未谋面的朋友到车站接我，我住进北京航空航天大学他的宿舍里。第二天风起，尘沙漫天，世界像盘古开天前一样混沌，我这个江苏人哪见过这样的白昼，很快就糊涂了。朋友送我到北大有事先回去了，回北航我一个人走，车坐反了，越走越远。那些头戴纱巾走路的人呐，我的嘴唇发干，牙齿间尘沙在响。

被赋予的象征和仪式之意义消磨掉后，时间还是时间，分分秒秒坚持的是自己的节奏。2002 年之后，“新世纪”的响亮口号渐渐平息下去，我们重新生活在万古长存的时间里，至少进北大读书以后，我再没有被“新世纪”之类的宏大叙述所激动。21 世纪和过去的 20 个世纪一样，时光浩渺，除了高科技日新月异空前，除了因为先进的武器可以让一个人、一群人死得更有效率，除了因为环境污染等造成的癌症品种如此繁多，人类的所有情感和事物，我相信和耶稣诞生的那一年没有区别，和正值这一年的西汉平帝元始元年没有区别。新世纪对我来说基本上成了一个抽象的名词，唯一一次形象化是 2005 年我的小说集《鸭子是怎样飞上天的》入选中华文学基金会的“21 世纪文学之星”丛书。

但是沙漏一样的缓慢时光对个体有意义。对个体来说，稍微重大的

改变都堪称惊天动地。北大三年，从2002年到2005年，足以改变一个人。

在此之前我的重要时段有两个。一是童年，我赤脚走路，在野地里狂奔，放牛、下水、推磨、插秧、割麦子，到收获完毕的田地里捡剩下的粮食，这个漫长而又快乐的自然启蒙，让我在被钢筋水泥封闭的城市里依然时时想起天空、大地和弯腰驼背的人，让我只有不断地虚构一条条回故乡之路才能使身心稍事安妥，让我的字句有一个不竭的绿色和丰沛的水的源头。另一个时段是高中的后半部分。高二时我患了严重的神经衰弱，一直到进了大学才好转。这是把一个少年送入孤独、忧郁和幻想之境的最有效的病症，死不了人，但会把你整疯。我怕吵，极度敏感，找不到说话的人。尽管我努力融入同学们的快乐里，甚至也的确融合得很好，我依然有很多话、很多想法只能对自己说。你没法跟一个不明白神经衰弱是怎么一回事的少年说清楚，为什么你会整夜整夜浮在睡眠的表层，一根针落地也能把你惊醒；你也没办法让他们相信，你睡觉的时候会感觉到还有一个你站在床边看自己；他们不理解坐在安静的教室中，你的耳朵里为什么能响起很多种诡异的音乐。一个人永远不能明白附着在另一个人的神经上的问题。我不能整天自言自语，只能在纸上写，一本又一本地记日记。在我的教育中，文学化的书面表达从来都是被忽略的，因为一种病我无意中把它捡了起来。在书面化的自言自语里，我把自己写开了，无心插柳地窥见文学的门径。而在此之前，我的伟大理想是成为一名大律师，在法庭上慷慨陈词，把死人说活，让稻草变成金条。

那么北大，它给予我的，是对文学和这个世界的更高级别的认识。哪怕三年里我大部分时间其实是窝在宿舍里的一把廉价的电脑椅上，眼睛盯着书本和电脑，也可能仅仅是走神发呆；但当出了门，积蓄百年的人文传统会以各种琐碎细微的方式进入你的精神深处。你在这样的环境里生活、学习、施展想象、虚构、思辨和表达，背景里逐渐就会出现一个博大的整体观和幽远的历史的轮廓。也许这就是一所好的大学所能给你的既现实又抽象的营养。而整体观和文学史观为我的写作和艺术鉴赏，

竖起了清醒的路标和巨大的自信。还有我的老师，他的言传身教让我逐渐有能力将文学一一落实到艺术的最基本的层面上，而最基本的总是最重要的。

2005年毕业至今，我依然十分留恋北大的生活，不是因为我有多勤奋好学，而是我更喜欢校园里的纯粹和清静。我算不上好学生，对高深的学问提不起兴趣，考试和论文也不太上心，读书也任由自己偏僻的爱好，心思全放在编故事上。和社会上的喧嚣和复杂比，我更愿意待在清静的地方写小说。校门之外的事情常常让我疲于应付，生存、工作、交际，电话的铃声，日程表和备忘录，一天被切割成无数的一小块又一小块，一天又一天永无止境。而我希望一天二十四小时全是我自己的，可以让我想干什么就干什么。所以，我一直讨厌日程表和备忘录。

研究生的宿舍在校外，我们每天要坐车或者骑自行车过十里路到北大。这十里路上，我学到的东西也许并不比在北大里学到的少，它让我知道一个写作者该怎样使用自己的眼睛。这一路可能经过的地方：万柳中路南口、万柳中路、巴沟村、万柳新新家园、稻香园桥、六郎庄、海淀妇幼保健医院、海淀南路、苏州街、地震局、海淀图书城、海淀桥、硅谷电脑城、海淀体育馆、芙蓉里、蔚秀园，与蔚秀园东门相对的是北大西门。现在一闭眼我就能看见这条明晃晃的路线从北京地图里升起来，我走了三年。三年不算长，但在这三年里这条路两边发生了天翻地覆的变化：一棵树栽下了，一片林子长起来；一栋楼建起来了，一个个小区住满了人；一个陌生人走过去，一群群陌生人涌过来；可能永在的突然消失，想象之外的骤然降临……如果不是一直在走，你可能会怀疑走错了路。2002年刚到万柳，宿舍周围全是低矮的小房子和废墟，大卡车穿过旁边的土路，尘土飞扬；毕业时，北京西北的这块角落成了新贵们争逐的要地，海淀区政府在这里落了户，公安局也安了家，高尚社区一个接一个，最先进的服务业也及时地跟进来，房价像吃了激素见风就长。谁要跟你说他在万柳买了房，你基本可以断定这是个富人，不是一般的

有钱。——我想说的不是财富的聚集和流散，我想说的是，在这条路上我看到了这个世界如何疯狂地变化，我看到了被改变的世界和改变世界的众多的人。那些来自五湖四海的人的走路姿势和面部表情，我对他们和对书本一样抱有顽固的兴趣。我想知道他们在想什么，接下来要到哪里去；我想知道他们和这个城市的复杂、暧昧的关系。然后有了关于“北京”的小说。从2003年的《啊，北京》开始，《西夏》《我们在北京相遇》一直到后来的《跑步穿过中关村》《天上人间》和现在的《逆时针》《居延》。

事实上，这条路也是从北大进入社会的缓冲，没有这个缓冲，毕业后我可能会比现在还不知所措。当然，接触世界还有网络。到北大以后我才学会上网，打开电脑，整个世界在同一时间“扑面而来”。“秀才不出门，遍知天下事”，我进入了名副其实的“.com”时代。这时代既立体又平面。

四

毕业后我从原来教书的大学辞了职，做了文学编辑，每周三次穿过大半个北京城去杂志社上班。四年里搬了三次家，忍受越来越高的房租，只是希望能有一个独立的书房，希望它大一点，能让我所有的书都有地方站起来。坐拥书城的感觉极好。现在我的房子依然很小，但至少有两间，我把最大的一间用作了书房，六个书橱壁立三面墙，我知道每一本书放在哪个地方，伸手就拿到，我终于过上了遥想多年的歪在沙发上随便翻书的日子。即使不看书，围着书橱转几圈也很惬意，花花绿绿的一排又一排，我觉得自己是个有学问的老地主，站在自家田头上张望，感到生活在这一刻非常美好。

关于北京生活感受，以及所谓的“京漂”问题，在很多文章里我已经被迫说过很多次。因为它的当下，因为它是我正在生活的生活，因为

它还有更漫长的未来，所以，我觉得此前我说的已经太多了。感觉和想法终会过时、失效，硬邦邦的是生活中的一件件事，一个个拐弯的点。

和任何一个生活和工作在北京的人一样，我绕着家和单位两个点像蜘蛛一样不停连线。如果不出差、不外出，生活规律得可怕，乏善可陈。无非是到单位看稿子编杂志，在家写文章过日子；遇上假期，食物充足，我可以待在家里一周不出门。不是不愿意出门，而是不愿意出了门在人声鼎沸的大街上到处跑。如果不把这个城市作为观察的对象，北京的繁华对我毫无意义。我喜欢后半夜的北京，中关村大街上偶尔跑过几辆车，你会觉得尘土终于在此刻缓缓落定，张牙舞爪了一天的这个名叫北京的庞大固埃总算消停了。2008 年春节没回老家，大年初一上午出门，中关村大街空空荡荡，简直令人心旷神怡，城市彻底地还原为建筑和马路，钢筋水泥和混凝土。那空寂的盛况大概只有“非典”时期和前现代的北京可比。

在北京待久了憋得慌，只要有机会我尽量出远门，大多是参加一些文学活动。这些公事公办式的出门与我理想中的出走实难相称，也聊胜于无了。换个空气呼吸一下，心里也跟着宽敞。若是好的旅程，也大可以增广见识、愉悦精神。这几年去得比较多的地方是上海，先是在上海作协和上海社科院合办的首届作家研究生班上念书，断断续续连着去了两年；然后是 2009 年 4 月，转到上海作协做了专业作家。

到上海对我不算是小事，在北京我“漂着”，不只精神上没着落——当然在哪里我精神都没着没落，包括故乡。回到老家我都觉得自己是个异乡人，“儿童相见不相识，笑问客从何处来”——身份上也“漂着”，我揣着一个暂住证生活在北京。辞职以后，我的户籍档案留在江苏，在人才中心的档案架上安静地躺了四年，转到了上海。上海，这个在念作家班前对我还是个传说中的城市，出现在我新的身份证上。朋友们开玩笑，说我成了个写北京的上海作家。写北京只是因为我熟悉这个城市，在一篇文章中我说，如果碰巧待在东京、纽约、耶路撒

冷和伊斯坦布尔，我也会写那些地方。我当然也希望写一写上海，事实上我对上海一直充满了探究的兴趣——我不喜欢喧嚣的大城市生活，但对北京和上海这样的城市满怀文学意义上的好奇。我想看一看全球化背景下，中国最大的两个城市在双骑绝尘的城市化进程中，城与人的关系。我想说清楚在最具代表性的两个城市中看见的和理解的。我想写出我一个人的“双城记”。每一次踩到上海的土地，我都在想，我在一点点接近一个文学中的城市。

出远门总让我兴奋。2008年10月应韩国外国语大学之邀去首尔，2009年4月应美国克瑞顿大学之邀赴该校做驻校作家，一个人背上行囊，操着半吊子英语，兴致勃勃上了路。两次远行别样的景致的确看了不少，重要的是，有了一个机会从习焉不察的环境里抽身而出，用另外一种距离和眼光观看自我、文学和中国。在美国的时间长一些，我像个密探潜伏在日常生活的最底部，高速运转大脑和五官。我需要细节，作为直接经验的生活细节和可供反刍与辨析的思想细节。对自我的反思与对世界和文学的认识说到底是三位一体的，我既要拿自己当外人，又不能拿自己当外人。你要充分敞开，然后接纳、过滤、生发和抽象。在这种长途中，我觉得世界和内心都是开阔的，神思邈远安宁，拿得起也放得下，放得去也收得回，很让我迷恋。

近事模糊远事真，因而远事繁复近事简明，灯下之黑必要假以更久的时日才可以述说清楚。要而言之，也许我可以说，2005年以来的生活其实只有简单的两部分：归来和离开。归来工作、读书和写作，日常生活；然后出大大小小的远门，长亭之外，古道旁边，让那些累积多年的出走欲望一步步得以伸张。

——归去又来。不惟五年，这十年何尝不如此。

知春里

2009年9月7日

廖伟棠

1975年出生于广东，后移居中国香港，曾在北京生活5年，现为诗人、作家、摄影家，1989年开始写作，曾获中国香港地区的香港青年文学奖、香港中文文学奖、香港中文文学双年奖、香港艺术发展奖2012年年度作家，中国台湾地区的台湾中国时报文学奖、联合报文学奖、联合文学小说新人奖、创世纪诗奖，马来西亚花踪世界华文小说奖，于中国大陆、中国香港、中国台湾地区出版诗集《少年游》《黑雨将至》《和幽灵一起的香港漫游》《野蛮夜歌》《八尺雪意》《半簿鬼语》《春盏》等，评论集《出离岛记》《游目记》《异托邦指南》，摄影及杂文集《我们从此撤离，只留下光》《衣锦夜行》《波希米亚香港》，摄影集《孤独的中国》《巴黎无题剧照》《伞托邦》《寻找仓央嘉措》《我城风流》，小说集《十八条小巷的战争游戏》等

廖伟棠：一个 70 后诗人的杂食史
——饥饿一代的精神滋养

生于 20 世纪 70 年代的中国大陆，后来在中国台湾被按照“正朔”的编年列入六年级作家，我一直对这个“归队”如有荣焉。不过后来慢慢发现，自己似乎更接近台湾的五年级作家，或者香港的60年代作家（生于 20 世纪 40 年代末），有着相似的胃口，或者说：同等的饥饿。

其实是每次搬家收拾书籍和音像藏品的时候，它们提醒我的，这种饥饿，既值得骄傲，也带有病态。作为 20 世纪 80 年代末开始觉醒的一个中国大陆沿海地区文青，我的高中时代，就像上一辈的大学时代，是饥不择食的。

20 岁前后是我阅读的分界线，20 到 30 岁则是我读书最多的十年。20 岁前影响我最大的十本书是：《唐诗三百首》（我从邻居老先生处有幸借来的影印古刻本）、松本零士的漫画《银河铁道九九九》（灵感来自宫泽贤治）、鲁迅《野草》、郑民钦编译《黄金幻想：日本散文诗选》（它和《野草》是直接影响我开始写现代诗的作品）、尼采《查拉斯图特拉如是说》、《庄子》、三岛由纪夫《春雪》（必须记一笔的是我高中的图书馆不知道为什么有上百本日本现代小说，我把它们全部读了）、斯宾诺莎《神、人及其幸福简论》、《中等师范学校美术课本：美术鉴赏》、柏杨《丑陋的中国人》（真正骂醒了我的一本书）。

阔天地大有作为

①1998 年在乡间旧居的花园写作
②17 岁时自画像
③廖伟棠近照（陈农摄）
④第一本摄影集
⑤在中国香港出版的第一本诗集
⑥在中国台湾出版的第一本小说集

④

⑤

⑥

20到30岁影响我最大的十本书：里尔克《给一个青年诗人的十封信》、《卡夫卡全集》、海德格尔《通向语言之途》和《林中路》、《切·格瓦拉的日记》、《杜诗详注》、夏承焘《姜白石词笺注》、废名的《桥》和杂文、赵毅衡译的《美国现代诗选》（尤其里面庞德的诗）、宇文所安的《盛唐诗》。

但要举一本影响我一生的书，那绝对是里尔克的《给一个青年诗人的十封信》。在未知自己的选择是否正确的青年时代，一个成熟深沉的兄长的告诫是非常重要的。“你向外看，是你现在最不应该做的事。没有人能给你出主意，没有人能够帮助你。只有一个唯一的方法，请你走向内心。没有比向外看和从外面等待回答会更严重地伤害你的发展了，你要知道，你的问题也许只是你最深的情感在你最微妙的时刻所能回答的。”——里尔克《给一个青年诗人的十封信》里的这句话，还有他说的“请在深夜问自己：我是不是非写不可？不写我就会死去？”等等，在我面向广阔世界迈出第一步的时候，引领或者庇佑了我。

另一个德语作家卡夫卡，则比里尔克加深一层给予我这样的要求：一、坚决看清社会的假象和世界应有的真实；二、坚决写出这些假象和真实；三、理解孤独。具体的诗歌理念上，庞德对我影响最大，他告诉我写诗应该百无禁忌。

最有意思的一本书，是《中等师范学校美术课本：美术鉴赏》，1983年出版，1985年我读师范的三姨赠送给我，让我在10岁之前就知道世界美术史。从印象派到波普艺术，甚至光效应艺术，这本书编选非常前卫。1985年，一个偏远小县城的孩子因此接触到世界最顶尖的艺术。它对我写作的美学修养、前卫取向的影响，是决定性的。

在我书柜的压舱物中，有大量八九十年代中国大陆出版的哲学、美学原著翻译及普及读物，从尼采、海德格尔到伽达默尔、德希达，从索绪尔、施特劳斯到罗兰巴特，它们滋养了20岁前后的我。当时我按照

哲学史列出的书单，生吞活剥地啃下这些经典。然后这些名字又再度于一批六七十年代中国台湾地区志文、水牛出版社出版的文库本上出现，印刷质量和装帧同样简陋。因为我1997年移居香港后，“饥饿症”二度爆发，在旧书店里重又搜罗了一遍这些耀眼的名字。

这种“饥饿症”，一直延续到近两年，每次我去台北还会复发，买回来很多早已是台湾同代人的父辈架上读物的旧书。其实我早已不缺乏精神食粮，这种行为如果不是一个汇集记忆的病态行为，就只能理解为我对“启蒙时代”的一种致敬。中国大陆经历过两次启蒙时代，我有幸以少年之姿遇见一次，懵懵懂懂地打开自己，放肆吸收，所以对那个时代的致敬也是对自己的少年初心的一次顾影自怜。

应该以批判眼光视之的是，年轻时我们对思想界革命者的崇拜，本质上和同龄人对娱乐明星的崇拜是很像的。思想的饥饿毋宁是一种审美上的饥饿，因为相对于教科书和大众媒体上面那些死板的面孔，这些异端大师酷毙了，别开生面的思想加上传奇性的生平，满足着一个生于政治幻象时代末端的少年的“牺牲”情结。信仰主义和信仰宗教的人，自然有一大批他们组织安排的圣徒可供膜拜学习，而我等流离于黑暗水域的“诺斯替异教徒”，从自己寻找来的英雄上得到更大的快感。

所幸这种带着审美快感的朝圣式阅读，还是给我留下了很多不止于快感的东西，否则今天也无法反省——我后来认识了不少在这种幻象中不能出来的父兄一辈和同龄人，他们擅于夸夸其谈终极问题，而对眼前的美丑或悲喜视而不见。思想巨人们的财产，有幸得到另一种资源的修正，那就是文学。比如说作为作家的那个克尔凯格尔在修正着哲学家克尔凯格尔，诗人尼采修正着思想家尼采，海德格尔喜欢的荷尔德林、里尔克、特拉克尔和策兰，同样引导我去修正那个庞大、高耸、偶尔蹈空的神秘主义者海德格尔。

在文学修正之后，我留下了15岁所遭遇的叔本华的虚无和尼采的

决绝，17岁从海德格尔处习到的向思之深渊、语言之瀚海溯源的毅力，是这些加持着我去面对如今从青年步入中年所遭遇的种种矛盾与不堪的现实。我习惯了那个少年的幽灵随身与我碎碎念，常常提醒我抽离身处的旋涡，以初心行事，原来不难。

20岁前后我给自己留下佐证那个饕餮精神盛宴的，是十多本日记本。所谓的日记其实只有两项内容：阅读笔记和画梦录。大概26岁我停止了写日记。前几年我从防潮箱里找到它们，重读之时写下了这么一首诗：

读旧日记

嘿，这位长发过肩的摇滚青年
你以为你体验过黑暗
我今天向同一双手嵌进更多的石头

嘿，这位目光灼灼的哲学青年
你以为你尝试过饥饿
我今天向同一个胃埋进更多的松露

你曾经在炎夏清晨走过异乡的堤湾
不回头，好吧，那些尸骸我来收拾
把腐烂了的旗帜也给我，还有铁心
你的背囊难道不应该更轻吗？

你的坐骑难道不应该是消失的外星信号？
你的吉他难道不是捅向我的光剑？
你的阴茎难道还在写诗吗？

你裸体行于珠络之市，已经一万个昼夜
通读衰老经的人在拿你的伤势图来文身
我今天向同一尾青鱼撕碎同一朵云

我瞧见你拥有这些金色的雾
我嫉妒你，并未梦见我也拥有同样的雾
依旧湿淋淋，在威斯卡河畔的泥泞岸边。

“威斯卡河畔的泥泞岸边”是另一个属于那个时代的接头暗号，那是车库摇滚乐队Nirvana的主唱Kurt Cobain在1994年自杀之后，乐队出的最后一张现场专辑的名字（*From the Muddy Banks of the Wishkah*）。这个名字击中我，因为它就和我们一代的青春一样草莽、纠结、荒凉。Kurt Cobain的自杀相信是六年级同龄音乐人记忆中一件大事，就像海子在1989年自杀一样，他们客观上成为我们成人礼的一件代祭品，从此以后，我们的前路不再存在兄长式的人物，我们开始成为兄长，在泥泞河岸上为饥肠辘辘的弟妹们寻找新的食粮。

作为一个年轻的“知识分子”仿佛带有原罪：你拥有知识已经使你更靠近权力和利益，唯一自救的可能是批判与自我批判，因此只可以选择左翼。

我从接触新左派开始，18岁读马尔库塞，后不喜内地的一批心系权力的伪左派，转向更纯粹、更有想象力的无政府主义，来香港后接触了托派，也迷上了切·格瓦拉、拉美左翼和解放神学，最后还是回到无政府主义的自由当中。无论是切·格瓦拉，还是孔子，还是盖瑞·斯耐德，都教导我坐言起行是一个赤子的基本素质。

从饕餮形而上的精神食粮，到亲自到人间去寻找答案，我同时感谢

这两者的馈赠，并不因为接受了后者的残酷锻炼而否认前者的超越性。此刻我想起我的思想启蒙书之一——纪德的《地粮》（又译作《人间食粮》），它几乎是宿命地在 16 岁左右给我奠定了美学和人生观的基础，就是对美永存敬意，不否认“无用”的事物；同时面对光明与黑暗——保存神秘，然后敞开自身去迎受命运抛给你的所有风浪，知道它们都有其意义。后来我在加缪的小说和散文、荷索的电影、更多人的诗里面再次确认这一切。

文学艺术自有其盘结衍生在现实土壤之下的根脉所在，不管土壤上的种种纷争或者隔阂。一个初事写作的人有幸碰到从远处伸来的根系之一二，便如鱼得水，能顺着这一丝一毫线索摸索到一个更大的网络中去； 因为这网络的异己性，不但富有魅力，还能提供另一种空间向度，让你在所谓本土的局促中猛然挣扎出来。

作为一个 20 世纪 70 年代出生在中国大陆的写作者，我对这些不知从何而至的、意外的根脉感恩不已。1986 年的“反资产阶级自由化”运动，对于刚刚上中学的我来说，恰恰是一个好机会，因为虽然禁了不少书，又有不少书以批判的名义出版。

其中有一本奇怪的书《台湾诗人十二家》，是四川一个老诗人流沙河所编。流沙河不是那种“党八股”作家，一直都有较独立的文学思想。这本《台湾诗人十二家》是当时唯一一本介绍了中国台湾最响亮的诗人名字的书：纪弦、痖弦、余光中、洛夫、杨牧……对于中国大陆一个只在教科书上读过几首所谓现代诗的少年来说，这《台湾诗人十二家》，就像《圣斗士星矢》的黄道十二宫黄金圣斗士一样琳琅满目。而且它给出了选择的可能性，这是另一种美学原则：差异、独立之美。

这十二个人，当时我记忆最深的是纪弦和商禽，前者承接我当时最喜欢的戴望舒现代派之正统，却多了许多流浪漂泊之味，像一个浪人；后者无论放在哪一个时空都会是永恒的异类，直接把未从浪漫主义时期脱离出来的读者一下子拉进后现代的冷峻中了。至于当中最影响我写诗

的痖弦，则要等差不多十年后，1997年我来到香港，买到那本《圣经》一般的《痖弦诗抄》才全面领略其魅力。

20世纪90年代初我接触到一批优秀的香港文学——不知道是否为了配合香港回归的宣传，香港三联书店出版的一批名作家选集得以进入内地书店销售。当时我已经有一定的现代主义文学趣味训练，因此从中挑选了这两位诗人：梁秉钧（也斯）和温健骝。意外的是这两位除了给我带来他们早在20世纪六七十年代就开始的文学实验，更带我接触其时的保钓运动等社会活动，让我惊觉在中国内地以外，有一些青年也在进行真正的社会运动、真正的左翼抗争。

在1997年移居香港之前，我已经买到了梁秉钧先生在内地出版的三本著作：诗集《浮藻》、小说集《烦恼娃娃的旅程》和《布拉格明信片》。在他身上我看到一种迥异于内地的先锋诗人的态度：先锋、前卫的文学取向不代表就要配以乖戾、张狂的性格的，对世界文化的包容、吸纳才是一个开放的后现代作家的生长必须。后来认识梁秉钧先生本人，他的微笑和游刃有余的写作，更是证明了一个较为健康的社会环境中文学可以更为从容。

最后意外的意外，是因为身居南粤，得以接触港台的翻译文学。卡尔维诺、艾柯的多本名著都是繁体竖排，被我和文友辗转借阅，限时啃完。梁秉钧翻译的加里•斯奈德（Gary Snyder）、杜国清翻译的米洛舒（Czeslaw Milosz）更是某种学诗的秘籍，我们或手抄或打字，使他们在大江南北的同代青年诗友之间流传。米洛舒的反极权思想圆融于其高超诗艺中，让中国诗人自愧不如。斯奈德通过梁秉钧展现的舒朗、明净，同时又通达于中国古典与美国现实，种种有别狼奶教育、毒素对抗下的文学态度，对我们启迪不少。

因为这些滋养，我1997年成为中国香港人并且立足香港的当下进行诗歌创作的时候，我常常有另一种回归感，是我回归到一个繁体字组

成的现代文学传统里了，在这里我离我向往的民国早年风骨文人更近，离一个充满可能性的、开放的中国更近。

我的诗歌常常予人“波希米亚”的感觉，但我二十多年前在珠海刚开始写作的时候，我在生活上信奉的却是博尔赫斯——一个书斋式写作的贯彻者。生活改变了我，1997 年我来到香港，生存的压力狂风般裹至，这次我没有躲避，是里尔克的一句话给我勇气：“对于一个真正的诗人，任何经验都有助于他的诗歌。”

我在一家二楼书店工作，虽然还在熟悉的书籍包围中，但一箭以外就是旺角的鼎沸闹市，资讯和现实的迅速更新带来我的社会观念更新，我终于体会到非知识分子生活的种种。

我的思想从出世转向入世，我的诗歌趣味也从现代主义的“纯诗”转向美国当代更强调现实、经验和行动的开放诗歌。庞德、黑山派和客观主义这才真正进入我的理解，垮掉派也得到了我的重读，推波助澜的还有 Bob Dylan 等 20 世纪 60 年代民谣歌手及爵士乐实验者。我畅快地呼吸着一切混杂的空气，大声听音，大声说话，一切逆反于我的也成为我的营养。

因为黄灿然借给我一本冯至《杜甫传》，我开始了对中国古典诗歌的大规模阅读，至今不息；后来遇到的美国汉学家宇文所安更为我的学习另辟蹊径，让我重新发现古代中国在我身上的根系所在。2000 年，我完全赋闲在家，一边读古书，一边四处漫游，第一次发现了另一个香港——一个更“嘻皮”也更古风犹存的香港，也结交了许多非文学圈的朋友，他们如此单纯，生活又随心所欲，给我带来更新鲜的灵感。

2001 年，我决定迈出更大的一步：到北京去生活。一方面是想给自己更多挑战，正如布莱希特说的“到江河湖海中畅泳”；另一方面，当时的北京在我眼里接近一个幻象，而事实上北京也正在成为陈冠中所言的“波希米亚中国首都”。我的决定是对的，尽管经历了许多波折，

最后我得以认清了这个幻象。

2005年中，我再回到香港。这十年来，这里的一切都在急剧转变，政治、风气、社会结构……不变的是人的意志、诗歌的意志。我面对这个城市时而会更激进，但又会更有耐心，我知道她有更多的话要对我说，我已经隐约窥见了她的暧昧的笑。

诗人荷尔德林有一句诗为我座右铭：“诗人犹如信使，于世界的永恒之夜半走遍大地。”在我的词典里，诗歌、诗人乃是一个动词，时刻在激荡中，上路、行走、接受变化。我仍一次次地离开这里，回来又离开——无论是现实上还是精神上，尤其在结婚、育儿之后，我发现了在“诗生活”以外，还有一个更广大的世界，那里才有诗的真正存在，香港真正变得和我密不可分。

不过，作为一个无政府主义、国际主义者，我的“地方主义”注定是加引号的，离目前香港兴起的所谓“本土写作”更是十万八千里。事实上香港最具“地方色彩”的特色恰恰在于它的文化混杂。不知不觉中，我的诗歌也走向这种有机的混杂——精神上这是呼应我最爱的诗人曼德尔斯塔姆的理念的：诗歌是对整个世界文明的眷恋。诗歌对于我来说，始终有着引领灵魂超越人类局限这一形而上的意义。打破政治地理的分割，亲近人情风土而不是文化地标，那才是真正的“地方志”式写作。

王一淳

生于1977年2月，毕业于法语专业，电影处女作《黑处有什么》获得2015年First影展最佳导演奖，并入选上海国际电影节、柏林电影节、悉尼电影节、伦敦电影节、墨尔本电影节、纽约亚洲电影节、莫斯科电影节、中国台湾金马电影节、旧金山Mill Valley电影节，于2016年10月在中国放映，获第八届中国电影导演协会“评委会特别表彰奖”、第二十四届北京大学生电影节最佳处女作奖、第一届意大利中国电影节最佳导演奖

王一淳：不美好影集

有部美剧叫《绝望主妇》，如果你没当过主妇，一定不能理解她们为什么绝望。我身边不乏事业已经很成功的女性，最大的愿望竟然是回家做个全职主妇。确实，职场可能有它的压力和烦恼，但回家就真的好吗？

死心塌地当主妇那些年我最胖，反正一天见的就那么两坨人。有人可能会觉得不就是洗衣做饭吗？那人家既要上班又要洗衣做饭的就该死了？其实我还真不洗衣做饭。

那你不洗衣做饭你一天都干吗呀？

对呀，我一天都干吗了？

还有人问，有条件的话可以找保姆啊？保姆不好管？是你工资没给够吧？这个话题可以再回答一个知乎问题了，估计比这条的讨论热烈得多。我下一个剧本会和保姆有关，毕竟我现在熟悉的工种不多。

学成文武艺，祸于锅碗台。身边很多已婚优秀女性如此抱怨，各种不甘。张爱玲说，最恨的就是有天才的女孩突然结婚了。又有人说了，那么多带娃妇女都做成事了，比如 J.K. 罗琳，你自己不也是带着娃拍的电影吗？是的，但她们经历的困难、面对的非议你可能想象不到。

先来倒了几百字家庭主妇拍电影的苦水，下面来分享一点点有限的经验。对于一个非科班出身的人，不管别人干吗，你都在写，不停地写，这是风险最小、成本最低的起步了，每个人都可以就地开始。好在它也是最重要的，真的。

前几天我的电影首映礼，别人都邀请很多业内大咖出席，但我不认

① 生活中的王一淳
② 在拍摄现场的工作照
③《黑处有什么》剧照
④《黑处有什么》剧照

识，于是邀请了一堆在各类兴趣班、早教班认识的孩儿妈出席，感谢她们在朋友圈里一个赞一个赞地把我娃养大。结果有孩儿妈回家很受刺激，回家当晚就写出了几千字的故事大纲和人物小传。这位孩儿妈还真是正经北大中文系毕业的。朋友圈里摩拳擦掌、跃跃欲试的主妇更是不在少数。这是有多压抑的一个群体啊！我曾经有过一个联合带娃的想法，就是今天娃都放你家，明天都放我家，后天都放她家，一星期一个轮回，可惜没人响应。真能实施的话，该释放出多大的生产力啊，能坚持下去的话，看到朋友圈绝望主妇大逆袭指日可待。

在我写的过程中，经常有朋友约我出去玩，我如果不去她们就会问我在忙啥，开始我都照实说在写剧本，朋友觉得我“真文艺、真有理想”。能很明显感觉到她们觉得我这人老大岁数了还这么不着调。再有人约，我就推说有别的事了，真正写到没朋友。有时候扛不住诱惑出去玩一圈儿，也玩不痛快，就像小时候在外面瞎晃老惦记作业没写完。所以写剧本不光是写着的时候难受，是脑子里有这事儿干啥都难受。

为了劝我出去玩，会有朋友说，老待在家里写不出来，也许出去晃晃就有灵感了。对那些很勤奋的人来说可能真是这样，但对我这个自由散漫惯的人来说，最难也是最重要的其实是把自己按在那儿写。你不写，不坐在那儿思考，怎么完成一个转折一个递进？那事儿不会自己解决。从这方面来讲，我很需要一个有执行力的制片人，每天在后面拿个小鞭抽着，或是你今天写不出来多少字就不准吃饭不准睡觉。在大家对你有期待的时候，可能会有这么一个人，但在所有人都觉得你这是个笑话的时候，所有的驱动都要靠自己来完成。

你能大致想象我说的困难了吗？

所以，写，真的是王道，对于一个没有名气、没有经验、没有专业背景的人来说，你拿什么当敲门砖？只能是你的故事。一路走来我发现，故事不仅对于新作者来说是最重要的，对大家心目中的大导一样是最重要的，是核心竞争力，所以啥也别说了，回家写作文去吧！

很多人也问我，你是怎么下决心投那三百万的，有没有想过赔了怎么办？回答是想过，但我不投也会对不起自己枯坐的那些年本来该轻松的时光。终于写完，熬到开拍，需要离家一个月。出门那天早晨在院里拉着行李箱碰到一个邻居问我干吗去，我都没好意思说去拍电影，就说出去玩两天。还是担心这事玩儿现了丢人，嚷嚷得越响越丢人。

下面说一些创作过程中好玩的事吧。

《黑处有什么》有一场戏写的是14岁女孩进录像厅看三级片。为了替她选片子，我很是看了些20世纪90年代初的情色片，要么是太色情，要么就是不出名没有集体记忆；看到《蜜桃成熟时》，觉得它不管是标题还是内容，都还是有美好、甜蜜的联想的，度刚刚好，又是大部分人的共同回忆，一听名字就秒懂，所以我觉得就它了。当然，这些都是在我女儿睡着之后做的。

因为预算少，剧组各种“物尽其用”，很多工作人员在片中都有客串。比如录音组老大就客串了片子里卖冰棍的猥琐大叔，大家都逗他说他天然条件太好了，不用演，就往那儿一站就行，拍出来后大家都说他是最佳男十号；第一次出现的那具女尸，后来又复活了，出演了一个在刘超家看录像的姑娘。

和大家想的不同，在小县城找个愿意演被奸杀的尸体的人很难。一开始我想又有钱赚又演电影的，找临演应该不成问题，到现场才发现想当然了。大家都对演死人有些避讳，而且好像攀比上了一样，不想显得自己特别缺钱。后来还是从外地艺术学校找来了个女孩，人家还坚持不要钱。我一直惦记着如果还有机会拍电影，我要给这姑娘安排一正经角色。所有在我最困难的时候帮过我的人我心里都有数。

一些原本构想好的情节，实际操作上却面临各种困难：剧本里一段警察在垃圾场找尸体的戏，到了实景现场一看，填埋场海拔130米，夏季盛行东南风，臭气沿着山谷向南边公路扩散，差点给我熏得晕过去。考虑到剧组人员的身心健康，回去的时候能一个不落，只好放弃。

片子里那个尖酸刻薄的班主任大家是不是觉得眼熟？其实就是周星驰《大话西游》里牛魔王的老婆“牛香香”，是个有经验的演员。最初她的台词更刻薄，结果拍的时候她说：“台词不能这么说，不然拍了也是白拍！”演员都操着过审的心也是醉了。

影片拍摄地是一个工厂大院，也是我在20世纪90年代度过青春期的地方。公共澡堂、医院、敬老院一应俱全，各家各户都熟络，一个大院像一个小社会。到了饭点，光闻窗户里飘出来的饭味儿就知道谁家饭好了；院子里的人来自天南地北，饮食习惯自然也大不一样。敬老院的看门大爷听说是我回来拍戏，非常热情地放我们进去了。第一次在里头拍摄，负责人一看咱这么大阵仗，误以为我们是什么大制作，但已经进来了也不好再说什么。第二次再拍摄的时候，他先是态度特别坚决地不让我们进去，然后说非得拍摄的话就必须得给钱了。这笔费用对当时剧组来说是笔不小的开支，好说歹说都行不通，不过也能理解，毕竟这事挺折腾。没办法，剧组只好换了地方，所以片子里的敬老院其实不是同一个，不知道细心的观众有没有发现这个意外的穿帮镜头。

看完我的电影，有的导演说，你们真有钱，老下雨！大家都知道下雨下的就是钱。好不容易协调好时间和消防车辆，一场连着一场，只想尽快把戏拍完，大家憋得连厕所都不敢上！最崩溃的是后来发现雨戏有两个镜头要补拍，只好拿俩喷壶洒水凑合。就是电影里曲靖爸爸把曲靖从派出所捞回家之后的镜头，就是喷壶下雨。

当导演是一件折腾人的事，自编自导是一件折磨人的事，精神压力很大。但是自己写的本子，不存在解读的问题，我对它的感受和见解一开始就确立好了，人物、故事、背景都是第一手的。而且我也有想表达的东西，我想表达的东西最后作为一部作品呈现了出来，这个过程也有快感。

在过去的放映中，总有观众问我，你到底经历了什么，让你影片中的青春如此黑暗，像一本不美好影集？我也觉得很奇怪，影片没刻意渲

染黑暗啊，只是诚实地记录了成长记忆中的一些人和一些事，而且从观众没有间断的笑声来看，片中也有很多美好啊，只是黑暗总是显得颗粒粗粝，质量更大，遮盖力强，让全程笑完的观众并没有感到轻松。

美好的时光人人都怀念，所以发黄的影集中，我们都衣着整洁，笑容甜美，可那些不美好的时光怎么办？《黑处有什么》就像一个暗藏在你少年时代监控探头的硬盘，悄无声息地刻满了你的各种瞬间，美好的和不美好的，然后让 2016 年在拥堵的交通中，奔波了一天给客户、领导送月饼，只想回家来一个“葛优瘫”的你，突然看到一个少年的窘迫，面熟得让你心疼，也让你怀念。毕竟那可能是最好版本的你了；那么新，相信很多东西，向往很多东西，连疼痛都那么真切，有诗文可依。

一开始，我其实有点羞于讲这样一个故事，我指的并不是青春期的那些萌动，而是费了挺大劲在北京过上了大家眼中还算洋气中产的生活，冷不丁开始讲一个一点不洋气的小镇女孩的成长故事，讲得那么投入，无法不让人怀疑你是在讲自己。让我感动的是，看完影片，大家都成了小镇少年。

原来那些过往，你也没有忘。

有观众问影片和白银案发生的年代、环境、事件都高度相似，是不是有意蹭热点。只能说这是巧合，因为本片在 2014 年就拍出来了。片尾“随着 DNA 比对技术的发展，案子破获”的字幕，也是为了“龙标”不得已而加。但可能也同时说明，那个年代全国各地的环境大抵如此。

史航老师看完影片说：“走过危机四伏的成长，我们都是青春的幸存者。”我很想知道，影片中的三道杠汪兰兰、美艳早熟的老留级生张雪、三天不打上房揭瓦的蒋四儿，你们都还好吗？你们在哪里呀？酷如周润发、帅比郭富城、关押期间逃跑摔死的混子头赵飞，还有人记得吗？

绿　妖

自由写作者，生于河南县城，现居北京，曾出版《我们的主题曲》（2004）、短篇小说集《阑珊纪》（2008）、短篇小说集《少女哪吒》（2015）、长篇小说《北京小兽》（2012）、散文集《沉默也会歌唱》（2014）、非虚构作品《如果可以这样做农民》（2016）

绿　妖：我曾遇到这城市的青春

说到北京，亮起的第一个画面，2001 年 11 月 22 日，小雪。赖声川的《千禧夜，我们说相声》。小雪夜未下雪，但极冷。这是我人生中第一个“现场”，头一回与许多人一块儿，在一封闭空间，笑声朗朗地看一个剧，虽然笑得悲凉。散场后，长安大戏院前的地下通道寒风刺骨，人们低头急行，或眼疾手快地从人群中逮个熟人一起吃饭。我的饭局有程灵素姑娘、编剧史航，还有千里迢迢赶来的海口文学青年二黑。他是我认识的第一个坐飞机看演出的人。已是熟极的网友，真人相对，竟是陌生。我静静听他们如数家珍，谈“表演工作坊”。这是我头一个北京饭局。

原来，北京是这样的。

那时我刚到北京，房间十平方米，一桌、一椅、一床、一书架而已。据说要拆迁，房间里没安电话，厕所老旧，一副克难临时气氛。但它有一个白色阳台，以一扇削瘦修长的门与外界相隔，门刷着古雅的棕漆，高处镶玻璃方格，掩着白色布帘。我常在深夜推门，往楼下的马路上看。北京的深夜，路灯还是亮堂堂的，永远不会一片漆黑。这对一个刚到北京的，有着不稳定的神经、不稳定的睡眠、不稳定的情感的年轻人来说，是莫大安慰——你失眠，世界也醒着。黯淡的马路，犹如一幅宽银幕幕布，时有汽车经过，也有醉汉。还曾有人在楼下深夜伫立，但那晚我睡着了，毫不知晓。我是 8 月来的，到 10 月，在一个杂志社工作。而秋季是北京最好的季节，走在街上，迎面吹来淡金色的风，荡开衣襟。光线里仿佛有细细的金沙，干爽明亮。这是别处没有的风。用《日瓦戈医生》中的

①

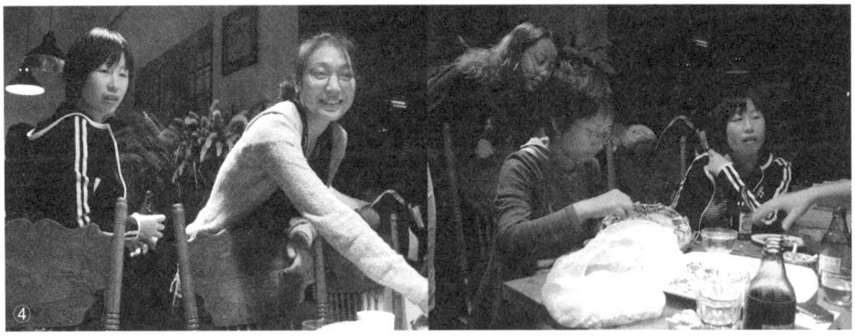

①2011 年摄于钱粮胡同 32 号，这是设计师艾莉开的咖啡馆，也是我们经常聚会的场所，这是我的北京生涯中很重要的一个场所

②以前经常去的一个有现场演出的胡同里的酒吧，叫“江湖”

③这是朋友黄鹭于 2012 年在颐和园给我拍的，对于她，颐和园是陪伴她度过很多不快乐时间的好朋友，她把这个秘密告诉了我，并且带我去那里拍了一组照片，现在，黄鹭在乡下有了自己的小院，种了很多菜，过上了健康幸福的生活

④钱粮胡同，时间是 2007 年，杨弦在北京演出后我们的局后局。宁波姑娘老作坊从宁波千里迢迢带来了几篓螃蟹，桌上是大葵花盘，谁拍的已经想不起来了

一段话来形容被这风吹过的感受：“整个空间是如此清明透澈，似乎为你打开了洞穿一生的眼界。这种稀薄空寂的感觉，如果不是如此短暂，而且只是在秋季短短的一天的末尾、接近提早到来的傍晚时刻出现的话，那真是难以忍受的。”

之前，我在县城一所变电站上班，上一天，休三天。主要工作是用拖把清洁值班室地板及黑色皮革绝缘垫。时间太充裕了，对于一个县城青年来说，充裕到让人绝望。我拿这么多时间干什么？县城太小，像一件不合身的外套，像紧身衣，捆精神病用的。县城的夜晚，过了 12 点，只有我的窗户还亮着灯，视线所及，一片漆黑。这漆黑也让人发疯。

我只是嫌故乡太小，但命运给了我一个巨大的、巨大的城市。

很多人对北京之“大”印象深刻。头一回去航天桥“九头鹰”参加饭局，出租车开啊开啊，始终在水泥高架桥上行驶盘旋。从这个角度看，北京城荒凉可怕，没有人气，像太空城。开啊开，我睡了一觉还没到。大得让人仓惶。

我给许多时尚杂志写采访，每月写近一万字外稿，能有三千元的稿费，加上三千元工资。这是很大一笔钱。我的房租才三百块。办公室是独栋小洋楼，在东四九条胡同里，深棕色木地板，踩上去，犹如老式风琴的风箱，发出温柔悠长的声音。同事都下班后，我几乎每天写到晚上 10 点 45 分，赶 115 路电车回家。陪伴我的只有北京的风。冬天，北京会有狂风。它们尖利地溜着电线在空中怒飞，声势之大，仿佛窗外立起一个海洋。我侧耳听一会儿，继续写。这时网上，开始有人直播饭局盛况，都有谁，喝的什么酒。我扫一眼，继续写。有时写到晚上，下雪了，立在窗户前看一会儿，继续写。看门的大伯觉得我很辛苦，比任何人都辛苦，每次都同情地冲我点点头：“下班啦？”

胡同两侧是青灰色的平房，有月亮的晚上，月亮也是青灰色的。所以没月亮时，我走在青灰色的胡同里，也像是走在月之清辉中。整个平安大道就是一条青灰色的大街，虽然这种整齐划一为美学家所诟病，但在那时，这条大街是我的游乐场。再往北，或南，东直门大街有热闹的

东方银座，天安门长安街有奢华的国贸西单王府井，平安大道夹在中间，是一个落寞的存在。不喝酒的日子，我和朋友一起散步，走上几公里，身边是绵延不绝的青灰色的砖墙。作为背景，它们足够安静。走累了，就坐马路牙子上，继续聊。那时的我们有说不完的话，像要把自己倒出来，剖开了给朋友看。一定是颠倒，在青春期，我活得像中年人。而在二十多岁的那段日子，我现出青春期的种种症状，包括怀着巨大而盲目的热情，包括急切想把自己剖开了给朋友看。

平安大道是单调的，一直是统一高度的平房，一直是青灰色的两岸，一直是宽阔的街道，还有街道边的路灯。但是，如果你跑起来，路灯就会像海洋，把你托在水面。这是我一个朋友告诉我的。

每天晚上，我坐115路回家。临近末班的电车，有的是空位，我坐在窗户边，头靠玻璃，风从敞着的窗户灌进来，精疲力竭的身体里，仍然有东西在飞舞。我记得，那路电车的座椅，都刷着浅蓝色的漆。是20世纪工业中常见的淡蓝。同时期工业中常见的绿色也美极，至今淘宝，绿色矿灯长销不衰，那种深绿色配玻璃罩，是一流审美。在2001年，这些20世纪的美色仍处处可见。我凝视着黑暗中时隐时现的一个个浅蓝色空位，这就是我要的生活，沮丧、疲倦，然而自由。

而饭局是我生活中的白色阳台，供我眺望。

2002年2月，张立宪，江湖人称“老六”，ID“见招拆招”，组论坛“饭局通知”，挂在西祠“影视”类下，妄图与影视大版“后窗看电影”一别苗头。为凝聚人气，他疯狂组织饭局，同时在版内连载“记忆碎片”系列。这系列日后成书，名为《闪开，让我歌唱八十年代》，文风诙谐，娴于卖萌。

饭局。我到早了，空荡的包间里，只有一个人等在巨大的圆桌前。抬头，国字脸，酱色面皮，不怒自威。彼时老六是某出版社副总编，多年修为，读书人本色压根遮挡不住。这哪儿是网上萌物“见招拆招”，我差点夺门而去。

在日后，我不止一次地发现，网络人格和现实人格，常截然相反。

网上攻击性极强，生活中往往绵羊般无辜无害。幽默的段子手，现实里常忧伤仿佛抑郁症患者。《西游记》中，妖怪都有两种形象：人身，以及被观音一指现出的原形。那时候，我认识的人也都如妖怪，有至少两种身份，两个名字。日后数年，我不断地验证这ID与真人之间的反差，看到一个个妖怪，卷地一滚，现了原形。

饭局，是大规模的妖怪现形日。

经常去的地方：建国门“罗杰斯”、航天桥西北角“桥头火锅城”、蒋宅口面馆、三里屯青年旅馆楼下酒吧（扎啤5元一扎）、太阳宫桥“乡老坎”……它们，都不复存在，关门大吉。2013年一个春夜，在火锅店，我们扳着手指，逐个盘点那些年被我们“克死”的饭店：“红番茄呢？也不在了。桥头火锅城呢？没了！罗杰斯？整个连锁在北京都消失了……”唯一一个有眼色的人——桑格格终于按捺不住，低声道：“饭店老板还在旁边呢，听着不好。”恍然大悟，急忙收起我们的死亡赋格曲。有时，饭局不得不临时转场，因为来人太多，且大有源源不绝之势。老六一度恐慌，如此无休止扩充，“恐怕以后北平没有饭馆装得下越来越壮大的吃货队伍了”。这支队伍终于在达到四十多人时，晃几晃，惊险地稳定下来。

如今想来，那像是老六的一个诡异的青春期：漫无目的地组织饭局，吃饭喝酒；喝多后，领唱《亚细亚的孤儿》，深夜散场，整条马路都是我们的人，踉踉跄跄的醉步印满长街。几年之后，老六开始做《读库》，深居简出，整日看稿，修炼内力。狂歌烂醉的阶段一去不返。电话里，我对这个严肃的男人，也越来越难叫“老六”，而讷讷地称之以“六哥”。

那也是我的青春期。离开了紧身衣，再也没有人说我是神经病——我的神经质，在北京这所大精神病院里，显得微不足道，特别正常。深呼吸。好像被埋了很久，嘴巴露在地的表层，外面下过一夜细雨，空气是淡绿色。

彼时北京城仿佛都在青春期。离我们不远处，音乐乌托邦“河”酒吧正拉开大幕，歌手和诗人喝5元的青岛啤酒混迹一堂。当时在“河”

酒吧当酒保兼乐手的张玮玮回忆，那段时间，看什么，眼前都似乎隔着一股热气——就是那种感觉了。2001 年，北京房价尚未搭上火箭，“蚁族”“胶囊公寓”尚未出现。二环、三环尚能租到房子。从朝外到呼家楼，有许多四五层小砖楼，通常是 20 世纪五六十年代的建筑，砖是青灰色，一块块堆砌的青灰格子图案是很美的。还有一部分，比如我住的呼家楼那一带，小楼刷成红色，粉笔那样的淡淡的、略带潮湿的一种红。掩在银杏树后，衬着无轨电车五线谱一样的电缆，美得静穆。这粉笔红，和平安大街的月光灰混合，就是我记忆中最初的北京，又激烈，又宁静。

楼下面馆，一碗西红柿鸡蛋面 3 元。夏利车起步价 1.2 元，从单位打到住处，12 元。房价？没人关心房价。2003 年的贡院六号，每平方米 4 万元，老六当新闻贴到版内，大家对这暴发户式的房价一通嘲笑。直到 2004 年，市区也就五千元每平方米。2002 年，我认识的朋友谁会关心房价呢？大家关心电影还来不及，关心话剧还来不及，谈恋爱还来不及。

老六出过畅销书《大话西游宝典》，也出烂书。饭局，正值他怀疑人生时，“2003 年的全国图书订货会在北京国际展览中心召开，俺去那些展厅采风，到处都是‘做’出来的书，挂羊头卖狗肉，扯虎皮做大旗，为婊子竖牌坊，拿肉麻当有趣。俺对这个行业的反感和绝望到达了顶点……在接下来的时间里，俺一方面编着老廖的书，以及其他的杂碎，一方面被那种无力挣脱的幻灭感撕扯着，实在找不到解决之道”。

那时很多人都刚到北京。被贾樟柯称为“像 20 世纪 20 年代刚从苏联回来的革命家”的 Liar，写影评，出书，创“晃膀子联盟”，组织年轻影评作者，与学院派打笔仗，指点江山，意气风发。2012 年，沉寂已久，他以本名李霄峰出了本书，叫《失败者之歌》。我采访他，原来当年他是从比利时休学，瞒着父母跑回北京，学费花完后，在一个朋友家打地铺。以长帖《等待是一生中最初苍老》蜚声西祠的顾小白，那时还不是著名编剧，而是铁通职工，单位还分他一套小房子。看上去他完全没理由辞职。他只是焦虑。而在当时，我以为只有我的人生千疮百孔，即使在最欢乐的酒局，朦胧四顾时，心里都有个声音高喊：“你跟他们不一样！”——

后来想想，很多人，于此时或许已有抑郁症的伏线。2012年深冬一次饭局，一桌人，有四个得过抑郁症。

而在2002年，我们对此一无所知。犹如一群等待上场的演员，期待着“真正的生活”，坚信“一切价值将被重新评估”，而与身边世界格格不入。当我们来到饭局，犹如进入另一次元。现实世界被稀释，不再那样坚硬。而精神世界，在火锅店缭绕的白烟之间，在中南海点8的青烟之间，凝固成发光的空中楼阁，我几乎忍不住要伸手触碰。我再也没见过那么多夸夸其谈的人，性情比作品更像艺术品。如果有少壮派“晃膀子”的加入，满屋子嗡嗡嗡都是黑泽明、费里尼、安东尼奥尼。经常谈论的名单：罗大佑、侯德健、崔健、赖声川、孟京辉、刘小枫、克尔凯郭尔、杜拉斯、里尔克、杨德昌、侯孝贤、贾樟柯、岩井俊二、宫崎骏、阿莫多瓦；《巴黎烧了吗》《流放者归来》《光荣与梦想》《伊甸园之门》……谈电影比文学多。

我想是因为DVD。刚到北京时，文艺青年都是到圣地小西天买刻录碟：黄色牛皮纸袋，装一张裸盘。许多大师片不出VCD。但，进入2002年，碟店开始有大量大师作品的DVD！刚看到时，站在货架前，止不住地发抖：这么多的基耶斯洛夫斯基！这么多的费里尼！这么多以前只在书上看过的名字！我们像饥饿已久的难民，掠过京城碟店，一茬茬地收割。回家看完，聚会就聊。那是一个急剧补课的时代。世界如一匹宽银幕，在眼前缓缓舒展。

那时聚会，还没有人手一部智能手机，滴滴答答发微博。大家出门，要么带书，要么带碟，见面先问：“最近看什么了？”犹如两只蚂蚁相见，先以触须互碰，一闻而知对方是否同类。那时候的时钟走得比较慢，时间挥霍不尽，只能大段大段看书。提到一个作家，饭桌那侧总有人应声而起，伸手来握：“我也喜欢他。”——这触须互碰的片刻，如此珍贵，在当年一个个赶稿崩溃的深夜，提醒我：这一切都是值得的。

其实，虽然自称吃货，但所吃饭馆并无奢侈名馆，人均五十的自助餐已算昂贵，因为座中还有学生。饭馆同时要满足如下需求：能容纳

四五十人的包间、过11点不打烊。为找到一家合适的饭局地点，老六曾一下午打掉四分之三的电池。常常是火锅店，或“九头鸟”之类大众饭馆，若是“罗杰斯”，则包下二楼。而无论在哪里，超过11点，服务员的脸色都会越来越难看，白色塑料桌布被醉鬼的手蹂躏得满目疮痍；地上啤酒瓶林立，打翻的啤酒带着白沫流出来；沿着地上躺着的兄弟，蜿蜒曲折地画出人形，犹如一场凶杀案的勘探现场。

我开始有了朋友。腥红的、芭蕉、咣咣、天狗……我们交朋友，就是看能否一起喝二锅头。红星二锅头，56度，深绿色玻璃瓶（又是这种绿），标签是白底大红色块。每一种颜色都饱满、充沛。后来它模仿扁瓶装威士忌，出过一款灰色磨砂瓶。拙劣。它不知道自己原先已很美。二锅头的度数像一条拒绝平庸的分割线：要么不喝，要么喝醉。那时，只要有一个人问“谁喝二锅头”，应声而起者，于我都格外亲切。犹如一个声明：你们慢慢喝，我们先走一步。烈酒喝醉的，哭和笑都格外投入。喝多，出丑，就消失一段，直到大家与自己都忘掉那次失态，或，有更厉害的，盖过了这次失态。

和网上的飞扬快意不同，Liar、小白、我、芭蕉、公路……现实中都极沉默，话少得令人难堪。这样的人，相聚一堂，也如独处囚室。我们心怀热情，却像密码不对无法接头的情报员。一个个沉默密封的啤酒瓶，渴望能来一把起子。而酒能帮助越狱，打破孤绝，触到隔壁伸来的另一只手。狂呼烂醉，大概只求这白驹过隙的片刻，我知道你的存在，我知道你的迷惘。

交谈常在酒醉之后开始，在理智模糊的边缘，那是一种超出理性分析判断的友情，我们用所有直觉与潜意识对话、交谈，分辨忠奸。倘若你曾跟人，痛痛快快地醉过一场，那样交上的朋友，总有一种格外的亲昵。

时常已经无话可说，却都不愿散去。门外就是黑夜，人群自有温度。一次酒后，乃哥指挥大家唱罗大佑的《无言的表示》：“风雨中人们，一样的孤单，奔向那无尽的沉默夜晚……”一帮男女认真地、大声地、颠三倒四地一遍遍唱这首歌，那情形，又凄怆，又滑稽。醉后合唱的经

典曲目还有《海阔天空》。如果，老六开始眼泛桃花，动情地自抚酥胸，继而，伸出兰花指，那么多半可以期待接下来的罗大佑，《亚细亚的孤儿》《告别的年代》《恋曲1980》《恋曲1990》……罗大佑的歌天然适合在这样的场合合唱，他的音乐里总有一种行军节奏感，音节铿锵，慷慨激昂。

常喝的酒依次为：普京（普通燕京）、扎啤、二锅头、桂花陈、螺丝刀。姑娘们普遍选二锅头，很大一部分原因是：啤酒让人发胖。并且，啤酒喝到醉，需要川流不息地上厕所上厕所上厕所。从走廊到厕所，有人拥抱，有人在哭，有人在吐，有人打另一个人耳光，偶尔有人埋伏着要拥抱你，或被你打耳光。危机四伏。不如喝二锅头，四两，就能让你醉得如愿以偿。更重要的是：它便宜。席上，我和腥红的喜欢点小支装二锅头，简称“小二”；大瓶虽划算，但深绿色小扁瓶更具流线美。同时，一支小二、一支小二地喝，有节奏感。音乐和喝酒，节奏感都很重要。但喝空两支之后，又无所谓节奏感了。

二锅头好喝吗？难喝。像沙尘暴。但这和北京的粗粝是一个气味，一个体系的。难以想象，在上海的饭馆，会有人喝得躺到桌子底下去。但在北京，这是可以的。这种不体面，只能发生在铺着白色塑料桌布的廉价饭馆，以及喝了5元的二锅头之后。当一个城市，件件事都有了统一的风格，就会呈现某种美感，哪怕这风格是由丑陋的元素组成。而究其根本，青春与生命力的绽放，本身就是有力的，哪怕是垃圾堆上的绽放，哪怕是废墟里的青春。这种力量难分好坏、美丑——它只是来了，带着生命力本然的动人，感人至深。

有人酒后磕破脸，有人摔破下巴，鲜血直流。我的裙子挂栏杆上剐破。咣咣抱着老六在他家的厕所地板打滚。还有两个姑娘拥抱着滚在雪地里，大声说：“你是我一辈子的朋友！”

那种喝法，就像没有明天。

只有非常非常年轻时，人们才能那么用力地，去喝酒、交朋友、打人耳光、往人脸上泼酒，才能如此猛烈地摧残自己。青春期的人，动作总是变形的，每一样感情的流露都放大了一百倍，爱和恨，孤独与喜悦，

都是。

酒上的日子，几位酒神于云端发光。

咣咣。二锅头党，饭局监酒。2013年火锅店的春夜，他说起一次喝多，他与老六同去上厕所，心情激荡，但觉一切都很美好，遂拥抱，觉得拥抱尚不足表达，就亲了老六一口。大家笑得东倒西歪，什么时候的事？咣咣讪讪地："就过年前。"啊，难道这么多年之后，咣咣依然如故？

一大半醉酒记忆都与他有关。他的破捷达，曾在北京上演各种惊险：百米逆行、撞电线杆、挡泥板被生生刮掉……那时对醉驾还没概念，但人有求生本能，一般酒后并不开车。最可怕的是他喝得大醉，固执起来非要开车，其他醉鬼如一群小鸟，欢乐地争先恐后地挤上来，就因为他车上放的音乐更好！一个醉汉拉着一群醉汉，在深夜的北京疾驶。如今想来，那犹如一个死亡邀请。死神的天鹅绒华丽黑披风，湿淋淋紧裹着我们。

有次跟史航聊天，他说，咣咣是这种人——如果你中奖得五百万，可能有人会嫉妒，可是咣咣中奖大家就都服气。是的，大家服气，因为他会把这五百万都用来请喝酒，最后算算还倒贴点。他对待钱、地位、面子、生死，总一派随随便便、不黏滞的清洁。咣咣做过开颅手术，手术完用他老婆手机群发短信，告诉大家他手术失败不治身亡。发现这是个玩笑时，狂怒的老六几乎没把他宰了。

2013年春夜，散场时正逢北京降温，狂冷，众人急急找出租车的空当儿，咣咣与格格拥抱并互把对方抱起，小孩儿玩摔跤般，隔老远听到"咚"一声。七手八脚揪起格格，头上已鼓起大包。那一瞬，昔日重来，十年前的大饭局，要没这么个结尾简直不算完。

听说，摔了格格，咣咣在出租车里哭一路。在KTV，当瑜老板唱起歌，我挽起格格的手做人浪翻滚，咣咣起身加入我们。我没有遇到第二个男人像他那样，从不怕丢失男性宝贵的颜面，所有这些柔媚动情在他都是自然而然。

咣咣喝酒，有"死便埋我"的痛快。在他心里，只有审美与喝酒是

正经事。咣咣是魏晋中人。

腥红的。我在饭局最早交到的朋友。我以为我喝酒就够拼命，她比我还拼。一次酒局结束，外面瓢泼大雨。朋友去开车，我和腥红的笑着，仰着脸，在雨中跳起舞来。跳着跳着腥红的失去踪影，我们找了几条街，最后发现她倒在她家楼下，水泥地上，睡了。一度她信佛，后来又成为一名基督徒。她去广州、上海分别生活几年，最后又回到北京。但当年那个腥红的已不复存在。贯穿这一切动荡的是，她一直写作。

她小说中有一段北京和年轻姑娘的关系，是我看到过最好的一段写北京的文字："在北京，一朵花就是在一夜之间横空出世，啪地照亮整片夜空。没有来路，也没有去路，她要么是一朵跳出光线的花儿，成为光本身，要么什么都不是……北京和那些花儿的关系是有些特别的。只有在这些花儿面前，北京有特别卑躬屈膝、特别迁就的一面。是什么？有什么是它没有，所以要向她们得来的呢？……它唯一缺乏的是气味……没有这些花儿连续地，日夜地开放，这座城市将痛苦地面临自己真实的衰老和死亡。"

芭蕉。曾有几条好汉与她拼酒，最后好汉倒下，她无恙。她喜欢约在三里屯青年旅馆一楼。后来，她和兔子在劲松的住处成为酒鬼们的"欢乐家园"。座中客常满，冰箱酒不空。家中常备一条大红色睡袋，供醉汉使用。我也几次留宿。她并非沙龙女主人，她不艳丽，不风情，不长袖善舞。她连话都懒得说。她不应酬谁，所以，在她身边，就舒展、自由。所谓"林下风度"，大概就是这样。她和咣咣很像，在对许多事的不黏滞上。但咣咣说，芭蕉其实非常冷血。是的，相比咣咣酒后动辄热泪盈眶，芭蕉无情得多。她不欺人，也不自欺；她有多少热度，就展现多少。犹如冰层下流水，看似冰冷，探手进去却有微温。

芭蕉是平静的亡命之徒。

兔子。小圆脸，成都女子，皮肤极好。那两年，她仿佛饭局的盆景。一推门，就看见她盘坐桌上，在一堆盘碗碟盏之间，缓缓起势，把双腿放到自己肩头，或者站在地上，把腿搁在别人肩膀上。她的脚神出鬼没，

出现在种种匪夷所思之处。比她的脚更匪夷所思的是她的直接。她的那种直接，会被不敏锐的人误认为放纵，只有很深的世故，才能看出她的单纯。

当年这些酒中仙，如今只有晄晄一人，仍徜徉酒海。我有时会诧异，所有人都变了，他何以不变。继而想，所谓“智极成圣，情极成佛”，他之纯粹，接近得道。

还要写一个人，虽然她不喝酒。1995年时，我最喜欢的一份报纸叫《音乐生活报》，投稿，写黄舒骏，发表。足足快乐了一个月。十几年后，认识当年报纸的编辑，重返61号公路。她在一个荒诞的年代，仍不合时宜地保存着哥特气质。她之哥特，不是穿鼻钉化浓妆，而是骨子里的狂狷。杨葵看《寻找小糖人》，说看Rodriguez想到她，因为那“半屌半羞涩的表情”。准确。她永远穿黑衣服，抽中南海，微笑看醉汉玩闹。公路不太喝酒，对我们这群醉汉，却有舍命陪君子的气概——她是少有可用“气概”形容的女子。公路不喝酒，但比醉汉还疯狂。她近视，不戴眼镜，高速公路上开车敢超过200迈。去京郊爬山，盘山路极窄，她眯着眼把车开得虎虎生风，每一次对面来车，都惊险万分。和芭蕉的亡命不同，公路是玩命。

这么多年，公路也没变，只比当年更消瘦，仍穿黑裙子，抽中南海，眯着近视眼半蔑视半含笑地看着世界。她也是我认识的少有的知行合一者。她之原则，如上阵带兵，无形在她与别人之间划出边界。这条线划得凛然，也杜绝人生种种情感变得雾数。在这个女人身上，我看到古龙说的“风骨”。

还有那些北京的过客，一次次犹如流星闪过。每个外地网友到来的日子，也必定是饭局之夜。在广州的桑格格说，那时下飞机，都是直接投奔饭局，想到北京有这样一群人，就觉踏实；欢送土摩托赴美饭局，在“九头鸟”一间地下室，推开门，看到40多头吃货，蔡一玛说那是她第一次参加饭局。惊恐地看着眼前，她懂得了什么是江湖。

是的，江湖。那是饭局的另一面，更复杂，更无以言说。对于新人，

它就是一个江湖。我该怎么描述一个新人在其中感受的一切？自卑、失落、惊恐、仓皇、焦虑……就像成长从你身上揭掉一层皮，鲜红的嫩肉和密密麻麻的神经丛都裸露在外，一蹙一跳。我的每一次喝醉也是壮胆，笨拙的演员只有喝醉才敢上场。散场后，在深夜，一个人长路迢迢回住处，呕吐，刷洗被吐脏的地板和鞋。这独处的空白像对之前盛宴的消解和清洗。在一次次饭局和一个人的空白之间，时间过去，新的皮肤长出来，我开始能看懂更新的人，他们第一次落座时的眼神，也有仓皇，也有欣喜。

庆幸我遇到的是这样的江湖，这样的论坛。是啊，光我遇到论坛的黄金时代，已经值得庆幸。和"每个人都是一座岛"式的博客、碎片化的微博比，论坛时代更像一个众声喧哗的班级，它就是用来亮活的。

那也是我写作最不费力的时候。第一本书《我们的主题曲》，许多文字写于那时。不用构思，像被一股热气推着走，一气呵成。想要绽放的欲望压倒一切，就像迫不及待要在他们面前展示酒量（为此我曾一口气干掉一杯扎啤）。不只是我，而是，几乎所有人都陷入一种迷狂的写作状态：老六的《闪开，让我歌唱八十年代》写于那时，芭蕉为长篇小说《天使记》的修改而频频约人喝酒。那时的人，看完一个话剧，晚上就抛出一个上万字的帖子，第二天我们拜读毕，动辄就回几千字……虚荣也好，绽放也好，我再也没遇到过那么多写得好的，聚在一起，几乎是迫不及待地交流，迫不及待地拼文字。那种迫不及待里，有一种仓皇，仿佛一个短命天才，预知自己时日无多，爆发式地写作。果然，进入博客时代，他们消失一批。微博又不见一批。

我怀念那个短暂的绽放，好像80年代的文学热一条长长伏线，隐埋身世，在新世纪头一个十年登场亮相，事了拂衣去，飘杳如流星。

转入2003年，迎面"非典"。大街上空空荡荡。我们仍然喝酒，爬山，路上有人发烧，全体人员都视死如归。"非典"之后，时钟突然拨快。街上行人变得匆忙。房价起飞。夏利取消。有一度，聚会时空气里嗡嗡震动的不再是黑泽明《七武士》，而是房子啊房子。最初，饭局上谈论房子，还会被鄙视；到2006年，房价飙过2万元，大家如梦初醒，

房子的嗡嗡声再也压不住——现实，以排山倒海之力，长驱直入。一碗面条要15元的时候，你是无法坐而谈论小津安二郎了。旧建筑越拆越多，新建筑里没有我们的一席之地。北京犹如一个气球，被无限地吹大；我们是气球上的图案，随着它的急剧膨胀，脚不沾地飞向四环、五环、管庄、通州、燕郊、香河、天通苑、回龙观，“所有星云都在彼此互相远离，而且离得越远，离去的速度越快”。碟店关门，DVD濒临灭亡。朋友们陆续皈依佛教或信奉基督教，我戒了酒。许多人开始信风水占星宿命。有人在中年改名，希冀改运。有人跳槽，跳来跳去总是不满意。一半的人都换了工作，甚至行业。老六只是其中之一。他砸掉体制内工作，出来做报纸，倒闭，自己做《读库》，沉静下来。有人创业，有人破产，有人换房子，有人失恋，有人离婚，有人再婚，有人酗酒，有人患抑郁症，有人染上赌瘾，有人自杀，有人猝死——在他的葬礼上，据说有人握手泯恩仇。

之前的饭局犹如一场大梦。真正的生活，早在无声无息之间来临。

谁曾在年轻时到过一座大城，奋身跃入万千生命热望汇成的热气蒸腾，与生活短兵相接，切肤体验它能给予的所有，仿佛做梦，却格外用力、投入。摸过火，浸过烈酒，孤独里泡过，热闹中滚过。拆毁有时，被大城之炼丹炉销骨毁形，你摧毁之前封闭孤寂少年，而融入更庞大幻觉之中；建造有时，你从幻觉中寻回自己，犹如岩石上开凿羊道，一刀一刀塑出自己最初轮廓；烈火烹油中来，冰雪浇头里去。在现实的尘土飞扬与喧嚣之中，你迟早会有一瞬，感到自己心中的音乐，与这座城市轻轻共振，如此悠扬，如此明亮。谁的生命曾被如此擦拭，必将终身怀念这段旋律。

2012年2月24日

改于2013年3月22日

党　震

1973年出生于山东省济南市，1996年毕业于中央美术学院中国画系本科，同年入山东艺术学院任教，2004年考入中央美术学院中国画系田黎明工作室攻读硕士学位，2003年，作品《回音》参加今日中国美术大展，2004年，作品《金属时代》入选第十届全国美展，2005年，作品参加“呼吸·中国当代艺术邀请展”

党　震：灰色寓言

少年时期

我对绘画的兴趣是源于幼年时期的孤单。父亲在济南市里的火柴厂工作，我随母亲在北郊遥墙镇住，她是遥墙联中的民办小学教师。因为母亲要早起去上课，每天早上我都是一个人醒来。那时的经济条件差，没什么玩具，锁在屋里自然也不会有玩伴，所以大多数时间是拿着铅笔头在纸上乱画，这是我最早关于绘画的记忆。好像是画一些飞机、大炮、轮船、军舰之类的东西，应该是有一本单色印刷的书拿来做最初的临摹；那些幼年的涂鸦并没有留存下来，但记忆里全是安静的快乐。夏天的夜晚很漫长，寂静的校园里漆黑一片，妈妈和我打着手电筒围绕着那些高大的杨树，转来转去，寻找雨后从地底钻出来的蝉。运气好的话，一晚上能抓四五十只，放在大缸里腌着吃，或者过油炸一下，味道异常鲜美。入夜时分我总是抢着划火柴去点煤油灯，灯芯点着之后再扣上玻璃罩子，小小的屋里顿时被柔和的橘黄色灯光照亮，映着墙上我和妈妈巨大的影子，我动，影子也动，这些光亮和影子总让我浮想联翩。和所有的孩子一样，我会在睡前央求母亲讲那些听过无数遍的故事，永远也不觉得烦。父亲隔一两个月会来看我们，住上两三天便要回城。那时通信不方便，父亲总是突然地到来，还没来得及和他玩够却又匆匆地离开了……这样的时光是在我三四岁的年纪，后来与母亲一同回城里，上了小学。父亲常常买来《三国演义》《水浒》之类的连环画，这些便成了我新的临摹范本。关于骑马打仗的“题材”我一直画了好长时间，

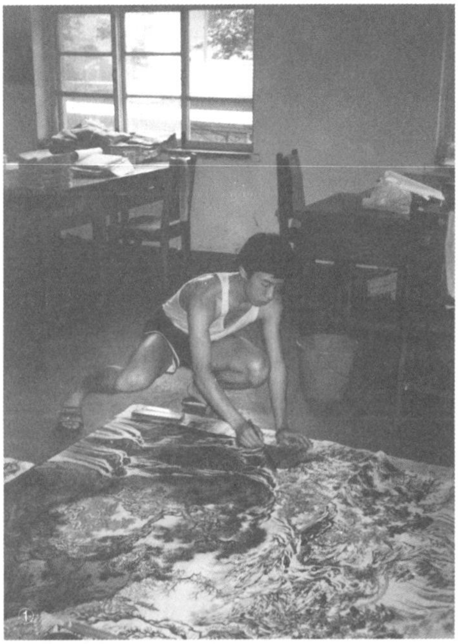

①

②

③

①1991年暑假在母亲的办公室创作山水画
②6岁和父母合影
③2009年在陕北写生留影
④党震作品《灰色寓言——传说》2008年
⑤党震作品《灰色寓言——谜语》2008年

甚至在四五年级的时候画了一张三国名将混战图，是在四开素描纸上画了10多个人，骑着不同颜色的战马，挥舞着各种兵器。战马的各种动态我都能了如指掌，我个人是颇为得意的。加上那时收音机里每天定时播放的《岳飞传》《杨家将》等评书，综合起来，我的少年时代仿佛是在关于英雄豪杰、沙场硝烟的古代时空中度过的。我的舅舅徐铭寰是一位擅长花鸟画的画家，可以说是我最早的启蒙老师。对于“古代战争题材”他是极力反对的。那时舅舅推荐临摹《芥子园画传》上的树，我常常在周末让舅舅点评指正，这是我认定自己将来会成为画家，并且是国画家的重要因素。我保留了上初中一年级时画的老虎，那是舅舅亲手传授于我的，在当时颇受好评，我对国画的热爱有增无减。后来陆续开始学习素描、水粉画，每周在区文化馆上一次课。我是班上最小的学生，由于比较用功，也能跟上趟儿。授课的就有山东艺术学院的教授高延军先生，他讲话幽默，我第一次画“伏尔泰”石膏像时，他说我画得像“北京猿人”。当时很不好意思，回家后父亲特意花“重金”买回来一个伏尔泰石膏像，我在家加倍用功地写生，那是我第一次认识到画“准”有多难。

20世纪80年代初的济南还保留着些许古城风韵，大多数街道在现在看来都不过是狭窄的弄巷。那时的家在济南老城西关外的杆石桥附近，周遭少有楼房，4月里梧桐树开花，馥郁的香气把整条大街覆盖。我们一家三口住在老旧的大杂院里，不过20平方米的房子分成里外两间。外屋有张大方桌、两把折叠椅、一个铁炉子和放餐具的小橱柜；里屋挤了一张大床和一张小床，铁质的床头刷了蓝色的油漆，上面印着几条橘红色的金鱼，我常常发呆地注视着它们，看得久了就觉得那些鱼游动起来。靠窗放着一张旧写字台，玻璃板下压着许多黑白照片，大多是爸妈年轻时的，白上衣、黑裤子，那些笑容单纯而美好。那个四合院住着十几户人家，邻里间彼此都很亲熟，谁家包了饺子、炸了藕盒，都会送些尝尝。那个年代没有谁家特别富裕，相互间是朴素的和谐。我16岁那年考入了山东师大附中，那一年的阴历九月初九正式拜济南画院康庄先

生为师学习国画。康老师是我学画生涯中第一个让我有高山仰止敬佩之情的老师，他宽厚的人品、深厚的学养与技艺使我受益终身。在康先生指导下，我开始临摹四王、四僧、唐寅、黄公望等人的山水画，也临摹袁江、袁耀、蓝瑛等人的画。有2年多的时间，在每个周末我都会画整个通宵，然后第二天带着去给康老师看。康庄老师讲解山石皴法、树的勾法、云的染法，亲自动手给我做示范、改画，这段时间我长进不少。上高三的时候，自己尝试着画过一些山水创作，有的尺幅很大，常常需要画上几个晚上。有一张是用4张4尺整纸接起来的大画，后来用它交了中央美院初试作业，听说是央美国画系历年来最大的一张，也因此在后来的复试中取得了第三名的好成绩。教我素描的是山东艺术学院的陈凤玉老师和历城区文联的李兆彩老师。在陈凤玉老师那里，我第一次听到“感觉”这个词，虽然事隔多年以后我才能领略些微，但当时是犹如醍醐灌顶一般。陈老师从山艺教具科借回真人头骨一个，那晚在她家里我画到11点多，灯光下陈老师将一个鸡蛋和一个小胶卷盒与头骨放在一起，指导我理解方与圆的型体关系，当时的情景至今我都无法忘怀。李兆彩老师常在周末骑着自行车到我家里给我上课，我画的第一张素描大卫长期作业，就是在他的悉心教导下完成的。光影素描的深入刻画需要很大的耐心与整体控制，200瓦灯泡的强光打在白色的大卫石膏像上，我通宵达旦地画，曾经一度眩晕，眼睛望去一片白茫茫。

在考中央美院之前，陈凤玉老师还介绍我认识了中央民族大学的金捷中、周秀清两位先生教我学画。他们是恩爱夫妻，也是艺术伴侣。对一个来自山东学画的毛头小伙子，两位先生以亲人般的耐心与热情给予我帮助。我还记得第一次见到的意笔人物写生，就是金先生在新疆画的三十几张原作，那时并不懂得太多的笔墨精要，但依然感受到极大的震撼。后来金先生重病，我跑去医院值夜，心中是怀着如对父亲般的情感。时光如流水，一晃快有20年了。我很庆幸在学画的早期阶段遇到这几位好的老师，是他们引导我走上艺术的道路。

中央美院

中央美院是中国最高级别的艺术圣殿，这个概念从我考入美院至今一直都未曾更改过。尤其在一个心怀远大理想抱负，有志于投身艺术事业的小青年心目中，“美院”这两个字是那么金灿灿、沉甸甸。妈妈拿到我的央美录取通知书，在楼下操场上高兴地向我呼喊的情景历历在目，那是1992年8月下旬的一个上午，那一年我19岁。

那一年中央美术学院招收新生46人（其中30多人是美院附中的），由于特殊原因我在军训前一天才赶到北京报到。我们这一届学生中有3人是考过6年的，比我大三四岁的大有人在。我在其中几乎是年龄最小的。军训期间，夜晚偶有闲暇，同学们凑在一起聊天，谈起各自考学的“心酸历史”。有人弹着吉他哼唱美国乡村民谣 *Five Hundred Miles*，也唱崔健的《新长征路上的摇滚》。这样的状态是艺术青年所特有的，渴望自由、张扬个性，明朗而清澈的青春。国画系一年级有大量的时间安排了素描课，文国璋先生负责我们班。那时的素描教学强调以线为主的表现形式，对于结构的理解则要求以灰调子的皴擦表现来体现，基本是借鉴荷尔拜因那种路子。美院的造型训练有优秀的传统，扎实朴素、沉稳厚重的风格一直影响到学生的骨髓里面。至今我仍然采用木炭起稿的方式画水墨人物，创作也必须用木炭画原大的稿子，使用橡皮反复修改，直到造型满意才肯落墨。这多多少少有些过于“紧”的嫌疑，但正面影响还是远大于负作用的。

我考取的是美院国画系山水工作室，一年级时，秋天去香山写生，张凭先生、姚鸣京先生、李行简先生都给我们上过课。观察方法与笔墨技法基本上沿用了李可染先生的教学体系，反复积墨与渲染，画面呈现一种沉郁厚重的气息。这与当年追随康庄老师的画风与思路是有区别的，但我很快就适应了。那段时光非常美好，每天在香山公园里选景画画，

晚上与同学畅聊到深夜，与我最要好的是范琛，他现在是赫赫有名的解放军总装备部美术创作室的军旅画家。当时我们共同研读《石涛画语录》，常常聊到兴起忘了时间，也有争论不休的时候。二年级我转入水墨人物工作室，给我上课的有姚有多、韩国榛、华其敏、田黎明、李洋、刘庆和、毕建勋等老师。当时正是“八五新潮”美术的尾声阶段，关于“中体西用”“东西方融合与变通”的争论尚未平息，课堂教学虽然按照体制内的思路中规中矩地进行，但课下，同学们之间都对某些“学术问题”有更多新鲜而又尖锐的新思路和新探索。美院的学风严谨而又活泼，整体上讲，那仍然是中国美术院校的黄金时代。夏俊娜、王少伦、雷子人、尹朝阳、蔡志松等许多现在扬名立万的中青年“大师”都是我同届或前后级的同学，还有像耿乐、乌尔善，后来改行做演员、导演，现在也都是圈子里的名人。美院的青年教师隋建国、刘晓东、于凡、刘庆和等现在都是叱咤风云的大人物了。那时他们就住在校内的筒子楼宿舍里，生活条件一般，和学生们关系非常密切。国画系的老先生也常常在晚饭过后溜达到教室来和同学们聊天谈画。赶上过新年，系里组织晚会，几张模特台拼起来，摆一些饮料、瓜子什么的，大家聚在一起，老师学生都其乐融融的。还有一次大家合唱《东方之珠》，老师也有唱跑调的，现在回忆起来，是种冬日傍晚围在火炉边上的温暖。

美院本科四年给了我的人生一笔巨大的财富，总体来说有三个方面：首先是严谨治学的态度。姚有多先生曾在我三年级画的一张人物创作前讲评了40分钟，虽然他的论调在当时看来多少已经显得有些老气，回过头来看，就写生的造型与笔墨结合这一点，他依然是解决了很多问题。韩国榛先生也曾因为我临摹课不认真临《流民图》——当时我用大量的时间以水墨方式临摹了油画、中世纪壁画以及罗丹的雕塑照片——而面对面苦口婆心地单独给我说了1个多小时。田黎明老师画水墨人体示范时用木炭起稿子，整整一个上午的时间反复调整，甚至于手指细节的形状关系都会改上两三遍……我从不反对笔墨纵肆地表现所谓“气韵

生动”“笔精墨妙”，但先生们用行动证明了内在法度严谨在美术基础阶段有多么重要。其次是综合能力的培养。国画系不同画室、不同年级的同学之间相互交流，我从师兄师姐（雷子人、陈贻、仝天庆、徐坚伟等）那里看到他们的画案上摆放着中西古今各类书籍，从雕塑、版画、摄影到民间美术、工艺设计……在尊重传统的同时，关于艺术问题的整体修养的提升是大家的共识。刘庆和老师曾讲过“要多看国画之外的东西”，这句话对我的影响极深，由此我明白创作的产生除了追根溯源、深挖传统之外，更要懂得融合变通。还有一点是尊重自然、尊重生活。课堂写生之外，常常有同学在美院周围的胡同、饭馆、发廊里画速写，每年的下乡写生都会出现大量令人耳目一新的好作品。除了强大的基本功，美院在创作课的教学中总是把自己亲身体验的生活中最有鲜活的生命力的东西摆在第一位。敏锐的感受能力是在尊重自然、尊重生活的前提下培养出来的。失去了“真”，艺术的“善与美”显得虚伪浮华，这也许与当时整体社会背景有关，美院老师们的作品卖得并不贵，订单也不太多，学生们也不会忙着办考前班挣钱。据说现在有些美院学生早已通过办班在望京买了房子。并不是说物质不好（那是站着说话不腰疼），而是那个阶段在相对简单清贫的社会环境中，美院从老师到学生都还是把绝大部分精力与热情给了艺术。现在美院规模扩大了，望京是高楼林立的花花世界，老美院更是成为永远的历史，美院的黄金岁月啊！

山艺

1996年7月，我从中央美院本科毕业，分配到山东艺术学院师范系（美术教育系）任教，那一年我23岁。

初秋九月，青年得志、意气风发的我在山艺图书馆办了第一次个人画展。展出的主要作品是我在美院本科四年中的习作与创作，在当时还是颇有轰动效应的。初为人师，班里的学生几乎都比我年龄大，直到

工作3年以后才没有学生年长于我。单身生活自己吃饱全家不饿，每月420元工资还是够用的。我曾经发誓说等我攒够了10万元就什么事也不做了，每天光画画。其实现在的积蓄已远超十几个10万了，但却兑现不了年轻时的誓言。那时住在济南市历城区母亲单位的老房子里，下班后回家冷冷清清一个人，大把的时间除了看VCD就是画画。有差不多2年时间我画了一批油画，色彩上不怎么样，但自己当时画得十分投入，也常常约了学生来家画肖像，素描与色粉综合着画。那一时期的作品整体上有种清冷孤寂的感觉，大体是和恋爱与失恋有关的一些个人小情趣。绘画语言不成熟，题材与意境也错综复杂、毫无定式。离开美院回到故乡，可内心却有点像离家的孩子，找不着北。也没有太多朋友可以交流，常常一个人画到深更半夜，然后胡乱喝点啤酒，看个毛片什么的，就昏然睡去。父亲给我一辆摩托车，红色本田90挂挡的，我每天骑着它往返于文化东路山艺老校与洪楼历城三中宿舍之间，偶尔也去王官庄赵勇老师的美术班代代课什么的。那时考前班里我的学生张富军、曲巍巍、赵丽娜等人，后来都陆续考取了央美、清华等美术院校，现在也都是国画界的新星了。后来自己办美术班，再后来与山艺同事赵旸合作办班，学生最多时有400多人，是济南美术考前班里有名的。教考前班的岁月差不多延续了将近十年，这期间画了数以千计的素描头像、石膏像，也出版过一些辅导书。就在前几日还有朋友从旧书摊淘回那时编的没有书号的《党震速写集》。从某种意义上讲"没有白费的功夫"这句话是对的。曾经有一个阶段，因为写实素描画多了，我总感觉创作中的人物造型放不开手脚，品位也流于一般，似乎扎实的基本功在这里成了前进的障碍，曾深为此苦恼。后来渐渐明白，当你不去揪心这个问题时，问题反而自然而然地解决了。抽象、具象、写实、写意……原本看似对立的东西，终会殊途同归，不谋而合。

2000年6月我与许月结婚，2年后女儿党悦嘉出生，我渐渐习惯了家庭生活平静而有规律的状态，时光打磨着青春的棱角，需要平衡与揣

度的事情越来越多。渐渐地那个涉世不深、血气方刚的青年也变得圆融世故起来。这期间开始画以陕北黄土高原为题材的彩墨风景，这是我在创作上寻找到的第一个相对明确的方向。我第一次去米脂是在 1995 年 6 月上本科三年级时，后来带着山艺学生在 1997 年 11 月第二次去，住在米脂县，结识当地村民杨东山大哥一家人，就此与陕北结下不解之缘。屈指算来，我已先后去过申杨崖二十多次了。此中的情节曾多次撰文写过，在与杨建国先生的访谈以及写生集《申杨崖的月光》中也曾提及与杨东山大哥的那段往事，在此不再赘言。从写生到创作，从写实到抽象再回到写实，陕北的彩墨风景将青年时期山水画的机缘再次延续与升华。入选第十届全国美展的抽象风景《金属时代》是那个阶段的代表作。我试图将西方冷抽象的理性构成因素与肌理、笔触符号化地融入水墨创作，并突出强调色彩的心理情感属性。既有深沉凝重的苍茫寂寥，又有华丽轻盈的奇幻虚境。著名评论家郭小川先生对抽象意味浓郁的作品给予了充分的肯定，这无疑使我对自己微不足道的一点小探索建立了强大信心。作品《回音》系列 6 幅参加 2002 年北京中华世纪坛举办的首届今日中国美术大展，这是我第一次参加全国规模的大型展览。郭老师又引见我结识了贾方舟先生，他举荐我参加了“当代中国艺术邀请展”（2004 年，中华世纪坛），并亲笔撰文鼓励。这两位先生是我成长道路中的航标与灯塔，每念及此，心中常怀感激。2004 年 5 月在济南舜耕会展中心的一次展览中，第一次有人买我的画，1 万元 2 幅，买画的人是山东书画收藏界的名人刘易先生，后来我俩成为无话不谈的挚友。刘哥待我如兄如父，不仅在经济上给我帮助，还在情感上与我交流，使我俩的友谊坚如金铁牢不可破。我常常想，每个人成长的生命中，凭着真诚善良与坚持，上天总会帮助他完成自己的理想，我感谢命运恩赐我父母亲人与良师挚友。

硕士研究生

2004年的暑假我正在淄博市的临淄二中美术班教课，这期间有两个重大的好消息：一是我的抽象水墨作品《金属时代》入选了第十届全国美展；二是王克举老师打电话给我，说中央美院开始招收不必参加英语通考的硕士生，针对高校青年教师在职攻读硕士学位。同年9月，我重回央美母校，开始三年研究生学习生活。

我的导师是时任美院中国画学院院长的田黎明先生，能够追随他是我今生莫大的荣幸。读研三年之中，我画了大量的创作与习作。田老师重视写生课，常常八周、十周地安排着衣或人体写生。差不多间隔一周他会来讲一次课，把我们的近期作业指导点评一番，从早上8点到中午12点，并没有多少休息的时间。我记了大量的笔记，关于造型、关于笔墨、关于感受、关于传统文化、关于创作与生活的关系等等。田老师为人谦逊平和，于平静之中透出凛然的大师风范。以我的眼光来看，他为人处世是以儒家哲学为规范，艺术追求则富有道家的通达智慧。田老师曾明确讲过造型的三个阶段：第一阶段是从具象写实入手，解决基本问题，锻炼眼手配合控制全局的能力，掌握物象的形状与结构；第二阶段是主观感受的强化，在物我交流中主动控制形，表现形，将个性化的造型趣味呈现出来；第三阶段是造型与文化之间的联系，以文化底蕴的高度作为内在支撑，让造型沉积出更为宏观的文化理解。

从造型入手等于回到作画的原点，而以文化理解的方法去观察世界，等于将造型的位置摆在了一个文化的空间中去认识。从这个点引开，笔墨语言、空间构图、虚实色调等所有形式语言要素也都因此具备了一个着力的点，田老师个人的创作实践就是围绕着建构一个和谐纯美的文化空间而进行的。理解田老师的作品，首先要理解中国传统文化的“善”与“智”。因为“善”，恬淡的色彩与虚净的墨色透出自然安详与宁静的亘古悠歌；因为“智”，连体法、围墨法、融染法变化万千，光影与

空气才富有生机。印象派、雷诺阿、高更、莫兰迪与元四家、李公麟、恽寿平、金农等中西古今大师的丰富视觉传统也因为融合与变通的智慧汇聚在一起。从田老师那里，我既看到智巧的丰富与变化，又看到质朴的单纯与简约。刘易大哥曾以近似批评的口气告诫我，在我心目中田黎明是一座只可仰视而无法超越的大山，但只有超越才有可能找到自己，否则永远在我的画面中看到老师的影子，而无法真正建立自己个性化的语言。和田老师的对话中，他也明确地给我提出意见："画面中我的影响，包括庆和老师的影响还太多，应该再离我们远一些。"我自己何尝不想这样呢？也许这就是一个过程，是我甘之如饴、敬若神明又苦于不能超越的迷局。

在研三搞毕业创作期间，境况突然有所转变，生命中突如其来的某个节点，让我的创作出现了重大的转型。《灰色寓言》——晦涩的预言——以超现实手法表现生命中不期而遇的困境与内心不可言喻的矛盾纠结，让我的画面重获生机。在错综复杂而又矛盾重重的混乱中，冷寂的氛围透射出对人性弱点的质疑与思索，我把生活感受与现实困境渲染在画面上，灵感突至，奔如泉涌，一口气画了3张2米×3米的大画，在硕士毕业后的几年内，又连续画了六七张尺寸较大的创作。《灰色寓言》系列的出现初步奠定了我的个性化绘画语言。《灰色寓言之荒城》在2007届美院研究生毕业创作展中获得了一等奖，学院给我的荣誉是我终生的骄傲。

读研期间曾与岳海波老师同居（合租），亲近有加，常聊到深夜。岳老师风趣和善，曾为我的个展撰写前言《我党是个好党》。那段生活可以用八个字概括——"共同生活、共同进步"。岳老师中年变法，将综合材料与笔墨传统结合，画出一批富有新意的力作，其胆识修养均为我辈学习之楷模。经岳老师推荐，我与荣华堂文化公司曹平女士相识，又加盟签约，得曹总、王峰大哥的帮助，连续5年参加"新锐水墨"展览，画作不断发表在各类期刊画册。"70后"画家的影响逐渐扩大，

我也日渐成为所谓“后起之秀”“青年俊杰”之类的圈内“新星”。读研期间又与孙磊、张明弘等同道相从甚密，切磋画艺，畅聊心得，追忆花家地西里望京旧事，屈指已过六年，叹白驹过隙、岁月如水。人生境遇，河东河西，曾满腔雄心壮志的弟兄三人，各自忙于生计，或为事业功名困扰不停，或于公事家事奔波劳顿，青春远去，华发早生，每每念及此景，心中怅然叹息……

后来与现在

2007 年夏天，我从中央美术学院中国画学院研究生毕业，如愿以偿地拿到了硕士学位。后来的我选择了继续留在山东艺术学院教书，生活没有太大的变化，只是感觉越来越忙碌，仿佛时光加快了速度，每天的二十四个小时只有过去的一半那么多。太多事情等着去做，又有新的计划展开……物质生活比过去富足了很多，我也不知道为什么还会想着卖画的事，不卖画会死吗？不画要卖的画会饿死吗？但是，不让我画画，我是会憋死的。所以现在的生活除了继续教好课，当一个好老师；除了辅导孩子作业与陪老婆买菜做饭，当一个好丈夫、好爸爸；除了定期去看望母亲、与父亲常通通电话聊表孝心；除了和朋友们吃个饭、喝点小酒、偶尔 K 个歌什么的……绝大部分的时间我还是在画画。课堂上与学生一起画写生，课间休息时我找地方画一点创作草图，晚上 9 点半到午夜 1 点左右是我最佳的工作时间。周末会去济南近郊写生画些风景，寒暑假画一两张大创作。直到 2013 年之前已届不惑之年的我依然没有固定的宽大工作室，依然在家里不到 10 平方米的客厅里画画，依然喜欢用高丽纸、水粉色，速度不快也不慢……差不多每年会有 400 平方尺的作品，真正满意的并不是太多。

近几年连续去米脂写生，已出版有《申杨崖的落日》《申杨崖的月光》与《阳光下的申杨崖》三本写生画集。今年还会去，回来再出一本写生

集，或者就取名“申杨崖的午后”什么的。画面的静谧，这与前几年的彩墨风景有很大区别。自己也说不上哪种路子更好，只是情之所至，水到渠成。写生过程中也间或画些向日葵、玉米什么的，感觉题材已经不是问题，对水墨语言的品质要求及其内在的情感与精神维度的拓展是我用力的方向。我想让构图更饱满，构成更含蓄，色彩更华美，色调更含蓄，笔触更奔放，笔墨更委婉……我想让思想更加不受拘束，画面更加自由……但一切都还做得远远不够，只觉得自己太拘紧、太刻意、太浮浅、太想画好而舍不得放弃与破坏。唯一可以安慰自己的是我的学习态度，我投入地思索与工作，在陕北写生的时光是那么心无旁骛，那么全神贯注，至少在学习态度上我还是对自己满意的。再后来，或许是天意使然，在陕北写生期间一次与首师大刘进安先生的偶遇，使我的人生轨迹发生了重大转变。刘老师对我的创作与教学能力给予了高度评价，经他联络，2013 年春天，我与妻女举家北上，离开了生活 40 年的故乡济南，在北京买了房子，生活就此开始了新的篇章。现在我有了一间 200 平方米的工作室，各方面条件也改善了很多。这两三年的“新水墨”活动频繁而热烈，很多与我一起的“70 后”同道，也都从当年的新锐先锋变身为画坛中流砥柱、领军人物。我买了许多素描方面的书，重新研读大师手稿，重新理解素描的意义，我觉得有必要再次回到原点，从根本入手解决感受与理念的问题。我发现几何形中“圆”形的美感充满力量，东方所谓的“圆融”与西方所谓的“饱满”，无论是针对自然的和谐，还是生命的热情，“圆”形都是最有说服力的。很明显，在临摹大师素描作品时，“圆”形的说服力从整体到局部都有很好的体现。笔触与色调的整体控制也是我最近研究的重点。如何让肌理更加丰富、层次更厚重，并且让笔触与色调都共同围绕着意境传达来用力，对这个问题的研究充满了乐趣。我们所掌握的绘画语言需要用来表现什么呢？这个问题的提出本身就很空洞，其实应该这样问，我所感受或思考的这个问题该如何表现才更有力量呢？某个阶段，我们会关心如何把比例、结构、体

积、空间画准确；某个阶段，我们会关心怎样调整笔墨的浓淡干湿用以平衡虚实关系与语言形式的节奏对比。现在，我想如何调动所能掌握的全部语言，更为准确有效地制造视觉满足从而感动心灵。情绪的变化与情感的复杂让我时而坚定时而脆弱，时而激越时而颓败，有太多美妙而又凄凉的瞬间让我感叹生命与自然的博大深沉，间或又体味到人的渺小与无助。艺术需要坦诚，艺术却不是仅靠坦诚就能富有智慧的，狡黠的笑容背后不知道在《灰色寓言》中隐藏了多少沧桑与隐忍。我把自己内心并不干净的惶恐不安（分）赤裸裸地拿给你们看，有些画面过于晦涩，其实是因为自己也拿不定主意，而显得犹豫，矛盾重重。但我并不急于把这些纠结厘清，谁说一定是“明确的”比“含混的”更好？无意间将戏曲题材搬进了近期创作，苏三或者虞姬或者窦娥什么的，她们可并不都是清白的。男人是很“难”的人，因为女人而费解，魂不守舍，黯然销魂，结果却往往“比窦娥还冤”。我试图将一个个与人性中复杂矛盾、“本我”与“假我”交替上演的迷局编织成一张网，设下费解的残局，等待观者的解读与误读。谁也不能确定答案是什么，结尾会如何。显而易见，一切都是“未完待续”。

维　舟

原名沈茂华，1977年生于上海崇明，自小好读书不求甚解，由中国古典文学与历史而渐渐旁通社会学、历史学、民俗学等，本科就读于厦门大学新闻传播系，自2004年起撰写博客“维舟试望故国”，自此以“维舟”为笔名，此后陆续为《南方都市报》《三联生活周刊》《经济观察报》等撰写书评，在2014年首届华文书评人年会、2015年首届华文领读者大奖上均获选全国十位书评人之一，也是2015年《经济观察报》年度书评人之一，此外自2006年起还曾受邀在上海季风书园、北京大学国际关系学院、国学新知等演讲，并为《GQ智族》、“腾讯·大家”等撰写定期专栏，2014年出版个人散文集《大地上所有的河流》

维　舟：朝向开阔的彼岸

在 18 岁远赴厦门读大学之前，我只离开过故乡那个小岛 5 次。第一次是还未满周岁时，母亲抱着我渡江去上海的娘家，夜里在那局促的老的公房里啼哭，外婆不耐烦地说："小毛头这么小，等长大一点再抱来好了。"直到 10 年后外婆病逝，母亲才又一次带我去江对岸那座迷宫般庞大的城市。这样又过了六七年，我想独自去上海看看，那时与其说是为了去看看那些久别的亲人，倒不如说是因为我已到了不得不面对外面那个世界的年纪。

在整个童年和少年时代，我的生活范围很少超过一个 5 公里为半径的圈子，那就像是岛中的另一个更小的岛。几乎遇到的每一个人都知道我是谁家的孩子，有时甚至知道我爷爷的名字。生活是循环往复的，一草一木都很熟悉，唯一的神秘之地是村里老宅后面的一大片常年遮天蔽日的竹园，那时童谣里会唱"竹园里鬼叫，宅沟里鱼跳，马桶里翻泡"，把它说得愈加阴森几分。和后来不同，那时人们普遍使用井水和河水，以至于当听说有人开发矿泉水、纯净水时，都感到十分费解：为什么会有人愿意买水喝？

如今回望，那似乎是延续数千年的传统村落生活的最后一瞥。在我出生之前一年，周总理与毛主席相继去世，加上似乎天显异象的唐山大地震，母亲说，那时人们有些惶惶然——都知道以往的时代结束了，但眼前的新时代会怎样，却无从得知。实际上，在我的记忆里，直到 1992 年之前的整个"长 80 年代"（1977—1991）都是波澜不惊的，与之后那个躁动而剧变的"短 90 年代"（1992—1999）大有不同。

①2008年秋，在内蒙古莫尔道嘎
②2012年早春和儿子在上海世博园
③2009年在杭州西湖郭庄

②

③

在识字以后，我常惊讶地意识到外界的事件与日常生活的不同：报纸、广播和教科书上连篇累牍地说到改革开放和联产承包责任制的开创性意义（这有时让我产生一种自己“降生在历史转折点”的感觉），然而在村庄世界的生活海洋中，那好像也只是几朵浪花，地是分了（因为相信孩子也许手气好，母亲抱着我去抓阄），但原本公共的社场还在使用，每天下地仍然要计工分，到冬天也还会组织大批人力去深挖运河的淤泥。不是没有变化，但那种变化更类似于一个孩子的发育，是缓慢和递进的，有时甚至是短时间内难以觉察的。

我还记得那时的生活。由于父亲常年在兰州，母亲说“无牛狗耕田”，3岁起我就开始学着拾麦穗、摘棉花，5岁开始除杂草、种玉米，7岁起插秧。农活有时也充满意趣，不过，那并不是温情的田园诗。农村社会有的是艰辛和残酷，不出意外的话，操劳一年下来也仅够糊口而已，而人们也常常毫不掩饰一种粗俗的坦率。在成人之后回乡，我才惊讶地察觉他们似乎毫不在意话语中的残忍。在城市生活提供更多打工机会之前，要离开这里的机会并不多，有时让我感觉每个人都长久地在泥坑里苦熬。即便是做木匠、泥水匠、“赤脚医生”的人，那时也都没有脱离农业劳动。“考出去”几乎是通向更广阔世界的唯一道路。母亲只读到初一，便被迫下乡劳动，虽然算是“老三届”，但在乡下被一些人奚落“什么读书人，不也和我们一样种地吗”，她为之耿耿于怀，加倍期望我出人头地。她其实没教我坚持自己的看法，但让我觉得人数多并不意味着正确。

大概部分是由于她怕我“骄傲”而过分压抑的结果，我在很长时间里总以为自己是个笨孩子——连学走路和开口说话都比一般的孩子迟。五六岁时去集体农场的舅舅家，那些人在考了我几个问题后笑着说：“这

小子，白米饭不吃，要吃粳米饭的。”很久以后，我才知道这句话是变相在夸我聪明，因为那时城里人吃的都是统购统销的粳米，在乡下才吃白米。不过，母亲反复教导的“笨鸟先飞”确实深深埋在我心里，直到高一时才崩塌；因为那时我在重点中学赫然发现，有些人的智商远高于自己，就算自己再努力也还是赶不上。

那时也没什么书可看，镇上的书店乏善可陈，学校的图书馆不大，也不完全开放，我所能做的仅是不断地在自己有限的接触范围内，把唐诗宋词不断地抄写、摩挲。不过在小学五六年级时，我遇到了一位对我影响至深的班主任沈雅兰，她抱有一种非正统的教育观，认为学习知识并不是受教育过程中最重要的。她说，成绩好的不一定良心好，因为她教过很多学生，有些曾倾注心血的好学生，毕业后却再未出现过；而一些当年的差生，多年后却会在菜市场上遇到时还恭恭敬敬，甚至登门来感恩悔过。

一个老师会有这样的看法，大概也因为当时远不像如今这样，家长害怕孩子“输在起跑线上”，因而学业、应试的压力都并不大。在高中之前，我从未觉得“课业多得做不完”，也没买过任何课外参考书，至于课外辅导或兴趣班，则直至大学毕业也从没上过一次。即便是母亲这样算得“重视教育”的家长，她的严格也仅表现在督促按时完成不多的那一点作业；至于更放养的家长，竟然会连孩子是否已期中考试都稀里糊涂的。村里同族的一个俊才，1990年高考前夕还在家里熬夜看世界杯比赛，结果发挥失常，只考取了一个大专。他本人在懊恼之下想复读重考时，父母毫不在意地觉得“大专也是大学”，还是为他办酒庆贺，而来宾们也确实大半都搞不懂大专院校和本科高校有何区别。那时学历崇拜之风尚不剧烈。1992年一个邻村的孩子在考上崇明中学（那被视

为通往大学的阶梯）之后，家长竟然通关系调出他的档案，让他改读中专，原因之一是那时中专相当吃香。

其实，那时连我自己也对一些基本概念搞不大清楚。初二时有一次，看到订阅的《中学语文》上刊出了这一年全国普通高等院校的语文试卷，自己试着做下来，发现艰深得很，在作文部分之外仅够及格，让我大感骇异——因为那时我以为“普通高等院校”就是“高中”的意思，这让我在很久之后都奇怪为何大学要叫“高校”。

对我而言，1992年是90年代的真正开始，我的人生记忆也开始明朗起来。那一年的四五月间，我和班上的另两位同学通过一次邀请赛，得以直升崇明中学；全年级组6个班只有四人入选，而三人都在我们一个班上，这是我们那个极其严厉的班主任在初中三年里最为容光焕发的一天。不过，在入学之后我很快就发现，这是一个与以往完全不同的竞争环境，因为班上的每个人都曾是尖子，而这也预示着我们将在广阔得多的天地里与无数人竞争。

在那里，我遇到了最为志同道合的朋友：张晖。我们是前后桌，同样住读，一起搭伙吃饭，在足球场上也都踢后卫。在那种几近完全封闭的校园生活中，与他讨论古典文学和历史问题，是我每天为数不多的乐趣之一，我相信对他而言也是如此。在高考3+1时，全年级9个班的近400名学生中，我和他又都是仅有的选加历史的四个人之一。3年前，当他在36岁之际怀着未竟的学术理想英年早逝后，我才再一次意识到那段生活对我们彼此意味着什么：我们那时之所以并未意识到自己是“异类”，或许正因为另一个异类的存在，使得自己原先的某些不见容于世的理解变得相对不那么难坚持了。

在那段日子里，由于每周只回家一两天，我渐渐开始对原先的乡村

感到疏离，但这也赋予了我一种站在它外面观察它的能力。如果说以前我对它的看法像是鱼之于自己生活的海洋，那么现在变得有点像海洋学家之于海洋。由于每周坐车往返，我对车价的飞速变化十分敏感：1990年前，在镇上坐车去16公里外的县城是0.25元；1992年春变为0.6元，不久调整为0.9元；没过一两年，又变成1.5元；到1995年高中毕业时，已变为2元。——今天也不过只是4元。那也是乡村加速变化（或瓦解，取决于你怎么看）的时期：乡村路网化的建设、盖楼房、电器的普及（其中无疑最重要的是电视）……都在这一时期涌现出来。泥水匠的生意非常旺，到1995年左右，全村几乎每户都盖好了楼房（第一家是在1983年），没盖好楼房会使年轻人娶媳妇也变得困难。我童年时还经常端着饭碗去邻居家串门，自家家有了楼房后，尤其是年轻一代，大多躲在楼上卧室里看电视，邻里之间的来往大为减少。人群之间的陌生化过程开始，生活形态和邻里关系日益变得和城市类似。2000年，集体公社时代的"社场"倒塌，平为土地，象征着唯一的公共用地结束使命。

与此同时，上海对村庄的支配性影响从未如此显著，年轻人凡有能力在上海找到工作的，基本上都去了。而在20世纪80年代中，上海对村里的大多数人来说，仍是相当遥远的，也许很多年都不会去一次。道路的便捷化与县城的码头建设，使村里去上海打工的人也逐渐增多。以往即使有少量在上海的，通常也只是小手艺人，且经常会回家。慢慢地，年轻人外流的越来越多，其中最普遍的是去开出租车，高峰时全村100多人，至少十分之一的人在上海开车。年轻人越发不喜欢种地，2000年前这种情况就已明了：35岁以下的年轻人，即使在村里也不想下地，主要原因倒不是懒惰，而是人们普遍觉得，种地根本种不出几个钱来。与此同时，20世纪90年代，村里的外来打工者也开始增多，一般是在乡

下打零工的安徽人及收废品的江西人。不过1997年后联合收割机的日渐推广（当时每亩收费110元），他们无力与机器竞争。不出几年，上海又规划出台了“生态岛”建设，于是土地逐渐被征用为苗圃，到2005年全村所有人都失去了土地。

从那时起，我和村庄，进而和这个岛屿的联系渐渐减少，而和外部世界的联系逐渐增多。这种联系，起初是通过书本，继而是通过出现在生活中的新人际网络，最后是通过一个更强大的虚拟世界。不过我那时并未注意到1994年4月20日，这个中国连入全球互联网的关键时刻，说起来那还碰巧是我的17岁生日。1995年8月24日微软发布Windows 95这一影响深远的程序之际，我正在岛上苦熬上大学之前最后的夏日时光，它将使我们在高中计算机课上学过的DOS系统和BASIC语言变得几乎毫无用处。1998年当我们实习找工作时，普遍使用的是BP机，有时接到来电，还需奔下没有电梯的7楼去找公用电话回电。那时我一个同学预言：十年之内BP机将被淘汰，届时人人都会用上手机。我当时还以为这是一个相当大胆的预测。

大城市和外部世界，对我而言仍是有些陌生的。直到17岁第一次自己去上海时，我尚未使用过抽水马桶；那也是我第一次吃肯德基，入口的美味让我诧异为何它被称为“垃圾食品”；至于第一次坐飞机，则要到我工作后的第二年；在很长一段时间里，我也不习惯人际之间称呼“先生”“小姐”。在大学里的社会学课上，老师笑着说起他们那时形容一个人很“土”就说此人“很农民”。这番引起哄堂大笑的话，使我和几个农村出身的同学深感震惊。直至很多年后，在自我介绍时我仍会出于自尊加一句“我是乡下人”，当时在场的一位后来在成为我朋友之后说：“我当时笑了，觉得你很奇怪，因为我们没有人在意这一点。”

在厦门大学四年的生活，是我人生的一大转折——虽然回想起来时，总觉得有许多时间点都是“转折”。不过大学时期显然很关键，那不仅因为某种气氛和历练（我由此偏执地认为，即便在大学里没有具体学什么技能，有没有上过大学还是很不一样），对我而言还意味着省思自我和重塑理想。由于一个不可原谅的小偏差，我高分落榜，结果被意外地调配去厦大新闻系读广告专业。几乎我的每一个亲人都认为这“比复旦中文系好多了”，然而却使我在长达一年多的时间里陷入“我为什么要读书”的自我怀疑中，因为这个专业很明显地与我原有的兴趣几乎毫无关系。这样的自我和解耗费了大量时间，大概唯一有价值的是：如果一个人迟早要发生理想动摇和自我怀疑的话，那么早些来也不坏。

不过，当大四回到上海实习之后，现实世界比我所预料的还要坚硬。那是我第一次真正在大城市里生活，虽然在大学里都被同学们视为“上海人”，但我回到这座故乡城市后，在长达几个月的时间里，每天都要带地图出门，以免自己迷路。由于之前很少有单独操作电脑的机会，我起初也很手生，一度以为自己可能一辈子也无法学会盲打。在去实习之前，我曾问一个师兄：“在外资广告公司会不会很苦？”他沉吟了一下说：“怎么说呢，关键是你要主动找苦吃。”他的意思是，“吃不到苦的苦”更苦，因为那意味着你学不到什么东西——然而“学东西”却往往又意味着高强度的工作节奏。毕业后的第一个秋天，我曾有过连续40天加班的纪录——包括周末——其间只有一天是在晚上9点之前下班的。在长达四五年的时间里，我几乎难以静下心来看完一本杂志。

后来在与几位朋友聊起时，才知道我并不能算不幸的：在外省的许多中学，为了达成大学升学率，在中学时代起人们的精神生活就极为贫瘠，由此形成的惯性如果再遇到大学毕业后的枯燥工作，往往在周末除

了睡觉、看电视、打游戏和逛街之外，也就无所事事了。那并不是我想要的人生——想到自己有可能这样度过一生，这令我毛骨悚然。

只有一个此间的世界是不堪忍受的。这是我从小就明白的道理。就像我虽然深爱自己所生长的那个小岛，但我从未想过要守着它度过一生。几乎自懂事起，母亲就不断向我灌输这样一种想法：一个人势必要离开自己生长的地方。那时每次坐船离岛，在无边的天际下，穿过水面淡淡的雾气，看到彼岸那座庞大城市若隐若现的轮廓，我总是无法找到合适的词语来描述自己的心情。那不完全是“外面的世界好精彩”，也不完全是“生活在别处”，但我知道自己不得不过一种往来于两个不对称的世界之间的生活。

我终于重新开始捡起书本，既像是寻回过往的自己，又有几分是为了新的生活可能。那是2004年，恰好兴起了博客热，我在无意中也开始了写博文，借以发泄自己压抑已久而不为人知的创作热情。就像一个被“文革”耽误了的大龄青年一样，在历经挫败之后，我虽还记得自己少年时的理想，却已对此不抱任何幻想。阅读，对我而言渐渐变成某种类似镇定剂的东西——我需要它让自己沉静下来；因为一如既往地，我觉得那里的世界比我自己所身处的现实世界更为丰富广阔。我那时也已放弃了成为一名作家或学者（早先我甚至无法区分这两者的差别），而考研的念头，也终于在三十岁时承认自己事实上无法做到了。

多年后在一次座谈会上，在谈到“网络是否改变人”这个有争议的话题时，有一些人认为没有改变，理由是“人性恒久不变”，就像洗衣机也没有改变人。不过就我而言，的确迄今都需要感谢网络，或更具体地说是博客。这至少使我发表文章、找到同道、公开讨论都变得容易多了，而在此之前，在我中小学时代，每次要刊发文章都是极为不易的事，

看到自己的文章变成铅字，那是足以激动人心，甚至轰动全班的事，至于出书，那几乎不敢想。

实际上，自2004年7月开始写第一篇博客之后，我的生活就发生了不可逆转的变化：阅读和写作重新占据了我生活的重心。其间仅是一些微不足道的小变化：在博客大巴接连写了8年之后，我逐渐转向以豆瓣为主要阵地。写得多了，渐渐地也有媒体来约稿——我还记得最初是2005年《南方都市报》约我写评论。不知不觉地十一二年下来，书评都写了两三百篇，固定的专栏最长的一个已写了7年。

不仅如此，这些年来甚至我的人际网络，也由此被逐渐改变了。在同学、同事之外新增加的朋友，几乎绝大部分是从网上转移到现实中的。无论是知识获取的便利性，还是人际交往的无边际渗透，都是我早年所无从想见的。在某种程度上，它使我们每个人都过上了一种双重生活，仿佛是现实生活之外的第二人生。在很长时间里（某种程度上迄今如此），我把工作和兴趣分得很开，因而极少有同事知道我是“维舟”，以避免那种他们拿着书要我签字的尴尬。

并非不重要的是，我也由此和过往的自己和解了：距离18岁时的那场高考失利越久远，我的遗憾就越淡。曾经的愿望并没有消逝，但它或许有不同的实现途径。而与此同时，我的工作和兴趣也渐渐有了“合流”的趋势，我不再那么把自己的职业纯粹视为谋生的手段，因为我最终发现，广告是观察现代社会的一个极好切口。

曾有人测算过，在当代中国生活的节奏与速度，数倍于美国，那么或许我们现在经历的一年，也相当于父辈或祖父母辈的三四年。就我自己而言，几乎在一代人的时间里，经历了农业、工业和信息三种社会形态。从这一意义上说，我们都已历尽了沧桑。

于艾君

1971 年出生于辽宁省塔岭镇东瓜川村，1997 年入学，2004 年毕业于鲁迅美术学院版画系、油画系，2006 年以来，曾参与过国内、国际（当代）艺术展览 80 余次，举办个展 10 余次，发表文论 30 余篇，并有著作 10 种，现供职于鲁迅美术学院油画系

于艾君：外公的剧院

一

河上漂着一座剧院，整个儿的剧院。静水流深，那剧院竟也不声不响，像无声电影中的某个片断。我没在写诗，我说的是那艘船，一艘真正的船，那安顿着整个剧院人马的船，它经风沐雨，漆色斑驳，但船体还算结实。在那个年代，白船不多见，也多少有些不吉利，但因多处掉漆而瞅着和气、舒服多了，吃水线以上的红太阳不知被哪个手巧的人在中间画了毛主席像，周边又加了好多光线状的放射性图案。这样一来，一艘破船就被化腐朽为神奇。是的，那船是由一艘曾被侵华日军霸占，战败撤离时留下的“机关”船改造而成，马达声音很响，好像原来是运沙子什么的，后来改运粮食，再后来就是“剧院”啦。它现在几乎是外公所在的那个剧院的全部家当。演员们都以船为家——何况大多数也无家可回。他们不仅乘船沿水路到别的乡镇和小城演出，也在船里睡觉、休息、嬉闹、吃饭、如厕。总之，吃喝拉撒全在船里或与它有关。当然也包括和岸上的男女偷偷约会，结婚，生孩子。听外公说，有一年，一个产妇因营养不良难产（她男人是个唱旦角儿的，同样因营养不良，在一次演出中突然眩晕，脑勺向后摔倒在船板上，再也没起来），偏巧那天戏班中唯一会接生的演青衣的演员因娘家有事下船去了。屋漏偏逢连夜雨，产妇最终还是没能活过来。外公说，那天夜里，成群成群的鱼，携带光亮，围着船打转，使河面看起来就像星空。后来，鱼群不断撞着船舷，船体剧烈晃动。现在转述这情形，不禁让我想起电影中看到的“泰

①

②

③

④

① 书房里的相框，左：10 个月的我，右：年轻时的母亲
② 父亲、母亲与 1 岁的弟弟，1977 年
③ 2006 年的照片，拍于当时的工作室内
④ 于艾君在 2013 年
⑤《素描研究：方位与语态》（吉林美术出版社 2011 年出版）
⑥ 2016 年 5 月在刘辉家中，北京通州区
⑦ 2014 年与李佳（右）、毕学军（左）老师的合影
⑧ 2012 年，南京先锋书店，刚布完展，与严善逶老师合影

⑤

6

7

8

坦尼克号”——那船上剧院有时候真的熙攘如街市。

最初，我们沿岸的孩子都以为那只是一艘运送敌军装备的军管船。在填不饱肚子的年份，什么能比得上土豆、糙米和掉在地上的金子般的豆粒呢？谁也不会冒着生命危险打船的主意，因为就算能偷点破铜烂铁，也不知道去哪儿能换成馍馍。况且，船头的旗帜飘得呼啦啦响，给我们一种莫名威慑力，以及被此激发的吸引与想象。练嗓子的人把身子缩在船舱里，只露出脑袋来发声。我想他只是做做样子，因为有荷枪的民兵站在船头。河面运送着光荣与虚荣，河边有我随船疯跑甚至跑掉裤子的童年。我并不想监视他们，尽管对于我来说，要想察看船上的举动还不是很费力的事情。我水性很好，但一下水就不愿意上岸，一天就过去了，作业照例又是没写完，倒不是怕老师——老师新婚，没那么多闲工夫管我们，但鱼没打上来，妈妈会责怪的。

二

今天是另一个世纪的一天。新的一天。我曾在一首诗中写道：“我渴望拥有古典大理石雕像的沉重。我总是因为轻盈而不能飞得更高。”市府广场上那个金色的月亮鸟雕塑展翅欲飞，玻璃钢制品就是没有大理石沉重。唉，我总走神……当年爸爸不看着我的时候，我愿意看外公当年在剧院谋生时留下的照片，唯一的照片。在炊烟中开怀大笑的外公有美髯大侠的绰号，现在看来，他也是一个艺术家，尽管只是剧院里的伙夫。外公能把粗糙的菜蔬做得有滋有味，一袋黄豆、几把茴香、几小块金子一样的肉甚至肉骨头，他就能将大锅饭神话般变成大伙儿的美食。他喜欢看大家舔净饭碗的情态，那是对他劳动的肯定，因此，没有什么文化的外公在戏子和文化人扎堆的剧院中，人缘极好。剧院常常乘船外出卖艺，对，他们不时也神气地坐在汽车挂斗上到别的地方去。我特羡慕他们，我没有见过比那艘船更大的船了。据外公说，民国时期甚至更早的时候，城里年轻人一般都愿意看洋剧。而能来到小镇或农村演出的，

基本上是一些地方戏什么的，而且居然常常加演——后来就一律改唱样板戏了。所到之处，人山人海。外公那张照片就是在“大跃进”时期，在我老家村中的露天场院里拍的。报纸记者举着一个挺大的照相机，打着闪光灯，在拍了好几张演出剧照以后，对着爷爷眯缝的眼睛也来了这么咔嚓一下。照片中爷爷的背后不远处是高高堆起的稻子，那是整个村子一年的粮食堆积在一起。照片拍得很清晰，除了有点发黄、卷角以外，不比现在的数码照片差多少……

三

你看，我又溜号了。我总是做这做那、顾此失彼，没一个专心的，真是浪费光阴，老师说这无异于自杀。早知道如此不学无术，还不如当年听母亲的，缠着外公找他们剧院里的人教我学唱歌演戏呢。但外公总是很严肃地不让我接触那些东西，学好数理化，走遍天下都不怕。但数理化于我更如天书，我不可能按照他的期望过“数理化”的生活。我只会画点还算能看出些事物模样的画，也是被逼的，我学习成绩不好，还得学着和别人家的孩子那样有“出息”，只好硬着头皮学画画了。我一直觉得我的启蒙老师是那些贴在土墙上的连环画，尤其父母出去干活时，我似乎能感觉到画中的人物飘身下来，与我一起玩耍。读小学时，我家的连环画、小人书几乎有一大柜子，后来有一天，妈妈认为这是我学习不好的罪魁祸首，就趁我不在家把它们全都烧了，做了一顿饭。不提这些了。

生活琐事一方面给我左右摇摆中处理信息和自制的能力，一方面也给了我无尽的烦恼。幸好有涂鸦，正如在一篇回忆18岁文章中我追忆的：“那些溜号时光里有头没尾的、散漫的、充满模仿痕迹的涂鸦，我想应该属于艺术的自我启蒙吧，没有‘专业老师’，没画过后来在美术学校里从老师和师兄师姐处看到的‘正规’素描，也不知道什么叫写生。但细细回忆起来，彼时无为却莫名焦虑或伤感的日子里，我的情绪和注意

力突然从所见世界的物质真实性中走出来，就好像身体上某些地方突然茂密起来的毛发，我好像被丛山、水库、溪流、树木和野草等这些身外之物中所漫滤和分泌出的一种类似于原本但又非原真的东西（我也说不好）所牵引，进入了一个类‘游离’状态。那时我的确对物质性就是所见之物的全部产生了一种怀疑，因此我也许能读到一些课本和课堂之外的那些自然存在的某种情绪和信息。用我不大认可但勉强借用的一种说法是，我开始以一种审美的眼光重新打量外部（自然）世界，仿佛从某一时刻起，它们才进入我的内心。”

四

画画挺好玩的，谁让能够自主的现实和快乐总是离我那么远呢。但初浅的新鲜感和虚荣心过后的好长一段时间，我发现自己好多关于画画的想法不仅经不起推敲，哪怕与那些仅仅能把物象画得像普通照片儿的同学相比，我也自惭形秽。我隐约知道我追求的状态，我妄想以一种澄怀的方式过滤物质世界的芜杂和油腻，接纳那些不知缘何汇聚至脑中的奇思妙想，使它们在二度虚构中成为必然真实，至少得像那么回事的虚构性现实。

至于现在，面对空白的纸或画布，面对摊开的方案草图，我常常自问，如果不追求标新立异，我的劳动还有意义吗？我可不愿意像外公那样，一辈子只会做饭，而且是大锅饭。但更进一步的问题是，追求标新立异，是不是就是艺术工作的唯一《圣经》、显学之道或最初动机？现在我喜欢劳动的状态，喜欢放松了肌肉的思想。有一阵我特别厌恶艺术这个行当，甚至有时内心对曾孜孜以求的事物产生了一种虚无感，常常拿铅笔当飞镖。彼时年月也许与后来的艺术职业没什么直接的创作上的联系。我不算愚钝，但很不幸，也不属于早慧。但可能恰恰因此，现在的我感谢懵懂的少年时期，感谢乡野岁月。我总觉得，那段时光所赋予的我可能是真我，此在的我反而是另一个。但回头找寻，却总也不

能与之重合为同一个人。这其中的矛盾、挫败感、距离和迷失成就了我的实践中某种基本可以保持不疲的张力，就好像拉动弹弓的皮筋，使之离开被紧握的木柄的那种状态。我一次次拉开弹弓，目标就在可及之处。可能我需要并孜孜以求的就是这种张力吧。

五

我躺在炕尾，肚皮上生了疮，脓液破痂而出，所到之处又催生出许多细小的白色凸点，里面好像包藏着火。窗外阳光穿过妈妈买来的黄桃罐头，照临正看着我的花猫耳朵上，那耳朵的筋络与颜色和瓶中黄桃的色泽纹理感觉一样，都变得半透明。小时候，每到生病，都会吃到水果罐头。记不清具体哪一次了，我又告病在家，斜躺在炕，盯着碗橱斜上方的挂历画面：白轮船、暗蓝色的海，以及底下一些现在记不得细节的红色标语。没错，上文追忆和描述的就是当时的胡思乱想，内中有实有虚，我不强求读者诸君全部相信：船，可能就是我在课本空白处的涂鸦；海，可能就是那座名曰“转角楼”的水库，爬上山巅就可望见；至于那些“别的乡镇和小城”，多半就是我家场院，反正大不过篱笆墙的范围。而外公，可能是画报中的某个大人，我们相隔遥远的人生两边上。文中确凿而真实的情况是，我把外公与父亲描述为同一个人，也将小时候的我与父亲描述为同一个（这似乎有点莫名其妙），因为我从小就很怕父亲。

六

外公一直活到我大三的时候，过世时我没有在身边。母亲说怕耽误我读书就没告诉我，这是至今难平的憾事。

多年以后，当我从杂务和乱成丛林的工作室里抽身出来稍歇喘息时，经常能回忆起那天妈妈泪光盈盈地去村部大院里，在一堆疯闹的孩子中唤我回家的那个遥远的下午。此刻我是在精致的台灯下模仿《百年孤独》

开篇的句式的，我知道，追溯并试图弄清继而理解一个时代所有的矛盾，不可能会很快奏效，一个集体探究的答案渐显之时，某种顽症会因为沉积的世事，非但没有解决，反而可能显现为其他征候。是的，现在我也能记得当时高处喇叭里传出哀乐的情景——伟大领袖毛主席去世了，而另一个新的，同样可以称之为伟大的时代，随即来临。课本里的抽象文字永远不抵现实画面有历史骨感，但回忆可能在不知不觉中将已经发生过的事情形而上化。

再次来到河边是几年前的事情。大面积的河床已经干涸，沙滩有些烫脚。我看见了那艘船，漆色褪尽，船体彻底报废，像长满绿植的骨骸，陷于岸边乱石之中，再也无人攀顾。我惊奇地发现，它原来是如此之小，如此不堪一击，简直比一只纸船大不了多少。我不知道我看见的这艘曾载着剧院的船里，到底有没有过外公。炊烟起。船体退远。闷热，蝉噪，如那些戴红袖标的人从剧院中将他们揪上岸随即展开殴打的叫喊声。我从水里钻出来，揪一片树叶罩上眼睛，躺在沙滩上晾着。雨说来就来，从远山，从田间，从土路。这与在家里看雨是不一样的，雨像是河水向上溅到天外再扬洒下来的。佛说一粒沙就是一个世界，那每一颗雨滴里至少有一座外公坐过的那样的船吧，那驶不过时代和雨点般鞭打肉体的船。雨滴里是不是也有河道和鱼群，也有漫山遍野的“红卫兵”？我没心情看下雨，但它就在眼前，不是垂赐而是强迫。再度想起母亲转述的外公当年挨批斗的情景，尽管他只是一个剧院的伙夫，那些人——那些被狂热和偏执所充血的年轻人还是不肯放过他。“小将”们让外公顶着铁锅，沿河游行，河北岸是围观的人群。他们中有人在外公头顶的锅里盛满水，一大帮“红小兵”瞪大了眼睛盯着，不许洒，洒一点那鞭子就抡过来……我听得到的，还有嘶杀声，马嘶人嚎，锣鼓声，声声入耳，仿佛来自地心，但无人与我一起在杂音中辨听——大家都很忙。现在地面上是搅拌机、推土机和挖掘机们混合的声音。那满载着整个剧院的船，也许就在板结的泥块间兀自梦魇，排演着他们的拿手好戏。家乡的这条河被市政府计划开辟为旅游景点，他们破例允许并任由那艘船在近岸处

颓然默立。它风烛残年，成了更小的孩子们用泥石打靶的对象。我羡慕他们。岸边新修了柏油马路，不远处更有移土建坝的轰鸣，不久以后这里将是一座巨大的水库。

七

如今喜欢西方戏剧的人很多，包括我。君不见，剧院场场爆满，尽管票价很贵。但演员们不会再吃外公做的那样的大锅饭了。

还是那句话，追溯并试图弄清、理解一个时代所有的矛盾，不可能会很快奏效；一个集体探究的答案渐显之时，某种顽症会因为沉积的世事，非但没有解决，反而可能显现为其他征候。普天下所有的剧院里都没有我的恋人。我的她不可能是演员。我不会娶个演员的。我一向缺乏安全感，既明示自己对某些属于异己之物保持戒心，同时又无法按捺激动乃至雀跃地敞开怀抱欢迎它们。纳新之天性与自保之本能就这样一直相爱相杀。我没有刻意想着这一切，甚至常常为此痛苦。对于我，波光也许是比船只更实在、更动人的存在。剧院走远了，也许在某处水上演出，也许从未存在。我无法确定我的作品中还会不会再出现它们。我愿意锁定并追随第一次被清晰预见的事物，一旦情感上锁定，就难再更改。但一旦落实为作品中似曾相识的物质现实，来自梦的、试图走出蒙昧的快感也随即消失，好像逐梦也成了有目的、有心机的事情。这让我很不开心。我为驱散焦虑而焦虑。我看见那个人，蓑衣，烟雨在他的双桨间氤氲，他符号般坐在木筏上，木筏上面有一个彩色画舫样的小船——也是一个剧院吧。我隐约听见锣鼓声。我目睹他将一个类似游标卡尺的东西扔进长满绿藻的河道，人和船随即顺水漂去。而我是那刻舟求剑的人。

2016 年 8 日

李云波

著名影评人（网名：云中），曾参与创建Moviegoer、中文电影百科等网站，从事电视编导十多年，任上海国际电影节审片人、华语电影传媒大奖评委，影评文字多年来发表于各大媒体，合著有《木乃伊防腐指南》《电影公嗨课》，第一部剧情长片《呼吸正常》入围2016年西班牙圣塞巴斯蒂安国际电影节“新导演”竞赛单元、北京国际电影节“注目未来”单元及上海国际电影节

李云波：筋疲力尽，呼吸正常

我吓了好一跳。

一走进主电影宫 kursaal 的影厅，几百位外国面孔对着你起立、热情欢呼加鼓掌。我参加过不少国内电影节，但这种阵势还真没遇到。其实在座的各位，我一个都不认识，就连正片，都还没开始放呢。

这是我导演的电影《呼吸正常》，9 月 21 日在圣塞巴斯蒂安国际电影节进行的首映式。

接下来，只不过放放电影节的片头，突然观众有节奏地一顿一顿鼓起了掌，热起场来。不知道的，还以为是在看巴萨对阵皇马呢，或者以为是在看斗牛。

放映结束，一道聚光灯打到剧组这边来，又是一通欢呼和掌声。不知道的，还以为我拿奥运会冠军了呢。

西班牙人看场电影都搞得天翻地覆的，城里人太会玩。说笑归说笑，我从心底里感受到他们对电影的尊敬和热情：他们对一个陌生国家的陌生面孔，都能毫不吝啬地给予掌声。然后就是身为电影人的自豪感：原来我从事的行业是这么值得骄傲的吗？

灯光一亮，才发现大厅里至少有一半是比我还大的观众，不少已经银发苍苍。这个欧洲老牌的电影节已经举办了 64 年，有多少观众是跟随着它度过大半人生的呢？

还不等我感慨完毕，已经被主持人请到台前。没想到这样一部以粤语为主，讲述一群二货青年在广州闲逛加吃喝玩乐追求爱情的散文电影，还挺受欢迎。几个西班牙年轻小哥眼中含泪地发言说（好吧，隔了几十米远我哪看得到他的泪）：“你拍的就是我们的生活，我们的困惑啊。”

①

64 Donostia Zinemaldia
Festival de San Sebastián
DONOSTIA ZINEMALDIA
FESTIVAL DE SAN SEBASTIAN
INTERNATIONAL FILM FESTIVAL
rtve
movistar
sanse

②

③

④

⑤

① 李云波工作照
② 在西班牙圣塞巴斯蒂安电影节上
③ 剧组接受西班牙电视媒体采访
④ 在香港亚洲电影节上
⑤ 在北京电影节注目“未来单元”

来西班牙之前，我肯定不能理解这句话；来了之后，我懂了。他们跟广州生活的闲散味道一个鸟样。其实，哪怕是不同国家不同民族，普通人之间的差别，还真没有我们想象中的那么大。

现场主持人问我："你为什么找这么多非职业演员？"

我说："第一，因为非职业演员便宜（我们是部非常小成本的电影）；第二，因为没有人比他们更能胜任扮演自己，表达出最真实的状态，只要他们经过训练（排练这些演员用了半年时间）。"

也曾有不少观众问过我，为什么要拍这样一部没故事、反类型的电影？

我有点答不上来，但我内心的意思，就是想拍一部特别的东西，一部真正反映当下城市生活的电影，而不是来来回回的地标、CBD、写字楼。城市的美远远超过这些。

跟很多人的趣味相反，大家都喜欢去郊区，看山游水。我喜欢待在城市里，看建筑、看空间、看人气。这个"怪癖"可能跟我出生的城市有关，我的家乡，是小学语文里就提到的"山水甲天下"的桂林。

青山秀水，我从小就看到厌。

第一次被电影击中，是80年代后期，还在上小学。看大人租的录像带，记得那是一盒翻录的带子，侧面有"Sony"的字样，封面用手写体写了几个字：英雄本色。

当时我才11岁，没受过这种刺激，这群爷们也太男人了。那时管这样的片子叫作火爆片。小城的录像厅门外都会有一块黑板，上面写着"香港最新火爆大片《江湖情》"；门外还立着一个破烂的大音响，里面放着片子的原声，果然枪声不断，间或夹杂着男人的喘息，也不知道是中枪还是在干吗，总之就是刺激。

这属于最原始的观影阶段，那时候朋友之间衡量一部电影，就是三个字"打不打"，其实跟现在看大片的观众需求，也差不多。

然后到了初中，我才第一次觉得电影除了好看之外，还可以很牛，是因为《阿甘正传》。我现在还记得很清楚，我的同桌拿了一份本地日报，报纸的中缝登着录像厅的广告（这样都可以？），然后他很兴奋地说："让我们来看这部吧，《阿甘正传》。"我心里还想这跟《阿Q正传》有啥关系，是不是考点？

看过之后，两个人同时被震撼。我觉得《阿甘正传》绝对适合小年轻的电影启蒙。当年我是和哥们在录像厅里看的，看到一半我就服了，跟哥们说："这片怎么什么都有，什么都牛。"意思是说，人家搞笑部分就很搞笑，战争部分又打得过瘾，爱情部分看得俺很感动，励志部分还让俺很有共鸣。然后时间跨度大，看完人又感慨良多。实在是看一部电影应该有的情绪，《阿甘正传》全给你捎带齐了。

当时跟我住的出版社大院的一个编辑，也是著名作家鬼子混得挺熟。有一天，他神秘兮兮地递过一盒录像带，说："看这部电影，能提高你的智商。"鉴于我正准备高考，所以对这类能媲美海淀区模拟考卷技术含量的电影很感兴趣。接过来一看名字，给了我不小的刺激，因为它的名字叫《刺激 1995》，现在叫《肖申克的救赎》。

这部电影大多数人都看过了，但我还记得当时，监狱长把海报撕开的那一幕，我激动得快尿了。

然后我也记得《甜蜜蜜》的结局，黎小军与李翘头靠着头时给我造成的叙事惊艳感。

还有看《春光乍泄》之时，奇妙的音乐与阿根廷的日光，街头踢球的梁朝伟，混在一起，表达出了用语言、用文字、用任何东西都传递不出的美感。

这都是电影在我记忆中，深深刻下的启蒙式印象。

所以在大学开始，我就成了半个影迷。我就读的学校那时叫北京广播学院，有很多半真半假的艺术青年混迹其中，然后他们时不时会霸占学校的小礼堂，放一些奇怪的片子。比如在库布里克去世的那年，小礼堂就搞了一个回顾展。

现在也还记得我第一次在大银幕看到库布里克的影像，当时小礼堂在试片，随便放了一段，是一群猩猩在砸骨头。然后，就是《蓝色多瑙河》。

一种新的可能性在面前展开了。从此我就爱上看各种不同类型、不同风格的电影。当然，也可能是因为大学期间无聊，所以总得有点爱好吧，随便找片看也是一种。所以说，回忆都是可以修饰的。当初一个无聊的选择，事后都能说成是里程碑式的启迪。

不过，我在大学还是跟电影走得很近，甚至还做过一段时间的"院

线经理”。

记得当年放映《泰坦尼克号》的时候，那年头大学生是不大上电影院的，都在学校内部消化。基本上第一拨看这片的人，看的全都是枪版VCD。但那时还没有什么枪版的概念，就是觉得画面有点不正常，偏黄，画面比例是斜的。

后来我们宿舍几个人还专门跑去学校小礼堂看这片子，5元一张票，那叫一个人山人海，我们四人给了10元钱就挤进去了。我都不知道为什么自己都看过了还要再进去看——那时候看电影一定要看大银幕这个观念就像浮云一样。然后大银幕一放，居然是枪版——我算了一下，到北街租个VCD（这片三碟装），也就十来块钱。这太黑了，比“和联胜”还黑。

所以事后，我们宿舍的人开始琢磨怎么搞这种一本万利的活儿。当时我们已经是新闻系一霸，在系内各关键部位都有要员把守，上可通天，下可耕地，这点小事还不手到擒来。经过一番简单的争斗（我们屋死了两个伤了一个，师弟们九死一伤），我们终于把东配楼最顶端的一个教室给拿到手了。虽然以现在的标准，这也就是个40多个座（板凳）的小厅，放映设备却比较高端：新科的VCD和日立30多英寸大彩电。

由于要参与这个“事业”的几位大佬互不相让，结果又经过了一番“和蔼可亲”的谈判，以两个重伤、两个至今走路走不了直线为代价，我成为了“选片人”。当时我还不是电影青年，也就是个半文艺青年。可就算是个“半”，也还是看不起《泰坦尼克号》这种好莱坞俗套电影的。我分析了当时的市场情况，除了最大的托拉斯院线小礼堂外，各个系都有放映活动（当然他们的三脚猫水准我都看不上）。我果断拍板做一个“小众文艺放映院”，开了国内文艺片院线的先河，早贾樟柯十几年。不过，一当上“院线经理”，一切思维都不一样了，要讲究个投入产出是不是。我决定第一炮定要打响，所以要选择又好看又牛逼又彰显品位的电影，赚尽口碑与票房。

首先是研究市场。当时肯出来看片子的，除了那些没脑的学生、自以为有脑的学生之外，还有不少喜欢接近群众又附庸风雅的老师以及家属，用现在的话说就是普通、文艺、二货青年。如何不失身份地将这三种人群一网打尽，我绞尽脑汁。片单经过“董事会”的多次决议，提名

就有好几十部，炒饭都吃了十几盒，最后我深刻分析了《泰坦尼克号》成功的秘诀，就两个词：爱情悲剧+史诗，所以，终于选定了这两部片：《燃情岁月》和《甜蜜蜜》。

从任何一个角度来说，用这两部电影把这三种青年完全掳获，我有充分的信心。

于是，手写海报，低调又华丽地张贴到饭堂前，租好碟片，打开放映室，接下来，就是等着收钱了。5元一张，虽然没有小礼堂的大屏幕，但我们有VIP般的私密性，以及秒杀一切的排片质量。

写到这里，你们可能以为我会玩个编剧的包袱，如什么观众少得可怜、放映一半突然烧胶片、东配楼临时停电、赔了夫人又折兵诸如此类的人物弧线吧——可惜了，那个年头我还没看麦基老师的《故事》，不然我肯定得给你来个漂亮的情节弧。可事实是人山人海、锣鼓喧天、彩旗招展，那种广受人民群众拥戴的场面，谁看了谁感动。

那钱多得，两只手都捧不过来——也不知道哪个该死的穷学生给的全是毛票，还有5分的。

我作为院线经理在前排接受了众人的致意，我双手微微张开，有力地往下按了按，眼含热泪地说："这都要感谢系领导的政策好，方针对了头，人民就有奔头，你看坐在前面那位大妈……"

后排有人叫道："滚开，挡住画面了。"

算了，给了钱我不跟你计较。

那天晚上，看着人头攒动的放映室，我觉得电影这行业可真好赚钱啊。碟多、人傻、速来。

可惜好景不长，什么地方有利益，什么地方就有斗争。一看我们的院线搞得这么火，终于引起了更高领导的重视。他们重视的手段就是，你们不要搞了，影响学习，还是让系里出面来搞吧。

怎么办呢？绝食过（几小时），也静坐过（在宿舍里），更吵过架，最后还是妥协了。整个放映班子被换掉，我们走的走，散的散，不少人还被迫到了国外（好羡慕）。

而系里的放映，搞不了几轮就不了了之。那当然，排片就很成问题，光放一些什么阿呆与阿瓜，是不会有观众的。要知道，《燃情岁月》不

但文艺，还有露点镜头呢，这可不是随便挑的片。

我在经营的艺术院线失败后，毅然转型走上了正经做新闻媒体的道路。不过内心深处知道，我做院线经理，比做媒体青年成功率大得多。因为那些年，我们一起放过的片，利润百分之一千，甚至超过《泰坦尼克号》。

大学毕业后，像正常人一样地工作着。那是一个晚上，我蹲在北京某出租屋的其中一个小房间里，看完了杨德昌导演的《一一》DVD，一直看到凌晨2点。

我很激动，当时的想法是：没想到这片子这么长啊，明天还要上班呢。

开玩笑，我这么文艺的青年可能这么没情调吗？

那个时刻很浪漫的，窗外下着小雨，空气中弥漫着一种说不出来的味道，可能是出租屋厕所没冲干净。

拍出一部像这样好的电影作为自己的人生目标吧！我像日剧主人公那样给自己点了点头。为了不显得这个行为太傻，我只是在心里点了点头。

按照当时的干劲，我估计最多三年，就能实现自己的理想。大家现在知道这种想法有多幼稚了。我当时精心计算过，三年后我还不到26岁，大家知道26岁对一个电影人来说意味着什么吗？一般人可能不了解这个全世界电影导演默默在心里达成共识的重要秘密。就是，如果你在26岁前拍出一部很牛的电影，那你还是有可能赶得上他的。

他就是——奥逊·威尔斯！26岁拍出了公认影史第一的《公民凯恩》。

所以你还有希望。加油！少年！

我把所有的积蓄，拿出来，买了我人生的第一件奢侈品：Sony的一款3CCD的DV——那时候3CCD传感器还是个在业余里最专业的宣传语。买完之后，我很兴奋地摆弄了三天，然后发现了一个严重的问题。

不是机器的问题，问题是：下个月吃什么？

我很快就明白了这个影响一生的道理：看来电影理想是不能当饭吃的。所以，还是得先吃饭吧。饭吃了一顿，还得吃下一顿。很快就吃过了26岁。奥逊·威尔斯肯定是没戏了。这个时候反而不急了，因为看的电影多了，我还知道了以下这些事：横扫三大电影节最高奖的大导演罗伯特·奥特曼的第一部剧情长片*Countdown*，42岁才拍出来（之前

人家拍了一大堆的电视剧那个不算)。还有更好的消息呢,大导演迈克•哈内克,双金棕榈得主,第一部剧情长片《第七大陆》,47岁才拍出来(之前人家拍了一大堆的电视电影那个不算)。

有这两位大神垫底,我放下了心。用昆汀喜爱的脚指头也算得出来,还早还早。要搁在如今,这是一种病,叫拖延症。不是我不想拍片,我得先养病啊。

时间很快就过去了,这段时间里其实拖延症也治得七七八八了,电影知识也积累了不少,实践经验也积累了一堆,但好像总像国足一样,临门一脚特别臭。其实大多数渴望拍片的电影青年,都非常欠缺临门一脚。这一脚就是钱。

拍电影不是个人就能搞的艺术创作,尤其是剧情片,它涉及多方面的人力物力的合作,说到底就是钱。你不一定需要几百几千万,但设备的钱你总得要想办法,几万十几万你总得先拿得出来,一部品质相对能看的片,花几十万总跑不了。这个钱对一些人来说根本不算钱,但对于天天都在为生计奔忙的人来说,这基本就是空想了。

我是个收入特别普通的人,其实第一部电影开拍的时候,我还在辛苦月供,还各种卡数。经常听人说到卖房拍片,其实手头有余房可卖的人,还是比较幸福的。而且我一向非常反对用一种诉苦姿态去拍电影,因为电影对我来说,是最大的享受和喜悦,拍电影不应该成为任何人的负担。在《呼吸正常》的片场,每天拍完一场戏,或者是傍晚或者是凌晨,总是有极大的满足,不管有没有拍出理想的状态,但我们已经尽力了。

近两年的时间,就这样把第一部电影完成了。能跟大家在大银幕见面,已经是一种幸运。记得剪辑完成后跟另一个导演朋友说:这辈子最大一个愿望,现在已经完成。如果这辈子只能拍这一部,那我也认了。因为我就是抱着拍最后一部电影的心情来拍这第一部的。

当然,我内心还是希望可以拍更多更多,一年一部最好,让电影这条路,可以继续这样正常地、长久地走下去。

哪怕筋疲力尽,保持呼吸正常。

张　楚

1974年生，在《收获》《人民文学》《十月》等杂志发表过小说，出版小说集《樱桃记》《七根孔雀羽毛》《夜是怎样黑下来的》《野象小姐》《在云落》《凡·高的火柴》，随笔集《秘密呼喊自己的名字》，曾获鲁迅文学奖、《人民文学》短篇小说奖、《中国作家》“大红鹰文学奖”、“林斤澜短篇小说奖”、《北京文学》奖、《十月》青年作家奖、《小说月报》百花奖、孙犁文学奖、《作家》金短篇奖、《小说选刊》奖、河北省文艺振兴奖，被《人民文学》和《南方文坛》评为“年度青年作家”

张　楚：野草在歌唱

——县城里的写作者

一

那时，我一直幻想着逃离这个叫滦南的县城。1997 年，我还没有谈恋爱，在镇上的税务所当管理员。税务所是座大四合院，庭前有走廊，庭后种樱桃。门终年敞开，时有芦花鸡、约克猪慢慢悠悠踅进，转悠两圈拉泡稀屎，再扭着屁股溜达出去。我的工作是审理企业报表，敦促他们在征收期内缴纳税款。这很无聊。有时候，我们的副所长，一个会唱乐亭大鼓、会变魔术的中年男人，用一辆破嘉陵摩托驮着我到企业审理账目。企业会计都是土会计，没上过学，却狡诈得很。还好，副所长跷着二郎腿喝着茶水，很快就查出一大堆问题。会计们开始是矜持的，爱答不理的，通常在一旁剪指甲或看《人民日报》；等问题出来，他们的态度立马变得殷切，弯腰陪笑低声说着小话，连隐藏的金槽牙都闪闪龇露出来。

午饭免不了。这是最让我难堪的时候。我们的副所长，多才多艺的副所长，很快就喝高了。一喝高了，他就耸耸比鸡架还瘦的肩，摇晃着站起来，用毋庸置疑的腔调说："我给大伙变个魔术，都给我看好了！"变魔术之前，他先像体操运动员那样劈腿（两条颤颤巍巍的麻秆腿生硬地劈成 180 度）、高抬腿（将穿着布鞋的左脚抬到耳朵边）、弯腰（双手撑地，头颅从裆下骄傲地目视众人；当然，我们在他眼里，肯定都悬挂在苍蝇屎遍布的房顶上）。这些热身动作甫一结束，魔术表演就开始了。在很长一段时间里，我以为其他的专业魔术师也像他一样，在正规表演前都这样热身。这一度让我对这个行业心存敬畏。

1

① 张楚近影

② 1988 年，在县城里的东方照片馆照的全家福，父母面孔严肃，我还没到青春期，弟弟瘦小，比我矮半头

③ 2014 年，在中国台北，左边是苏伟贞，右边是骆以军，我喜欢他们的小说

④ 和李泽厚、刘再复和阎连科的合影

⑤ 2016 年的 6 月，在一个颁奖典礼上，我朗读了给奥兹的颁奖词，他可能永远不会知道，我几乎阅读了他所有的小说，那本《爱与黑暗的故事》更是枕边书，当我们站在向日葵前时，我很幸福

⑥ 2014 年 12 月，和李敬泽先生在台北街头，对于我这样一个小镇写作的人而言，他是领路者

⑦ 2015 年 4 月，在冰心文学馆，小桔灯永远是温暖的

副所长最拿手的魔术叫“眼球变钢珠”。他脸极瘦，像根干枯的丝瓜。好歹他的眼睛是五官里最生动怡人的：淡黄，看人时如木偶般咕噜咕噜上下左右转动。他的眼珠又大又鼓，老让我担心稍不留神就从眼眶里挤滚出来。他的魔术其实也简单，先让大家检验他的双眼皮——用他的老鸹爪子将耷拉着的后眼睑猛然翻起，露出红色内里和白眼球，来证明钢珠没事先藏在眼皮下；挽起袖口摊开双手，让每个观众都细细摸一摸，来证明钢珠也没藏在手心或袖口。之后他表情凝重地深吸口气，左脚猛烈一跺，身体左倾，整个屋子都瑟瑟颤抖，旋尔大喝一声，双手在右眼角处抽搐着抠挖。此时他犹如一根柔软的草秸被上帝的手指一点一点压弯，上帝倘要再施一丝力气，草秸似乎就要折断。好不容易待到他的腰身弯成彩虹般的完美弧线，他骤然“哎呀”一声，众人忙伸着脖颈再次观瞧，这才发现，他皮包骨的手掌里赫然滚动着一颗核桃大小的钢珠。

他的魔术也许只是一般障眼法，但因了漫长的前奏和煞有介事，让整个魔术蒙上了一层肃穆的面纱。会计和老板的喝彩是少不了的，简直将房盖掀翻，连在桌底逛游的野狗也吐掉骨头，痴痴凝望着突然间满脸油光的魔术师。

而此时的我却羞愧无比。也许我那时太年轻，好面子，觉得一个国家公务员在肮脏的饭店为浑身油腻的会计表演魔术，跟他的身份极不相符，似乎就连会计们的喝彩也隐隐透露出不经意的蔑视。此时我通常假装去茅房，起身离开饭桌，然后坐在屋檐下闷闷地吸上一根香烟。那时是夏末，或即将立秋，天蓝得让人心碎；而隔壁庭院传来蝈蝈的欢叫或母猪懒懒的呻吟声。我想，何时能离开这个破地方？可即便离开去了傧城（县城所在地），大抵也如此无聊吧？越想越发灰颓，忍不住给大学里的恋人打电话。她在营口，也分配到了一个税务所。她在电话里的声音陌生而疏离，仿佛我们从来没有接过吻，我某处坚硬的器官也从未在她柔软的肉里哭泣过。我知道，一切都结束了，热的血，干净的体液和皮屑，明朗的理想主义，明媚的光芒四射的青春，这所有的一切，都将会消散在县城散发着纸浆味道的空气里，消散在乡村纳税人的喧闹声中。

“你不是喜欢写小说吗？”她被我骚扰了无数次后终于忍不住说，

“没意思了就写小说吧！”她拔高了嗓门，仿佛不是说与我听，而是说与她身边的某个暗恋者，“我知道你写得不好，都没在校报上发过文章，可是你给我的情书，真的让我流过眼泪呢。”

我挂掉电话，默默地从抽屉里掏出一摞摞的稿纸，看着上面密密麻麻的蚁头汉字。我没告诉她，其实毕业之后我一直在写。无数个值班的夜晚，我光着膀子开着电风扇，一写就写到天亮。我那个精通奇门遁甲的老同事说，我们税务所的院子里住着三位仙家——狐仙、白仙（刺猬仙）和柳仙（蛇仙），她们已在此处深居修炼多年，道行高深莫测。在那些不眠之夜，我多希望她们在我写得疲乏无聊之时，现身陪我说说话，抽根烟，或者喝口廉价的本地啤酒。可她们从没出现过，哪怕是在黑沉沉的梦中。我只听到风从檐角下疾走，只听到旁边小卖部里男人响亮的鼾声，只听到野猫交媾时淫荡的叫声和夜行人匆忙的脚步声。也许她们认为，我写得太烂了。她们只喜欢貌若潘安、脸颊从不生青春痘的文弱书生。而我，太像一个粗蠢的举重运动员了。

二

我或许写得很烂。投了那么多稿，却从没发过哪怕豆腐块大小的一篇。那时最爱的作家是苏童。我曾经很疯狂地想，他要是需要一名司机或保姆该多好，我可以给他开车，帮他做饭、打扫房间、发送邮件，到幼儿园接送他的女儿童天米，不给我发工资都行。这样我就能天天守在这个伟大的天才身边，观察他如何写出那些金玉般的长句短句。毫无疑问，一个人对另一个人崇拜到了极致，另一个人就会成为他虚无的神。我读遍了他的小说、访谈、评论，还将他一张从图书馆的杂志上偷剪下的黑白头像贴在床头——他的邻居是赵雅芝。我甚至模仿他写了十多万字的小说。每次我都忐忑地骑着自行车到邮政局，买一个超大信封，将手写稿郑重地塞进去，再夹足邮票（以便退稿之用）。邮局里有我一个小学同学。每次去我都在门口偷偷张望一番，如果是他当值，我就悄悄溜回税务所。我不想让熟人知道我写小说。我不想让任何人知道我在写小说。我觉得这是一个在旁人看来颇为费解的秘密。当然，这秘密对我

而言却光芒四射。我记得当时只收到过《收获》的退稿信。那封退稿信被我藏在抽屉最下一层。偶尔我颤抖着手打开锁，拿出来细细观瞧，长叹一声安慰自己：瞧，你还是有天赋的，不然编辑那么忙碌，怎么舍得抽空给你回信。

那年印象最深的是，《作家》杂志推出了魏微、朱文颖、金仁顺、戴来、周洁茹、卫慧、棉棉她们。我只是在当地报纸看到了关于她们的照片和报道。我极为渴望阅读到她们的小说。县城只有一个书报亭，那里没有《作家》杂志。这是多痛苦的一件事，譬如一个蹩脚的乡村武术爱好者，每日在家蹲马步打长拳，练习鲤鱼打挺，倏尔听到京城里拳师显赫的声名，迫不及待想见识到他们精妙的拳法，然而却始终无缘目睹。

等我在书报亭见到那张字条时，我已调离小镇回到县城，并在一个春天结了婚。新娘是个娴静、沉默的女人，最喜欢看动画片和中央电视台的少儿频道。对于我在深夜里写作而不是陪她在床头读《格林童话》或卡尔维诺的《意大利童话》，她没有丝毫的责怪。开始我想对她隐瞒写作的事，可据我了解，她祖父也是县城颇有名望的文人，曾出版过一本京东官场故事集。我们结婚时他迷恋上了绘画，每日于书房画墨竹和燕雀。心情好时，老人家会骑百十多里的自行车，到市里的书画市场卖画。他最贵的一幅画卖了200元。我们家的墙上也挂着老人家馈赠的墨竹。我从没见过那么黑、那么茂密的竹林，仿佛连野风都不能从其间穿行。

那个春天，我总是步行到书报亭买书。书报亭的主人以前是我母亲的同学。她有两颗很美的金牙。后来的主人是她女婿，一个仿佛不会笑的瘦子。那天瘦子对我说："有个在村里开锹厂的老板，稀罕读书。给我留了号码，说谁要爱读书，就给他打电话交流。"

当时我觉得很可笑。一个老板？开锹厂？喜欢看书？在我印象中，此人所在的村庄是个奇怪的乡村，多年后我曾在小说《七根孔雀羽毛》里如是描摹过它：

家家户户都在大规模地生产钢锹、铁锄、斧头、镰刀之类与农活有关的器具，他们将这些农具抛光上油，再卖到缅甸、埃塞俄比亚、厄瓜多尔、哥伦比亚这些喜欢种植罂粟和马铃薯的国家。他们的村子据说是

全亚洲最大的钢锹生产基地，也是整个县城包二奶包得最疯、最明目张胆的地方：大老婆穿着黑棉袄在家里跟雇工一起割道轨、锯铁板，小老婆则在县城里喂养私生子，或者到美容院做昂贵的面膜。按照我们桃源县的说法，这个村子的男人普遍吃着碗里的，看着锅里的；左手握着丑陋冰凉的铁轨，右手攥着小巧锋利的镰刀。

我当时未曾想到，这个叫L的男人下了多大勇气才将那串阿拉伯数字歪歪斜斜地写在皱巴巴的纸片上，等待着陌生人的敲门声。我当时捏着纸片犹豫了片刻。“他人挺不错，常来买书，好像也自己写小说。”瘦子的最后一句话打动了我。在这个县城，我还从来没有遇到过另外一个写作者。当然我知道，县城里有很多文化名人，他们中有小说家，有杂文家，还有戏剧家。可我从来没有跟他们打过任何交道。而现在，这个“好像也自己写小说”的商人，让我的神经蓦然一跳。

很快我就忘了号码的事。那时我从事全县87家加油站的加封工作——就是给每台加油机都安装一个税控装置，这个装置能统计每月进销油量，以防止商人偷税。那天晚上，我很晚才从乡下回来，饿得很，又不想吃饭，还轮到我值班，就坐在木椅上，看窗外盏盏灯火，看着看着悲从中来。这可能就是我一辈子的生活，它面目可憎，从不介意面具下有个不安分的灵魂。这灵魂柔软迷惘，它唯一的命运或许就是在时光中缓慢衰老，最后无望地死掉。我甚至想到了田纳西·威廉斯的《欲望号街车》里，布兰琪紧紧抓住医生的胳膊时说的话：

我总是指望陌生人的慈悲。

我总是指望陌生人的慈悲。每读此句，我都五味杂陈。我曾经参加过一次《人民文学》举办的笔会，在笔会上认识了南京、三峡、开封跟合肥的朋友。在短短的三天时间里，我跟他们彻夜长谈，知无不言，言无不尽，那种爽到极致的感觉在我背着行李踏上回程的火车时戛然而止。哈代的《苔丝》里，乡下小贩杰克·德北听牧师说他是名门德伯氏的嫡系子孙时，立马变得神气起来，要租辆马车把自己拉回家。他觉得他的

世界瞬息就改变了，再也回不到过去。我想我就是那个猥琐、没有见过世面的乡下小贩德北。回来后我总是怀念那三个迷人的夜晚，想念那些交会过的光影。我开始无休止地给他们打电话，一听到他们的声音，似乎又回到了北京，在宾馆里，随心所欲地谈论文学，谈论人生。我记得连续有两个月，我家的电话费都是800多元，而我每个月的工资只有700元。

而那个晚上，我恹恹地去掏香烟，然后在裤兜里，掏出了那张已搓揉得不成形的纸片。我再次看到了那行歪歪扭扭的数字。我思忖半晌，拨了这个陌生人的号码。

对方很快接了电话。他说滦南方言，从声音判断，比我大不了几岁。

那是1999年的夏天。1999年的倴城像个哀伤简约的符号——它是所有北方县城的缩影。从1984年我们搬到这里，多年内它没有显著变化：弯曲狭窄的主街每到下班时就堵车，而主街两旁是低矮破旧的门市。开理发馆的温州人、开川菜馆的成都人、卖板鸭的南京人、开性病门诊的广州人、售熟食的东北人……这些操着不同口音的外地人将门脸敞开，让平铺直叙的阳光打进，在他们或清爽或油腻的脸上投下或明亮或黯淡的影。在年复一年的买卖中，他们的腰佝偻了，皮肤泛着哀伤的牙黄色，指甲缝沾染着小城独有的气味：纸糨糊味、钢厂的粉尘味、从遥远海边传来的水底动物的腥味。有时我骑着自行车走在倴城，看着众生万象，琐碎的幸福感会充盈我的内心。我知道，早晚我会写出他们的心灵史，犹如上帝造人。

而那个有些炎热的晚上，我和这个叫L的陌生人通了将近2个小时的电话。在电话里我们谈到苏童，谈到余华，谈到格非，谈到铁凝，谈到李敬泽，谈到程永新，谈到林白……那些闪闪发光的名字，让我们的声音都禁不住颤抖起来。记得放下电话时我紧紧捂住了嘴巴，因为喋喋不休的交谈让我窒息眩晕。后来我不得不将窗户猛地推开，大口大口呼吸着樱花若有若无的香气。他在电话里邀请我说："这个星期六，你来找我喝酒吧。我等你。"

我答应了他。我们像隐匿在这个县城的某个神秘宗教的信徒，一直在找同类。而现在，我终于找到了一个。

星期六那天下起了大雨。我套上雨衣骑上摩托车，对老婆说，要去

农村看个朋友。老婆没有过多盘问。在我印象中，这个身材矮小的女人天生一副呆板面孔，旁人很难从她的言行中窥视到深匿的美德。半路上雨越来越急促，我的裤脚和鞋子都被打湿了。等我到了村庄，雨也停了。东问西问到了他家时，他的妻子正在庭院里跟工人们说话。这是个很美的女人，有双湿漉漉的大眼睛。她笑着对我说：“L 去大队了，他是村里的出纳，一会儿就回来。你先去屋里吃水果吧。”

我趴在立柜上看他们家的相册。他长得英气，个子也不矮。这在我见到他本人时得到了证实：一米八三，体格魁梧，五官是那种 80 年代电影明星的周正英武。

“我好久没有遇到对手了。”这是他对我说的第一句话。这句话让我费解。我想他的意思是，他好久没有遇到可以说话的人了。

我记得他带我到大队旁的小吃部吃熘肝尖和炖大肠。一起吃饭的还有村会计，戴眼镜，龅牙。他对这个龅牙男人这样介绍我：“这是我侪城的朋友。”他没有说更多的话，包括在吃饭时聊到小说，他都有意无意地瞥一眼龅牙男人。我们三个人喝了两瓶白酒后，他对龅牙男人说：“有事的话你先走吧。”如果猜度得没错，他不想让村里的人知道他写小说。这个猜度在日后得到了印证并让我吃惊，他觉得写小说会被村里人耻笑，理由很简单：在村里人看来，写小说是不务正业的行当，类似于游手好闲者的坑、蒙、拐、骗、偷。

那天我们俩喝了 5 个多小时的酒。在几乎没有光线的房间，我们肆无忌惮地谈着记忆里美妙的小说和有才华的作家。每个作家的名字都在暗黑中熠熠闪光，让我们不时激动地站起来互相碰杯大口灌酒。有那么片刻我盯着他看，就像在观察另一个自己。这男人的侧脸隐在暗影处，眼睛显得格外忧郁，甚至是有些阴沉。本来他的外在是阳朗的，散发着钢水热度，很容易让人有种被炙烤的暖意，可当他跟你谈起生活，谈起日常词汇，你才发觉他其实是个优柔寡断、胆怯羞涩的男人。这胆怯羞涩又并非体现在言谈举止，相反，它来自他娇嫩纯净甚至是有些洁癖的古老灵魂。我听到他慢慢悠悠地说，刚写小说时家里还有稻田，晚上村庄轮流放水，他就卧在田垄上打着手电筒写小说，夜游的青蛙、蚂蚱、蚊子、蜉蝣不时蹦飞到他臂膀上。他还曾经在海上当过水手，他喜欢饭

后躺在甲板上，凝望着夜空，凝望着白色的帆被猎猎海风吹得呜咽碎语。

我们出了饭馆。在雨中，在黑下来的村庄街道，我们继续聊着小说。不时有野狗在幽暗处狂吠一声，又恹恹闭嘴。空气里的铁锈味不再如晴天时呛人，反倒有种类似蜂蜜的甘美。我很多年没说过这么多的话了，即便在跟营口姑娘恋爱时也从未如此饶舌。那天晚上我住在他父亲家。他给我烧水，让我洗脚。我说算了不洗了。他说，你们城里人晚上都洗脚的，我知道。然后他大踏步走出去。过了几分钟他回来了，手里拎着一条新买的毛巾。

我的世界突然多了倾听者，我开始真正仰仗陌生人的慈悲。当然，我的世界里也多了一个有节制的倾诉者。他给我看他的小说。他当时写了很多小小说，还获了《小小说选刊》的“金麻雀”奖。跟他的身材极为不匹配的是，他的小说唯美、幽暗，文字里始终弥漫着河流、昆虫、庄稼的温净气息。这气息让人沉醉。他骨子里是个危险的浪漫主义者。

我们成了好哥们。那时他还没买车，都是骑摩托车来县城找我。2000年春夏，我经常在单位帮他打小说，他像个监控员工的老板坐在我身边抽烟。有时我故意去掉我认为多余的词语，他鹰隼般的眼睛立马会发现，然后很严肃地纠正过来。

“你确定不把这个词去掉？”

“这个词去掉的话，语境就变了。”

“我不这样认为。这样会更简洁。”

“听我的好了。”他温柔地给我点支烟，“听我的，兄弟。”

打印完后我们就去喝酒。他酒量比我大。很多次我喝醉了，他还在神态若素地剖析某篇小说的结构。我们都对那种硬邦邦的写实主义极为厌恶，我们都喜欢氤氲气息的文字。在很长一段时间，我们对过强的故事性有着天然的敌意与提防。我们都爱卡夫卡。我们都爱文艺电影。我们经常搭帮去市里的“影音小屋”。那里有成千上万张影碟。我很意外地在那里淘到了大卫·林奇的全集，里面有我找了多年的《象人》和《蓝丝绒》。多年后看完顾长卫的《立春》，我问自己，在中国，在中国的2856个县城里，到底隐居着多少个不甘心的、丑陋的“王彩玲”呢？

那时我还没有发表过小说。他开始在一些省级刊物上发短篇。他不

再写小小说。他说他想表达的东西，小小说已经承载不了。我还记得他开始参加省作协的一些会议。我曾经去车站送他。那是个夏天，好像是2001年，车还没有来，我们在站牌底下有一搭无一搭地聊着。

“这次开会有很多名作家呢！”他有些兴奋，“以前只读他们的作品，现在能看到他们的人了。”

“多好啊。回来时好好给我讲讲他们的故事。”

“没问题。就是不知道人家是不是瞧得起我。”

“你写得好，他们都会尊重你。”

“但愿如此吧。”

“少喝点酒。”

“我知道。”

临别时我们深深地拥抱。他上了汽车，还从窗口向我频频招手。

那时他像温厚的兄长，沉默、寡言，偶尔有些偏激。比如他非常讨厌我穿税务服装。有一次我来不及换便装跟他去吃饭，他一直没怎么说话，后来他眼睛乜斜着我说：“你穿这身虎皮，感觉都不是你了。”我才知晓他骨子里有多痛恨那些公务人员。据我所知，他那个小小的工厂，要跟工商、税务、电力、银行、环保、质检等十多个单位打交道。当然他也是场面上的人，绝不会傻到跟公家人撕破脸面。我到现在还记着他说那句话时的眼神。我知道我们骨子里是不同的。我比他更中庸、更温和，或者说，更伪善一些，对人性的毛边和污浊有着更虚无的包容和体谅。

三

我忘了老周是如何出现在我们的生活中了。好像是某次去文联（2002年左右，我在《山花》和《莽原》发了两个中短篇小说，他们听说后邀我去文联闲坐），见到了这个小胡子男人。他的胡子很黑，比他的头发还油亮。不知为何，每次想到他，我就会想起记忆中的某幅斯大林肖像。这个小胡子诗人开一家广告公司，生意很红火。那天，在文联，他说的一句话让我刮目相看：

“诗人就是上帝的舌头。”

那时县文联会举办些活动，譬如征楹联大赛，纪念祖国华诞征文大赛。这时他们通常会把当地作者叫过来聚餐。我和L就是这个时候跟老周熟络起来的。老周的广告公司在文联对面。他待在文联的时间好像比待在公司的时间还要长一些。文联的秘书长左蓝是个不冷不热的人。她长着圣女般安然的面孔，很少笑，当我们聊天时她通常安静地倾听。多年后她离开滦南，我再也没有见过她。在我印象中，这是个美好的人。而美好的人如果写作，上帝通常会让不幸与哀伤伺机吞噬着她。

L来傧城了，我通常会叫上老周，老周会叫上左蓝，左蓝会叫上老贾和唐小米。老贾在教育局上班，那时还在写诗（他像条变色龙，写诗、写小说、写散文、写时评。开了博客后，他把登过时评的报纸名称统统罗列在博客左边，像将军在检阅参差不齐的士兵）。他长了对大板牙，笑起来时让人莫名就忽略了其他的五官，仿佛你只是对着两颗坚硬的牙齿讲话。唐小米呢，那时其实还年轻。她只比我大两岁，可在我印象里已经很老很老了。她是我们县电视台最资深的女主播。我在初一时就常看她主持的法制节目。她经常在屏幕上像知心姐姐般跟那些年轻的男性罪犯聊天，剖析他们的犯罪行为和社会背景、家庭背景，给他们忏悔的晶莹泪珠一个特写，然后抽泣着警告电视机前的我们，你们和他们，一定要做知法守法的公民。我从未料到她竟然写诗，而且写得犹如巫婆的咒语般妖娆诡异。

那是一段最美好的时光，如果真的有美好时光的话。你一直以为只有你在摸黑走路，你孤单，你渴望身边有他人的呼吸，然而当一根火柴擦亮后，你才发觉，原来你身边有很多和你一样默默夜行的人。他们神情紧张，郁郁寡欢，和你一样觉得自己是这个世界上最孤单的灵魂。在小小的光亮里，你们发现了彼此，你们小心翼翼观察着对方，揣摩着对方，其实脚步早就不由自主朝对方蹭去。你们知道，你们肤浅伤感的灵魂渴望对方的抚摸。

我们这几个写小说的，写诗歌的，写随笔的，总是隔三岔五找个由头聚会，仿佛过几天不见，就怕失去了对方。我们通常去的小吃部是家涮鱼坊。老周喜欢吃涮鱼。老周还写过很多首关于吃涮鱼的诗歌。在我后来的小说中，那家涮鱼坊总是成为某个故事的背景。当我需要两个人

谈论到严肃的话题时（譬如爱情、宇宙、阴谋），我就让他们坐到那里，一本正经地交谈。

而我们从没有一本正经地交谈过。我已经很长时间没有跟L谈论小说了。他总是很忙，那几年锹厂生意不错，他那个小小的手工作坊每年也能卖出两百多万把铁锹。而唐小米跟左蓝在一起，通常会讨论化妆品、减肥心得，我极少听到她们谈起某个人的诗篇。老贾呢，身为教育局的职员，最大的梦想是当科长，因为局长没有答应他的要求并放出狠话，让他断了念想，他就在酒后砸了局长办公室的玻璃。这样，他离科长的梦想就愈发遥远了。整个酒桌上只有老周，只有老周喋喋不休地谈论着某本杂志上新发表的一首诗，谈论着谁比谁写得好，谁比谁写得烂，而谁谁谁写那么烂为何又那么出名。

我们都知道老周渴望出名。在老周看来，诗人是上帝的舌头，而一个有名望的诗人，则是上帝喝完红酒之后的舌头。他当时最渴望的是参加“青春诗会”。每次吃饭他都把这四个字挂在嘴边，这让我产生了某种错觉，以为这是比诺贝尔文学奖还要牛的奖项。在我们讨论八卦新闻、股市、政治和县城绯闻时，老周高亢地、近乎吆喝般地说着他的诗，说着别人的诗，说着别人的名声以及不久后他的名声。他一直坚信自己是这个时代最优秀的乡村诗人之一（当然我也这么认为）。我以前一直以为诗人是淡漠的，类似性冷淡者，但后来发觉事情并非如此。诗人的荷尔蒙分泌得似乎更旺盛，他们对这个世界“得”的渴望远远超越小说家。当我们倏尔沉默咀嚼着冷却的菜肴时，老周还在那里高声议论着一首他认为臭不可闻的诗歌：

“让上帝宽恕他们的不检点吧！保尔·策兰说了，是石头要开花的时候了。”

我们瞅瞅站在一旁、满脸疑惑不解的服务员，告诉她，她可以离开了。

是的，那时我们总是为老周在公共场合谈论诗歌而感到羞愧，尤其是L。当时我很难理解他为何如此憎恨在公共场合谈起我们最热爱的东西。现在想想，原因其实很简单：一个人越是热爱某样东西，他就越是渴望将它埋在不为人知的心底；如果他觉得热爱的东西在旁人眼里是卑贱、孱弱的，那么这种埋藏当中则隐含了更多的自卑和伤感。他一直

生活在农村，他不希望那些跟他一起长大的商人知晓他写小说。他只希望他们知道他卖铁锹，知道他跟他们一样热爱女人，知道他赌钱并不比他们差劲。我记得他跟我提起过，村里某个亿万富翁的父亲过70岁生日。这个老人是气功爱好者，生日那天搭了棚子，邀请一帮同好在台上表演硬气功。这个寿星佬还亲自躺在一张檀木桌上，让助手往肚子上压块巨石，然后命令手持巨斧的彪形大汉一斧砸下……“多丢人！儿孙满堂，有钱有势，竟干这么不靠谱的事。”他郁郁寡欢地说，“换成是我父亲，我绝对不会让他这么做。”

其实我当时倒是想说，这也没什么。他喜欢硬气功，就像我们喜欢小说；他需要观众，就像我们需要读者。那是他的自由。

那件事情发生时，我不只是错愕。其实事后琢磨思量，发生这样的事委实在情理之中。如若那次相安无事，日后也许会出类似睚眦。这是个宿命的结论，却并不妨碍它的必然性。我喜欢萨特，《厌恶》《墙》《恭顺的妓女》曾是我多年枕边书，可我对他在《存在与虚无》中否认和反对一切决定论，并否认和排斥自然界中存在所谓的客观必然性嗤之以鼻。那是秋天，具体是初秋还是深秋已无任何印记。不过肯定是星期六或者星期天。先是中午，我跟L、老周喝了酒，而且是没有少喝。酒后，老周提议我们去另外一个县城拜访左蓝。左蓝虽在我们这里上班，老家却在临县。我们打了辆出租车。在出租车上老周手舞足蹈地谈论着诗歌。我跟L都没怎么说话，只有司机师傅忍不住偷偷瞥他两眼。到了临县时左蓝已备好酒宴，是在政府的招待所。里面已然坐了一大圈宾客。坐在主人位置的是个枯瘦的中年人，后来知道是县政府的副主任，也是位很有名气的散文家。看来是他替左蓝安排的伙食。我认识的还有市日报社的两个记者和一位画家，他们也恰巧来看望左蓝。

那是一场奇怪的酒局。当左蓝向副主任介绍我们，他只是淡淡地扫视我们一眼，鼻腔里艰难地甩出一声“嗯”，然后眼神游离地拐到他处。左蓝其实不善言谈，她的热情埋藏在看似笨拙矜持的话语后，如不细细体会，你会误以为这是个坚硬、冰凉如大理石般的人。副主任开始给我们敬白酒，一喝一大杯。我们很快不行了，说实话中午的酒劲还没过去。我们隐隐听出副主任的话里似乎隐藏了什么机锋。可那到底是什么？事

后我们谁都想不起。我们知道，我们三个人，似乎是酒桌上不受欢迎的客人（多年后那位记者跟我提起，我们被冷落是有缘由的，可我早没有探知的兴趣）。“他们”，是的，好像有无数的看不清的“他们”，在逼迫醉酒状态下的我们狐疑地审视我们所处的环境、我们的一举一动以及他人微妙的面部表情……L和老周大概喝了1斤白酒，我喝了七八瓶啤酒。去洗手间时L猛地捶了我一拳说：“小子，发现没？他瞧不起我们，我们喝死他！”我嗫嚅着说我喝多了，吐了两次，没必要跟他较劲。

“你要不好好喝，就不是我哥们！”他压着嗓子嚷道，“他凭什么瞧不起咱们?!他有什么牛的？”

我说官场中人都这样，这是他的常态，不一定针对咱们。我知道我在说谎，我镇定自若说谎的目的只是不想在此地滋生是非，毕竟是左蓝操办的酒局。

回到酒桌上时老周正跟女画家开玩笑。那是个蹩脚的黄段子。除了老周“嘿嘿”笑个不停，其他人俱如牧师般肃穆地咀嚼着食物。L这时站起来，端着酒杯大声吆喝着打圈……我从没见过他那个样子。

副主任派人把我们送回傧城。在车上L一直喋喋不休。我捅捅他，示意司机就是副主任的司机，可他仍不停埋怨咒骂。司机把我们送到国税局门口回去了。L还在不停地说。我知道他一定愤怒到了极点。没料到的是，他突然搂住我跟老周的脖子嚎啕起来，他的哭声庞大悲壮，在午夜寂寥的街头格外高远。老周怎么也哭起来了。老周的哭声粗壮沙哑，犹如腐烂的木棍用力摩擦着使用了多次的破砂纸。我的情绪很快也被他们点燃。我听到自己的哭声比他们的哭声更为悲戚。那一刻我到底回溯起什么，真的不知。我知道的是，三个大男人在街上抱头痛哭，很快招来个蓬头垢面的流浪汉。他拄着破拐杖披着麻袋片观察着我们，然后也猫头鹰鸣叫般哀怨地抽泣起来。

我对那个晚上记忆如此之深，仿佛是我这辈子最尴尬的一个夜晚。第二天我们单位的警卫小心翼翼地问我：“你家里没事吧？昨晚你哭得太伤心了……”我板着脸说：“你认错人了，那不是我。”

那怎么会不是我？L哭着说：“我们断交吧。你们被人欺负成那样，谁都不敢吭声！一个是狡猾的小公务员，一个是没皮拉脸的色鬼，有什

么意思？我们以后就当谁也不认识谁，各走各的桥！”

我们如何分开各自回家，全然忘却。我记得翌日爬起来上班时头疼欲裂。给L打电话，他没接。给老周打电话，他说在公司忙得不可开交。下午，我收到L一封电子邮件，那封信很简单，寥寥几个字：

“我们不是一路人，以后不要再往来。保重。”

我觉得他的回信很可笑，不只是可笑，简直是愚蠢。不过从那天起，我们真的有半年多未见。他在我们的生活中彻底消失了。打他的电话无人接听，给他写信也不回。他甚至很少来书报亭买书。

那段日子，我和老周走动最为频繁。他总是临近中午时给我打电话，邀请我去吃涮鱼。跟他在一起，我会是个很好的听众。我们吃过多少次涮鱼我记不清楚了。我只记得老周曾经写过一首《雨大了起来》，最末一节是：

雨大了起来，我和写小说的张楚
缩在火锅边，谈论着几本刊物
打捞着几只螃蟹

我跟老周在一起时，很少阻止他发表关于诗歌的高谈阔论。唯一打断过他的一次，是在赶往唐山的公共汽车上。应该是秋天，车厢里飘荡着高粱的甜气。我们去唐山参加一个诗人聚会。身旁都是酣睡的旅人。老周坐在我前排，不时扭过头给我讲解发生不久的诗人论战，据说学院派诗人和下半身诗人动了手。我向来对这种圈子里的争斗不感兴趣，何况是与我不相干的，因而只是间或“哦”一声，目光却盯着窗外。他越说越兴奋，为了让描述更生动，他猛然抬起胳膊伸出手掌，示范起诗人是如何动拳头的。我留意到身旁的旅客都醒了，他们睡眼惺忪地看着他，像看着一只奇怪的动物。那种无以逃避的羞愧和不安就是这时从我胸腹腾空燃烧，我甚至想起了多年前那个表演魔术的副所长，他们都让我在众人面前承担起一个看似无关紧要实则关系重大的枢纽作用。这种被强行安排的位置让我极为不舒服。我听到我大声说道：

“好了！我们聊点别的吧！”

老周讪讪地看我一眼后就蔫了。在长途汽车耐心的颠簸中他一直未

曾回头。有几次他的脖颈轻微转了转，但很快果断地伸直。我们一直保持着沉默。我喜欢这种秋天的沉默。

那时他疯了一样写诗。那一年他足足写了五六十首。我后来再也没读过那么好的乡村诗歌。他很少投稿，只在县文联的报纸上发一两首。他去了几趟北京，据说是去给《诗刊》送稿子。我们都知道他想参加“青春诗会”。我们都以为，这一次是没有问题了。

“我没选上。”有一天他沉着眼睑说，“唉，他们打过电话了。”

我说无所谓，以后还有机会。况且他们选出来的未必是好诗人。

“也只能这么想。”他蔫头蔫脑地嘟囔着，嘴角的小胡子依然油亮地翘着。

我知道他心情不好，除了诗会，还与左蓝有关。我们都知道他喜欢左蓝。我们都知道这不可能。左蓝的故事是典型的文学女青年的故事，在很多县城都发生过。她那时已经变成一个心无杂念的修女。是的，修女，至少在我们眼里如此。她干净素朴的衣服，老旧的发型，脸上略显僵硬的线条，都证明了她是个不苟言笑的女人。她曾经遇到的情事让她变成了我们遇到她时的模样：一个刻板的、惧怕流言蜚语、懂得分寸的女人。老周总是口无遮拦地对左蓝说，嗨，我稀罕你！左蓝撇撇嘴说，一边待着去。我们批评老周说，你胡扯什么！又喝多了吧！老周笑笑说：“我是个诗人，我从不说假话。你们理解一个诗人的感受吗？当我走在大街上，走在人群中，一想到我是个诗人，我就骄傲得流下眼泪……”

我相信老周是这样的人。他看上去粗糙、口无遮拦，常有惊人之语，但我知道他骨子里是个温柔、敏感纯净之人。这样的人是瓷器。

有天晚上我正跟他喝酒，他老婆打电话了。他在电话里跟女人吵了起来，然后站起来气呼呼地回家。我怕他出事，也一起随他回了家。他们的邻居正在劝慰他老婆。其实也没什么大不了的事，无非是他醉后说过喜欢左蓝，要跟他老婆离婚。他说了很多次，可都没有离成。我问为什么，他振振有词地说：“我没钱。离婚要手续费。我跟她借200块钱，她不借给我。”他的理由有着孩子般的无赖和天真。那天我们都劝他跟老婆和好。他只闷闷地坐在床上，偶尔对女人尖厉的质问声辩驳两句，就连辩驳也是含混不清的。他老婆戴着玳瑁眼镜，脸是那种虚胖的白，

在白炽灯泡下晃来晃去。我们都知道，她爱他爱得要死。老周曾写过一首诗，我觉得是送给他老婆的：

你的身体
这么多年，已闻不出你体内的芳香
沁人心脾，唯我独有的芳香
我也记不清在你背上
到底写过多少字了，反正
我还是没有成为书法家
这么多年，引以为豪的，是我的舌头
像架剪草机，越来越灵活
在你的身体上，春天的草坪上
肆无忌惮，发出嗡嗡响声
虽然一株草也没剪除
虽然你乳房松弛，腹部荒芜
直到每个夜晚，让我按摩这，按摩那
但这并不是我的过错
寺庙塌了，佛、菩萨倒了
肯定不是因为我

四

2005年11月11日，老周一大早就兴冲冲地打电话，说那天是他的生日，邀请大家中午聚聚。那天客人果然不少，文联主席老邵、左蓝、唐小米、老贾、老高、他的表弟、他生意上的伙伴小杨，还有L。

L在半年之后与我们重修于好。那次老周去书店买诗集，跟老板聒噪半晌，扭头时看到了一个背影。据他说，那个背影如此熟悉如此亲切，让他怀疑是自己某位久未谋面的亲戚。后来他骤然想起，那不是别人，正是跟我们割袍断义的L。他说当时做了很久的思想斗争，才鼓足勇气走上前犹犹豫豫地问道：

“来买书了，你？”

据老周说当时L扭头朝他笑了笑，很安静地笑了笑，然后默不吭声。这让老周有些尴尬，于是他只得打圆场般说了第二句：“中午别走了，找地方喝两盅。哥几个都挺想你的。”

L拒绝了他。拒绝的方式很简单，那就是家里尚有别的事，脱不开身。

根据老周的描述，我觉得事情出现了转机。稍后几天我们给他打电话，邀他来县城喝酒，他没拒绝，很爽快地来了。我彻底忘记了久别重逢后的情景，也许在我记忆里，这位固执的兄长从未跟我们有过罅隙，从未离开过我们。抑或是，连那个失声痛哭的夜晚也只是我的梦境与虚构，它不曾诞生过；那些面目模糊的人、喧嚣刻薄的酒场、无趣恶俗的玩笑、呕吐物、高速公路上汽车的尾灯以及抱头痛哭的男人，只是我由“必然王国”向“自由王国”的一次微妙蜕变。它不曾意味昭示着什么，它只能意味昭示着什么。

那天，小小的屋子显得促狭喜庆。吃到一半时那条8斤重的花鲢不够了，老周就又咋咋呼呼地点了一尾。我下午单位要开会，就早早离席了。临走前老周兴高采烈地问我，如果代开20万元的发票，需要缴多少税。看来他最近生意不错。我一直希望他生意兴隆，那样他就没过多时间去考虑形而上的狗屁诗歌了。

晚上跟一帮同学吃竹荪鹅时，接到老邵电话。他声音低沉，他说，老周在医院，赶快随我去看看！我没听太清，就站在马路边候他。老邵很快到了，骑着辆破摩托车。他表情凝重地说，老周出事了。那晚风大，我以为听错了，就问，是老周老婆住院了？老邵支支吾吾地说，他也不太清楚。等到了医院急诊室，我问老邵，老周在哪儿呢？他默默地指了指说，喏，就躺在那儿。

我这才发现，老周就躺在急诊室的病床上。他的脸灰扑扑的，我竟然没能认出。他直挺挺地躺在白色床单上，阖着眼，双臂笔直地摆在身体两侧，身上穿的还是中午过生日时的衣服……我忽然意识到什么，连忙问老邵：“他怎么了？”

“……死了……”老邵摇摇头说，“唉，已经抢救过了。”

“死了?!中午不还好好的吗?!”我瞪着他，“今天是他生日啊！”

“我们一直喝到下午4点，他回家去睡觉。等他老婆6点钟下班回来，发现他在家里上吊了。”老邵摸摸眼睛，“这个混小子！真狠心哪！”

“他干吗上吊？”

老邵摇摇头：“不清楚。他一个字都没舍得留。”

我很快听到衰老绝望的嚎啕声，是他的父母和姐姐赶来了……我捂住嘴巴默默地走到医院门口，肆无忌惮地哭起来。急促的旋风来回拍打着对面铁皮屋的广告招牌，发出叮叮当当的声响。我坐在医院的台阶上，闻着酒精味和各种躯体腐败的气味，不停抽搐。

警察和法医也很快到了。

我给L打电话。我哽咽着把这个消息告诉他。我知道他肯定要失眠了。他在电话里不停地叹息，叹息，然后是无休止的疑问和质问。可我一句话都说不出来。

事后听说，他老婆那天晚上下班后，发现门从里面反锁，就大声喊老周的名字。她的嗓门向来很大，可仍没有动静，打手机也没有人接。她这才起了疑心，从邻居家的院墙跳了过去。结果推开门时，发现老周将自己吊在了屋里的楼梯上……她说，他的脖子下还垫着棉垫，他肯定是想跟她开玩笑，想吓唬她。如果他真的想死，还怕脖子勒得疼吗……

葬礼很热闹。关于那个我再也不愿提及的葬礼，L曾经在一篇随笔中这样描述：

在一段时间里，我如此讨厌死亡的气息。而这种气息却无处不在，对我围追堵截。他们都在哭，用哭泣来展示对生命的怜惜。如果是与我们漠不相关的人，他莫名的死亡或许会让我们感到更加的莫名，引发我们的猜测。但这是一个朋友的死。这种死更像一种利器，你没有抱怨命运的机会，而直接被迫近于利刃的锋芒……葬礼结束的时候，唐小米还在哭。她说以后的聚会，再听不到他的喧闹了。她用了“喧闹”一词，来形容了他的性情。而我真的在市声之外，听到了一种丰盛的“喧闹”。而在那一瞬，我有了种想把电话打给张楚的念头，我想我们应该坐在一起，虽然那样一种静坐是缺席的，但显得多么重要。他的死使我感觉到恐惧，使我那么快速地想起一个词句：唇亡齿寒。在这个冬天即将来临的季节，大风又吹落了我身上的一件衣服。我想对他们说：自此以后，我们都不

该轻易地失去。即使到头发斑白，我们也应该坐在一起，谈谈情，说说梦。

老周成为这个县城的热门话题。人人都在讨论他自杀的原因，人人都猜不出他自杀的原因。当人们实在找不出理由时，他们就说，哦，诗人自杀是很正常的，然后根据他们有限的文学常识，罗列出几个卧轨诗人的名字……这样，老周的死在他们看来，是一种近乎正态的、符合逻辑的死亡。他们也终于安心于他的死亡，不再为一个人莫名的死亡而焦虑不安。有人知道我们是朋友，常常旁敲侧击地问询他自缢的缘由。这时我通常感到一种巨大的愤怒，但是，这愤怒不是针对好事者，而是针对老周。

我觉得，他太懦弱了。

我一辈子都不会原谅他。

老周走后的很长一段时间，我夜不能寐。我怀疑我的精神出了什么状况。那是怎样的一种恐惧？每当我闭上眼睛，就感觉他站在我的身旁。那是如何的一种表情？渴望诉说却又如哑巴般沉默；当我睁开眼睛，他就消失了，只有黑夜笼罩着房间，身旁是妻子和儿子温柔甜美的鼾声……我起身开灯读书，读着读着睡着，然后在恍惚闭眼的刹那，他又站在我身边……我猛然睁眼，灯管静静地亮着，由于电压不稳发出"滋滋"的微弱的声响。万籁俱寂如宇宙。

在他死后的一两年内，我一篇小说都没写。我也没写过任何一篇关于他的文字。

他伤害了自己，伤害了这个世界，以及，那些和他类似的脆弱灵魂。他搅动了那些灵魂浑浊的谷底。

多年后，我在单位门口的地摊上吃豆腐脑时，遇到了他的老婆。她比以前瘦了。她买了2元钱的油条。我微笑着跟她打招呼，有一搭没一搭问询孩子的情况。老周去世后，她跟孩子就搬走了，据说住在她妹妹家。房子也不好卖。谁会买一栋自杀者的旧居？她目光闪躲地回答我说，一切都好，孩子上高中，她在超市上班……她骑着自行车匆匆离开。几分钟后我收到她的短信。她说："在我转身离开的瞬间，我哭了。我又想起你哥。他真是个狠心的人，扔下我跟孩子在这人世间受苦。"

我的眼泪再也忍不住地流下来。

小圈子的聚会越发稀少。仿佛大家都在躲避什么，都在掩藏什么。

他们谈起老周时，通常叹息两声，然后将话题漫不经心地引开。只有一次老贾喝着喝着酒，突然哽咽起来，然后是上气不接下气地抽噎。我们都捂着自己的脸庞，仿佛是我们，而不是老周，彻彻底底伤害了他。很长一段时间内，每次聚会喝酒，我都会偷偷朝地上洒一杯酒。我知道老周贪杯。

那是岑寂的时光。左蓝调离了县文联，去了另外一个县城的博物馆。老周的老婆跑到文联，找她打过几次架。在我看来，左蓝是这件事中最无辜的受害者。

L也很少找我。即便我们面对面地喝酒聊天，我们也不晓得聊什么。他的眼神愈发忧郁，似乎总在为什么事发愁。由于金融危机，生意越发难做；女儿的学业让他担忧，而那个细高细高的儿子患有好动症，眼睛总是不停地眨，每个月都要带他去北京儿童医院就诊，回程时背着一麻袋草药……小说离我们似乎愈发遥远。他曾经说：即使到头发斑白，我们也应该坐在一起，谈谈情，说说梦。可事实并非如此。我感觉他离我很远，我们再也回不到初次相逢时的默契欣喜。所有的一切都在变化，且是朝着我们未曾预知的路。有时想起那个跟他喝酒的下雨天，想起他隐匿在黑暗光线中的脸庞，恍惚竟是上辈子的事。

那是2005年。2005年的县城跟1997年相比，仍然没有太大改变，只是街上的豪车多了，关于二奶和小姐的消息再也引不起人们的好奇和谴责，相反，人们都开始羡慕有钱人，羡慕他们有更多的女人和儿子。多年后想起，那个年代正是所有美好、脆弱、柔弱的精神被摈弃的年代，赤裸裸的物质欲望、身体欲望和娱乐至死的精神正快速蛮横地侵占着每个肉体的神经末梢……我，我们，以及未来的我们，都不曾想到过，这个世界真正的质变开始了。如果说以前的美德、道德底线尚有拥趸和教徒，那么之后的年代，所有的廉耻和美德都将被打入冷宫，真正的资本主义时代君临了。我想起了老周的离世，想起了瓦尔特·本雅明。他在《发达资本主义时代的抒情诗人》中，曾经做过如下论断：

我几个小时几个小时地站在富尔维埃看里昂的景色，在德·拉·加尔德圣母院看马赛的景色，在圣心广场上看巴黎的景色。在这些高处感受最深切的是一种恐惧。那蜂拥一团的人类太可怕了。人需要工作，这

当然是对的，但他同样还有另外的需要，其中之一就是自杀，这既是他本人的内在需要，又是塑造他的社会的内在需要，这比他的自我保护的内在引导还要强大。

有一天我穷极无聊，跑到云南米线馆吃米线。当我打开瓶劣质白酒后，才发觉不远处的桌子上，坐着我曾经的领导，那个会变魔术的副所长。他也发现了我，很开心地跟我坐到一起。他退休了，据说迷恋上了十字绣。人们都在传说他每天只睡四个小时，剩下的二十个小时就趴在桌子上，绣那幅长10米、宽5米的《八骏图》。由于懒得去厕所（怕耽搁时间），他已经患了前列腺炎和尿路结石。

“喝酒吗？”我问他。我记得他酒量还不错。

“我很多年没喝了。”他的脸颊更瘦了，仿佛刚出土的木乃伊，“不过咱爷俩好久没喝两盅了，今天破破例吧。”

那晚他喝了三四两就不行了，身子歪歪斜斜倒在一旁。我本来还期待他能给我变魔术，看来也泡汤了。“你平时的衣兜里，是不是总揣着几个钢珠？”我用力摇摇他的身子，“是不是？”

他貌似打起了酒鼾。我更失望了。我还记得变魔术之前，他像体操运动员那样劈腿、高抬腿、弯腰。这些热身动作甫一结束，魔术表演就开始了。我以为其他的专业魔术师也像他一样，在正规表演前都这样热身。这一度让我对这个行业心存敬畏。而现在，他趴在油腻的酒桌上，涎水顺着嘴角缓慢地流下来。

我走出屋子回家。路过一块荒地时，我不禁停了下来。以前那里是居民区，因为涉及拆迁，居民全部搬走，但是房子还没有拆干净。一栋栋的房子像被野蜂抛弃的蜂巢，在夜里散发着孤寡的气味。那是谁家的一块草坪，在黑暗中我看不清上面盛开的野花，只恍惚瞥到高而伶仃的野草在风中摇曳。那是深秋了，我竖起耳朵，听着草丛里蟋蟀的鸣叫，以及一种“沙沙沙沙”的奇妙的摩擦声。那是什么声音？我半蹲下去，将耳廓紧紧贴到干燥冰凉的地面上。让我失望的是，除了野草喏喏歌唱的声音，什么都没听到。

柳 营

1974年生，浙江龙游人，2001年开始小说创作，2002年起在《中国作家》《上海文学》《青年文学》《大家》《山花》《作家》《钟山》《布老虎中篇小说》《十月》《收获》《江南》等刊物发表小说六十余万字，中篇小说《阁楼》被改编成同名电影，著有小说集《水妖的声音》《窗口的男人》《阁楼》，长篇小说《树鬼》《阿布》《淡如肉色》《我心深处》等

柳　营：他的佛

一

小说是什么？是人事。你睁眼看到的、听到的、感受到的、经历过的，以及周围一切他人的事，都是人与人之间的事。这微妙里的简单，复杂里的通透，以及这肉眼所不能见的一切，都在你我之间。《红楼梦》第五章中，秦氏带贾宝玉去到一间上房，房内有副对联：世事洞明皆学问，人情练达即文章。小说是对世事人情的呈现。

聪明者练成精，愚笨者享受愚笨。只是“聪明者”与“愚笨者”呈现给世人的，都往往只是表象。

我所写的故事与景物以及文字里特有的气氛，都与我的童年有关，与我生活过、置身过的那些个地方有关，以及周围存在过的熟悉的人物有关。虽然我一厢情愿地追忆，但事实上，世事变迁，那些记忆深处的事，并非原本你认为的那样，它其实有着更深的不被原先所理解的内容。去梳理岁月里流动和变幻着的人事，使得我开始写作。

对我来说，城市并不说明什么，尽管我长大后一直在城市里生活、旅行。在北京，在杭州，以及现在的纽约。我在城市里遇见过各类知识分子，有趣的艺术家，精明的生意人，也会与人家进行一些纯粹的、徒劳的、无益的、不深入的交流和争论。但我所有记忆里的人，给过我深刻影响的人，都是我童年时代那些朴实的人，他们的行为和表达方式也都是简单的。经了那么多年，回过头去，在这些质朴和简单里，我获得

① 作者柳营
② 1993 年在植物园
③ 2015 年在南加州
④ 一个在杭州的初夏
⑤ 柳营近照

更为深邃的道理。

作为一个作家，我相信岁月可以带来更为非凡的经验，因了专注和坚持，也因了那些永远没有完成的却存在于身体中的小说。

所有这些小说，都由一颗种子发育而成，小小的，早早地就落在身体里的种子，在时间里生根发芽，长出茎络枝叶。

这些种子是记忆里的人和事。

这里，我接下来想说的事，都与种子有关。

二

我是在外公外婆家长大的。

姐姐很美很乖巧，弟弟是“传家宝”，我居中，脾气又倔强，所以常年待在外婆家，落得个自在。

跟着老人，很孤独，没什么玩伴。

有时会去村口的大樟树下玩。满地金黄的樟树叶，外婆会让我用线穿成串串拖回家点煤炉。外婆很聪明，知道如何与我相处。我其实一直是很听大人话的孩子，但服软不服硬，觉得大人有错，不太会妥协。外婆让串叶子，我就一个人蹲在树底下，安静地串。串累了，就趴在地上看蚂蚁。

那天，外公刚好从外面回来，碰见我，就坐在樟树底下，陪我瞎聊，但是记住了一些话：你在看蚂蚁，樟树在看你，你头顶的天在看樟树。天地不变，人和树和动物在变，春夏秋冬，一轮又一轮。

三

8岁那夜的月光，不同于此生任何夜晚的月光。

习惯用粗暴的方式来表达情感的父亲，又因了一件莫名其妙的小事（具体是什么事，早已经忘记了）打了我一巴掌。我觉得很无辜，忍不

住竖起眉毛问："凭什么打我？"

他看了眼满脸倔强的我，越发生气，回屋去拿竹条，准备暴打我一顿，以此来维护他至高无上的权威。我想都没想，转身就跑走了，也没地方可去，就躲在河边的小树林里。

天一点点暗下来，田野里一个人都没有了，我偷偷往回走，远远就看到自家的灯光，却害怕回去，便躲在屋后的樟树洞里。樟树洞很大，我将身子蜷缩起来，也就小小的一点点。

夜色像块灰色的布，由灰变暗，那暗又一点点浓起来，到最后阴沉得让人心跳。当村里最后一盏灯被熄灭时，巨大的恐惧以及让人眩晕的饥饿感如河水般将我淹没。

此时，我注意到了周围的月光。

这夜的月光异常白亮，月光下的世界，是异于白天的、怪异的、没有任何烟火气的世界，外公故事里的鬼魂就在树影的暗处无声飘浮。我一边惊恐地看着月光中静止的一切，一边睁着眼等待。多么希望能够听到父母寻我的喊叫声。可什么都没有，连狗都睡着了，到处弥漫着睡眠的气息。空荡的，寂静的，静到让人无法呼吸。

全世界只有我醒着，醒在这不真实的、被抛弃的、孤独的、饥饿的、无处可依的世界里。被月光笼罩的世界属于鬼魂，属于恐怖故事。害怕这怪异的让人恍惚的月光以及暗处不见形踪的恶鬼。害怕到了极点时，竟然希望自己就是鬼，这样就不用清醒地感受到活着的气息。希望自己也是鬼，这是8岁的女孩在最惊恐之时对自己的残酷，是在极度恐惧的压迫中将自己异化后的归类。

无边无际的飘了妖鬼气息的月光可以让神志清醒的人渐渐处于癫狂的边缘。

感觉身体越来越沉重，沉重得自己都无力承受。当无力承受时，身体却开始变得虚浮起来，一点点失去重量，轻得似乎随时都会飘起来似的。恐惧是水，身体就浸泡在水里，浮起来，又沉下去……

这时候，家里的灯光亮起来，有开门声，有呼唤声。

是外公。我在近乎于癫狂的虚脱之中，从树洞里钻出来，站在白茫茫的月光下，应了声“外公”，然后在极度惊恐之后的虚浮中失去了知觉。等我清醒过来时，发现小小的身体已经被他搂在了怀里。

月光下，我闻到了他身体里散发出的真实而浓郁的体香，带着夜深时的水汽。体香穿过鼻子，到达身体深处，轻轻刺激了我因恐惧而虚脱了的、幽灵一样的失魂落魄的身体，给了我活过来的感觉。

没有人来找我，除了外公。因养育儿女、生活忙碌而变得粗糙疲惫的父母以为倔强的我睡在叔叔或者邻居家（这是十多年以后他们给我的解释，我原谅他们，也理解他们，唯有这样，才能一如既往地爱着并且照顾着他们。只有外公睡下后又起来，他说他不放心，只有他不放心。

那夜，他一直搂着我睡。我缩在他温暖的怀里，抓着他长长的白胡须，惊魂未定。他轻轻地拍着我的背，就像拍一个婴儿。

我紧紧贴在他的怀里，一个干瘦而衰老的怀抱。8岁的我，在那个月光白亮的夜晚，第一次嗅到了死亡的气味以及爱的心跳。

有一天，外公邻居家有个孩子生病去世了。她是个哑巴，也是我最好的玩伴。有喜欢吓人的大人们骗我说，有个短命的哑巴，必会有个短命的会说话的小孩。哑巴在黄泉路上，需要有个帮她说话的人。我想，那个人肯定是我。我无比恐惧，不知该逃向何处。要死的那个人就是我，这个念头在我脑子里疯狂地膨胀，神经质地。早晨起床。晚上睡觉。每时每刻。念头变成魔鬼，控制着大脑。

说起来，我小时候前后也死过两回：一次是在水库里游泳，就快淹死时，被人从水底拖了回来（从此我再也没敢下过水，即便去海边度假也不下水）；一次则是因为好奇，学大人去摸一头怀孕了的母牛，被发怒的母牛当场踢晕，醒来时，第一眼见到的是守在床边的父亲（这是我整个童年里，他给我留下的最为温暖的形象）。照理说，这两次死亡的几率都在80%以上，但神奇的是，我却安然无恙地活了回来。因此，我

时常想，这多活过来的每一天，都该是我余外的收获。

外公长得瘦小，高高的额头，稍有点驼背。上年纪后，头发就全秃了，露出发光的脑袋，蓄了长长的白胡子，长出仙风道骨的神态来。他是个相师，精通八卦风水和易经。一辈子疾病缠身，羸弱不堪，却是精神上的强者，一个真切、澄澈的人，一只快乐简单却又孤独的乌鸦。

他十来岁就离家讨生活，没读过书，最初的学习是他做学徒时每天默写别人家门上的对联。他的知识神秘难解却又带了朴素的色彩，这多半来自他与生俱来的能够与灵异世界相通的能力。他能够招魂卜卦，可以在平常的生活当中看到不寻常的迹象。他是一个神圣的、具有神性的另一个世界的化身。

他的生活是这样的：一系列的城市，方圆几百里的农村。他漂泊不定，一生都在行走，行走在预卜之中，为那些陌生人，也为自己。

他长长的白胡子垂挂在胸前，穿着黑色宽松的对襟长衫。所到之外，鸡狗不鸣。世界与他的对襟黑衣服一样沉静。

大家都叫他巫师。

他不喜与人交往，他的内心有一块地方从来都不属于成人世界，他只为自己的善良以及通灵的灵魂而长，他经常借钱给“聪明人”，往往都是有借无还。“聪明人”知道如何利用善良人的善良。他收不回钱，也无所谓，就当没发生过似的。越到晚年，他越对动物表现出奇特的兴趣。我曾见过他把脑袋小心翼翼地、友好地凑近蛇洞口，用关节突出的手指夹出一条扭动的花蛇。还看过他养蜈蚣，养蜘蛛，更别提养猫养狗了。

我从小就爱着外公，就如爱着一个神秘的不可知的世界。

小时候，他曾安慰我说：“不用担心能活多长，一路慢慢走去，总会看到很多风景。”

…………

在离外公去世还有很多年的时候，他就不断地告诉他的亲人，他会

在某年某月的冬天去世。没有亲人搭理他。

离他最近的人，最不把他当回事。

他的妻子，他的儿子。他们眼里的他，不是我眼里的他。我眼里的他带了灵性，世事通透。他们眼里的他，愚笨无能，不懂人情世故，整日与猫狗瞎混，爱吃些莫名其妙的食物。

很快就到了他预测到自己要去世的那年的冬天，他一次次告诉我的母亲："姣，某月某日，我要上路了。"

母亲也没当回事。

母亲在电话里说起此事，我紧张地说："我得赶回去看看他。"

"他老了，胡说而已，身体好好的，能吃能喝，三顿不缺酒，怎么可能说走就走。你忙你的，很快就要过年了，等过年回来时再去看他不迟。"

某月某日的早晨，外公没再醒来。

我赶回去时，他静静地躺在床上，"睡"得无比安宁。我跪在他床前，亲吻他依旧红润的脸颊，抚摸他胸前长长的白胡子。

我还没来得及为他做任何事，没来得及告诉他，我是如此在乎他。（似乎总会如此，总因对爱的熟视无睹而长留遗憾）

多年以后的一个傍晚，我走进了他的村庄。

朱宽树，江西省广丰县壶峤镇莲塘头人，12岁出门流浪到浙江龙游，开始了他奇特的、苦难又"平静"的一生……

"莲塘头"这个地名，一直记得，别的并不对，但还是找到了，比想象中的顺利。

那座木头门墙的老房子竟然还在。

我站在破败的、被杂草所淹没的老屋前，在泪眼中，看见了70多年前那个幼年丧母、12岁就独自出门讨生活的白胡子少年。

黄昏已近，初冬的日头短，夜幕快速地降临。我站在初冬淡薄的夜色中，向靠近我的村人一次又一次说出他的名字。朱门的远房老亲戚，

都还记得他。我小心翼翼地从包里取出些钱来递给他们，语言诚恳，怕不小心伤害了他们，都是一些干瘦的老人。后来母亲在电话里说："外公年少时，过得很苦，回老家时，朱姓的人看不起他，连饭都不给他吃。"我握着话筒："那时候，大家都苦，都不容易，我不想知道这些，我只知道我这样做，外公地下可见，会高兴的，我想让他高兴。"母亲说："也是，他是那么善良、不计得失的一个人。"

从莲塘头回到广丰县城晚餐，餐桌上有一盘鸭血豆腐，吃的时候，忍不住泪眼潮湿。这道菜是他一生的极爱。白胡子少年身体衰老时，舅舅家里的人不喜欢这道菜，他就驼着背，撸起长长的白胡子，站在锅前耐心地替自己炖鸭血豆腐。

三

小时候生活的那个年代那个地方少有鲜花，就连栀子树，也只有一户人家的院子里才有。说是院子，是一条靠池塘的小路，栀子树就长在靠池塘的路旁，在隐蔽的屋角。碗口粗的栀子树长得歪歪斜斜的，大半个树身都悬浮在池塘边。栀子树的主人是个瘦小的老妇，少言，鹰一样的眼，古怪的表情，从没见她笑过，会用平时收集起来的小石子扔向偷偷去采栀子花的孩子，会挥起她的拐杖边骂边追赶。上小学二年级，我对开在树上能够散发出神秘香味的小花朵迷恋不已，却又害怕那个老妇。于是就早早起床去上学，多数人还在梦里，户户大门紧闭，独自走在显得有些寂寥的小路上，靠近那棵能够散发出诱人香味的小树，见一朵朵洁白的精灵，闪艳在清晨的枝头，心跳加速。偷偷地采上一朵，放进书包里，一路上忐忑不安，却又忍不住打开几次，用小鼻子去闻，闻到一股让人心安的气味，那样纯净的美好和简单的喜悦。

母亲后来用两个鸡蛋去那户人家换回了一小根栀子树的枝，插在自家的院子里。第二年，竟然就开出了三朵栀子花。从那以后，就有了属

于自己的栀子树。

2004年，在北京读鲁院，父母坐一天一夜的火车来看我。我早早站在月台上，等着火车进站。父亲先下车，拎着一个小行李箱，母亲跟在后面，手里捧着个大水杯，水杯里养了一束栀子花。她说："知道你喜欢，特意从院子里采来的。"那晚，夹带了故乡气息的栀子花香，溢满了整个梦境。

2008年，在龙游。由朋友带着去拜访一位奇人。他住在山里，车开不到，要走半个小时山路。他家就在众山间的一座小山顶上，三间瓦房，一人独住。屋前有一池从山后接来的清水，他除了进山采草药给人看病外，大部分时间都用来擦洗屋里的家什，屋内一尘不染，处处不染一尘。

这样几近怪癖的洁净，让人有着奇异的不安感。

与朋友在他的后院散步时得知：他女儿在18岁时独个儿跑到后山的石岩边喝农药自杀，儿子长到18岁时也在女儿自杀的地方自杀了，妻子抑郁离家出走不知去向。

可是，你无法从这个人光滑红润的脸上、平静的眼里看到一丝苦难的痕迹，无法从他一尘不染的居所内察觉到半毫命运不堪的信息。更让人惊奇的是，他在屋前屋后，种了近百亩的栀子花。

他的内心，深不可测。或者完全不同于凡人。

去拜访他的时候，正是栀子花开的季节，满山的栀子花香，让人几近眩晕。他的屋子，就隐在一大片白色的栀子花中。他自己不采，也不喜欢其他人采，就让花儿自开自落……

我在他家一尘不染的凳子上坐下，将手搁在一尘不染的桌子上，听他平静地诉说些来找他看病的人的故事，都是些离奇的故事，但他不说自己。那样的平静里，所有的故事几乎都与他自己无关。

几个小时后，我站起来告辞，他看了看我，缓缓开口道："采几朵栀子花带下山去吧。"

每个普通人背后，都有一个不同寻常的世界，你有力量读懂，那个世界就是通透的，如无能力解读，它便是一道上锁的门，或者一条死胡同。

四

一个金黄色的橘子，摆在我的枕头边，金子做成的一般。我蹲下身去，将它小心翼翼地捧起来，我甚至能够感觉到它轻微的、类似于心脏般的颤动，它有着与人类相同的呼吸。

我轻声问："是谁让你来的？"

"是你的外公，是他把我带到你枕边来的。"它说。

"外公？他在哪里？"我四处张望。周围什么都没有。我叫着外公，一声比一声轻柔，我怕吓着外公，因为我知道，他已经不在人世了。

有吵闹声刀一般划破黑暗，随声而出的是一个陌生人。他一把夺走我手里的橘子，带着嘲弄的口气说："橘子在我手里了，就是我的了。"他剥开橘子，吃了一半，把另一半橘肉抓在手心里，用力一挤，新鲜的橘子汁散发出淡而香甜的气味，顺着他脏兮兮的手流了满地。

"气死你。"他将手里的橘子肉扔到地上，用脚使劲地踩了踩，重新消失在无边的黑暗中。

我茫然地站在那儿，很是受伤，委屈地哭泣。似乎有一只手在我肩膀上轻轻地拍了拍，我抬头去看，外公微笑着站在我面前，伸手抚去我脸上的泪水，说："永远不要害怕，做个有智慧的善良的人，一切都会重新发光……"

我从外公的微笑里醒来。

是40岁初冬的凌晨，头痛欲裂。一个人带着孩子，在陌生的国度、在陌生的人群里重新安顿肉身，重新认识自己。所有之前经历过的，各种不安和委屈、让人窒息的孤独，以及那些遥远的、无端的伤害，堆积

在凌晨的梦里，而外公在梦里送来橘子，它所散发出的神圣而温暖的光泽，不由得使人心动。

外公是个简单的人，他坦诚善良。“文化大革命”时，受到非人的折磨，子女的命运也因此改变。晚年，可以和一只猫一只狗快乐地相处老半天的外公哼着小曲走在街头，遇见当年那个折磨拷打过他，同样也已经老去的人，外公笑哈哈地和他打招呼：“身体可好？儿女可好？今天中午吃了些什么？”

人还没到家，就有人将街头的情景告诉了外婆。一辈子活在世事隐忍之中的外婆，对哼着小曲慢悠悠踱回家来的外公忿忿叫嚷：“你忘记当年的痛了？”

“记住了又能怎样？忘记了好，忘记了，心空了，人便活得舒服了。”外公边说边走到一旁，看猫和狗打架去了。

和善宽容，不暴戾，是最有力量的，成全的是自己。

做个善良的人，橘子般美丽的色彩仍旧会在你心里发光……

这一切都还不是真相。善良源于内心的安定简单，如果你个人的人生观足够开阔坚定，自成体系，与世间空浮的事物也无太多的瓜葛，对自己所追求所喜欢的东西沉着镇静，那么，要与不要那个会发光的“橘子”，又有什么关系？

五

多年以后，我有了孩子，经历养育之艰，经常被同样倔强的女儿气哭。有一天入睡前，我流着泪在日记里写道：没有完美的人生，没有完美的父母，没有完美的自己，更没有完美的孩子。一代又一代，从原本的孩子变成父母，有了自己的孩子，很多时候不必的付出，不如在岁月里留白和淡化。就如在时间里我慢慢学习到了对不完美的父母的体谅，可以坦然地写出8岁那夜可怕的月光，以及美妙的栀子花的清香。

当自己的精神越独立越趋向完满，就越能体谅父母。你也许无法完全修复童年时的阴影，但你可以用你更阳光更强大的内心，去表达你对他们的爱。

同样，你以你在时间和经验里获得的智慧，去更好地看见自己，读懂他人。

有位忘年交的话，终生不忘：一路逶迤而去，一切皆是风景。

他是我见过的，具有佛性的普通人，如我的外公，如那个独自生活在周围开满栀子花、屋内一尘不染的人，如所有在人事间获得智慧仍旧满脸柔软充满慈悲的人。

每个人都多少带有佛性，这里的佛性，其实更多的是每个个体在对生命无常的深刻理解之后的珍惜。

好的绘画，背后都有光透出。

各宗教里的圣像，身后各带光环。

文字就是人心，是情怀，都是要有亮光，才可入心。

外公曾经说过："大家都说，'虎死留皮，人死留名'，可是，你却要记住，那是天大的谎言。你不需要这些，你就是一棵树、一株草、一只鸟……你走了，一切仍旧继续，寂静归寂静，喧嚣的照旧喧嚣。"

我的世界的核心就是童年的那棵樟树，无论我走多远，或者我的文字世界有多广阔，我都只是绕着那棵樟树在走。那棵樟树的存在，以及外公看世界的态度，是我的灵魂妥帖地安置在这个世界上最朴素最个人的价值体系。

2016年6月26日纽约

潘汶汛

1976年5月生于杭州，本科毕业于中国美术学院，研究生毕业于中国美术学院国画系，同年留校任教于中国美术学院国画系，获中国美术学院国画系博士学位，现为中国美术学院中国画与书法艺术学院副教授、硕士生导师

潘汶汛：落于万物间

天落水

丙辰那年冬极寒，冰封了西湖。据说好多胆儿大的人步行越湖，这是我母亲告诉我出生那年关于寒冷的讯息，我时常会假想那些未曾亲见的场面，人们歪倒与推搡的身子，冰裂的缝隙，各种喧嚣的惊吓与打闹声。在南方没有任何供暖的屋里挂满晒不干的尿布，和衣服一样，总是冻得硬邦邦。现在回想起来，在幼年记忆最深的，竟是幼儿园走廊里看见的乌暗天空，寒风下屋檐垂着的一溜儿数尺长的冰挂，晶莹锋利。天空阴暗呜咽，刮在脸上的是夹着冻雨的风，凛冽寒湿。转进昏暗的幼儿教室里，记忆里的屋子常是沉默的，一盆炭火泛起幽幽红光，夹杂着噼啪声。不知为什么，在记忆里消减了春光的灿烂，却保存了潮湿寒冷的低沉。观察外界的方式，大概就是这样，缓慢而沉默地慢慢开始。

杭州总是潮湿，冬天因这湿而刺骨，雨夹着雪，转眼间融化滋入大地的每一寸毛孔，难得能看清雪花瓣的样子。夏则闷热，到处蔓延湿哄哄的热浪。春夏之间有梅雨季，几乎整个月都在落雨中不见阳光，家里的椅子、衣服、墙壁有时候会泛起一层夹着霉味儿的白花。有一年梅雨季，在自家阳台的窗棂里，木材吸着充分水汽，硬生生地顶出油漆发出了几丛蘑菇，冷白色的菌伞散发着低沉的霉味。然而这样的潮湿，存放画画用的宣纸倒是很好，我偏爱用半生熟的云龙宣，适宜存放较长的时间，去掉它们的火气与涩气。即使是同一种纸，它的性能好坏与采集檀皮等植物料和做纸的时节相关。所以一旦遇到尚好的纸就买些存着，少

① 第二处听鹂别苑的工作台
② 潘汶汛在创作中
③ 人之初
④ 在湖边
⑤ 灵隐飞来峰
⑥ 看茶（李朝茶盏）

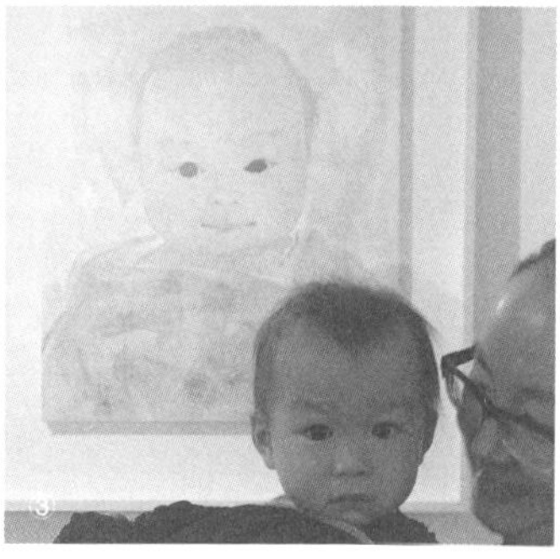

④

⑤

⑥

则五六年，多则几十年，用南方的温润湿气慢慢调理它们。1999年大学毕业时，美院边上的一家国营书画用品公司歇业，仓库处理积货，裱画师傅知道我用这种纸，转手给我这库里整批20世纪80年代初临安产的云龙宣，后来这种纸再也没有在市面上看到过。虽然同叫云龙皮纸，但做法各不同，数年之后得知这种工艺制作的临安云龙宣纸因为排污不合格已绝迹不生产，所剩这数十刀老纸是怎么也舍不得用了。三十多年的纸，透明绵软有韧性，泛着茵茵的老黄气，里面的草筋树皮好像在云间的游龙一般，薄而空灵。仅仅看着纸，都可以让人心里愉快。现在常见另外产地的云龙宣纸，与之相比较要厚实粗糙，不透明，胶矾其中，就更加需要梅雨季的潮湿来沉淀。我常常隔几年选购一批储存起来，等潮润的空气来酝酿改造，如放入地窖经年的老酒、豆瓣酱一样，都是怀揣的心头好。

记得小时候在定海的外婆家，他们管雨水叫“天落水”。定海是一座海岛，水从来都是最重要的生活储备，除了有限的井水之外，那时候几乎靠天落雨水。市政水库里接的是雨水，每家院落，也会用自家屋檐瓦片落下接着的雨水。定海传统的民居大都建在细细蜿蜒的弄里，石板路白灰墙，沉沉舒展弯下的黑瓦屋顶，一片一片绵连直到海边。外婆家在一个叫“铜店弄”的细弄堂里，石门洞进去有个小小天井，砌了个小花坛里面种了满满的海棠花。花瓣飞落到石板地上，有些则被踝夹在石板缝儿里，且留余香。我挨着墙坐在一个老藤椅子里，低头看见花，抬头就是天空，还有那屋檐下的一排瓦渠，雨季来时，雨水顺着黑瓦片汩汩地集中汇进那排瓦渠，再落到下面接着的水桶里。不知道为什么童年记忆里的声音都渐渐消散，唯有安静画面里，雨水落下的声音。夜里雨停了，天幕打开泛着光芒的银河在头顶升起。这天落水也似具有灵性，好像从远古星系而来，夹带着天地间星辰的气息。

小时候会因身居之所四周围着大海而常常不安，这夜晚穹顶的星辰倒让人亲近。星光指引渔民前行的方向，也是我小时候常爱看的方向。

美丽的北斗大熊、猎户、天琴织女及那么多叫不出名字的星，我总是在夜晚被震慑，星的光芒穿越千万光年而来，带着历久弥新的坚毅与冷傲。星空的图像与光芒沉静中透着繁华，矍铄而高贵，注入每一次凝视它们的目光里，唤起心底里那一点初始的力量，就像是艺术中不可言传的美妙，即使现在还是如此。

生活在海上的人，珍视这种与生俱来的力量，也深知自然中的磅礴原力，四海之外，抬头是直通亘古的星芒。诗歌、音乐、绘画的笔触，冥想的频率，都是宇宙浩瀚中的对撞与和谐。天落的雨水，被海岛上的人仔细地收集着，想来那里仿佛有一丝丝星辰的味道。

外婆的小花坛边上放着两口一米多高的大缸，撒进明矾，沉淀数日的雨水。夜晚打开大木盖，水缸里摇曳起满满的星光；白天用水，大木勺子舀起来，淘了米再洗菜，最后浇海棠花。那花坛的墙面爬起乌乌青苔，或如屋漏痕。天落水入了尘埃，在这里慢慢滋养出新的形状。

至六岁，家搬至杭州西湖边浣纱路的一栋单元楼。那时候路边临街的住户都有青石洗衣板，放学后，沿街找一块石板在上面写作业，等待大人下班，好像在户外就是在玩，其实石板下的污水淤垢实在腻心。除了做作业，还在青石板上打乒乓球，练就的技术，一直打到学校女子第一名。

这样的喧嚣玩耍在记忆里依然抵不过默默观察一面墙的裂纹和青苔的生长变化。搬新家没多久，单元过道里的白墙就被雨水滋出了各种裂纹，层层浸润，好像画画时用水、用淡墨一层层地渲染。雨水潮气的渲染冲起了墙皮龟裂，不停地扩展；潮湿浸润墙角，渗起乌霉与青苔、滴落的雨迹、干裂后的沉积。那时候，我总是在家门外等妈妈回家。没有视频、网络的年代，甚至还没有WALKMAN听音乐的年代，除了眼巴巴地期盼妈妈骑自行车的身影出现，一个内敛沉闷的儿童很乐意去盯着这些痕迹看，心里自动生成了各种小世界。动物、山林、石头、花草树木都可以在注视的眼光下出现，就像雕塑家凝视一块大原石慢慢地找出石头里赋

予灵魂的形象。这些形象似乎每天都在变化呢，除了自然的变化，每天不同的心情状态，不一样的想象刺激，都是想象万物的机缘。有时候树影疏浅，交错在层层蕴染上，又像极了用笔写意的墨迹，阵风吹过，痕迹散去，变了一种形状。渐渐明白，对我而言，有趣的不是发现某个象形或形状，而是渐渐感悟万物变幻的随机生机与磅礴。从小我都是不善言语，沉默中观察这些延展的龟裂纹路与浸润霉化的变化不仅是我童年最重要的记忆，更贯穿于之后的艺术道路中。童年经验无声无息地深深地扎入我的艺术创作。有些状态隐匿在心底，直到后来才会恍然感觉到它。这种影响覆盖在所有的后期学习之上，正是这样的经验，帮我在潜意识里默默地选择每一次前进的方向。

在后来的艺术学习过程中，看到汉代的随形石刻、魏晋造像、晋唐壁画、线描石刻，都有相似的感觉，一种直指人心的感觉。艺术中的直接性在用笔、造型中呈现，不是精致的准确，而是混沌中夹杂着历久的勃然生气，是懵懂间，似有天成的气质。雨水落万物间，溪涧汩汩，日夜不息地消磨各种石头的形状。山岚里，浑然腾起的云烟氤氲出各种形状。古迹中的斑驳斑斓，消散去的碎片，也似乎有另一种可爱。这些如天落下的水化于万物，带着不可言喻的距离感，牵引着某些思绪。如一转头，又是茫茫雨水，隐隐约约，朦胧观看的距离。转回身，记忆里还有一扇自家的大门，白铁皮绿油漆。没多久，慢慢起皮剥落，我和姐姐拿着钥匙一点点抠起，从无聊自在到自娱自乐，从一点一点一直到满满一扇门的斑斓。儿童对形的理解，就在钥匙划铁皮的推进中，不知觉地自然进行。

虚的距离

有些感觉，像看着莲在水中开放，周敦颐写“只可远观而不可亵玩焉”。我总是不自觉地亲近这种距离感。仿佛混沌其间的距离，才更有

每个人心心念念不同的认知途径。好像对自己画的要求一样，最理想的状态，是能让观看的人将心停驻片刻。石涛先生讲“搜尽奇峰打草稿”，万物生长，一生二，二生三，三生万物。与我而言，并不想描绘最后的结果样貌，恰是在意“生”的体验。这种经验也许是某种频率，它的波纹涟漪能蔓延想象的时空。人的手作力量可能也正是在于此，它们总有那么一些能牵引起涟漪的一个小角，如果幸运，瞬间带你进入美妙而不知所处的虚境。我们观看雪泥鸿爪的印迹，聆听旷野外的一声鹤唳，月光的银霜万里中驰骋四海。

情怀中好像很少有出现人的影子，即便我画人的形象，也总是不自觉地在消解人物现实具体的身份痕迹。我始终不爱描绘如眼所见的现实，人、事、物都如此。生活中我也常记不住事情，追溯到童年，在很长一段时间里，我好像一直处于某种奇异的状态中，以至于很多记忆都成了扁平。同学们的样貌、具体到和人相关的事情，基本上忘了；留下某个光线的感觉，某片青草地的气味，操场上的彩色砂石在阳光下闪烁却是清晰在目。大概是过分的腼腆，对于人际的交往都刻意排除，现在想来，画画真是再合适不过的生活方式了。然而在那时，童年的冥想方式下，以为自己爱好天文与考古，远离现实的理想。对于天文，这种冥想时常在生活的其他方面带给我超越日常的经验，因而对思维的力量一直保持深刻的虔敬之心。而对于考古，大概这是审美本能的初窥，古物质感的莫名吸引，牵起一个小孩内心不知何时泛起的喜爱。

20 世纪七八十年代的父母几乎都在不停地上班，一周工作六天。印象中妈妈 6 点半匆匆上班，来不及给我们做早餐，早餐的空白一直到大学。每周休息的那一天，用来整理家居搞卫生，面对紧巴巴的现实没有多余的时间也没有多余的物质。小学的生活平淡无奇，白衬衣蓝裤子，除了麦芽糖、玻璃弹珠、小画片儿，捡石头成了主要的快乐。英国雕塑家亨利·摩尔在上海的大型个展中展示了他作为素材收集的大量的卵石与骨头，不同的眼睛观察生活中的存在，总会有不同的呈现。一块美丽

的石头，在艺术家的眼里，是呼之欲出欲言又止的艺术萌芽。随形而就的雕刻线条，或者学习自然间造物的概括，比如一朵未打开的蘑菇是漂亮的圆锥，山谷飞过的云雀是一团可爱的椭圆，吃剩的骨架是优美的线条。学会发现生活中有趣的事物，超越表面的琐碎，就这样生发着，在我们不知不觉的童年。

初中时，每个月有几块的零花钱，学校的边上就是古玩贩子摆的地摊街，那时候的行话“一块”钱指的还是一百块，没想到二十年之后的行话“一块”竟然成了一万块。我也只能买一些“几毛”钱的东西，但也买到过各种好玩的瓷器，晚明清初的民用器也算常见，一个道光时期的满莲枝广口罐子，我一直拿来做大水盂。几年后古玩客看见我这么使用旧物不免啧啧叹气。叹气归叹气，我还是将各种古物拿来使用，收集了宋器粗碟，影青小盏，龙泉碗，定窑、湖田窑的民用器，各色干果碟子零食盘子，日常的桌面多了美丽的形状与颜色，摆下沉甸甸的岁月。这些手作原本就是民间常用之物，手指间的动作造就了形制的变化，在这些器物中，慢慢学习饱满与概括之美。对于带有纹饰描花的器物，我更倾心素色的器皿，使用的便利与审美的抽象在这些素皿中持久生长绽放。在20世纪90年代大规模的城市改建过程中，我们常常能在建筑土方中翻捡到不同地质层的瓷器碎片，看着南宋遗址的发掘，看到修内司窑的发现，在窑址的溪水下捡来各种瓷片标本，在泥土里探寻未知的发现，瞥见露出一角瓷片的闪光，和小时候仰望深夜的星空一样，欣喜于惊鸿一瞥的触动通灵。

另一种伴随着童年校园生活的是艰苦朴素、动手劳作的习惯。那时候，大人们将劳动叫作“做生活”，生活依赖着各种劳作来维系补贴家用。在学校里，我们每周有专门的劳动课为校内工厂完成各种“生活”，比如糊各种纸盒子、贴标签，甚至还做过雨伞的部件。有些同学家里的老人也会去社区领一些“生活”来做，十个盒子一分钱。去同学的家里玩，堆满桌子的纸盒高高叠起挡住窗子的阳光，屋子里是默默折纸盒子

发出的窸窸窣窣声。沉默与劳作贯穿着童年印象：小学快毕业那年学校建新舍，我们被派去拉砖，推起三轮的小推车，铆足了劲儿的小手握在锈迹斑驳的推车铁杆上；有段时间，我们要带着莴笋叶子或青草上学，因为操场边还养殖兔子，分派部分同学负责一部分的饲料；打扫教室里的桌椅门窗、清理校园里的碎石杂草。我们一直在动手劳动，这大概也是从小习惯了的手作生活。树枝、石头、沙砾、泥土、纸盒子、红砖，童年的小手捏着它们的记忆，对我而言，远远超越并覆盖了那时候的人际交流，虽然也有课间游戏、上课问答、体育比赛、好友之间的琐碎。回忆中还有一些奇怪的印象，在童年里曾经被普及性地吃过儿童补品中国花粉，接受无名药粉灌入眼内治疗近视，甚至进行过青少年特异功能调查，现在回忆起来，仿佛是过去许久的幻象。而这其中的记忆，并没有引起太多家庭对于校园种种相关讨论。但不知为什么，记忆的选择总是落在一些气味、颜色、瞬间情绪的感觉上。

在记忆的片段中，有一种轰隆隆的巨音回响于脑海。那是有一年冬天，我从同学家出来，铁灰色天空的傍晚，下起大雪。抬头见雪花如鹅毛片片，伴着风啸自天空呼卷而下。四周安静之极，只听见落雪带着铁灰天空下隐喻的肃穆轰鸣。这种感觉时常浮现，渐而知道，霏霏轻柔之雪，亦有壮如雷音的力量。

也许正是这样，默片记忆的童年里，渐渐养成了不自觉的独立思辨；自在其中的快乐，琢磨着现实中自己喜欢的事情和物件。沉默的童年，也有一些如电如露的灵光突然而至，打开另一种心里的维度，超越时空如星芒指引，告诉我有另一种宽广。艺术中的美妙与共鸣或许正是这些多重叠的同频感应，踏着隐约其间的节奏，不自觉地走向自己未曾意想到的现在或者未来。

归于绘画的实处

生活中诸多的情绪，还是会落在实处，即便在虚的距离中，也会有实在的印记。一幅好画，一首动心的曲子，一句诗，是艺术家们模仿美妙的痕迹。自觉或不自觉地就这么做着。童年的经验，对自身周围细腻的体验，对现实世界好奇而保持的距离，一直是我创作的原动力。

小时候在建筑工地里的杂石头堆里翻捡，里面有各种颜色的透明“宝石”在隐隐闪光。到如今的工作台上放着的绘画颜料主要有两大类：一类是由矿物碾磨成不同粗细的颗粒，分出不同的颜色。青金石，来自波斯的宝石，还有来自海底的红珊瑚，即便在古代也是昂贵的材料。河滩里上万年的古蛤可以碾磨出漂亮的白色，不同于化学铅白、钛白的僵薄，历经时间，白中透着稳重。用以入药的朱砂偏冷，上层漂出的朱膘却是偏暖。石绿、石青按照碾磨的颗粒粗细分不同的号子，头青、头绿、三青、四绿，都是因粗细不同而呈不同深浅。赭石与土红，在敦煌的戈壁滩里有时能捡到土红矿石，那里的壁画大多是这几种颜色。矿石颜色基本上不变色，石头在，它们的颜色就在，与万物共生。还有一类是植物色，花青、藤黄、胭脂，从植物的叶子、花儿提炼而出。画面好似调配世间的印象，颜色是光，在纸张的纤维里累积沉淀。

无论画也好，生活也好，冥冥中总有纠缠的因果联系。我们后来租赁的屋子正好带有片院子，阿姨帮我垄了地，播上菜籽，春长秋收。我们种过各类蔬菜，青菜、莴笋、秋葵、胡萝卜、苦瓜、空心菜、黄瓜、丝瓜、辣椒、茄子、番茄。我对不同的农作物充满兴趣与期待，几乎每天都会去院子地里待一阵，看看它们的生长状况。水浸进土里，闻着地气夹杂着潮湿的空气与植物的味道是开心的事情。“接土脉”，人才舒服。我琢磨着，土地里总有些什么，万物才生得那么靠谱。有生气，有脉络，有萌芽，有包浆。我想可能是金牛座的缘故，接着土地气息，各种萌芽就在心里伸展出自在。时间植于土地，生长万物；时间植于古早，

造化出它的艺术。我喜欢经年的味道，能经久的艺术都有能力去跨越磨砺的时光，也都有超越时代的卓然。

中国画的制作有时候还需要用到胶矾水，来保持画面颜色不脱落。胶也有不同的种类，动物类的骨胶或植物胶。我们在西湖边的桃树上采集桃胶，每次雨后，桃胶一朵朵地从树干里冒出来，采下后清洗、分离、熬制、冷藏，这是南山路西湖边读书时的另一种快乐。而墨则是更重要的材料，收集山上的松枝，干透燃烧得烟，加骨胶、冰片、麝香来锤炼。好的物件都是自然界里美妙悉心的撷取，绘画就如采撷。每天工作的状态，像另一种“菜园”。纤维纸张，毛笔劈沥，研磨设色。坐在土地上，能感受到万物生长，地里的水汽顺着植物叶脉升腾，如植物的呼吸，湿答答地交换日月精华。在毛笔与纸的“园子”里，墨的气势好像各种石头从土里冒出来，纵横婉转，是一种印迹，艺术的衍生大概如此。有些灵石，经历风沙水土的沉淀，它们身上似乎有了因沧桑而得来的通灵。杭州有一处很妙的地方——灵隐飞来峰，那应该是整块的大山石忽然出落在这里。裸露出来的石头霹雳流转，有山泉哗哗而过，有纤修茂林在石缝里生长，又经千年的攀摸，流光溢彩隐匿树荫间。我很喜欢那里，在那儿可以“看见”它特有的笔墨，带着自然出落的气息与格调。有时候说“看见”其实是感应到与自己的通灵：笔墨、设色、笔法，传统的暗示与艺术曲径中的迷藏，闪烁在眼前或在遥远的某处。霹雳飞白，烟雨霖霖，湿气氤氲，生机蔓延。观众看得清或看不清，有它自己的际遇。

杭州有山有石，有雨有湖，我一直居住在这里。除了西湖边浣纱路的老单元楼之外，还租到过一个喜欢的地方，位于西湖东南畔凤凰山麓的馒头山路，我为它起名“听鹂别苑”。这里曾是南宋皇宫的后花园，现在成了军队库房。我有幸租到一间，兴冲冲地花了两个月改建，落地的大平层，刷了宽又高的白墙，有高高的木头屋顶，天窗能看到天空与香樟、院子里的两株桂花树和一片草坪。屋子背后有山，常见岚气，林间有松鼠，有鹂音，当然也有黄鼠狼、山里的臭虫、老鼠和不堪的漏雨

以及南方特有的乌霉墙皮。馒头山里的生活很安静，空气明媚清新。在这里，除了画画之外，更体验了另一种新的生活状态：它离南山路美院很近，从学院出来，沿着西湖南山路走到万松岭，再经万松书院拐进馒头山脚路，这一带是仅剩不多的老杭州风貌，留着城市里最后的旧式小平屋。矮矮屋檐蜿蜒在山麓下，水果摊、小面店、馄饨铺子、公共的厕所、一间小超市、茶水店和只有两个饭桌的小饭馆。梧桐树下晾晒着的家常衣物与挂在枝头的酱油鸭、风干咸肉相映成趣。路边有一口大水井，至今还是居民生活用水聚集地，就像外婆家的水井一样，人们生活忙碌而琐碎，我很喜欢这样充满人间烟火气的小市井。

1999年夏天毕业接着工作，在一所大学建立新的艺术学系。同事们争论着人情世故间的胜负，除了日常琐碎，还有更多我厘不清的人际庞杂扑面而来，这更让我保持对现实的距离。现实的意义或许更多地落于绘画的实处，找到自己超越现实的“仙”踪，“仙”是远离纷扰的自在。画画筑成了安身角落，日子也就好过很多。人总要找到一个安身立命表达自己的方式。有一天，小婴儿出现，他像一粒饱满的种子，纯净无畏，笑容与眼神，透彻而明亮。想起古人论画：“贵有天真气。”他的神情与容貌孕育着宇宙间的原力，散发着迷人的魅力，他拉着我，体验从万物之初的淳朴实现另一种现实存在的力量。生活中多了小朋友，时间当然被各种需要占据，我慢慢地体会到现实的琐碎与忙碌，时间被勒紧了，在被动中不停奔波。那些年，装修了三处房子，搬了五处的生活与工作的场所。画画加抚养婴儿、陪伴成长的一切尽管繁忙，但总是快乐又有意义的，画画显然是重要而幸福的事。

绘画的实处，也是这样懵懂前进，在水墨艺术并不热的时候，朋友们在一起的展览是生活和工作里重要的事。一些志同道合的朋友就是在那个时候认识，以“70后”的名义进行新水墨艺术探索自发地聚合。过程中，朋友们散向不同方向，有些人一起走下去，十多年的成长，见证彼此的情谊。

2006年在北京炎黄艺术馆，首次做个展“迹·忆”，那时候做展览是年少无畏，待人接物仓促慌张。到2012年初，朋友相助，有机缘在即将搬迁的上海美术馆做个展，依然如此。我时常后悔与自责每每重要的

事情过程中总是那般粗心与不周到，并非能用年少无知无畏来推脱。看见美术馆外的海报旗一面面在南京西路飘动，回到童年记忆里那些远离模糊的身影，仿佛是另一种怀疑自己，这种面对现实的焦虑始终困扰着我。上海是我的祖籍，但相比摩肩接踵的南京路展览中心，我会依然怀念起定海外婆家的海棠花坛，一个小小的围墙里，头顶银河与北斗星移。很少有人能耐心地观测出四季北斗的旋转，但当你真的放下其他，认真地观察它的痕迹，好像万物的驱动也由此可见一斑。有时候记忆印象是另一个维度的世界，画画是类似的佐证。2012 年底，怀着八个月孩子，又在杭州灵隐旁的法云安缦做了个展“云上”，展览的名称根据展场的气质而起，也符合我画中的气息。现在想来，人间的种子萌芽，在一团水汽中，作品和小宝宝都在云上彼端。我曾问过懵懂的小朋友：“你记得在妈妈肚子里的时候是什么样子吗？”他很认真地想了想说：“在海里，游泳，很黑但很好。”

我们脱离母体久矣，却还是很想找到自己那片意识的海，也许绘画就是构建自己的归心所处，这归处实在吗？婴儿的记忆逐渐淡忘，被不断接触的日常占据，成长中，我且小心地为自己留一条细细的路，顺着星，顺着雨，顺着山石，顺着日常带来的细碎，顺着笔墨纸张间。如天落水，细细收集，汇成“海”，同频宇宙间的颤动。

丙申冬月完稿于钱塘寰宇

泉　子

1973年10月出生，浙江淳安人，现居杭州，著有诗集《雨夜的写作》《与一只鸟分享的时辰》《秘密规则的执行者》《杂事诗》《湖山集》，诗画对话录《从两个世界爱一个女人》《雨淋墙头月移壁》，作品被翻译成英、法、韩、日等多种语言，曾获刘丽安诗歌奖、诗刊社青年诗人奖、十月诗歌奖、西部文学奖、汉语诗歌双年奖等

泉　子：不存在的村庄

一

小村在我抵达它之前就伫立在那儿，不知已经伫立了多少年。

一条河流从前村绕到了后村。一条不知名的河流，仿佛它从来没有过自己的名字，或者“河”是它的名字。对于小村来说，“河”是唯一的，是不用特指的。河从几十里外的山间流淌下来，最终注入十里外的千岛湖。

我至今没有见证过河的源头，它的真实性依赖于我中学时代一位同学的描述。他说他家就在河的源头，但他仍无法向我描述清楚河流最初的呈现。在他伙伴们的传说中，那山中有一个仙女的水罐，一个永不枯竭的水罐，水从中汩汩而出。

在我整个童年时代，“千岛湖”是尚未命名的。最初它只是个没有名字的人工水库。在父辈们的讲述中，它是他们伤感记忆的见证。他们许多儿时的伙伴在造水库时迁徙他乡了。后来，他们有的回来访旧，也带来了外面的消息。在我的整个童年时代，我处于一种深深的怜悯中，对那些山外的人，那些水库以外的人，那些桐庐人、富阳人，那些建德人、萧山人、江西人，那些散落在异乡的人。

站在村前的土耕路上，或者站在卧室的窗前，河在下游的一个村庄前的一道山湾处消失了。我一直以为那就是河最终流向的地方，直到3岁那年，母亲带着我走了1小时的路，穿过了3个村庄，并最终抵达她儿时伙伴出嫁的那个村庄。那是我记忆中最初的远行，那是一次至今仍

①

②

③

④

① 泉子近影
② 泉子的部分著作
③ “新诗写新疆”，与诗人多多、沈苇、叶舟、南子在温宿大峡谷
④ 朗诵会现场

惊心动魄的历险。河流的方向一次次地被篡改，一次次地。它拐过了一道道山湾，毫不留情地撕去我的记忆与想象，并在我抵达的那个村庄前，注入了一个一望无际的，但被更远处的岛屿切割了视线的水域。那是一些虚拟的岛屿，母亲说，在她的童年时代，那是一座座的山。在此刻的水的下面，那里曾是一个个村庄。那水面上早晚弥漫的雾气仿佛当年村庄上面的炊烟。

母亲说出的是后来的“千岛湖”。

在我整个童年时代，我都生长在由湖水和山林限定的方圆几十里的狭长地带，并由它见证我那些最初也最缓慢的岁月。太阳每天从河的对岸叫“毛坪”的山后升起，最终落入了“坞山”的后面。多么缓慢啊，不到1公里的天空，太阳以小村的速度切割着，并由它安排一村人的作息。每天早晨，太阳从“毛坪”的山凹露出半张脸是小村吃早饭的时间；而当太阳将整张脸庞都隐藏在“坞山”的树丛中是小村回家的时间。村子里的人从劳作的田间、山坡上三三两两地回家，孩子们从学堂中三三两两地回家。那曾是小村最热闹的两个时间。

二

在村庄朝南的尽头处，河上有一座建成十年的水泥桥，3米见宽。十年来，它仍是“河”上最雄伟的桥梁之一。在它上游200米的地方，曾架设着一座木桥，并将村民带向对岸的农田和山坡。木桥由十几个木桩固定，桥板用铁链连缀在一起。木桥一遇到洪水便会倒塌下来。只有等到晴天，水流趋于缓和，村里的年轻人重新将木桩和桥板架设起来。有一次，母亲到对岸的山坡上干活。那天，天气有些阴霾，但没有下雨，事后被村里人描述并口口相传的一场5里外的大雨令河水上涨了50厘米，木桥在那次洪水中倒塌了。那天，母亲没能从对岸回来，她声嘶力竭地呼唤，用手比画着，让我到邻居家吃饭，而她到对岸的另一个村庄寄宿。第二天中午，水渐渐平缓了许多，母亲蹚着水归来。这是我童年记忆中与母亲最为长久的分离。

木桥也是孩子们游戏的地方。桥桩与桥桩相隔1米有余，是初学游

泳的孩童恰到好处的距离。我们在桥桩间追逐着，游弋着。木桥消失在水泥桥建成后的一场洪水，它再也没有被架设起来。

水泥桥从最初的动工到完工，中间跨过了整整十年。在小村的记忆中，那十年并非以数字区分来命名的，而是分别被称为水泥桥下桩那年、桥墩刚浮出水面那年、桥墩1米那年、桥墩2米高那年、桥墩3米高那年、桥镦4米高那年、桥墩完工那年、桥洞架设那年、桥面铺设那年，还有正式完工那年。

十年中，我是与水泥桥一同长大的。

就在水泥桥落成后的第二年，哥哥在一次行走中从5米高的桥面上落到桥墩上，然后再跌入水中。他被村里人捞起，送到了乡村医院的手术台上。他的膀胱在跌落中受伤，下身肿胀起来。尿液将他整个肚皮撑得像个充了气的皮球。他最终从死亡的召唤中挣脱出来，但他的下身像一个失去效用的水龙头。他必须两个小时换一条内裤，但仍有一些异味逃入空气中，将他与以前的伙伴隔开，与村子里稀稀落落的人群隔开。

哥哥最终还是被河流带走了，在那次落桥事件之后的第五年，在水泥桥完工后的第六年，在桥下游300米，河流的拐弯处，他落入水中再也没有回来。

三

在河与我共同的记忆中，河流带走的还有一老一少的两个人。老人是我的邻居，村里人都称她为“太太”，她是村子里公认的好人。那年她似乎是85岁，也可能是86岁。她说她已经活到该回去的年龄了。在一场大雨之后，河水漫上了堤岸。夜幕中，她将她的衣物分放在村里几户贫困人家的门前，然后毅然决然地消失在波澜壮阔的水面。

另一个人是我儿时的伙伴。比我小两岁，如果他活到今天，也该到成家的年龄了。那一年他似乎5岁，他跟随着他姐姐以及一大群孩子在河中游泳。当他的姐姐在同伙伴的嬉戏中转过身来后，便再也找不到她的弟弟。他在众人的寻找中浮出了水面。闻讯赶来的他的爸爸背着他，沿着村庄一圈又一圈地跑着。他身体中的水沿着他的嘴，沿着他父亲的

后背、腰和草鞋之上长着厚厚的茧的脚踝，一直淌到那被一条逃窜的影子覆盖的青石板上，以及被脚步声席卷起漫天尘埃的土耕路上，他最终像一根滴水的绳索耷拉在前村的一堵低矮的土墙上。

四

小村两面依山，或者说四面环山。只有一条土耕路通往宿命的两端。一端隐身于几十里以外的山丛，另一端则没入10里外的水中。在这个狭长的地域中，土耕路更像根藤蔓，生长着一个个村庄的果实。在我见证的20多年中，藤蔓没有些许的蔓延，只是它的果实在缓慢地成长着。每个村庄都有着美丽的名字：结蒙、杜井、慈溪、练村。我说的那个小村叫并峰。

那个以镇来命名的地域被称为梓桐。“一拳打到梓桐园，一戳戳到梓桐壳。”这是这里的孩子们游戏的语言。我想这里被称为梓桐园更为贴切些。在另一种尺度上，这块被山与水设定的区域更像一个园，花园或者果园，或者说是家园。“梓桐壳”也是合适的，山的壳与水的壳，坚硬的壳与柔软的壳。这里有着与山外与水外不同的气候，这里有着与山外与水外不同的方言，这里有着与山外与水外不同的节奏与速度。而这种生命的节奏与速度，更像一种遗传的密码，植入了每一个降生在这里的人的身体中。

只有当一个人背井离乡，在异乡的土地上，在另一种节奏中，身体内部的那种节奏，那种连接到生命最初的节奏才会显现出来。它永远不会消失。

五

梓桐镇在10年前被称为乡，在25年前被称为公社。在我最初的记忆中，小镇只有一所学校、一间政府办公兼作邮局的房子，还有一间破败的卫生院。20多年的时间，小镇缓慢地舒展成200米左右长的一条街，并在缓慢中巩固着梓桐园的政治、经济、文化中心的地位。

小镇离并峰村5里，或者说从小村到镇上大约需要行走半小时，或者骑10分钟的自行车，或者花1元钱乘五六分钟的汽车。最后的一种选择是最近几年才出现的，并且一天只有两班车，与通往外面的轮船相衔接。交通工具的选择是因人而异的。更多的年轻人选择了自行车，一些老人和小孩选择了步行，只有那些急着办事的或者赶船的人才会花1元钱去坐那些将土耕路席卷成一条飘浮的路面的汽车。

村庄得名于村后两座并峙的山峰，一座叫“坞山”，另一座也叫“坞山”。说是山峰，其实是一座山的两个山头。一股山泉从两个山头间倾泻下来，无中生有的山泉，汇入了从更远处奔来的山泉的合唱。

小村称山泉的合流为溪。溪最终汇入了河的流淌中。

六

小村的前面是“河”，“河”再过去是一座叫“毛坪”的山，小村的后面叫坞山。坞山的半山腰是另一个村庄，由山下的小村中逝去的人群移居的村庄。新的坟墓挨着旧的坟墓，就像山下那些比邻而居的房屋。更多的坟墓消失在岁月的深处了。母亲说，那些坟墓的主人又搬到山下来居住了。母亲说，每个人、每一种生命都有他的前生与来世。一个人在山下的村庄居住久了，便搬到山上去居住；一个人在山上居住久了，便又潜入了山下某位年轻妇女的腹部，直到将那腹部隆成一座新坟。那是一个人在他此生的最初时光对往事的最后缅怀和追忆。不久他又将回到山下的人群。

母亲说，死，是不值得畏惧的。死是回去，回到山上，或者回到山下。就像树叶，在秋天一片片地回到了地面，又通过树根，通过树干，在另一个春天，一片片地回到了枝头。母亲说，白天和黑夜是一个圆，春天和秋天是一个圆，山上和山下是一个圆，山和水是一个圆，她和我是一个圆，生和死是一个圆。她说，世界是一个圆。

但隔壁阿才母亲的死仍然让她伤感不已。阿才母亲是她的表姐妹，30年前，她们一起嫁到小村中，并成为邻居。

母亲说，不知道还要再过多少年，她们才能再次相见了。

王晓渔

文艺评论家，文史学者，主要从事诗学和思想史研究
1978年生于安徽，2002年获文学硕士学位，2005年获历史学博士学位.同年进入同济大学文化批评研究所，执教至今。先后担任哲学系和中文系硕士生导师，曾系东京大学综合文化研究科客座研究员
在《二十一世纪》（中国香港）、《人民文学》、《读书》、《思想》（中国台北）、《南方周末》等报刊发表文章数百篇，著有《文化麦当劳》（2006年）《知识分子的“内战”》（2007年）、《重返公共阅读》（2011年）、《雪夜闭门》（2016年）等专著，译著《在缅甸寻找乔治·奥威尔》（2016年），主编“独立阅读书系”，部分文章被译为日文、英文、德文

王晓渔：“一个人要多少次回头”

逃学生涯

我成为今天的这么一个我，偶然性是很大的，不是像我们有时候所想象的，一个人好像必然地进入某一种状态。

如果回到中学想象未来的我，哪怕五个可能、十个可能，我都很少会想到成为今天这样。在中学阶段，我所想象的未来大概是一个文艺青年的形象。除了学习之外，最经常看的书也是文学类的书。在中学阶段，我不是一个完全意义上的好学生，到了高中，逃课变成一种日常习惯，尤其在高三。为什么那个时候我对于学校会充满那么一种厌恶或者憎恨，每次到了要去学校的时候，就特别不愿意去？大概处在一个青春叛逆期，具体原因我现在已难以确定。在当时，中学反而还有逃课的自由——对我个人而言。现在和很多中学生交流，中学已变得越来越严格，非常多的规章制度——从这个意义上说，我要感谢学校甚至我的父母，高三时，我几乎常年是在家里读书的，有着很多叛逆性、挑战性的行为，现在都觉得很对不起当时的老师。记得很清楚，当时我们下午上课，一般是到 5 点钟结束，晚上当然是要有晚自习的。我有的时候下午在家读书，等到 5 点钟眼看就要下课的时候，突然又到学校去，像散步一样，到学校逛一圈。

现在回想起来，我的中学有点像大学，大学倒有点像中学。中学为什么会像大学，因为在逃课阶段是按照我个人的兴趣来读书的，并没有按照应试的方式。我对文学相对是比较感兴趣的，所以在家每天看很多

①

2

③

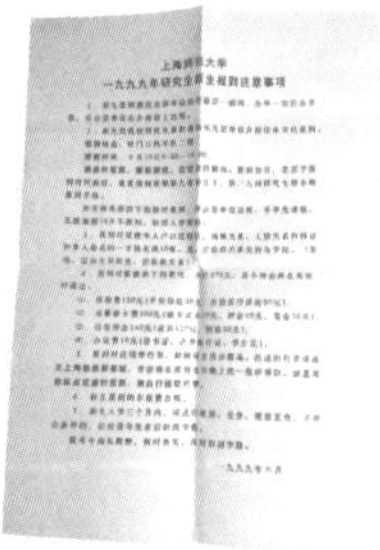

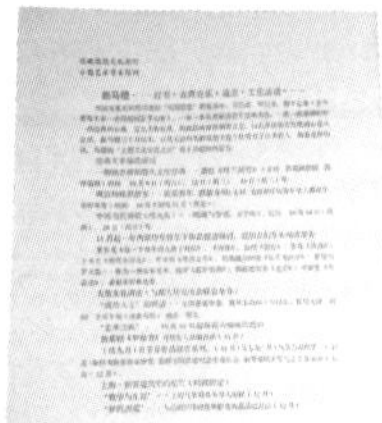

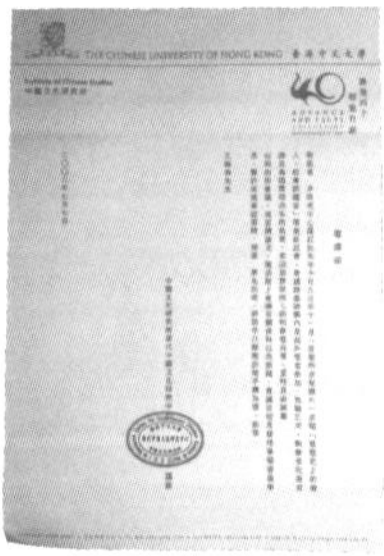

④ ⑤ ⑥ ⑦

① 1990年在合肥
② 王晓渔近照
③ 2001年在北京，左起：朱珐、王晓渔、王弘治、任晓雯、七格
④ 1999年硕士研究生报到通知
⑤ 马槽书店文化活动介绍
⑥ 诗生活网站评论家专栏网页
⑦ 香港中文大学学术研讨会邀请函

古典的文章、古典的诗词。背诵这些东西，完全出于自己的兴趣，没有任何老师要求我必须做这件事。确实可能在青春期会有很多逆反心理，比如老师布置的东西，本来我还挺有兴趣的，突然变成一个作业，我就立即丧失了对它的兴趣。我在中学阶段，基本上处在一个散养状况，并不是像今天非常著名的衡水中学那样的高度圈养——规定好每天的时间表，12点要做什么，12点15分做什么，12点30分做什么，这种情况至少在我的中学阶段是完全没有的。

我在中学是逃课的，现在我在大学又不是特别鼓励同学逃课，似乎有一些分裂。但我个人觉得是有理由的：在中学的逃课是不计后果的，不管是中学里的考试，还是高考，你都要付出非常大的代价，严重一点是未来一生的代价。你是不是愿意在高考层面做一定的放弃来寻求你的阅读的自由？今天大学里面逃课更多的仅仅是出于希望有更多的时间，未必是读书，也许是做其他事情。

一个人可以做选择——可以按照自己的想法来做选择——但自由同时意味着你要承担自由选择所产生的后果。所以在大学阶段，我经常会跟同学讨论，我说民国时期的大学确实没有严格的考勤，但当时的大学有非常严格的严出原则，甚至是严进严出的。比如西南联大——我们非常熟悉的大学——它的毕业率有时甚至只有一半。在这种情况下，点名、考勤都没有那么重要，因为哪怕没有这些东西，学生基本上还是要考虑到我未来是不是要毕业。当然他觉得他可以不毕业的话，他自由选择也是没问题的；他如果要考虑到毕业，即使不是通过课堂的方式，也会通过其他方式来进行相关的阅读或者学习。但是今天的大学是严进宽出的，如果没有相应的规则，很容易四年收获非常有限，点名本身未必能够起到重要作用，我觉得它与民国情况还是略有区别的。

在大学，如果同学不希望把那么多时间放在课堂里，要自己读书，逃课也没有问题。问题在于有部分同学既希望我能够非常“自由”——这个“自由”当然是打引号的，自由是与自治有关系的，不是无限的没有任何规则的自由——另外一方面他很有可能又希望自己有很好的成

绩，希望在已有的评价体系里面获得全面的承认。我觉得这个不是叛逆，这个甚至是投机。如果叛逆的话，是需要承担责任的；而投机，是既想获得充分的权利，又不希望承担任何责任，希望在这个评价体系里获得所有可以获得的东西，这并不是我所认同的理念。

回到我刚才说的中学，学校的老师都会对我的逃课有非常多的意见，这点我特别感谢我的家庭，他们对我逃课几乎没有施加任何压力。这大概是非常难得的，我在家里是可以随意读书的。我付出的代价就是高考非常失败：我的高考成绩特别有趣，现在我还记得具体的分数，五门课平均下来，正好每门课 100 分，当时 150 分满分，所以这个成绩并不是那么理想。当时的录取，大学分成重点、一般本科和专科，有点相当于我们今天所说的一本、二本、三本，我的分数距离本科也就是我们今天所说的二本甚至还差 4 分。这就是我所付出的代价。分数刚刚出来的时候，因为所生活的地方是一个小城，熟人社会，很多老师碰到我的父母，大概掩饰不住他们的窃喜之情，说：你看，本来成绩很好，但是因为他逃课，现在成绩是这么个结果。我想我父母心情不会愉快，但他们也同样没有给我太多压力。这一直是我特别感谢的。

所处的小城几乎找不到书，到现在为止我都觉得我们说的文化资源的不平等，某种意义上是对个人的隐形剥夺，这种不平等比高考要更加严重，因为高考在形式方面还有仿佛公平的形象。对于书的接触，有一个非常大的隐形的不平等。我所生活的县城，当时只有一家新华书店，这个新华书店虽然我经常去，但它一年都不会进几本书。我那个时候特别痛恨的是闭架销售，现在跟年轻的朋友们说闭架销售，要解释很长时间。什么叫闭架销售呢？简单说来就是你没法直接接触书，你要请书店的营业员，让他把书递给你，然后你翻一下这本书。之前，你对这本书是只知道书名和作者的，因为书在柜台里面；那个时候也没有网络，你无法对它有一个准确的判断，买书比买其他商品还要麻烦；定价你也不知道，因为定价在书的后面，其他商品还会有定价标签。所以当你决定让营业员帮你把书拿出来时，事先要做很长时间的心理斗争，到底购买

的可能性有多大？定价是否超出了想象？往往要经过很多犹豫，到新华书店来回逛了好多遍，终于下定决心请营业员拿出来时，很有可能发现它的内容跟你想象的有很大区别，或者它的定价完全超出预期，那当然只能请他再把书放回去。但是新华书店我们也很熟悉，它是国有企业，所以如果请营业员把书拿出来又请他放回去的话，脸色一般是没有那么好看的。这是当时买书遇到的大问题。另一方面书的种类也非常少，很难找到想看的书，甚至很多名著都很难买到。印象中，我当时想买一本鲁迅的书都极其困难，在当地找不到鲁迅的《呐喊》，也找不到《史记》。在缺乏选择的情况下，我对于书的版本更没有任何意识，购买一本名著唯一考虑的是定价，哪个版本便宜就买哪一本。读大学以后发现这个观念是完全错误的，当然要看书的版本，但是在高中的时候没有这个意识。

高中时所能读到的书，是古典的书，因为古典诗词有些家庭会有一些，在新华书店里也可能有这些书。另外是非常常见的名著，但在中学的知识结构里，名著的概念与进入大学以后也有很大区别。在中学的时候我很少读外国文学，一个是很难找到，另一个是中学教育认为外国文学最为著名的名著，最为经典的经典是《钢铁是怎样炼成的》，排名第二是《牛虻》。这两本书新华书店里是有的，我也买到了，而且确实把它们都认真读了一遍，但是读过后，没有事先想象得那么震撼。此前关于《钢铁是怎样炼成的》读到了很多介绍，它如何影响了一个人的一生，一个人似乎读了这本书或者读了其中的一句话——“当他回首往事的时候，不会因虚度年华而悔恨，也不会因碌碌无为而羞愧”——就改变了自己的一生，但是我读过后似乎没有那么大的触动。最初的时候怀疑的是自己，觉得自己还不足以理解经典，离它的距离还很遥远。后来读了更多的书，就有了新的想法。与外国名著接触实在有限，就只能读一些中国的古典。很多情况下不是自己选择书，是被书选择，充满了太多太多的偶然性，碰到什么书就把这本书读了。我中学的时候，把毛泽东的诗词全部抄了一遍，而且全部背诵下来。毛泽东的诗词，提到上句我下句都很熟悉。他的诗词不断被发现有新的作品，我最初看到的是比较少

的版本，后面从朋友那儿借了一本收录比较多的版本，只能借一天，于是中午回到家，赶紧把它抄了一遍。

除了新华书店，后面开始慢慢有一些书摊。这些书摊是比较原始的经营方式，他们每隔一两周会乘着长途车到大一点的城市进书。每买一本书摊上的新书，定价之外要另外加0.2元的交通费。当时0.2元对我而言很高很高，一本杂志一般是0.6元，但毕竟有一些新书可买。年轻的朋友会问：还有图书馆呢？这几乎是不存在的问题。当地理论上是有图书馆的，但是至少在我中学阶段，我几乎没怎么见过它开放，大概偶尔会开放，但里面很少有值得借阅的书。过了很多年，我重新回到我家乡，到了当地图书馆，图书馆里的书依然是不敢恭维的，虽然好像放了很多名著，但这种版本，从稍微专业一点的角度看几乎是没有阅读价值的。图书馆形同虚设，学校更没有图书馆的概念——大概名义上也是有图书馆的，但作为学生，我从来没见到学校图书馆。书源完全靠新华书店或者书摊，还有另外一个途径是邮购。我经常看到报纸上的邮购信息去邮局汇款，虽然我不知道对方会不会遵守信用。邮路缓慢，有时候要经过将近一个月，突然收到一份包裹，非常惊喜。总体而言，见到书是非常困难的，只能看到什么书就读什么书。

当然也有很偶然的机会读到今天来看还挺有价值的一些书，比如一本九叶派诗人唐祈编的《中国新诗名篇鉴赏辞典》。我不知道为什么书摊老板会进到唐祈的新诗辞典。这本书收录了很多20世纪诗人，因为唐祈是九叶派诗人，所以他的这本辞典收了很多不那么主旋律，在当时也不特别著名的诗人，比如穆旦。近20年，穆旦的名字已经越来越被更多的读者所知，对文学感兴趣的读者都会读过穆旦的作品，但在我读书的时候，很少人知道穆旦。后来读大学中文系，大学老师问到谁知道穆旦，也很少有同学知道。这本新诗名篇鉴赏辞典还让我有点小小意外的是，它收录了很多60年代出生的诗人的作品。我看到这本诗集是在90年代初，90年代初收录60年代诗人的作品，意味着一本新诗名篇鉴赏辞典——理论上收录功成名就的已经进入文学史的作家作品的一本书——收录了

将近10位当时年龄只有二十多岁还没到30岁的诗人的作品。唐祈的眼光是非常好的，这些诗人今天都已经是非常重要的诗人了，他们的写法和此前的写法有很大区别。它给我带来了一个触动，文学未必是以通俗易懂为很高的标准，我在里面读到了很多晦涩的作品。那个时候未必理解什么是晦涩，也会奇怪他们为什么会写这些晦涩的作品，当时并没有真的理解这些作品，但是在大脑中形成一个问题：为什么他们会写这些晦涩的字句呢？有些诗句读过一遍就被迅速记住，并不理解，后面过了若干年会慢慢地再回想它，很有可能过了一两年，过了两三年，慢慢地懂其中一句，再过两三年又会慢慢地懂其中一句。

中文系

高考是非常失败的，但在高考的这个夏天，出现了一个戏剧性事件。因为距离当时的本科分数线有4分之差，我希望自己不是读一般的本科，希望读更好的学校。此前有保送安徽师范大学的机会（虽然逃课，但我模拟考试的成绩还说得过去），我没有想太多就放弃了。我准备再复读一年，那个夏天已经做好了复读的准备，甚至连复读的班级都已经确定了。成绩揭晓后的一个月，整日在家中，无心看电视也无心看书，晚上就在自己的房间里听短波收音机，要非常仔细地旋转按钮才能听到，房间里也懒得开灯。

突然有一天，父亲从单位里打来电话，说收到一所大学的电话——填报的档案里有父母的联系方式——对方说是参与高考录取的工作人员，说把我录取到了某大学。当时极为意外，但那个时候电话诈骗还不太流行，完全没有怀疑这是诈骗。现在如果听到这种电话，大概第一反应是把它挂掉，你怎么知道我的信息呢？高考分数那么低，已经心情很不好了，居然还有人搞诈骗。

父亲非常高兴，立即打电话告诉我。时间非常仓促，距离去大学报到已经只有几天时间了，完全没有做好准备。为什么会有这么一个事情？

高中的时候我逃课在家读书，平常有写作的习惯，非常盲目地到处投稿，投到各种杂志去。刊用的比例不是很高，但还是有一些杂志发表了我的作品。准备高考档案的时候，父亲把发表的作品都复印了放到档案袋里。我报考了上海师范大学，在报考之前，并不了解这所大学的具体情况。但我在填高考志愿的时候有一点非常确定：只报考中文系。当时的三种志愿，重点、本科和专科，几乎所有的志愿我填的都与中文有关，如果实在找不到中文系就填点相关的专业。当时文科比较热门的专业一个是法律，一个是新闻，还有一个是经济。父母就说你难道不考虑填些别的，但我非常明确，只报中文系。高中时填报文科志愿和理科志愿，我也是很清晰的，没有任何疑问地选文科。但在中学，甚至到了今天，文科地位还是低于理科，在很多学校里面，老师还是觉得成绩好的同学选理科，成绩差的同学甚至是没有希望的同学才会选文科。我选文理科的那一级，有多位成绩挺好的同学选择文科，一度让学校非常吃惊：你们为什么要选文科呢？我选文科，从学校到家庭，都有些质疑，他们希望我选理科，但是我非常明确地选了文科。在大学报志愿的时候也没有犹豫，填报的全部是中文系的专业。

在普通本科一级，我填报了上海师大中文系——本科有中文系，同时向我所在的省招生的大学本身就特别少。非常偶然，上海师大整个学校向我所在的省只有中文系招生，而且只招5位学生，我恰恰把它作为了本科第一志愿。后来见到招生老师，提到为什么会破格录取。我的分数差了4分，如果要录取的话，是需要报批的，既要报校方批准，同时也要报省招生办批准。省招生办觉得很奇怪，说报你们学校的超出分数线的有那么多学生，你为什么要录取一个没有抵达分数线的考生，是不是有私人关系呢？招生老师表示不是，是因为这名学生符合招生的标准。招生老师见到我也问，你知道为什么破格录取你吗？我说大概是因为此前发表过一些文章。招生老师又问，你知道因为什么文章吗？因为发表的文章主要是青春抒情类的，我想大概是这些作品，他说当然不是，能写出这种青春体作品的学生太多了。这个交谈对我来说像当头一棒，因

为中学时能在报刊上发表作品还是很难的。招生老师告诉我，这些作品非常容易写，尤其进入大学后，他们不培养写类似文学作品的学生。他说之所以破格录取，因为我有一篇文章，是对历史教科书某个细节的质疑。我读历史教科书的时候发现与我读到的另外一些书有些出入，在年份上有说法的不同，就写成了一篇文章投给了一个杂志，这个杂志就刊登出来了。招生老师说，这篇文章说明我有学术研究的潜质，不是因为我写那些青春体的文章，这让我有非常大的启发与满足。

高考分数非常之低，其中有两门课是不及格的，一门课是历史课，一门课是政治课。这让我自己都有点吃惊，高考之前，我最担心的是数学。甚至高考结束都已经二十年了，我每隔一段时间，就会梦见我重新参加高考，我说我好像早就参加过高考，对方说没用，你还要再参加一次高考。我最担心的就是数学，数学公式完全都忘记了，这怎么办。每次梦到重新高考，梦境中最发愁的就是数学。我发现也不只是我这样，很多朋友都有这样的梦。对文科生而言，数学经常成为阴影，但是我的高考数学成绩是及格的，反而历史是不及格的，本来我觉得历史及格应该是没有问题的，不仅要及格，而且要拿高分。政治不及格我都能理解，历史不及格我完全不能理解，等到后面读了历史学博士，我才明白为什么历史不及格，因为做学术研究的历史与中学的历史距离很遥远。有可能我在历史方面课外的书读得多了一些，反而影响我对教科书的理解。

高考的时候因为历史和政治两门课不及格，整个分数受到非常大的影响。但是语文成绩也不是特别高，反而英语是我最高的成绩，英语的分数使得我还可以拉平历史和政治的低分。这位招生老师跟我提到过录取的情况，他把到了分数线的同学的档案袋全部找到，全部翻了一遍，发现没有理想的学生，他又申请把低于分数线5分或者10分的档案调来，翻了很多，最后决定把我破格录取。我们完全不认识，素昧平生，但这位老师的认真改变了我的一生。我特别感谢这位老师。

省招生办虽然不太乐意打破规则，但最终还是同意了破格录取。为什么能够破格录取，又跟另外一件事有关。90年代中期，教育界发现

中国的人文研究日益式微，于是在全国高校做了一个工程，这个工程简称“文科基地”，全名非常长，好像有一二十个字。最初在北大或者复旦这些学校做，大概是1994年，好像叫“人文实验班”。到了1995年，在全国选了许多中文系、历史系、哲学系——不单是根据学校，如果一个学校是中等的，但是这个学校有一个专业特别强，也可以入选——在这些系里设文科基地。教育部每年有一笔拨款，在全国有一个名单，中文选了一二十所学校，历史选了一二十所学校，哲学选了一二十所学校。我读的上海师范大学，因为中文学科相对比较强，申请到了中文基地。

上海师范大学即使到今天也主要是面向上海招生的，我进去的时候，很多行政系统的通用语言是上海话，但是文科基地的招生，整个中文系把它作为一个极为重要的事件，有意识地希望生源多样一点。华东六省——非常奇怪，好像福建是没有的——其他五省，每个省招5名左右。上海的一二十位同学几乎全是从市重点中学里面选拔的，通过直升的方式。对上海高校如果有了解的话会知道，一般情况下上海市重点中学的学生不太会愿意到上海师范大学，但因为是文科基地，事先承诺有很高比例要直接读硕士和博士（因为要培养研究人才，仅仅本科是不够的），所以会有很好的生源。在这种情况下，安徽有上海师大中文系的5个招生名额，当年上海师大在安徽总共也只招5名学生。正是这个原因，这位到安徽招生的老师非常用心，文科基地也享有招生上的一些“特权”，比如破格录取。

突然要到上海去读书，是意外的惊喜，等于是避免了高四。这是命运的偶然性，如果当时没有这么一件事，今天的我一定跟现在的我是两个完全不同的我。我收到录取通知书，但对所要去的学校一无所知，我之所以报这个学校是因为它有中文系，这个学校具体什么情况我并不了解。现在想来特别天真和幼稚，我首先想了解它与华东师大有什么区别，我不太清楚为什么一个城市有两所师范大学。今天很容易上网去搜索一个信息，但在过去非常困难，所以在到上海之前，我不太清楚这个学校是什么情况。到了之后，最初有一些小小的失望，因为这所学校在上海

的地位是非常低的。虽然我是这个学校的校友，但也未必要讳言它是一个普通的学校，学术氛围也非常一般，我在这所学校也待了十年，朋友经常戏称为“漕河泾师专”，因为它位于漕河泾一带。但另外一方面，尤其对我而言特别尴尬，你并没有可以抱怨的地方，因为你是被破格录取的，本来你的分数距离它有4分之遥，虽然说起来并不多，但是对高考而言，哪怕一分也是天壤之别。

在高中的时候，我觉得考上大学之后一定是不认真学习的，因为在高中阶段，对于课堂式教学就已经非常难以接受了。我的想法是考进大学之后可以彻底放松了，可以继续保持高中的逃课状态。但是阴差阳错进入这所大学，对我有一定压力，分数距离最低分数线有一定距离，如果你大学时期的成绩是整个班上最差的，系里的老师会觉得当初把你破格录取的这位老师的眼光是很差的，你并没有呈现出应有的能力。在这种情况下，我的大学像高中一样，像其他同学的高中一样了，几乎每天都在图书馆里，每天都在读书，所有的精力都用在这上面，很长时间没有进过学校的录像厅。尽管如此，我对应试一直不是特别擅长，整个大学阶段成绩也仅限于中等。但是我特别感谢进入大学这么一个阶段，突然感受到一个全新的视野和世界。在上海，我发现买书变得那么容易，只要是出版的书都是可以找到的，虽然对某些细节有点小小的失望。本来我对大学的想象是图书馆是通宵的，觉得进入大学，未必要去上课，我可以在图书馆里，醒来就看书，困了就睡觉，可以在里面打地铺。图书馆首先让我意外的是居然要关门，而且不仅晚上要关门，中午也要关门，因为读书氛围不是很浓厚，开门的时间是很有限的。但整体而言，购买书籍比较容易，到了上海之后我首先是去一些书店，到处找书。当然也付出了很多成本，因为读高中的时候，对于书没有版本概念，大学刚开始买的书也荒不择食。等到大学毕业之后，大学买的书陆陆续续扔掉了不少，因为版本等各方面有很多问题。

无论如何是开启了一个全新的世界。后面发现在上海师大读书，学术氛围对于从事学术研究会存在很多问题，但刚刚进去也不是那么了

解，反而有挺强的一种学术的抱负。如果完全明白的话，反而有可能自己会放弃，因为从今天的角度来看，在一所普通的大学读书所获得的学历在未来尤其在学术界会有很多的障碍和瓶颈。但是当时并不明白这些，完全不明白未来会有这些障碍，反而是完全不考虑结果的，会读很多学术方面的书。文科基地的整个气氛，是要培养学术研究人才，所以进大学之后非常之辛苦。今天有学生向我抱怨课程任务很重，问：老师你们大学的时候有没有这么辛苦呢？我跟他们开玩笑说千万不要向我抱怨，因为我的大学，有一门古典文学课，一个学期背了一百多首《诗经》《离骚》的全文，以及《楚辞》的一些文章。每周这门课是两次，像中学一样，第二次上课的时候要请同学站起来背诵第一节课讲过的篇章。每次上完课后，中间有两天时间就要不停地背这些诗词，老师会推荐很多书目，你说辛苦吗！

大学阶段我有一些不完全能够接受和认同的地方，比如应试成分过于浓厚。我所在的这个班是比较特别的，有特别的优待。学校有一个分校区在郊区，绝大部分中文系一年级的同学要到郊区去，我们从第一年就住在靠近市区的校区。但另一方面又设立了淘汰制，一年考试结束之后，成绩最差的几位同学要淘汰到师范班；师范班有好几个班，最优秀的两三位同学可以进入我们班，所以压力是极大的。

晚上我们有可能要到教室熬通宵，哪怕不去通宵教室，寝室里面点蜡烛看书是非常常见的。应试成分非常强，完全根据成绩决定未来的直升。最初的时候我首鼠两端，一方面按照我个人的性格希望阅读更多的书，另一方面你又必须考虑成绩。如果成绩太差，某种意义上证明了破格录取的失败，另外我也不希望被调整到其他班级，影响个人的心态和情绪。要维持成绩，希望直升，就严重地限制了阅读的自由。我到大三之后，下定决心选择考研的方式而不是保送的方式，因为为了保送我整个大学就全部困在成绩里。我决定等到四年级的时候，用半年时间准备研究生考试，其他时间用来自由读书。所以到了大学后面的阶段，我开始慢慢放弃对于成绩的诉求，经常骑自行车到上海图书馆去读书。

文学批评的诱惑

大学阶段还有一个很不满足的问题，就是可以交流的对象特别有限。与同学讨论具体课程的内容并不困难，因为我们非常讲究成绩，但是如果讨论思想，就变得极为困难。如果在意成绩，对很多与成绩无关的理念未必会有兴趣。大学里面我与同学朱琺交流比较多，他与我不一样，我的成绩一直是中等，他的成绩永远是第一或第二名。但他除了成绩好之外，对于很多不仅是文学的公共话题也很有兴趣。我们有点像二人转的格局。现在我碰到很多更年轻的朋友，他们在不同的学校，有时候也会抱怨自己的学校没有那么理想，氛围非常之差。我经常说，大环境是没法决定的，可能性在于小环境，你找到一位朋友还是有可能的，只要有一位朋友就构成了思想交流，不是自我循环。读书最怕的，一个是不勤奋，另外一个就是独学无友。最初读书的时候，独学无友会对一个人有非常大的伤害。我所在的是一个很普通的学校，但是每一级都有几位爱读书的同学，由于他们之间并没有形成交流，独学无友，很容易变成自我中心。周边的人都不读书，稍微读到几本书就会觉得把周边的人全部超越了，会形成非常狂妄的心理，觉得我现在读的书已经远远超出了周边同学。如果环境比较好一点的话，才会知道自己的阅读才勉强入门甚至还没有入门。但在独学无友的环境里会感觉特别好，以至于到最后整个人形成自我封闭的思维闭环，一方面非常倨傲，另外一方面知识结构有严重的问题。

我和朱琺兄有固定的很多交流，傍晚或者其他什么时间我们在操场不断散步，走很多圈，不停聊各种内容。寒暑假回家的时候我们都不停地写信——当时因为没有 email——写信告诉对方我最近读了什么书，大概有什么感想。因为这种交流的渴望特别强烈，所以经常一封信寄出后，还没有等到对方回信，又读了新的书，又有新的感想，就再写新的一封信给对方，对方往往也是没等到我的回信，又新写了一封。我们不

停地同时在给对方写信。后来他做了一个比喻我觉得特别准确，他说我们互相之间写信像打乒乓球一样，用的不是一个球，而是两个球，这个球从我这里刚发出去，他同时发了一个球给我，我们不停地在同时打两个球。

通信的内容现在来看是很幼稚的，刚刚入门的时候读到很多浅显的书，但是这种交流我现在觉得非常难得，一种关于思想与文化的非常纯粹的精神性交流。三四年间，朋友是慢慢聚集的，我们后来找到刚进上海师大没有多久的张闳老师。有的时候他课后会到寝室找我们，大家一块出去吃饭聊天。

有很多的偶然性。我们经常听讲座，听讲座不仅是听讲座者，很多讲座其实是挺令人失望的，听过后发现跟想象的有很大距离，但因为学校的学术氛围不是很强，后来你会发现原来听讲座的就是这些熟悉面孔。每次你进去就发现原来另外几位也在，时间长了就会点头致意一下，有时结束了，大家意犹未尽，甚至还要批判一下这个讲座的老师，就一块找个饭馆吃饭聊天，就变成朋友了。有一位研究生就是这样认识的，最初是因为讲座的时候他总要提问题，而且这些问题总归是挺奇怪的。我同宿舍另外一个朋友张硕果，有一次他去图书馆，带回来一位朋友，一看就是那位每次提奇怪问题的研究生。他们为什么认识呢？因为同宿舍的这位朋友在图书馆里面写诗，那一位研究生朋友是资深的文艺青年，写了上百万字的小说、诗歌，他看到旁边居然有一个同学在写诗，双方就互相介绍认识了。硕果兄又说寝室里还有一位同学，就把他直接带到了寝室，就这么认识了陈润华兄。大家成了很好的朋友，慢慢地一位一位一位，聚到一起，既有同班同学又有研究生、年轻的老师。

因为在一个相对而言比较普通的学校，当时又没有网络，完全不知道外部世界是什么情况，所以我们就特别担心成了井底之蛙。有可能你觉得在这个学校里已经读了很多书，但会不会是自我的放大？当时我和两个朋友，朱琺兄和林阳生兄，有一次跑到华东师范大学，想找同样是中文系的学生聊一聊天。现在想想真是很有趣，我们就跑到华东师大到

处打听中文系的同学住在什么寝室，我们还真的一路找到了他们的寝室楼，闯进了他们的寝室。当时华东师大中文系也有文科基地班，我们就去找他们文科基地班的同学。让我们有点意外的是他们居然统一在上晚自习。只有一位不是基地班的同学在里面，我们就看了一下他们的书架，发现跟我们阅读的书还是比较接近的。大家没有机会交流，后来几个朋友经常在说，如果碰到了，不知道交流会是什么样的状况。这从另外一个方面说明：我们渴望与外部世界建立关系，尤其是思想和文化性的关系。

本科四年级，尤其上半学期，是我到目前为止最用功的半年，因为我必须要准备考研。我最终决定报考本校研究生，而且明确要读中国现当代文学专业，其中一个偶然性因素是大学时期读了评论家胡河清的著作。胡河清是1994年跳楼自杀的，他本科在我所在的这所大学，博士读的是华东师大，所以他的很多同学是我的老师，老师们在上课的时候经常提到这位同学。我读大学是在1995年，他自杀是在1994年，他自杀以后，同学朋友们一起捐款为他出了一本文存。正好我读大学的时候这本文存出版，他当年的同学、我的老师上课的时候介绍过这本书。这本书对我有挺大影响，本来觉得文学批评总归是二等文体，文学创作是最好的。后来见到很多朋友还有这种思维，他觉得自己是创作，你们这些做批评的都是跟在创作后面。但是我当时读胡河清的评论文章发现他的批评有时写得比他的研究对象还要好，他评论某一个作家，读过他的评论文章和他引用的作品片段，会觉得特别好，找到作品发现最好的几句话全部被他引用且作了充分阐释。原来评论那么有魅力，某种意义上，作品要经历过这种评论才算最终完成。

在这种情况下我慢慢地开始确定要做文学批评，要以此为专业方向，所以准备考研报中国现当代文学专业。因为我对应试特别不擅长，所以这半年确实是非常之艰苦，我强制自己不得阅读政治考研书之外的其他书。英语的应用方面，我几乎是哑巴英语，但是对于英语考试我基本心中有数。考研到目前为止专业课都不是最重要的，最重要的是政治和英

语，因为这两门课是全国统一的，有非常严格的分数线。所以这半年时间，我几乎全部时间或者说主要时间用来准备政治，相关的政治理论包括当年的很多规章制度、法令、新闻，我花了很多时间做了准备，哪怕高中我也没有经历过这个阶段。还算好，考研算是有惊无险。那一年的英语好像挺难的，做前面的题时我几乎要放弃了，要像高中一样准备再考一年，但是做完阅读理解我觉得大概还有希望。第一门英语结束之后，接下来的考场就空出许多座位。在考研方面我态度很坚决，孤注一掷，如果考不上接着再考。

为了准备考研我完全没有找工作，找工作一般是在大四上学期完成，等到考研结束，快到阴历春节，很多招聘都已经结束了。考试结束之后我参加了一些招聘会，投的全部是职业学校，我的想法是高中一定要考虑升学率，如果进去工作，我的教学也要符合升学率，但是我同时又要准备考研，时间和精力会有冲突。所以我想到职业学校，有可能生源和学校的气氛都会非常差，但是没有关系，因为我主要目的是考研。那一年春节应该在家只过了四五天，回来的时间很早，正月初三从家里回到上海，匆匆忙忙地找工作。

3 月份左右，一天中午，我刚结束一所学校的失败的试讲，回到寝室，听说考研成绩出来了，非常紧张地查分，结果还算满意。我知道，一段新的生活即将开始，那是 1999 年，即将迎来千禧年以及一个充满可能的网络时代，但那时我对网络几乎一无所知。整个大四的下学期，几乎都在打“八十分”，以至于梦中红桃、梅花翻飞，或许是此前压抑太久。

桑格格

1979年生于成都，曾工作和生活于上海、北京、广州，现居杭州，曾出版小说《小时候》、散文集《黑花黄》、中短篇集《不留心，看不见》

桑格格：成都，成都

我19岁离开的成都。

19年前飞机飞离地面的那一瞬间，我深深吐出一口气，有一种“终于离开了”的欣喜感。猛然往上的拉力产生了一种反作用力——好像有一股力把我整个往下拉，像是有人从后面猛然抱住了我。是什么想从后面抱着我呢，是我急于想要摆脱的那片土地吗？

侧身看窗外：灰蓝烟雾弥漫的成都平原，阡陌交错的道路，虫子般移动的车辆，矩阵罗列的楼群……我所有的亲人和朋友都在那里，那是我成长了19年的家乡。眼泪涌出来，不敢出声也不敢转回头，我就保持那个姿势，直到云雾和泪水彻底模糊了双眼，什么都看不见了，怔怔地看着虚无缥缈的高空浓雾。

飞机飞到了某个高度，一跃破云而出，刺眼的阳光让我猝不及防。终年笼罩在盆地里的孩子不习惯这种力度的阳光。我慢慢睁开眼睛，眯缝着眼睑打量那个世界，谁知道，现在如此明亮的世界下面，其实还存在着一个阴郁的成都呢？就像是我常年在成都，怎么知道厚厚云层之上，还存在着这样光芒万丈的世界？

我降落在了北京，至今还生活在那里，再也没有回到成都长住。

水井街的故事

三四岁的时候，我被托付给一家住在九眼桥水井街的老夫妇。现在很有名的成都白酒“水井坊”的那个井眼据说就在那条胡同的附近。

①2012年桑格格在北京（王小蜂摄）
②5岁，在汶川二舅家
③第一本小说《小时候》出版的时候，当时的编辑小于抓拍的一张照片
④参加某活动被读者偷拍的

好像是个夏天的傍晚，我妈拉着我走进那长长的胡同。太阳从身后打过来，把我们的影子拉得长长的，多年后看动画片《麦兜的故事》，麦兜的妈妈和麦兜走在一起，就很像那个场景。而且，我妈也是个胖子，她也属猪。她一边走一边擦汗，一边擦汗一边问："雷婆婆家住这里吗？"门口坐着的街坊很热情，都一律往前面指："前头！她屋巴到河边住起在（她住在河边，四川方言）！"

靠着东门码头，有一片胡同交叉纠缠，很容易迷路，水井街就是其中一条。这里住着原来在成都老码头上讨生活的人，老式的一排排带着阁楼的黑瓦顶的木房子，低低矮矮的，后面都有个小天井。每家每户主要活动都是在胡同里，搬把椅子坐着洗菜的、补袜子的、喝茶冲壳子的、挽毛线的……我们一会儿要从人家晒的鱼干簸箕上绕过去，一会儿要从晾的衣服下赶紧穿过，一会儿还要避让端着大洗澡盆的人。一边走，我妈一边教育我："到了婆婆家你要乖哈，不许闹啊，要不然婆婆不得要你。"我仰起头问她："为啥子要婆婆要我喃？妈妈要我就可以了啊！"我妈叹口气继续擦汗："哎呀妈妈要上班班，你爸爸也要上班班，只有婆婆才能带你，你要不乖，婆婆就不要你了，就没人带你了！"

一群小娃娃欢叫着跑过来，我眼尖，立即看见了其中一个拿着一根冰糕，还是黄色的。我呆呆地看着他们欢叫着又跑走了，心里全是那根黄色冰糕。终于在这条胡同要挨近河边的时候，我们到达雷婆婆的家。雷婆婆像个住在树洞里的老狐狸一样，干干瘦瘦、笑呵呵的，靠在低矮的门洞远远迎接我们。我妈戳戳我："喊人！"我低下头去怯生生地："婆婆……"婆婆"呵呵呵"笑起来："不好找哇？快屋里坐！"我妈客客气气地从包里掏出了一大包酥心糖，我眼睛都瞪大了！她什么时候买了这么辉煌的礼物?!她用眼神把我扫射在小板凳上贴着，无声地勒令我乖乖坐着观看这一赠送仪式，不许发出任何杂音。雷婆婆立即把糖收下了，真是的，按照大人们的惯例不是要推让一番吗？婆婆收下后，就把那袋酥心糖用网兜挂在墙壁上的一颗钉子上，此后我眼睛就没有离开过那里。

我妈和颜悦色地与雷婆婆谈论着收养我一个月需要的费用，她一边大方地让婆婆尽管说，一边陪着和气数落自己一个月的工资也就那么

多……婆婆的脸色一会儿晴一会儿多云。我终于忍受不了那袋明晃晃的酥心糖的诱惑，“哇”的一声哭了出来：“我要吃酥心糖！哇哇哇！我要吃酥心糖！”我妈很尴尬地装作要打我，那婆婆倒是护着我，把糖从墙壁上取了下来，“哗啦”撕开包装袋，摸出一把来，递给我：“来，娃娃，拿到。”

我伸出小手去拿，还扯着嗝：“谢、谢、婆婆。”婆婆“唉”了一声，然后给我妈使眼色：“快走嘛，一会儿就走不成了。”我妈“喔”了一声，在我认真剥糖纸的时候，偷偷摸摸出了房门。我把糖塞进嘴里，满足地吃起来，半天才发现：“妈妈喃？”等我失魂落魄跑到胡同里一看，我那妈，已经在水井街的远处了，一边走一边不停地回头。我“哇”一声哭出了声音，就要追。这时候雷婆婆终于露出了狐狸本色，粗鲁地一把抄起我，丢进了房里，任由我把喉咙喊破，糖也没收了。

你们会有点感动吗？觉得小桑格格好造孽？会不会有童年阴影啥的？莫这么想。我觉得还好，我们成都娃娃经得事，拽实。那袋酥心糖大部分都被我稳妥地偷出来吃了。雷婆婆气得好几次要我妈把我带起走。我就冷笑一声：“那你把我妈的钱还给我！”这个时候，雷爷爷就上场了，对了，我妈带我来那天他不在屋头，说是走人户（串门，出门做客，四川方言）去了。雷爷爷嗓门大，对着我喊：“狗日的死娃娃，滴点大就晓得钱啊钱的！看老子把你甩到府南河里头切！”

任何地方，只要住下来，就不得不把那里当成家。只要当成家了，住一阵，就觉得啥都可以接受了。我迅速地熟悉了这条水井街，老房子的墙壁就像是纸皮核桃的壳，敲敲墙壁就能通消息，每天都会伙同胡同的娃娃们在胡同里跑上个十几来回。和水井坊相连的，好像还有黄伞巷、水津街，都是石板路，塑料凉鞋跑起来，啪嗒啪嗒地响。我们会在码头的梯坎上爬着，看着河水哗哗地流，说是一直流去重庆。

我其实不怎么用老夫妻管，除了吃饭的时候，他们都找不到我。他们原来也是从外地来成都卖苦力的人，在码头上帮人家下木柴，慢慢挣了点家业留在了这片胡同里。所以，他们的吝啬其实不是针对我，而是本来就是节约惯了的。有一次我闹着吃冰糕，雷婆婆就说：“你妈给的钱莫得买冰糕的！”然后，我就不说什么了。懂事嘛，既然我妈没有给

我留这个预算，就算了嘛。

我看见一个大人，远远举着个冰糕一边吃一边走过来，我定定地看着他，心里祈祷着：冰糕要掉在地上掉在地上……他经过我身边的时候，果然，那冰糕从他手中滑落，掉在了地上！我跟着那咕噜咕噜翻滚的冰糕追了几步，它准确地滚进了一摊泥水里。我守着那泥水里的冰糕，终于忍不住了，伤心地大哭了一场。看着它慢慢融化，我痛彻心扉。成都娃娃不是不哭，只是未到伤心处哇。

中午，雷爷爷要睡午觉，呼噜大得房梁都要震塌。我把厨房里的面粉抓一把放在包包里，等他呼噜往外吹的时候，就在胡子上撒上一些，随着那悠长的一声“嘘——”，面粉被吹得到处都是，尤其是爷爷脸上，白白的一层，跟川戏里的小丑一样。其他娃娃只敢在门口看着我，对我的想象力佩服得五体投地。爷爷一醒来，他们“轰”的一声全跑了。爷爷一把就抓住了我，要把我放在阁楼上，而且要把楼梯抽掉，说是几天都不让我下来。我到现在对那种带楼梯的阁楼都心有余悸。太高了，不敢爬上去；爬上去，就不敢下来。我哇哇大哭。他夹着我往楼梯上走，一边走一边骂我“小格蚤”“小梭老二”。“格蚤”就是虱子，“梭老二”就是蛇。

那晚我拼命地嚎哭，响彻胡同，街坊们都来提意见了。雷爷爷火冒三丈，又把我从阁楼上弄下来，夹着我就往河边走。我继续拼命撕打，雷爷爷的胳膊就像是铁做的一样，死死地钳住我。终于，我在黑夜中看见了湍流的府南河，多么宽阔的一条河啊！在黑暗中发出巨大的哗哗声，河中间还有打着旋的。雷爷爷作势要把我甩出去，一瞬间，我悟了，立即倒地就拜：“爷爷爷爷我再不敢喽，我错喽！”我心里想的是：18年后老子会回来报仇的。

对于一个5岁前就开悟了的娃娃，是好呢，还是不好呢？不过那水井街的仇是报不了了。雷爷爷和雷奶奶早死了，水井街也拆了。别说水井街，和水井街相似的老街道，也全都拆了。只有那条吓唬过我的府南河，还在静悄悄地流淌。

420厂的双桥路

在我心目中，大型军工厂区几乎曾是成都的全部。这些厂区大都分布在成都城郊，尽管风尘仆仆且机油味十足，却是一个个自成体系的工业桃花源。不过按照今天的区位划分，有的还很靠近市中心，比如我长大的420厂。现在这些厂区大部分都消失了，有一部分没有消失的，也被融化到了城里，不知者，看不见。我对成都的感情不像是现在的旅游宣传片那样，和熊猫、火锅、三星堆、武侯文化啥的紧密相连，而是和这些隐秘的、被人淡忘的社会主义厂区联系在一起。

这里的人们曾被厂区的内部生活满足着，他们有自己的粮站、医院、电影院、幼儿园、小学、中学……当大人们谈论着“进城”的时候，我才意识到我生活在成都。进城，就是离开这个厂区到市区里去。我家门口的那条双桥路，现在只是成都成华区的一条普通街道，当年可是辉煌的420厂上万职工上下班的主干道。高峰期时，这条路上挤满了自行车，两旁还有高音喇叭播放着这一天的工厂新闻：某某车间某某同志连夺三次流动红旗，某某同志几十年如一日勤奋工作不问所得……我那时并不理解什么是“几十年如一日”，几十年怎么能如一日呢？那人不是白活了？

那时候，这条街是一条朴素的黑色柏油马路，两边种满了梧桐。春天的时候，梧桐叶子开始冒芽头。单看一棵树，只是星星点点的嫩黄浅绿，但是顺着一边往远方看去，就是一片毛茸茸的新绿颜色。天还没有亮，我妈用自行车驮着我去上幼儿园了，我坐在后座上，缩着脖子，春风还寒冷。她顺着这条路就能把我卸在幼儿园门口，让我自己进去，然后再一偏腿，蹬着自行车继续往前骑，前面就是工厂大门。我不会立即进去，而是站一会儿，看着她的背影融进自行车的大军，直到看不清为止。我妈总是说我不亲她，但是那一瞬间我是很眷恋她的。我不是第一次被送进幼儿园，知道哭闹是没有用的。看着妈妈的背影消失的时候，我想起了大喇叭说的那句话：几十年如一日。

长到可以上小学了，妈妈不用再送我，我得自己背着书包走过几条街穿过菜市场去子弟小学。夏天，路两旁的梧桐树叶长得密密实实，那新绿早就变成了油绿。那层层叠叠的绿叶子好像在半空也搭了一条能走

得的路。我怕晒，走路的时候一定会走阴凉地，偶尔两棵树中间空荡处比较大没有树荫的时候，我就顺着纤细的电线阴影走。路旁买冰糕的老太太并不叫卖，一条打湿了的毛巾顶在头顶，一柄大蒲扇扇得呼哧呼哧。其他小孩儿买的时候，我远远看，猜他会要什么味道的冰糕。如果是黄色的，我就很高兴，因为那是我最爱的柠檬冰糕。从我家走到小学，路上一共有三处卖冰糕的，都是我的心理坐标。

后来，双桥路上卖冰糕的多了起来，不仅卖冰糕，还有卖酸辣粉的，蛋烘糕的，山东馅饼、东北饺子的。说是工厂开始搞“优化组合”，不少工人下岗了，做起了小买卖。我爸和我妈也搞了一次“优化组合”——他们离婚了。我爸从双桥路搬走了，不过只是从双桥路的中段搬到了双桥路的末端，那也是厂区。厂区和我小时候住过的水井街胡同不一样，那种老街道像是迷宫盘根错节；而厂区住宅楼，横平竖直的，每一栋楼都一样，每一家的格局也差不多。我去过我爸的新家，格局和原来的家一模一样。

我妈十分忧虑，单身带着我，还时刻提心吊胆地怕被下岗。我只能尽量乖，好好上学，不给她添麻烦。无论双桥路上添了多少卖零食的，我都不开口找她要钱，静悄悄地走在上学和放学的路上。

但是上了中学就不大一样了。我开始看不上这个厂区，向往真正“成都人”的生活。那时候，我也有了一辆“金狮”自行车，经常在周六周日骑着车越过水碾河的“工人阶级”塑像，沿着东风大桥向城里骑去。城里就是不一样，路这么宽！楼房也不只是单调的单元楼，有气派的电报大楼、百货公司和古香古色的大慈寺……两旁的树也不只是梧桐树，有榆树、槐树，还有高级的银杏树。我说话也尽量扁着口腔模仿成都话中那个浓重“an”音：吃“饭安”没有？“三安”点吃。能嗲死人。

春熙路上人好多啊，钟水饺、龙抄手、赖汤圆门口排起长队，但是我最喜欢的还是洞子口张凉粉家的甜水面，那个味道酱料简直不摆了（不提了，很好，四川方言），甜中带辣，辣中带麻，面条筋道回香。我坐在自行车上，单腿点地研究了下挂在门口的价目表——其实也不算太贵，妈妈给的早饭钱是一个来源，去找爸爸再“骗”一份。上中学的我，开始了贪图享受。生在成都，哪个不会享受？人家都说成都是天府之国，

打点小麻将吃点麻辣烫，日子才叫过得安逸。不过我只是吃几口，打麻将还是没有学会，忌惮着我妈并不松懈的家教。但是我妈却生怕我不上学，她怕我只能留在这个厂区。她也不知道什么叫有出息，但是几十年如一日在工厂上班，肯定不是。

她说你要是考不上大学，就在家门口摆个摊子打衣服，白天我帮你摆出去，晚上再帮你收回来。我听了很不以为然，不敢夸口能考上大学，但是至少能住到城里去的。我骑着“金狮”风一样穿梭在成都的大街小巷，油亮的大辫子沉甸甸地拖在后背上。回家的路上，双桥路的梧桐已经斑驳着凋落了，褐黄绿色的，打着卷儿，顺着看过去，完全没有纯然金黄的银杏树好看。

甜水面和竹林

刚离开成都的时候，所有没有辣椒的餐桌对我而言，都是背井离乡。不过我天天睁开眼睛就能看见太阳，撩开窗帘就能看见透明的蓝天，北方干冷的空气呼吸起来也能深入肺腑。这一切都和过去不一样。我迅速地深爱上了北方的一切，好像我骨子更应该是一个北方人，爱那种透亮、爽朗、朴素、粗糙。我甚至爱路边的白杨树，大叶子扇起来像是愉快的鼓掌，一面深绿一面灰白。

我妈很难过。她没有想到我走得这么彻底，也没有想到我这么快就爱上别的地方，而且不回头的样子。当初她想在双桥路上帮我支个缝纫摊子的梦想看来不能实现了。现在的我反认他乡是故乡，很少想起成都，甚至很少谈起成都。之前的记忆都被我封存在一本叫作《小时候》的书中，写完之后就很少再打开过。

有一天晚上，我和我妈通电话，通话内容还是差不多，你身体如何我身体如何，吃了什么，家里水管气阀可好。挂电话的最后，我妈犹豫着问我：“你不想回成都，难道也不想吃你最爱的甜水面了吗？”我好像没有心肠一样，淡淡地回答：“想啊，咋不想喃。”晚上做梦，我梦见自己回到了成都，坐在文殊院对面的洞子口张凉粉店里，点了一碗甜水面然后就安静地等着端上来。左等也不来是右等也不来，旁边的人一

碗又一碗地吃喔，吃得来笑嘻了！我醒了！发了一会儿呆，然后就订了一张回成都的机票。

深夜敲开我妈的门，她已经快要上床睡觉了，穿得乱糟糟的，头发也乱七八糟，惊喜得简直不知道怎么好了！她问：“死娃娃，你回来做啥子喃？”我笑笑：“回来吃甜水面。”看着家中，也是乱糟糟的，显然她一个人的生活就是很凑合的，没有我在，也缺乏收拾的热情。我说：“妈，双桥路咋个变了喃，我都差点找不到回来的路了。”她唉了一声：“自家的路都找不到了，咋个变，还是你的家吗。”

第二天清早，我和我妈梳洗完毕，高高兴兴就去了张凉粉店。第一口面吃下去的时候，我眼眶就红了。酱香面粑和（指口味，四川方言），点点白芝麻香得跳，我根本不知道自己是这样想念这个味道。旁边的一个白胡子老爷爷吃得笑眯眯的，看我吃得高兴，说：“娃娃，你们现在吃到的和我们小时候吃到的，已经大不一样喽，以前都是资格（正宗，地道，四川方言）的甜面酱，不可能放白糖的！”我抬起头：“爷爷，我已经很满足了。”吃到第三碗，我妈怕我胀出问题，吃了一半她鼓捣抢去吃了。

吃了面，我说：“妈妈今天成都一日游好不好？好久没有和你一起耍了！”我妈眼睛笑得眯起：“要的要的，你说啥就是啥！”

先去了宽窄巷子，听说那是成都这两年最流行的耍处。宽窄巷子以前是老巷子，但是现在拆了老的修了新的，满街都是外地人，整条巷子都是喧闹的商铺。其实和北京或者别的什么地方的新修的商业街没有太多区别。卖东西的小妹儿也把我当作外地人，对我说普通话，我就直接用成都话开口：“都是本地人，开价莫那么高吗！”我不愿扫我妈的兴，我妈也不愿扫我的兴。但是最后，我们俩同时叹气：太闹了，闹渣吗了。我们走吗！去哪里喃？现在的成都，还有哪里是安静的还有点老样子的喃？妈妈说：“干脆去望江公园好不好，那园子里的竹子应该还是以前的。”

我们打车去了东门。在去东门的时候，经过了九眼桥，我妈指着一处牌坊：你还记得这里吗？我看，那簇新的牌坊上写着：水井坊文化街区。我不说记得，而是抱怨她：“妈，你硬是的喔，当年把我寄养在雷婆婆那，连个冰糕钱都不多留……”我看着那些簇新的街道，努力想着小时候还有的一点点印象：靠着河边码头的梯坎依稀还在，梯坎旁边都

是一排排新式的仿古建筑。突然，一个路口觉得好熟悉！脑子里一下子想起那晚雷爷爷夹着我走过那里，没错，是那里。车子都已经开过了，我还在回头看。

望江公园的大门还是老的。买票一进去，我就被那铺天盖地的竹林惊呆了，我记得小学来过一次，还稀稀拉拉的啊！我妈也很惊讶：哎呀，我也有十几年没有来过望江公园了！真是的，竹子长成海了！竹子这个东西，真的只有在南方才长得如此这般水灵修茂，呼吸一口竹林里的空气，沁人心脾。我和妈妈拉着手走在小道上，周遭都很安静，头顶是两旁竹子对着垂搭在一起的拱顶。竹叶被风吹过，沙沙沙地响。风不大，但是不间断，像是一句说了又说的话，哼了又哼的歌谣。我妈真的哼起一首歌曲来：我爱我的成都哟，成都是家乡……我也跟着她哼：我爱我的成都哟，成都是我家乡……

路过一个小卖部，我妈过去，问："有冰糕卖吗？"人家说："冰糕没有，只有冰淇淋！"我妈："那有黄色的吗？"老板递给她一个，她小心地把冰糕包装拆开，一个黄色的冰淇淋还冒着凉气，笑眯眯地递给我。我说："谢谢妈妈，这个虽然不是小时候那种，但是味道更好！"

我们靠着竹林坐下来，面前就是府南河。府南河流淌得很缓慢，河水上隐隐腾起细雾，袅袅弥漫开来。这时，一只长腿白翅的大鸟悠然飞过，我惊叫："那是啥子鸟啊！我从来没有见到过！"我妈妈说："那是鹭鸶，你就不晓得了哇，这两年府南河生态好了，这些野鸟都飞来了，新闻上讲的。"又一只白色鹭鸶飞过，在白雾迷茫的府南河上，和刚才那一只会合在一起，姿态优雅地盘旋着飞，然后停在了对岸的细叶榕树上。

妈妈说："娃娃啊，你看，鸟儿都飞回来啰，你是不是也回故乡啊？"这时，那对白色鹭鸶像是在回答她的话一样，发出了清凉又悠长的鸣叫：啊——啊——。

孙 磊

诗人，艺术家，任教于中央美术学院造型学院实验艺术系、山东艺术学院美术学院实验艺术系，曾获多项民间诗歌奖，多次参加国内外重要诗歌节，作品被翻译成英文、法文、西班牙文、德文等，出版《七人诗选》（合著）《演奏——孙磊诗集》《去向——孙磊近期诗作》《处境：孙磊诗歌》《无生之力》《孙磊诗文集》《刺点》等，主编民刊《谁》，现生活、工作于北京、济南

孙　磊：灰尘从要求中落下来

一

写作是一种纪念，对于我，它有更多的拒绝和期待，让记忆在那些并不连贯的、琐碎的、闪光的刺点中，成为多元的变体。实际上，正是那些变体让我们的记忆更强烈、坚硬，就像“灰尘从要求中落下来”，而“要求”显得如此突兀、尖厉、神秘。

那是我们的命运。

我 1971 年生在济南，但不到 1 岁就被送到乡下，那是一个华北平原中部的村庄。因而，平原成为我记忆的开端，那是一个充满精神性和形而上力量的事物，我在诗歌中多次写到它。

我以无名氏的名义回答：
“多么明亮！”早晨我独唱，
中午，孤独影响了大平原，
晚上，我欢迎我的大海，
这一天，正以理想的速度过去。

当时那里几乎是山东最贫困的地方之一，我隐约记得每年冬天一大半的村民都要出去要饭。但对于我，那可能是最初的天堂，在奶奶身边，无拘无束。我们是个大家族，父亲姊妹十个，母亲姊妹六个，下面有众多的堂表兄弟姊妹。我出生那一年，大概有七个堂表兄弟姊妹出生，而

①

②

③

④

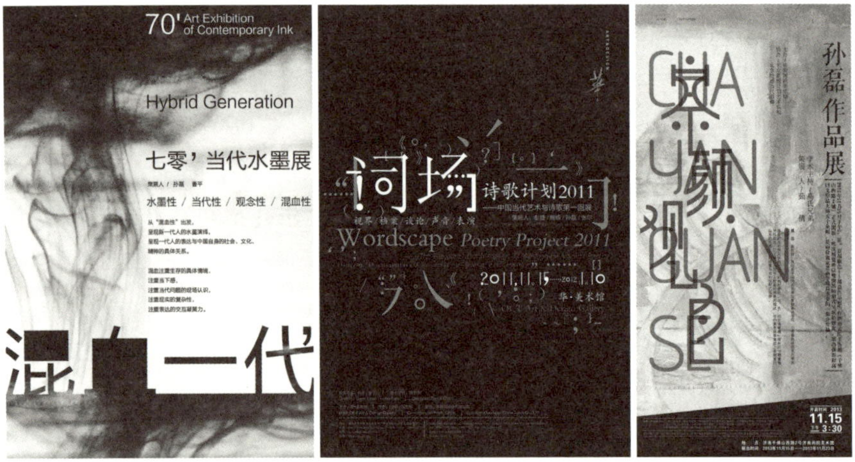

⑤

① 1979 年与母亲、妹妹在颐和园划船
② 2009 年冬在印度德里
③ 1994 年在大学课堂上
④ 曾经工作过的车间
⑤ 策划展览的海报
⑥ 2008 年与妻子、儿子在北京 798
⑦ 2010 年在江南，照片中分别是徐星儿子、宋琳、李笠、树才、孙磊、徐星、法提哈

我是那一年最大的，加上后来的几个弟弟妹妹，整个村子有一大帮孩子，我就是孩子中最大的那一个，也是奶奶最宠的一个。因此，平原就是一个充满美好生活的象征，它的开阔、饱满甚至贫瘠都是我美妙的一切。每天我领着兄弟姊妹在田野间呼啸，秋天拾麦穗，冬天偷灶火挖坑烤红薯，春天割草挖野菜，夏天粘知了打桑葚……以至于直到今天，所有季节的气息都来源于童年的记忆。“童年就是一切”，在一个访谈里我这样说，实际上童年加固了我对象征广阔世界的平原的理解与向往，因此从小我就有一个梦想：周游世界。可以想象，一个在贫瘠土地上长大的孩子，这个梦想是多么不可思议。

沿着这个梦想，我的童年几乎将那个令人惊惧的时代一下子滑过去了。直到在六七岁开始间断回到城市的时候，才发现时代的某些转变痕迹。比如，小学一年级我们都要加入“红小兵”，粉碎“四人帮”等等。这些事件仿佛离我很遥远，因为那时的家庭都很贫穷，都在为吃饭努力，我和妹妹跟着母亲到厂里的渣土中翻找铁屑，卖几个钱补贴家用。父亲是军人，在离我们不远的一个部队里，我的家就在大厂与部队间不断搬来搬去，直到后来上大学。母亲工作的大厂叫机床二厂，在济南很有名的，是以前的军工厂。大厂的孩子们在相互打架中成长，我是一个最小的角色，内心其实很畏惧那些大孩子，只能依附厉害的“头儿”。从小学开始，每个年级都有几个“头儿”，都有几帮人，相互打打闹闹，小学就读完了。

小学时，记忆中最令人难忘的有几件事。第一件是大概一年级时，妈妈带我到大厂的图书馆借书，我一下子就被图书馆的气息迷住了，那是一种难以名状的眩晕。那种气息在后来阅读博尔赫斯的时候又重新降临了，它不断让我沉醉，让我懂得收集这种反复的沉醉，反复地体味，反复地咀嚼，最终内化成一种与生命有关的力量。当时，为了显示自己对知识的某种深沉认识，我舍弃了自己最想看的童话，借了《巨人传》。实际上我根本没能读懂，也不知道这本书到底好在哪儿，但它却造就了我对阅读的极大兴趣，尤其是那些充满艰涩内容和匪夷所思感受的东西，后来成为我选择书目的重要指标，也成为我诗歌写作某种潜在的标尺。而图书馆，作为一个象征，成为我遨游世界的另一个向度，也就是

说，图书馆是另一个“平原”，而且这个“平原”不仅无限广大，还仅仅属于我自己。

第二件事有些意外，二年级时，学校要选拔一些有绘画兴趣的孩子到区少年宫考试，考上的就能跟少年宫的老师学画画，我报名参加了。记得考试时我凭着记忆画出了孙悟空大闹天宫的形象，完全是对“小人书”的记忆与想象，结果我们学校只有两个人被录取，除了我，还有一个五年级的学生。所有人都很惊讶。这件事为我提供了一种新的可能性，在那个“学好数理化，走遍天下也不怕”的时代，让我对人生有了不同的认识。很可惜，少年宫的绘画学习没能持续多久，在文化课学习的压力下，一切都烟消云散了。

第三件事，我觉得有必要讲讲那几处曾经的住所，曾经的家。我们总是在动荡中，刚回城的时候住在大厂分给母亲的一间只有 12 平方米的公寓楼里，四口人加上奶奶也常来，房间里几乎只有床，一个吃饭的小桌和马扎都是靠墙的。我和妹妹挤在一张床上，打通铺。那是二楼，楼很破旧，楼道是我们的乐园，冲着楼口有一棵芙蓉树，每年开花的时候，芙蓉香气会一直渗到身体里。一直到今天，那都是我对情感幻想的气息。之后搬到部队里父亲分的一个两间房子的宿舍里，那是一排平房，我们在前院种菜，春天迎着凛冽的寒风在墙根撒尿……那些美好的村庄式的生活一直影响着我的感官。记得有一次母亲坐在床上突然哭起来，吓得父亲和我们都围上去，母亲说离下个月还有十几天，我们家既没钱也没粮食了，我和妹妹也跟着哭，父亲连忙安慰着母亲，并立刻到处去借口粮。多年以后，父亲在金钱观上保持了特别“抠门”的习惯，每每家人嘲笑他时，我都能想起那时的情景。再后来搬到大厂宿舍的两间楼房里，昏暗的楼道，奇怪的邻居，与父母一起看春晚的快乐都是在那里度过的。随着父亲在部队里不断升职，最终，我们搬到了一个独立的院落中，我也分到自己独立的房间，那是一种天堂般的自我化的世界，窗外有一棵巨大的杨树，陪伴我多年的写诗习惯，那是一种充满生态的回音式的写作，至今我仍能感受到那些无边的激动。那所房子竟然还具有欧式味道的院前走廊，走廊边是葡萄架，每年夏天，葡萄藤枝叶繁茂，充满生机。我最初的朦胧情感就是在这样的院落里开始的，它也促使我

成为了一个立志写诗的人。

最后，我想说说奶奶的去世。在乡下我的家族有太多的传奇，那些故事造就了我对人生的自由想象，但现实是我受到奶奶和母亲的双重宠爱，而她们恰好代表两个天空——乡下和城市的天空，两者统一在“平原”里。我10岁时，奶奶过世了，那片乡下的天空就突然落下来，砸得我至今没法正视那里的一切。而我的诗歌写作正是从对那片乡村天空的纪念开始的。而且，奶奶的死真正让我意识到还有“死亡”这回事，不仅仅是失去亲人，更是失去自己。也就是说，每一个亲人的离世，都成为自己某些部分的失去，在不断的失去中，我渐渐长大成熟，这何等残酷。对于一个10岁的小孩儿，意识到残酷人生，现在想来好像确实有点早熟。而那片无忧无虑的乡野随着残酷人生的到来，成为我生命中最为珍贵的记忆，它促使我越来越理解和懂得一切都有结束和停止，因此，诗歌就应该与这种结束和停止进行搏斗，就应该让那片乡野不断延伸，永不逝去。

但无论怎样，童年就这样逝去了，少年的我进入了中学，在机床二厂中学待了大概一个学期以后，我转学到济南九中。在那个应该努力读书的时期，我遇到了诗歌。我几乎忘记了它是如何开始的，只记得那是一种多么令人迷醉的状态，在这种状态里还夹杂着对爱情的最初幻想。很幸运的我最早接触到一些重要的诗歌读本，它们包括《外国诗》《国际诗坛》《五人诗选》《中国先锋实验诗人诗选》《台湾诗人十二家》等，迷上了李金发和帕斯捷尔纳克。“二月，足够用来痛哭。”我震慑于这样的句子，内心充满了英雄主义式的悲怆，当一种生活在平庸的读书中不能得到足够的力量时，我总幻想依靠一种决绝的反叛式的高歌来加持它。事实上，它真的是虚幻的，多年以后，我也为这样的虚幻付出了巨大的代价。但无论怎样，20世纪80年代是一个诗歌的时代，做一个诗人是一个多么令人骄傲的理想，它甚至比学业要重要得多，而老师与家长却在另一个频道里阻止着这一切的发生。在“学好数理化，走遍天下也不怕”、写作就是犯错误的证据、文学就是歌颂等等理念下，我的诗歌表达成为一种被禁止的火苗，而我越是在这种状况下越有一种反弹的强力在身上。我小心翼翼地守护着火苗，尽量不让它被风瞬间吹灭，以至于很久以来我都有这样的习惯，默默地写作。在那个需要高歌的时

代，我也许恰恰获得了某种可以信赖的真实性，并从这种真实性出发，对自己有更高的精神要求。

二

立志做一个诗人，对刚上初中的年龄而言似乎并不特殊，但对一个学生，却足够使他成为异类。我努力像一个好学生一样学习，而实际上这的确使我分心。尽管我也是个最普通的班委——体育委员，但学习总是很一般，以至于后来未能考上高中，当然这恰好是我的幸运。我记得是初中二年级的时候，有一个因病留级的同学叫赵双勇，是一个真正的诗人，他是我们学校文学社的骨干。要知道，在那样的境遇里发现同类是多么令人欣喜，并且，他的诗对我而言几乎是完美的了，已经完全达到发表的水平了。那时发表就意味着一种诗人身份的确立。我很快与他成了好朋友，并开始了常年的诗歌竞赛，或者是某种自我较劲式的诗歌练习。同时，也因为某种对爱的朦胧感受，我开始将一种忧郁的情绪纳入到诗歌的自言自语中。后来想起来，也许是自卑或尊严的驱动，也许是一种精神的要求，我几乎不写有关爱情的诗，从一开始我似乎就隐约觉得应该将爱置放到更伟大的事物中去。这又是一种虚幻。关于爱的幻想与感受在我的诗歌中渐渐成为一种对童年的“思念”，因此，我早期的大部分诗歌都是关于乡土的童年记忆的。多年以后，那些诗被封存起来，再没有拿出来示人。以至于，很多朋友觉得我是“天才”，一开始诗就写得如此成熟，事实上，我经历的诗歌训练是非比寻常的。

初中时，还有一件事值得描述，就是毕业时大家都相互留言。我至今保存着那本留言册子，册子上写满了大家对我写诗的调侃与期待，例如“跳进黄河吧，做一个湿人”等。我方才恍然大悟，这个世界并不需要诗人，正像希尼讲的那样：诗歌从没有能阻挡过一辆坦克。“诗人是无用的人”这个结论，让我明白如何活着的确是一个问题。而在我没有考上高中以后，父亲也对我极为失望。母亲所在的工厂里有一个技工学校，照顾了60分以后，我进了技校。而技校想来只不过是工人的预备役而已，实际上也是工人机制，也就是说我从此开始了自食其力的生活。

但更重要的是：进了技校或工厂，对我而言，就是进了天堂。因为，在技校里除了应该的工作外，我可以毫无禁忌地读书，读各种书，只要我喜欢，也可以无障碍地写作，无障碍地助长各类爱好。尤其是到了技校的最后一年，我几乎都是在工厂里实习，虽然要不断地跟师傅们干活，但本质上并不受太多的制约，因此，那些年读了很多杂书，学了很多东西。

并且，那时我也开始系统地自学绘画，将以前在小学的兴趣变为具体的学习，我精力充沛，充满愿望。西蒙娜·薇依说："如果你有愿望，如果你的愿望确实光明，那么对光明的渴望就会产生光明。"后来这句话被我用作自己一首诗的题记了。无论怎样，那时的我终于得到了某种精神上的自由，可以随心所欲地追求我想追求的事情了。

20世纪80年代中后期，是中国思想解放的一个重要时期，却恰好成为我自由读书的重要阶段，尽管那时我没有太多的意识，没有人指导自己选择书籍，只是下意识地随着兴趣进行阅读。诗歌成为第一读物，其次是小说，托尔斯泰、罗曼·罗兰等给了我宏大的精神瞭望，在我的记忆中那些书几乎都是冬天读完的。在学校车间里，我坐在一个盛满炭火的大汽油桶旁边，仿佛坐在塞瓦斯托波尔的壕沟里，或者莱茵河畔的草地上。那些夜晚，总有雪下得很紧，现在记起那一幕时都觉得是一种喜悦，因而，冬季成为那时我写作感受喷涌的季节，这种情况一直持续到30岁左右。阅读使我懂得情感与精神的丰富力量是如何内在于现实中的，我开始不断接纳各种思想与认识，尽管是如此稚嫩。

我总是将技校与在工厂工作的五年统一成一个时期，常常标榜"初中毕业以后，我工作了八年"。事实上这八年几乎就是某种自我阅读成长的八年，工作似乎是一个插曲。对我而言，工作意味着自食其力之下的自由兴趣的展开，尽管具体的劳动极为艰苦，并夹杂着个人化的某种特殊的内心屈辱。我曾在诗中写道："出去工作就是去出丑。"我想，"出丑"是一种比喻，它象征着我对那个复杂的外在世界的天然拒绝，或者，是对某种现实的天然反驳。在那时的我看来，只有精神生活才是真正的生活。所以，现在看来，那时的我一定与社会格格不入，在他人眼里，我是一个怪物，这在后来自己的回溯中被极为肯定地确认了。

那个时期，我上了很多夜校，读了两个大专文凭：一个是汉语言文

学专业，一个是中国画专业。这是我最喜欢的两个专业，也不是为了拿文凭，只是为了更有效地持续地服务于我的兴趣，因此就格外卖力。除了一些应该掌握的知识和技巧之外，我意识到了一个关于文学的根本问题：文学并不在这些课本里。其实我很奇怪，课本教给我的是一个有关文学的系统，而文学本身却不在这个系统里。由此我深刻地理解到，我的写作必须与这些保持应有的距离，或者我不自觉地将这个系统想象成一个敌人。实际上，我也许正处于那个反叛的青春期，应该感谢青春的反叛，它教我从另一个角度认识自己的世界，一个情不自禁的角度。从这个角度，关于绘画的学习反而艰难得多，我几乎找不到中国画沁人心脾的感受，后来我知道，那是一种文化上的感受，对于青春年少的我而言，它还很遥远。因此现在看来，中国文化本质上是一种成年文化。

我满身机器的味道，在车间里，巨大的轰鸣让我失去声音的细腻辨别力，以至于本就对音乐木讷的我，几乎没有音律和节奏感。对此我很苦恼，我知道诗歌本身的韵律是如此重要，所以更多地进行训练。而机器的生活与此毫无关系，我就生活在这样庞大的机器中间，一名钳工，一名经常埋头窝在工具箱里苦读的钳工。有一度，车间出台一项专门针对我的规定：上班时间不准看与专业无关的书。这激起了我好斗的自尊心，反而开始大摇大摆地坐在钳台上读书了。在机器中间读书，有一种奇怪的感觉，仿佛抱着一团火置身于一个冰冷世界，一种孤岛般的感觉。

三

对一个真正的诗人而言，做民刊是一件很重要的事情。今天我们看到的20世纪八九十年代的当代诗歌史，几乎就是民刊史。历史总以别样的方式发言，这种别样方式的核心是关于真或真理的，诗性正义本质上是诗性对真或真理的追求，保证了它正义的力量。我无意间进入了这种历史诉说，从技校第二年起，就开始做民刊，起初是一个小型文学社，刊物叫《黄河流》，油印蜡刻；后来办《久唱诗报》，托朋友铅印，出过两期。当诗歌变成铅字的那一刻，我激动不已，尽管一切都是自己操办，现在想起来，也热泪盈眶。那是一种阶段性理想实现的喜悦，正是

这种喜悦带领我一直乐此不疲地奔驰到现在，也正是这种奔驰让我明白，文学是一种速度，一种超越光的速度。理论上，超越光速就能回到过去，也就是说，文学是一种可以回到过去并能使人永生的速度。

由于办民刊，我开始接触各地民刊的同仁，发现了大量同类，这使我强化了自己的信心；因为大部分同仁与我一样几乎没有正式发表过什么作品，而只是在各地的民刊上相互阅读。那是一种不可思议的信任，诗人的信任。在这个国度，诗歌就是精神与良知的通行证。我结识了很多真正意义上的诗人，一度在山东各地旅行，与他们彻夜长谈，受益极多。有时候，很多诗人也到济南来，住在我家里。那时我已经从父母那里独立出来了，大厂分给母亲的一所小房子，成为我的王国。在这个王国里，我沉浸在自己的世界里，包括与诗友的交往。多少个夜晚我们边喝酒边朗诵各自的诗篇，多少个清晨我埋头写作，多少个工作日我在轰鸣的机器间疯狂地读书。如今想起来，发现在20世纪80年代末到90年代初的时段里，我几乎是一个不可理喻的求知狂人，完全沉醉在自己的世界里，以至于一位到过我家的诗友曾对别人说："孙磊快疯了。"当然这是一个很有意思的表述，但确实是我当时的一种生命状态。

说起生命状态，在1988年到1989年间有半年的时间我突然陷入了对死亡的恐惧中，而且这种恐惧竟然是形而上的。也许每个人都会经历这一切，只是时间节点不同而已。一个理想的时代即将结束，我处于某种莫名的颓废中，到处寻找与死亡有关的书和思想，一度陷入困境，几乎每晚都做噩梦。我不知道那种状况是怎样过来的，总之，半年以后它逐渐平复了下来，我又得以写作和画画，并且多了一些难以名状的力量。我一直认为，从那以后我才成人，尤其在关于诗的理解与认识上。诗歌是有关真实、真诚、真理的情感与精神的声音，是有关个体生命如何与整体生命进行融合的交响乐，是一种自我见证。因此，我明白了诗歌对于我实际上是一个事实，一个我一生存在的事实：它复杂多变，荣辱俱一身，在内部从不妥协。而现实是多么残酷，现实所不容的事实在我们每一个人身上既是轰鸣的，也是寂静的。当我明白这一切的时候，也就意味着某种新的生命的开始，那一刻，我有些恍惚，但愈加坚定，虽然未知的一切都在等着我去经历。

我渐渐融入了一些诗歌团体，在山东我参与了一个叫作《诗歌》的民刊，它几乎是山东20世纪90年代诗歌历史的主要线索，由诗人长征、雪松主编，我策划主持编辑了第四期，影响很大。那时候团结在它周围的诗人有很多，像张清华、格式、寒烟、施占军，以及后来的邵风华、宇向等。实际上在山东它已成为一面旗帜，促成了整个山东在写作向度上的转变。之后，我又加入了由孙文、吕叶、哑石、史幼波、彦龙等诗人共同打造的《诗镜》民刊，这是一股以精神气质为根基的团体。直到今天，我都为曾参与那样一个团体而激动不已，它让我的青春在一种诗歌写作中获得了超出自我的声响。对我而言，这不仅仅在写作上给我巨大的鼓励，更在人生的层面上让我认识到：我能够以此来抵抗生命的虚无。在我内心一直有一个不可抑制的形而上的精神诉求，我很难描述它是如何被牵引出来的，不管怎样，它就在那儿，醒目地看着我，让我战栗，直到现在。这么多年以来，我试图让它落下来，落到我的具体生活里，落到我的一日三餐中，用诗歌写作的方式。也许这就是命运：一个人写诗，不是为了让诗歌的声音成为一种众人能够听到的呼喊，而是让它像灰尘一样，在平静中落进我的巨细存在。

此时，我似乎触碰到了一种与信仰相关的事物，主要源自西班牙作家、哲学家乌纳穆诺的朴素的信仰观："信仰就是我相信。"这实际上是一个精神上的反命题，也就是说，它让我持续不断地在怀疑中，直到今天，我仍是"未被拯救"的人。我的怀疑也强化了内心的某种能量，我知道那是我的必然。在《朗诵》中我写道："要倾斜，在内心存有高地和低谷。"而"倾斜"使我怀疑一切完整、正确、宏大的事物，并以这种"倾斜"来渴望那些完整、真实、自由的事物。无论怎样，信仰的力量在我身上一直都是悖论的力量，我几乎无可奈何。

我得讲述一件对我而言匪夷所思的事情，我在机床二厂卖力工作之余，常常幻想自己的未来是什么样子，尤其有一个几乎不可能实现的奢望：如果能上大学，并能在大学教书该多好呀。对于一个连高中都没有上过并且已经在大厂里工作5年以上的工人而言，这几乎只能成为一个梦想。而机遇和奇迹确实让我很幸运，在与几个喜欢画画的朋友不间断的友谊中，我获知了一个信息，像我这样的人还能通过绘画的方式考上

大学。20世纪90年初，随着媒体的强大转化与开拓，我也尝试着进入某些类似报纸的机构去实习，以便于摆脱我在工厂工作的残酷现实。但最终我重新选择了绘画的道路，一方面确实有着对文字的珍视因素，怕一旦进入纸媒工作，其对文字的表述要求自然会影响写作的纯粹性；另一方面，我潜意识里已经认识到写作绝不可能仅仅是写作本身的事情，它需要更多更广大的事物的滋养，而从事绘画或艺术行业，的确会带来不同的感受与思考。于是，在极端刻苦的追求下，我幸运地进入了一所济南的艺术院校，并最终留校。也就是说，那个奢望成为了现实，这让我极为兴奋，以至于现在我变成了一个绝对的理想主义者。

而此时，我认识了高氏兄弟和宇向等一大批朋友，高氏教我懂得如何真正以自己的方式去思考和认识问题，并做出自己的判断，建立自己的立场与态度。而宇向很快成为我的妻子，另一个诗人随即诞生，她不仅构成了我家庭生活的酸甜苦辣，也成为我精神上的一种参照，尤其在诗歌写作上。由于她的介入，我重新审视了关于诗歌精神与人性精神的具体关系，在另一个访谈中我这样描述："对我而言，作为人的部分比作为诗人的部分更重要。"这是经验，更是事实。经历大约20年的努力与挣扎后，我越来越理解这个世界对我而言永远有一种破碎的、刀割式的、螺旋形的镜像体验，任何事物在诗性的思维与感受下都会变形。而变形本身正是事实本身，或者说我们一直在经历精神的不断解构与建设，用有关"真"的理念和具体现实。但在这非理性的现实处境下，我是一个很难示弱的人，这是我的性格和尊严，也是我的缺口。

四

时间很快进入21世纪，我需要一些流水账式的简述。大学毕业留校以后我进入了绝对自我生长的时段，父母的影响一下子变得微弱，这也是我始料不及的，由此我才明白，我是一个依赖性很强的人。谁不是呢？毕业后在学院图书馆工作了两年，受到生活具体挫折的洗礼，之后到美术系做辅导员，与学生打交道让我愉快，最终进入教学。在专业上，1998年我做了第一个个展，之后参与大量展览，2004年去中央美院进

修并参与筹备建设央美实验艺术专业，直至2014年仍一直参与教学。生活上，我于1998年结婚，2004年有了儿子，取名孙宇者，后去北京10年左右。诗歌写作自2000年以来开始发生巨大变化，其精神的绝对性气质被现实所击破，导致无法重建令自己信服的语言信心。多方探索和变化，并在生活和绘画的影响下成为一条暗线，尽管我知道那仍是我的主线。整个时代的变化甚至比我自身的变化更大，不断出现的改变人生态度的事物让我措手不及，像经济的畸形突进，社会价值观的迅速金钱化，生活环境的极度恶化，网络的介入甚至主导了新型的生活现实，体制的绝对性力量，等等，让我们滑入了一个痉挛的时代。我在痉挛中成长，越来越觉得现实已经成为一股浓雾或浓烟，我很难看清一切。在模糊朦胧的状态里，我们似乎进入一个新的蒙昧时期，一切都成为“虚”像，只有速度是真实的。诗歌在速度中成为“慢”的部分。尤其对我而言，诗歌的慢较多地保存了我的汁液，我希望这些汁液不会被吹散，但这也可能仅是一个幻觉。我陷入更深的绝望中，此时的绝望与早年精神的绝望不同，它更真实，更深化，更鲜活，更淋漓。从另一个角度看，我又进入了智识醒悟的年龄，我的绝望在这时似乎成为一种资源和养料，它供给我更多的能量，让我更积极地进入自己的生活，以及工作的状态。因此，这些年我已经无法停下来，成为周边朋友中最为忙碌的一个人，这又与速度有关，用慢（诗歌）来见证快（生活），或者用快（生活）来反衬慢（诗歌）。可见，速度掌握着我的节奏，掌握着事实。速度中是一个巨大的充满尘埃的场，我喜欢那些落在我身上的尘埃，它让我看起来成为一个灰色的人，一个面目不清的人，一个无法识别的人，一个神秘的人。

灰尘从要求中落下来。

我落下来，成为新的灰尘，我知道这是宿命，关键这是要求的宿命，因此诗歌写作就是一种要求，一种隐隐约约有声响的要求，像一个黑衣人一瞬间路过了黑暗。

2016年秋于济南

王　敖

1976年生于山东青岛，耶鲁大学博士，现任教于美国维斯里安大学(Wesleyan University)东亚学院，主要研究和教学领域：唐诗、东亚文化研究、古代空间文化，近20年来从事诗歌写作，曾出版诗集《绝句与传奇诗》（获得安高诗歌奖 Anne Kao Poetry Prize），《王道士的孤独之心俱乐部》（获人民文学新人奖），译著有《读诗的艺术》，另译有英美诗人华莱士·史蒂文斯、哈特·克兰、谢默斯·希尼等人作品

王　敖：一个 70 后的 90 年代

一

从不主张激情至上，因为我曾认为自己应该安守本分，不过就是激情本身。不想把过去浪漫化，因为真正的浪漫，应当是沿着内心的传奇一路走进今天晚上的梦境，或曰一路走到黑。然而，时光把自负的玫瑰制成了干花，也让电脑前弹琴的人，因为过分高傲而几乎得了颈椎病。

1995 年到 1999 年，我在北京大学读了四年书，主题是诗歌与音乐。我写下这些文字，呼唤过去的朋友们，也包括我自己，不要忘记你曾经有过什么样的日子。

1989 年，我哥提前放假回家，趴在窗上朝我微笑。他是一位典型的 20 世纪 80 年代北大文科学生，也是一位受过专业训练的拳击运动员，性格豪迈，飞扬跋扈。他的北大同学们，带给中小学时代的我很多新鲜的感觉。我到现在仍然感谢这些兄长，是他们向我推荐崔健的《解决》，告诉我世界上有种音乐叫重金属，让我在中学课堂上偷闲读了卡尔维诺和华莱士·史蒂文斯。到 1995 年的时候，我发现这批人已经堕落了，他们分散在各地，偶尔回北京。成熟的代价是内心的部分腐烂，几位大哥就这样慢慢变成他们自己曾经看不起的人。不能像他们那样，这是底线。怀着这个想法，我来到了北大。

学校把 95 级的文科生安排到了京郊的昌平，也是海子曾经生活的地方。在这里，我认识了一些同样年轻的好朋友。到了晚上，我们就去活动室抽烟，一遍一遍放录音机听摇滚乐，用烟头在冰凉的玻璃上写字，

①2016 年在深圳做诗歌讲座
②2016 年北京的诗歌活动

③ 跟胡斌（现为掌趣科技 CEO）在弹唱，1999 年
④ 跟诗人臧棣和蒋浩在苏州大学，2007 年
⑤ 跟颜峻在旧金山，2011 年
⑥ 跟导师孙康宜教授和葛兆光教授在耶鲁，2014 年
⑦ 跟老搭档熊育竹（华创资本合伙人）在北京，2016 年
⑧ 2016 年的诗歌活动

火花散落间，酒精的力量慢慢地涌了上来。有一天晚上，我刚爬到楼顶，回身去拿烟，不慎顺着楼梯跌了下去，半天才缓过来。我悠长的叫声，让几个哥们儿误以为我跳楼自杀了。有个同学飞踹开楼门前来营救，结果发现连个人影都没有。当我再次回到楼顶，看到有个人穿着军大衣，在寒风中用手笼着一个小蜡烛。此人叫邵泽辉，后来当了导演。

大学一年级，我认真地听了几堂课，觉得上当了，北大不过如此。那些大学班主任，现在想来也不过就是二十五六岁的年纪。北大中文系的学生，一起去燕园，同学们张罗着凑钱要请师兄们吃饭。我问为什么，答曰以后有好处，我说你们真丢人啊。所以，我至今都有个习惯，要跟年纪比我小的人一起吃饭，一定提前说好是我付钱。

当年五四文学社的社长，现在想来应是胡续东的继任，问95级谁的诗写得好，有人报了我的名字。该社长说，让他来我宿舍见见吧。我说他要想见我，可以来见我。这大概就是我晚了几年才认识胡续东那些人的原因吧。

二

昌平校区与城市生活隔绝，到最近的车站需要走5里路。那一年，我头一次在乡间的道路上奔跑，看着金黄的麦地，听着当时的女朋友喊着《阿甘正传》里的台词，“Run，Forest，run！”。我酒量很普通，但在昌平喝酒成了习惯。1995年生日，我喝了很多啤酒之后，感觉自己是一架二战中受伤的飞机，摇摇晃晃从桌子上“斜飞”下来，继续喝白酒和红酒，直到救护车开来。

那时候去趟昌平县城就算进城，记得我在昌平的音像店买了两张盗版的磁带，U2 的 *War* 和穷街乐队的 *Slave to the Grind*。去燕园，看到当时还有柿子林、小木屋、老图书馆的草坪。晚上的学三食堂办舞会，看到师哥师姐们在门口排队。我想，等回到北大本部，日子就会很好。

1996年我们回到本部学习，刚回来就发生了一件很蹊跷的事情。9月17日，一群北大学生组织游行，理由是保钓，北大校方严阵以待。我半夜酒后骑车路过三角地，像往常一样，边骑车边唱歌。突然有人个

人老远朝我大喊："这个学生，给我下来！"我下车跟他打了个照面，看他态度嚣张，我就跟他打了起来。

此人没想到我会动手，非常被动。这时警察上来制止，我立即拿出学生证，说我是学生，警察带我去了保卫部。

几个小时过后，中文系领导来了，把我带了出来。

大学二年级，我对北大的文科教育已经完全失望，失望但毫无惋惜，觉得没必要浪费时间。我不参加一切系里的活动，然后开始"系统地"不上课，也就是所有的课都不上，但按时交作业。我自己制订了阅读计划，天天读书，同时跟几个青岛的哥们儿合伙做生意，比如在经济科学出版社出了不少书。

三

在燕园，我开始怀念昌平的日子，让我愤恨的是，这时候我连昌平都回不去了。简单说，我当时是个标准的愤怒青年，活在各种重型音乐里，体内冲动着近乎荒诞的"力比多"，每天都像打了兴奋剂一样。我无时无刻都想检测一下自己的爆发力，看谁不顺眼，一定要直接告诉他。我曾在一首诗里回顾过那时候的心态：

我的身体就像
我的一堆名字，其实并不属于我

流血的时候我猜我能
活到25岁，新石器时代
大家忙着寻找的星星难道就是
蘸满血液的石头吗……

跟超级白痴
在一起，在一起

我们砸石头也砸对方

——《石头课》

当时经常去北京体育馆找我的一个发小玩，他是90公斤以上级的拳击运动员，有一帮从事重竞技项目的哥们儿。去北体看他们训练，我才觉得内心得到了短暂的平静。1997年我哥回到北京，考取了清华大学的研究生，我很受鼓舞，跟他的老同学们再次玩到了一起。20世纪90年代前期，有不少大学毕业生迅速变成了商品社会里的弄潮儿，有些人转眼就变成了既得利益者。我在跟人合伙做生意期间，通过这些人看清了一些社会现实，觉得这种生活很不适合我。

除了一些基本的生活态度，比如吃喝嫖赌，我不能认同之外，更让我不能忍受的是受过高等教育的乡愿和势利眼。“我曾经也是个理想主义者”，听到类似的话我就开始不耐烦，你曾经是或不是跟我有什么关系。有一次，一个外表挺文雅的商人跟我说：“我当年也是个诗人，而且写得不比那些有名的诗人差。”我就不说话了。不料对方又加了一句：“可是如果现在谁跟我谈起诗歌，我就说一个字，Fuck！”我说：“Fuck yourself！ 你本来就不是什么诗人，别做梦了，就凭你也配啊。”我支持大家去赚钱，在商言商也很正常，让人浑身不爽的是一些人刚有点钱就想转身意淫一下，挤眉弄眼地好像说自己过去嫖过一个女人叫诗歌一样，纯属精神上的无赖。

那时我开始考虑出国上学，同时读了不少西方诗。最常读的是里查德·艾尔曼编的《诺顿现代诗选》，还有小玻林编的《美国当代诗选》，这两本书为我打开了现代西方诗歌的视野。读完它们，回头再去读密尔顿和布莱克，更觉诗歌的力量在血脉中慢慢滋长。记得当时在图书馆读到一本旧的《耶鲁评论》，里面有哈罗德·布鲁姆的一篇论莎士比亚和弗洛伊德关系的文章，读完以后大为叹服。此前读过《影响的焦虑》的中译本，感觉不知所云，但读了这篇文章以后，觉得这真是大家手笔。多年以后我上了布鲁姆的几门课，还是清晰地记得在北大图书馆5楼看

他文章时的感觉。

但我当时很清楚一点，我想写的诗，我还写不了。或者说，我手上的功夫还远远不够表达，需要快点练，而且急需建立自己的风格，这对一个刚写诗的人来说是最关键的。就在这个时候，我认识了臧棣。此前不久，我还认识了一个蒙古族的吉他手巴特。这两个人帮助我找到了方向。

四

1997年春天，我和我哥在海淀的一个酒吧里喝酒，看到有两个人在弹唱，我哥说，那不是我同学巴特吗？巴特是北大88级技术物理系的学生，是个面目清秀的蒙古人，看上去完全不像个摇滚青年。他大学毕业后辞去了工作，跟来自南昌的吉他手栗子（也就是竹文）一起以音乐为业。据说他们两个吃住都在一起，连看电视的时候都在一起弹琴，几年后配合无比纯熟，进入了化境。

看巴特和栗子弹琴唱歌实在是一种享受。除了已经去世的阿兰，巴特应该是北大有史以来出产的最好的吉他手，他的声线非常迷人，很多翻唱歌曲到了他那里甚至可以超过原唱。栗子的吉他技术也在巴特之上，可以说在当时的北京是数得上的高手，后来去给“水木年华”的专辑当了制作人。

他们两个演出之后，我哥介绍我们认识。栗子问我认不认识音乐青年许秋汉，我说不认识，又问我知不知道文学青年胡续东，我说没听说过。我问这两个人是干什么的，栗子说，等以后你认识了就知道啦。

巴特当时经常去北大勺园的留学生宿舍找他的韩国女朋友，也就是他现在的妻子。有次他从勺园出来，正好我骑车路过遇到，就聊了起来。巴特说最近手头比较紧，想教学生弹吉他补贴一下，我答应帮忙。我回去找学经济的吉他手熊育竹，商量着组织了一个音乐协会，原始动机就是让巴特来北大教吉他。

很快，我们都成了巴特的第一批学生。熊育竹有过几年的基础，本来已经能弹一些“枪花”和“金属”乐队的曲目，经过巴特的指点，更

上一层楼。我以前学过点吉他，但没有花时间多练习，这回算是开始认真弹了。跟巴特学的第一首歌是英国音乐人埃里克·帕特里克·克莱普顿的*Wonderful Tonight*，跟熊育竹合奏一番，感觉不错。此后，我弹节奏，竹子弹主音，我们开始了对练，一直到毕业。

音乐协会办起来以后，团结了一批人，包括北大的胡斌（95信管）、乔力加（95城环），还有一些已经毕业的乐手。我们定期举办演出活动，组织音乐人来做讲座，很多社会上的摇滚青年前来交流。香港的星空音乐台（Channel V）曾经采访过我和竹子，并播出了我们演出的片断。记得当时采访我们的是吴大维，因为不看电视，所以不知道他是谁。后来1998年北大出了张纪念百年校庆VCD，里面有我和竹子在弹琴。

那年夏天，我在静园遇见许秋汉和张慧生。许秋汉当真气度不凡，谈吐超迈，让人一见就生好感。我和秋汉从认识到现在，一直是肝胆相照，在一起有很多有趣的故事。关于已经去世的张慧生，我曾写过一篇文章，现在提起他，仍然无限惋惜。慧生当年把海子的《九月》写成了一首歌，后来广为传唱。

通过音乐，我结识了一大批朋友，从北京摇滚圈的江湖人士，到流浪的民谣歌手。有时候我不在宿舍，来了人就把乐器放下，自己先出去了。等我回来，最多的时候发现房间里多了五六把吉他。在鱼龙混杂的乐手中，人也慢慢自动区分了出来。有些是真正的音乐人，有些动机不纯的，也被我们淘汰出去。我和竹子都看不惯那些通过搞音乐去搞女人的行为，所以有演出都让女朋友坐在第一排。

摇滚多年，我开始养成了更全面的听音乐的习惯，逐渐从布鲁斯、爵士到世界各民族的音乐。我也开始严肃地考虑，应该写出一种什么样的诗。我写了两首诗，感觉语感正在形成，就像最基本的音符，正在从内心的乐器中飘出。1997年9月，我认识了臧棣。我写诗并不是跟臧棣学的，但他的不断鼓励，成为我当时写诗重要的推动力。十几年来，跟臧棣在诗歌上的学习和交流，对我的帮助非常大。

五

很多人说诗人是天生的，但并没有谁见过刚出生的婴儿写下一首十四行诗。可是我仍相信，诗人绝对是天生的，因为只有真正的诗人才会让诗焕发绝对的生机，纵横无碍，而且浑然一体，就像苹果树会结出苹果，狮子是肉食动物一样。那么，一个人在什么时候会变成一个真正的诗人呢？

我在21岁的时候找到了答案。那时候，我已经阅读过很多中西方的诗人的作品，写过20万字的小说习作，写诗却并不多。因为我知道写不了我想写的东西，读得越多越难下笔，所以长期处于轻体力诗歌劳动的状态，只能偶尔来一首测测感觉。1997年9月，我决定开始投入写诗，因为找对了感觉。

真正的诗人有很多特点，其中有一点是根本性的，那就是有能力主动地建立跟语言的特种关系，并由此建立了跟自我的特殊关系，从这两种关系的张力中生长出独特的诗性空间。换言之，诗人的语言一方面是所有人共享的，另一方面也是母语中内在的外语。仔细听每一个词，先不要考虑一首诗要传达什么意义，也不要在自己读过的诗歌作品之间瞻前顾后，寻找风格的折中点。需要做的是把词语放大，集中精力倾听它们滚动、摩擦、碰撞的声音。然后体会它们的质感，尝试它们的温度，辨析不同的色泽。让每一个词语，都变成微型的诗，它们不是生物，却有生命，要尽可能跟它们成为朋友。多想想这些词给自己造成的心理感觉，它们曾经意味着什么，还可能有什么别的意味。然后，在自己技能允许的范围内，想写什么就写什么，能写什么就写什么，忠于自己内心的声音，信任语言自身的声音，成败在所不计。在这种状态下，不停地写一段时间，就会明白是怎么回事了。

但在刚开始写的时候，我采取了比较保守的策略。我只是在一些较小的范围里把握语感，制造层次，但我写的绝对数量很大。1997年臧棣在北大开了门诗歌写作课，我听了同学的介绍以后，选了这门课，但并没有去上。当时并不知道臧棣是位诗人，只知道他博士毕业后当了96级中文系班主任。

同宿舍的人告诉我臧棣要求每人交几首诗当作业，我就请他代交了几首。听说臧棣要在课上分析学生的诗，我很好奇，决定去看看。臧棣在课上仔细讲解了我的两首诗，我发现他的分析很细致到位，有几处跟我有不一致的想法，但都不是重点，我知道这回遇到行家了。

课后一些人还在围着他讨论，我都没法跟他打招呼。刚要走，臧棣说："你们到底哪个是王敖？"我过去自我介绍了一下。臧棣说："你写东西感觉很成熟，我也不知道你这成熟是哪里来的。"我怎么回答的不记得了，臧棣说能否再拿一些作品给他看。我说当然，于是回去写了一个星期，写了几十首诗，打印出来交给臧棣。

臧棣课上讲的很多是当代诗人，我的兴趣并不大，因为觉得不少诗作为当代文化的一些现象表征是有意义的，但就诗论诗无法让人满意。所以，我去他的课就是为了听他对我的诗有什么看法。结果臧棣并没说看法，只说我是选课的人里写得最好的，我心说这还用说吗。臧棣赞扬了我的创作量，并问我还有没有别的作品。我说当然有，于是回去又写了100多首诗。对年轻诗人来说，一挥而就是常态，有修改的时间，不如再写一个新的。

当时有文学社请欧阳江河到北大做讲座，臧棣建议我去听。后来问我感觉如何，我说我只听了一半就走了。就我听到的而言，如果一个人系统读过一些西方诗，那就会觉得他讲的所谓的西方的诗学没什么价值。臧棣又给我一些《偏移》里的诗，问我感觉如何。我说，我跟他们不是一种路数。臧棣说，你再拿些作品来吧，我又回去写了很多。这样一个月以后，我手里积攒了200多首诗，我觉得很值，因为我有了信心去写更好的诗。

我挑选了一些作品，送去商店打印，去拿的时候，看到一个字条，上面写着很漂亮的字，比我的字、臧棣的字都好很多。大意是说，他叫胡续东，也写诗，看到我打印的诗集，希望能够见面交流，并留了宿舍号。我买了些水果，是给自己买的，然后就去了。

去了胡的宿舍，从床上叫起一个长得精灵古怪的研究生，他伸手把我的水果接下，然后就聊了起来。原来胡曾经打趣臧棣，你开诗歌写作课真有什么发现吗？臧棣向他介绍了我的情况。胡续东说到诗歌就激动

起来，眼睛瞪得很圆，而且有点凸出，我心想这人好玩，眼睛瞪得跟得了甲亢一样啊。聊完约好以后再一起玩，我提起水果就走了。

胡误以为我带水果去是为了找他拜码头，越聊越开心，结果“水”到“果”却不成，觉得有些郁闷。下午我去澡堂洗澡，又遇见他，赤身裸体互相打量了一下，说真巧啊。后来我们搞音乐活动，都会通知胡子来玩。在静园草坪上，在小四川、马嘉丽等饭馆，胡子、我、许秋汉、巴特、张慧生、陈涌海、海淀的大杨，还有杨一等人经常啸聚。

胡子跟秋汉配合特别默契，就像哼哈二将。两个都是满场飞的“人来疯”，但风格不同。秋汉号称不是诗人，以无比啰唆的诗歌征服了听众。胡子有模仿天赋，学各种人都惟妙惟肖，擅讲各种级别的黄段子。陈涌海是中科院半导体所的研究员，常年从事民谣演出，他唱的李白的《将进酒》豪气万丈，很受文艺青年欢迎。

通过胡子，我认识了当时还在报社工作的冷霜、人称帅哥诗人的姜涛、在读博士的周瓒、社科院的周伟驰，还有其他一些诗人。冷霜后来到北大继续读书，跟我成为至交，我给他起了个外号，叫“冷圣人”。姜涛比较低调，当时交流不多。周瓒和周伟驰都和善可亲，让人喜欢。当年还见过一次颜峻，但没交流。2001年，他在网上跟我联系，自己花钱给我印了一本诗集《黄风怪》。

1998年校庆期间，我在北大偶然遇到耶鲁教授孙康宜，聊了一会儿，她说你以后来耶鲁跟我读书吧。回美国后，孙教授把自己的学术著作邮寄给我，让我先读一下。我在北大基本上是自己按计划看书写作，跟老师们并不熟悉。因为我觉得做人贵在彻底，要不去上课就都不去，当然臧棣是个例外。臧棣认识我以后，花了80元请我吃了顿饭。考虑到当时北大青年教师的工资水平，还有臧棣一向简朴的消费习惯，实属难能可贵。

为了找老师给写推荐信，我匆忙出版了一本诗集。出了以后略有悔意，因为我已经写了更有说服力的作品。诗集送给我大学班主任王宇根的导师乐黛云教授一本，乐教授读后给我写了一封信，不但热情夸奖了我，还给我写了一封很好的推荐信。此后，我每出一本诗集都会给她邮寄一本，她收到后都给我写电子邮件，说谢谢你出国后还能记得我，我

说那当然。

那本诗集里，有我大三时候的一首诗，送给臧棣。10多年来，我们君子之交，以诗交流，并期许以远大的目标。这首少作，仍能表达我对他作为一个诗歌教育家的敬意：

他的翅膀
　　——向臧棣致敬
他的翅膀
经过他的默许，飞过来
刚好插在我
墩实的想象力上
让我看上去更像
一架风车
我用欣赏的目光
喂养它，用香烟
给它吐出白色的笼子，而夜晚
我们用睡眠
相互抚摩……
它在我的房间里坐着飞
躺着飞，甚至背起整个房间飞
然后它笑眯眯地码好
我蜂窝煤一样的嘿嘿声
它趴在我的背上说，想不想当天使
我说不想，我想当翅膀
　　　　　　1998

六

大三的时候，我答应给戏剧社写一部戏剧。戏写出来以后，邵泽辉当了导演，这部戏就是《缪斯的丈夫》。《缪斯的丈夫》在北大南门外

的“潜水艇”公演，现场非常火爆，各位演员都发挥出了最佳水平。在剧的结尾，全场黑灯，我拎起电吉他以类似“涅槃”早期的 *Bleach* 的风格一顿狂砸，气氛达到白热。邵泽辉是一位非常干练的导演，当时就觉得他会在戏剧电影上大有作为，现在果然成为现实。邵北大毕业后去了中戏，我曾问他中戏的姑娘如何，他笑道，不错，不过有点“贵”。前些日子，我们还在网上商量，期待着再合作一次。

这年我也认识了信管系其他的几位朋友。申思成为音乐协会的第二任会长，他和胡斌、林健等人组织的“信风”非常出色。搞摄影的李实经常来给我们活动拍照，他现在是著名戏剧制作人，经常办莎剧演出。张向东毕业后创业，跟同学办了 3G 门户网站。这些人都出自北大信管系，巧合中自有原因。

大学四年级，我继续无休无止地写诗，同时准备出国留学。巴特跟韩国女友订婚后，开始打理韩国老丈人在北京的生意，逐渐淡出。我跟许秋汉来往更加密切，看他经历过一些女人之后，自称“许秋老汉”，但仍然充满童心。我去他家玩，看见他在墙的四周写了一部《道德经》，开始字迹粗糙，到把五千言写完，已经圆润有体。许秋汉对我说：“王敖，你永远要像现在这样有激情！”

毕业前，有个中文系的同学突然跟我说：“你知道这些年系里的人叫你什么吗？”我说不知道。他大笑着说：“我们一直都叫你‘混世魔王’，不过没人当面跟你说而已。”我虽然没有参加毕业照相，但听他这么一说，决定去毕业聚餐上跟大家喝一杯。

1999 年我毕业了，出国的事情因故推迟，所以我又在北大活动了一年。我在西门外的挂甲屯租房子，很多好友都去我那个小院里住过。我经常请朋友到家里玩，早晨去西苑早市买好羊肉，中午炖上，晚上 10 点打电话邀请各位到我处一聚。我隔壁住的是一对常年出来偷情的激情男女。记得有一次，我们正在喝酒弹琴，说话间隙中听到叫床声音越来越响，大家哑然，于是我按照他们叫唤的音高开始伴奏。我对门住的是一位风尘女子，白天睡觉，晚上出去工作，我们见面都很客气地打招呼。夏天很热，她常脱光了在院子里洗澡，身材颇佳，让我感叹民风之淳朴。

七

有段时间考古系外出实习，空出宿舍。我、许秋汉、邵泽辉、韩少华和汪洋组织了临时宿舍，一起住在41楼。汪洋曾经是一位中学生诗人，只有他大学四年还是处男，到了晚上，几位哥哥轮番开导他，向他传授经验。当时我们晚上基本不睡觉，许秋汉会讲评书，讲到早晨，大家去旺福楼吃早饭，然后回来睡觉，觉得很快活。现在我还记得秋汉说评书时的活灵活现：“我许秋汉两膀一晃千斤之力，双手能写梅花篆字，擅使一对镔铁轧油锤。”当时他已经开始发胖，我就说：“秋汉，你那是胸前一对镔铁轧油锤吧。”想听许秋汉的音乐，可以去网上搜索《未名湖是个海洋》，算是北大近20年来的非官方校歌。

1999年冬天，我遇到一些不痛快，心情极其糟糕，开始酗酒，而且不吃饭，体重越来越轻。不小心自行车被人偷走，胡续东把他的一辆自行车给我了，我每天骑车在海淀漫无目的地乱转。本来我跟许秋汉在海淀的酒吧驻唱，一小时有100元的收入，可是这时候我已经失去兴趣。很快日子开始潦倒，我把吉他卖给了哲学系的张鼎，听说他后来毕业工作受人欺负，精神失常。我写过一首歌给他，叫《送给张大帅》，网上可以找到，希望他现在生活恢复正常。

有一天我骑车带着朋友从挂甲屯出来，车把活了，结果车子一歪，我们都摔倒了。我把车推进北大，突然很生气，就把它扔了。后来，胡续东问我怎么不骑车了，我说扔了。胡默默不语，他花了不少时间寻车，在未名湖后面的小土坡上找到，拿回家好好擦洗修理，又骑着出来了。有次我遇见他，说没钱吃饭了，他当即从上衣口袋掏出100元钱给我。还有一次，我又断炊了，正在马路上发愁，低头捡到50元钱，去书店买了本书，然后去吃了顿烤肉串。

最后一次在静园弹琴，汪洋跟我在一起。一曲弹完，我放声痛哭，我知道，在北大这几年的日子算是结束了。在出国前，我回了趟青岛，再回北京就完全振作了起来。临别吃饭的时候，我告诉大家，青山不改，绿水长流，大家各奔前程去吧。离开北大的时候，老远听见艺术系老师

朱青生叫我，他问我去哪儿。我说我要去国外了，朱说："好，王敖，我们就此别过！"几年后又遇到他，他大手一挥，来了句："好，风采不减！"此人颇有情怀。

熊育竹毕业后投身金融投资业，刚开始工作的时候，跟"唐朝"的首任主音吉他手郭怡广的公司比邻，没事儿就讨论怎么弹吉他。如今，熊已经是一家风险投资公司的合伙人。这几年，他和胡斌等人又在北京重组了乐队，定期组织演出。曾经跟我们合作的鼓手祖辉毕业后当了律师，多年从事死亡金属的演出。

一晃10年过去了，每当朋友的MSN头像换成了婴儿，我就知道又有人当爸爸了。近日有老同学建议我写写当年的事情，刚好放假有时间，就写了这篇。回想旧日时光，觉得这么多年来，其实并无多少改变，我觉得自己高中刚毕业，来到昌平，看到斜月星光，拉着美妙的弧线模糊了我的视野。一切得失，本来就不会计较，唯一觉得惊心的，是时光的无法挽留。

北大的文科生比较浪漫，自视又高，所以走进社会以后很多人不适应。我们都有无数美好梦想，文有"与天下才子争锋"的气概，武也有"路见不平，拔拳相向"的勇敢。然而，这些年我也悟出一些道理：一个是要少喝酒，能不喝就不喝。还有一个，就是不能有自己怀才不遇的心理。社会本来就不公平，自己更应该清醒和努力。否则文变成孔已己，武变成堂·吉诃德，空有牢骚，一样阻碍社会进步。

记得有次跟葛兆光教授在波士顿的海边吃饭，他说："一定不要以为现在是一个小时代，这是个大时代，你们这代人需要抓紧时间努力。"这话非常对，我远不到写回忆录的年纪，写下这些，无非是为了化过去为力量。

为纪念大学毕业十周年写于2009年6月

2016年6月修改

卫西谛

生于1973年，电影文化工作者，专栏作家，先后在《看电影》《南方都市报》《新京报》《普知》（读者文摘中文版）《纽约时报中文网》《生活月刊》等刊物撰写专栏，历任多届华语电影传媒大奖、中国独立影像展、上海国际电影节等影展奖项的选片与评委，第49届金马奖评审，出版有10部电影书籍，2015年，独立出版个人摄影集《Way Away：66号公路》

卫西谛：像我这一代观众

我走进阴暗的圣庙，
去完成简朴的仪式。
那里，我等待一位丽人，
红色的灯火在闪耀。

我无意中读到俄国诗人亚历山大·勃洛克的这几句诗，想起曾经走进电影院里等待光影投射出来时的心境。哪怕那一刻只是记忆的虚构，也足以让我激动。

最早的记忆

也许是因为都知道我从事电影写作，有很多人会和我聊起自己的电影经验来。回想起来，我印象深刻的有两位。一位比我年长约十岁，说起自己下乡的时候怎么看露天电影的，因为放电影的地方远，等到放工后奔过去，每次都只能看到最后十分钟。但也不管许多，每次都这么奔过去，于是看了几年这样的“最后十分钟电影”，乐此不疲。还有一位比我大三四岁，说自己童年在乡下时，如何向往流动放映员的生活。三个人，两辆小推车。一辆上放机器和胶片，另一辆放被褥和生活器具，一个乡、一个乡地放下去，恨不得就跟了去。有时候，我很羡慕有着这种回忆的观众，我也生长在乡下，可是同样的电影记忆却几乎是零。

②

③

④

⑤

⑥

⑦

① 卫西谛近影
② 《后窗》纸质刊物（唯一一期，2000年）
③ 《后窗放映》宣传册（2013—2014年）
④ 杨德昌香港回顾展戏票（2007年）
⑤ 各个电影节的工作证
⑥ 卫西谛主编《中国独立影像年度展》（第5—8届）
⑦ 卫西谛主编世界电影年鉴《电影+》系列丛书（2002—2006年）

我20世纪70年代初期生在上海的郊县崇明，10岁的时候离开这个位于长江口的岛，随着家人到南京定居。去年陪着父母返乡，开车经过县城附近一座老旧的建筑，上面有一块“鳌山电影院”的招牌，忽然惊觉：那是我人生第一次进去过的电影院！我能依稀记得的是，五六岁的时候，可能是姑父一家带着我进去，看的电影是香港的《画皮》，当时风靡一时并且被渲染得过于恐怖，以至于我全程都捂着眼睛。想想很有意思，我生命中第一次看的电影，居然是一部“未看见”的电影。前两年新版《画皮》上映，我查资料才正式知道当年那部是鲍方在1965年拍的，确实在1979年引进过内地。看来记忆也不是完全靠不住。

来到南京之后，曾暂居在市中心的新街口，因为转学问题，无所事事了一段时间，但是年纪小，哪里也不能去。对于我来说，城市里到处都是新鲜事物，所以当比我早几年来这里的哥哥带我去看电影时，反而没什么惊喜。现在只记得那是一部隐约关于攀登雪山的美国片，别的一律忘了。那座影院倒是一直记得，因为非常著名，叫作“大华电影院”，现在去看还跟当年一样。这座影院1936年建成，由建筑学家杨廷宝设计，据说开业时有梅兰芳等名流捧场。走进格局不凡的大厅，就能想见当年的盛景。只是随着近二十年国有电影院的持续衰败，“大华”也逐渐无人问津，最后底楼不得不租给卖皮具和卖服装的，我偶尔会经过，但连向里张望的勇气都没有。大概因为属于文物保护建筑，才勉强保住，在地价昂贵的市中心未被铲除。

在我中学之前，大华电影院还是热闹非凡的，引进的外国电影片目丰富，国产电影也繁荣。我常独自流连于此，未必真的进去看，但总会买一份四页纸的“电影介绍”。这是影院自己出的印刷品，用的是印报纸的纸张，黑白，油墨味浓。现在想起来当时对剧情文字和剧照图片的热爱，似乎超过了影院真正放映的电影。那个时候人生一片空白，没

有欢乐，没有忧伤，也没有对远方的渴望，所以对“活动影像”的喜欢，仍只停留在纸面上。直到整个80年代结束，我都还没有体会到约翰•伯格所说的电影魅力：它是一种旅程，它将我们带往别处。

“14英寸避难所”

1989年的夏天我正好从初中升到高中。在之前的两三年里，我总是在每个星期三，趁老师们政治学习的空儿，一个人跑到学校隔壁的大桥电影院去（就在长江大桥旁边），总是看武打片；在之后的三四年里，没有人去电影院里，那里既不放引进片，也没有好看的国产片，就只能到满是烟味的录像厅里，还是看武打片。每次散场后出门回家路上，总觉得身轻如燕，心胸都好像开阔很多。这可能是我最初从电影里接收到的一种幻觉。在文化空白的那几年里，唯一的银幕印象，可能是学校组织我们集体观看的《妈妈再爱我一次》，一部台湾的小成本悲情伦理片。我记得女生们开始哭的时候，男生们就散场出去了；但是很多男生还买票再看几遍，永远就看开头的几分钟——因为有各种姿势荟萃的床戏嘛。谁也想不到如此“纯洁”的亲情教育，到最后倒是我们那代人的性启蒙。当时我可不知道，在北京一个叫张元的年轻人自己筹钱拍成了《妈妈》，成为中国第一部独立电影。

后来录像厅也不去了，追求时髦的城市家庭，开始购买录像机。接着每个街区、每个菜市场都会开上两三家录像带租赁铺子，录像带大多是店主翻制。那时候的风潮就是传看吴宇森拍的《英雄本色》，以及之后一批来自香港的枪战片。我记得看着、看着，就看到了王家卫的《重庆森林》，当时就愣了一下，好像忽然看见电影还有别的样式，不全是打打杀杀，还有莫名的力量击中人的情绪，从此就对电影多留一个心

眼。我租的最后一盘录像带叫《铁窗岁月》，那时候刚刚工作，有一个年纪稍长的同事告诉我，最近有一个好片，讲一个哥们花了19年工夫用一小钢勺挖了个地洞，从牢里跑了。一听就让人激动，下班就赶着去菜市场租片店借，觉得真好看。后来，这个片子最流行的时候叫《刺激1995》，正式的片名是《肖申克的救赎》。

录像带被VCD影碟全面取代的时候，我刚算得上经济独立，但还是在VCD机挺昂贵的时候花去一个月工资买回来，接上床头放着的一台被宾馆淘汰下来的14英寸电视。从那时起，我的影迷时代才算真正地到来。除了上班，几乎所有的时间都用来淘碟、看片，还跑到图书批发市场买港台的电影过刊读。慢慢地就发现电影世界里不光有好莱坞，还有基耶斯洛夫斯基，还有侯孝贤，还有岩井俊二。总之，那个14英寸的电视机像是一个小小避难所，屏蔽掉许多现实中的不快和孤单。

和我这样一路看过来的，是好朋友小张。我们都有点藏碟癖，好东西都想买一份留着。小张手上拮据，那时候看到很多拿着三五十张碟卖的路边小贩，觉得以碟养碟也不错。他借了几百元钱，拿了一个鞋盒，在外秦淮河上的草场门桥上试卖，如果我有空就替他望风。三个月后的国庆节生意好，结果一辆警车开上桥直直地停在他面前。那天我有事不在，没替他看着点。小张下意识拔腿就往桥下的小路里窜，跑了不多久终于两头堵住。据小张回忆，自己被拎到警车后排，前后都是铁栅栏，当时桥头围观群众无数，他手握铁栅栏，望着车窗外。——他说，这是多么熟悉的电影场景啊。

那件事，好像已经成为我VCD时代最深刻的记忆了。大概是终于发觉：现实的归现实，电影的归电影。看清这一点，再面对活动影像的时候，就会多一份判断和认知，从此与虚伪或虚假的东西疏远了。

后窗

1997年我学会拨号上网，世界忽然就不一样了。有着同样喜好的人，原先都散落在黑暗的四面八方，忽然星星点点的都能看见了。通过BBS，以往根本不可能出现在同一现实空间里的人逐渐会聚，构成了“趣味的共同体”。那个时候，我还是一个土木工程的设计人员，坐在拥挤的办公室里，面前堆着厚厚的图纸、计算书、标准图集，用复杂的程式给建筑物配上混凝土标号和钢筋根数。网络的出现，就像荒漠里行走看不见尽头的人，突然发现了绿洲。每天一回到家，就爬上线去，发帖、留言、回复，把以往只能埋头写到日记里的话，发在网络上和人交流。对于内向如我的年轻人来说，个人与个人的隔离状态被打破了，而电影成为了彼此亲近的通行语言。在有网络的最初几年，我看着别人提到的电影，别人看着我提到的电影，生活就这样无意识地被改变了。

最初上网，没有太多选择，南京本地的人都上“西祠胡同”，刚开始的时候，电影和音乐、娱乐、时尚混在一个版内。到1998年入冬的一个晚上，也许是挺长时间不满足于没有单独的电影版，我决心自己来创建一个。名字是想一定要嵌套经典电影的片名，忽然就想到“后窗看电影”。还写了一句很文艺的宣传语——“电影是生活的一扇后窗”。其实嘛，当时连希区柯克的《后窗》都还没有看过呢。虽说抒情得有点夸张，但对我个人的生命而言，此言倒是非虚。电影真是打开了一扇窗，让我的人生透了一口气。在我每天骑车在同一条路上来回、看不见未来的时候，它让我看见了一点梦想的光芒。

2000年的初夏，有一天“后窗看电影”的副版主“秘密客”来找我，说要开展观影活动。在DVD还没出现的时代，大师电影和独立电影都还是稀缺货色，很多片源普通影迷没办法接触到。这时候全国都开始了各

种后来被称为“民间观影”的活动，大量放映这些影片，形成了一次浪潮。在南京之前影响最大的是北京的“实践社”、上海的“101”、广州和深圳的“缘影会”，同期的还有“武汉观影”“长春电影学习小组”和沈阳的“自由电影”，等等。因为当时我们总觉得“后窗看电影”有几分号召力，似乎不做活动很不好意思。于是有了“后窗观影”活动。从此，交流更进了一步变成了分享。当一群人来看自己喜欢的电影，是一件很幸福的事。

最初是租用东南大学的图书馆放映室，后来也曾在一家影院和一家音响器材城里进行。从一周一场到一周三场。刚开始的时候，电影开放都是在晚上6点左右，“秘密客”和其他几个负责放映的年轻人，在此后就会去东南大学旁边的小餐厅点肥肠酸菜鱼吃起来，但是因为放的是VCD，所以45分钟之后，还得跑回场地去换碟，回来继续吃。遇上放《牯岭街少年杀人事件》这样的片子要跑三趟。来的观众每场五十人左右，遇上放伯格曼也可能只有两三个人看，来的人多是学生以及本地文化从业者。在那差不多两年的时间里，我最喜欢做的事，是站在观影活动的入口处，看那些影迷走进去，脸上闪烁着对电影的渴望。

从当时开始，就渐渐理解，电影是“黑暗中的仪式”这回事。一群人在熄灯之后，看着眼前的银幕亮起来，等待他们期待的人物和故事浮现。尽管观影活动的放映条件非常简陋，但毕竟聚集了影迷，培养了一些作为集体行为的观影习惯。后来有次我听纪录片导演黄文海讲他去日本参加某影展的事。说一天由翻译陪同参加一个重要活动，大概是某位日本电影大师的回顾展。坐定熄灯后，银幕上一片黑暗，就听有一男一女在说话，说了半天电影也不开场。日语也听不懂，就问翻译怎么回事。翻译说，今天放的是成濑的电影，胶片已经遗失了，所以那两个演员在念剧本。可能也只有身处黑暗之中，才有对电影的尊重。

视力工作者

一年多以后，各地的放映活动纷纷被勒令禁止或自行关张，总之逐渐凋落。可是DVD的出现，使得影迷们随便就可以买到之前一直梦寐以求的经典和禁片。

在我的印象当中，2001年，实践社、《南方周末》共同主办的首届独立映像节，反而成了“民间放映”退潮的预告。在那年的9月末，我被通知作为南京的代表，匆忙买了一张加班车，颠簸了大约22个小时，到北京去做评委。从早到晚12个小时，看各种纪录片、剧情片、实验片。此时大家都刚刚开始玩DV，参赛的片目质量落差极大，观众刚被大师电影洗礼过，对那些做作幼稚的片子使劲哄笑谩骂。导致第二、三天，影展主席羊子不得不跑到台上呼吁，请观众尊重导演，尤其请坐在前排的评委不要扔矿泉水瓶。因为有关部门的意见，这个活动的闭幕式最后不得不挪在郊外的一个汽车电影院举行，一群人在寒风里瑟瑟发抖，一面志趣盎然。闭幕片是贾樟柯的《站台》，说山西方言，没有字幕，贾导演只好亲身做同声传译，说“他妈的”这种粗口的时候，那正儿八经的腔调，大家一听就哄笑。

来年的2月1日，广电总局宣布，对非国有资本的电影单片许可证发放制度将正式实行，也就是说民间资本可以进入电影制作，而那些独立电影制作者不再需要购买国有制片厂的“厂标”了。这一年的12月，张艺谋的《英雄》上映，票房过亿，中国电影由此进入了热闹而畸形的“大片时代”。与商业和审查控制下的公映体系相平行，一个自由的独立电影世界也相应形成。2003年起，南京开始出现了一个名为“中国独立影像展”的活动，放映年度最重要的独立电影。每届的海报都做出

很革命的态度，实际上我个人觉得还是一个温和的影展。每年秋天，有许多独立导演以及一些海外选片人会来到南京，放映的地点每年在不同的高校里举行。

我从第四届开始成为独立影展的选片人，成为张献民先生所谓的“视力工作者”。每年有这么几天，被关起来从早到晚看来自全国的独立电影，包括一些学生作业。张先生把现阶段中国社会分为五个阶层，拍独立电影和看独立电影的人被分在“中间一类人”：这些人既不试图成为官僚和资本家，也尽量避免去做为官僚和资本家服务的脑力劳动者和体力劳动者。每年的独立影展差不多就是这“中间一类人”的派对活动。其间每天有一堆独立电影放映，放映完了是导演上场交流，集体交流完了还可以到隔壁咖啡馆和这些拍电影的人单独交流，可说是一件非常有趣的事。因为你可以很直接感受到这些电影作者的思考和欲望。

2009年的9月我在平遥住了一个星期，参加一个关于中国独立影像文献及作品的巡展，名字叫“这里发生了什么？”。文献展的展厅在古城的柴油机厂的某个车间，放映场所是车间最深处搭的一个简易的黑棚。起初两天阴雨连绵，车间渗漏，塑料顶篷兜着很多水，时刻有倒塌之险，不得不人工用木棒去顶，让水泄在放映棚内。结果观众都坐在浅浅的水坑里，而观众除了工作人员和我之外，都是来参加活动的导演，颇像内部放映。放映后必有讨论，也是这几个人，颇像内部讨论。我们感慨说，这个展“复原”了独立电影最初期的放映条件和观影模式。即便如此，我和很多纪录片、剧情片的作者仍然觉得这种集体生活很有意思，大家每天一起吃住、观影、讨论，在古城街道上游荡，享受无所事事的生活。这似乎也是小影展最好的赐予。

在平遥的展览是那届国际摄影展微不足道的一部分，位置偏远，即使有参观者前来，也只是钻进篷子里看上两眼就走开了；但是依然有

两三个观众自打看上两眼之后每天都来，有普通的摄影爱好者，也有县城中学的数学老师。他们说，他们没见过这种电影，电影里出现的人、发生的事如此真实，就在当下，为什么他们却感到如此陌生。有两个女生看完一部纪录片后，几乎哭着问导演，为什么这样真实的生活在电视里、电影院里他们看不见。我们在场的人试图说明，这些现实为什么不能被看见，好像也没能让这两个女孩都明白。但是组织者和作者们仍然很高兴，因为这些看不见的影像、看不见的现实，终于有人看见了。

至此，电影和现实又交会了。我已经不再是“14 英寸避难所”里的那个年轻人，而是必须有勇气面对广阔世界的“真正的观众”。

电影是什么

这就是我经历过的电影体验。

坦白说，我知道电影其实改变不了什么。但是我仍然愿意信任它，期待它，让它继续成为我生活的一部分。我开始透过自身经验去理解电影，开始承认生活才是电影的主角。而理解电影，又成为我去理解世界、理解人的新途径。

我从电影那里看见现实冰山的耀眼一角，灵魂森林的幽暗深处。

杨　超

电影导演，监制，教师，出生于河南信阳，毕业于北京电影学院导演系故事片创作专业，中国电影导演协会会员，现任中国戏曲学院影视导演专业主任

早年参与“实践社”，组织艺术电影推广活动，兼影视批评写作，2001年短片《待避》获第54届戛纳国际电影节电影基石奖及台北电影节国际学生电影银狮奖，2004年长片《旅程》获第57届戛纳国际电影节最佳处女作“金摄影机”特别奖

近作《长江图》入围柏林国际电影节主竞赛单元，获最佳艺术贡献银熊奖，亦获得金马奖最佳摄影与最佳音效

杨　超：愤怒理想与自由理性

1992年，我第一次报考电影学院，止步于文学系二试。落榜后我来到天安门广场，从纪念碑笔直地走向金水桥，遥望主席像，越走越近。主席的脸庞在我的泪眼中无法聚焦，有一种贴心的温暖。那真是热泪盈眶啊。

1993年，我再次报考电影学院，这次是导演系，关键的二试剧本写作，忘了题目是什么，我写了春秋时要离刺庆忌的故事。

我描述庆忌近乎神通的武功，倒退着奔跑疾如奔马，双手格挡围攻骑兵射来的箭雨，纹丝不乱。后来要离杀妻求得庆忌信任，在战船的船头随风起舞，顺势用一把长矛贯穿庆忌的胸口。庆忌阻止亲兵伤害要离，而是伸手把要离提了起来（要离矮小），浸入水中三次，然后坐在船头，把要离放在膝盖上，长矛依然在胸，他说："居然真有敢于杀我的人。勇士啊，不可伤害他。一日之内，天下不能死去两个勇士。"庆忌拔出长矛死去。要离可以离开，却用长矛自杀。

真是燃啊，特别理想主义。不管是要离，还是庆忌，都几乎是某种理想的化身。

我觉得，我能考上导演系，就是靠的要离和庆忌。

这样，在我来北京上学之前，我已经具备了一个外省愤怒文学青年全部的标配理想毒素——委屈与复仇心态、大词癖、道德迷狂——我岂止是理想主义，我就是理想本身，一个理想打造的战士。我热爱自己的愤怒。

这样的我，人生状态打摆子似的在自卑和自傲之间跳跃。要么崇拜，要么俯视，在生活中很难平等地面对他人，在阅读中也偏执地寻找极致，

①

②

③

④

① 总在郁闷的导演
② 在吴淞口寻找构图
③ 刚才那一镜好像很无敌
④《长江图》柏林拜年
⑤ 主演话剧《北京无冬天》
⑥《旅程》之后的笑容
⑦ 瞿塘峡中的拍摄船
⑧《长江图》主海报

⑤

⑥

⑦

⑧

寻找大词。

1997年考进北京电影学院，除了自己的专业，我迷上的第一本书，是《人类神秘现象破译》——其实就是那个时代的《诛仙》。中国青年要么“成仙”，要么“诛仙”，总是跟道教有点关系，这是不是偶然的，待会儿还会说到。

总之那段时间，我迷上了打坐。每天早晨操场边的草坪上盘腿而坐，五心向天，修炼神功。心中燃烧理想，耳中听着表演系女生出晨功的朗诵声。

我需要盖世神通，超越这平凡的生活。

导演系的生活还平凡吗？还真是很平凡。因为中学时的困扰，现在都一模一样：你还是搞不定老师——专业上尚未得到认可；也搞不定异性——表演系的姑娘根本很少在食堂吃饭。

幸亏，在练出“神通”之前，新的阅读给我带来了新的方向。

首先是海子。可怜我这外省文青，1993年之后才读到1989年就已经离去的海子。但没关系，我们可以比比爱的强度。我是多么热爱这样的诗句啊。

万人都要从我刀口走过
去建筑祖国的语言
我甘愿一切从头开始
和所有以梦为马的诗人一样
我也愿将牢底坐穿

或者这些：

千年后如若我再生于祖国的河岸
千年后我再次拥有中国的稻田
和周天子的雪山

天马踢踏
和所有以梦为马的诗人一样
我选择永恒的事业

千年，万人，永恒，我太需要这样的语言了。还有这种态度。今天我知道，海子同时代还有许多诗人，以多种不同风格写作，但没有一人像他这样打动我，影响我。这并不完全因为他的自杀。主要还是因为这文字中的杀气、狠劲、形式感。既然练不出“神通”，这就是我的“神通”。

海子是一代愤怒文青共同的偶像。但在电影学院上学的四年，我需要某种更独特的愤怒，更私有的理想，就像一个人把“九阳神功”练到第九重的，那种属于我自己的，可以笑傲江湖的内功。

大家都在找。就像《西游记》里八戒想招赘给珍珍、爱爱、莲莲，遭到师徒三人嘲笑时八戒反击的话：“大家都有此意，独拿老猪说嘴。”是的，大家都有此意。大家都在十年磨剑，寻找秘笈，我的发现是：极端金属。

我听的第一场极端金属演出，是在老豪运酒吧（早就拆了）听的“陈尸乐队”专场。应该是1998年末，北京的冬天。我穿得像个球走进现场，发现台上台下所有青年，都穿着黑色T恤、黑色长裤，披着黑色长发，胸前是一些狰狞的死亡主题的白色图文。这哪里是演唱会啊，这就是一场祭祀，或者朝圣。祭什么、朝什么并不关键，关键是那种强大的形式感。

在现场我汗流浃背。因为所有青年都比我帅，也比我瘦，关键是，都比我酷。没有一个人有笑容。在昏暗光线下，每个人都带着忧郁的神情和坚定的眼神，似乎身怀利刃。

暖气开得太热了。

我躲到几个看起来不那么酷的听众身后，其中一人悠悠说了声，这乐队不行。我忍不住问，为什么。一道轻蔑的目光。“旋死”太软了，“大死”才有价值。国内唯一牛掰的“大死”，是“弑主”。

“弑主”。还有什么好说的。这不就是要离吗？更酷更帅的要离，还没有危险，不用真去弑。

翻译一下黑话。“旋死”，就是旋律死亡金属；“大死”，就是纯粹死亡金属。为什么“陈尸”不行呢？因为太软了。为什么太软了？因为还有旋律。

可怜我听了整场，都没有听出旋律在哪儿。我的耳朵已经被吉他的啸叫，死嗓和双踩的重击给钻透了。他们还觉得软。

好吧。这个，我看行。

不管是“陈尸”，还是“弑主”，仅仅名字就使得“黑豹”“唐朝”听起来像初中生。这已经足够了。从此我走上金属之路。激流金属、哥特金属、黑暗金属、死亡金属、工业金属，再到电子、噪声、后摇。

直到今天，我都保留着听更黑更重的音乐的习惯。尤其是在沮丧的时候，我的排解方式，往往不是听个相声（虽然我非常爱听相声）或看个喜剧电影，而是听一段黑暗金属或更极端的抑郁自杀黑，立刻就会好一点。这已经是一种习惯性的生理反应。

可能，这从另一个角度证明了，我中的毒有多深。我几乎是以理想为食物。当然，有时候理想也需要更日常的形式。

比如我的长发。一个老师说，胖子不适合长头发，不好看。天哪，这跟好不好看有什么关系呢？关键是，长发是我最初的支点。如果没有长发，我根本不可能坚持两次考上电影学院。那时又没有微信和微博，我靠什么宣示自己的独特性呢？

那些年，除了夏天，我都穿着一件我爷爷留下的黑色皮短大衣。大衣并不合身，经常有点热。我为什么不脱下它？因为那种苍老坚硬的质感，是我那时唯一能对抗北京艺术青年的盔甲。

感谢我的长发和黑皮短大衣，九阳神功，要离和庆忌，以梦为马，“陈尸”和“弑主”，Metallica（金属乐队），还有德国乐队“战车”。

“战车”为什么这么重要？因为强大的激情，第一次以一种规整的理性方式、不那么浪漫的方式呈现出来，如此宏大深沉，又如此悦耳、

震撼心灵。我听到了一种和之前不同的东西。当时我还不知道是什么。

那是理性。

我从德国工业金属乐队的音乐中，找到了理性。这已经是大学毕业后的1999年。

当然，必须承认，这理性仍然是某种浮夸的理性，仍是理想主义的、燃的、坚硬的、高耸的东西，是某种对抗性的东西。我离底线还很远。

那时我已经有比较广的阅读面。事实上，从电影学院毕业后，国家图书馆一直是我北漂生涯中一个重要的驿站。冬暖夏凉，免费看书，食堂不贵。我真的读了不少，但没有任何规律和结构。

所以《心灵史》就带给我极大的困惑。一方面，那种汉语文化中少见的酷烈和优美，带着一种神圣感深深打入内心，我被迷住了；另一方面，我完全感受到字里行间的血腥气息，有一种生理不适感。但总的来说，那时的我，还是赞赏那种以笔为旗的姿态。

我仍然无法解读、理解世界，无法以非对抗的姿态和世界相处。

直到我遇到一本书。

2000年我接到平生第一个大活，在山西拍摄专题片《晋颂》。历史文化主旋律。我的文青修养，干这个真是特别合适。写那种电视台喜欢的鸡汤酸词儿，歌颂一下传统和文化，简直是没谁了。

幸亏我仍然保持了买书的习惯。在一次前往太原郊区某图书音像城买书的旅程中，我在一个旧书摊发现了这本书——卡尔·波普尔的《通过知识获得解放》。

就像完全找到了北。

魔戒统御了众戒。一本书整合了所有书，所有经历和感受。

之前对浪漫的怀疑，对鸡汤的过敏，对他人的厌恶，对“神通”和摇滚的内在的不满足，对历史和现实的迷惑，不管是《心灵史》的意蕴，还是公车上他人目光中冷漠的含义，都落到了实处。

波普尔给了我一个结构。

之前出于文艺青年的本能，对历史和现实的所有层面，胡子眉毛一

把抓，持一种约定俗成的质疑和悲观态度。这种姿态看似批判，实则糊涂。我根本不知道质疑的锋芒，应该朝向何处。因为不敢，也不会运用自己的理性，不可避免总是成为各种意识形态利用的棋子。

现在，波普尔的概念纷至沓来。世界1、世界2、世界3、试错、反智主义、相对主义、历史决定论、大词、开放社会……我从未真正完整掌握这些概念，但我觉得，我找到了真正的理性。

上帝的归上帝。恺撒的归恺撒。

我千方百计寻找各种上帝来笑傲恺撒，逃避恺撒。这种非理性的思维习惯，可以休矣。

并非没有反复。后来，我还是会不断被理想的东西所吸引。比如宗教。基督之爱，密宗之美，禅宗打破"能所对立"的机锋之利，道家之悠远绵长的亲切感……说实话，我总也忘不了这些东西，有些是血液里的东西。

但理性已经成为我的本能。

在某种程度上，我终于学会了勇敢。勇敢地、完整地运用自己的理性。

相信自己的理性，能够认知、分辨、判断。

而同时知道：任何一种判断，都可能出错。

但并不因此而停止认知，理解和判断。

不断认知和探索，不断犯错。真理在试错中显明。

这不就是信仰吗？对不确定性的无惧的接受，这不就是信仰吗？

当理性成为信仰，我才真正有能力观察人和社会，我才意识到，公车里的人没有笑容，是一件重要的事。

公车里的人为什么没有笑容？是因为其他人的存在。

是因为人与人之间的关系。

对于人与人之间的关系，我小时候有几个百思不得其解的疑问：为什么买东西要给钱，而不能各尽所需？

为什么有讲价这种事情，人与人之间为什么需要这种互相欺骗式的勾心斗角，才能完成交易？

既然钱是最重要的，谁在印钱呢？他们会不会多印点给自己用呢？

我产生这些疑问的原因是，我发现大家都因为这件事，很不快乐。

我发现人与人之间互相进行残酷的生存竞争，最后只剩下丛林规则。我为此，平生第一次感到忧伤。

我觉得我发现了人生和社会的大秘密。我当时安慰自己，这么明显的问题，这么大的漏洞，大人肯定早就想到了，并且有一个我不知道的解决方案，正在社会底层悄悄运转。

我高估大人了。现在我也是个大人。我明白了这一点。大人还真的没有解决这些问题。

他们，某些他们，还真的多印钱，偷偷给自己用。

而我们暂时拿他们没什么办法。

但是，另一些人，探索出了目前看来最不坏的答案。

这个答案叫市场。

是的，这其实是个经济学文章。

市场到底是个什么东西呢？这个问题和前述的激情、理想、愤怒、信仰，有什么关系呢？

我得承认，从理想直接跳到底线，不太合适。我还是先讲一段真实经历。

2011年左右，我在和朋友微信聊天时，发了这么一段话：“我有一个感觉，千头万绪，言论自由第一。言论自由能撬动后面的所有事情。只要没有人再因言论获罪，我们这个社会的所有事情，都能缓缓归正。不是说不再需要时间，不再有代价。但言论自由会使得人与人之间的所有关系，重新走上轨道。言论自由是个底线。”

我的这个说法，在2015年遇到了挑战。

2015年的查理周刊事件中，用漫画（言论的另一种形式）辱骂宗教领袖的法国漫画家，被极端组织枪杀。这个事件引发了我和朋友之间的大争论。

朋友的立场是：1. 杀人不对；2. 但言论自由也有底线，必须尊重人家神圣的信仰。

我的观点只有一句话：言论自由就是底线。

人与人之间（比如自由漫画家和极端穆斯林之间），最好相爱和拥抱，亲如一家。但如果做不到，也没关系，在文明底线之内，他们可以礼貌相待。

如果礼貌相待还是做不到，可以保持距离和尊重。

如果保持尊重还是做不到，可以互相批评，但不要辱骂。这，还在文明底线之内。

如果实在太讨厌对方，做不到不骂人，那么，可以辱骂。是的，人与人的关系，可以互相辱骂。互相辱骂是允许的，甚至骂向“下三路”，都还是文明的一部分，在人类文明的底线之内。

承认这一点，需要坚硬的理性。

但是，最后，不能动手，不可杀人。

底线只有一个：不可杀人。

这是“十诫”中第一个以否定言说的强烈训诫，这是文明的根基。

守住这个底线，人类就不会退回丛林。

守住这个底线，甚至站在底线的边缘互相辱骂，都是增进了解的一种方式。

骂的时间长了，言辞消散于风中。双方都会更了解，对方在骂些什么，甚至，为什么骂。

这是建设性的。

随着时间推移，理解和交流，一定会发生。

相爱，将会是一个可以期待的未来。

所以，可怕的，不是人与人之间不相爱，而是把不相爱，当作灾难，当作底线的崩塌。

把理想当作底线。

听起来很美好。但理想太难实现，所以，这种道德高标带来的唯一结果就是，底线频繁被击穿，最后没有底线。

在没有底线的情况下，去疯狂地追逐理想，结果根本不是理想的实

现，而是跳得越高，跌得越深。

是在理想破灭的绝望中，一再地，无数次地，下探人性的深渊。

这正是中国历史和社会的基本事实。拔剑跨骑挥鬼雨，白骨如山鸟惊飞。一切的根源，是没有学会尊重人本身。

人不为己，天诛地灭。这八个字，究竟是什么意思呢？

不是鼓励无底线的自私，为个人私利跨越底线。

这八个字，本身就在说底线。

是承认人的独立性，承认个人的基本权利，承认私权，承认自私，保护最基本的自私。

在这个基础上，才可能有人与人之间的尊重、理解、交流、同情，欣赏、喜欢，甚至，相爱。

只是可能哦。如果没有，那也并不是灾难。可能性还在。

脚踏大地，才能仰望星空。

不能去往星空，不能仰望星空，也没关系。我们还在大地上活着。

如果不承认人的独立性，不承认人的基本自私，不愿接受人可以为己，应该为己。那么，人与人之间的关系，整个社会就没有了底线。

没有底线，人与人之间就会互相指责，互相进行道德审判。没有底线，最坏的事情一定会发生。

就会出现，天诛地灭的结果。

感谢波普尔。我觉得我在辩论中赢了。当然，我的朋友也觉得他们赢了。而且，他们是多数。不管是在现场，还是在这个国家的其他场合。

现在回到那个不舒服的词——市场。

当我在聊天时用到“意识形态市场化”这样的词，几乎所有听者都觉得我是在贬低意识形态。

“市场”在汉语中，居然是稍带贬义的词。这太逗了。这毒太深了。

现在我可以阐明我的观点：市场就是人与人之间关系的底线，是人与人之间可能建立更好关系的基础。

市场，这两个字，包含但不限于如下意思：独立的自私的个人、私

有财产、自由交易。

市场，就是建立起来的一种人与人关系的底线。

人类的所有创造物，物质或精神产品，羊肉串或鱼香肉丝，基督教或密宗，都要在一个平等自由的市场上，由一个一个主体的个人，自由交流，自由选择。

就是因为没有市场，我才在高中时听不到强健的金属乐队，看不到波普尔，才会认为，不出凡入圣就是白活。

我才会把世界当作一个对手，把理想当作利剑。活着，就是较量一番。

我没有安全感，从小就没有，所以我发展自己的强硬。后来，因为我觉得自己足够强硬，所以不再需要任何安全感了，并且开始鄙夷那些需要安全感的人。

也就逐渐压抑了自己与人平等交流、理解，或者相爱的能力。

但恐惧不会消失。

因为所有道德迷狂、宗教迷狂、超越性迷狂、被迫害妄想狂、政教合一本能、反智的本能、相对主义的本能、熬鸡汤喝鸡汤的本能、崇拜强力意志的本能——全都在我内心里，而且有一个共同的出处。

那就是因为生活没有底线，而产生的恐惧。

所以，我从未相信那些最基本的价值，又特别想拿来骗自己。

中国人撒得最大的谎，都是骗自己。说到骗别人，我们其实能力很弱。

马路上不并线的，浪费自己的时间。靠山不吃山的，自己饿死。搞了几千年，其实还是丛林。用智能手机的丛林。

意识到这些，感觉到这些，真是愤懑和绝望啊。

只不过就是因为，我不相信人，人也不相信我，不会做出伤害的动作。

只不过就是因为，不愿承认人是独立的、自私的个体，不愿用一种坚硬无比、绝不可破的底线（市场或宪法），来保障每个人的基本自私权利。

就搞出了一个丛林，训练出了历史上最自私、最无底线的一群人。

把每个人的内心都训成了狼。

理想之狼、信仰之狼、愤怒之狼、恐惧之狼、虚伪之狼、金属之狼。

我就是这样一只狼，怀着恐惧和愤怒。

从20世纪70年代出发，在80年代疯狂吸吮理想的毒，在90年代靠阅读开始慢慢拔出毒素，将近二十年了，终究拔不干净。

21世纪开始彷徨四顾，幸亏被互联网救了命，有了精神上的有限的自由选择权，看看东，看看西，看看历史，看看宗教，看看钱。反而是钱、市场，这些鄙弃多年的日常，在2010年之后，让我渐渐回归到理性的底线。

互联网，就是一种新型的人与人之间的关系，就是市场，在这个时代的最新形态。互联网就是最市场的市场，是目前而言最平等、最少壁垒和垄断的市场。

互联网是人类可能更好地相处的契机。

我开始相信人性了。

我相信历史在进步。天哪，太幼稚了，我简直背叛了文青的理想，而且面对充斥生活的厚黑庸俗社会学，我的这个观点简直不堪一击。但2015年的新书《人性中的善良天使》，用基本事实证明，人类非正常死亡率，在随着时间推移而明确地下降。

不认基本事实，是理想主义者的通病。

理性经受了考验。我不再是理想主义者。我既不偏激，也不天真。

但理想没有消失。

理想还在心底燃烧。是的，那些灰烬还有余温。但，幸亏有了底线。

理性与理想之间的张力，构成我精神生活的完整的背景，也带给我持续至今的困惑。

我的电影《长江图》剧本中，有这么一段戏，描述两个失意的文艺中年在码头邂逅醉酒的对话。

22夜 广德船头

高淳、罗定两人对面饮酒。

高淳：说一千道一万，你就是没坚持住。你之所以坚持不住，还真不是因为没钱，也不因为辛苦。

罗定停下杯中酒，抬起头看着高淳。

高淳：是因为创作。我太了解了。我这么说可能很残酷，是因为你的音乐不够好，没有给他人足够的震撼，也没有给你们自己足够的信心。你苦，“老人之子”不苦吗？为什么他们现在还在唱？记得那句歌词吗？

只因为我的底线，高于你们的理想。

罗定（沉默片刻，抬头看他）：这挺狠的，哥们儿，你这么说挺狠的。

所以，看，直到2010年，我还是忘不了那个姿态，那个迷狂。

这个迷狂，在理性的观照下，不再是完全黑暗的东西了。

甚至到了2016年，在天涯上看到隐芝和广莫的文章，对道家的向往又重新占领我的意识。

也许我还在打摆子，以另外的一种频率。

也许疑问就是永久的，只不过有不同的幅度和波长。

尤其是面对我们的生活的时候。近乡情怯，你很难真的清醒，保持理性。

为什么先上车占座的人，对后上车没座的人，都有一种奇怪的眼神？

为什么那个小女孩被压伤后，这么多人都当作没看见？

为什么今天我们做任何严肃表达的时候，都习惯以各种嬉皮笑脸的幽默来消解这种严肃？

为什么“说得不好啊”“不一定对啊”“欢迎大家批评指正”这种没有信息量的废话，中国人会每天说数亿次？个人意见又不是真理，当然不一定对。重复强调这种谦虚究竟是一种什么样的心理根源？

为什么素质论和道德审判对我们是一种如此深刻的心理习惯？

为什么对以上问题的回答，基本上最后都会滑到素质论或者道德审判？

…………

于是谈到修仙，一个古老的中国传统。

为什么是仙，这里没有一点偶然性。必然是仙，只能是仙。其上申韩者，其下必佛老。因为“百代都行秦政制”，年轻人的超越性，就只能体现在个人身体和精神的内部。

那为什么不是佛呢？因为道更柔，更软，更令你感到舒适，那种逍遥（逃避）带来的安全感，或者虚假的安全感，更渗透在中国人的血液里，也更能够完美地与法互补。

西儒会融，解构法道互补。

我走进一座道观，看到一阕道歌，都能感觉到那种传统对我的吸引力。无法抗拒。

宗教是我长久的迷惑。而当互联网把世界联通，宗教，文化，政治，经济，互相扭结的现状，其实增大了问题的复杂性。

数据英雄的时代到来了。吾生也有涯，而知也无涯，以有涯随无涯，殆矣。

人求知和掌握信息的方法，会不会发生突变的进展，很难说。

活了四十多年，只不过刚刚做到能够脚踏大地，仰望星空。不会让自己飞起来，也不会低头了。

希望还来得及，建造一些新东西。

尹朝阳

1970年9月生于河南省南阳市，1996年毕业于中央美术学院版画系，1996年至今居于北京，职业画家，先后参加1999至2000年“新锐的目光——1970年前出生的一代”艺术展、1999年“新锐的目光”展（北京国际艺苑美术馆）、2001年第一届成都双年展（成都现代艺术馆）、2001年“神话”油画展（北京艺术博物馆）、2002年“青春残酷绘画”展（上海东大名艺术创作）、2004年“乌托邦”作品展（北京中央美术学院美术馆）、2005年“公共关系”展（美国）、2008年“尹朝阳／十年”展（民生艺术中心）、2009年“入寺显佛”展（嵩山少林寺）、2011年“石窟”展（亦安画廊）、2013年“出山”展（蜂巢当代艺术中心）、“历史之路／威尼斯双年展与中国当代艺术20年”（意大利威尼斯），多件作品被海内外藏家收藏

尹朝阳：迁徙者

过了40岁，常常莫名其妙地陷入沉默里，倒也不是伪装深沉，实在是周围的人事乏善可陈，不说也罢。不知道的人常常会以为你在沉思，有时候也会说服自己是在认真想些事情，头脑里偶尔也确实有风暴，一些美妙的想法甚至称得上伟大，不过它们大多经不起折腾，都是虚幻一场。到头来自己也知道，所谓伟大，那是逗自己开心，有一次算一次。许多事转眼就过去了，关于个人，关于那些转瞬即逝的理想，逮谁算谁，幻灭者众，哪有奇迹！只是偶尔，还会想想自己几十年的来去，辗转挪移，实在可称得上是在迁徙中长大的。

净土庵少年

其实，我是在将近而立之年才大致对我生长到18岁的这个村子有些超越感性的了解。许多人会把童年放进肥皂泡里折射，进而五彩缤纷，一个中年人对童年的回忆就更可怀疑它的真实性。但在1976年，我7岁那时，还是记住了当时的一些场面，比如领导人的逝去。那种突然而至的失落布满了周围大人们本就僵硬的脸，但那天很晴朗，几个少年，正在生产队退役的拖拉机上翻滚跳跃。村里树很多，房屋低矮，当然还有泥泞的道路和经常在下雨天陷进泥里的棉布鞋——那是母亲亲手做的，黑色的灯芯绒，塑料底子。这种布鞋在冬天更是我的最爱，下雪后，几个孩子会把一段相对平坦的路磨成冰道，脚蹬这单薄的布鞋，我可以滑出近十米远，对一个农村少年，这简单获得的速度所带来的快感无与伦比。

我7岁上学，一天不多，一天不少。因为我始终拒绝进学校，9月

①

②

①宽街的某一天，沙发上的那块布今天仍在服役

②1993 年初到宽街的某个晚上，工作中，桌上还有半块西瓜，当时是夏天

③朝南的窗户，可以看到在写生

④2006 年，北皋的第三个工作室，雪后

⑤维克多山河松树，阴影里和阳光下，温差两重天

⑥塞尚的山，这个角度想必也没有画过

开学的第一天被母亲用鞋底子一步一下打进了校门，这当然是那年代的一个重大事件。我在成年后惊讶于自己直觉的准确，学校在一个孩子的眼里基本上代表着一个被修理的场所。直到今天，我还对学校有种天然的恐惧，现在我会坦承那也许是正确的选择，从那天起，我开始接受改造，也永远告别了我真正意义上的无所忧虑的童年。

后来我知道，我生活的这个村子叫“净土庵”，过去皇帝巡幸时需要黄土垫道，此地黄土细腻纯净，大概因此得名。

大约十年前，我曾做过一个奇怪的梦，竟然又回到这个村子里，那距离我真正离开家乡已经过去近三十年了。一般而言，关于家乡的村庄会匹配一条河，我的那条河有个很棒的名字叫温凉河。至少在我整个小学期间，我们还能捉到鱼。我曾在一个夏天大雨的午后跑到河堤上看涨水，素日清澈的河水变成灰黄色，汹涌低沉，那些平时触手可及的水草和树根完全不见了。河换了副模样，让人隐隐害怕。但在我的梦里，河却完全变成了幽深的蓝色，我在里面飞快地游弋，我真的快极了，飞鱼不过如此吧。我能深切地感觉到皮肤在水里滑动时摩擦出来的流畅。这大概是我关于童年回忆最温馨美好的一幕吧。

37岁时的这个梦让我惊诧于想象的狂野，我也吃惊自己对往事的修改可以如此剧烈，那是潜意识吗？我只知道在一个少年的眼里，世界的比例是失真的，一切都显得更高大。对于少年的我来说，这个叫净土庵的村子就是整个世界！

今天，你仍然可以在更边远的农村找到这样的村子。只不过，它们大部分不可逆转地凋落了。

我家所住的那条巷子曾经有两行巨大的杨树和梧桐树。20世纪80年代的最后几年我开始外出求学，每次回家，会在很远的地方见到这些高大杨树的树梢，夜晚的睡眠里有杨树叶子在风里堪称美妙的拍打声。那时，高大的树和低矮的瓦房很般配，当然，还有偶尔谁家散落的开花果树。这些私属乡土的回忆在90年代的某天戛然而止，我在某个夏天的中午回到家里时，整条街的树都不见了。因为修路，那些长了几十年的大树全部从现实中消失。当然，乡亲们也同时扫荡了我记忆里的绿荫和风声，留给我一条刺目的、光秃秃的水泥路面。那条路直到今天依旧寸草不生，没有了

这些树的遮盖，我原来还堪堪可以忍受的水泥平房愈发丑陋起来了！

曾经一度，那条长满水草的河里堆满了垃圾，岸上开始耸立突兀的高楼。它们永远地改变了这条河的地平线。河上那座石桥曾是我们少年时的好去处，重修以后，残破的龙头也在几年前不知所终。

今夏回去，又从河边过，居然出现一个小小的花园，还在清理中的河水有了少许的清亮，但我知道这里或许永远不会再有孩子在里面打闹、摸鱼和游泳。这改变或许是物极必反吧，我充满忍耐力的乡亲也有无法忍受的时候！

我已永远地离开这个村子，我见惯不怪的心里其实早就没有了伤感。这个叫作“净土庵”的村子后来改名叫“汉冶村”。除了些许回忆，早就跟我没有多大关系了。

告别宽街

宽街基本上覆盖了我整个的美院时代。1993年，在一个非常偶然的机会里，我住进了宽街附近的一个大杂院，直到1997年从美院毕业一年后的那个夏天离开，整整四个年头。那间房约18平方米，算是我到北京之后第一个相对体面的落脚点。那也同时是我的工作室。这间被隔开的北房留有一个不大的朝南的窗户，可以远远望见外面胡同上空的天。

那时候对于刚上美院的我来说，能在二环以内拥有一个栖身之所几乎是个幻想，这也当然是个奢侈的幻想。在我尝试过美院三个月的集体生活之后，决然地搬出了美院那栋曾经何其向往的宿舍。那也算是个觉醒吧，对自我的绝对控制首先源自对业余时间的支配。美院宿舍集体生活那三个月，我非常明确地了解了自己这点需要——那就是每天有一段绝对时间的独处，即使是什么都不做，仅仅待着。

我在一个春天的傍晚搬进了这个大杂院，兴奋难以言表，愣是连夜把一切都安置好。那种强迫症般的兴奋支撑我不停地挪动折腾直到天亮。早晨近在咫尺的脚步声把我惊醒，我才知道我换了地方，一个不错的地方。

那也是我第一次近距离地贴近别人的生活，近到几乎可以嗅到别人的呼吸，最常听到的是隔壁医生的咳嗽声，那声音如同闹钟，每天在天

亮前的某个时间段响起。他患病的夫人则提示我一天的漫长和无聊，我在美院下课回来时可以看到她端坐在屋檐下的一把椅子上，风雨无阻，脸色苍白。记不清我在她的注视下来来回回了多少个下午，但一直没有打过招呼。她凝固的表情使我猜测她甚至都没有睁开眼睛，那也使我每次打招呼的勇气瞬间消失。大约在我搬走后的某一年，听闻她去世了，那让我在一瞬间有些伤感，不是每个生命都轰轰烈烈，我们对于他人，有时候只是一个苍白如纸的印象而已。

至于右侧，隔着一条更窄的路住着一大家子，他们经常传出来的声音则是市井标准的的喜怒哀乐。我经常在某个夜深人静的午夜听到他家传出暴烈的争吵声，进而是哭泣声和碗碟触地的清脆声。如此往复，再往复，数次之后，我就完全具备了免疫力，成了看热闹的。一段时间没有争吵，甚至会觉得乏味，时间也似乎被人调得慢了下来，无趣极了。

二十年后，就在上个月，我再次路过那条胡同，鬼使神差，我又走进了当时的那个院子。我只能用震惊来形容，这个世界翻天覆地的变化在这里几乎停止了，只有当年那个无数次困扰我的公厕翻新了。我没有勇气去求证，我不知道这个院子里的那些老少爷们儿，还会不会在每天清晨的第一次大小解时热情地打招呼，然后熟视无睹地在邻居的余光里如厕。但我确实最怕在这里上厕所，那几年，除非不得已，我宁可在其他时间段里另觅佳处解决。除了公厕，院里的布局几乎丝毫未改，我借住的那个房间依然有灯光，大门好像换过了，连空气都似乎停留在二十年前的味道里。我在夜幕里没有太多停留，只是觉得自己的行为很可笑，那夜到访的无聊，肯定算不上怀旧。

1997年的秋天，迫于生计，也由于基本上可以看到的现实和方向，我将永远地离开这个市中心的杂院。一路匆忙，我几无留恋地离开，我知道那将是个全新的开始，而代表大学时代的宽街生活永远地谢幕了。

北皋沉浮

1998年2月13日

早晨6点30分，一个活在边缘的人醒来了，这异常的日子还要继

续下去。村子里零星的狗叫，早起的人声使你不得不热爱生活，但生活里有太多的琐事需要你去面对。每天早晨即是这勇气凝聚的开始。坚持吧，就差一点点！

1998年2月15日　午

从上午11点起有种难以名状的孤独感，说不清这感受来自何方，总之有太多太多的东西压在心头，无法化解，说不清楚那究竟是什么，那铅一般的沉重感受。

我曾无数次经历打击，没有一次使我倒下，也没有一次使我坚强。我是不是真的变得越来越难以捉摸，难以接近，我究竟该怎样活着？

已经是初春了，但天气依然寒冷，坐在屋里更是彻骨的寒冷。即使工作的进展也没能使我变得喜悦起来。这一刻，人是多么的脆弱和卑贱，想拥有一颗毫无瑕疵的心灵是多么的艰难。

这是我在1998年某两天里写的日记，这些话如实地还原了我那段时间在一个叫北皋的村子里的生活状态。

1997年的10月，一个偶然的消息改变我今后十年的活动范围。也许是巧合，今天热闹非凡的798、草场地离我十年前要去的地方只有数里之遥。我清楚地记得从位于市中心的宽街出发，穿过东直门一路骑行的风景。从三元桥到机场辅路时已过去半个小时，又过了半个小时后下起了雨，身后的798算是城市最后的背影，前面是真正的一片荒凉。因为疲惫，我的心也随着这雨凉了下去，对那个要去的地方有种莫名的恐惧。我到了真正的城乡接合部，北京东北部一个典型的外来人密集的村子——北皋。

我顽强的性格和生存能力在最初来到这个村子时得到充分体现。在从一个诗人兼画家手里转租过来后，我在这个典型的农村小四合院里安顿下来。我拆掉了那个看上去美观但相当无用的壁炉，一切光滑的东西在那里都显得不合时宜，仅仅保留了西边山墙上一个砖砌的书架。我很满意，生平第一次有了一个近60平方米的画室，一个单独的院子，甚至还有个抽水马桶。

在这个院子里，随后的几年，我将无数次地从朝南的并不宽敞的窗户里望向远方的天空，院墙外的那棵榆树也将无数次地出现在我的视野中。在这里，这个相对封闭的远离城市的村子里，我才真正开始了一种从空间和时间上对自己的近距离审视。

我开始不厌其烦地观看周围来往的人群，事实上他们少得可怜，包括我的亲人和有限的几个朋友。每周一次的“放风”是稍显惬意的时候，一般是在周日，我会坐公交车去趟“城里”，主要是去美术馆。虽然不必上班，但我至今也很奇怪为什么要选择周日休息，或者是为了从这种看似日常的安排上使自己的生活显得正常吧。而美术馆和旁边的三联书店以及沿途的商铺则代表了度过周末的全部内容，该有的都有了，虽然看上去遥远但毕竟看到了。黄昏时返回已经可以见到车上大群疲惫不堪的民工，因我天然的草根起点，我从未觉得应该在我的视线里无视这个环境和人群的存在。那个村子里有20世纪90年代以至现在都一直“健在”的杂乱和贫穷，但十年过去，一些微小的进步一样洋溢在周围人群脸上，毕竟垃圾开始有人清理，毕竟再没有行事粗鲁的保安来查过暂住证。另一方面，我对自己工作的方向一直心存疑虑，仅仅直白地反映这种环境会流于表面。事实上，那种平铺直叙的现实主义和所谓的宏大叙事只是在某些方面满足了人们的想象，那是某些时候急于亢奋雄强的自我安慰。而对于民工和环境问题的涉猎更像是一种视觉猎奇，那种居高临下的怜悯姿态不过是一种隔岸观火的观望，以及为了人格完整所粗制滥造的口服安慰药，避开它们是我本能的选择。

那时的我固执地认为应该回到内心深处，审视那种无时不在的焦虑和无望。于是，在我还没有真正找到自己的叙述方式时，我已经急切地用一种粗糙稚嫩的语言讲了出来，这就是后来叫作《青春远去》的组画。

几年后，在一个画廊里见到了其中的两张，我几乎是用一种观看别人画作的眼光在审视它们。是的，作为我的作品它们已经离开我很多年，那种熟悉又陌生的心情想必很多人都经历过。它们情感充沛、饱满、干涩、明亮、坚硬，一如28岁的我。

画里的人物都是我那几年身边的亲人和朋友，我熟悉得不能再熟悉的人。因为这种熟稔，我怀疑自己能否抵达所谓的“真实”，那种心理

上的距离在画面上重合以后是如此的令人怅然若失。作品完成后我总是不停地问自己：这是我要说的吗？我说清楚了吗？

这个关于青春的主题在当时看来并不是我最完整的作品，但是它情绪的完整却是一个事实。画面里的生涩和茫然为我对人性的理解定下了一个灰蒙蒙的调子，而后再也无法轻易挣脱。现在我只能把它理解为这是悲剧的力量，因为生命无非是个悲剧。

以上段落是2008年对北皋生活的些许回忆，今天看仍不为过，纠结和苦涩确实是回忆的长久主角。

北皋村，位于北京朝阳区东北五环外，一个典型的城乡接合部村子，2009年拆除。

自1997年10月落脚北皋，至2009年6月离开，我竟一口气在这个村子待了十几年。回头看，此地竟是我生命里至关重要的一段。在这里一共辗转了几个工作室，其中半年曾短暂离开，直到2009年逢大规模拆迁而彻底离开。在这个村里我画出了人生中至关重要的一批作品，城乡接合部特有的杂乱和奇特，肮脏而有力与人的脆弱和顽强，丑恶和冷酷，全部裸露出来。直到最后离开的2009年，因为拆迁而见识的种种黑暗龌龊，其实都无时无刻不在提醒我，成功的可笑和人的卑微。这些才是北皋这个地方带给我的切肤之痛，这也使我在那十几年里始终处于一种愤怒当中，我在这种忽冷忽热的情绪里挨过了40岁。

埃克斯 2014

车一下公路，车轮开始在铺满白色沙子的路上沙沙作响，远处可以看见圣维克多山熟悉的轮廓线，我长出一口气，终于来了。

2010年做过一个大型的人物展览后，我开始热烈地研究起风景。从中国的山水画到西方的风景，从黄宾虹到塞尚，终于在这个夏天一拍脑门，来到塞尚老家，位于法国南部的这座漂亮的小城，进而来目睹塞尚晚年反复描绘的那座山——圣维克多山。

我外出很少做攻略研究，一则不愿有过多的先入为主的干扰，二则希望尽可能多地保留第一眼的惊艳，那种浑身毛孔张开，尽可能沉浸其

中的感觉。此次我们一样没有过多的询问，仅仅是看到山在那里，就停车拐了下来。视线的尽头，圣维克多山庄严地耸立在地平线上，耳边是风刮过松针锋利的呼啸。安静，一种绝对庄严的安静。

我沿一条路往山的方向走去。天太蓝，阳光太足，健硕的松树好看极了，松针在强光下被映照得透明般碧绿。这种色彩不到现场很难想象，塞尚画里经常出现这种蓝和嫩绿的对比。路边不时有白色的岩石在松树下闪烁，我有些会意地联想塞尚的画。高大的松树和阴冷的树荫是没有图示的，但随处可见强光下的对比。此地树木和石头的比例也是高大伟岸，加上阳光的混合，那种只有在看过作品之后的心领神会此刻显现。我使劲地嗅着这山林里独有的气息，那是一种不同于国内的任何山川的味道，毕竟，这是塞尚的地盘。

我就这么一直走下去，偶尔会有些许的恐惧，太安静了，那是种在绝对的自然之境里和自己相对时的孤独。但又是种作画前应该必备的状态，经由画布和油彩，斤斤计较比例、色彩和线条，进而和山川树木所营造的神圣对话。谁都知道，山一直在那儿，100年前，塞尚不也一直在工作的间隙长吁短叹，时而狂喜，时而束手无策。

穿过一片树林，前面一片开阔的尽头，维克多山终于很近地出现在那里——它的轮廓太坚硬了，我不能想象是因为塞尚的画带给我的感受，还是那座山本身就是这般猛烈挺拔，它太突兀了，一种泾渭分明的存在感笼罩着你。事后回忆，我基本上可以断定是那山势太猛烈。比较而言，塞尚的画更多的是在完善画面上渐渐形成的逻辑，但以我在那座山前面的真实感受，他的画足可匹配那山的威严。他晚年最精彩的几幅山的“肖像”里，已可见这种气质。想想也会激动，血战自然，有时候可能成就一个伟大的第二自然。

离开那座山后的几天里，我回忆更多的倒是那条站满松树的路。我想塞尚在许多的日子里也曾走在类似的路上，背着一个框子和画具，如同一个定时去耕作的农夫。我能想象的也只有这些，和他后来显赫的结果比较起来，当初在工作的那个塞尚也许才是幸福的。

嵩山的往复

近十年来，我开始更频繁地去嵩山，连我自己都记不清楚有多少次了。来来回回的往返中，终于还是有些东西积淀下来，那种懵懂期待的、从量到质的变化在缓慢地发生，只是不能立竿见影。我的心态倒平静，终于有种谋定而后动的坦然。去就是了，山就在那儿。

大概是在美院期间，偶然读到某作家的一句话。他预言他这一生是能写出多少部书的，后来发现他始终书写他成长的那块地方，内容神叨而实在。以后在更多的创作者手里见到他们划定自己的疆域，有点儿咬定青山不放松的劲头。到近两年做风景，尤其偏爱塞尚和黄宾虹。这两位都在某种程度上深刻地诠释了一种“画地为牢”的方法——塞尚的法国南部和黄宾虹的新安——但更重要的却是对某种观点的认同，即以一点大而化之来成全自己的世界观。这样的人物不胜枚举。我明白的是，这不是在为某一地方竖碑立传，那只是一扇门，圣维克多山和新安江都只是他们通向自己内心更广阔世界的那扇门，只有推开那扇门，才可以见到自我世界的真颜。从现在的结果看，他们是幸运儿，黄宾虹在生命最后几年的成功登顶，塞尚晚年把画面逼至的高纯度境界，早就接近神话。从这层结果看，那个当初被划定的范围其实已经是整个世界，是他们人格完整的象征物。

嵩山有极其厚重的历史，山川高古，但吸引我的是它随时展露的那种深邃明朗的气质。在来来回回的这些年头里，我渐渐能把自己对它的领会放在物象背后，至于成全自己什么，到现在都是个谜，我以为这几乎等同于去找寻人生的意义了。

二十多年来，在这一次次的往返里，迁徙成了常态，除了被动的生活，主动的奔波总还有某种理想在支撑。这期间，我已经从一个少年倏忽而至中年，艺术消失了，已不仅仅是消耗着生活，它总会有意无意地引领你去往更高的别处。每一天，你都暗下决心要和积习做个了断，鱼与熊掌，画布和远方都需要取舍与跋涉。想想结果也不至于太气馁，横竖却是一生。

2016年11月8日

杜小同

1972年生于陕西富平，1995年毕业于西安美院附中，1999年毕业于中央美院国画系水墨人物画室，获学士学位，2009年毕业于中央美院中国画学院，获艺术硕士学位，现居烟台

杜小同：活着才是偶然

说关中地界人杰地灵不免落入俗套，可说它是一个风水宝地则一点不过分。从西安驱车半小时就到了我出生的地方——富平。下高速过收费口左手可见唐高祖李渊的墓地，而右手边则是汉刘邦他爹的坟冢。据说富平境内，单唐代皇帝就葬了 7 位。可见风水好的确不是浪得虚名。

可这些描述也不是神话故事的开头铺陈，自然与我的出生也没什么瓜葛。20 世纪 70 年代初，渭北的农村还是一个过完春节就断粮的生存状况。至今也不过刚过 40 年。对于一个假若可以高龄的人来说，也刚过半。想想也没什么好回忆与描述的。尤其对像我这样平淡、内向，从小不爱热闹的人来说，更是没什么重要的事儿可拿出来炫耀的。

小时候所有的美好记忆都来自在我外婆家里住的日子。母亲讲，我刚满月时，她带我到外婆家，除了吃奶的时候，其他的时间我都待在外婆的怀里。我想这是前世结的情感渊源——和外婆的情感最深。我一生下来身体就不好，经常感冒发烧，动不动就发烧至肺炎，家里老少被折腾得厉害，时常爱哭，到外婆那儿似乎身体才会好许多，所以七八岁前大多时间都会是外婆带着。外婆共六个子女，我妈排行老大，最小的舅舅比我大 3 岁。外公年轻时从师范学校毕业后在县里的中学当教师，在

①

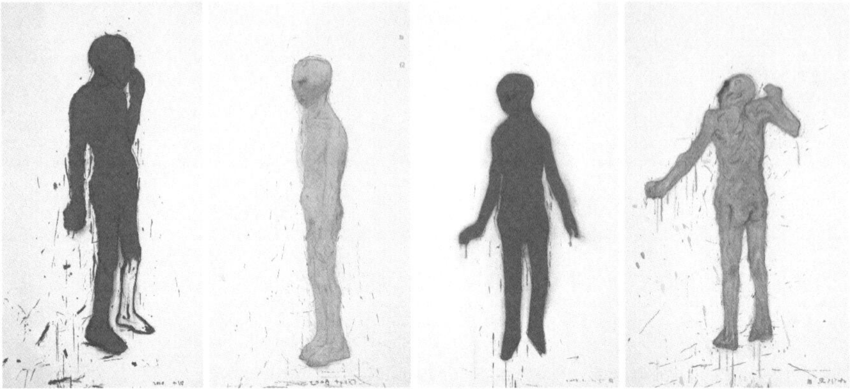

②

③

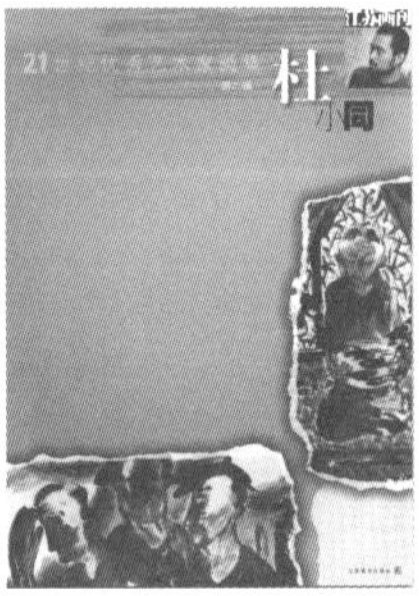

④

⑤

① 杜小同作品《自画像》2001 年

② 杜小同作品

③ 初出茅庐参加的展览——多向选择展

④ 刚毕业时应邀出版的第一本个人画册

⑤ 离开多年后重回兴国寺，在还没被拆的美院办公楼前留影

我可以记事儿时他已经不教书了。母亲说那时候生产队按劳力记工分分口粮，家里就我外婆一个劳力，孩子多没吃的，所以回生产队干活挣工分。但在那个年代，似乎干活也吃不上饭。

外公喜欢看书，记得小时候每次去外公家，总见他不知道从哪儿弄的一些书放在炕边的八仙桌上，没事了看，还当故事讲给我听。小舅比我大3岁，放学回家就给我念课文，读刚学的英文短句，算是我的学前教育了。那时候当地没有幼儿园，所以孩子们都不上幼儿园，到了七八岁就直接上小学。

小时候我似乎总是作为故事的旁观者，远远地观看。说是毫无关系也不对，就好像是随着剧组的脚步，不参与也不离开。那时生产队都有一个蓄水池，遇到干旱天用来灌溉农田，好事儿的弄些鱼养着，不过当地是没人吃鱼的。对孩子来说，水池自然是夏天常光顾的地方，光个屁股上蹿下跳。我永远是站在一边看的，虽不参与可觉得特愉快。抓知了，捉青蛙，我也只是跟着看。那时每年也有溺水的小孩儿，可我母亲从没担心过我的危险，因为在我随着这些孩子出门时母亲已经叮咛过不许下水、不许爬树了。小时候我是特别乖的孩子，胆子也小，往往母亲早上出门给的小板凳，等她忙一天回家，我的屁股和凳子也不会挪个地儿的。

外公睡觉的炕头，那面主墙上逢节日时就挂着一副对联：“铁肩担道义，妙手著文章。”记得写的有些颜体的样子，字体端庄。我至今也不知道它的来历。看起来外公很在意这副对联，一直珍藏。外公弟兄很多，有从黄埔毕业的国民党军官，有在延安的干部。我小时候

常听他们讲那时的故事。世纪之交前后他们也都相继去世了。以至于我后来在看《人间正道是沧桑》时竟莫名地流泪。我有几十个舅舅，常见的也有近二十个，每逢节日，在一起舞文弄墨。他们大多都能写一手好字，也有擅长画者，免不了会画些画分给大家挂，也画些窗花。那时我非常喜欢看他们写写画画。

7岁那年我上了小学，去外婆家就少了。学校就在村口，只要是不上课的时间，我就喜欢在操场的地面上画各种自己想象的东西——汽车、机枪、火车，偶然也会画些杨家将的人物。“文革”大概刚过，大些的孩子不再玩的那些当年他们训练用的木质的大刀，是我记忆当中唯一的玩具。绘画的萌芽在那时开始有了，作业本和课本的页眉上，凡是有空白的地方我都画满了涂鸦。偶尔在镇上的小书店里买来一本画谱，有模有样地描摹。

父亲在当地的一个医院工作，母亲则在生产队务农。我在家里排行是老大，下边有两个弟弟。70年代末农村实行了土地承包责任制，小学时起，只要不去学校，就随着母亲下地干活，学会了种地，去外婆家的机会就少了。母亲对我的读书要求很严，希望我能考上大学。我学习成绩也算说得过去，喜欢写写画画，只是不务正业，在那个西北农村，更没人听说还有美术学院，还有职业的画家。我只是专心地在学校学习，偶尔帮学校弄些黑板报、宣传栏的，直到上了高中后认识了一个考美院的落榜生，才了解了关于美院的一些情况，至此萌生出令全家都瞠目的决定——要去考画画的专业。这可气坏了母亲。原本寄希望考大学的我

怎么现在有了这个“邪念”。

说来也是，我从小在家里都是公认最听话最有前途的孩子，这时完全变了一个人，只差绝食了，如果家里不同意，那我宁可大学也不去考，在家待着，你说气人不气人。爷爷出面调停，先停学一年，去考考试试，不行再回来上学。就这样，我跟着那个同学到了西安，他报考附中的考试，我就随着他。幸运的是竟然一下就考上了，而带我去的同学只是当了一回陪考，很感谢他的指引，我才真正走到绘画这条路上。

现在看来，附中的学习的确给了我特别多的滋补，除了每日的专业课堂以外，兴国寺的山坡上，随处可以看到年轻的教师和各个班级的同学写生的身影。在美院的山坡上，青春期的骚动，伴随着崔健、唐朝的摇滚。那时候学会了喝酒，但只是喝酒，从小就没扎过堆，随过流；并不是因为不喜欢，只是对众人都热的事儿潜意识里就保持距离，保持距离似乎更自然。看别人吼张楚，穿军靴，自己全然不在场。有同学逃课，背着家里到北京的圆明园做起了职业艺术家，急坏了学校和家长，后来找着时已经断粮好多天了。于是学校领导紧急召开稳定大会，会上的讲话我现在还记得：“不能只为搞艺术不吃饭了吧，三天不吃饭饿得慌还怎么搞艺术。大家还是要在学校先把基础搞好，艺术是以后的事儿。”呵呵。

那时大家都充满着理想，梦想着为艺术献身，做一个纯粹的艺术家。图书馆里能借到的画册不多，主要以文艺复兴和印象主义以及前苏联的艺术家画册为主，反复临摹，写生时也模仿着大师们作品的样子，关中

老农也能画成达·芬奇画里的样子，觉得自己和大师已经很近了，只是画好基础课已经无法满足我对艺术的渴望，就非得去改变课堂那些训练的要求和规则，觉得将来是一定要当大师的。丢勒、凡·高、塞尚、马蒂斯是绝对的偶像。

中国美术馆有了罗丹雕塑展、摩尔雕塑展，有了米罗艺术大展。不吃饭也得去北京看。摆在北海公园里的摩尔雕塑的确改变了我以前对雕塑的理解。可看展览时是虔诚的艺术学子，看完回西安混上绿皮火车的那一刻起，那就又完全地成了一个盲流，和查票的列车员斗智斗勇的场景至今历历在目。不管怎么说，一来回也会勾画许多幅火车内的场景速写。满满的收获回到学校。宿舍里关于展览的讨论常常会持续几个周。

能考上中央美术学院，我之前根本没想过。糊里糊涂地去陪考，结果被录取。到北京似乎年龄也长了，或者北京的氛围使我慢慢地开始变得踏实地画画，“踏实地”觉得自己距离大师不仅仅是万里的距离！

时光交替，来烟台生活工作近二十年，已年近半百。这春末夏初的时节，海边依然是凉风。望望窗外，石旁那簇迎春努力地发着新枝，回想起那个黄土坡上在班里最晚系上红领巾的男孩和他的画家梦。如今这画家不还依然在梦里吗？

2017 年 6 月 8 日烟台

赵 力

陕西安康人，1972 年出生，西安美术学院造型艺术部专业教师

自小受二哥影响，1985 年开始习画，1991 年入大学，就读西安美术学院油画系第三工作室，师承武永年、王国维、刘爱民、杨国杰诸位先生，先生传授苏派传统以及欧洲现代派绘画的要义，循循善诱，获益匪浅，2004 年再读刘爱民先生硕士，工作辗转于陕西省艺术师范、西安美院版画系，现被教育部外派比利时布鲁塞尔皇家美术学院一年，绘画读书二十余载，无所成，悟绘画之游戏乃打破与建立，每有跌宕豪气于胸，苦叹能力不足，天生缺陷，无法成为想成为之人，唯有尽力

赵　力：没有流逝的记忆

一

老家原先就是一座很小很旧的山城，汉江在城边拐了弯，冲击出一大片盆地，江里通着船运，连接到湖北襄阳。小的时候陪妈妈坐机动船到过邻县，顺流还罢了，逆流回来却要多出三倍时间。耳朵里柴油发动机不停突突突地唱，两岸的山却只是缓慢地移；把顽劣成性的男孩摁在船舱不能跑跳真是一种刑罚，虽则痛苦，画面却优美。我常常在想，我们被时间以及经验不断填充的记忆碎片，以及所经历所体会到的情感，或许不过是编织过后的假象，背后存在隐藏的力量最终促使我们长大并且踯躅独行。

1976年“文化大革命”结束，这一年间，我刚刚记事。周恩来、朱德、毛泽东接连逝世以及唐山大地震震惊了这个国家。院子里的小孩不断戴起纸花黑纱，随大人站到街门边莫名其妙地哭，电线杆上高音喇叭循环播放的哀乐催人眼泪。10月，“四人帮”粉碎，中国在灾难后获得了重生，陷入生活困惑与疑问的家庭醍醐灌顶般地苏醒，每个人重新整理自己的生活，憧憬未来，而我成长中不可磨灭掉的孩时印记，都来自被“文革”与运动摧残过的人或者事情。

老家设县治可以远溯到汉，区划陕西却有着南方的植被、气候与湖北四川的口音。城中的房屋也多是木门板、黑屋瓦带二层阁楼的南方建筑，仅有的七八条正街，站在十字路口一眼就看到头。街道上人很少，百货公司、供销社和国营菜市、国营食堂虽有人进出，却没有多少商品，

①

②

③

④

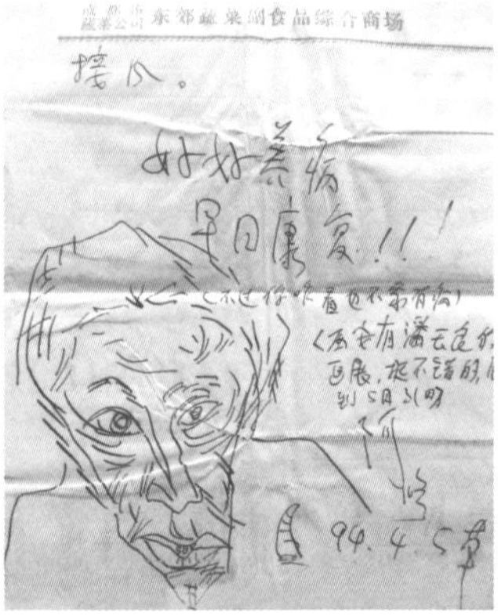

⑤

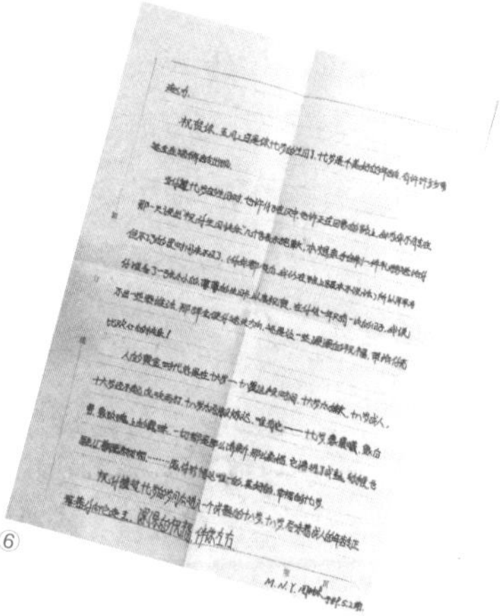

⑥

⑦

⑧

⑨

⑩

① 1990 年画室门前的合影

② 4 岁时的照片

③ 1979 年我们四兄弟

④ 1989 年的郊游

⑤ 1994 年潘阳修写来的信

⑥ 1989 年朋友的来信

⑦ 1979 年的老电影院

⑧ 1968 年开通的安康汉江大桥

⑨ 1978 年电视机还是奢侈品

⑩ 1980 年时髦的哥哥

饭食也不过简单的炒菜与汤面条。每条街口电线杆上都安有高音喇叭，间歇播放着中央和地方新闻并混合着革命歌曲，天空被各种黑色的电线分割着，像是一张网，耳边过路的骑车人刻意摁响的自行车铃却也悦耳。我们家住在东大街一个很老的院子里，据说1949年以前是旬阳县保安团长的私宅，1949年之后被政府没收，成了单位的家属院。前后进两个院子连在一起，家家门对着门，很拥挤。小院儿真正的本地人不多，其中四五户人家是1949年后支援大西北建设而来的江苏人。院子里小孩很多，与我年龄相仿的就有七八个，大人都积极工作建设祖国，没工夫理我们。我们随意地在饭点端起别人家的碗，吃过了扔起来就继续疯跑，发明出各种娱乐的项目，天不黑不回家，每一个暑期的炎热正午一起消磨掉睡意，“野”过各自的童年。

院子最靠近街门口的是石爸家，他们有三个男孩，与我三个哥哥年龄相仿，都在读中学。石爸是江苏徐州人，抗美援朝的时候当过部队的团长，战争一结束就热情响应国家号召，支援大西北来了安康。老大在朝鲜出生，同许多当时出生的孩子一样叫“援朝”。1979年，老大下乡返城直接回到了徐州老家，据说是在一个镇办工厂工作，后来工厂倒闭就回家务农再也没有回来过，我的记忆不深。老二建康却让人难忘，他个子中等，很结实，面色很白，衬着青春痘，很抢眼，学习好，爱看许多的杂书，同我的二哥一样是那种书生气质的敏感青年。但是不知道家中的什么原因，他没有参加刚刚放开的全国高考，而是跑去农村插队——可能是知道返城知青会安置工作吧，院中的人都觉得遗憾，本以为小院要诞生一名状元。老三建国比我大上五六岁，个子矮，却秀气灵性，爱好广泛；话不多，声音细细的，言谈举止“女气”了些，时常被人笑闹。小孩子欺负骂他“二尾子”最能让他气恼得满脸通红。

石爸人精细，笑容宽厚，疼爱孩子，院子里的碎娃爱到他们家去。一到了夏天晚上，炎热被几瓢泼在地上清水驱散，家家都卸了门板，搬了竹床在窄小的街道上，支撑起来乘凉。孩子在木盆里洗过澡，端了板

凳争抢占地方，个个脖子上是一大片粉白的痱子粉。街道口有卖咸炒瓜子和冰棒的小贩，袋里有钢镚的孩子飞奔着去，勾引着我们，一会儿的工夫脖子就是一圈黑泥。那个时候没有几种机动车，北京吉普是单位领导才有的配置，街上有解放卡车拉着石炭来送货，也只是小心地擦边驶过。空气里混合着艾草与清凉油的香味，竹床边，蛐蛐在身边蹦跶，街口的灯亮不过星辰明朗，却吸引了不少飞蛾。石妈妈看过不少古书里的逸闻，临睡的时候常常要我们围在一起听她讲故事，而建康往往最后要将《梅花党》《一双绣花鞋》之类的手抄小说讲出来吓唬我们，惊悚的腔调让我躺在竹床紧闭双眼睡不着。

老三建国手巧，他收集了许多幻灯片，并用纸盒糊出一部像模像样的幻灯机，漆成黑色，盒子屁股是改装过电源的手电筒。他把我们聚拢在小房间里拉上窗帘，屋子很黑，气氛凝重，孩子瞬间就安静下来。伴随着“咔嚓”一声，光斑在糊满报纸的墙上逐渐清晰出一幅画面——放射着红光的五角星。建国严肃而尖细的配音，肃穆地挑动着我们的感官。只是，杂乱无比、四处收集的残片无法呈现完整的故事：阿玛妮头顶水罐慰问抗美援朝的士兵，农业学大寨，科学养猪手册，铁人王进喜，等等，以及打倒“美帝”“苏修”，如何修防空洞、如何躲避核战争的宣传画面。内容虽是天南地北地扯，可建国总能用机智的配音把本来没有关联的画面串连起来，扩大我们的想象。去电影院看电影的机会太少，这样的光线与视觉在我们眼里足够和电影媲美。每一次播放消息都是他秘密放出来，我们亦神秘地转告给下一个人，像是地下党人的活动。为了保持新鲜感，他总为下次预留了新的内容，直到后来实在没有办法了，就动手涂改胶卷底片。可底片是反转的，效果大打折扣，我们就逐渐淡化了兴趣，他却又制作了手枪和武装带配发给我们，安排了兵种级别。我们建立了牢固的军事集体，仍是围绕着这个“司令官”周围。类似的活动一直到1981年他们搬到了别的院子。“组织”还在“头儿”没了，是童年的一个重大的遗憾。

没几年，又听说了老二建康的事，我着实惊了一跳。建康下乡返城被安排在百货公司的业务科，兼管着工会事宜，一次过节发电影票不知怎么少了两张，科长就说是他偷了去，建康绕不开心结，精神出了状况。朋友介绍认识了第一个女友，希望他能够振作起来，不要老是关在房间里读书。恋爱确实收到了好的效果，他们很般配，但是这短暂的幸福、最热烈的心跳被街坊的流言淹没粉碎掉，女友弃他离去，建国开始愈加自闭了。后来家里安排去了精神病院治疗，现在想，这可能不过是有关成长的一个考验，安慰和温暖能帮助他走出困境，可等待他的是精神病院野蛮的治疗，牢狱般的禁闭，不久他就自杀辞世。这是我院落记忆里一件重重的悲剧，也是我的人生第一次看见了灰暗的颜色，年轻的躯体，在经历过“文革”运动的残酷与压迫之后，没能挺过来，释放天性里的光明与勇气。

小孩不知愁滋味，在无意识的经验和不能压抑的好奇心里，我们逐渐建立着对这个世界的理解与种种认识，从残破的小人书到电台的评书联播，从《十万个为什么》到《书海夜航》，故事里的勇敢与背叛，快乐与伤感，进入到星空寂静下的梦呓，默默塑造着我们的性格，影响着我们的选择。

院落每天都在变，王阿姨的头油抹到了波浪的发式上，脸庞红润，笑容盈盈。

1978年改革开放，小院的人学会享受生活，开始买来唱片播放音乐，《泉水叮咚》的欢快女声每天在耳边响起，家里工资涨了，待业青年被安排了工作或是当了个体户，麻三娃烫了头穿起喇叭裤，自己添置了编织机织毛衣，又去广州进来电子手表。我们家里也添了小院唯一的电视机，大哥二哥还托人在部队买来弹簧自己动手做了一对儿沙发。一到了晚上邻居们都会挤在沙发上看《加里森敢死队》《大西洋海底来的人》，9英寸的黑白电视机被撑在它前面的一种塑料材料的有放大效果的镜片扩大到了14英寸，放大镜上下分别贴上了透明的蓝色和黄色薄膜，看

上去就有彩色的天与地，剧情让窄小的堂屋欢声不断。哥哥们却关注到新的生活细节，地下流行的朦胧诗和台湾民谣，舒婷歌颂自然人生的《双桅船》，《约翰·克利斯朵夫》描述爱情与理想的使人澎拜的文字，让他们变得更加敏感。这所有的一切鼓动着哥哥们的生活，他们跳舞、打猎、写诗、绘画。我被诸多时髦的活动所吸引，减少了与同龄人的玩耍凑到他们身边。

城墙的外面是流淌的汉江，波光粼粼的傍晚，石滩上的白色石头也映照着霞光。邻家的姐姐来河边洗衣服，阳光从她挺直的鼻梁边上透过来，脸庞上的绒毛发着光，真是惊人的美。她在图书馆当业余管理员，我便常常等她放学，在夕阳的余晖里跟着她去图书馆。阅览室的画报开启了我文学的启蒙，也催生了早熟的爱情憧憬，我一夜之间长大了。

1983 年洪水冲进旧城，院落无法住人，邻居都各自搬离，有关童年记忆的一切线索也被这洪水瞬间截断，玩伴与姐姐都离我而去，我在新华书店抱回了一堆粘上泥浆的书籍。

二

旧城总是在落雨，我的年轻的朋友，我们在狭窄的生活圈子里看树叶落了又长出来，平添了许多愁绪，我们在诗歌里自怜，纪念尼采的生日，我们不但要勇敢地跳进河流里，还不要忘掉身边的女伴。

80 年代从头到尾就像是一部文艺片，完全的类型化，完全的形式主义，经历夸张又多愁善感，我们随着跌宕起伏的流行剧情逐渐进入这样或那样的人生境遇。

毛头小伙子总是有无限增长的精力与被书中挑拨出来的烦恼与惆怅，穿衣服也要那种紧身的，凸显自己刚刚膨胀起来的胸大肌。《少林寺》《英雄本色》喋血江湖的剧情，使我们这些坏娃子，要么是剃了光头扎了绑腿练习武术，要么和街巷的小混混贴在一起愣头愣脑地打架找

茬，消耗着多余而旺盛的精力，在街巷里混有最足的男人味道。学校严厉禁止花衬衫、喇叭裤、黑墨镜，把我们摁在教室里讲2000年四个现代化实现之后，共产主义社会的幸福。时光流转，我们等待着一个契机的到来，或是山外边远方搬来的新朋友，或是一部书的文字，或是一次未成功的暗恋，年轻的我们突然整个人就傲气“绅士”了。

每周末县图书馆晚上对外开放，在借阅部办了押金手续就成为了会员。1985年的一年，我每周都会去借书还书，作业草草应付掉就捧起借来的书缩进被窝。借书的同时也喜欢去新华书店，商务印书馆在整个80年代出版了许多经典的世界学术名著，现在知道那些都是当年热卖的思想启蒙，是对西方世界真正了解的窗口。流落到我们县里书架上虽只是零星的几本，却本本经典，譬如黑格尔的《哲学史讲演录》与《美学》，柏拉图的《理想国》，弗洛伊德的《精神分析引论》《梦的解析》，尼采的《悲剧的诞生》，等等。读不懂，但还是咬牙买来几本放上书架，装的时候抽出来翻翻，挑出来几句摘录在本子上（那时候几乎每个人都有一本写日记写诗歌的小本子，里面还会剪贴上警句美文）。天上下雨只能窝在家里，无事可做就翻出来一页页地读，配合着雨点落在牛毛毡篷上的滴答声音与窗外吹进来的清凉空气，制造出一种梦幻般的情景，宛如歌德书里柔美且励志的描写，无知少年就突然地“文武兼备”了起来。

对学校学习我是老没有兴趣，母亲说得多了也懒得再管，定下几条纪律便任由了我。电影公司有绘制海报的画家，每次电影开演前把海报挂出来。画家长头发大胡子，站在画前，嘴里叼着烟卷，吸的时候微微皱眉，眼睛眯起来，那叫一个潇洒。在我看来能画这样好看的海报就是最牛的事情，我渴望学画。后来别人告诉我画海报只是业余的水平，不是艺术，专业画家都在县里文化馆，他们是美术学院毕业的，懂印象派、现代派，会画精致的素描油画。

基础训练是在家里，二哥学过画，他用白纸糊了药盒做静物，指导画素描的方法。我在不长的时间也可以画得很像很细腻，直到遇见第一

个正式的老师。是秋天，傍晚去他的画室，光线很弱，有五六个和我年龄相仿的男孩低头猫腰地画石膏。老师看了我带来的厚厚一叠习作，没有多说，就在墙角的地上铺上一块白色台布，进里屋拿出一个石膏长方体用劲儿砸到白色台布上，石膏立即碎成七八块，递过来一只秃了头的6B铅笔，告诉我可以开始画了。我瞬间惊愕，哪有用过这么软而且画起来就脏的铅笔啊。我没有搞懂，可还是留了下来，潜意识里喜欢这里混乱的气味，周围的五六个人在笑看我。以后的许多时间里我们朝夕相处亲如兄弟一起折腾。

春天天气好的时候骑车去郊外画油菜花。赭红色的田间小径在刺眼的黄色里露出一小截，沉稳协调却难以下手去画，埋怨颜色的纯度太低，质量太次，就揪上两把带回画室改作静物。夏天，在河沟里支起画架，顺便摸几条小鱼，掰几穗玉米，画过之后就拢火烤来吃。秋冬极寒冷，在画室画画都会满手长冻疮，外出写生就更不行了。老师的画室四面透风，生了炉子也不管用，水粉颜料立刻就会冻住，只能停止了色彩写生改画速写和素描。到了晚上画室更冷，会骑车去城中的招待所，那里有从各个县里来的业务员，现成的素描模特儿。招待所的房子暖和，四人一间。晚上出不了门，也没有什么别的娱乐，桌子上就摆了白酒和花生米，我们佯装下乡采风的画家，命令他们稳稳地端坐，承诺画好的样子可以登在画报上，“模特”就瞬间地精神起来，任由旁边的舍友喝着酒逗他，却脖子挺直一动不敢动。昏黄的灯下，人物都是古典油画的调子，可惜我们的臭水平，浪费了这般的好模特儿，擦擦改改、紧紧张张的画面却也舍不得丢弃，留下其中一幅最不好的告别离去。

阳光洒在新式的楼房顶上，旧城的古朴静谧挤在了仅剩下的几条老街里。老房子有阁楼，楼梯也是粗壮的硬木头，房间头顶有明瓦的光亮。推开窗户，姑娘穿着花格连衣裙在房檐下走过。春情萌动、蓬勃旺盛的少年此刻被一种柔弱力量所牵引，瞬间懂得了维特的忧郁和解放。女孩子不说什么，寄一封写了字的明信片来：“某年某月在街上看到了你。”

朋友们都在这最好的时光里恋爱了，河风刮得呼呼作响，城堤上的少年骑着笨重的单车，女孩坐在前杠上书包斜挎在车头，远离城市的乡村里心在扑通跳。学校里流行席慕蓉、汪国真的诗，几乎每个班级都有自发的诗社，借用着学校印试卷的蜡版，自己动手刻印。一位男同学知道我喜欢看书便邀我参加，我看着他笨壮的个子以及满脸的青春痘，坚定地拒绝了。那孤傲的少年心里怎么看他都不符合诗人的形象，揣测诗社一定是延安鲁艺的做派。日子就这样散漫在焦虑的等待和飞翔的侧影里，伙伴们开始写诗并学会了抽烟。

我刚刚高中，许多女同学家中都有一两个弟弟，哪儿能都去读书，考学的希望全在弟弟身上，加上能够自己挣钱买衣服打扮的诱惑，就辍学了，进了工厂。城中央的一条直路被叫作“小香港”，店铺林立，堆放着从广州运来的时髦衣服。最大的工厂就是缫丝与印染厂，丝绸卖得好，职工收入也高，工厂的女工是这里最大的主顾。街上有舞厅，夜晚就聚满了闲散青年，在《荷东》的迪斯科音乐里放纵。那些个女友再回到班级来玩耍时，穿了蝙蝠衫、紧身裤，抹了口红，头发是波浪式的，迅速结识了单位优越的新男友，谈婚论嫁了。初恋就像被春天的河风吹过的水边嫩草，刚露头不久就褪尽了幼稚颜色，我的朋友们重新回到了画室。

姚是我难以忘记的朋友。80年代末，到处都流行着一种娱乐的项目——台球，普及的速度远远地超越了乒乓球。这项起源于欧洲的绅士运动，在这里变成了纯正的较量与检验心态的赌博。每一条街道的树影之下都摆放着五六张笨重的台球桌，街头的无业小青年整日耗在这里，我们从画室一出门也要在这里打上几把，掏光兜里的零钱。姚就是台主，经营着自己的台球桌。有一位画画的老师姓童，矮矮胖胖、留着长发，是美院毕业的前辈，常常去他那里打球，他们处成了朋友，姚随即卖掉了他的台球桌开始学画了。

那时候学画的少年听说了某位高手的存在都会过去比画较量。我在

画室见到了姚，他刚刚学习三个月却有极佳的悟性，已然画得很好了，又一脸坏笑玩世不恭的样子，很有吸引力，我们成为了朋友。

他只上过高一，却有让我惊异的不俗的谈吐与那么多的文学见识，也最能够做一些让我们跟不上节拍的事情，捉弄人的花招层出不穷，在我们的共同记忆里他是最有才华的那一个。考美术学院是场美丽而艰难的长跑，每年只招考那么十几个人，朋友们在每一年的用功、期待、失望里徘徊，送我走之前，会开玩笑地唱起齐秦的歌：

“你是不是不愿意留下来陪我，你是不是春天一过就要走开，真心的花才开你却要随候鸟飞走，留下来，留下来。”

姚，最终一个人留在了老家。其实，他曾经考上了苏州一所专业的艺术院校，但只上了一年就退学回家和朋友开了城里的第一家广告公司，生意很好却不善经营，懒散的他不断逃避客户的要求，他可能真的不适合生意场，广告公司歇业了。后来，城市售楼刚刚兴起，他去做了策划，赚到了钱又迅速挥霍掉。再后来又做过许多事情，却都是在打发时光。他开始酗酒，刻意地回避与朋友每次见面的机会，每一年假期我都会回家，却见不到他的身影。在他去世前一年的正月聚会里，他来了，头顶的头发少了许多，戴了棒球帽，再也不是那个驱风少年。我们平淡而平静地闲聊，青春已去，我们还需要走过陌生的道路，去看那陌生的风景。

2016 年 9 月记

祝铮鸣

1979 年 10 月生于浙江，先后就读浙江美术学院附中（现中国美术学院）、中央美术学院国画系本科、中央美术学院壁画系研究生，现居北京

祝铮鸣：杭州往事

生命——
所有的，都在觅寻自己
觅寻已失落，或掘发点醒更多的自己……

——周梦蝶

一

柳浪闻莺是西湖十景里与我最亲近的地方，最早进到里面是九至十岁的时候。公园最挨着南山路的入口处有一座娃哈哈迷宫，四周是浓密的树林，迷宫挺大，由许许多多的木隔栅围成，木隔栅被刷成好看的浅蓝色。我在迷宫里来回地跑，无数次的碰壁，最后欣喜地找到了出口，在出口的地方每个孩子被奖励一支小玻璃瓶装的娃哈哈营养液，其中的味道我已不太记得了。

后来的每年暑假，爸爸都会带我去柳浪闻莺看露天电影，看电影是我们父女俩共同的爱好。那个时候，柳浪闻莺的露天电影院分为两场，甲场和乙场，甲场在靠近湖边的那块草地，乙场则稍微靠里些。每个晚上甲乙场上映不同的两部片子，我们挑喜欢的看。一般来说，动作片稍好于剧情片，译制片稍好于国产片。

湖边的蚊子可不少，除了扇子，还要备上清凉油。早早去的话，往草地上一躺，还能看着放映员搭扯大幕，调试机器。在等待的时候看夕阳在平静的西湖中西下，柳条迎风悠摆。也有湖那边的三两个男孩子赤

①

②

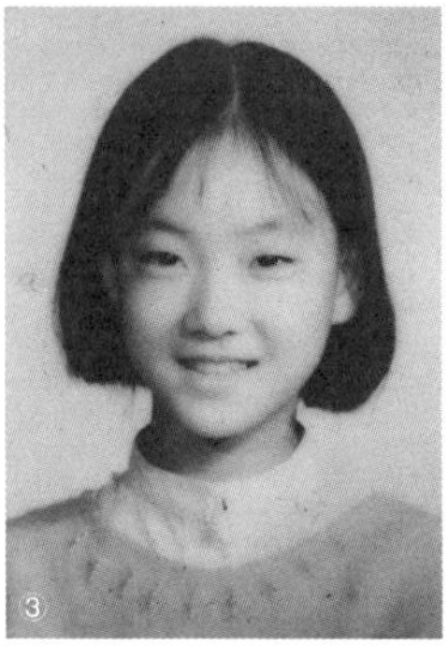

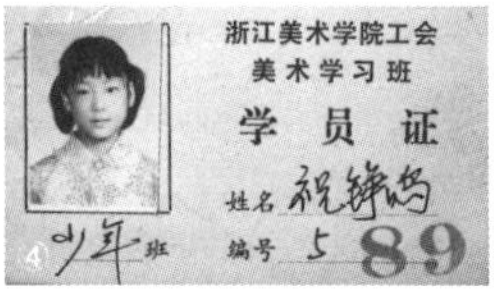

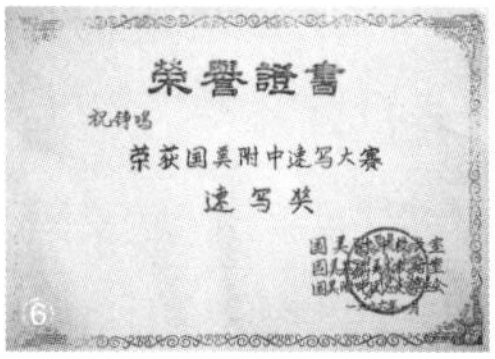

① 祝铮鸣近照
② 1995年国美附中徽南写生途中（左二祝铮鸣）
③ 祝铮鸣10岁
④ 1992年浙江美术学院（现中国美术学院）少儿美术班学员证
⑤ 3岁祝铮鸣在灵隐寺大雄宝殿前
⑥ 1996年获中国美术学院附中速写奖
⑦ 9岁祝铮鸣和姐姐在当年浙江美术学院（现中国美术学院）校门口
⑧ 1984年第一版《百年孤独》（北京十月文艺出版社）

膊游上岸来，浑身淌着水雀跃着来看电影……直到夜幕降临，放映机灿烂的光芒投射开来，老老少少男男女女在暑热退却后的湖滨草地里笑着或哭着，随着剧情心绪跌宕……也有赶上下雷雨的夜晚，轰隆隆，大家鸟兽散地逃去树丛里，我躲进放映机下面的木架里，看漫天细雨中的画面还有男主角特写的眉眼。

那些童年的碎片，旧时光里的夏天，离我似乎越来越远，可又仿佛越来越清晰。那个陪我去看电影的中年人已年近古稀，城市里的露天电影院也越来越少了。记忆，是一份时间遗留下来的礼物。

在柳浪闻莺南出口的地方，我们也看过几次消夏晚会，台上的阿姨穿着闪亮的演出服，学着邓丽君的台步，歌声既浑厚又妩媚。

几年之后，我已是少女，在国美附中上学。有一年的最后一晚，男友约我去了柳浪闻莺北门的游船码头，那次是我的第一次约会，和那位穿着军大衣的少年。我们不知道要说些什么，只是蹲坐在码头的石阶上，看着寒月在水波里碎了的倒影，听游船的船身轻轻撞击堤岸的声音，好听极了，像是《神秘园》里的鼓点。我们一直坐到天色发白，于是离开。

这之后的二十多年，我再也没有进去过柳浪闻莺。

二

每次回想起在杭州的日子，都会在脑海中浮现出一个人的名字，他是我的恩师施绍辰，是在艺术道路上给过我自信最多的人，也是用其风范感染过我的人。

国美附中的同学们称他为“施老大”，他是我们的校长，也给我们授课。在我的眼里，他的风度更接近于一位音乐家，而非画家。他穿着考究，有欧洲古典范儿，气质脱俗，直直的身板，礼貌的微笑，齐耳的短发倒梳着，露出明亮的额头。在沉思的时候，他会略微蹙眉，眼神忧郁而充满诗意。

当时我们附中的教学楼是一座仿民国式建筑，白墙灰瓦，建筑中间有两个方形的中庭，施校长的画室紧挨着我们的教室，窗户向着中庭。每次路过他的画室，我们都爱往里看，里面总是插着鲜花，钢琴的旁边

立着画架，画架上的油画画幅都较大，色调多是明快的，正如同他言语的温暖。作为国美的油画高材生，他早年游学阿尔及利亚研究“马格里布”绘画，所以他对沙漠很有感情，对技法又深有研究。记得他有一幅作品《撒哈拉沙漠》，笔触很小但色彩丰富，人物和骆驼塑造得很结实，作品的气势很是磅礴。他的画面似乎总有音律感，这大概和他深厚的音乐素养有关。

附中二年级的上学期，施校长给我们上过素描课，画的是石膏像灯光作业。他给我们看画的时候总会挺拔地坐着，轻轻执着铅笔，如成竹在胸的指挥家，他的语调亲切而有力，又像一位吟诗的人。贪玩的我那时候并没有好好上课，作业也是临时抱佛脚。到了下学期，换成施校长的儿子施舸老师代课，施校长特意嘱咐他，说“祝铮鸣是个艺术感觉很好的孩子，你要多留意她”，可是那时的我成天逃课，没有认真画画，现在想起来满是懊悔。

2006年的春天我回南方，听到了恩师的噩耗，一时无法接受。施绍辰先生是在2003年因心肌梗死去世的，那时候他刚刚退休不久，有同学说最后一次见到他是在滨江，他推着外孙女的小推车，很幸福的样子。

对于施校长，我总以为会再见的，却再也没有了机会。这美丽的西湖边，永远没有了他的英奕风采，没有了他温暖的话语，真是最让我伤心的地方。

三

10岁那年我曾经住在玉皇山下，那里景色幽美，离虎跑和净寺都近。

每个白天我去美术班学画，晚上和周末就在玉皇山下玩儿。那时候的玉皇山游人稀少，山脚下是菜农的瓦房和菜地。通往山上的那条公路上铺满了蛇皮，白色的，踩上去会发出脆脆的响。据说那些蛇是夜里从山上爬下来被过路车轧死的，因为没人打扫，久而久之，路上积满了蛇皮。我害怕那些蛇皮，因此每每忆起玉皇山，总还有些不安的情绪。

偶尔我们会去虎跑接一些泉水回来熬粥喝。后来爸爸跟我谈起李叔同，说他是在虎跑寺出的家，他有位美丽又贤淑的日本妻子，得知他出

家后在寺外长跪不起，连着好几天，最终李叔同也没出来见她。

10岁的我已经隐约知晓人生命运的苦厄，想那出家人的生活必定是“苦”的，于是连那虎跑的水，我也不怎么觉得甘甜了。

后来长大，那个法号“弘一”的僧人成了我的偶像，我喜欢他的书法，不管是他出家前的还是出家后的。我也喜欢他的那首《送别》，无论是歌词还是音律。

我们的房东也是一个老菜农，但他还有兼差，他在净慈寺里看管一口井。那口井不是一般的井。传说净慈寺被烧毁后济公去四川募化来了100根大木头，这些木头顺着长江水流到这“醒心井”。后来，一根根的木头从井水里冒上来，这口井便有了新名字，叫作“运木古井”。90年代浙江台播放过《济公》，“古井运木头”的镜头我到现在还能记得。

因为房东的关照，我去净慈寺里玩过几次。寺里很安静，古树也多，黄昏的时候钟楼会敲响“南屏晚钟”。“南屏晚钟”有108声响，都听完需要挺长的时间。我看见过那个敲钟的和尚，他站在高高的钟楼上，穿着深蓝色的跨栏背心，浑身是汗。

我也在寺外的树林里听过“南屏晚钟”的钟声，虽然被来往汽车的鸣笛声搅扰了些，可还是很悠扬。

直到上中学后我才知道有一首歌也叫《南屏晚钟》，徐小凤唱的。歌里唱道：“我匆匆地走进森林中，森林它一丛丛，我找不到他的行踪，只听得那南屏钟……南屏晚钟，随风飘送，它好像是敲呀敲在我心坎中……”

四

我上附中的时候，美院的伙食很好。大排和月亮肉是1.5元钱，是食堂里最贵的肉菜了。青菜是0.8元，米饭的价钱不记得了。饭票是软软的塑料片儿，有黄有绿，我们用皮筋捆好，握着去打饭。

家里每个月给我寄800元的生活费，我要拿着存折去湖滨的工行取。800元已是很富足，偶尔有缺钱的时候在校门口打投币电话回家，或是写一封长长的家信，聊一些学习和生活上的进步，最后小心翼翼地问一

句“可否寄100元来买本画册”，爸妈便急急汇钱过来。

有时候我们也去打牙祭。离学校不远的劳动路上有一家牛肉粉丝店，店面小到不能再小，店里一张两人桌，店外一张四人桌，口味却是好到不能再好。开店的夫妻俩一个负责切肉，一个负责下粉丝。最后端上来的是一大碗热气腾腾的牛肉粉丝，还有用油纸垫着的切片牛肉，或牛心。牛肉切得薄薄的，用牙签挑起，蘸些调配好的胡椒盐，美味至极。

除了牛肉粉丝，我还喜欢的有知味观的臭豆腐、延安路上的南方大包、东坡路夜市里的炸香蕉、校园小卖部的嘉兴肉粽子。

五

最早在国美学画画，是在美院工会举办的少儿美术班里，教课的老师都是美院的退休老教师。我还记得其中有马玉如老师、赵延年老师。每节课老师设置一个命题，我们用彩笔画，现在回想就是儿童画，不过老师很是慈祥，小朋友们也友好。有时候我们也捏泥巴，捏一些动画片里的造型。

稍大一些，我开始系统地学习素描和水粉。我很快学会了用铅笔排线，用十一笔颜色画好一个苹果，其中有三笔是画明暗交界线，两笔反光，一笔阴影，亮部是四笔，高光一笔。在获得技能的同时，我开始意识到画画是一件比较无趣的事情，有时我觉得画室像个沉闷的车间，让人透不过气来。尽管如此，我还是顺从地接受了家长的安排，每年寒暑假继续在国美学习。1992年的那年暑假，我们住在美院里的万曼壁挂研究所，那是一幢废弃的教学建筑，因为万曼先生的逝世而没有再使用。房子很漂亮，欧式的，南北两间屋，北边那间住着雕塑系的曾成钢叔叔一家，南边是我们。曾叔叔气质儒雅，见人也客气，我在校园里见过他的作品《鉴湖三杰》，人物有些变形，造型却讲究。曾叔叔的夫人是个热心人，她总爱穿一件无袖的长款连衣裙，当她在校园里骑自行车的时候，印着大花朵的裙摆轻轻飘起，像只裳凤蝶。曾叔叔的儿子小我几岁，很聪明，成天戴一副跳霹雳舞的黑手套。

那个夏天我已经开始画些简单的石膏体和静物。还记得画室里潮热

异常，吊扇呼哧呼哧地扇着，也无法让人清凉下来。不能像其他同龄的孩子那样玩耍着过暑假，让我禁不住地懊恼。好在还有几件让我高兴的事情。那一年的巴塞罗那奥运会很精彩，晚上可以边吃西瓜边看伏明霞跳水；有时候哥哥姐姐来看我，我们在饭桌上玩儿“报数”的游戏，轮流报数，四和四的倍数不能说，谁说了谁罚酒；偶尔我也和小曾弟弟打羽毛球，或者看他跳霹雳舞。

万曼壁挂研究所的屋子有一扇很大的哥特式花窗，我用了一个周末的时间给玻璃涂上了五彩的颜色，之后的每个白天，阳光透过窗户射进来，屋里出现了缤纷的光之斑。

一段学习结束后，作为奖励，爸爸带我去了绍兴游玩，我们去了兰亭、三味书屋、秋瑾故居，还有咸亨酒店。

一年后的夏天，我在吴山上的一个美术班继续学习，那一年开始画石膏像。

1994 年初，美院附中开设了考前班，我开始了考前的冲刺。后来成为我监护人的王笏良老师在美院担任体育课的老师，他在足球场边有一间办公室，我住在那里，一直到考学。

那间办公室最外面是些体育课的器械，往里几个架子，上面有各种各样的球类，最里面是一排书柜，办公桌和单人床。书柜里放满了书，除了和体育相关的一大部分，还有不少世界名著。那几个月里我白天去考前班画画，晚上回来读小说，临考前，画画没怎么进步，小说却看完了一大摞，其中还记得的有《德伯家的苔丝》《基督山伯爵》《呼啸山庄》。

我画头像，用的是费钦的画法，线和面相结合，同时也借鉴些徐方叔叔的明暗调。画水粉，参考的是徐明慧，当时的考生大部分都是按她的方法来。石膏像里头，我最拿手的是“海盗”，几乎各个角度都画过，“阿格里巴”我也能画好，“马赛”则稍差些。

附中考试的第三天，素描考的就是“海盗”，连我抽到的角度也正好画过，素描发挥不错。结果第四天的水粉却考砸了，还记得当时一出考场我哭得稀里哗啦。

后来还是被录取了，1994 年 9 月，我正式入学中国美院附中。

附中的课程比较宽松，上午是专业课，下午是文化课，之外我们有大量的空暇时间。十五六岁的年纪，有几位气味相投的室友冰火相融，偶尔去湖边逛荡，偶尔去书店淘书，偶尔看一次通宵电影，也是青涩的人生体验。那时候的女生宿舍里谈论最多的是张爱玲或三毛，男生宿舍里谈论最多的是女生。

就在湖滨的一家旧书摊上，我淘到过一本中国第一次出版的《百年孤独》。那本书深棕色的书皮，书角已微微卷起，内页也泛了黄。我很快读完那本书，很多细节现在不是那么清楚了，只是小说里的“大冰块”和“猪尾巴”还深深记得。“大冰块”让我见识了现实世界里暗藏着的无穷的惊艳；而“猪尾巴”使我恐惧，这份恐惧一直伴随着我成年，在潜意识里它一直在提醒我警惕这世间所有的“未知”，还有不遵从伦理后很有可能要付出的代价。后来，《百年孤独》这本书似乎在更多的精神层面上影响了我，以至于在十多年之后我画出了一批名为《百年孤独》的头像作品并被广为认可，从此，“百年孤独”这个名字和“我”宿命般地被捆绑在了一起。

六

15岁的时候，我自觉已经成人。那个时候爱听李宗盛的《十七岁女生的温柔》。表姐和我同时就读中国美院附中，高我两届，那个时候她正好17岁。我无比羡慕姐姐，姐姐会弹吉他，当她弹拨琴弦，中分的长发飘散开来，不羁的青春之美让我心潮澎湃，她17岁，又成熟，又有才情。

姐姐是画素描的天才。她的素描里有一种很“狠”的气质，人物造型有些执拗，又有些憨拙。她画调子排线多用硬铅，体积的塑造极其扎实，以至于最后的头像效果都像是用大理石雕凿出来的。她画画时我在旁边看着，总是暗暗惭愧自己用功太少。

姐姐个性独立，在女生中有着出众的思想和才华。附中三年级，她去了趟北京考察，回来后就毅然决定了要报考中央美院的雕塑系。当时国美附中去央美上大学的还几乎没有。她给我看她在北京的照片，告诉

我北京很辽阔，也很苍茫。

从小到大姐姐都是我的指南针，我默默学习她所擅长的一切，当她告诉我她要去北方求学时，一圈新的涟漪似乎在我的心里被激起。

两年后，我们在中央美院会合了。

又过了若干年，我还在北京，姐姐留法回来后又回到了杭州，她把观音洞的一处农民房子改造成了画室和住宅，在旁边，还开了一间很有品位的民宿，叫“乐言居”。

七

在西湖边的那座校舍里，我们是群爱摇滚的孩子。那时候的摇滚歌星真多，大陆有“唐朝”“黑豹”“超载”“魔岩三杰”、崔健、郑钧等，台湾还有类似摇滚的流行音乐，代表歌手有罗大佑、赵传、齐秦、伍佰。

男生们每天沉迷于歌唱，从洗脸池唱过宿舍唱过画室再唱过食堂，他们情绪高亢，气宇轩昂。其中我能记得的《梦回唐朝》里的唱段有：“忆昔开元喧盛日，天下朋友结交情，眼界无穷世界宽，安得广厦千万间，仿佛梦里回到唐朝……”

他们刚开始学着崔健的样子穿衣服，下身穿红色健美裤，上身是绿军装。后来窦唯在红磡唱得实在太帅，男生们又改头换面穿一身黑衣。我记得我的表哥最崇拜崔健，有一年崔健在浙江省体育馆办演唱会，他们一伙同学在版画系印了好几张丝网的门票。我更欣赏的是窦唯，他嗓音清冷，长相迷人而才情横溢。我有一张他的海报，海报上面的他纯净得像个婴孩。

除了国内的磁带，我们也听卡带，卡带是海关检获的钻过孔的磁带，各国的音乐都有。我们每个人几乎都有一大盒磁带，上专业课时挑一盘磁带塞进 Walkman 里，边赶作业边戴着耳机听。

1995 年的春天邓丽君去世了，大陆的摇滚乐团联合录制了一盒专辑，叫作《告别的摇滚》，那盘磁带里的歌都很好听。我还记得磁带的封面是一只夹着烟蒂的男人的手，无名指上戴着一枚嵌有邓丽君相片的戒指。

八

国美在西湖以东，因此，西湖以西的地方我很少去。

小时候去过几次灵隐，一次岳坟，有可能还去过植物园，对此我已经不太记得清了。

有一个地方在西湖以西，我也只去过一次，可是印象深刻。

在一处荒地，立着一座牌楼，我看见上面有块高高的匾额，上面有三个字——“学到老”，字好像是金色的，很大很大。穿过牌楼，是一个野草丛生的大土坡，中间有宽宽的大石阶，石阶笔直往上，很高很高，似乎望不见头。土坡上的黄土被风吹得四散，除了风声，四周一片死寂。不知过了多长时间，我到了石阶的尽头。一座很大很大的荒冢出现在我的面前，那上面好像有碑文，好像又没有。

那时候我六七岁，我以为，那里埋着的那个叫“盖叫天”的人，一定是和越王勾践一样的古人。

很多年过去，我才对“盖叫天”的生平有所了解，他是一代京剧表演大师，在“文革”中去世。也就是说，当年我路过他的墓地时，他也才入土十多年。

可是那墓地的荒凉至极，在我幼小的脑海里烙印如此之深。

九

我从小就向往远方，向往流浪的感觉，这和三毛的影响不无关系。同时，我又极度害怕孤单，时刻需要安全感。少年时，我一直在寻找那个既能让我产生在远方的流浪之意，又不失安全之感的地方。后来，我在北京定居，我以为我找到了。

杭州的生活太过安逸，所以，我在杭州不曾流浪过；杭州的风情之宛然又让我觉得失了些稳妥，我逃离了杭州，像是燕儿飞出了安乐又脆弱的窝。

那些往事，那些我曾栖息过的痕迹，就让它们过去吧。

金江波

上海美术学院教授，清华大学艺术设计学博士，上海公共艺术协同创新中心执行主任，现为中国工业设计协会信息与交互设计专业委员会副主任兼秘书长，国际公共艺术协会（IPA）副主席，上海创意设计师协会副主席，上海青年美术家协会副秘书长，上海非物质文化遗产保护协会常务理事，曾获“连州国际摄影节”年度杰出艺术家金奖、“中国美术奖”提名奖 、“上海设计展一等奖”、“上海市 2011 年十大青年高端创意人才”、第五届上海“德艺双馨文艺工作者”称号，上海市“青年五四奖章集体”称号等.曾发表论文数十篇，并出版《Booming？繁荣？》《我心即白云》《地方重塑：国际公共艺术案例解读》《地方重塑：两岸三地公共艺术政策研究》《当代新媒体艺术特征》《地方重塑——公共艺术的机遇与危机》等专著

金江波：不确定的记忆

很难说，怎样表达我作为70年代生人的总体感受。

当站在不惑之年回望这迷惑的几十年周遭，越发觉得世界的一切呈难言之名状。时代巨变如大旋涡般，把所有的一切搅进去，这种身处在时空加速区间的现实镜像的不真实感，构成了复杂的不确定性，没有人能准确预测到这艘巨大的名曰“China”的航空母舰将如何启航以及奔赴何方。仅从这几十年的时空关系审视这周遭，会很庆幸自己曾作为其中一员，见证奇迹的不确定性也感知了记忆的伟大。有时如惊梦初醒，掐指入肤，让微微的痛楚提示着自己，这是真的吗？

我在浙江东隅的一个滨海小镇出生，童年的全部美好记忆是外公外婆无比地溺爱我。当父母亲响应伟大的号召远赴边疆后，我自小和外公外婆生活在一起，在外公外婆的宠爱之下，幸福地拥有着“无政府状态”的自由。自小就吃着百家饭穿着百家衣，调皮捣蛋的身影经常穿梭于小巷的深处，嬉笑游玩于邻里群舍的聚落。对我而言，哪里都是我的家，哪里都是我的快乐天堂。在我不确定的有限记忆中，我依稀记得童年最嗜好的食物是炼乳。当我每每尝到这种人工调配的腻甜奶味食品时，心中充满对母乳的向往。我生下来3个月后，母亲就离我远去，奔赴北方的冰天雪地，去响应知青下乡再改造的伟大使命。母亲身上的气息与母乳的香味早已化成空洞的空气，在婴儿的手指吮吸之中荡然无存。和天下亿亿万万的儿童一样，除了剩下那点母亲模糊身影的万千想象外，对炼乳的嗜好俨然成为我躲在被窝深处悄悄地思念遥远母爱滋味的投射。

1

① 金江波近影

② 1982年，与堂弟金江春、金江麟拍摄于浙江省玉环县楚门镇南门湖附近

③ 1987年与外公外婆和表弟王珏摄于浙江省玉环县小筠岗村

④ 1993年，我和父母、妹妹、妹夫还有我大姨、姨夫与恩师汪大伟教授夫妇在上海一起聚餐留影

⑤ 1999年我爸妈在浙江玉环楚门家中一起唱卡拉OK时的情景

⑥ 1997年，妹妹江丰结婚仪式当天，我与太太沁谊（那时还未成婚）和堂弟江春一起留影

母亲从遥远的北方（黑龙江）支边回来时，我已经6岁了，之前的母爱和父爱都源自伟大的外公外婆。外公外婆都是勤劳热情的海边人，而外婆的乐于助人尤为乡里乡亲所推崇，她几乎愿意帮助所有希望得到她帮助的人。小时候的记忆中，外婆家门庭若市，几乎天天有不少的人进入外公小院子里，寻求外婆的拔刀相助。来人们总是低沉而充满敬意地在院子里轻呼“梅花姨在家吗”。被人家称为“梅花姨”，是他人对外婆的情感认同。在我儿时有限的记忆中，不管来人是谁，如何诉说着他们的故事与诉求，外婆总好像是最热心的听众，她始终乐呵呵地笑对着每个人，总是热心无私乐于助人地帮助他人，似乎所有人的诉求都能在她身上得到回应。当然，后来我知道，外婆其实也帮不了所有的人，但由于她的热忱、真诚与耐心，首先赢得了他人心中的信任，同时她的认真倾听释放了所有人的不满与顾虑。与外婆的专注对外不同的是，我的外公始终是勤勤勉勉地负责这个大家庭的内外，是家里的顶梁柱。“文革”的后期与拨乱反正的前期，他们作为忠诚的革命队友始终相互携手相互支持，支撑起一个硕大的家庭系统。

美好时光始终是短暂而易逝的。

随着我母亲支边回来，我父亲从浙大念书归来，我和妹妹回到父母身边，开始进入完整的家庭生活。与母亲在一起的生活记忆，并不完全是母亲的回归而带来的团聚与和睦。由于母亲天性的好强以及在北大荒锻炼出来的拓荒精神与坚韧的性格，她开始追求弥补失去的人生光阴。好强而不甘人后，工作上努力奋斗追求卓越。古语说“皇天不负有心人”，她的上进心和工作能力很快获得团队一个个肯定和一项项荣誉，在工作

上一步一个脚印走向她自己的世界和目标，从一个小小的银行职员最终成为省银行的行长。与母亲强势追求完美不同，我始终怀念无拘无束的嬉戏时光，进入小学的时候我依旧沉迷日常的玩耍，并没有用心在学习和功课上，时常被老师投诉，以及带着一张不及格的试卷灰溜溜地回到家，于是等到的就是母亲气愤填膺的一顿恶打。至今我记得母亲几次棒打我的镜头。约莫在小学二年级的时候，我在外面玩，不小心忘了做家庭作业，第二天交了个白本给老师，结果老师一怒之下告状给我老娘。下完班回来她问我，我撒谎说我做了，不知道丢哪里了，结果，我老娘一怒之下扯着我的耳朵，关上房门，反锁上门，把我拉到桌子边，捆绑在桌脚上，抽出竹扫帚的竹条朝我一顿恶抽，一边打一边流着泪狂骂我不争气，骂我学会撒谎做人不诚实，骂我做人没理想，一边骂一边继续狂抽着我的腿和屁股。若干年后，我依然清晰记得我那时撕心裂肺的狂嚎，以及旁边被吓哭的妹妹的惨叫声。住在不远的爷爷奶奶闻讯赶来，在门外央求他们的儿媳妇手下留情，放过这未懂事的长孙，而我母亲毫不动心，挥着竹条一记记抽打在我身上，一阵阵痛在她自己的心上。

时光就这样一阵阵过去，我的成长就在不停的棒喝之下，在肌肤之痛中，依旧朝着阳光，不屈不挠成长着。

二

至今仍无法确信，这二十多年间，在中国的天翻地覆变化。如果说时间可以被刻画成一片片静帧的话，就可以看到这些巨大反差的镜头，居然就在一个序列帧里。

如果说人类是伟大的，我相信在中国现场发生的一切更是彰显了伟

大的一部分。中国所呈现出的现代性，正好书写了独特、复杂的和不可复制的人类的社会景观奇迹。

其实整个80年代，我都在混乱的价值观与迷失的现实困境中度过。在80年代我完成了小学留一级、中学留一级、高中留一级的“光荣”历程，我比所有人在校读书时间花得都多，但又几乎比所有人的成绩都要差。但由此我收获的同学数量又比任何人都要多。若干年后，这些同学在各个领域成为了我横向合作协同发展的有效社会力量。后来很多老师和同学都感叹我人生戏剧性的转变，恰如人生的戏很难去定义它如何出场，如何变奏，什么是高潮，什么是铺垫。总之，戏的一颦一笑都是富含玄机而又暗合自然规律，当一个人完成全力下蹲时，意味着离他的奋力起跳已不远了。

我记得有几件特别好玩而又记忆清晰的事情。其一，在70年代末的某一天，我母亲终于从黑龙江支边回来了，我正巧6岁，我的妹妹4岁，于是我们两兄妹正式从外婆和奶奶家搬回父母家，与爸妈住在一起。生活开始有序而简单明了，在父母的辛勤努力工作下，家里生活状况逐步改善。我们有了第一台在镇上不多的卡式音响，此时爸妈的年龄正值而立之年，充满对美好事物的期待和热爱，换言之，就是有情怀有情调的青年群体中的一员。我母亲尤其喜好邓丽君，喜欢她甜甜美美圆圆的脸庞，更喜欢她那种甜美华丽的歌声穿透生活空间。但“文革”正接近尾声，如果播放此类港台歌曲，无疑就是“走资本主义道路”，意味着要被揭发和批斗。那时又没有耳机，我每每看到爸妈在播放此类歌曲时，卡座都是调如蚊子般的声响，他们把耳朵紧贴喇叭，眯着眼睛聚精会神地聆听着，享受着这所谓的“靡靡之音”带来的温暖情感和难得的浪漫想象。

其二，在80年代初，外婆家终于有了一台黑白的电视机，由于外婆最疼爱我，就送给我作为礼物。这台电视机成为了我家所在小巷的公共资产，每逢晚餐后，我就把这台电视机搬到小巷正中，开始播放。而我总是如最高权力者，安排着整个小巷孩子观看的席位和排序。后来我又觉得黑白电视不够过瘾，就用七彩塑料纸贴在电视屏幕前，让这小9英寸摇身一变为“彩色电视”。后来觉得不过瘾，我又想了一招，想尽办法搞到一块1.5倍的放大镜，竖立在9英寸的电视机前，使其变为“12英寸”的“彩色”电视大屏，从而，在视觉上满足了小巷所有孩子对“大”电视的期待。这台神奇的9英寸电视机成为了爱国巷（当时我家所在胡同）最有人气的娱乐终端，茶余饭后的大人们和小朋友们把他们的欢声笑语留在这个播放着9英寸小电视的小巷深处。这台9英寸电视机后来一直陪伴我来到上海完成我大学学业，在我的工作室里承载我生活的记忆和童年的情感。

其三，经过几次留级，我的成绩非但没有起色，而且由于认识的人越来越多，身边的朋友成分也越加多元复杂起来了。进入80年代后，改革开放的号角已经吹响，邓小平在南方发表了振聋发聩的谈话，如一股鸡血般穿透神州大地，大家突然好像都明白了，钱是个好东西啊，世界上没有什么事情比赚钱更有滋有味了，和钱过不去就是人生最大罪过啊。于是我身边的生活一下子丰富起来，歌厅、舞厅、录像厅、台球室、压马路、牛仔裤、花衬衫、Walkman，什么玩意都一下子来到生活当中了。我和一帮玩耍的小朋友更无心求学，学会了一只手插着牛仔裤兜一只手叼着香烟吐着烟圈压马路的腔调，而且把撩妹泡妞当成自己从小孩变成小伙子的业绩。此时此刻，在我们的眼里，如何做到特立独行，如何吸引眼球，就是我们生活的全部。港澳台的录像情节成为生活中模仿的对

象。那时的街头巷尾，小镇的各个角落都开设着港台录像放映厅。于是结帮拉派，古惑仔的生活做派逐渐成为我们青少年追逐的社区流行文化。

我有幸被当时一位叱咤风云的道上老大给相中，成为他的好朋友之一。其实他年龄比我小，但由于每次干架时心狠手辣，出手迅捷，所以在道上已经名震一方。这哥们有个特别的爱好就是痴迷哥哥张国荣的歌曲，那时我母亲已经有了很好的事业平台，她被调到市里银行工作，成为市里一家银行的行长，经常到大城市出差，每次她回来时，都会给我带来哥哥发行的最新卡带。而那时，我的小姨开始进入恋爱期，追求她的小伙子，为了讨她欢心送她一个硕大无比的落地音响。简单说，就是有2个超级大喇叭加上4个小型喇叭的立体声“大炮”。其声响效果足够拉风。我的大姨小姨平时视我都如同己出，当我表示出我“垂涎”此音响时，我的小姨二话不说，说“你先拿去耍耍”。于是这台音响就成为我的无敌神器。在这两件特殊资源的条件下，我成为小镇上为数不多的流行歌曲达人。这又成为和道上哥们友好建交的途径。我们就像好基友般每天住在一起，倾听着哥哥厚实又缥缈的声音，聊着打打杀杀街区暴力的热血故事。

道上这哥们正常职业其实是个送牛奶的和开台球室的，我就和他一起早上起来骑着三轮车每家每户送牛奶瓶，然后溜达到学校晃下人影。当老师点好名后，我就逃学出来和他出没各录像厅，看四大天王演绎的各种港台经典电影。晚上则到他家的台球室帮他收点场租，偶尔也和他搞上几圈台球。他手下有几个喽啰，一直屁颠屁颠地跟着我们逛马路，站在街头，藐视着来往行人，时不时挑衅下哪些看不顺眼的行人。这哥们的实力范围管辖着这个镇上的几个街区，我们时常又因这哥们所管辖的地盘和其他道上人有冲突时，陷入一场莫名的混战。我记得那时，

时常不清楚发生了什么情况，就拎着砖头，拿着木棍，冲上街头，冲进人群，与一群人混战起来。其实，我是个胆小的角色，更多是在混战中，属于虚张声势、呐喊鼓噪的一员。真正出手打拼的狠角色还是道上这哥们和他的一帮小喽啰。我们追杀着一帮人从这条街杀入了另一条街，也经常被另外一帮狠角色追打着没命地逃窜。有一次，我被追逃得连脚上的夹脚拖鞋都弄丢了，逃进一家商场的女厕所里才没被逮住围住恶打，至今想起还是心有余悸。

十年后，我有一次偶然的机会看到了杨德昌的《牯岭街少年杀人事件》，才知道，我们的青春迷茫是那个时代的共性。

都说“人生能有几度春，岁月无情催人老”，在不惑之年想起那已经离去非常遥远的岁月，血液中隐含的热度依旧再次沸腾。那是没有价值观的时代，靠的是体力和狠劲去赢得社会的关注，希望自己生活在被注视的空间中，以此刷新自我的存在感。年少轻狂的我们啊，其实就是拿着砖头，精神亢奋地奔跑在小巷里厮杀，迷失方向的古惑仔。所谓青春，就是血液始终处于沸点的时光。

三

几十年来，中国这个特殊体，充斥着各种神秘和不可表达的生态，但不管其内部如何复杂不可言述，都无法阻止这列巨大的火车进入快速轨迹，以惊人的速度刷新着世间的想象。

告别价值观混乱的 80 年代，我终于准备离开海边渔村走向城市，在毫无准备的情况下，我其实已经迷失在生活的街头。我何尝不知道“少壮不努力，老大徒悲伤”的道理啊，但现实的无力感始终让我下坠，在

读书成绩一落千丈的时刻，我几乎抓不着一根稻草。在街头巷尾与古惑仔们一起声嘶力竭地在人群中厮杀喊叫时，我看到我的灵魂无主地在上空飘荡，我时时刻刻都想呐喊：神啊，带我找到光明。日子越发沉沦，沉沦到我开始饲养信鸽，来驱散我无助的时光，通过它们一次次冲向天空自由地翱翔，假想着我无拘无束的灵魂与天地共舞。

初春的阳光依然寒峭萧瑟。90年代于我是个大转折时分，在方向迷失与彷徨之际，毫无疑问，我仅有的艺术天分成为我唯一能向他人证明存在的价值，我开始梦想成为一位艺术家。幸运的是我的大姨嫁给了一位上海武警军乐团的少校团长，他是一位舞美工作者，平时也画得一手好书画。大姨在出嫁时牵着我的手让我拜了她的丈夫为师，于是我的生活改变。一切都改变了，我开始知道达·芬奇、米开朗琪罗、张大千、齐白石、毕加索、凡·高……

我锁定了人生目标，想要成为一位艺术家，但我老娘开始反对，她反复地告诉我：艺术不能当饭吃！不知道为什么，我从来没有如此坚决，照理我应该遵从母训，但没想到这次我出奇地坚持住了自己的理想，更坚定了追逐艺术之梦的初心。

离开了家乡玉环海岛，我来到了杭州的玉皇山脚。

依山而居，树木茂盛，遒劲的松树林间隐约传来溪涧清流声，梧桐树下能畅听夏蝉的欢歌高鸣。我们几个小伙伴来自五湖四海，来自兰州的W，福建的C和Z，还有我这个浙江的J，我们住在同一个寝室里，然后成了拜把子兄弟，按年龄我排行老三。我们几位长得高矮胖瘦，各不相同，但有个同样的特点，就是每一位的鼻子都又大又挺。莲花峰路14号，经常高朋满座，众人常在夏日的傍晚里光着膀子，高谈阔论，喝酒、纵歌、欢宴，肆意酣畅，青春岁月在这里浓墨泼彩，颇有魏晋时

代的名士风范。玉皇山里的求学光阴，是那么酣畅痛快，尽情自在。当年我们无非就持着要考上大学而学点画画的心态而已，没想到时过境迁，20年后，我们四位中三位拥有了艺术学博士学位，另外一位也是硕士了。现在都在精力旺盛的创作阶段，都在兢兢业业努力践行着自己的艺术主张。我们四位偶尔会在微信里聊起那段令人振奋的日子，都期待什么时候回去拜拜莲花峰路的土地爷。

玉皇山的日子短暂而精彩，在几位哥们的共勉下，自己的艺术才华也逐渐释放出来。

后来我的人生就如电影剧本写的一般，一个失落到几乎失去人生目标，跌落至谷底的人，开始奋力起跳了。

不确定的记忆离我们越来越远，确信的未来却渐渐清晰。

像一幕励志剧一样，1996年我成为学院首位公派留日学习多媒体设计的研修生，1999年成为学校首批设计学硕士研究生，成为国内首位拿到数码艺术研究方向硕士学位的学生并毕业留校任教，筹备数码艺术专业方向的本科教育，之后又有幸成为清华大学的一名博士，而今继续怀着艺术初心，站在课堂上将自己的经验和教训与学生们分享。我继续享受着与这个拥有世界最长的高速公路群、最长的轨道交通网、最长的高铁线路、最大的建筑工地的国度在一起的日子。

我感恩父母在1973年把我带到这个世界，有幸经历这些伟大的时刻。

2017年2月26于上海

张定浩

1976年生于安徽，《上海文化》杂志副主编，中国现代文学馆第三届客座研究员，著有诗集《我喜爱一切不彻底的事物》、文论随笔集《既见君子：过去时代的诗与人》《爱欲与哀矜》《批评的准备》《职业和业余的小说家》等

张定浩：一份第三人称的读书自述

一

奥登在访谈中曾经对歌德的自传表示惊异，他说：“如果有人要我写一部有关我最初 26 年的自传，我不认为我可以拉长到 60 页。而歌德他竟然写满了整整 800 页。”某种程度上他的心态和奥登相似，对自己过往岁月的兴趣，远远比不上对此时此刻和接下来 24 小时的兴趣。

但以读书为名义的回顾又稍有不同，那些沉积在书本里的时间似乎都不成其为岁月，它们无关乎这具肉身乏善可陈的经历，甚至影响和束缚了他在尘世中的冒险，但正是这些被书籍吞噬的时间参与塑造了他，又不像恋情和履历一般可以列举，谈论它们就好像捕风，这风又不停地将他吹向未来，吹向在他的世界尽头所伫立等候的那一本书。

人们并不能凭这些企图谈论书的文字来认识那些书，但是否能够就此认识他呢，这位言说者其实也并没有蒙田般的自信。充其量，他所能够呈现的，只是某种似是而非的相遇，在书与人之间，在过去的岁月和即将到来的日子之间。

二

他的女儿今年 5 岁。从她 1 岁的时候开始，他就给她读书，每天睡前，当然是图画书，这个时代有无数的图画书。她最初能听得懂吗？他

③

④

⑤

① 2016 年 5 月 8 日，在上海交响乐团，被某专业摄影师摆拍了一下

② 2015 年 8 月至 2016 年 9 月，租住在上海张江的汇智湖畔家园，父亲利用废弃木料在厨房外小阳台上给我搭了一个书架和书桌，我很喜欢坐在那里

③ 1985 年 12 月，虚 10 岁生日时，和母亲、妹妹在父母厂区人门口

④ 1982 年左右，六七岁的时候，在父母卧室的窗前看书

⑤ 1996 年 9 月，父亲送我去保定读大学，在大学门口

不知道。但他知道自己大概也是这个时候就已经开始接触书本了，是他母亲告诉他的，他是他们的第一个孩子。那是20世纪70年代后期，没有电脑，没有网络，连电视也没有，那些印刷在粗糙纸张上的识字卡片和儿童画报，是他了解外在世界的方式，当然，也是他母亲和他一起消磨时间的主要方式。至于读什么，他从自己和给女儿读书的经验上来揣测，大概在最初的时刻是不太重要的，重要的是由此养成了一种习惯，觉得书籍是可以亲近之物，在寂寞的时候。

比如，无论他给女儿读多少鼎鼎有名的绘本，她最终在5岁这个年纪上毫不犹豫最喜欢的，是一本盗版的芭比公主故事书，虽然那绘画和文字都拙劣，且充满了浓浓的廉价言情小说味道。她喜欢芭比，因为她们好看，是更成熟和更美丽的女孩子，仅此而已。她会忘掉它们的内容的，就像他如今也完全记不得四五岁时看过的任何读物。有一个午后，她要求他像她一样，也挑一本最喜欢的书，然后各自看。于是他顺手在书架上取了一本许久没有打开过的《庄子发微》，她当然拿的是芭比书，并且问了问他手上这本书的书名，然后他们就坐在房间里各自看书。有时他会取出手机看看微信，而她就会立刻提醒他，不要玩手机，快看他的《庄子发微》，说完，继续很严肃地，或者装作很严肃地，低头读她的芭比历险记。

在庄子和芭比之间隔了多远的距离呢，他不知道。在某一刻，他们只是同样都有力量让人低下头去，让空间变得沉静安宁。或许正是想象力慢慢变得不好的大人，才越来越挑剔手上的书籍，就像想象力不好的成年人才满世界旅行一样，谁知道呢。

三

尽管从记事起，他就被视为一个爱读书的孩子，但几十年后，他完全记不起青少年阶段曾经看过的任何书的内容，也无法说明到底是什么

书对自己产生了影响。他很羡慕那种被一本本确定无疑的好书影响和指引的人生，像拥有清晰可辨路标的国道，但他不是这样。充其量，他能够记得每次父母去县城回来都会给他从新华书店买些书回来，它们有些是成套的诸如《东周列国志》这样的小人书，有些就是粗浅的儿童故事。有一本月刊叫作《儿童时代》，32开的白色封面，没有什么图，很纯粹的文字故事，父母给他订了好久。或者，他能想起来的，是一幅幅低头读书的画面，在奶奶家老祖屋的天井里，在爸妈厂区平房卧室临窗的方桌前，在自己小房间的床上，在街边租书摊的板凳上，在下午公园的长椅上……而这些地理学意义上的存在如今也早已物是人非，和他少年时候读过的那些良莠不齐的书籍一样，混作一团类似于燃料用尽之后的火箭推进器一般的残骸，在他身后脱落，离他越来越远，剩下他依旧在向着某个不知名的宇宙深处迈进。

直到大学时代，他依旧是一个戴着深度近视眼镜胡乱读书的人。萨特讲过一个读书的悲惨故事，一个人试图按照图书馆书目首字母顺序从A读到Z……他想，这未必是不可能实现的，它最终只取决于身处的是何等规模的图书馆，比如他就读的那个工科大学图书馆乏善可陈的文史哲图书陈列架，以及后来毕业到电厂工作后在宿舍区的那个只有两排书架的小图书馆。有时候，他想，匮乏导致的盲目和丰盛导致的盲目是相似的，或许前者比后者对人的损害还要轻微一些。

四

他尝试碰触到一点点读书的门径，是去复旦读研之后。他的导师许道明先生是治现代文学批评的专家，注重史料和理论，一入门就扔给他一本《中国新文学大系导论集》，教他由此着手爬梳新文学的脉络。十余年后，有一位年轻的经受过系统学院训练的小说家对他讲，没有见过比他更爱看文论书的人。他有些讶然，随即就想起了那些在复旦文科图

书馆和上海图书馆翻检西方和民国文论著作的日子。在复旦三年，他的变化，大概就是一个从外部窥探文学的文学青年，慢慢转变成一个从内部理解文学的略有挑剔的半专业读者。而所谓的从内部理解文学，主要的途径，就是尝试借助另一些“魔眼”来理解文学。这种借助的过程，也就是拓展自身眼光的过程，因为从严格意义上，一个人只能读到他有能力看见的东西。哈罗德·布鲁姆有一本书叫作《如何读，为什么读》（*How to Read and Why*），特里·伊格尔顿对之颇不满意，针锋相对地写了一本《文学阅读指南》（*How to Read Literature*）。抛开具体的美学冲突，how to read，的确是摆在每一个年轻读者面前的首要问题。他觉得，很多时候人们看似在读书，其实不过是把那些书读过一遍罢了。这种情况下，读好书和读坏书是没有差别的，可能后者还更不易增添读书人莫须有的骄横。

他所说的文论书，并非诸如《中国文学批评通史》《西方二十世纪文论史》或《西方文论选》这样的旨在用于教学和应付考试的概论或选编，而是具体的一本本原典。早年百花文艺出版社出过一套“20世纪欧美文论丛书”，著译俱佳，却经常作为出版社库存积压书出没在复旦周围的打折书店里。他陆陆续续买了不少，大概诸如艾略特、瓦莱里、弗莱、巴赫金等人的文论，都是那时候开始接触的。而雷纳·韦勒克的八卷本《近代文学批评史》，那时候也正在由杨岂深、杨自伍父子一本本地翻译着，刚翻译出版到第五卷，而前几卷也都成了打折书店里被他和同伴觊觎的珍宝。至于他导师推崇的艾布拉姆斯《镜与灯》和勃兰兑斯《十九世纪文学主流》，他也都一本本找来看过。他从这些杰出的文论著作中接触到一种智性与修辞的双重愉悦，一种堪与这些著作所谈论的伟大文学作品相媲美的愉悦。

五

他在学院里听课、读书，写投给核心期刊的学术论文，可是文学乃至文学批评的特殊之处却在于，它们本身未必是严格的学问，虽然时常可以成为一切学问的作用之地、聚散之地。前两年他和一位非常投契的同龄诗人聊天，对方意外地提到巴赫金，并将这位俄国文论家的六卷本文集视为近十年来对其影响最大的著作之一。他听了颇有会心。他觉得文学批评的有趣之处仅仅在于，那是密度更大的文学，就像诸多现代文学作品本身也是更为宽泛的文学批评一样。现代学术机制的确损害了文论的声誉，使之在很多普通读者眼中成为某种或望而生畏或令人憎厌或功利可用之物，然而，对于文学的深思和评判，本是远远早于现代学术机制就已然存在的事情，它存在于一个由亚里士多德奠定的词语当中，那就是“诗学”。

但亚里士多德本身是哲人，而非文学教授，这是一个基本认知。在亚里士多德与埃米尔·施塔格尔之间的鸿沟，并不比横陈在后者与孜孜于论文生产的学院众生之间的鸿沟要小，这是一个严酷的认知。

六

因此，在写完硕士毕业论文卷铺盖离开复旦北区宿舍之后，他有好几年再度陷入一种茫然无所凭依的读书状态。那几年他辗转于出版社、民营图书公司、杂志社之间，做的都是相似的工作——文字编辑。读书，重新成为一种似乎可有可无的业余爱好，和写作一样。作为一种练习，他有时也会给报纸写一些书评、影评或时评，这些写作需要他去读一些书，但毕竟都还是散乱无旨归的。年逾三十，他对自己的未来毫无把握，无论是生活、职业的未来，还是作为一个阅读者或写作者的未来。

他试图振作一下，所以发心重新阅读古典诗，并重新在每周五下午去听张文江老师设在家里的课。那些讲课几乎都是针对一些最为卓越的古典文本的细读。后来张老师以这些讲课录音为基础出版了《古典学术讲要》一书，他逢人就会推荐，而他正是从这本书，或者更准确地说，是从作为这本书前身的那些讲课现场中，理解到何谓有意义的学术，也理解到一种更切身的读书方式。

他从张老师这里懂得，每一种学问都有其自身的谱系，而理解一种学问，其最初和最终，都是理解这种学问的谱系。诸如张之洞《书目答问》和《汉书·艺文志》一类图书的重要性也在于此。但今日之学问又不同于晚清之学问，而先秦和古希腊之学又不同于今日之学。最好的学问都和人有关，理解不同时代的那些最好的学问也就是理解不同时代那些最优秀者的生命状态，而这些生命状态，可以反哺于我们自身。

七

他开始尝试有计划地写作，写那些他所喜爱的古典诗人。或者说，通过写，去重新阅读和理解那些古典诗人。他意识到，最积极有成效的阅读，来自写作。他后来时常会引用物理学家惠勒的话，“要了解一个新的领域，就去写一本关于那个领域的书”。是的，他对于曹植、阮籍、陶渊明乃至诗经、楚辞的了解，完全来自他试图要就他们写点什么的欲望，这欲望抑或可以称之为爱欲，在柏拉图的意义上。而写作也只是为了被爱，为了取悦那些影子般不可企及的无生命者。

慢慢地，他再度很难说清楚自己最近在读什么，只能讲一讲最近在写什么。因为写，很多散乱的阅读被重新汇集，很多根本不会被偶遇的书被有意识地搜罗，有时他想，之所以像强迫症一样地读那么些古籍乃至各种历代注疏，也许只是为了知道自己有多少东西是可以不需要写的。

也是在这样的状况下，因为工作关系，他又偶然地重新开始了当代

文学批评的写作。也因此，那些被他搁置日久的西方文论，又再度进入他的阅读视域。但他如今更感兴趣的，似乎不再是某个可以拿来即用的学术观点或理论架构，而是那些堪作典范的文论文章中的行文节奏与气息，是文章背后的那另一个写作者。同时，因为工作原因，他也必须要关心和阅读同时代人的作品，而这种阅读同样也是颇为有益的，能够帮助他判定自己的坐标。事实上，每个写作者都生活在一群写作者当中，他需要认清的是，他意欲与何人为伍，又正在与何人为伍，而他需要警惕和拒绝的，又是何人。

八

就这样，他的文章慢慢结集出版，他开始成为某本书的作者，也开始拥有一些陌生的读者。他前阵子搬家，在淘宝店里买的统一规格的小装书箱，大概装了有八十箱。他父亲帮他装书，专门用一个本子为他手录了一份图书清单，记下每一箱书的书目。他父亲的字很好看，他想，有这本父亲手写的书目，这些书有一天都散掉了也没什么可惜的。

读书是一个做加法的过程，从一本书漫游至另一本书，每读一本书都是了解自己还有多少本书没有读的过程；而写作却是减法，是赶在时间残酷的淘洗之前的自我淘洗。有时，当他厌倦于应付目前一个接一个的写作计划，厌倦于表达与言说，他会觉得，像儿时那样躺在床上任由自己心意去读一本书是多么幸福的事，仿佛必须经受某种崭新而严厉的淬炼，一个人才有可能穿越虫洞，回到无忧愁的童年。

张　莉

1971年生于河北，2000至2007年先后就读于清华大学中文系及北京师范大学文学院，获文学硕士、文学博士学位，曾在南开大学中国语言文学博士后流动站工作，现为天津师范大学文学院教授，博士生导师，著有学术专著《浮出历史地表之前：中国现代女性写作的发生》《姐妹镜像：21世纪以来的女性写作与女性文化》，随笔集《持微火者》《来自陌生人的美意》，文论集《魅力所在》，对谈录《牙齿是检验真理的第二标准》（与毕飞宇合著），获第三届唐弢青年文学研究奖、2014年度华文最佳散文奖、第七届中国图书势力榜2016年度十大好书奖等，曾任中国现代文学馆首批客座研究员、第九届茅盾文学奖评委

张　莉：梨花又开放
——关于那些旧时光

一

我家乡是河北省曲阳县。县城很小，但在幼年的我眼里，它很大。

北岳庙是县城著名的景点。我们小时候管它叫大庙。大概是四年级的时候吧，我们在那个大庙里补过课。为什么要去那里补课而不在教室里，我不记得原因了。但确确实实我们连着两天都在那个地方上课。那是个初夏，印象中那里的树好高啊，有松树有柏树，还有古槐。我们要自带小板凳上课。但我一点儿也不想坐在小板凳上，我想坐到旁边的大理石凳子上去。那里真是冰凉啊，是经年累月、有年代的那种凉，很刺激。年少的我们挤着坐。知了在树上叫啊叫，可并不烦人。老师讲了会儿课后我们就坐在树下写作业了。一只蚂蚁爬到我的本子上，我用铅笔尖追着它走，直至它爬到远处去。

地上有许多不知名的花草盛开，有的花朵开得用心，鲜艳明媚，仿佛在向人邀宠；有的开得漫不经心，只是疯长。风从远处吹来，凉爽、深幽。

县城里有一座大陡坡。我们叫它“大下坡”。马路是从高往低修下来的。车辆行人都从那里经过，是个丁字路口。据说那里也是常出车祸的地方。大下坡下面常有运煤的大货车经过。

我喜欢从大下坡上往下跑，我们常常跑到路的最高处再冲下来，一个下午连跑多次不厌倦。一边冲还会一边乱喊些奇怪的话：“若知后事如何，且听下回分解。”那是单田芳评书里常常要说的一句话。还有小

①

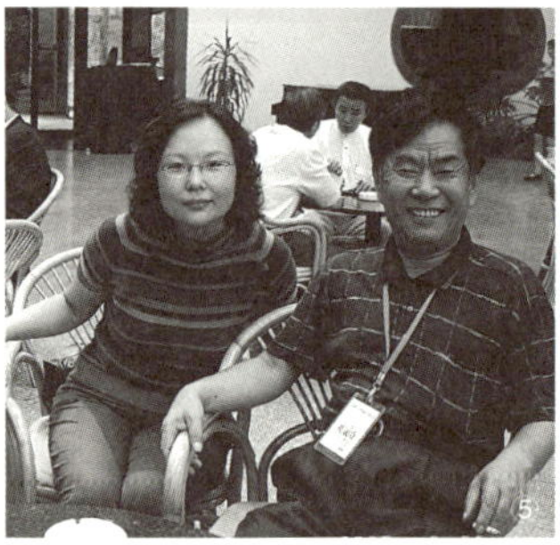

① 2015 年 5 月，参加挪威文学节

② 2015 年 1 月 4 日，出席《牙齿是检验真理的第二标准》新闻发布会，左起：李敬泽、张莉、娄烨、毕飞宇、史航

③ 2007 年 6 月 28 日，博士毕业典礼结束后和同学一起在鲁迅先生雕像前

④ 2015 年 1 月 5 日，和毕飞宇、冯唐在搜狐直播间

⑤ 2005 年 8 月，和博士生导师王富仁先生在香山

⑥ 2016 年 9 月，在北京出席《持微火者》新书分享会

⑦ 2014 年 4 月 25 日，和张艺谋导演讨论《归来》

⑧ 2015 年 5 月 27 日，和翟永明、何涛参加“挪威文学节”，在诺贝尔文学奖得主比昂松故居

伙伴会喊“打倒日本帝国主义！”有一天一个男生喊着“我是坏蛋，来抓我吧！”从坡上冲下来，那句话太刺激了，我们很钦佩地看着他。

曲阳县城产石雕和大理石。许多村民靠此为生。小时候家中的茶几上常常摆放石刻作品，天女散花、滴水穿石，也有观音、菩萨。再后来还有维纳斯的雕刻作品了。石头做成的水果很常见，外面刷了极鲜艳的颜色，饱满、鼓胀，永不褪色。我不喜欢那些东西，即使涂得鲜艳，做得漂亮。

曲阳县城不远的地方是崔家庄，盛产鸭梨。每到9月，我爸爸妈妈单位里都会发梨，用牛皮纸箱盛着。离开河北后，我常常怀念起我家乡梨子的味道。不是新疆梨，不是赵州的雪花梨，而是曲阳鸭梨的味道，脆，甜，多汁。

最难忘的当然是梨花。每到4月，是杏花、苹果花、梨花、桃花盛开的季节。小时候特别喜欢在果园外面的土路上走，满眼的花朵，风吹过来，花瓣缤纷。有一年我在车上听到陈明在电视里唱“花雨满天飞扬”，突然就呆住了。是的，那首歌的歌名叫《梨花又开放》，日文名字是《向夏天致谢》，旋律一直埋在我心底里。

有许多事情你以为忘记了，然而却没有。

二

我出生50多天就被送到了乡下姥姥那儿。我妈妈是农艺师，当时在香河县工作。我爸爸在曲阳乡下的一所中学做老师。因为父母异地生活，我只好由姥姥照料。没有牛奶她喂小米汤。在找不到奶妈的日子里，我姥姥就抱着我在村子里走。我的哭声很大，而且一直不停止，因为饥饿。这时候会有哺乳期的母亲走出家门喂我几口，我就会暂时安静下来。一度，我在不同母亲的乳汁孕育下成长。当然不久就请了固定的奶妈，她强壮得很，脸颊上有两朵高原红，奶水足够养育两个孩子。长大后我去看望过她，她看到我就说，看看，那个爱哭的小丫头回来了。

我在村子里是出了名的难养，许多人听到我哭就皱眉。3岁以后我

学会扯着嗓子喊“我要我爸爸妈妈”“我不在你们这儿，我要走”。但大部分时间我在村子里过得快乐。我精力旺盛，和小伙伴们到处疯跑。掏鸟蛋、上树、撞拐、烧泥鳅……夏天男孩子们喜欢光着屁股跳到小河里，我也想。我有一天穿着衣服跳下去了，吓得许多孩子回去喊大人。还有一次我和几个大孩子比“撞拐”，“咚”的一声，摔倒后我的头撞到石头上，流了许多血，额头隐隐凹下去，留下 3 厘米左右的伤疤。

我怀念那个小村庄。那里有清凉的小河，家家都有菜地，长着黄瓜、西红柿、豆角、白菜、小油菜。远处还有麦地和玉米地。我和大人们一起给菜浇水，收玉米，收麦子，去打谷场，晾红薯干。村子里总飘着新粮食、新粪的味道。每到黄昏，家家炊烟缭绕，能听到大人们喊孩子们吃饭的声音。

我 5 岁的时候和姥姥一起回到县城。多少年过去，村子里已然面目全非。小河干枯了，小伙伴们有人得急病死了，有人嫁到了外地，还有人常年在北京工地上做工。现在家家都有了新房，但村子里多数是老人和孩子。

而我的姥姥，早已去世多年。

三

我们家有个书橱，上面有四大名著、三言二拍以及《古文观止》《聊斋志异》。更多的是杂志，《文学评论》《人民文学》《收获》，也有《河北日报》《光明日报》和《八小时以外》。五年级的某一天我开始读《红楼梦》了，最初专挑贾宝玉和林黛玉谈恋爱的细节看。我在心里模仿林黛玉说话的腔调：“理他呢”。后来我还专挑史湘云和香菱的段落读，我喜欢她们两位。我读不进《三国演义》，也不喜欢《西游记》和《水浒传》。我爱读杂志上发表的当代文学作品，如《哦，香雪》《没有纽扣的红衬衫》《乔厂长上任记》……

大概是 1978 年以后吧，我开始去电影院看电影了，和我爸爸妈妈、我妹妹一起。《泪痕》《牧马人》《高山下的花环》《人生》《芙蓉镇》……

曲阳电影院是我少年时代极热爱的地方。现在已经拆掉了。在影院看电影有种仪式感。每个人的面庞因为光影而变形。我喜欢在黑暗中看电影院里的家人和朋友，屏幕上的光影反射过来，他们很陌生。那一刻，我们不是因为亲缘在一起，而只是因为一个电影要开始一段未知的观看旅程。

电影院晚上才放电影，白天不放。没有爆米花。没有矿泉水。看电影出来，我和妹妹会在甜水摊前喝一杯糖水，似乎是五分钱一杯。那个老人叫老李，他最爱说的话是，糖水比西瓜甜多了。对，他说的是对的，是那种又冰又凉的甜，一下子甜到心里去的那种。我不知道他是怎么把水变成这样的，他说是用了白糖，但很可能放了糖精。我们喜欢在他的小摊前喝水，大概也因为他爱说笑话。我以前总觉得老李很老，是快要死了的那种老。但后来想想，当时他也只是40多岁的男人。真的，县城里很少有中年男人像他那么爱说爱笑，爱逗女孩子。

看完电影我喜欢听小城人民的总结：说到《红牡丹》，他们会说就是他爹差点娶了他女儿的电影；说到《红高粱》，他们说的是知道为什么高粱酒好喝吗，因为掺了尿啊。《人生》是我当年特别向往的电影。那天电影院里挤满了人。进门时，我的一只鞋子差点被挤掉。看电影的经历使我和我的妹妹热衷给自己读的小说拍电影。我们任意想象，俨然权力无边的大导演。

看电影给了我足够的想象空间，我想象自己穿高跟鞋，想象自己在大海边奔跑，想象自己说着普通话，走在大城市的街道上。对，重要的是说普通话。有阵子我极度厌恶说家乡话。“我爱你”用家乡话说是“俺待见你”，没有比这更丑陋的表达了，在当时的我看来。有一阵时间我悄悄在心里说普通话，“嗨，你好！”“是的，我也爱你”。我无数次想象这样的场景，想象自己是那个女主角。在当时的我看来，如果未来有人对我用方言说出“我爱你”，或者，我用方言对我的他说，都将是人生悲剧。

现在想想，这种对普通话的执迷真是愚蠢。

四

离我家不远住着一个“小爬子”。我不知道他的年龄，但他长得眉目清秀。他没有腿，靠趴在小凳子上行走。他以修鞋为生。我从未修过鞋。我会远远地看着他，我觉得他长得好看，很想摸他的眉毛，但又有点儿怕。有时候他朝我笑，有时候不，也不打招呼。我们家以前有个邻居长得很吓人，鼻子像极了猪鼻子。我怕这个人，每次看到他我都会快跑，跑啊跑，如果看到一个小朋友就会说，我又看到了那个“大猪嘴”啦。

晚上8点，小城会变得安静。不过夏天的晚上会有很多乘凉的人。偶尔有年轻女子死亡的事件发生。我们看完电影回家的路上并不安全，路灯是昏黄的，我和伙伴们结伴而行，又怕，又兴奋。如果那时候有人在晚上喊我的名字我绝不敢回头，《聊斋》读多了，我怕遇到鬼。

少年时代我是狂热的广播小说爱好者。我喜欢听《平凡的世界》《岳飞传》《杨家将》。每天下午1点到1点半是中央人民广播电台的小说频道时间。在那里，我听完了《平凡的世界》的三部。我还接着听完了《早晨从中午开始》。我知道了路遥这个人，还有孙少平、孙少安、田小霞、田润叶等人。那时候电台上也播讲外国小说，比如《高老头》《红与黑》。

我早上刷牙的时候和我爸我妈一起听早间新闻，有一天听到《人民文学》主编被撤职的新闻，我知道了一部小说叫《伸出你的舌苔后空空荡荡》。中午放学回家听“每周一歌”，我学会了许多歌曲，《我的中国心》《冬天里的一把火》《想唱就唱》《万里长城永不倒》《妈妈的吻》。我那时候喜欢程琳，喜欢朱晓琳，也喜欢张蔷和邓丽君。

我读《倾城之恋》。张爱玲那本小说在我们家书橱的角落里，灰突突的，被我偶然翻出来。我一拿起就放不下了。我完全被范柳原与白流苏之间的逗嘴和调情迷住了。无数次翻读，想象他们如何在酒店里打电话、接电话，看天上圆圆的月亮，也想象他们接吻，白流苏后背靠在镜子上，身后边是凉的，脸上却是热的。我曾经对一个资深张迷说，张爱玲小说对我来说是恋爱指南，她狠狠地看我，要我把这话收回去。我不知道自己哪里说错了，这是事实啊。

对于当时的我来说，小说、电影和收音机里的一切是意味着另一个远方，是另一个平行空间，渴望去那里生活是我学习的全部动力。我当时觉得自己学习很不错，但事实并非如此。我只是作文成绩好而已，从小学到高中，我的作文常被老师当作范文来读。

中学时代的我，普通话说得流利，也会被选为学生代表发言。当我在别人面前朗读时，我能感到自己周身都在闪光。——那是属于少年人的虚荣、自大，以及得意扬扬。

五

曲阳汽车站离我家很近，从懂事时我就喜欢那个地方，但去的次数不是很多，有时候是接出差的爸爸或妈妈回家，有时候是送他们出差。而我自己，从未从那个地方去远方。

我多么渴望坐着汽车去远方！我在心里多次演绎过自己的远行。但没有想到自己离开县城的时刻马上就到。1988年我们县城中学高考失利，而定州县城的教学质量却突飞猛进，我爸爸的同学在定州二中当老师，他建议我去那边读高三。

我背着行李来到了那个陌生之地。我爸爸说："你好好学吧，我走了。"我点头说："你不要担心我。"但其实我有了被抛感。当我爸爸高大帅气的身影慢慢走出校园时，我捂住脸，眼泪掉下来。那一年，我17岁。

整个高三我处于极度惊恐和自卑状态。最怕上的是数学课。那位动不动就面色红赤的中年数学老师，看到我们的考试成绩总是会激动不已。很奇怪，他似乎从来不笑，看到学生总是嫌恶的表情。我鄙视他，在心里与他争辩。他每天总有20分钟的时间训话，一个一个地点名、念分数，不及格的会被叫到讲台旁边训话。他烦躁地数落我们，愤怒时把卷子扔到学生的脸上。除了低头表示羞愧我们还能做什么？一次，两次，三次。在转学的前两个月里，我有四次被叫到台上去。每一次他都把卷子扔到我的脸上。我蹲下去捡起来，低着头。没有哭泣。

有一次一个男生对他解释："老师这次我本来可以……"他猛地一记耳光就打过去，我当时站在那个男生的后面，手掌与脸颊撞击的声音清晰地传到耳朵里。我的腿突然不可遏制地抖动了几分钟。眼泪"哗哗哗"地涌。我不能抽泣，我不能出一点任何声音，但我却控制不住眼泪，它们没出息地流，一直流到腮边。

那天我没有去吃晚饭。那时候没有电话，我不能打电话给我的爸爸妈妈。我在这个学校也还没有朋友。那是个周六的黄昏，我离开了学校，来到附近的运动场，在角落找了个看台坐下。那里没有什么人，后来有个男生坐在不远处，似乎是复读生，他突然开口说："这次我又没考好。"我几乎脱口而出："我也是。"

他已经是第三年高考了，他想去北京的一所大学，但前两次文化课成绩就差一点。现在，我已经具体记不清我们还说过什么，我只记得我们并排坐在台阶上，直到天一点点黑下去才离开。1988 年秋天黄昏里的那个少年，他现在在哪里，他已经是丈夫或者父亲了吧？我感激他，感谢他在我独自掉泪的时候，和我说了些话。

高三的每一天我都情绪起伏。很多事情现在想起来微不足道，但在当年那个少女的心里却是波澜激荡。宿舍里不允许下象棋，班主任看到一群男生下象棋气坏了，他把没收来的象棋当众烧毁。有一个男同学在课上被骂了整整 20 分钟，走下讲台时朝我们扮了个鬼脸，但没有人敢笑。有个老师动不动喜欢把粉笔头扔到同学脸上。有一次他扔了一个板擦过去，打在一个女孩子的脸上，她的脸马上就肿了起来，但她吓得不敢哭，还把板擦捡起来送到老师手里。我们每个人的桌前都堆满了高高的复习材料，像小山一样。教室里过了 10 点就常常停电，我们只好准备蜡烛随时点起，下自习时个个鼻梁上留下黑黢黢的一小片。

宿舍是我最厌恶的地方，里屋外屋加起来大概也有二十张床吧，拥挤而潮湿。最要命的是，我们的宿舍隔壁就是家属区。隔壁那对夫妻一个月有那么几天总是会吵架。女人用最恶毒的词语咒骂，歇斯底里，我们也能真切听到她男人的拳打脚踢。我躺在床上，死死闭着眼睛，堵住耳朵。

宿舍最怕下雨。只能用脸盆接着掉下来的水。有一个周日我们回宿

舍发现每一件晾着的胸罩都被人用烟头烫了窟窿，我们感到羞辱和惊恐，好几个女孩子当时就哭了。

1989年的春天好生难过。我动不动就哭，深觉前途渺茫，人生灰暗。有一天我的脸上和身上突然长满了疙瘩，胳膊上长了紫色的斑块。医生说，是长期营养不良所致。

1989年的3月，我收到了人生中第一份有重要意义的生日礼物。我的女同学S送给我两个红皮的煮鸡蛋，还有一双漂亮的筷子。这对住校的人来说真是太实用了，况且还有一百分的喻意。S是我最好的朋友，我们总在一起说悄悄话。生日那天，我们约好了很多事情：上了大学先不学着打扮，要好好学习；也不谈恋爱，不要让人觉得女生上了大学就知道谈恋爱，不能让人觉得我们上大学就是来找男朋友的；我们绝对不能爱上同一个男人；我们要成为独立的女性，自己赚钱养活自己，不能让人瞧不起……

那些誓言是多么可爱啊，那一年，我们刚刚满18岁。但我们一迈进大学的门槛就忘记了一些约定，我们开始穿丝袜，买漂亮裙子。当然，并没有爱上同一个男人。我们各自很快谈起了男朋友。虽然S后来的婚姻生活有一点点曲折，但是，在成为一个独立女性方面，我们两个都做得还不错。

六

我的高考成绩并不如自己想象的那么好。1989年那年高考时文科生减招，我们全班只有不到十个人上了大学。落榜对于高三的同学是多么痛苦的一件事，有人从此辍学回家务农，或者做小生意，还听说我们学校有人因落榜投了水，但更多人选择了复读，再给自己机会。我作为定向生勉强去了一所师范学校，好在是我喜欢的中文系。

在那里，我开始系统读古代文学和外国文学。那时候我喜欢《诗经》《史记》《包法利夫人》。我也开始写小说了，并拿到好几家杂志的稿费。我最关注的是河北作家，我看《长城》，也看《河北文学》，每一

期都看。1991年，我甚至在这两家刊物上发表了小说。我在保定到处寻找和我一样热爱文学的人。

我再一次流连在电影院里，曾经一连三天到不同电影院里去看《滚滚红尘》。那时候我用各种方式搜集三毛的信息，我一度模仿她的穿衣风格。也是在她去世后不久，我在报纸上看到了她写给贾平凹的信，内心极为震惊。当然，18岁来到中文系，我认识了那个和我同龄的男孩子，我们彼此互为初恋，并最终成为夫妻。

毕业工作的第一个学期，我回到曲阳县，在一所县城中学做地理老师。每次想起此事，我都觉得这是个讽刺。我是方向感极差的那种人，我的地理考试成绩也极不好。但就是这样，我居然做了一个学期的地理老师，教三个初一班级。我不敢强调专业不符。我分配的这所学校是县城的重点初中，能进来已属万幸。

每次备课如临大敌。每堂课都要自己完全重新学一遍，河流、山川、沙漠、气候、经度、纬度。教室里乱哄哄的。他们在课堂上会偷偷做其他科目作业，老师只需要假装看不到便好。但是，我还是希望能讲好，能吸引人。我想到每堂课用5分钟读一段小说中的风物描写的点子。河南、山东、广西、江西……一路读下来，我们便在文学想象中的地理风貌里穿行了。孩子们一开始是不喜欢的，后来便慢慢有了乐趣。

新学期开始，我成为了初中语文老师。我像回到自己的海洋一样自在，越发觉得这个机会来之不易。学生们大约也是喜欢我的课程，因为我所教的两个班的语文成绩总是在全年级前两名。

那两年，我和男朋友是异地恋，他要辗转两次公共汽车才能来到我这里。一来一去，车上的时间超过了5个小时。而且当时只休息一天。我们在一起的时间如此之短。电话也很难打。思念总是无缘无故地袭击我。我常常在学校办公室的电话旁边待着，不管它响不响。那个红色电话放在窗户旁边，键盘锁在木盒子里，打电话时得有钥匙开锁。但接电话不用花钱，谁都可以拿起听筒。

有一天辅导学生晚自习时，我走过办公室，看了一眼听筒。如果这时候他来电话就好了，我想。我等了一会儿，电话没有响，我拿起电话，

只是想拿起听听再放回去，没想到听筒里传来了我男朋友迟疑的声音："请问……"我瞬间愣住，半天只问一句："你怎么知道我会接电话？"他说他知道我在上晚自习，而他那天也正在值班。"万一能接通呢。"他说，"可是，电话铃还没响你怎么就接了？"

七

后来我来到保定工作，在我的母校做教师。保定是个文化古城，曾是直隶总督府所在地；也是个工业城市，棉纺厂、乐凯胶片厂、四八二厂、六〇四厂，都在那里。我曾经看到过国企工人们意气风发的笑脸，但很快似乎就没落了。这个城市开始有了大量的下岗职工，有的做了出租车司机，有的开了小店，也有的做了家庭保姆……

没有网络，没有微博，没有微信，电话也只是座机。移动电话当时很贵，被称为"大哥大"，像砖头一样，是身份的象征，似乎 10000 元才能买到。我觉得那个时候我们的时间是静止的，大部分人的生活变化都不大。其实，一个时代在悄悄来临，人人都开始感受到金钱的压力了，但我们身在其中并不敏感。

那时候我已经结婚，开始过二人世界。每个周末我们都去看电影，我们骑着自行车从城市西边到东边，看遍了保定的大大小小电影院。我们也去录像厅，那里有最新的港台电影，我记得张曼玉、梁朝伟、李慧珍、叶玉卿。那时候我喜欢罗大佑、林忆莲、陈淑桦的歌，当然，最爱李宗盛。

1998 年初，我要做妈妈了。我的内心安宁喜悦，对母亲的角色充满向往。我去买棉花，选各种花色的棉布，我为孩子动手缝补小被子、小褥子，准备各种各样婴儿用品。我开始看育婴知识而不是小说，我们俩开始在花园里散步而不再是去看电影。27 岁的准妈妈，全心全意想的是孩子和家庭。

八

一个人做母亲之前与做母亲之后性情会变化的，我妈妈说。做了母

亲后，我慢慢觉得她说的是对的。我开始学会妥协，控制自己不发脾气，也耐心听别人说话。我开始认识到生活本身的美好，开始理解那种平淡和平静的幸福。生完孩子的一年时间里，我完全陷于妻子和母亲的角色中。哺乳，和保姆一起带孩子晒太阳，带他打疫苗，写育儿日记，等孩子爸回家。孩子要添辅食了，孩子会爬了，孩子长第一颗牙了，孩子有点发烧了……我的生活忙碌、充实，每一个细节都充满幸福。

1999年9月，孩子1岁时我回到学校。记得当时校长宣布了学校的新规定，要求学校教师都要有研究生学历，要有硕士学位。而我当时是中文系最年轻的教师，只有本科文凭。严格意义上，那个规定意味着，如果在几年之内拿不到硕士学位，我将不能有执教资格。

听到新规定的一瞬间，我决定考研。在此之前，我从未想过自己要读研究生。而上研究生对我来说目的也很简单，拿到文凭，再次回到安稳的生活状态。

我拿起英语课本，单词全是陌生的。我已经有五六年时间完全与英语单词隔绝了。每个晚上，孩子在怀里，我边摇着他边看英语单词。又或者，他睡着了，我在旁边看书。那时候，渴望学习与渴望做一个好妈妈连在了一起。——我不希望孩子有一个被迫下岗的妈妈，尤其是不想成为因为不努力而从自己喜欢的工作岗位上被迫离开的妈妈。

我制订了严苛的学习计划，沉浸在一种自我感动中。回过头看，我当时未免杞人忧天了，事实上，没有硕士学位的很多老师依然在任教，规定也并没有那么死板。不过，我感谢自己当年的焦虑，它让我在适当的时候改变了人生方向。

九

我算是敏感的人。但是，在许多特别的时刻，却常常反应迟缓，甚至自己处于尴尬境地也浑然不觉。1999年10月，我去学校盖“同意报考”的公章。当时天气晴好，我是带着孩子和保姆一起去的，打算盖完公章在学校的花园里逛逛。工作人员问我要报考哪个大

学，我说清华大学。屋子里有很多人，他们似乎愣了一下，后来就笑起来。我自我解嘲地说："怎么也是考，瞎报吧。"盖章的人说："就是，就是一个经历，至少咱们敢报。"

在笑声中我和保姆、孩子走出办公室。快走到学校的小花园时，保姆停下来，语气生硬地对我说："你考研就考吧，不要告诉别人考清华大学，这样让人笑话！"她满脸通红。我吃惊她的样子，只好回答说："好吧，那就以后不告诉别人了。"只有20岁的姑娘显然比我敏感，她意识到了那些笑声中的嘲弄。

2000年初，我参加了清华大学的研究生入学考试。考完英语后，我对等待我的先生说，英语没有我想象的那么难，我有可能及格。他吃惊于我的自信，又不便打击我，就说，还是等分数吧。

我果然进入了复试。接到去清华面试的通知时，我特意带了相机。我想给自己留个纪念。明年学校就不允许考研了，要给其他同事机会。那么，假如我考不上，也可以有个美好回忆。

也是那一年，清华大学研究生复试时要求口试。我的英语口语并不好。怎么办呢？去面试之前，我请我读外文系的妹妹把我的一小段话翻译成英文。大意说，我是一个1岁孩子的母亲，我渴望来清华读书；假如能给我个杠杆，我会撬起地球的。这段话我背了许多许多遍，直至流利得可以脱口而出。唉，那段话多么浮夸啊，我现在听起来都脸红。但我当时是极真诚的，我真诚地相信那里面的每一个字，我也真诚地认为我只要说出这段话就一定会打动主考老师。

至今我也不知道是不是这段话起了作用，但最终我和大部分考生一样，通过了那次的口语考试。

十

我很不想回忆2000年9月的我。那时我到清华大学报到。刚刚结束哺乳期，我的身材很臃肿，穿着件红色的纯棉上衣，从照片看，衣服鲜艳而土气，与清华大学沉稳的校风格格不入。但笑容却是灿烂的。

第一天我就迷路了。从超市出来，我和我的同屋用了近1个小时才找回我们的宿舍。那所园子真大啊，我再一次有了被抛感。有一天我的一位男同学背着行李走出宿舍楼，他说他要退学，他说实在受不了这里的气氛，非常压抑，让他觉得自己一无是处。我们七嘴八舌地安慰他，最终把他和行李一起拽了回来。好不容易考到这里，怎么能轻易离开呢？我们都这么劝慰他。这也是劝慰我们自己。

当时，我们现当代文学硕士只有四个同学。那时候姜涛刚刚从清华考到北大读博士，那时候徐晨亮和吴虹飞、裴春芳是高我一级的学长。2001年的时候格非老师从华师大调来了，他给我们上的是小说课。2003年汪晖老师从社科院也调了过来，那时候我快毕业了，所以只听过他一节课。

在清华读研的三年，我也开始在一个叫“泡网琴”的论坛玩，最初我只是看，后来开始写些读后感之类的小文字，那些东西后来还被编辑拿去发表。就是在那里，我认识了我许多后来的朋友，冯唐、绿妖、水木丁、苏七七、谭伯牛。也是在那里，看到了许多网络名人的身影，王小山、宁财神、和菜头……

直到现在，我还记得当年和同学一起听大江健三郎讲座的情景。那天我和同学坐在后面两排的位置。我看到我的同学金美兰坐在比较靠前的地方，她来自韩国，是王忠忱老师的访问学者。那天大江健三郎先生的演讲非常精彩，同学们反响热烈，提了很多问题，关于孔子，关于曹禺，关于鲁迅。快要结束的时候，我看到前面有个女生站起来，她问的是中韩双方的慰安妇问题，我听出来，那个声音是金美兰的。那一刻，我多么希望站起来提这个问题的人是我。老实说，那天的美兰像光一样照亮了我。

当然，像光一样照亮我的还有另一位韩国同学白池云。她长得美，汉语流利，思考的问题很深刻。多年之后，我和白池云在厦门大学的一个学术会议上见面。看到我她很惊讶，感叹说当年的学生已经成为了学者。非常巧合的是，她是《玉米》的韩国译者，而我，那年刚刚写过毕飞宇的评论。十年不见，我们马上快乐地聊起许多共同的话题。相比而

言，我和金美兰算得上亲密朋友了。每隔两年，天津师范大学和韩国圣公会大学就有中韩性别论坛，十多年来，我和美兰一直保持着生活和学术的密切联系。

大概是从清华大学开始的，我养成了一些严格的生活习惯。每周五回保定陪孩子，周日回到清华。每天一清早就起床排队泡图书馆，一待就是一天。我喜欢清华旧馆。直到今天，我依然能闻到旧馆窗外飘来的青草汁液气息，记起房间里厚厚的窗帘低垂。我后来还发现了离清华不远的中科院图书馆。那里人少，藏有大量民国杂志。每天早上8点出发，下午三四点钟回学校，中午我在中科院的餐厅吃一个简单的午餐。整整七八个小时，我都在中科院图书馆度过。

也是从研究生二年级开始，我沉浸在了自己感兴趣的课题里。萧红和她的小说，女性写作，以及晚清以来的女性写作，等等。我的硕士论文题目是《女学生与现代爱情话语的建构》。2003年，我的硕士论文如愿获得了优秀，我也成为那一年度清华大学优秀硕士毕业生。

十一

2004年，我进入北师大攻读博士学位，导师是我一直景仰的王富仁先生。一进北师大我便意识到，这就是我想读的学校。它的前身是女高师，而我研究的是《女学生与现代女性写作的发生》，我的博士论文所需要的种种研究资料都可以在这里找到。我关注的那些女学生作家——庐隐、冯沅君、苏雪林都毕业于此。我似乎在北师大更自在，更快乐。在这里，苏七七是我谈论电影的好朋友，我们时常相约到不远的电影资料馆去看电影。也是在这里，我和梁鸿认识，虽然我来到北师大时她已经毕业了，但是，我考王富仁老师博士时向她请教过，非常幸运，我和她成为同门。

铁狮子坟对面是“盛世情”书店。我在那里遇到过一个陌生人，他向我强烈推荐伍尔夫和桑塔格。这个建议让我受益终生。2004年我去看安东尼奥尼电影展。记得看纪录片《中国》的时候，台阶上都坐满了人，

我很激动，还为这个电影写了篇影评，发表在《读书》上。某次电影结束后，我和几个朋友一起去附近的碟店，当时有止庵老师，他向我推荐了许多电影，我都买下了。他对我说，“要看就要看好东西。”“从一开始就要看好东西。”他不断对我重复这句话。当然，他是对的。

王富仁先生当时已经去了汕头大学，但并不影响我与王富仁先生的交流。大部分时候我们定期电话。他回北京时会喊我和同门一起喝茶聊天。那不是普通的聊天，他谈鲁迅，谈文学研究与文学批评，谈他那代人对学问的理解，也谈知识分子问题。王老师喜欢抽烟，爱大笑，他敏锐而富有洞见。他的精力似乎很充沛，而且，中午他是不累的，他常常聊着聊着就忘记了吃饭。

很多北师大毕业的学长喜欢跟我讲王富仁先生的趣事。印象深刻的一件是，有一天他在酒桌上讲起某年某月某事，突然哭了。还有一次是他说起萧红小说和萧红的早逝，哽咽不能语。那是我导师的另一面，不在学生面前流露的一面。

十二

2015 年 5 月，在利勒哈默尔参加挪威文学节时，我偶然和一位挪威朋友聊起性别意识与女性成长问题。她的汉语好极了。“性别不平等给你带来过什么不公正的待遇吗？因为性别歧视你有心理创伤吗？”她问我。

就是在那个风景如童话的地方，我对这个并不熟悉的朋友讲起我远在东方的家乡。爷爷奶奶有三个儿子，伯伯、父亲和叔叔。但下一代女孩子似乎太多了，我的爷爷奶奶在有生之年看到他们三个儿子生了七个女孩子、两个儿子，一度被别人戏称“七仙女”。我父亲有三个女儿。

1977 年 11 月的一个下午，我爸爸从奶奶家把我接回来。那天早上，我妈妈生了孩子。“男孩儿还是女孩儿？”我跳上爸爸的自行车，迫不及待地问。知道是妹妹后，我居然问的是：“怎么又是妹妹？”我偷看爸爸的脸色，看不出是否高兴。我替我妈妈担忧，自己也有一种莫名其

妙的愧疚感。那一年，我6岁，我大妹妹4岁。“妹妹也很好啊。”我爸爸说。但我猜他当时说的不是实话，他一定也是失望的。我爸爸高大帅气，热爱运动，篮球场上他总是瞩目人物。我知道，他很遗憾，他的女儿们不喜欢打篮球，甚至连比赛也不感兴趣。

愧疚感像影子一样追着我长大。如果我让父母失望了，如果我被老师批评了，如果我不懂事跟人争吵了……我父母会不会很伤心，别人家会不会看我们家笑话？我不知道自己为什么总要这么想。

我先生第一次跟我爸爸妈妈见面时说起一件事，他有一天给我买了个冰淇淋，我特别开心，吃了一口后问：“这都是给我的吗？”“当然全是你的。”他说。他觉得我问的太奇怪了。其实一点儿也不奇怪。这是我从小养成的习惯，很多年后才改掉。

幼儿园里分了糖，我会假装吃掉，回家偷偷带给我妹妹；如果有两块糖，我会留一块给我大妹妹。有了小妹妹后，如果一个面包分成三部分，那我肯定要选最小的。如果只有两块，我选择不吃。我不知道孔融让梨的故事，我父母也没有讲过。我只晓得，如果别人知道我这样友爱，就会获得赞美，“你瞧人家养的女儿！”我最怕别人鄙夷地说：“瞧她们家女儿啊。”一度，我甚至敏感到讨厌别人说我们家是三朵金花，一有人说，我就会很激烈地反驳说：“金花怎么啦，关你什么事儿？！”

病态的敏感和不安全感很可能来自我妈妈。两个妹妹长得美，中学时代常常遇到同学表白，但好在小伙子看到我爸爸会胆怯。长大后我和大妹相继离开了曲阳，各自成家。但小妹还在县城上学。初中时她被一个完全不认识的愣头小子喜欢上了，他常常写信给她。妹妹不回复让他抓狂。有一次酒醉后他跑到我家，拼命拍打我家的大门，要我妹妹出来跟他说句话。“我就要你一句话！”他大叫。我爸爸那天在保定，只有我妈妈和16岁的妹妹在。小伙子最终离开了，后来也再没有来过。但那天的拍打给了我妈妈很大的刺激。她没有报警，什么也不做。在拍门声最严重的时候她在电话里对我说：“如果我们家里有个男孩子，他就不敢这么放肆。如果有你们在家也不会，看看，女儿养大就飞了。”我对此深感抱歉。

十三

我父母觉得我还不错是在我进入清华大学读研究生之后。在此之前，我因为数学不好常常被父母批评太笨了。是的，我分不清方向，运动天赋也不好，不会看脸色说话，如果我爸爸妈妈生气了，我就扭头离开，而不是走过去劝慰他们。他们为此批评过我好几次，要我学会跟人说对不起，但我总改不掉。

2004年我爸爸妈妈为我攻读博士学位而感到自豪。但是，三年之后，谁会想到博士毕业也依然找不到更好的工作呢？2007年我爸爸妈妈是想不到的，包括我身边的朋友，当然，也包括我自己。找工作的时候我其实是踌躇满志的。因为我觉得我是刻苦学习的人，论文口碑也不错，工作应该不难。但现在想想，觉得自己实在天真。

2006年底到2007年上半年，投过简历，面试过，试讲过，得到的回答极相近："你如果是男的就好了。""如果这位男博士不来我们就要你。""我们这里女老师太多了。""你如果30岁以下就好了。"并且，还有一些我从来没有意料到的理由："我们对研究女性文学的不感兴趣，你的博士论文选题不好。""你C刊发表的论文太少，至少要六篇以上。"而我，只有三篇。

是的，一直到5月，我的工作都没有着落。那天我去参加同门聚会，我们邀请了杨联芬老师，当时她还在北京师范大学工作。她刚刚读完我的论文，很欣赏，于是我们热烈探讨起相关内容来。她问起我的工作，我灰心地告诉她完全没有眉目，我不知道怎么办。她建议我可以去南开大学做博士后。她说她会写个推荐信给南开大学的耿传明老师，然后请他将信转给乔以钢教授。"乔老师是做女性文学研究的，你在那里做博士后，可以完善一下博士论文。"

第二天一早我就收到了乔以钢教授的回复。她读了我的论文和简历，欢迎我到博士后流动站工作。那真是美好的一刻啊。乔老师在我最困难的时候拉住了我。我的心一下子安稳了。找工作的种种不快乐忽然就不

值一提了，仿佛我早就应该去那里做博士后似的。其间也有几个朋友打电话劝我申请北京城里的大学，随便什么专业，能在北京做博士后就不要去外地。我摇头。我对我的朋友说："我只想到一个不歧视女性和不歧视女性研究的地方去。"

当然，博士后流动站只是权宜之地。但无论怎样，我至少可以有两年的安稳时光。我很开心。——求学七年之后，我暂时在外地有了一间属于自己的房间。那里有床，有书桌，有厨房。我也有了工资。我住在九楼，那时候正是秋高气爽，风一吹，白色窗帘便一下子飘起来。我感到从未有过的自在。

十四

我对外国朋友讲起我的际遇时解释说，我不能说自己没有心理创伤，不能说没有受过性别歧视。但是，我也的确不愿高估和夸大它的负面作用。她似乎并不是很懂我要表达的。当我试图向她解释 "厌女环境"对我的正面激励时，她觉得我太压抑自己了。

不是压抑。至少目前我是这样认为的。我想告诉她，在我成长的道路上，并没有人向我灌输过"乖女儿"和"漂亮女人"的标准，我父母在我很小的时候就告诉我，要独立，要自立。他们即使认为没有见证一个男孩子的成长是一种遗憾，但是，也并没有因此而打骂或者忽视我们姐妹三人的成长。

少年时代遇到的那些好的和坏的际遇，有一天会共同向我们涌来，使我们成为今天的我们。每个人都有创伤，每个人也都会脱壳，每个人都有自我治愈的能力。当一个人越来越自在时，谁会总记得别人的目光，谁会总掀起那些早已愈合的伤口？

十五

2015年8月，我到韩国梨花女子大学去做关于中国当代文学的一

个讲座，它的校园门前是一大幅关于梨花的雕刻画，洁白而高贵。像所有游人那样，我在那里拍了张照片。我对陪我讲座的美兰说，我家乡也盛产梨花。我说，每次看到梨花，我都会心头一软。

有件事一直在心里。

1984年的春天，我和小伙伴从果园走过，那次我们真是胆大，折了几株梨花。折了之后就快跑，生怕被看园子的人逮到。果然还是被逮到了，被训斥了很久。每个人都报了自己父母的名字，我也不例外。离开园子后我徘徊了很久才回家。我妈妈在家里。骑自行车的看园人显然已经告过我的状了。我妈妈那天愤怒地数落我，但似乎也没有什么新鲜的。

我没哭，也没跟她认错，待她说完我就收拾好书包去学校。在那条不长的小路上，我开始了自己的幻想，我幻想多年以后我怎样回到家乡。——我要告诉那个看园子的人我并不是小偷，我只是爱那两株梨花罢了；我幻想我妈妈在未来对我说，她错怪了我。

那一路我都在勾勒那个幻想。

幻想没有变成现实。二十多年过去，园子早已不见了，我妈妈已经把我偷别人家梨花的事情当作笑话来说。我也早忘记了看园子的人是谁。但是，我关于未来的想象却一直在心里埋藏。

1989年4月，我从定州回到家乡时路过果园，我再次看到了梨花。它们依然洁白，但是看起来很单薄脆弱似的。记忆中的那个春天我心事重重，梨花也似乎没有当年那么清明。

还是回到1984年前吧。那天我来到教室的时候大部分同学都还没到，我一眼看到靠近我位置的窗台上有两株梨花，它们插在再普通不过的窄口玻璃瓶里。据说是我的那位沉默寡言的男同桌从自家园子里摘来的。窗台上的梨花颀细、简洁、一尘不染，真是美极了。

我按捺不住喜欢跑过去，闻到它们有暗暗的香气。我只觉得它们熟悉，仿佛一直就是属于我的、从未被夺走的梨花。

2016年8月22日—9月24日，天津

谭韶远

1971年出生于中国青海，1999年毕业于中央戏剧学院舞台美术系舞台美术设计专业，现任北京当代芭蕾舞团舞台视觉设计总监、北京Accsdo表演视觉设计机构设计总监、北京林兆华戏剧工作室常任舞台设计师
2009年导演中德合作戏剧《莱昂瑟和莱纳》，2010年导演影像行为作品《失语者》，摇滚英雄演唱会《怒放》

谭韶远：在路上

1971年我生于青海。

那一年发生了很多大事，因为仅仅就是生年而已，这些事跟你没有多大关系，严格地说根本没有记忆。总感觉自己生不逢时，没有赶上那些轰轰烈烈的年代，其实不然。那一年是“文革”的转折时期，那一年林彪坠机在蒙古国，那一年著名爵士乐手阿姆斯特朗去世，那一年中美乒乓外交，那一年美国阿波罗14号登月，那一年聂鲁达获得诺贝尔奖，这些都无记忆可谈，唯一有点印象的是西北戈壁的荒凉。

在一个孩子的记忆里居然是寂寞的荒凉，这记忆沉积在脑海里挥之不去。

多年以后，我居然开始怀念这份荒凉，大概是因为城市生活极度喧嚣浮躁，让人想走出去寻找这荒凉和安静。若有人问我是哪里人，我还是习惯说我是青海人，虽然我基本上是在荒漠和繁华之间奔走，但是毕竟出生在青海这个蛮荒之地，也希望自己有几分野性。这野性并没有什么来头，仅仅就是个出生地而已，因为父母是山东知青，所以我还应该是山东人。6岁那年总是莫名奇妙地流鼻血，说是高原反应，父母把我送回烟台寄养在亲戚家里。因为这个原因，从小就跟随父母在两地之间奔走，再大一点是自己，暑假期间都是自己一个人行走这将近五千公里。那个时候除了绿皮火车就是长途汽车，大都是慢车，单程就需要四天四夜。

从烟台到格尔木的一路上，人越来越少，风景越来越荒凉，温度越来越低。无事可做你就是这么呆坐着，眼睛直勾勾地看着车窗外的风景，看到麻木。一个孩子不知道疲惫困顿，不知道危险，不知道孤独，不知

①

③

④

⑤

⑥

⑦

⑧

⑨

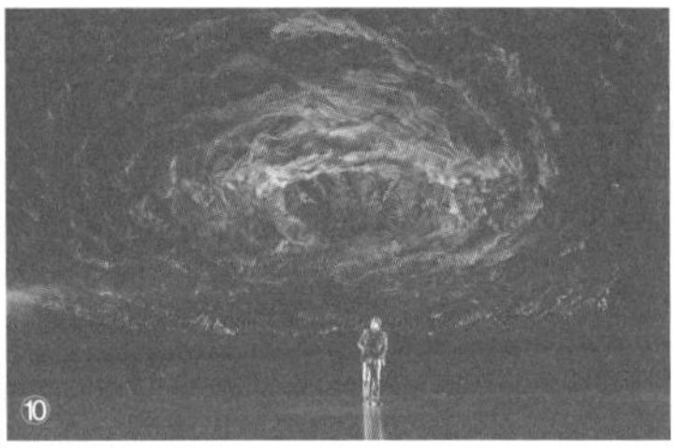
⑩

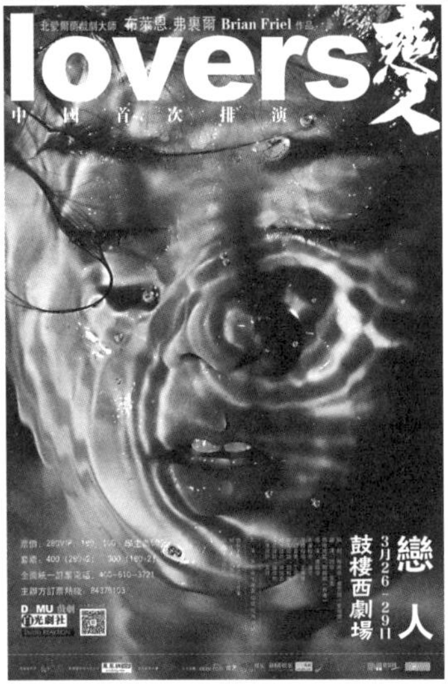

⑪

①2010年剧场工作照

②1969年母亲在青海

③1981年在青海的小学毕业照

④2010年舞台设计作品《怜香伴》

⑤2010年《春之祭·祭》

⑥音乐舞蹈影像作品《野性莎乐美》

⑦2009年戏剧导演作品《莱昂瑟和莱娜》

⑧2010年独立影像作品《失语者》

⑨2015年戏剧导演作品《恋人Lovers》剧照

⑩自己和自己的舞台设计作品，舞剧《夜宴》

⑪2015年导演作品《恋人Lovers》的戏剧海报

道无聊，现在我很好奇那时候都在想什么，想了半天也没有什么头绪，就这样自己一个人像河水一样地流淌，这反反复复的记忆无法忘却。现在旁眼看自己觉得可怜，但那时候我真的都感受不到这成千上万公里的孤单，这孤单没有什么感觉，就是顽固地潜伏在你内心的深处。

1976年，现在都知道那是天崩地裂的一年，这一年我有一些记忆。

在印象中那一年母亲跟很多女知青总是在做纸花，在儿时那可是一件新鲜事，纸在那时候是稀缺之物，小孩都是用石板化石写字画画的，有时候就捡块石头或树枝在土地上画。在后来很长一段时间里我认为软软的白化石就是精美的画具，握在手里那滑滑的手感令人多巴胺激增，偶尔能得到一截粉笔，那比现在的金笔还要珍贵。不对，粉笔应该是在烟台的事了，因为青海没见过石板路或者黑色的沥青路。记忆里我最擅长画警察和吉普汽车，现在想起来应该不是警察而是军人。记忆还是有点模糊，我确切记得是大盖帽，还是侧脸的，吉普汽车是因为在青海这是唯一常见的官车。因为白纸是画画的稀罕物，所以说能看到那么多的白纸该有多高兴，好像就是皱皱的不太好画。

当时知道是有大人物去世了，但是一堆女知青扎纸花的场面是轻松的。只记得孩子们在土地上疯跑，暴土扬长。我记得那年青海也要地震，先是睡在床底下，孩子们都兴奋至极，久久不肯入睡，后来有了防震棚，索性大人和孩子都亢奋起来，像是野营。我记得回到沿海城市的闷热和潮湿。

几经转折我又从烟台回到格尔木。说格尔木是一个蛮荒之地不是没有依据，那里依然荒无人烟，没什么变化。

那年我已经是高中了，当时流行穿绿色的军装，流行打群架，在烟台就是被“打”出来的，到了格尔木就是小巫见大巫了，因为武器装备升级了。在青海，长刀和火药钢砂土枪（又称喷子）随处可见，常常谈论的是谁被捅了，谁满身都是钢砂，又谁谁一人大战群雄令人五体投地，这跟电影《阳光灿烂的日子》几乎是一样的；不同的是这些人就在你身边，可能就是你小学的同桌，不同的是绿军单衣换成绿军棉衣。

因为我瘦小文弱，没有机会混到这“江湖”里去。记得小学的时候还真是参加过一次所谓的“入会”仪式，那个时候也是觉得不会打架没

人罩着是件丢人的事。那天晚上在一个教室里，没有灯（教室确实没有供电），只有红红的炉火，颇有点气氛。“黑帮老大”也就是大我几届的小混混，相当冷静，仔细查问了我的情况又上下打量我一番，缓缓地抽了一口烟之后，拒绝了我！他说：“你不合适，在这条路上你没有希望。”

就从此断了我的江湖梦，我正经地低落了好一阵子，最终，我还是画画去了。

那年，父母劝告我，待在家里做自己应该做的事。

那一年你才真正地开始想自己的将来。对一个普通的教师家庭来说，上大学是唯一的出路。当时孤陋寡闻，只知道中央美院和西安美院。中央美院对一个远在荒漠的十五岁的孩子来说是那么不现实，而西安美院只对西北五省招生，父母好不容易把我的户口办回山东，所以这也是不可能的事了。一切还是那么渺茫。

只能默默地画画等待机会，那是我发愤图强的一年，课余时间用在画画，常常在自己的小屋里画到深夜，没有老师，靠的就是几本从烟台带过去的素描教材，靠的是年幼无知。

那年暑假父亲的学生开了一个绘画班，这学生怎么就考上了西安美院未曾得知，但那可是难得的机会，西安美院也是西北五省的名校，绝对的权威。因为父亲的关系，我得到额外的辅导。这期间有幸结识到几个画友，年纪都比我大，大部分都已经参加工作，什么工作不在记忆里，只记得跟他们在一起画画的情形。这是一群正经的文艺青年，凶猛但目光清澈高远。我们可以在李樯的电影《立春》里看到他们，人人都是“黄四宝”。其中一个人，26 岁了还在考西安美院，户口改了又改，当时不理解，就觉得怎么考美院就那么难？画得这么好怎么就上不了学？据说每年他专业课都名列前茅，就是文化课过不了分数线。现在来看他画也很好，基本功非常扎实。那一年我第一次画人像，只有他能画下来，在几个画友当中他是唯一用炭笔画画的人（格尔木几乎买不到专业的绘画用具）。

绘画班结束之后大家一直保持来往，经常为了看一张谁画的新画驱车（自行车）十几里地来回跑，乐此不疲。

大家的家庭条件都一般，平均供给制在格尔木尤其明显，因为有半个军管的传统。格尔木家家户户房子基本上是一样的，不管是市政府机关，还是教师、职工都是同样的待遇，无非是位置不同、新旧不同。一排平房十间屋子分为五家，一家两间大约五十平方米，外屋是做饭吃饭接待客人的混杂区，里屋都是床，不管你家多少人口。刚参加工作的小年轻大都还住在家里，无奈之下在外屋又挤出一间小屋，有的就是用布帘做一个围挡，那空间小得只能放下一张床和一个小桌子。

就是这样，我们通常几个人挤在床上，还能画画，现在想想真是令人钦佩。青海天地这么大，怎么就没有一个地方给我们的？确实没有。那个时候格尔木基本没有公共文化设施和场所。后来还是父亲在学校给我们解决了一间“画室”，是一间没用过的公共厕所。这几天看新闻说大学新生住宿被分配到厕所里，真可谓是一脉相承啊。学校还把尘封多年的美术课用品提供给我们，居然还有工农兵的石膏像；更有一件宝贝，是亚历山大的分面相，令人称奇，也许是因为分面就认不出来这是一个罗马人了吧。这使得这间“厕所画室”空前绝后的热闹，陆陆续续来了不少人，我竟然变成了美术小组的组长。不过得到这一切必须付出代价，我们必须要按期完成学校的黑板报，于是，学校的黑板报也变成了一道风景线，在外援的支援下取得了翻天覆地的变化。

画友之间除了画画还有传书，我记得第一次看琼瑶就是那个时候，当时算是禁书，所以只有友谊深厚的人才能得到传阅，都用牛皮纸包着书皮伪装成普通书的样子。翻了几页我并没有看出多大的乐趣，可能还是因为年纪太小，这些所谓的情意绵绵的文字吸引不了我。当时没什么书可看，“文革”之后父亲的书遗失不少，加上经常搬家，父亲残留下来的书大都放在我的床下纸箱里。父亲教语文，基本上都是《古文观止》之类的教科书，也有《水浒》《三国》《杨家将》之类的，其中有一本《茶花女》，还有一本《少年维特之烦恼》，我觉得比琼瑶的书好看。我猜这应该是漏网之鱼，父亲发现后坚决不允许我把这两本带出家门，口气坚决的程度让我没办法违抗。琼瑶之后武打小说兴起，仔细想一下青海的武打小说的流传应该是后置了。高三回到烟台的时候在课堂上偷看《神雕侠侣》被老师抓了一个现行，我老是犯这种错误，大学时在革

命史大课上偷看《沟口健二的世界》也是被抓，结果就是补考。

又要回到路上了，在格尔木这短暂的欣喜也就大致维持了大半年。

在高二刚开始的时候，因为母亲椎间盘脱出动了大手术提前病休了，举家迁返烟台。这一次搬家因为路途遥远，整整扔掉了一个家。最心疼的是我们家的大黄狗，跑到火车站来送行，追着火车跑。还有很多新交的朋友和老同学也前来送行，那感觉就像是要永别了。在火车开动的那瞬间，突然觉得要从梦想回到现实里去了，那一个瞬间你才知道你居然依恋这个荒漠，从此别过16岁，我觉得自己突然长大了。

在那之后，格尔木，你真的再也没有回去过。

回到烟台就慌慌张张开始准备高考了，脑子里还是中央美院，还是那么不现实，还是儿时的梦。当时不知道高考之路是那么漫长，又一次踏上了一趟慢车，又是成千上万公里的路途。

1989年，春节过后，就独自一个人盲目地来到了北京，直奔中央美院。虽然小时候跟父母探家经过几次北京，但没有什么印象，印象就是一张跟父亲在天安门前的黑白照片。

中央美院窝在一条狭窄的胡同里，校尉胡同5号，这不影响你对一个殿堂的崇敬和向往，印象最深的是美院里每个人都抬着头走路，每个人都个性迥然，每个人都在飞扬。美院最迷人的是画室，灰色斑驳的墙壁，柔和静谧的天光，不知是因为神秘还是静穆，你觉得这是一个神圣的纯净世界。我痴迷画架和墙壁上的每一张习作，一张画能看许久，在这画里你能看到你的将来。对我来说这才是真正的文明和繁华，瞬间飘浮在半空中，我觉得中央美院就是我的终点站。

经人介绍我入住了央美的地下室招待所，房间里三张床，有一位老先生常住在此，带的东西很多，都是书本和资料，听口音他是北京人，他常有电话，不断地有人来看他，我奇怪得不行，哪有当地人常年住在招待所的？后来熟了隐隐约约知道他是等待平反的美院教授，不知什么事拖到1989年还没有解决。他是一个孤僻的老人，我住了一个星期之后才跟我说话。

住美院地下室招待所是为了去美院地下室高考辅导班补习。地下室阴冷，空气污浊，但我还是处在兴奋的阶段，不管如何我觉得离美院越

来越近了，这地下室那也是美院的地下室啊！像梦一样，处处都是惊喜。到北京的第二天我在王府井美术用品商店买了一只向往已久的油画箱，提着这只画箱阔步行走在街头上，所有的街景和行人如同慢动作一样慢慢划过，繁华的都市、光鲜的人群、漂亮的姑娘，你已经自我陶醉了。看到的每一个人都那么自信，每一个人都是你向往的状态，每一个瞬间让你觉得都是希望，就这么画画多好啊，能这样容身在这样一群人中生活就足够了。

这种悬浮在空中的感觉大约有一个月，我突然清醒了，清醒的原因是专业课报考。初生牛犊不怕虎，现在想想就是无知者无畏，我居然报考油画系。那天我觉得报考的人当中我是最小的，每个人拿出的报考作品都让自己震惊，我突然发现我根本就不会画画。

我灰头土脸地回到了现实当中，觉得自己又回到了那一条又熟悉又陌生的路上，又回到了那趟去青海的慢车上，孤独行进，无依无靠。

赵建峰，这是一个让我更加喜欢北京的人。在我不知所措的时候我认识了他，他是我在地下室辅导班的同学，我们俩水平相当，都是考美院没有多大希望的人，又是一门心思要考美院的人。但他是北京人，熟悉了之后他邀请我到他家去住，一来可以节省住宿费用，更主要的是可以在一起画画。我们都怀着侥幸的心理准备突击一下，也许就会冲上去。一个月后我们俩都没有拿到初试的准考证。

那是一段平静的时光，他家在阜成门，我们天天背着一个画夹子坐着 108 路电车往返在美院和阜成门之间，我省下的住宿费可以偶尔地吃喝一顿，小日子过得满是逍遥自在。赵建峰是一个理想主义者，这一点我们非常相似。他在北京一所职业学校，考试的信息很多，因为同学都在报考不同的学校，这时候我才知道北京除了央美之外还有中央工艺美院，还有电影学院、戏剧学院、服装学院等可以画画的大学，但是他也是非上央美不可。我们俩约定不管几年，一定要考上中央美院油画系，目前唯一要做的就是画下去，不断地画下去。心情平静下来之后坦然了很多，慢慢地感觉自己就是已经考上的样子，不都是在做自己喜欢的事吗？这个心态非常像北京画家村的状态，仅仅就是逃避现实的生活。没拿到美院准考证之后，我又在北京闲晃了一个多月，直到手里的钱花光

才想到要回到现实当中。5月北京已经开始有点热，事实上那年北京确实很热。

我告别了赵建峰踏上回家的路，在火车上我恍惚中感觉又是去青海的那一趟慢车。

1994年我跟赵建峰再次相逢，他考上央美的版画系，我考上了中央戏剧学院的舞美系，大家尴尬地笑笑，原谅了自己的妥协。

不用多说，第一次高考就失败了，因为你的稚嫩。

1989年崔健的《新长征路上的摇滚》专辑发行，我总是记得那句歌词“我又走在老路上”。回家之后我的记忆是模糊的，只记得天天躲在屋里不知道在做什么。躲着同学和朋友，我独自来到一家小小的广告公司上班，时间不长又换一家，换来换去我知道这不是我能接受的现状，在去东北拍戏的半途中，又回到了北京，那是冬天，还不死心，还是要考中央美院，还是要画画，还是怀念在北京的那种感觉。

在张江没考上中戏之前，烟台考生没有人注意过这所大学。张江是我的高中同学，现在想想能上中戏跟他有很大的关系，因为他，我才了解这所赫赫有名的大学。我当时奇怪北京的大学怎么都在胡同里，东棉花胡同39号，这个地址现在再熟悉不过了，因为多年高考之后我还是上了这所大学。

张江上大学的四年也是我考大学的四年，整整相伴了一个大学的时间段，所以严格地说我的大学上了九年，前四年甚至比后五年还要重要。我在他那混吃混住混交情，给他添了不少的麻烦。在我考上大学的时候，他毕业了，分配在中央歌舞团。我知道他一心想出国，后来他真的去了法国。

北京这几个在市中心的艺术大学校区面积都不大。跟美院一样，中戏的操场也只有四个篮球场的大小，操场的两侧是学生宿舍楼和留学生宿舍楼，东西两侧是剧场和教室，全校学生只有300多人，谁都认识谁，低头不见抬头见，其乐融融。严格地说我没考上之前，中戏都是很好玩的，等我上了大学就失去了这个气氛。中戏气氛好是因为自由开放，中戏地理位置在市中心，自然变成了一个艺术聚集地，美院、电影学院、音乐学院等学院都会聚集过来。

中戏有一个留学生餐厅，夜间开放，这是一个很出名的文化沙龙，是各路神仙会集的地方。这里不乏出名的各类艺术家，更有意思的是总有几位“神侃”，这“神侃”基本来自导演和编剧专业，舞美系都是插不上嘴的。我总是坐在角落里看热闹，因为能听到各种各样的有趣的事。留学生也多，所以中戏也是一个国际化的大课堂。当时好像中戏没有多少人谈戏剧，大家都在谈论戏剧之外的新鲜事物，大家聊电影，聊思潮，聊音乐，聊出国，聊姑娘，聊申奥。真正了解戏剧一点皮毛的时候应该是考学的第三年，那年张江参加了孟京辉的穿帮剧团演出《思凡》，我们一群人挤在中戏剧场的排练厅里去给他捧场，那时候我才感受到现代戏剧的魅力，原来戏剧可以通过这么自由的形式呈现，一改我对戏剧古板的印象。那几年是中国先锋戏剧最有热情的时候，林兆华的小剧场戏剧《绝对信号》轰动之时，出现了一大批热爱戏剧、反叛戏剧的年轻艺术家，牟森的《零档案》《大神布朗》，张扬的《蜘蛛女之吻》，孟京辉的《升降机》《等待戈多》，等等。那个时候我才知道了荒诞派，尤内斯库、贝克特、梅耶荷德、品特、让·日奈等一批现代剧作，这对我来说是一个新的领域。我开始着迷阅读现代戏剧和现代文学，在没上中戏之前我已经对现代戏剧略知一二了，所以在后来戏剧学习和创作的时候，现代戏剧和文学的观念对我的影响很大，更多的是对传统戏剧的反叛。

中戏学生也会跑到各个学院，那段时间我跟着张江、高亦光、李可等流窜北京各处。我最喜欢的是跑到电影学院看内部电影，我是在那个时候真正喜欢上电影的，印象很深的是苏联电影《自己去看》，还有很多法国新浪潮电影，还有伯格曼，我正经买了不少电影方面的专业书籍，后来认真地考了一年电影学院。

那个时候也是我正经开始读书的时候。也是因为在中戏的关系，白天他们上课，我躲在宿舍看书，都是他们书架上的书，卡夫卡、米兰·昆德拉、乔伊斯、波德莱尔、萨特、苏童、王朔、余华等。不知不觉我也买了很多书，当时很喜欢卡鲁亚克的《在路上》，那时候莫名的对“垮掉的一代”这个称谓有共鸣，不由得想到自己总是孤独地行走在来来回回的路上，让你又想起青海的荒凉。回家的时候发现书是个麻烦，有一些我就留在北京了，因为我坚信我始终是要再来的。

当时中戏流行摇滚乐，收音机里总是能听到有待（著名的流行音乐主持和乐评人）的声音，因为有待是中戏毕业出去的，大家都感到很自豪。耳濡目染，我渐渐也喜欢上了威猛、The Doors、U2、Pink Floyd等乐队。那年不少地下乐队混在北京各个高校，张楚在中戏、唐朝在央美。有一次“穴位”乐队的吉他手陈底里在宿舍给大家弹琴唱歌，我就坐在他的对面，零距离地感受到一个音乐人投入自己音乐时的纯粹和喜悦。他们当时都在北京郊区的农家院里，因为噪音他们被房东嫌弃，通常是居无定所。那个时候大家似乎没有物质的概念，他们混在中戏无非也是解决一个食宿问题，我记得那时候中戏门口的李晶小饭馆，我们七八个人几十元钱就酒足饭饱了，张江和李可经常招待这些难友。大家凑在一起聊自己喜欢的事，底里带来的都是流行音乐的信息，他经常演奏Beatles、列侬的曲子，眼睛里放着光，后来“穴位”在一个大场子里举办的演唱会，风格跟Pink Floyd很近似。这个时期黑豹乐队、唐朝乐队、魔岩三杰、眼镜蛇等陆续出来，加上原来的崔健，北京又让人多了几分向往。回到家复习文化课的时候，我在墙上贴了詹姆斯·迪恩、凯瑟琳·赫本，还有唐朝在美院那张最著名的合影，都是长发飘飘，都是那么年轻有力量。

在2010年8月27日我执导《怒放摇滚英雄演唱会》的时候，心情特别复杂，不忍看到他们变得柔软，变得苍老，看着他们想到自己，这音乐是一代人的青春和记忆。

在北京待久了，知道的东西多了，这高考的动力就越来越复杂了。不只单纯对绘画的喜悦和执念，这各种各样的喜好和倾慕，渐渐汇集成了一种令人向往的生活方式，这生活在当时的我看来只有北京才有。

第二年高考依然不顺，因为我自己晃荡了一年，根本没做什么准备。第三年我俨然变成了一个著名的考生，我沉着冷静，计划周密，行动果断，决定报考电影学院。跟往年一样我习惯住在中戏，所有认识的人都会自然地说：“你又来了！”不了解我的人还以为我就是中戏的学生。那一年因为准备得好，专业课通过，顺利地拿到了文化课的准考证，我急急忙忙赶回烟台复习文化课，一切都很顺利，都在掌握之中。7月9日高考结束的时候我狠狠地把文化课的书全都扔出了窗外，跟十来个著名的

老艺考生冲到海边一醉方休，长啸一声把这几年的闷气全吐了出去，这一次应该成了吧！

文化课成绩出来之后，就急忙打听电影学院的录取分数线，招生办的老师说："分数够了，你专业课排名不错，等着上学吧。"我疯玩了一个夏天，没心没肺的，就准备到北京上学去了。一天家里突然接到北京长途，电影学院招生办的老师问："你的档案怎么还没过来？""档案?!"当时我就蒙了。"你赶紧到你们济南查查去啊！"找谁去？去了怎么办？我完全没了主意，就这样还是稀里糊涂地跑到济南，四处托人查找档案的音信。济南说已经发走了，我又跑到北京，电影学院说："没有啊，顶多再等你三天。"我又回到济南。济南到处也查不到原因，我又跑回北京，招生办的老师无奈地看着我："这是国家教委的程序我们也没办法啊。"

回家的路上，我在两节车厢连接处站着睡着了，这几天几夜我紧张到忘了还有睡觉这回事。那一觉睡得很香，你不想醒过来，你不知道如何面对，你无能为力。那一夜感觉这趟车比去青海的那趟慢车还要慢，窗外漫漫黑夜既熟悉又陌生！

就这样我第三年的高考又以失败告终，空欢喜一场。后来知道山东教委当时有特别的规定，优先省内的招生提档。这次落榜心有余悸，在后来考上了大学，躺在中戏宿舍的床上时，我还是会被类似的噩梦惊醒：你档案丢了！毕业后也会。

其实没什么遗憾，跟电影学院就是这么无缘，那年是动画专业，我不知道，如果那年我真考上了，现在是什么样子。上了中戏之后还会留恋央美和电影学院，后来我渐渐喜欢上了戏剧，因为熟悉了，因为戏剧也有着独特的魅力。现在看来这些艺术门类都是相通的，我没有具体执着在某一类，中戏毕业之后，我做设计、做导演、参与戏剧、音乐、舞蹈、影像、装置，基本上在自己的热爱之中。多年来戏剧滋养着我，从陌生到喜欢，再进入专业创作，也是一个漫长的过程。跟林兆华、易立明、李六乙、孟京辉等戏剧前辈学习合作受益匪浅，一直到2009年由戏剧家李建鸣老师推荐，歌德学院邀请我做《莱昂瑟与莱纳》，这是我独立执导的第一个舞台剧，我发现自己一个很大的问题，就是对毕西纳

戏剧了解甚少，由此可见，我们对西方文学的引进是断断续续，没有系统的。由于这个原因我接下了这个戏，整整花费三个月来研读理解毕西纳的作品。我是一个注重文本的创作者，虽然是视觉出身，我还是更依赖文学本身的力量来完成一个作品。后来执导爱尔兰剧作家布赖恩·弗里尔作品《恋人》也是基于这个原因。弗里尔对大家来说更加陌生，创作的乐趣也在于此，就是不断地发现自己的无知进行弥补。电影之梦我始终没有放下，尤其是这几年。

1993年，我已经22岁，这一年特别平静，平静到我没有什么感觉。冬天的时候我会躲在烟台师范学院画画、看闲书，跟中央美院分配到烟台的绘画老师喝酒聊天。本来他应该留京的，但是1990年北京很多大学毕业生都分到了外地。他也是一个人，我也是一个人，就这么安安静静地过了一个冬天。因为惯性，春节过后我还是会到北京住在戏剧学院。1994年我考上了中央戏剧学院舞台美术系舞台设计专业，拿到录取通知书的时候我已经没有太多的兴奋，一直到去北京上学的前两天才发现自己连行李箱都没准备。

火车开动的时候，隔着车窗你发现母亲在落泪，你突然才意识到要离开了，这压抑在心底的各种冤屈全涌上来，你没有哭，你活生生地把它咽了回去，不想让母亲看见。

这依然是一趟慢车，窗外的风景依然既熟悉又陌生。北京，我真的要来了吗？

千真万确我来了，这一来22年我没有离开过。本来以为这就是终点了，其实不然，当你闭上眼睛的时候还是有在车厢里那种晃动的恍惚，没有停过。一切结束大概都是一个新的开始，20多年你还是迷失在不同的幻觉里，这幻觉的色彩越来越淡，但都在路上。

多年后我一个人来到太平洋中心的复活岛，看着那辽阔的原始风景，想到自己此时此刻远离大陆，远离爱人和朋友，远离北京，远离青海的时候，突然有一刻静止了，仅仅就是短短的几分钟，无比珍贵。

2016年9月16日凌晨于北京

臧　杰

良友书坊文化机构创办人，青岛文学馆馆长，兼及出版、策展、文化批评与研究，著有《民国美术先锋》《民国影坛的激进阵营》《天下良友》等，主编有《良友》《闲话》《闲话文库》《大家文库》等，曾获得第八届中国文联文艺评论奖、第七届山东省刘勰文艺评论奖

臧　杰：从文青到文青

文学梦都是青涩的

自幼跟着做纺织女工的祖母长大，口袋里就总是“从容”。

女人一辈子要工作，不能靠丈夫和子女过活。这大约是祖母那一代女性的生命经验总结。

祖母是少女时代来闯青岛的，自20世纪20年代起，青岛就是仅次于上海的纺织业基地。这当然和日德战争后的日本殖民统治有关，日本人把青岛从德国人治下的军事与商业口岸，变成了“一台纺织机”。

来青岛，自然要进纱厂，祖母概莫能外。后来她嫁的男人，也是日商丰田纱厂的技工。祖父在“运动”中早逝，祖母就一个人拉扯着四个孩子长大。

个性独立，是祖母留给我最鲜明的“基因”，而工厂大院里的集体生存则围合了我所有的童年记忆。

因为有工资，祖母就总会给我零花钱。尽管钱不多，但多数被我用来买书了。那时最喜欢《水浒传》，其次是《三国演义》，再次是《隋唐演义》和《岳飞传》。孩童间《三侠五义》也很流行，但我并不喜欢，以为鸡鸣狗盗没啥意思。小学没毕业就知道了一本杂志叫《今古传奇》，知道了一个书店叫“宝文堂”——看的自然是武侠小说。上初中，就自己跑到青岛市第二工人文化宫办了借书证。工人文化宫是那一带人文学启蒙的圣地。印象最深的三本书：二月河的《康熙大帝》、从维熙的《鹿回头》、金庸的《天龙八部》。

① 2013年4月14日街头反对乙烯项目

② 寄存于酒店大堂的青岛文学馆

③ 良友书坊外景

④ 2014年1月18日林少华在良友书坊讲村上春树和莫言

⑤ 富于海派文化气息的良友书坊内景

⑥ 2015 年 6 月 19 日，青岛文学馆新址启幕
⑦ 2009 年 8 月 14 在上海书展宣传《藏獒》漫画版
⑧ 2009 年，发起“70 后艺术派对”时编制的棉纺织厂艺术文献
⑨ 大家文库
⑩ 闲话文丛
⑪ 良友文丛

这也说明，我的“好文”挺早即已开始，尽管父亲激励做“科学家”梦，但并不妨碍认为文章写得好是一种魅力，个中道理，和“女生学习好是种姿色”没啥分别。

工厂大院里的生活，五光十色，但也埋藏着职业代际传递的宿命。很多老人都盼望着孩子能够脱离纺织业，但长着长着就进了纺织厂。或许因为是隔代抚养，我在这方面没有通往未来的命运暗示。相反，舞文弄墨的想法一直鼓舞着我。也或许是因为大院里也出过作家，一个叫徐本夫的老邻居后来还做了青岛文联的主席。

算起来，真正开始写作，应该是1989年。这年夏天，我写了第一篇十几页稿纸长的文章，题目叫《围观》，模仿了鲁迅先生的《示众》，写了很多看客，在无聊地面对一个流血的人，大家也不知道是什么原因。1990年的春天，写了第一篇小说《孤独者》，有七八千字，模仿的还是鲁迅先生。稿子竖着抄在红杠杠的信笺上，还把笺头裁了去，大概是想寻一点儿八行笺的感觉。

稿子写出来就寄给了已兼任《海鸥》文学杂志主编的青岛文联主席徐本夫，结果，还收到了一封满怀鼓励的退稿信。这可算是我文学梦的最初。

算起来，那该算是文学发烧的“前夜”。那时候最好的营养来自《小说月报》和《人民文学》，有个同学的母亲在纺织机械厂子弟小学照看阅览室，同学帮我捎了很多期杂志，至今还记得的有贾平凹的《废都》和苏童的《离婚指南》。

对文学的“高烧”还是进入山东师范大学中文系读书之后。因为前面的养料使我很快起跑，一个月的军训刚结束，就在《山东师大报》发散文了。校报上散文和小小说都能发，但字数显然不能太长，为此，我还买了贾平凹的《太白》体会如何精练，如何“混沌”。

1993年1月寒假，在台东新华书店买到了《废都》，一口气儿读了一天半，直至现在我都认为它是中国当代文学最优秀的作品，是知识分子颓废迷乱的隐喻。这年秋天，我发起的中文系“南北朝”文学社在山师大北院组织了“《废都》研讨会”。

不久，便完成了大学时代最重要的小说《空白记忆》，近3万字，印在了中文系自办油印的《南北朝》上，然后就骑着自行车跑十几公里路到南院宿舍，送给系里的各位教授，请他们批评指正。写作的时候，还刚刚读大二，小说却漫灌至大学生活的终结。这似乎是说，上完大一，自己已然毕业了。

这篇小说大量使用了意识流手法，成段不用标点也是很形式化的模仿。一些老师看得极不爽，其中包括搞鲁迅研究的系主任韩之友教授，认为我的文风很成问题，加上有同学的文字散溢着颓废与死亡，这也使得《南北朝》出了一期即宣告寿终。

因为大学生活清澈透明，小说写来写去就觉得没多少意思，想象中的乡土文学连自己都认为不靠谱。但那却是个推崇大地情结、荒原意识的年代，也是乡村美学横行的年代，于是，我很快放下了小说写作，开始做起评论来。那一年，时代文艺出版社出了一套10本的“20世纪中国文学丛书”，这套书对我影响极大。作者除了一线学者就是刚刚毕业的博士生，包括谢冕、钱理群、王富仁、陈晓明、张颐武、韩毓海等。读完这套书，我满脑子都是“丰富的痛苦”“无边的挑战”“在边缘处追索”和“锁链上的花环”。

迅速吸纳了新鲜思想资源的我，很快受到当代文学老师王万森教授的重视。秋末冬初的一天，我因发烧没去上课。课间，王老师知道了，因为回去要乘坐往来南北院的班车，他就提前半小时下课跑到宿舍看我。几个同学拥着穿奶油色风衣的王老师进来，其时，我正斜倚着被子看书，自然想从床上爬下来，却被王老师制止了。他在床下伸手和我相握。这个情形至今想起来如在眼前。王老师也一直将我视为他的研究生，后来他真正的研究生刘复生说，王老师给他们上课时还朗读过我写的评论。而如今，作为新锐批评家的刘复生已经名满南方文坛。

以文学为一切的青春，动笔和求教的动力太大。还记得我写过一篇六七千字关于张贤亮的《习惯死亡》的评论，又骑着自行车到南院请宋遂良教授看，然后再约了时间去听意见。约好的中午碰上宋老师临时有事，就在他家楼下的古力盖（下水道井盖的青岛地区叫法）上坐着等了

一个多小时。上楼时，宋老师的爱人正在午睡，我们跑进了厨房。两个马扎面对面，宋老师劈头也说文风问题，他的批评让我郁闷了很多天。

及至搬至济南文化东路的山师大本部，我开始混迹于研究生楼，和一帮搞现当代的师兄师姐很快相熟，他们当中就有后来大名鼎鼎的敬文东。那时候，因为一头长发，很多人以为我是美术系的研究生。

搞批评都得有方法论，我探得了横行一时的存在主义，还是有神论那一支，由此对山师大的学习越来越不满足，就想着去北大、北师大听课。济南去北京极方便，但因为是枢纽站常常买不到坐票，我就拎着个马扎子上火车。有次还碰到了一个有座的教授，和我聊了半天，说他是山大哲学系的臧乐源，要去北京探望父亲臧克家。

因为投入，我和教现当代文学的老师特别熟。宋遂良教授的选修课，他讲着讲着，我常会举手表达自己的意见，宋老师有时就让我上台讲。我上去即滔滔不绝，并不顾忌同学们感受如何。有同学后来说，他们听得目瞪口呆，感觉文学就在我的脚下。

情怀浓烈了许多

我的文学癖最终因为在初创期的《青岛生活导报》实习而改变。我特别喜欢沂水路 8 号那座德式老楼。上楼梯的时候，就觉得这是个能让人安心的文化单位。也就是在这座小楼的阁楼上，遇到了“归隐”青岛的西部诗人刘宏亮，他是昌耀的好朋友。

刘宏亮当时是专题部编辑，编《人间》副刊和文史专栏《汇泉》。他对我的影响并非编辑业务，而是关涉文学的指导。勤奋、独立和要有作批评的勇气是最笼统的总结。此外，自称“草木灰之人”的他用自己的经历告诉我，不要把得到的东西看得太重，想放下的时候就放下。

十年后，因为要做出版必须放下进取得来的《青岛早报》总编辑助理职位时，他听说后马上就说：“挺好，挺好，放下挺好。”说起来，我与刘老师没有太多交集，相处的时间不足三个月。但在西部极富文名，做过《青海湖》主编的他，还是用诗一般短小而凝重的交往，让我明白

了许多道理。

我的十年纸媒生涯，岗位轮转且升迁较快，三年专刊编辑，一年半摄影记者，一年图片编辑，十六个月图片总监兼文娱部主任，八个月分管本地新闻和文娱的总编辑助理，十五个月主管发行的总编辑助理，而后又分管了十六个月文化体育新闻，构成了十年的全部。可以说，除了广告没干过，几近熟稔全部纸媒体实务。不断的角色变化使我一次又一次面对挑战，也激发了不停歇的探索精神。最重要的是，通过做纸媒和组织本土报道，自己热衷文化的公共情怀清晰了许多。

在最初做专刊的三年里，文学梦还在操持着。买书依然是结构主义、解构主义和后现代主义，有神论、存在主义那一套。客观说，那时对这些理论的理解尚处于生吞活剥阶段，都是生生咽下，根本没消化。写起文章来，却“理论”得不行。

为了忘掉理论，我花了两年多的时间写随感。一个小本子加一支笔，随时装着，随想随写，终于到1998年开始能够发点文学随笔了。这个阶段最关注的写作有两维。一维是心仪的边缘大师，像卡尔维诺、本雅明、苏珊·桑塔格都属于密切关注的，这些人一鳞半爪的中译文字，全会被我找来细细赏读。而他们真正被知识界全面关注、出文集却多是在六七年后。有关他们的作品的阅读心得，后来收录于2000年出版的随笔集《大师的背影》里了。那个阶段，《发达资本主义时代的抒情诗人》《未来千年文学备忘录》《被背叛的遗嘱》轮番装在我的手包里，如同营养品和饮料，随时拎出来就喝。尽管学术趣味还残留着，但这个过程中潜藏的转向业已显形，就是由文艺理论转向了文化评论。另一维，关注的则是“70后”一代的写作。因为身处青岛，我总想知道自己的同龄人在想什么、写什么、做什么，他们走多远了，因此也和卫慧、周洁茹等美女作家有了往来。那时候她们还没有完全蹿红，卫慧甚至邀约我为她的第一本小说集撰写序言。

写文化随笔和评论都基本属于自娱自乐，我一直没有找到“江湖”。看到同龄人谢有顺迅速在《南方都市报》的平台上崛起，有些失望，一度灰心弄起了影评，写起了小说。还记得在天主教堂旁的乐邦都市酒吧

和老板老张说起过我的写作计划，其中不仅有小说集、散文集、影评集、随笔评论集，还有摄影集和一部小电影。那时候，一个趋势在心中敞亮，就是要把自己从文学青年“攒成”文艺青年。

天天弄白话的报纸和几无回馈地弄文学及文艺理论，显然使我陷入了茫然。2003 年出版的随笔集《艺术功课》，如同乱七八糟的思绪落了一地。

那几年也和青岛本土的文学圈熟悉了，一些作家间的过从也密集起来。2004 年，因为负责报纸发行没时间弄文学，就把部分收录在《艺术功课》里的文章挑出来放在了自己主持的青岛新闻网“人文青岛”论坛里。那是 BBS 勃发的年代，一篇写杨志军生存状态的半拉子文章，引发了一场持续了近两年的讨论，题目叫《一个青岛作家的困境》。这个帖子迅速由杨志军的生存，延展到城市文学的历史与现状、文化公共空间的建构和公共知识分子讨论等问题。

这场讨论后来结集为《藏獒：在都市中嚎叫》，成为小说《藏獒》的书写注脚，2006 年由湖南文艺出版社出版，成为国内第一本 BBS 书。尽管那时候还没有全面流行“公知”，但这场讨论，让我发觉了知识分子研究和公共空间的重要性。同时因为书的出版，让我有了出来做出版策划人的机会。

折身看回去，也真可算是在不经意间经历了都市报的黄金时代。虽然对“70 后”一代人而言，在其间充当的角色，大多是战士和走卒，但报业的硝烟和新闻理想确实是混杂在一起的。大多数都市报有相类近的生存模式——仰仗本土新闻和深度新闻比拼，仰仗副刊“起范儿”，仰仗专刊策划和广告价格战“创收”……

而整个过程，对身体的透支也是一样的，上夜班、频开会、出“厚报”；对身体的挑战也夹杂在其中。还记得 2003 年的中秋节之夜，我也因为植物神经的紊乱遭遇心跳的狂躁折磨。那一晚，当值夜班总编辑的我，跑到医院里挂了个吊瓶，坐在椅子上斜眼望去，总觉得那是只流泪的月亮……

明白了“对话”的重要

出版生涯的开始也是我纸媒生涯的结束。放下多数人眼中的“大好前程”来做书，不能说没有犹豫，但最终由不得犹豫，于是索性放下。青岛可挖掘的作者资源实在太少，只能从杂志书入手了。先后出世的丛书《良友》和《闲话》如同纸上的公共空间，也随着时间的推移积蓄了人气和人脉。直至现在，它们和“大家文库”“闲话文库”构成了良友书坊的核心精神，也为青岛的人文出版擦出了一点儿颜色。

当时，比我们早一点起步的是《温故》和《读库》，而后来“慕客”潮更是愈演愈烈了。

出版让我更加懂得了文化积累的意义，也感念于还没很清晰的时候幸好找了个海派传统“良友”来倚着——攀附传统的原因正是为了鼓励自己假想传承，给前行一个催进的理由。我把这种方式叫作“以旧维新”。

随着对艺术出版的介入，尤其是为参加第五届宋庄艺术节编制了《青岛艺术群落文献》，使我的文艺梦泡泡被吹得很大。它结束后马上有了在青岛国棉一厂废墟上做的“解决·70后派对”。这也催化了青岛当代艺术文献中心这个妄设的机构，地方艺术文献史的线索梳理由此开始，我扮起了策展人和学术梳理者的双重角色。

2011年，68岁的刘宏亮病逝，让我无限悲伤。不仅懊恼于自己此前没有为他做一份像样的口述，而且对他无声的死去充满失望。一个追索者的道路和理想就这样淡去，诱发了我做一间小文学馆的决心。两个月后，寄存于咖啡馆的良友书坊·青岛文学馆草成，它倔强地诉说着文学本来就该是日常生活一部分的理念。工作也从青岛作家作品收集、文学文献展示和口述历史整理开始。后来，又在文学馆展场组织了新青年系列艺术个人展，自己文艺青年的身份更加生动。

虽然关涉青岛文学文献、青岛艺术文献的系列展览的声势和影响在不断加大，但让我最受用的其实是老人们的激动与笑容。那一刻我会觉得，这些展览即使是为一个人而做，它也已经归于圆满。

而在做出版的路途中，我也开启了新的写作方向。这还得感谢那个

假想的传统——“良友”。 既然自诩为传承者，就得一边做一边给自己找理由，不能连一点“良友”的历史都不懂。于是就想着给它写一本历史说明书，探究一下《良友》画报和上海良友图书印刷有限公司在民国时代的过往风华。2009年，有了《天下良友——一本画报里的人生传奇》这本书。

没想到，这本小书很快得到学界和近现代期刊研究者的好评。也使我感到做文学评论没有找到江湖的失落，恍然间有了一点颤动。

我决定改弦易辙，从知识分子研究和文化研究的角度操练文字。借助文艺趣味驳杂，擅长打通的能力，以人物列传的方式、文化组织史式的考察策略，又完成了两个个案写作，同构出了一个涉及期刊、电影、美术领域的文化史小框架，自己称之为“重返1930年代”三部曲。它们共同的写作策略即是通过历史重述显现自己对主流期刊史、电影史和美术史的一些修正，同时打捞这些领域的亡佚者，重新擦亮他们的路途。我对这三本书的写作要求是尽可能为后来者提供不同的视角和有用的线索。

与《天下良友》一样，2011年同期面世的《民国影坛的激进阵营——电通影片公司明星群像》和《民国美术先锋——决澜社艺术家群像》均在不久后得到了学界高段位人士的认可，《民国美术先锋》还意外拿到了中国文联颁发的文艺评论奖。

通过这三本书，我明白了“对话”的重要——搞文学评论之所以没有找到江湖，完全是对话能力缺失——没有办法跟最重要的作家对话、跟最重要的杂志对话、跟最重要的学术方向对话，以及跟最重要的学术圈子对话。

因为《民国影坛的激进阵营》的出版，经朋友的引荐，我开始通过参加电影论坛的方式，接触电影史学界。第二、第三届南京民国电影论坛，第四、第五届中国电影史年会，以及2015年中国人民大学左翼电影论坛、2016年重庆电影论坛，让我结识了许多学界的同仁。

而《民国美术先锋》则把我带进美术史的盛会，“庞薰琹大型艺术展”“吕斯百大型艺术展”“倪贻德艺术研究展”均给了我做学术讲座和学术发言的机会。

文化研究式的写作行进，也使从文献入手发掘文献、辨识和解析文献的工作方法得以明晰。它不仅主导了我的写作，而且也成了做展览的出发点和特点。当这些东西被拿来对照、认知当下时，即是我所说的“开历史的倒车，压现实的马路”。

2012年8月，我等来了一座令人心动的百年老房子——胶澳帝国邮局旧址，并建立起了更为独立的文化公共空间——良友书坊，它“播种理想”的宗旨是想与功利的现实正面作战。与各城市文化地标之间的“对话”能力不断被营构起来。

2015年6月，小小的文学馆搬进400平方米的百年老楼，正式成为全国首家城市文学馆。呈现青岛百年文学历程的千余份文献，是我6年间从孔夫子旧书网和文化市场反复拾捡的成果，它在展墙上默默勾连出一条纵贯青岛文学历程的道路。

这一年，在青岛第一高级百货店——海信广场开辟的有度空间也同步开业，它试图以玻璃、雕塑、陶瓷等领域的一线艺术家作品，呈现一份向手作艺术和传统文化致敬的可能性。在我看来，传统文化的现代化和工匠精神的失落，已经成为了一个日益积淤、满怀断裂的文化问题，能够在一定范围内有所实践，其实也是再造文化梦想的一种可能。

这份思想来源得自对英国19世纪工艺美术运动和中国民艺现实的双重思考，它顽固而且坚硬。

这些题旨无意间切中了文化创意产业勃兴的现实需要，也使得一些事情看起来有点儿水到渠成。一些朋友都说我轻松自在，但这些脚印要曲曲折折地成为道路远没有那么简单。

纷乱的“公共事务”

早在2004年关乎《杨志军、〈藏獒〉及知识分子的公共性》的讨论中，就曾提出过作家承担公共责任的问题。没想到，这个问题，自己也一样逃不过。

2013年，青岛酝酿千万吨的PS炼化工程，这是青岛在2007年没

有公众参与环境评价的情形下上马PX工程后，向石化工业基地进军的又一大型项目。根据青岛环保局所作的年度环境公报披露，作为拟新建PS项目的污水排放水域的胶州湾，近海功能区水质达标率自2010年起连年递降，2010年为71.4%，2011年为64.3%，2012年为57.1%，前景堪忧。

拟新建的PS项目，不仅违反规定不实施外海排放（应排放进黄海，而不是胶州湾），在公众参与环评工作方面也大做“手脚”，而且其后续的又一千万吨项目仍在规划之列。由此引导的石化产业再度膨胀，对于作为旅游城市的青岛未来格局的影响不言自明。

为胶州湾污染减负，调整石化产业在青岛核心区域的布局，成为2013年重要的公共话题。有鉴于此，我做了《呛——与青岛名胜合个影》和《呛——在小青岛塑化十分钟》两个行为艺术作品，试图以艺术的方式，发出自己的声音，也因之引发了一些“关注”。

在数月的时间内，学习环保知识，向主管部门和环保部门问政，向环保部环境评价司作实名举报，成为我的“业余”行为，因之也面对了来自四面八方的重重压力。同年11月22日，积重难返的地下管道布局引发石化区域的大爆炸，62人丧生，136人受伤，青岛才被“炸醒”。

我以新闻调查的方式，写了《黄岛的暗渠》和《黄岛的棋局》两篇文章，梳理爆炸生发的因由。这也是我记者生涯的一份印证，虽然无从发表，但经由网络得以传播，使许多人明白了一些道理。此前的工作也获得了更多的理解。

但教训毕竟是惨痛的。“11·22”也因之成为我内心的一个纪念日。

鉴于此前不规范的“工作路径”，在2014年青岛最后一个里院片区——大鲍岛面临拆迁改造的命运时，我通过公共议政管道，提交了《大鲍岛历史街区的保护与更新提案》，呼吁政府保护日益缩小的历史风貌区。当年获得了人大主任、市委书记、市长、主管副市长“控制、论证”的批示。

为促进对“论证”的理解，2016年，我主持良友书坊文化机构用超过半年的时间做了“家·春·秋——大鲍岛兴亡三部曲”和“憩园”

四场展览，以及城市空间影像文化论坛。厘清历史风貌区保护的意义，协调改善民生的认知，成了这一年最重要的事务。

与此同时，一栋青岛市历史优秀建筑面对院落被插建工业孵化器项目的“厄运”，生发成我近一年的主题写作：《金口一路21号老别墅院落的离奇变迁》《金口一路21号老别墅扩建审批的离奇信任——兼问青岛市规划局》《就金口一路21号申请政府信息公开的相关事宜》《金口一路21号·槐花荟，及悬空的信任》《金口一路21号，卫护老城的安宁有多难？》《质疑金口一路21号新建项目——“旧案”可以枉“新法”？》《金口一路21号，和唇亡齿寒的历史城区》。

民间的关注和描龙画虎的人拿着文章上门寻衅，成为比发表更有“意味”的写作效果。

我其实既不愿意成为环保人士，也无意做城市建筑与规划专业的学者，但有时候是“拗”不过时代。20世纪90年代以来，城市的急剧发展，加速了历史风貌和历史街区的消失。而急功近利的产业布局，又催发了环境污染与保护的命题，从人文知识分子的角度，参与到这些事务中来，尽管耗费了我的许多时间与心力，甚至把我引入对现实的无奈与虚空，但力所能及的工作，也许正是这个年纪的人该做的事情。

我觉得，作为“70后”一代人，相对完整的学历教育和在80年代社会思潮背景下开启的视野，让我们懂得了如何用尽可能“专业”的工作方法，面对自我的工作与公共事务。无论身处体制内还是体制外，无论在民间还是在学院，对正常社会秩序的渴求、对民主和自由的向往、对文化和传统的崇敬，都是一份极其自然的需要。

作为“70后”一代，尽管我们尚未成长为社会的中坚，但已经渐次拥有了向社会发声的可能，能否不妥协于各种利益，保持恒久的独立，则是对我们每个人的成长考验。

具体到我个人而言，出身于媒体，让我习惯关注公共事务；从业于出版，让我懂得了文化传统和沉淀的力量；不远不近的处世性格和对独立性的警惕，使我更适宜于作研究和批评；这大概就是我从文学青年到文艺青年的一路心得。

张　见

1972年出生于上海，1995年毕业于南京艺术学院美术系中国画专业，获学士学位 1999年毕业于南京艺术学院美术系中国画专业，获硕士学位，2008年毕业于中国艺术研究院，获博士学位，曾任上海大学美术学院国画系副主任，中国艺术研究院中国画院副院长，现任中国艺术研究院工笔画研究院副院长，国家一级美术师，硕士研究生导师

张　见：如流记忆

记忆如流，总有一些谙熟的片段，未被画面捕捉，未经影像记录。

而我尝试，用文字的方式将它还原。

然后我发现，通常情况下，此种还原的过程，很有可能潜藏着一种类似于诱导的形式——它会时刻回望现在的结果，以与过往思路不尽相同的架势，在理解、美化着过往的日子之外，给它们作出合乎逻辑却不太真实的释义。

而这，不是我所想要的。

人生难免会遇到重复的时光：或许是存生于梦，也或许是，记忆的途径。它们总在不经意却极为恰当的时候，彼此粘连，彼此参照，互为解释。即使是在同样的桌子面前，也说过的那些互相重叠，或者截然相悖的话——这场景啊，好像早已发生过千遍万遍般——总被记忆留下，与某个特定瞬息午后光线的深度、空气湿度、窗棂前寥落无语的尘埃，暗自相关。

而我总是，极其惯性地，对于这些零碎又经典的记忆，产生不可抗拒的迷离式爱慕。

我把这种还原，看作是一场精神重游。

1972 至 2009 年，这条某种程度上代表着我个人化叙事情节的绳，连缀着一个有关于过往不同阶段的真实纪年。内心，不由自主地，为每一个日常而钟情的片段，打上清晰的烙印。

它是一种记录，同时，也不仅仅是一种记录。

因为我感到，还原的瞬间，我的灵魂偷着跑出来撒欢儿了。

①

②

③

④

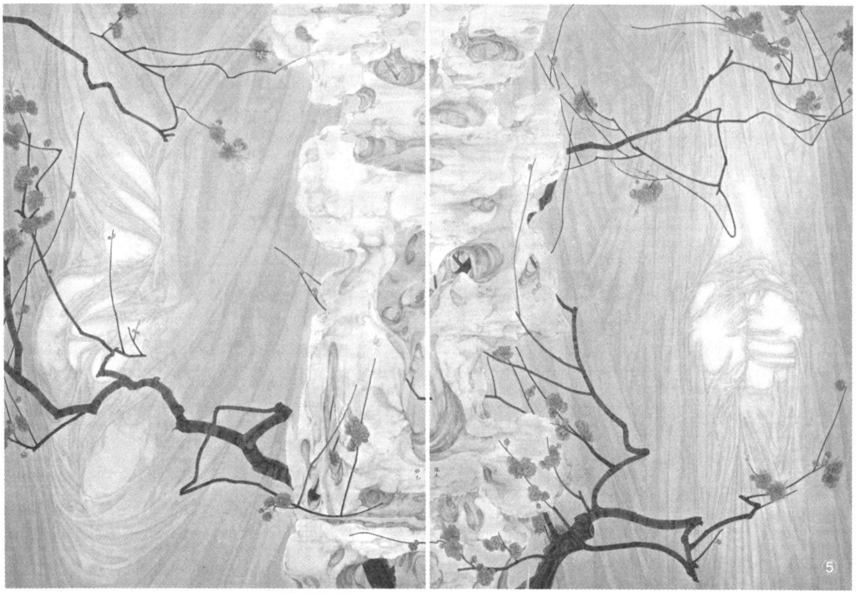

①1995 年本科毕业，周京新老师为我拍毕业照
②2017 年带队在皖南写生
③2009 年与何家英老师在其上海美术馆个展现场
④作者近照
⑤2013 年的作品《桃花源》
⑥2007 年的作品《袭人的秘密》

一、1991 年前

上海的记忆，印有太多人的一呼一吸。

1972 年，有了我。

那个年代的两位上海名校大学毕业生，在无锡经人介绍结婚，从此他们成了我的父母。有关于他们的记忆总是连带一个疏松、愉悦的生活布景。刚满月的我，跟随父母自上海迁居无锡。

无锡是个历史名城，中国画史中的顾恺之、倪云林等大家，便是此间人士。可我走上绘画这条路与他们无关。从沙巷到鱼腥巷，再到勤学路、南市桥巷，方圆不到 800 米之地，我们三口之家经历了数度搬迁。家的周围围绕着薛福成、顾毓琇、钱松喦等名人故居。这小小老城，是我时至今日依旧挥之不去的精神依恋……在我看来，这就是一部活生生的无锡城市建筑发展史。只是，房子倒是越换越大，可居住感觉却越发封闭。

就在不久前，我毫无缘由地，宿命般，探访黄昏中的无锡。探寻几处二三十年前的居所，环境变迁，以至于眼前所见，比印象生疏，比记忆陌生。我走到它们的面前，却恍惚着，认不出。慢慢回过神来，按心索骥，寻到了那所父亲工作过的园子，那座有着我学车时撞坏父亲二八自行车记忆的小桥，那口拥有沉没的模型船和一个失落小人倒影的池塘……它们都比记忆中显得微小了，较之印象缩了水。忽大忽小的同一个地处，印证了我不知不觉中成长起来的真相。

忽然，一种夹杂着些微熟悉的陌生扑面而来，我意识到，那种真切的怀念只能永存于心了。

几年前的一次奔赴无锡，是与师友参加一个画展活动。结识了当地南长区委书记刘霞，由她引领参观了古运河两岸的文化建筑维护规划，并且坐小船夜游古运河。儿时记忆中的无锡，又鲜活地跃入现实，立体

成像。我确信，或许只有我这样的游子，才会有如此的激动和感慨，同行的朋友发出的赞叹和我的感动并不来自同一个心灵发源地。

父亲酷爱艺术品收藏。记得家里曾藏有北京、上海、南京等地一些知名画家的作品。于我，都是些不必要的礼物——儿时的我难以读懂，唯一感兴趣的是，《大闹天宫》原作者万籁鸣先生送给父亲的《金猴图》。大圣举着金箍棒，被作于生宣之上，精彩而传神。我看得出神，不由拿着毛笔勾画，勉强算作“临摹”，就如我一岁多的儿子天天盯着要看电视里的托马斯小火车，这一幕，成为我每每回忆的重要光景。

初中的一个暑假，我陪邻居晨犇去无锡书画院学画——我此行的原始动机就是和他做伴，陪公子读书。书画院周一清、杨春华老师认得我父亲，很热心地，也给我取来纸笔，我便有了趁机学习的机会。

直至高三，我尚不知绘画可以是大学里的一个艺术专业。直到有一天家长会后，母亲问我，我一听说还有画画的专业可以考，便义无反顾：“我考画画！”因由这样的机缘，我考上了南京艺术学院。当时差不多一千人考国画系，录取十个，也算百里挑一。

从此展开我的艺术求学之路。

二、1991—1995 年

1991—1995 年，不长不短的四年，在南京艺术学院，不安分却又静静而过。

开学首周，一封家书表达了我不可抑制的快乐：在学校一周学到的知识几乎等于以前一年学到的量。前所未有的系统学习，让人有一种“老鼠掉进米缸”的快感。此时，我意识到自己的思想，如同吃对了食物般，发疯了似的生长。

大学伊始，我接触大量文艺复兴时期的西方古典作品，我的思维不断被浸润，温暖起来。即使是在 1991 年的那个冬天，我依然内心火热，

和同学们一起到北京观看中国美术馆李可染回顾展。大家住在10元一晚阴暗的地下室里，兴致勃勃。这是我第一次进京，当时是活脱脱一个傻小子。

此行间歇，去工人文化宫恰逢书展，其中一套“画风”系列丛书引起我的注意。我买了《马格里特、德尔沃画风》，还有《霍克尼画风》。白底子方开本，现在回想起来印得很差。等我工作后，我又把这两本书送给了我上海大学的学生。营业员替我把所有书放一起包得严严实实，炸药包似的，以至于经过天安门广场的时候，因太沉重而歇了两次，终于把便衣招了来：“你这是什么东西？”我战战兢兢地把发票拿出来：“书。”盘查后，放行。当时就想，原来这就是首都。

晚上回到地下室，同学们纷纷拿出书献宝，有人就问：“你怎么会买《马格里特、德尔沃画风》，为什么不买达利的？”（超现实主义绘画中达利名气更大，不少同学买的是达利画风。）

一个很原始的想法冒出来：“我觉得这些书，画画的时候都能用上。达利的那个，我用不上。”回想，其实买书的这一结果背后这些质朴而简明的想法，会很本能地折射出画人学画的着眼点，以及每个人吸取知识的本能倾向。

大学三年级后，我越来越醉心于中国传统绘画、书法。书法如杨凝式《韭花帖》，绘画如宋徽宗《瑞鹤图》、赵孟頫《调良图》，此种俊致文雅且富于高贵气息的作品让我迷恋。进而意识到每个人都应根据其与生俱来的性格，择出与之性格相吻合的绘画气质。

大学生活单纯而又快活，学生很会穷开心，比现在的娱乐方式显得粗糙却有意思得多。我们开黑灯舞会、假面舞会，就连广播操比赛也不放弃表演作秀的机会。美术系的话剧小品到现在还是老同学之间谈论的话题。真羡慕那时侯的我。1993年我们曾在学生会倡导下连续数天罢餐要求南艺食堂改善伙食，罢餐的学生都到附近的电专吃饭，真正便宜了那个更差劲的食堂。其实我很留恋那南艺糖醋小排的味道。

1994年9月，我把盘缠缝进裤兜里便踏上了去阿坝的旅途，同行者三人：高茜、胡芢，还有专程从香港赶来、儿时促使我走上绘画之路的“发小”晨犇。到了成都之后便是一路传奇。乘坐着破旧的中巴车一路往西，和上上下下穿着“包浆”皮袄的藏族老乡们挤于一处。在车上，很显然，我们四个便是异类。胡芢是个皮肤白净的小女生，很受老乡欢迎，有老头拿出鼻烟招待她，她竟也不拒，抓来就吸，她为我们几个赢来了全车人的好感。路上车一直不停向前，旅人却来了又走，有个大汉要为我看手相，摸了半天，郑重其事地给我算起命来。他随手把玩的大金疙瘩倒是引起了我的注意，有我两个拇指那么粗，他向我介绍说，藏族妇女盛装时的珊瑚、琥珀等饰品少说也要几十万，边说边把金疙瘩塞到我手里：“你玩玩。”我手里拿着这只沉甸甸的物件，心里却想着如何使得缝进裤缝里的那几百元钱免于遭劫。

一路向西，遇到过山体滑坡，也从为争夺金矿发生械斗后遗留的尸体旁经过。住过一个只有我们四个客人的黑色旅店。我们那天到店已是晚上，没有电，乌黑一片。一个驼着背、瞎了一只眼的老头点着油灯，晃悠着带着我们四个穿过长长的阴森走廊，墙上闪烁着灯前人影，除了能听到他腰间叮当作响的钥匙碰撞声——这声音，在寂静的黑夜衬托下尤其摄人魂魄，还能听到的便是自己粗重的呼吸声。这场景，绝对可以唤起任何人对于相关影视情节的联想。那晚本来我们要了两个房间，男女分开，可最后还是四个人挤进一间屋子，女生们已经躺下了，我和晨犇把床顶住大门，把途中购买的藏刀置于枕下，祈祷还能看到明天的日出……

第二天，四个人在马路上拦车。等我们相继攀上好心人的那辆搭着帆布篷的卡车，车子开始摇晃地跑起来，我们这才意识到：这是一辆运麦麸的车。车助风力，风助麸势，我们四个只顾拿衣服裹住头，根本没办法呼唤司机停车。许久，我们终于到达了若尔盖草原。无边的旷野，不时变换着的低矮云阵，自天际处的平缓远山掠过，骑着快马的牧人，

星星点点的牛羊，并不友善的藏獒，以及依稀远处达扎寺喇嘛的诵经声……有一种感觉忽然袭来，它或许就是我的精神归宿。

我们在达扎寺停留了一周。每天傍晚看着喇嘛们站在房顶，迎着地平线上火红的夕阳矗立诵经，极其壮观。小喇嘛阿旺罗让成为了我们的好友，他是达扎寺活佛的表弟，一年后他还时常打电话给高茜（她家当时安有电话），并在电话里一连唱上好几首歌。再后来，听说他去了甘肃的佛学院。此行非虚，以至我们一行随后去九寨沟时，面对仙境般秀美的风光失却了感动。这就是川西若尔盖草原给我先入为主的心灵震撼，这样的感动，或许一生仅此一次。

到川西阿坝藏族羌族自治州，度过了整整一个月毕业写生的时光。当时我正迷恋 Enigma 的迷幻音乐——暗示着神秘主义的遥远部落或者宗教回声的谜一样的音乐。当面对眼前一望无垠的平原、低矮的云阵，面对所有可视的却又不具真实感的自然之时，我的心被放空了，听到很多不同的、极度美妙的声音从我的肢体冒出来，确切说，是散透出来，我意识到或许是内心久藏的超现实之梦在此刻瞬间苏醒了。

进而有了毕业创作“风景系列”，它所表达的并不是纯粹意义上的风景。人物为前景，背景是川西草原，新鲜的都市感与超现实彼此呼应。我试着以一个演员的方式，走进画面中人物的内心，去感受其间可能蕴藉的情境，进而体会他／她应有的心理状态。这些心里话在毕业答辩时流露出来，不少评委老师都在笑，后来我的硕士生导师方骏先生表示，对我的注意，或许，就是从那时开始的。

《风景之一》留在了南京艺术学院。它代替我留校的同时，也成为后来我风格形成的发端。事实上，本科毕业创作标志着一个属于我的比较明确的艺术方向已经基本成型，一些更为新鲜甚或是非主流的视觉体验贯穿于中——从 1994 年到 2016 年，粗算来，二十二年。对于一个创作个体而言，艺术轨迹的形成，所经历其实属一个漫长过程，并非某一片刻灵光一闪。

1995年，我从南京艺术学院美术系中国画专业顺利毕业，经历了一段为期一年灰色的“与世隔绝期”。我在一所空房间，被英语、芝麻糊、荞麦粉层层包裹。结果依旧是，专业与英语，波峰与波谷。方骏老师是我的恩师。1996年我破格成为他的硕士生，瞬间感到即将被遗忘的我，忽地被人拯救了。

三、1996—1999年

研究生期间有很多散碎的片段时常闪现于我的记忆。

比如，我们那幢宿舍楼，是南京出了名的危楼，被我们称之为东楼——记忆中我的床铺上方还支撑着暴露在外的铁管。此前住的是学院青年教师，有人说，如果这幢楼哪天突然倒掉，绝对在意料之中，如是，江苏美术将倒退二十年。

住在我楼下的是同届音乐系研究生冉冉，学的是大管（巴松管）演奏专业，总是很不乐意地在我们面前抱怨：“别人都是钢琴家、小提琴家，可人家都叫我‘大管家’……”把我们逗得前仰后合。

记忆中东楼的卫生条件实在是太差了。没有洗澡间，一到夏天，男生就穿着裤头在洗漱间冲洗，而女生就更加马虎了，趁没人时候躲进厕所去洗——有一种可能，就是她们洗澡的时候会被前去如厕的男生脚步吓得不敢出声。男女生厕所的水利工程其实是贯通的，外面看来两个门而已。女生在上游，男生在下游。总让我想起：君住长江头，我住长江尾……

宿舍集体对付老鼠也是记忆中一件乐事。经常是这种情况：哥几个拿着门闩，守在墙角老鼠必经之路，赶着老鼠掉头往回跑，而另一个同学断其后路，一棒挥过去，当高尔夫球打，准保破一害。这不算什么稀奇，还发生过叫于俊的女生如厕下台阶时，用高跟鞋踩死老鼠的事。

同宿舍孝鸿兄是敦厚之人，为图实惠，竟然从老家批发了半条牛

挂在宿舍里，一吃半年。黄梅天的时候，牛肉渗着水滴落在地板上，我现在都能依稀想起那是一种怎样的味道……听说他家现在再也不吃牛肉了，连“牛”字都听不得。后来，我连夸他“牛X”都不敢。

在我研究生毕业两年后，东楼终于寿终正寝。拆楼的当天，人们惊奇地发现，东楼是拿南京明代城墙砖建造的。文物部门立刻加以抢救保护，可还是有不少朋友不顾生命危险星夜探宝。

大学本科四年是人生中最快活、最无忧无虑的时光，而研究生三年则是人生中最重要的三年。

1995—1996年间是几乎一笔不画地备考。读研后第一年又是一笔不画考外语，若是外语不过，学位就是奢侈品。对我而言，英语跟天书并无分别，更何况，那时在南京大学插班，整堂课没有一句中文。每当老师要跟学生一起讨论问题的时候，我都不得不刻意回避老师的目光，生怕被叫到名字。我每天都去上课，从不缺席，但这些似乎对英语水平的提高没有任何作用。

1996年的一天，与方骏老师促膝长谈，我不可抑制地表达了对欧洲文艺复兴早期艺术风格的向往。经由弗朗西斯科、波提切利等独特的造型语言，带来难以想象的遥远朦胧、高贵曼妙、神秘而宗教化的独特气息，一瞬间，我被它们吸引。进而意识到，这种意象造型所能传达的观感，与神秘古老的中国画造型观暗自勾连，意趣总在不经意间渗透进内心最隐秘、最微小的角落去。而这一切的产生，都源于意象与现实之间的那段神秘距离。

我好奇于这段让我产生爱慕的距离。

1997年，从“不务正业”的状态中转回弯来，那时画一张画要经过一个漫长的思想过程，比现在还要慢。因为当时的我，根本无从预知其产生效果的可能性。没有参考的对象，没有任何抄近道的可能，我所面对的，彻彻底底的是一次次艰苦的实验。我后来极度怀念那一时期作品中透出的特有的生涩与感伤，就像怀念青春那样。每每一个人独对的

时候，面对那些曾经从身体里面抽离出来，清醇而芬芳的，记载着岁月痕迹的眷恋，会莫名感动，甚至想要哭出声来——感动是它们最后留给我的关于那段岁月的纪念。

创作闲暇，在朋友的带领下第一次去了迪厅，记得领舞的女人是个老外，她的小腹右侧有一道性感的刀疤。

我用了两年时间，开了三类作品的端绪，并让它们穿插而行。

与“室内系列”的创作并行的，是对于巴尔蒂斯画风的青睐。色彩图案平整如睡，我迷恋那些被压平的空气、光影、地平线甚至女人疏离的体态，把玩视觉游戏般：把景深抛离，把透视打散，把所见之物氤氲成一块承载着无限可能的空间。我刻意，让自己看不到真实的空间。它是我最先画的系列，也是我最早放弃掉的。

“空间系列”，是有关于少女的自由的心理空间想象。这一系列带给我寻找色块平面化处理的趣味快感。在其中，竭力塑造透视的不合理所带来的特殊化情绪，迷恋于塑造平面化的多种矛盾空间。和“室内系列”一样，它也是日常生活片段场景中的人物，透出俗世的气息，然而一旦将她连接到周围的环境，就会意识到，刻意的平面化实际上造成了一种印象：清晰的模糊性——很清晰、明确的风物，在超现实的环境中蕴藏了难以言尽的意义。预先设想的加诸于主体的环境出现了超时空的置换，错置的空间让色彩摆脱了纯粹的装饰感和解释形体的功能，而作为一种氛围渲染，形成一种类似于剪影却情境纵生的视觉记忆。

“置于风景前的肖像系列”，毋庸置疑，是我在借鉴很多欧洲文艺复兴早期，包括弗朗西斯科在内的经典肖像之后的变体，其中又明显地含有超现实元素，那介于“室内非室内”“现实非现实”之间的暧昧，把我诱引。而最重要的是，它开启了我自觉意识到工笔这一画种尚存多种未知的叙述可能性。中西方文化具有与生俱来的差异性，原属于两套哲学系统。中国历来热衷谈论哲学问题，似乎可以类比于西方对宗教信仰的执着。在没有宗教的国度，哲学便抬头，毅然担负起塑造人文精神

的历史使命。这一时期我热衷于西方经典图式，借助奇特而含有隐喻的气氛，经由造境，一直延伸到画面背后去——它应该含有传统的书写的韵味，具有中国传统哲学的意味。气场内包裹的气息，绝不是辐射的、发散的、猛烈的，而是具有东方含蓄而渗透的气质。被我刻意弱化的光，使得它们不像西方古典艺术那样依循“一切美都意味着形体的毫无遗漏的展现，一切手段都为形式的清晰服务”的宗旨，而是在一个单一的调子里寻找到丰富而多义的层次，使之更接近于中国传统文化精神。

后来我总觉得无论是“室内系列”，还是“空间系列”都无法达到最完善的效果，于是放弃了。“置于风景前的肖像系列”一经产生，我意识到曙光的存在，它连接了1994年“风景系列”最初的感观臆想。我的画面有了质的飞跃，那就是：区别于当时几乎所有的工笔人物画，它有继续深入挖掘的可能。

有趣的是，在学校用《置于风景前的肖像之一》作品制作的毕业展览海报，贴一张，就不见一张，后来被迫在海报后面涂满浆糊，然后站在原地等很长一段时间，待干透了，确定撕不下来才走开。

1998年，早我一届的女友高茜毕业了。很多老师都想要把她留在美术系，可是院长坚决不批，理由是不再“近亲繁殖”。从那年开始真的近十年再没有“近亲”留校，当然也没有“杂交”引进，以至于几乎此后十年中谈到南艺依然是我上学时的那几个明星。2004年周京新老师请我到南艺上课时，我坦率地指出了学校师资的问题。当时读研，是抱着留校做老师的心念，好好画画，如此简单。高茜的未能留校，给我一个失落的暗示：留校无望了。

毕业展那天，高茜特地从上海赶来。时间仓促，她上午来，下午就要赶回上海，记得当时我们的书法老师黄惇，陪着我把高茜送到校门口——在那条通往黄瓜园校门口悠长的小路上，我似乎看到了一个渺茫灰暗的前途。

1999年，我又一次离开南京艺术学院——这个宝藏了我七年青春

时光的地方。

四、1999—2004年

一想到，今后可能会遭遇一种与画画无关的生活，就觉得无望。

果真，这个假想在我赴上海的日子里，应验了。

就像当年高考的时候，不知道有美院可以考；我来上海找工作，也不知道上海大学还有美术学院。1999年我稀里糊涂地进入上海大学广告学系工作，系里是把我当成美术基础课老师引进的。学校当年的新生是要去刚落成的宝山新校区，那边没有老师，而那年恰好系里只进了我一个老师，我立刻变得识时务起来——因为想都不用想，我不入地狱谁入地狱。于是开始了我的专职“三同”辅导员经历。所谓“三同”，即同吃、同住、同劳动。我悲哀地感到，自己离画画越来越远：白天奔忙于教务，找那些惹麻烦的学生的麻烦；晚上我要戴红袖章，拿手电筒，穿梭于宿舍间巡查……“嗨，哪个班的？”

我和高茜在武进路河南路口租了一套一室一厅的房子。但当时“三同”辅导员规定工作日必须住校。我工作日住校，双休日回自己的小家。因为当时我们都没有条件画画，单位的工资是唯一的收入。见习期开的是打对折的工资，两个人加起来共一千五百元，租房子已经用去了一千元。刚来上海，星期日想去南京路走走，在公共汽车站等车，来了一辆公交车，我顺势而上，她把我拽下来：“这是空调车，好贵的，我们等下面一辆吧。”这时，我意识到，18路公交车，是她去单位必乘的那辆。她每天上下班，会因为五毛钱差价而等待，耗去大把青春时光，也或许，就这样一直耗下去，在每一个刮风下雨的场景里。

我不禁质问自己，来上海的理由。你想要什么？现实又给了你什么？

2000年，我的灰色千禧。上大宝山崭新的校区是全国教育系统来上海争相参观的景点，不少当年的青春偶像剧在这里取景，把这里衬托

得欣欣向荣。新辅导员上任之初，我曾经向系里申请了一块崭新的画板，搁在上海大学宿舍的窗口，放了整一年，也未画上一笔。每天被琐碎的工作充斥，产生了可怕的惯性：哪怕没有工作，也没有心情去画了。此时，家里又传来父亲查出绝症的噩耗。我看着这块与我如此亲近又相隔如此遥远的画板，进而想到日渐消退的理想，从心底生出令人失语的挫败、失落与绝望！在人生中最没有憧憬的时刻，没有任何的人生乐趣或者光明可言。我彻彻底底地，后悔当初来上海的决定。

经过两个月左右的时间，父亲手术完毕转入康复治疗，我每周往返于上海和无锡之间。系里遵守承诺，让我复归教学岗位——因为他们终于找到了一个接替我的专职“三同”辅导员。我开始教学生画素描和水粉。因教学效果不错，后来南艺的校友曾一度戏称我为上海水粉头面人物——简称“上海粉头”。当上海青年美术大展展讯映入眼帘的时候，我的内心突然升腾出重拾画笔、改变现状的愿望。当时家里没有合适的画板，我就裁了一块跟门板差不多大的木工板（正好楼上有人在装修，我买了块木工板，请他们帮我裁）。晚上休息的时候，木板立在门后，不占地方；白天画画，就把它放在床上，我拿个小板凳，猫着腰，坐在床边画。

在送这张画去刘海粟美术馆的925路公交车上，我给它取名为《悬浮的记忆》。它取得了上海青年美术大展的一等奖。因为这张画，我几乎一下子得到了上海美术界的注意。后来两届青年美展我应邀成为评委，直至我离开上海。

广告学系与日本著名的广告公司“电通”有一个合作项目开展，一年半的时间里，领导先后给了我三次去日本深造广告专业的进修机会，都被我婉言拒绝了。凭良心讲，包吃包住，包学包玩，还有补贴，是人人争去的好事一桩。可我当时唯一的想法就是：我要画画，再也不能有任何事情来打搅了！

2002年于我，最具价值的事件之一，是与何家英老师的戏剧化相识。

如往常一样平淡的一天眼看着就要过去，我松散地坐在沙发上看着无聊的电视剧，电话铃也稀松平常地响了，我顺手接了起来，电话那头说："你好，我是何家英。"（因我那时已任广告系副主任，当时分管系里各工作室的筹建工作，平时电话就不少，好多认识的、不认识的人都会打电话过来）我没有多想，恍惚而惯性地应："哦，你好，你有什么事吗？"然后这个人就开始跟我在电话里聊起了工笔画，从线到形，从形到色，聊着，聊着，我越发觉得不对劲，忽然醒悟："您，是天津美院的何家英老师吗？"他说："是我。"他继续在电话里面讲道："在外面看到了你的画，同时也看到书。一直想和你聊聊。问了半天也没有问到你的电话，后来就查你的简历，得知是南京艺术学院毕业的，就打电话给江宏伟，才得到你的电话。"我当时真的是有些受宠若惊了，惊异于大学时期的偶像，居然会打电话给我。事件本身真不像是真实的，而我们两个人的缘分恰是从那天开始的……

2003年，上大美院、清华美院、上海画院先后表示出邀请之意，在权衡之后我还是选择了上大美院，成为一名国画系教师。同年冬季，受清华美院之邀去北京上了一个月的课，当时学校还在东三环国贸对面，我一开始不适应北京的干燥气候，每天下了课到学校附近的超市买两桶4升装的水，把自己喝到撑也解决不了口干舌燥的问题。陈丹青先生就在我的教室对面上油画人体写生，经常来我这儿串门，也聊他对体制的无奈。他教学生用最软的画笔作画，学生对他很服气。2001年他曾托徐累来说想买我的"置于风景前的肖像系列"，后来徐乐乐先生也提出想买，我当时没有新画，又舍不得那几张旧画，就让此事不了了之了。一天隔夜大雪，清早陈丹青先生来电提醒我路上不好走，让我早点出门。我告诉他我就住在学校专家楼内不碍事。清华美院为我举办过一个个展：清华大学美术学院绘画系系列邀请展——张见工笔画展。开幕那天何家英老师带了夫人和朋友一起来看我的展览，一张张很认真地观看。那天大楼的电源不知道哪里出了问题，橡

胶焦糊的味道越来越重。何老师吩咐来看画的那些人，万一有什么事，我们大家一人抱一张画，冲出去。

2004年，父亲旧病复发。何家英老师还是经常会在电话里和我聊一些艺术问题，他对我画面灰色的调子特别感兴趣，尤其对色彩既平面化又显得淳厚的方法仔细询问。我们一直热衷于探讨这些问题。有一次他说："张见，我在中国艺术研究院招博士。"我什么也没多想："恭喜，何老师。""十一"前后，何老师在电话里就直截了当地跟我说："张见，我希望你能够来考我的博士。"当时我就跟他讲了一些我的具体情况：一是父亲癌症复发，而我是独子，内心牵挂，没有精力准备考试；再一个是英语，硕士已是破格录取，况且又荒废了这么多年，我早已不抱希望。还是算了吧。

在报名截止前大概两周的时间，他又打来电话："张见，你先来考，其他什么都别管。"我当时心里非常感激，何老师对我如此器重，真可谓是"三顾茅庐"了。我告诉自己一定要给何老师一个交代，哪怕考不上。

其实跟何老师的见面，至多三次，还都是在展览中匆忙一见，其他都是通电话。我甚至从没有机会和他一起坐下来共餐过。而就在何老师的坚持下，中国艺术研究院研究生院最终破格录取了我。

尽管事多波折，但2000—2005年间依然在我的个人记事簿上画上了厚重的色彩，这一时期的作品《2002之秋》《Medusa的预言》《邀约》等作品，标志着属于我的画风走向成熟。

五、2005—2008年

博士学业刚开始，我就奔忙地往返于北京、上海、无锡三地，大多数的思路都是在路途中产生和完结的。无锡、上海有我的牵念——父亲的病情、学校的教学工作，而在北京，我重新系统地吸收着画史、画论等专业知识的滋养。

2005年，父亲辞世。全家人都结束非常态的5年生活。

第一学年开学不久，王文章院长就提到可否让我把工作关系在读博期间就调到艺术研究院去。我一边很感激王院长诚恳的邀请，但同时又想：我2003年才到上大美院国画系，立刻就走很是说不过去；妻子高茜又是个落叶生根的人，走到哪里就不想挪动了，现在的她已经完全依赖上海的生活。于是我支吾着："回去再考虑考虑。"两年的时间里，我甚至是一直躲着王院长，因为我没有办法正面回应他。但到了三年级临近毕业，我已经无处可躲了，中央美院、清华美院都向我发出相同的邀请。

最终我于2008年调入中国艺术研究院工作。

2006年，不到6个月的时间，我两次来到巴黎这座美丽的城市。一种陌生的熟悉感袭上心头，就像偶尔拾起徐志摩的新诗不时会有这样的感动。

记得早春三月的时分，巴黎的梧桐树尚未吐出新绿，尤其埃菲尔铁塔下的梧桐被修剪得棱角分明，极具雕塑感的体块让这个被古老建筑包围的城市透出了现代气息。几个只穿着简短而轻薄的运动装，顶着早春的寒风，在日暮的余晖中慢跑锻炼的巴黎人微笑着和你擦肩而过。这给了我喜欢这个城市的充分理由。

9月初的埃菲尔铁塔下更添了几分慵懒，这里是恋人的天堂。硕大而茂盛的梧桐树包围着的绿色草坪上，恋人们相依、相拥、相吻，似乎晚夏巴黎的炙热的天气都无法与他们怀中的热情相比。最为留恋和陈林、春晓等三五知己在铁塔边幽静的小路上找一家很有品质的咖啡馆，选择一张临街的小桌坐下。穿着体面的服务生端上一杯卡布奇诺。看着杯口蓬松得快要溢出的白色奶泡和零星散落的深褐色巧克力粉，呷一口，趁着满口的咖啡余香，回味着塞纳河的悠长、香榭丽舍大街的熙攘、卢浮宫的浩瀚……随意张望着街巷上巴黎路人的乐观与热情，浪漫与闲适。似乎美好的一切都只为印记我和我的友人们此刻的相聚，在法国，在巴

黎，还有这夏天，这晚霞，这别样的悠然。

事实上，在我读博的2006—2007年间，对我绘画上意义重大的是《袭人的秘密》《警幻的预言》，标志着属于我的经典文本嫁接走向极致，这系列作品，也同样意味着我之于象征主义探索的阶段性终结。在此之后，我试图尝试多种叙述语言的可能性，想象自己是一个自由的编剧，好奇于重新面对自己的画面舞台时，会想说些、做些什么。2007年后，我实现了几条创作思路的并行：《图像的阴谋》《桃色》《失焦》。

此时我意识到，最高妙的作品，皆难掩一个“虚”字。论道皆应在虚处，而工笔画总给人以“实”的印象。“实”都是比较外在且容易达到的东西，具备物质属性。“虚”却有物质与精神两层内涵：一是表现手法之虚，一是经营意境之虚。前者是实实在在存于画面之上一望便知，后者是透过画面显现的层峦叠嶂，辐射出一片大致的情感形状，至于其深义，则是说不清道不破的谜语。一张意象余虚的好画，它能够让人反省，能够让人在看完后内心为之一颤。好比“蝴蝶效应”，仅仅是振翅一点，带来的也许不是涟漪，而是惊涛骇浪。我以前同一位朋友讲过，虚幻是通往博大的路径。正如“大音希声，大象无形”，虚幻，总引人无限神思，让观者有机会把自己安排进去。

我在上海，平日画画的时候喜欢耳畔萦绕音乐，尤其是巴赫的《平均律钢琴曲集》。其中，最让我深陷的是：降e小调前奏曲与赋格BWV853，B小调前奏曲与赋格BWV869。那传递着高贵、博大情感的音律，演绎着爱与痛苦的交织，以肃穆而充满灵性的步调，徐徐前行……那种声音让我听得到自己画面精神的辗转迷途、色彩的跳跃幅度。任何时候它似乎都适合我的心情，表达人生甚至万千世界的魂绕情感。在纠结的同时，我感受到一种虚幻而隐秘的力量缓缓漏沙于心底。

2007年，我创作了《向玛格利特致敬》。它作为一张定制作品承载了我个人化的对肖像的理解。一位非常要好的藏家朋友忽然对我说：“能不能请你给我夫人画一张肖像？”实际上，我从来不认同自己是一

个肖像画家，甚至不认同自己是一个人物画家，也从不给人画肖像。但出于对主人公的了解，我还是答应了。人在我的画面里仅仅是一个元素而已，然而画肖像是有特定的要求与难度的，相像是第一位的，还要在此基础上作出人物气质的提升。我回忆起他的夫人曾流露出他们结婚时连婚纱照都没有拍过的缺憾。于是我在画面中为她披上了婚纱，并在她目光所及之处添置了一只玛格利特的“烟斗”。在玛格利特的这幅名画中，烟斗下方有一行字“这不是一只烟斗”。《向玛格利特致敬》画面隐含有两层释义：用盛装新娘的纯洁形象向玛格利特（如同我的信仰）献礼，利用烟斗表达潜台词——这不是一张肖像画。完成这张作品的时候，我对它非常满意。藏家朋友也非常喜欢，随后又向我提出：“你能不能给某某某也画一张肖像。”我当时就礼貌地拒绝了。

2005—2008年读博期间，对我而言，最重要的收获是实现了新阶段画风的探索并顺利转型。对艺术的探索更关注社会和当下，自身与改变，文化与多样。但我对工笔画创作有自己的底线，比如对气息，对线，对绘画方式，甚至有的地方我想超越古人。传统并没有把事情都做绝了，越深入地了解传统，就会越发觉得在当代我们可做的事情还很多，不必卑微到“换血整容”的地步。

六、2008年至今

2008年博士毕业后，我调入中国艺术研究院成为一名专职画家。画院和学校不同，它给予我更多的创作时间，但也少了很多大学校园带来的青春气息。一些展览并不在我有所思考或具有一定技术敏感度的范围之内，因此有的任务性作品自己觉得画得一般。但也有例外，一些任务画，也从某个我从未察觉的角度提示了我，并使我得到了提高。

进入不惑之年，绘画技术更为稳定和成熟，手完全听命于大脑的控制，而心中越发多了对绘画技术以外的思考，对文化，对人生。

2013年由“桃色系列”发展而来的我的新作《桃花源》在画面构图上做了对称的尝试。画面中出现四种物象：极具中国传统文化气息和文人情格的风物桃花，古代文人画家笔底惯常描绘之物太湖石，最代表中国民族气质的织物丝绸，以及丝绸包裹下的半隐女体。无一不是古代文人雅客极尽风流之物。我试图借助它们，一个由传统文化元素组合而成的具有鲜活气息的当代中国画风景，去体会中国传统文化精神的深层结构。当然在绘制的过程中，如线的勾勒、色的晕染、形的开合我都希望它保留尽可能多的传统，虽然好多都已带有我明显的个人美学烙印。文化的糅杂已经无法简单而割裂地谈论。

册页是中国画的传统绘画形式，我在近作《藏春册》的引首中如此记录：“中庸、迂回、超自然、性高远”是中国传统文化中最优秀的品质。越深入其中也就越自然地向宽厚、诗意、冷静、多意的文化情怀靠近。在为作品题名的时候，我联想起“凝雪”“映月”“流风”“镜花”，出自宋玉、孙光宪、曹植、吴均等名士的风雅之词。而藏尾之字暗合“雪月风花”。《藏春册》因此而来。

年轻时听老一辈学者说过“中国画是老年人的艺术”，当时不解何意。随着年龄的增长，学养的积累，对于传统的认识也更为深入，自身也更喜欢用当代的方式与古老中国传统文化产生接续与勾连的作品。

传统本身也有大传统和小传统之分，有被误读的可能。而人们一般认为的传统往往只是小传统，局限在某种特定的图式、技法、材料之中。小传统就像一个人的长相、外貌，容易改变。而大传统更像是一个族群的性格特征和文化基因，相对稳定。我们要打破的是小传统，要激活的是大传统。我们更应该去复活那些有价值，真正有智慧的传统。

2016年，就在此文定稿之前的一个月中，我与何家英先生等中国艺术研究院工笔画研究院同道一行赴甘肃新疆考察、写生。沿途考察了敦煌、克孜尔以及达玛沟小佛寺等石窟壁画及遗址壁画。同为公元5—6世纪的壁画，却有着迥然不同的风格面貌。因此，这些遗存既是相对于

我们当代的传统，同时也充分证明了在当年它们更是民族文化交融下的当代。中华文明也一直是在冲撞与吸收的历史节奏下不断前行至今。

如今在南疆地区，生活习俗基本与几十年前并无大异，尤其60岁以上的老人。但都市中的年轻一代，通过毫无阻碍的网络与外界发生着密切联系，他们对我坦言，他们的思想与生活状态远比父辈更为开放。只有在极为偏远的地区，民俗与文化保留得相对纯粹，但也许时间依然会改变所有的一切。考察团的艺术家有时会对眼中所见的这种世代变化，发出某种惋惜“太汉化了”。殊不自觉，汉民族也早不是原先汉风的模样。我们的礼仪、审美、生活方式都在“全球化”的公转中被逐渐地改变、同化，当然有些也依然得以保存。这与少数民族的生存状态并没有什么本质不同。因此，准确地说少数民族并不是被“汉化”了，而是被“全球化”了。

由此，对应中国画的生存状态，我们也应该有更多睿智并策略、宽广且深远的战略思考和准备。

夏 烈

浙江杭州人，文学评论家、作家，近年专注于网络文学的研究和组织，推动了“浙江网络作家群”的出现，策划图书《后宫·甄嬛传》《芈月传》，现为杭州师范大学文化创意产业研究院院长，文学创作一级，戏剧影视学、艺术学硕士生导师，有文学批评及文艺研究著述《观念再造与想象力重建》（北京大学出版社）、《裂变与交互》（浙江文艺出版社）、《现代中的传统诉求》（新星出版社），随笔集《散杂集》（浙江教育出版社）、《为爱找方法》（浙江工商大学出版社）、《无法独活》（合著，陕西人民出版社）等，获2014年度青年批评家奖、浙江青年文学之星奖等，中国现代文学馆特邀研究员、中国作协网络文学委员会委员、中国文艺评论家协会网络文艺委员会副秘书长

夏　烈：自我精神成长的考古记

四十年了，我一直住在这座城市：杭州。少年时认为它很小，园林那样小，园林那样美。

早先，城的概念始终保持着南宋以降的规模，十个城门以外就不是杭州城里。城外于我们有陌生的乐趣，比如春、秋游就可以跑到荒郊野外“拈花惹草”、架灶起锅，但终究是陌生的，只记得是离离的田野、漾漾的河塘。

坐车往南，隔江的萧山有亲戚，一年差不多由外公带去一两次，老辈人过世后也就往来稀少。

城里的几条大路少年时是踏遍的，我们嬉戏于孤山下、宝俶塔边、石板弄堂、炊烟人家。从不知道某处是什么、谁家住过，到逐渐有文化，说原来这是郁达夫的故居，那是鲁迅度蜜月的酒店，同一个墙门的邻居老太太竟是康有为的小女儿，某女生伴我撑伞踱过的大塔儿巷留下了戴望舒“丁香一样的结着愁怨的姑娘”……

有一次，已经是2009年，我与北京来的女朋友走了一段经典的老路线，断桥出发西泠桥结束，短短的1.7公里我自觉地充当起导游的角色，结果就是把自己介绍得感动了。

我当然知道这是因为西湖任意一个这样的自然段里，历史、人物、故事（也包括事故）都丰沛得难以想象——余秋雨当年散文的成名作《文化苦旅》中有一篇《西湖梦》，形容过这种丰沛感：“它（西湖）成名过早，遗迹过密，名位过重，山水亭舍与历史的牵连过多，结果，成了一个象征性物象非常稠厚的所在。”余还违章下水游了一程，上岸时，

信电系91届
敬 赠

②

③

④

⑤

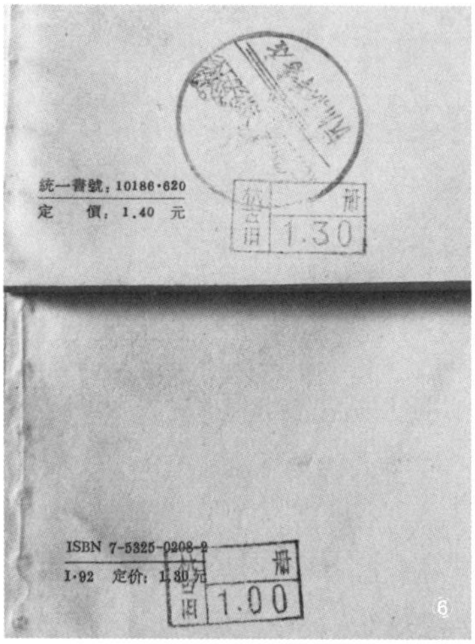

⑥

⑦

① 2011 年婚礼前，选了浙江大学最有民国味道的之江校区拍了一组照片。我从此走出了青春后期，身形朗润起来

② 近照

③ 1995 年，比我今天还老气横秋。看得出那个时候的书生范儿：蛤蟆眼镜、白衬衫、坐在书架前，并且瘦弱羸苦

④ 2002 年，我在浙江文艺出版社工作的第二年。这是出差北京，然后第一次去中国现代文学馆，看那些久仰的前辈的照片和手稿。当时的神情有些神经质的才气。但也有点像 70 后版的郭敬明，阴柔

⑤ 与李庆西（左 2）、文敏（左 1）夫妇，以及南帆（右 1）合影于福建。当时我协助庆西师责编了南帆主编的《文学理论新读本》

⑥ 我所说的积善坊巷的古旧书店，每本书后就有这样的我熟悉的代表特价的小蓝印。不过后来更简化为几块几分的蓝数字印。搜索书架旧籍时发现北京、上海各地的特价印章都不一样，有些意思

⑦ 上海书店影印出版的“中国现代文学史参考资料”我买过原价的（当时不算便宜），更多的是各地淘来的特价（尤其得意的一批）

又蓦然觉得“我是从宋代的一处胜迹下水，游到一位清人的遗宅终止的，于是，刚刚弄过的水波就立即被历史所抽象，几乎有点不真实了”。

与他不同，我是这座城池的“土著”“杭三代”，所以当我与人散步时说的典故就不只是象征物，而是记忆，是生命感，是脚印的无数次丈量，是时空叠加的经验穿越。换句话说，我既可以说这是南宋的某某、民国的某某、诗词歌赋的某某、四大爱情传奇的某某，但也马上可以说，我满周岁的时候在这里拍过照，我姨夫曾在这里工作，我和小伙伴经常徒步到这里谈天说地，小学时有一次实在憋不住就在它边上撒了一泡尿……那么，秋雨请退散，我乃“钱塘苏小是乡亲”。

有两段事迹可以证明我曾自由不羁。

一段是我1993年高中毕业并没有读大学。当年的高考录取率大约是30%不到，所有报端的招聘广告的学历起征点就是高中，跟今天的本科差不多，不算丢人。

我的一位高中的小伙伴闲着无事连续高复三年，目标是浙江大学，结果是杭州师范学院，落差有点大。不过有趣的是，跟他遭遇仿佛，也高复了三年的一位杭师院的师兄叫马云，如今名满天下不费多言；同样有趣的是，作为当年连杭师院也不高兴去考（不高复我也确实考不上，严重偏科）的我，到头来在2011年去了它的升级版杭州师范大学做教授。渊源兜兜转转还有很多，很难说杭师大的故事会不会因为我而更加精彩。不过，似乎都在印证少年时的印象有某种真理性：这是一座小城。

说岔了，我要说高中毕业后的那段岁月。我一边打零工一边偶然地开始了自学考试，除了一年两次考前像困兽那样痛苦且不修边幅状若苦修高僧，剩下的季节就有大量的时间读闲书、听音乐、写写字、走走路，当然比较羞涩的一个目的是可以睡懒觉，一个少年文人的壳已经出炉，至今没有办法回炉重塑。

也就是那段日子，买书和会客成了我的两件要害事务。父母宽容地把最大的房间让给我，然后书从架上绵延到案头、流溢到地面、堆叠到

床沿，不说那些热爱至今的门类，但说后来搬家时候捐掉的那一堆，几乎都是星相医卜。所以那时来家会我的人就有学佛学道的、练气功的，加上浙大的几位外语系美女带着她们的外籍男不知什么友，以至于居委会一度问家父母：“你儿子究竟在干吗？”

另一段就是阅读。不知别的杭州读书人怎样，反正我是很小的时候就能在身边的亲戚家藏书里搞到很多唐宋诗词、明清笔记之类的东西，至少也是这方面赏析类、知识类的小册子。

我2006年9月去乌镇第一次拜会纽约归乡的木心，他也讲“我们小时候似乎家家户户都有《古文观止》《古文辞类纂》这样的书，这就是当时江南像乌镇这样地方的风气。一些书也不定是我家的或者你家的，总是在街坊人家之间流动，读完又流到别家去，那些书神出鬼没得就像它们自己有生命似的”，虽然两代半的年龄差，时光隔了一甲子以上，听了依然令我心有戚戚焉。所以，等于说无论我喜欢不喜欢当代小说，何时开始做当代文学的评论工作，其实古典的或雅或俗的文学才是我启蒙的文艺环境。

我小时候家住解放路官巷口不远，从儿童书店升级到路对面新华书店，离家都不过步行10分钟内的地理。另有两家书店让我觉得有别样的感情，常常会带给我惊喜般的暗爽，遗憾它们都早已消逝不见，像往生的长辈，现在中年的我可作古老情怀来讲。

首先是积善坊巷里头靠近中山中路出口有过一间非常简陋的古旧书店，除了收款处背后架子上有十余种线装的价格略贵的经史子集外，剩下的整屋子都是打折书、库存书，封底敲一小方蓝印，便宜出售。一些被书虫称为“网格本”的“外国文学名著丛书”以及“日本文学流派代表作丛书”“获诺贝尔文学奖作家丛书”“诗苑译林”“现代经典作家诗文全编书系”“走向未来丛书”等，我都在这里搜集过个别品种，弗洛伊德、罗素、叔本华、萨特、波伏娃、铃木大拙，当年时髦的某些哲学译本也经常出现在这里。

我在这里买过不少中国“说部”的闲书，从《搜神记》、唐传奇到“三言二拍”，再到冯梦龙的《情史》《东周列国志》和李汝珍的《镜花缘》，有一些大家未必会看的宋元话本小说比如《碾玉观音》《清平山堂话本》（明洪楩集的宋元明短篇，里头有一篇《西湖三塔记》就是白蛇传的雏形）。明清小说比如“才子佳人”里的《平山冷燕》《玉娇梨》，侠义小说《绿牡丹》，狭邪小说《品花宝鉴》，佛教题材的历史武侠《禅真逸史》《禅真后史》，道教题材的神魔世情《绿野仙踪》；附会唐赛儿反抗朱棣的神魔历史《女仙外史》，八仙等题材炮制的东西南北《四游记》……更不用说文言小说《聊斋》《阅微草堂》《子不语》一类的，以及晚清民国时候的《官场现形记》《孽海花》和黑幕小说、侦探小说、仙侠小说、鸳鸯蝴蝶派、《红楼梦》的一批同人续作。

这样想来，只有被禁的明清艳情小说全本是没法在这里买到的——这个遗憾后来在另一处书店由特殊渠道来了一批日本、荷兰、中国香港等地图书馆藏书的地下翻印本终得满足，也搜了约四十种，如《肉蒲团》《灯草和尚》《绣榻野史》《如意君传》。《金瓶梅》当时有凭副教授以上的证明限买一套的印象，我至今对没有解禁这个书的印刷发行表示纳闷，幸而我当年也不会客气地等待，别有渠道得了一个香港的本子和一个台湾的本子。其时我已经在杭州大学中文系读研究生班，1996年前后。靠着这些本子，帮助过一位苦于缺乏一手资料的同学完成了她关于明清小说中女性形象的硕士论文。

我并不研究中国古代的小说，却好好享受过做一枚读者的所有乐趣。如今看来更重要的是，也许有了这些因缘，包括我成长史中不可能错过的港台武侠小说与言情小说潮，使我面对中国网络小说时一点都不陌生，不惊讶，不反感。

我也一直坚持说网络小说不是简单的中国古典“说部”和近代以来通俗小说的翻版。这么说的原因大抵有两个：

一、网络小说顾名思义，有“网络性”的一面，其中附加着一个媒

介转型的技术问题，不能用传统通俗小说一笔抹过。媒介的问题是个大问题，千年一遇的问题。我们看看半个世纪之后从传媒学领域扩散到哲学思想学的加拿大学者麦克卢汉（1911—1980）的著作——《古登堡星汉璀璨：印刷文明的诞生》和《理解媒介》就知道，他对于印刷媒介当年的降临和新媒介的理论预测，都很能说明问题，给我们重要启发。更早的马克思主义哲学家、批评家本雅明（1892—1940）的著述中，关于机械复制时代和文艺的关系，同样充满媒介敏感和人文洞见，使我折服。

二、一时代有一时代之文学，不光是指唐诗、宋词、元曲、明清小说这样的文体嬗变，还可以用作说同样是通俗小说，再次复兴的时候的文化资源、文化语境却不一样。现在的网络小说里，比如东方玄幻（仙侠、修真之类的）固然跟过去的神魔、仙侠有一衣带水的血缘，但毕竟吸收了 ACG（动漫游）的国际元素和物理学、生物学等科学基因，造就了打怪升级、科玄合流的种种新变。何况很多就直接是欧美世界观和西方类型小说的遗传、嫁接。所以我有一个观点，即今天流行全球的中国网络小说也是“全球化”那一套文化娱乐业和故事叙事模式的产物。

——突然这么严肃令自己害羞，我还是放温情地说：少年时的“说部”消遣坐着时光机，换一身装备又重生了，可证人性中的“爽感”永恒不死。

另一家有所感恩的书店是西子湖畔六公园的“三联”。1991 年的一天，忘记春秋，逃课外出的两个小伙伴一位推着自行车，一位还不会骑车，步行半小时随意逛到离学校不远的六公园，阳光树色都很好，雾霾远未诞生，麻雀啁啾着伴随偶尔的一串清脆的自行车铃声飞上蓝天。午后的略显幽静的小路岔道上出现了一个二层的黄墙红屋顶的小楼，然后看到牌子：生活·读书·新知三联书店杭州分销店。

我记不正确了，是不是那天就见到过多年后一桌吃饭喝酒的作家李杭育——当代文学“寻根派”的代表人物之一，但肯定在三联书店见过他这点没有错。他开始的时候会象征性地出现在店里做高级店员，因为

这家店是他当时的妻子叶芳做总经理，难免要服其劳的。我在店里买过他的小说集《最后一个渔佬儿》，他后来那部特别红的《唱片经典》还没有写出，但积累工作开始了，我几年后有一次以无名小卒的身份去他家代师长取一套书，就见过小山包似的一堆古典音乐和现代音乐的胶木唱片与CD，漫过了客厅的沙发。

三联书店的作用是拉高了我的格调。完全反映20世纪90年代的文化风潮和文学走向，当年也只有三联这样的人文店堂才能做到。我的三联版的爱默生是这里买的，中华书局和上海古籍出版社的各家诗文集校注有十余种是这里买的，《管锥编》《谈艺录》《宋诗选注》是这里买的，《柳如是别传》《隋唐制度渊源论略稿》是这里买的，“三联·哈佛燕京学术丛书”是这里买的，《苏童文集》《王朔文集》是这里买的，《海子诗全编》《顾城诗全编》是这里买的，每一期《读书》杂志也是这里买的。我突然想起过去写过的一篇《自圆其说：我的批评观》里的话了：那时（高中三年），我看各色的杂书，对儒释道的精神有内在的体认，对当代文学作品还不知其妙处，接着就高中毕业了，找了个单位工作。不到半年，忽然醍醐灌顶似的明白了鲁迅的世界——对这些领悟我内心是有狂喜的，他们成了我带着感伤的精神能量。前一段，在微博上看到央视柴静的视频，她说“深夜没有痛哭过的人，不足以谈人生”，这话一下把我带回了那段瘦骨嶙峋貌似难民的青春后期的岁月，我当时的小身板为了扛住释迦牟尼、孔子、老庄、王阳明和鲁迅，难免是常常要在深夜吞声痛哭的，搞得如狼似犬。

现在想来，接触三联书店这样的思想粮仓就是这结果，让年轻的生命开始承受人类矛盾且喧哗的了不起的精神的金字塔尖。阅读治疗我们，又增加新的痛苦，而这些痛苦里则伴着灵魂之门打开的快感。所以说，如果把网络小说这样的阅读叫作“爽感”阅读，那么不妨把哲学和纯文学的阅读叫作“虐感”阅读。后者也永恒不死。

等我从第一个待了超过五年的单位收拾行囊另谋高就，已经是

2006年了。

这之前的五年，我如愿以偿地来到了少年时最看重的一家本埠出版社：浙江文艺出版社。我在那里遇到了一些很不错的老师，比如直接带领我工作两年多的文学评论家、出版人李庆西，他是李杭育的哥哥，在“寻根派”理论建设、书话（一种学者随笔）、新笔记小说写作上都是当年全国排得上号的人物。作为图书编辑，他的业务活也很精，比如关于封面、版式设计和字体字号的运用，他有一种苛刻的追求和良好的审美品位，这对我有极大的训练。

那个年头，出版社、报社、杂志社这种单位都屯着一大批有水准的作家、学者、翻译家，同时又是编辑家，跟大学、作家协会各有千秋、互成掎角。这种文化景况今天是看不到了，遗憾也没有用，时移世易，并不都是坏事。

我因为不喜欢体制改革后的考勤（这妨碍我早晨多睡一会儿），决定调动到杭州市文联去，那儿有一本《西湖》文学月刊等着我。

2017年2月11日

王 犁

1970年10月生于浙江淳安，现为中国美术学院艺术管理与教育学院教师，副教授，出版文集《书桌画案》（含英文版）、《排岭的天空》《忍不住的表达》《画家笔记》及多本个人画集

王　犁：排岭的天空

小镇排岭，现在叫千岛湖镇，但我仍然喜欢称之为排岭，有点时间的沉淀，有点历史感，与自己的成长有关。

20 世纪 80 年代的排岭，整个小镇也就一个十字路口加一个丁字路口，接着是夹杂在山岭松风间各个单位的住宅区，实打实一座山城小镇。从轮船码头向左，粮油食品站门口的丁字路口，对门新安大街过去几十米是林业局和县府。或许是上下班经常经过有所感触，诗人方向在那个年代就写下口语化的作品《新安街粮食局门口》。再过去已经是小镇边缘的东瓜坞。从丁字路口往里走是粮油加工厂的油车湾、工会、邮局、新华书店、百货公司。从工会址开始街道就有坡度，到东风旅馆开始下坡，斜坡下和十字路口间有一个三角地带，靠现在的外高桥一边是一排老式的二层楼店面，从修鞋、修伞开始到面馆、包子铺，拐到鱼味馆对过是第二百货。十字路口东南角有五层楼的淳安饭店，在 1980 年前后算是排岭镇上最高的房子——记得我还在农村上小学一年级时，课间操后，一位到县城刚开完会回来的民办教师欣喜地告诉我们说，咱们县也有高楼大厦了。什么叫高楼大厦？就是抬起头来看屋顶，帽子会掉下去的那种房子，现在我们县的十字路口旁也有了。淳安饭店一楼北端临街是饭店的大堂，穿过大堂是冷饮门市部。十字路口往北是李家坞，李家坞有个拘留所，于是那个时候“李家坞”就几乎成了拘留所的代名词。李家坞口是排岭汽车站，大段拐弯的上坡后是排岭林场的枇杷园，已到了排岭镇的最北端，但散落在松林间的还有汽车运输公司的修理厂。十字路口往东不远处是城建局、消防队，消防队门口斜坡下去就是西园码

①

②

③

④

⑤

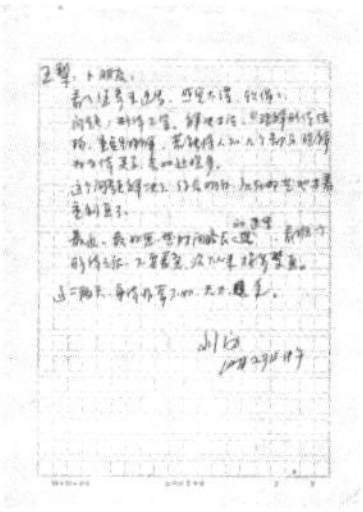
⑥

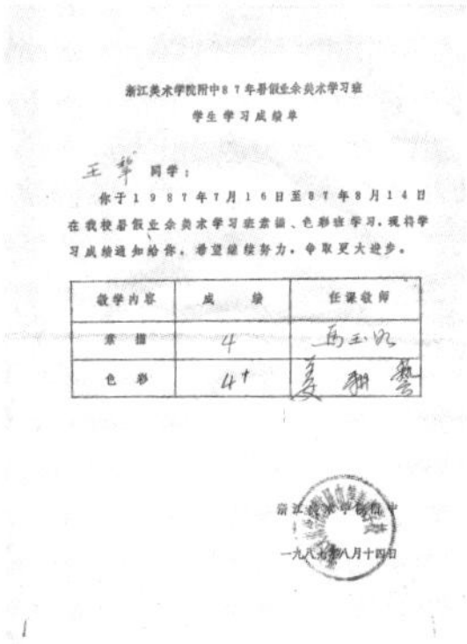
浙江美术学院附中87年暑假业余美术学习班

学生学习成绩单

王犁 同学：

你于1987年7月16日至87年8月14日在我校暑假业余美术学习班素描、色彩班学习，现将学习成绩通知给你，希望继续努力，争取更大进步。

教学内容	成绩	任课教师
素描	4	马玉如
色彩	4+	夏翔云

浙江美术学院附中

一九八七年八月十四日

⑦

收藏證書

COLLECTION CERTIFICATE

王 犁 先生：

您捐贈的洪勳國畫作品《小荷尖尖角》等拾件，已由我館收藏。

特頒此證。

浙江美術館

2012年8月7日

⑧

① 王犁在中国台北
② 80年代山城排岭（千岛湖）的雪
③ 80年代排岭（千岛湖）十字路口
④《排岭的天空》王犁著，广西师范大学出版社2015年11月第一版
⑤ 英文版《书桌画案》，王犁著，广西美术出版社2012年5月第一版
⑥ 这是刘涌老师离开排岭后，仍然有信必复辅导我画速写，时间大概是1990年或者是1991年吧
⑦ 虽然是附中暑期的培训班，但对于我这个年龄而言听过马玉如老师上的素描课，想来都是一种荣幸
⑧ 浙江美术馆捐赠证书——洪勋

头，去建德或者金华都要从这里乘船到毛竹园。20世纪80年代这十年，数西园码头的变化最大，它一直往东填湖湾，使码头移到现在的位置。十字路口往南是鱼味馆的岔路口，一边行车的斜坡是银行、电影院、派出所，最后再到达塘边，另一边是台阶步道拾级而上到塘边，步道中间有曾经改制成中医院的镇医院。塘西参天的法国梧桐林中有老县府、公安局等单位。这一带水塘有两口，两口水塘之间的主干道往上是县府招待所、人民大会堂。主干道两旁有两排参天的苦楝树，密得可以遮阳避雨，而另一口水塘则绕过县府招待所一直拐到镇小的操场边。接着依次是党校、体委、广播站、开发公司和无线电厂。广播站前和金鸡弄之间，80年代中期还搬来了文化馆。过了无线电厂都叫火炉尖，火炉尖有邮局、如意馆、酒厂、淳安中学、二中、印刷厂、排岭林场，一直到里杉柏应该已经是排岭的郊区了，里杉柏的住户上街，都说去排岭。轮船码头向右是茅柴站、货运码头、灯塔，茅柴站向上是县人民医院。就这样不大的区块，山岭间有小道穿行往来，雨后岚岫纵横，层峦叠嶂，颇有排岭这个名称的意象。排岭，在我的心中，应该是她永远的名字。

1980年我到县城排岭读小学三年级之前，一直生活在农村的外婆家。千岛湖当时叫新安江水库，我生活的这个乡村叫光昌边，在库区深处的湖畔。从光昌边到县城唯一的交通工具是船，柴油船来回在河道两岸码头停靠，从中午上船到县城已经是下午4点多钟。当船拐进可以看见县城房子的湖区时，湖面忽然开朗起来。80年代的排岭虽然没有什么高楼大厦，但由于是山城，哪怕一两层楼的房子也会层层叠叠的，在夕照下特别耀眼壮观。码头尽头白色瘦瘦两层高的灯塔，更是标志性建筑。它深深地印在我年少的脑海里，颇似后来看科波拉的《教父》抑或瑟吉欧·莱昂的《美国往事》里，电影开始一个西西里小男孩经过千辛万苦抵达纽约后，在移民船上看到纽约曼哈顿的自由女神像时的那份耀眼和感动。

胡济民

县城有两所小学，镇小和新安江开发公司职工子弟学校，父亲在新安江开发公司工作，我自然进父亲单位的子弟学校。从住的机关大院到学校有二三里地，走过上百级台阶后就到了我读的小学。当然也可以往如意馆边的胡同里走，你不时会听到各种语言，有排岭话、船上话、杭州话以及半土半普的官话。捕捞队的码头就在边上，所以这里居住的大部分是船上人。船上人多会讲岸上的排岭话，但岸上人很少会讲船上话。

小学三年级的班主任是语文老师，叫王忠英，由于其与父亲的名字只相差一个字，故记得住她的名字。刚到县城上学，还算努力。一次学校安排看中法合拍的儿童电影《风筝》，班主任还特意把我和女班长安排在她身边，此景却成为日后文化课成绩一落千丈的我难以再获得的崇高荣誉。

胡济民老师是小学的体育老师兼美术老师，上完体育课，一身蓝色的运动服，臂上两侧还有两条白杠杠，拿着一盒粉笔和美术课本走进教室，那精神气深深地吸引着我这个刚从农村来的孩子。至今还记得胡老师领着我们爬上百步台阶，画自来水厂附近的风景时伸出双手、眯起眼睛，教我们怎样取景，让我体会到与农村一学期难得有一次美术课不同的绘画教学。小学美术课本上有一节铅笔淡彩写生，课本上的范画为《校园写生》，近景是黑板报，中景是几棵大树和教学楼，远景是蓝天白云。范画的下方有绘画的步骤，先用铅笔勾形、深入，上彩先从天开始往下画。我用这个方法画了两张写生，被选送县里文化馆参加“六一”儿童节美术作品展览。当时姐姐王华在同一所小学的五年级，也有作品参加，由于名字字形接近，我的作品被误挂在姐姐的名下，一同获得二等奖。

当时的文化馆，在工人文化宫下油车湾口的大马路边。一栋三层的楼房，外面围墙上有临街的橱窗，我们的画展就陈列在橱窗里。为了知道自己的作品是否入选，我在“六一”节的前一天就过来观望，直到傍晚文化馆的工作人员布置完，才发觉自己和姐姐的作品都挂在玻璃里

面，不禁一阵激动！再一看，自己作品的作者姓名竟然是姐姐的名字，心中不免一阵纠结，却不敢找文化馆的工作人员理论。回来的整个晚上我都很郁闷，姐姐知道这事就说给母亲听，还是母亲开导我说：“你三年级的画挂在五年级的姐姐名下一起得奖，是好事情！说明你有这个水平啊！”我一听又开始高兴起来，但内心深处仍然为这次难得的展览没有自己的名字而感到遗憾。

一直记得老师上课的情景，有一段时间已不记得胡老师的名字了。近几年碰到当时的校长方光银老师，聊起少年往事，又续上这段记忆。

洪 勋

正是这次“六一”节少儿美术展览，县文化馆在节后举行颁奖仪式。姐姐得到了获奖通知，我也犹豫要不要去看热闹。那种纠结的劲儿不是现在可以感受的，最后还是被刚来县城的好奇心所吸引，跟着姐姐去了。颁奖仪式在晚上，先在一间教室颁奖，再到一楼门厅看两位一等奖的作者现场画画，一位是比我还小的小孩画了一只写意的公鸡，一位是比我大几岁的少年画了一匹徐悲鸿的马，两位一等奖的作者画完后，还有一位老画家画了一张大白菜和香菇。第一次看到水墨在纸上渗化的样子，我好奇地挤到用乒乓球桌支起的画案前，伸手去摸了一下这种从来没有见过的会渗化的纸。

颁奖式结束后，年少的我，第一次感受到了县城里的那种自己也讲不清楚的氛围，不知道是激动还是迷茫，在现场迟迟舍不得离开，仿佛一离开就会失去这原本属于自己的现实。在大家快散尽时，我和姐姐才跟着那位老画家和他获奖的孙儿一同离去，仿佛这样就可以延长刚感受到的不同于以往的氛围。老人和蔼可亲，边走边问，知道我们住在开发公司，就告诉我们，他们住在火炉尖的行岗路，以后有空可以去玩。从此就认识了我们县城最年长的老画家洪勋先生，虽然已经不记得第一次去洪勋先生家的情形，但从那时起一直到高中毕业后的十年中，我一有

空就会去串门。

行岗路的房子，应该是80年代初排岭最好的居住区，两排左右两个单元四层楼的房子，在山坡上南北向一字排开有很多栋。往里俯瞰火炉尖山坳老居民杂居区，后面整片的马尾松林，松风一片，从南面几栋三楼以上透过自来水厂的山洼可以看到湖面和远处的龙山岛。洪勋先生家在后排，与儿孙一起生活。进门口堆着那个年代每家每户都有的煤饼，门口正在烧着那年头每家每户都有的煤饼炉，洪老师住左进东向的房间，十二三平方米，进房间门口靠墙是床，干干净净地垫着很厚的棉被，每次去都觉得整整齐齐。床对面，临窗放着两张办公桌拼起来的画案，这个房间除了床和画案以外其实已经没有太多空间，进门这边与墙之间放着一把藤椅，从包浆来看已经用了很多年。藤椅后也就是靠窗的左侧墙上，挂着一张四尺竖对开细细瘦长的立轴，一块石头上蹲着一只公鸡，公鸡是他孙子洪浩幼年时画的，下面爽快的几笔大写意石头，应该是洪勋先生手笔，题目《报晓》沿边一排行书小字。有时去也会看到换成一张四尺竖三开的竹子，瘦竹三两竿，轩朗有致，清气逼人。里墙正对画案放着一老式的大衣柜，大衣柜与床之间是一床头柜，柜上压着玻璃台板，台板上放一只小台灯，台灯边是一叠这一年的杂志，有《美术》《书法》《新美术》。洪先生告诉我：“《美术》是美协的机关刊物，有很多信息；《新美术》是母校的校刊，有感情，总想看看；《书法》是自己学习需要，每期都有古代的经典可以看。”从我认识先生到他过世近二十年，先生一直订着这三份刊物。确实在三十年前的排岭，想看到外面的资讯，订阅杂志是较为便捷的途径。记得到80年代后期，我和施勐卿想获得一本颜真卿的《勤礼碑》，还是托黄艺老师到杭州书画社买的，为了一本字帖的归属，我们在晚自修教室外面争论了一番。

先生的画案上，放着笔洗、笔架和几支用得脱毛的笔，还有一只矮矮粗粗的笔筒里也稀稀拉拉地插着一些笔。每次去，都会看到他在临帖，一叠四尺六裁的宣纸，已经写了无数遍，直至写成黑纸，接着再一遍一遍地用水写，后来才知道洪勋先生这个节省材料的方法是受老友余任天

影响。过年的时候，画案上会多一盆水仙，这些细节，每每会让初到县城的我感到新鲜。洪勋先生说：“画画不一定每天都画，但字一定要每天写。”每次去看洪勋先生，都看到他在临帖，主要是王羲之的草书《十七帖》，有一段时间还写过祝枝山的草书。记得80年代后期《书法》杂志上刊登一期文徵明的小楷，他也写过一段时间。他还告诉我，练习的时候毛笔可以挑得差一点，增加控制笔的难度，等到正式用的时候，用好笔会更顺畅，就如练武的人腿绑沙包，取下即可健步如飞。现在看来倒不同意他的观点，不管画画还是写字，纸和笔尽量用好一点，这样才可能悉心体会材料的敏感性，掌握工具的性能，发挥材料的表现力。

从小学三年级开始到为了考大学离开排岭，几乎隔三岔五去洪勋先生家，短则每周都去，长则一个来月。其实，也没有直接向他学过什么绘画技法，只是喜欢去他那儿听他聊与美术相关的事，在他那儿知道了美术学院、中国画、潘天寿等。洪勋先生是浙江浦江人，早年毕业于中国美术学院的前身国立艺专，国立艺专第一年秋季班的学生。他平凡的人生经历，却成为我成长过程中接近艺术最动人的故事。认识洪勋先生时，先生已经退休，生活很有规律。每天的上午八九点钟、下午3点钟后、晚上7点半后都可以去他家找他。到他家敲门，有时是洪浩的妈妈来开门。这是一位城里长大的女人，漂漂亮亮的，或许当过演员，开门的时候总会笑笑，指着洪老师的房间门说“他在……”，就转身去忙自己的事。我侧身进洪老师的房间，有时他刚午睡起，有时刚画完一张画，把画夹在床里墙的横线上，跟我谈字题在什么地方，并告诉我理由。也会碰到很难题字的构图，此时就可以先挂在那儿多看几天，或者在纸片上试试，粘在想题的位置，看合不合适，再不行只有题穷款了。记得一次过年前后，家里挂着很多过年的东西，什么粽子、腊肉，以及阳台上晒的衣物，上上下下、大大小小的，他说从中可以找到梅花的竖构图，生活中很多东西可以启发自己。洪勋先生给我印象是一位很慈祥、很随和、很实在的老者，白白的头发，衣着整齐干净。说起自己，总是说自己不是有才华的人，只有靠努力，“你看，到这个年龄了，努力也来不及了，愧对

原先教过自己的师长啊！”他经常谈起国立艺专上学时候的故事，还有他的亲戚一位早夭的天才郑祖纬的故事。郑的早逝对他艺术的发展是一个损失，不然就会有很好的榜样引导他前行。还说起毕业后在老家浦江任教的时候，画过一个手卷《百虾图》，曾经带到杭州给潘天寿先生看，希望潘先生题上几句。潘先生估计看了后不满意，将画又卷起来了，没有题。洪勋先生感叹说：“潘天寿先生是一位要求很高的人，说明还是不满意啊！”

先生告诉我，画画要先工后写，先收后放，这样才有一定的基础。我曾经问他，他的孙儿浩浩怎么不从“工”开始，一上手就是大写意。因为问的不是一个时间段，老先生也没有连起来想，说什么叫基本功，画多了，有了自己的积累，有了自己的体会，就是基本功；大写意有大写意的积累，工笔有工笔的积累。当时听了很困惑，总觉得前后有矛盾，现在想来确实是这么回事。

洪勋先生从来没有主动送过画给我，但每一次带纸去请他画，你想要什么，都会给你画上几笔，还对纸质评论一番，告诉我喜欢画厚的生宣。其实哪怕带去最差的油光纸，他也会涂抹几笔。我经常带一些朋友去他那儿，只要带纸去求画，没有空手而归的。多年下来，虽然很熟悉，假如有什么书想看，他也不借，但会表达得很委婉，让你自己感觉有点为难。他从来不臧否人物，很善意，很真实。他女婿在《杭州日报》工作，偶尔在《杭州日报》副刊上，可以看到他的画作。由于那个年代交通着实不便，从杭州到淳安排岭，仿佛到了路的尽头。不是单位工作的需要，几年也不会出去一趟，就洪勋先生的性格，更疏于与外界的朋友联系。假如主动联系他，也会有几分高兴。记得一年元旦，当时挂历才出现，国立艺专的老同学徐天许，从武汉给他寄了一本挂历，他拿着挂历开心地在我面前讲起这位老乡和老同学的情况，并感叹他们的成绩，觉得自己没有用。20世纪80年代后期，上海科教电影制片厂在千岛湖拍《绿色千岛湖》，其中美工严颐先生来我家做客，看到洪勋先生的画，说自己也是国立艺专雕塑毕业，与浦江人张岳健一届，

提出去看看这位前辈，我便带过去拜访。严颐先生回沪后，把洪勋列入上海的国立艺专同学会名录，经常寄来现在看来印制简陋的会讯，老人会高兴地在我去时提起。

1992年我考上美术学院后，每次假期回去都会上他家转转。1998年大学毕业后两年，租住在西湖边的金沙港，一天下午，我突然想着洪勋先生的经历做一个文字访谈，会很有意义，于是起身就回千岛湖，用了两个下午的时间，写下《绘画只是一种需要》，1999年刊发在《新美术》的校庆专题上。后来听他的儿子洪尴说，老人收到刊物后特别高兴。可惜这期文字没有配上洪勋作品的图片，否则，可以让大家看到有这么一位校友的不懈追求。老人是2001年过世的，享年89岁。

在人生道路的每个阶段，总有那么一个人，从精神上对你未来的发展有很大的影响，洪勋先生就是80年代这个成长的十年对我影响深远的人。就像近几年与朱豹翁的交往，虽然没有具体学画，但言行精神会影响我对未来的选择。

胡则周

上初一时排岭还只有一所淳安中学，初一五个班，一、二班是重点班，三班是体育特长班，四、五两个班是普通班，我在四班。校园在火炉尖山下、印刷厂边，有两座教学楼，初中两层的教学楼前还有其他老居民的住户，水井边杨柳依依。排岭最早开始考美术院校的华小卫，就住在其中一座房子里。小卫的父亲是酒厂的长途货运司机，不知道哪里的关系，认识一位老浙江美术学院雕塑系的教工，在我等还不知道素描怎么回事的时候，华小卫已经开始临摹石膏像，准备报考美术院校。其实，他画得最好的是钢笔风景写生，手头有一本当时邮购的《钢笔风景写生》，学习得很透，还能够用在对景写生上，让我等着实佩服。

初一的美术老师姓蔡，已经不记得他教我们的情景，真正让我难忘的是兴趣小组的辅导老师胡则周先生。初中有两个美术兴趣小组，一个

是水彩，一个是国画。其实在那个年龄段，谁分得清楚是水彩还是国画。分组那天，胡则周先生简单地介绍了一下国画常识。由于自己受父亲的业余爱好影响，曾用磨平的瓦片刻印章，我就问刻印章与什么有关，胡则周先生说："诗、书、画、印，跟中国画有关。"我就报了由胡则周先生辅导的国画组。

胡则周先生当时在教务处，主要负责教务教学的安排。平时喜欢画画，画中国画梅兰竹菊中的梅花，业余从剪报上收集了大量的梅花图谱，后来知道他还收集和撰写了大量与梅花有关的诗歌；从传统文学修养来看，胡则周老师应该是一位不错的语文教师。

已经不记得胡则周先生给我们上兴趣小组课的情形。初中一年级后，淳安中学就分成两所：淳安第一中学和淳安第二中学。我们五个班，重点班到一中，另外三个班留在二中。胡则周先生随着教务处去了一中，一中就在二中对面的山坡上，原来卫校的旧址，胡则周先生的宿舍就在卫校医务室三楼的两间房子里，一间住着子女，一间是自己的卧室加画室，有时架起板后还是裱画室。80年代初的排岭，会裱画的人不多，胡则周老师自己边看书边琢磨，居然学会裱画的一套工序，还会做高难度的册页。自从在初一课外兴趣小组上认识胡则周后，虽然已不在一个学校，但我还是每一周去找他，把临摹的画给他看，他总是会把画认认真真地改一遍。一些并不完整的小画，在老师的修整下略显形制，自己看看，多少有点成就感。慢慢知道胡老师毕业于梅城的严州师范，严师毕业后一直在淳安从事教学工作，从山村到县城，兢兢业业。偶尔从木箱里摸出祖辈抄的医书，小楷严整，看得出梓桐源老山乡，还保留没有因为水库移民折腾而流失的文化渊源。

方新成

新成立的淳安二中，又来了一位美术老师。上完开学第一节美术课，放学后我去交作业。由于我的图画簿姓名栏盖着一方自己刻的葫芦形姓

名章，美术老师方新成就问这是谁刻的，我说是自己，他就简单问了一下我的情况，无外乎父母哪个单位的、干什么的。他说一起去我家见见我父母，说着就跟我一起回家了。初二那时我家已经搬到金鸡弄，翻过无线电厂到金鸡弄有几步路，老师沿途又鼓励了我一番。

那时的方新成，刚从农村调到新成立的淳安二中，工作积极热心，并用他极富有煽动力的话语，吸引了二中大批同学走上美术爱好的道路。

方新成老师上美术课引人入胜。当时金庸的武侠小说还没有兴起，不知他在《古今传奇》还是《武林》杂志上看到的连载《射雕英雄传》，每节美术课的最后一点时间就说上一段，并在关键处停下，让同学们期待下节课分解。这让班上无论喜不喜欢美术的同学，都盼望下节美术课尽快到来。至今我还记得方老师说江南七怪烟雨楼大战丘处机眉飞色舞的情景。

当时音体美在同一个办公室，我有空就去串门。有一次门口经过，他把我喊进去，一拍桌子，说我们也有出头之日了，指着《大众美术报》上刊登“东方美术电视函授大学”的广告，告诉我文化课成绩不好也有读大学的机会了。那个年头广告不多，分不清楚什么是函授大学，什么是电大，方新成老师就积极行动起来。当然，我肯定是他的得力干将。他说一定力争组织到有面授机会的人数，让我们山里的孩子也有机会见识一下什么叫大学教授。具体时间我已不记得，大概是在80年代中期，除了我等几个铁杆美术爱好者以外，还有职高部幼儿师范班一批女生和县工艺美术厂的几个工人听到消息，也来找关系加盟。我和姐姐王犖在父亲的支持下，都参加了这个“东方美术电视函授大学”。为此，父亲决定为了方便我们的学习，家里应该考虑买一台电视机。借假期到杭州看郑宗修老师的机会，托他帮忙买了一台西湖牌黑白电视机，回来的路上为了保护这贵重的家电，郑老师特意多买了一张座位票。当有人说他东西还要占一个座位时，郑老师会拿出票来说，这是买过票的。提意见的旅客，也无话可说了，只有悻悻然地说哪有东西多买票的。东方美术电视函授大学其实是杭州与老浙江美术学院有关的几个同志搞起来的一

个靠函授教学盈利的学校，请老美术学院教授录制的教学片，在中央电视台每周日傍晚播放，实际也为那个年代美术爱好者贫瘠的学习条件起到一定的帮助。

应该还是我初中的阶段，方新成接到通知，组织学生参加一个中国和印度少儿美术比赛，通知上还有很多什么尊重宗教信仰的要求。方新成老师鼓励我参加，并帮助我借来教师进修学校校长刘永航画的新安江水库新貌的山水画作参考。他说不要参考正规出版书上的，一临摹别人就知道，学本地画家的就是多临摹一点别人也不知道。我已经记不得自己最后画了什么，反正没有获得入选资格，但假如获取入选机会，可是轰动山城朋友圈的一件大事。

这几年不时会想起方新成老师，听说他随着 90 年代的商业大潮下海经商，搞过劳务输出，当过鱼味馆总经理，经营过小水电，在排岭这个小山城的老百姓眼里，肯定是挣了不少钱。我倒是特别感谢他，在我青黄不接的年龄，用他个人的魅力，保护或者鼓励了我对艺术的兴趣，度过了那个不容易坚持却容易放弃的阶段。

孙鲁旭

孙鲁旭与方新成是老乡，都是大市人。方住在银行宿舍，鲁旭住在电影院侧面的二楼，看得出他们两个人来往很多。

一个星期天的上午，不知道自己是第几次到方老师家，我去时看到一个老师同辈的人，在与老师聊天，伸展地坐在客厅的沙发上，不修边幅，这身打扮在那个较为闭塞的县城肯定属于另类，倒符合后来说的“布波族”。方新成用他热烈而夸张的话语介绍我：“这个小孩不仅画画得很不错，也很了解美术史，什么扬州八怪是哪些人，弄得比我们还清楚！”真感谢师辈的厚爱，其实扬州八怪什么的，到现在我还没有弄清楚，但这种夸奖方式倒很满足我那青春期的虚荣心。

认识鲁旭以后，只要经过电影院，就会去串门，或聊聊天，或蹭几

张好看的海报。鲁旭也很好客，只要不是橱窗换季布置，都会有时间与我这样的小屁孩说上几句。到吃饭的时间，还会留下我吃饭。当时鲁旭也才结婚没几年，家里还有婚后的喜气，夫人在东风旅馆对面的二轻局五金门市部工作，看我们来到家里时，都会很热情地离座再去厨房多添几个菜。中学的年龄就与施勐卿私下里聊起过孙夫人，说这大概就是所谓的贤惠吧！

因为是电影院的美工，鲁旭什么画都会来几下，特别是大幅海报，用大排刷几下就一个形象，写美术字也是好手，这种徒手的本事，拿到现在应该可以上达人秀。听说他以前还在城建局工会待过，也是因为这手本事，调到电影院的。令我记忆深刻的是县第一届文代会分组讨论，为美协一些章程的设定，本来大家都知道是过过场的事，他会故意认真地提出些问题，调节一下气氛，这时老先生洪勋都会看看他，再会心一笑，仿佛在说："这年轻人真够淘的。"在那时我的眼里，觉得鲁旭这个人真好玩真过瘾！

由于"习相近，性相随"，一直与鲁旭聊得来。

唐新华

唐新华是教师进修学校的美术教师。淳安县教师进修学校的校长刘永航，为人宽厚热情，自己热爱绘画，对美术教学也非常支持，使教师进修学校成为排岭最早有石膏像的学校，什么拉奥孔，什么大卫、荷马，摆放在专门的美术教室里，教师进修学校自然成为那个年代排岭的美术中心。

认识唐新华与方新成有关。有一天方老师告诉我，灯塔边的教师进修学校从杭州买回了一批石膏像，排岭画画的朋友，晚上都在那里画画，让我也去看看。最早在那里画画的是排岭画西画的那批人，有印刷厂设计室的商荣胜、申屠、老傅等，电影院的孙鲁旭，还有工艺美术厂的应建民等，再是比我高几年级的高考前辈如夏利新等。

教师进修学校在茅柴站和灯塔之间的山坡上，80 年代美术教室就在两层教学楼底楼最南面的房间，90 年代又搬进了靠北平房最南面的教室，在这两栋教学楼之间，是学校上下走动的主干道。经常有教工看到一群校外的人在学校画画，曾多次向学校领导提意见，说唐新华利用学校教室教具挣钱，还好校长刘永航通达，了解情况后并没有阻止县城画画的朋友来这里聚会。用现在的话来说是合理利用公共资源回报社会。

80 年代的排岭一直比邻县的建德滞后，美术事业也是一样。县里美协开会，总会说起邻县的建德有几人考上美术院校，有几人的作品参加市里、省里的美术展览，还请他们美协的负责人吴承斌来介绍经验。90 年代改变了这个局面，一群学画的朋友陆续考出去，这离不开唐新华和教师进修学校的支持。唐新华老师，典型的小眯眼，自己有时会开玩笑地说："我的这两只眼睛呀，就当是茅草在脸上拉了一下才有了这两只眼睛。"唐新华与方新成、管樟平三人同时毕业于杭州幼儿师范学校，方在二中，管先在文化馆，后来去了《淳安报》；唐先在镇小，后来到了教师进修学校。他们三人从直接参与教育，到影响周边环境，在排岭渐成鼎足之势。唐老师总谦虚地说自己什么都会来一下，但什么都不精。其实这也是当时社会对他们的要求，假如有一门精了，也不能够什么都会来一下。我至今还记得 80 年代中后期，每个星期天晃荡到教师进修学校画画的情景，老老少少的，谁早到谁去唐新华老师家取教室的钥匙。唐会把一大串连同办公室的钥匙扔给我们，让我们可以自己取热水瓶到食堂打水。他早饭后也会加入我们画画的行列，大家嘻嘻哈哈的就是愉快的一天。半夜画累后，走出教室，迎面就是千岛湖夏夜灿烂的星空。或许是青春荷尔蒙的作用，夏利新会突然引吭高歌，那种声嘶力竭的"我是一匹来自北方的狼"，仿佛利器划过湖面宁静的夜空。

黄　艺

真正给 80 年代的排岭美术带来学院气息的应该是黄艺老师。

淳安画画的与学院有关系的不多，大部分是自己骨子里喜欢，通过自己摸索走上绘画道路的，俗话说“自学成才”吧。老傅经常在别人看他的画时说：“我们都是野路子！哈哈！”洪勋是一位老牌国立艺专毕业生，但他的大写意阳春白雪，其学术价值，还不为大家真正理解。另一位是陈起轰，福建人，毕业于老美术学院附中，在县文化馆工作，恪尽职守，但由于性格内向，言语不主动，没有对我们后学造成太多的影响。只记得一次文化馆的美术展览，他拿着手电筒，用光束指着我两张在杭州美术培训班画的色彩写生说：“色调画得不错。”我说附中培训班的老师施绍辰改过，他说：“噢！难怪！”还有一位是淳安中学的美术老师蒋光照，听说是曾考上浙江美术学院国画系，因为家庭实在困难退学的，现在中国美术学院为校庆编辑历届入学名单上可以查到他的名字。

邻居施勐卿也喜欢画画，比我低几年级，在一中的初中部上学。有一天他跑过来告诉我，他们班上来了一个同学，爸爸是画家，不知道是从山海关还是嘉峪关调来的，我就问是不是专业的，他反问我什么叫专业？我说就是整天画画，以画画为生，工资是靠画画赚来的。他说应该是。当时我们还分不清装潢和画画的区别，但这个消息如同一道闪电击中我的内心，于是，就知道排岭有专业画家了，并期待有机会见到他。

第一次见到黄艺老师就是在那次第一届文代会的分组讨论上，他好像晚来一些，瘦高个，尖尖高耸的鼻梁，架着一副细边眼镜，北方口音，标准的普通话，一出声和几个微笑，就吸引住我们几个学画的山野小子。边上带着他的小女儿，小学一二年级的年龄，短头发，假小子的打扮。黄艺老师笑说是他的小儿子，开始我还就真这样记住了，后来才知道是他的小女儿。黄艺老师的女儿，长得有点混血，流露出城市的气息。一口标准的普通话，在那个“淳普话”的环境里，简直就像是英语中的牛津口音。良好的家庭教育，不俗的气质，虽然比我们几个学画的少年小很多，但总被我们在无师辈情况下赞叹。夏利新曾感叹说：“怎么会有这么漂亮的小女孩！”每每在外国电影里看到不俗的女孩，我们都一致

地想到黄家闺女。

其实黄艺老师毕业于老浙江美术学院附中的初中部，从小接受良好的美术训练，一直在甘肃的嘉峪关支援西部建设，20世纪80年代中期调回淳安，创建淳安广告装潢公司，使山城排岭开始有现代意义的装潢广告。黄艺的到来，使排岭画西画的朋友自然地围绕在以他为核心的周围。也说明排岭人的质朴不排外，看到更优秀的人才自然就围拢过去，并表达同行的尊敬。他在80年代中期组织排岭画西画的朋友如傅明元、胡田力、应建民、孙鲁旭等去桂林等地写生，使排岭画西画的老师画出一批不俗的油画、水粉写生。黄艺老师谈对绘画的见解时富有魅力，那种高调的姿态，仿佛天生就是艺术家。黄艺老师在党校后面一楼、采光并不好的住处，成为我们常去的地方。每到周末该处不时会高朋满座，应该是当时山城高规格的沙龙。

潘景友

二十年前的排岭，基本上是一个较封闭的小世界。要说在外地还有一点知名度的画画的老师，估计只有潘景友先生了。

潘景友是武义人，在塘边的县科委工作。与家父是老乡，故有机会较早接触到。家住在行岗路斜坡最西端的五楼，与洪勋先生家是一排，再过去两三栋的样子。家父大学毕业分配到淳安后的第二年就认识他，听父亲说，潘景友先生很用功，看书学习做了上万张的读书卡片。记得刚到排岭时，东风旅馆柜台的后墙上和淳安饭店一楼冷饮门市部墙上挂着洪勋先生的《迎客松》。过了几年，到80年代中期，百货公司的橱窗、鱼味馆等一些餐饮店里挂着的是潘景友的作品。在黄艺到排岭有正式的广告装潢公司前，基本上是潘景友和他的学生李小健、郭继跃的团队在接这些对外橱窗布置的活，但其布置还不是现代意义上的装潢，仅仅是在橱窗里用自己的眼光摆放商品，背景画上自己擅长的山水，但那也让当时山城的人们耳目一新。

去潘景友家虽然没有去洪勋先生家的次数多，但半年一年也会去一次。每次都看到他在用功画画，边画边告诉我，最近又在某地办画展回来，反响空前。每到一个地方都很辛苦，那里的领导都很喜欢他的画，天天晚上有三套班子中的领导到他住的饭店求画。说完很开心，会舒心地笑，但不会停止画笔。看我带画过去请教，也会停笔帮助我看看，指点不足之处，并抽出一张裁剩的宣纸，演示一遍各种山水画的皴法。看得出来，先生对山水画的技法做过系统的梳理，而且对山水画发展的基本脉络谙熟在胸。

在我认识洪勋先生和潘景友老师的时候，他们两个人已不往来，彼此亦无微词。记得一次与洪勋先生散步，看到鱼味馆新楼刚开业，侧面银行对面上海人来开了一家超市，潘景友先生在柜台里的墙面挂了一些画，有简历照片，算是一个小型个展。洪先生驻足看了一番，看到潘的简历上“中国美术家协会会员”一栏说，不管是市的还是县的，只要是美术家协会会员都是中国的美术家协会会员，算是我听到性格较为温和的洪勋先生，对潘景友老师较为张扬一面的不同意见。

潘景友老师大概在80年代后期调到杭州西泠印社办公室。我美院快毕业时，在湖滨杭州书画社的门口碰见他。他风尘仆仆地告诉我，刚从深圳办画展回来，还告诉我在《新美术》上看到我画的速写，问我还画不画山水，让我有空去九莲新村的家里玩。

刘　涌

刘涌是北京人，其实不属于排岭，1988年毕业于老浙江美术学院中国画系人物专业，分配在杭州教育学院美术系。那年分配到杭州各个大专院校的教师，按教委要求都要到各地锻炼，他被安排在淳安教师进修学校从事教学一年。同时还有其他专业的大学老师，记得二中还有浙江医科大学的梁国庆等。他们的出现改变了当时排岭的美术氛围，特别是学院的思考方式和城市青年的生活方式，再加上一点大学期间养成的

不羁，借助自身青春荷尔蒙的发酵，彻底改变了我们固有的思考方式。

他们除了既有的教学任务作为锻炼的要求以外，学校也没有过多的工作安排。业余生活几乎是大学生活在这个山城的延续，学英语、听音乐、看书、画点小画，随着天气的变化可以游泳、钓鱼、下围棋。记得刘涌老师扛着钓鱼竿，一个裤腿长、一个裤腿短地在我们校园出现，不时还喊出一声声嘶力竭的“西北风”，让我简直是从里到外的崇拜和迷恋；不光是学习绘画，整天都想与他厮混在一起。记得梁国庆还善意地提醒我，不要整天地混在刘涌老师那儿，他也有自己的事情。假如请教绘画，他肯定很欢迎，但你自己也要学会安排时间，有作业了再去请教。其实在高中的年龄，听得懂梁老师的意思，内心不免有一点失落和担心，生怕刘涌老师不欢迎我们。但我们没到可以换位思考的年龄，注意了没几天就又扎堆到刘涌那间二楼的宿舍里。刘涌老师对艺术一直有独到的见解，在我们还不熟悉艺术史的前提下，他就用他那独特的方式和审美眼光来选择性地谈论他对经典的理解和看法。现在想来那时我们也仅仅听听而已，其实并不怎么理解。

刘涌刚到排岭时也没有画什么画，只记得和唐新华他们去过一次临岐，在速写本上随手勾画的钢笔速写，仅一些细线的穿插和一些细点就把山乡田野的场景移进本子。还有在办公室聊天时，随手在小纸片上就勾画出唐新华的儿子唐翔，小孩的精神气跃然纸上。到了下半学期，刘涌开始画一些水墨，也会以去进修学校画画的学生为模特，给我示范水墨人物写生。看我喜欢画山水，还给我写了一封介绍信，去美术学院找他的同学朱红，我胆怯地去南山路的校园找过几次未遂，近几年还跟朱红提起这茬事。由于刘涌的出现，我慢慢地从野路子的山水往水墨人物方向偏移。

广告公司的黄艺老师还请刘涌题过“西园农贸市场”和“新安路农贸市场”的字。为了这几个字，刘涌特地从学校图书馆借来颜真卿的《麻姑仙坛记》等字帖临了几天，他说是找找手感。他把毛边纸上每个写得较满意的字撕在一起，一叠交给黄艺的儿子。市场顶棚上有机玻璃做起

的集字，虽然没有落款，仍然可以看出几分书写者自身的潇洒。刘涌在排岭待了一学年走后到1991年我去杭州学画的两三年，几乎每个月我把自己的速写寄给他批改，他总是很认真地在每张速写上指出不足，提出修改意见后再寄还给我，成为我真正的函授老师。

刘涌的出现，对我和胡雪晴的成长影响最大。刘也常想念起在排岭的日子。前几天去北京，相约在人大的徐悲鸿学院见面，他还提起那时的人和事，也聊到当时校长刘永航的善意和通达以及对他们年轻不羁的宽容，说一定找机会去排岭看看刘校长。

方　向

或许由于文字相对形而上，只要认识上有高度，不像绘画有地域性的局限。诗歌由于方向的出现，会同他身边文学同仁李明书、詹黎平、王国年等的努力，使80年代的排岭形成与国内文化热同步的文学氛围。

我是在淳安第一届文代会上见到方向的。会议结束后的会餐在县政府招待所的餐厅举行，一个县的文学艺术工作者齐聚一堂。有一桌喝白酒的叫“四特酒协会”，我也初生牛犊不怕虎地挤进去凑热闹。后来知道方向毕业于湖州师专，在校园就写诗，颇有名气，大学毕业后先在县教委，文代会前后调到文联当秘书长。长发，一身仿佛常年不洗的牛仔服，经常在县城的小街晃荡。后来又在县广播站的李明书的宿舍碰到，听两位前辈谈文学，谈对时代的看法，这样算是认识了。

知道方向住在塘边炮楼的二楼，最靠塘边这头的宿舍。一次从孙鲁旭家吃完饭回家，走到塘边突然晃荡进炮楼，想看看方向在不在家。穿过堆满杂物黑乎乎的走道，敲敲门，方向在。屋内光线昏暗，床、衣柜、一张写作的办公桌，办公桌上一盏台灯，算是房间最亮的地方。方向醉醺醺地迎我进去，桌上一瓶虎跑泉、一叠武侠小说、一摞稿子、一碟花生米，已经酒气熏天。他告诉我头发不剪衣服不换的理由：“这个年头心灵都洗不干净，还洗什么衣服。”并聊到一些我那个年龄似懂非懂的

工作上生活上的事，还有诗歌。桌子的墙上贴着杂志上剪下来的北岛的照片，还有一张西方雕塑天使的照片；无意间天使的照片贴在北岛的上方，于是写下了《天使与战士》的诗歌。说到诗人昌柏松，感叹他的优秀，感叹他这么年轻怎么会写出这么好的诗歌。还说起梦到自己在田埂上走，走了好久，在没有人迹的山谷里，看到一座小木屋，推门进去，看见一位瞎眼白色长发老者对镜梳妆，正是后来读到《挽留》这首诗的意境。那天晚上边陪他喝酒边聊天，一直到凌晨三四点钟。一早起来回家的路上，碰到晨练后买豆浆回家的父亲，问我今天怎么起得这么早。

在高中毕业后离开排岭到杭州学画前，曾和方向、孙鲁旭在我独自的小房间聚过一次，喝了点酒，还是最便宜的虎跑泉，自己买了一些熟食，还把中学生不多的零花钱充大款地给他买了一包那时认为的好烟“红山茶”，并留给他一把自己房间的钥匙，说有朋友来可以住。

老　傅

老傅叫傅明元，也是排岭画画人里面的老前辈，大概除了洪勋和傅昆两位画国画的老人，就数他年龄长了。老傅是港口人，港口这个地名已成过去时，近茶园镇，已在水下。早年毕业于杭州商业学校，我与他认识时，已经在印刷厂设计室工作。印刷厂设计室在传达室后的两层楼的二楼，两间办公室的小作坊，三五个设计人员，虽都不是科班出身，由于老傅的人格魅力，也形成不错的美术气氛。

刚从农村到县城时，就常在排岭的一些地方看到几个人在写生，偶尔会有外地来的画家，但大部分是老傅带着本地画西画的朋友。在我的记忆中，一次从新华书店回来，在工人文化宫后面的山坡上，几个人架着画板，在画近处的山坡和远处的千岛湖；中间还有一个女孩，侧坐着戴着草帽，花格的衬衣，戴着一副眼镜，抬头看景，低头画画，不时在水罐里洗洗笔，不时对景睨视片刻，那种异性的美丽深深地吸引了我这

个刚从农村来的男孩。后来知道那个大姐姐叫胡红鹰，在无线电厂工作，就住在人民大会堂对面斜角的房子里。有一次从影剧院回来路过，看到一间房间没有拉窗帘，里面有画具，还有一尊持琴少女的石膏像，估计就是她的房间，于是每次经过都会留意几眼。隔了很多年，我已经从美院毕业，一次回千岛湖，与老傅他们聚会还聊起这段少年的记忆。

认识老傅也是那次文代会，但真正熟悉起来是我高中毕业前，跟他和唐新华、应建民去唐村的金家坳，几天的相处，唐新华还开玩笑说瘦瘦的我有点像老傅，我就开始喊他“干爹”，回来就熟悉起来。老傅业余除了画画，就是游泳，每年4月下旬开始一直游到11月下旬或者12月初。按他说的理由是：“这么好的湖水，不游白不游！”老傅是我看到从骨子里喜欢画画的人，也没什么理由，随时随地可以取出画具写生，他外出的小包里，随时可以取出简单得不能再简单的画具。按他的说法是：“一画起画来人就很舒服！”

他有两个女儿，大的傅丛文气一些，学化学，本科毕业以后在淳安化工厂工作，在县级小化工厂倒闭潮来临前，考上硕士离开淳安，硕士毕业后分配去北京工作，近两年听老傅说又取得了博士学位。小女儿笑一，从小是游泳运动员，性格外向，一直游到初中毕业，老傅觉得再游下去怕没出息，让她从省队回来读书，后来读的是杭州大学的外语系，还经常冒充业余选手去拿游泳奖杯，现在上海做对外经贸工作。由于叫老傅“干爹”的关系，我与他两个女儿玩得像兄弟姐妹似的，老爹喜欢游泳，两女儿都被带得像浪里白条，我问老傅：“女儿的名字怎么取得这么有感觉？”他说，取自毛主席诗词《咏梅》一句“它在丛中笑”，先取了大的“丛”，后面笑一出生了，一个“笑”字觉得不好听，又加了一个“一”字。

和老傅关系很好，打心眼喜欢这个老头，现在还常来往。由于每年要带学生下乡，方便时就骗老傅一起去。老傅身体好，退休这么多年了，画起画来比我的学生还用功。

詹黎平

认识方向前，就听李明书说起，无线电厂的詹黎平与方向来往最多，认识詹黎平应该在认识方向以后。离开排岭前还去他无线电厂的宿舍喝过一次酒，坐在地板上，一点小菜，当时的詹黎平还不会喝酒，想想詹黎平现在的酒量，可以知道喝酒也是可以练出来的。正是那次见面，他送给我他写的油印诗集，署名“达达”，也流露出小镇文艺青年对超现实主义的向往。

在排岭的时候应该是与李明书来往较多，与詹黎平的来往还是在离开排岭之后，每次寒暑假回排岭总会去找他闲聊。那时的詹黎平阅读量奇大，国内的文学期刊上的优秀文学作品没有一篇离开他的视野，于是我也同步阅读到张贤亮、张炜、苏童、马原、余华等成名时期的作品。现在我还记得在广播站后面财税局宿舍满窗松影的书房里，听詹黎平推荐余华的小说《在细雨中呼喊》时的情景。美院本科四年假期回排岭的时间，在詹黎平的推荐下，几乎成现当代文学恶补的档期，这种对当代文学阅读的喜好一直延续到现在。

詹黎平对当代文学和诗歌的阅读判断和认识水平，可以跟大学中文系的专家对话，使我感到认识是没有时间地点局限，让思想长出翅膀，在小镇的天空飞翔。

絮絮叨叨写下20世纪80年代县城排岭的人物，在资讯相对闭塞的时间，交通没有现在便捷的地方，这些“小人物”的言行举止，对于成长过程中的我来说，光芒超过现在媒体上絮叨的大腕名家。那时光小城的文化生态，影响了那个年代更稚嫩的思想，形成我心中“80年代”排岭灿烂的星空。

选题策划：江健文　王　犁　苏七七
主　　编：苏七七　王　犁
责任编辑：江健文
助理编辑：李　颖　王　怡
封面绘画：杨福东
装帧设计：江健文
责任校对：朱　奇
责任印制：毛　翠

江健文书籍工作室 Jiang Jianwen Books Studio
www.Jianwen705@126.com

图书在版编目（CIP）数据

时钟突然拨快 ：生于70年代 / 苏七七，王犁主编
. — 杭州 ：中国美术学院出版社，2017.12
ISBN 978-7-5503-1514-3

Ⅰ. ①时… Ⅱ. ①苏… ②王… Ⅲ. ①散文集－中国
－当代 Ⅳ. ①I267

中国版本图书馆CIP数据核字(2017)第252779号

时钟突然拨快
——生于70年代
苏七七　王　犁　主编

出 品 人：祝平凡
出版发行：中国美术学院出版社
地　　址：中国·杭州市南山路218号 / 邮政编码：310002
网　　址：http://www.caapress.com
经　　销：全国新华书店
制　　版：杭州海洋电脑制版印刷有限公司（Cruse扫描制版）
印　　刷：浙江省邮电印刷股份有限公司（CTP印刷）
版　　次：2017年12月第1版
印　　次：2017年12月第1次印刷
印　　张：31.25
开　　本：710mm×1000mm　1/16
印　　数：0001—3000
书　　号：ISBN 978-7-5503-1514-3
定　　价：98.00元